The Silmarillion

실마릴리온

# 실마릴리온
## THE SILMARILLION

J.R.R. 톨킨 지음

크리스토퍼 톨킨 엮음

김보원 옮김

arte

# CONTENTS

## 부록

# 역자 서문

『실마릴리온』은 J.R.R. 톨킨이 구축한 신화 세계이자, 『반지의 제왕』을 비롯한 그의 거대한 상상 세계의 기본적 얼개와 배경을 이룬다. 따라서 『호빗』이나 『반지의 제왕』을 읽으면서 떠오르는 궁금증과 의문은 『실마릴리온』에서 거의 해소된다. 시간의 시작에서부터 제4시대에 이르기까지 장구한 세월에 걸친 가운데땅의 내력과 그 땅의 주인공인 요정과 인간 들의 흥망성쇠, '불사의 땅' 서녘의 권능들과 그 땅의 사라짐, 전설의 왕국 누메노르의 부침(浮沈), 그리고 사우론의 질긴 악성(惡性)과 그 근원에 이르기까지, 파란만장한 '반지전쟁'의 전사(前史)는 『반지의 제왕』을 둘러싼 안개의 장막을 서서히 걷어 낸다. 『반지의 제왕』이 나무라면 『실마릴리온』은 숲이다.

하지만 그보다도 먼저 다가오는 것은 이 방대하면서도 정교한 신화 세계를 빚어낸 한 인간의 상상력에 대한 찬탄이다. 그 속에는 지고의 사랑을 위하여 의지의 극한에 도전하는 베렌의 모험이 있고, 운명의 희롱 앞에 무릎을 꿇는 투린 투람바르의 광기가 모습을 드러낸다. 파국의 순간까지 무모하게 신에게 도전하는 인간의 오만과 함께 전설의 섬 아틀란티스가 생생한 역사의 한 장으로 재현된다. 그 엄청난 신화 세계가 모두 한 인간의 머릿속에서 비롯되었다는 데 대해서는 경탄을 금할 수 없다. 작가의 상상력은 서구의 고대 신화와, 설화, 언어, 전승에 대한 해박한 지식을 한데 쏟아부어 하나의 위대한 창조물을 벼려 냈고, 우리는 그 속에서 희랍 신화의 질투하는 신들을 만나고, 기독교의 웅장한 창조 설화를 떠올리며, 북구 신화의 갖가지 기이한 형상들과 조우하게 된다. 요컨대 『실마릴리온』은 편집자 크리스토퍼 톨킨의 겸양에도 불구하고, 한 편의 완결된 신화이자 역사가 되었다.

물론 위대한 신화라면 의당 갖추어야 할 인간 존재에 대한 통찰과 예지 또한 『실마릴리온』에서 어렵잖게 발견된다. 선과 악의 존재를 둘러싼 갈등 구조는 멀리 인류 역사의 시원에서부터 그 내력을 찾을 수 있음이 드러나고, 삶과 죽음이라는 영원한 화두 역시 톨킨의 깊은 성찰을 통해 새로운 시각에서 조명된다. 요컨대 『실마릴리온』은 신화 양식 특유의 단편적 구성에도 불구하고, 일관된 주제 의식과 정교한 구상에 따라 완성된 한 편의 작품이며, 따라서 어느 한쪽을 펼쳐 아무렇게나 가볍게 읽을 책이 아니라 처음부터 공들여 꼼꼼히 읽어야 되는 고전이다. "사랑하는 내 조국의 (신화적) 빈곤이 슬펐다."라고 고백한 작가의 염원과 웅대한 구상이 그 속에 숨어 있기 때문이다. 유감스럽게도 작가는 그 필생의 과업이 빛을 볼 때까지 살아 있지 못했고, 이는 그 염원의 무게가 그만큼 무거웠단 뜻일 것이다. 하지만 이제 그는 그 '빈곤'을 '풍요'로 바꾸어 놓았을 뿐 아니라, 잠자고 있던 온 세상 사람들의 상상력까지 발동시켜 놓고 말았다.

크리스토퍼 톨킨의 서문에서 짐작할 수 있듯이, 이 작품의 문체는 『반지의 제왕』에서 맛볼 수 있는 풍성한 묘사와 달리 다소 딱딱한 건조체에 가깝다. 혹시 이름을 붙이자면 '신화체' 정도로 부를 수 있을 텐데, 번역자의 입장에서는 미세한 정황 묘사가 줄어들면서 부담을 던 것도 사실이다. 하지만 작가는 고어투의 어구나 간결체 구문을 활용하여 장중한 신화의 무게와 정조를 되살리고 있고, 그런 점에서 번역은 결코 만만한 작업이 아니었다. 한자어의 활용이나 고어투의 재현, 혹은 문장의 호흡 조절을 통해 이런 분위기를 살리려고 애써 보았지만, 어느 정도 효과를 거두었는지는 오로지 독자들이 판단할 따름이다.

2004년 첫 출간 이후 이번 수정 작업은 첫 개정판이다. 요정어의 표기나 고유 명사의 번역과 관련해서는 이미 『톨킨 백과사전』(해나무, 2002)에서 제시한 원칙을 바탕으로 하였다고 밝힌 바 있는데, 『반지의 제왕』에서와 마찬가지로 일부 역어에서 논란이 없지 않았다. 『반지의 제왕』 개정판(2021, 아르테)을 내면서 많은 역어를 다듬었고, 이렇게 새로 확정하거나 수정한 번역어들은 모두 『실마릴리온』에서도 적용되었다. the Wise를 '현자'로 확정하고, Elder Days를 '상고대'로, the White Tree를 '백색성수'로, the Enemy를 '대적'으로 수정한 것이 대표적이다. 번역 원전은 2013년 하퍼콜린스에서 발간한 페이퍼백 에디션(및 이를 토대로 개정 발간된 2021년판)을 사용하였고, 여기에 1999년 2판부터 수록된 톨킨의 '밀턴 월드먼에게 보낸 편지'가 실려 있어 새로 번역하여 실었다. '스포일러'의 위험이 있으므로 진지한 독자라면 본문을 완독한 다음 읽을 것을 권한다.

수정 원고를 완성하기까지 초역본을 꼼꼼하게 검토해 준 권구훈 님, 베렌 님을 비롯한 톨킨 팬카페 여러분들로부터 적지 않은 도움을 받았음을 밝히며 진심으로 감사를 드린다. 그럼에도 불구하고 남아 있는 오류는 모두 역자의 몫이다.

2022년 2월
김 보 원

# 서문

Christopher Tolkien, 1977

작가 사후 4년이 되는 이제 출판되는 『실마릴리온』은 톨킨의 상고대(上古代) 혹은 제1시대에 대한 기록이다. 『반지의 제왕』에는 제3시대 말에 벌어진 엄청난 사건들이 기술되어 있지만, 『실마릴리온』에 실린 이야기들은 훨씬 더 먼 옛날, 곧 최초의 '암흑의 군주'인 모르고스가 가운데땅에 머물러 있고, '높은요정'들이 실마릴을 되찾기 위해 그와 전쟁을 벌이던 시절의 이야기들이다.

『실마릴리온』은 『반지의 제왕』의 사건들보다 훨씬 앞선 사건들을 서술하고 있을 뿐만 아니라, 모든 핵심적인 구상에 있어서도 훨씬 일찍 시작된 작품이다. 그 당시에 『실마릴리온』이란 이름으로 불리지 않았을 뿐, 이미 반세기 전에도 있던 이야기이다. 멀리 1917년까지 거슬러 올라가는 빛바랜 공책을 펴 보면 종종 연필로 급히 적어 놓은 신화의 주요 줄거리에 대한 첫 기록들을 아직도 읽을 수 있다. 그 기록은 (『반지의 제왕』에서 그 내용에 대한 암시를 일부 찾아낼 수는 있지만) 끝내 출판에 이르지는 못하였다. 하지만 아버지는 내내 그 원고를 손에서 놓지 않고 만년에까지 계속 작업을 하셨다. 그 기간 내내 『실마릴리온』은 거대한 서사의 얼개로만 인식되었고, 근본적인 변화는 그리 많이 겪지 않았다. 오래전에 이미 확고한 전승(傳承)이자 후기의 저작들을 위한 배경이 되어 있었기 때문이다. 하지만 그래도 완결된 텍스트와는 거리가 멀었고, 그 속에 그려진 세상의 본질과 관련된 몇 가지 근본적인 개념에 있어서도 약간의 변화가 있었다. 똑같은 전설이 길이도 다르고 양식도 다르게 다시 서술되기도 하였다. 시간이 흐르면서 세부 사항이나 거시적 관점에 있어서 상당히 복합적이고 광범위하며 다층적인 변화와 변이형이 발생하였고, 그래서 최종의 결정본을 낸다는 것은 불가능한 일로 보였다. 더욱이 그 옛 전설들은 (까마득한 제1시대의 이야기라는 점에서뿐만 아니라, 아버지의 일생으로 보더라도 이제는 '옛날' 이야기가 되어 있어서) 아버지의 심오한 사색의 도구이자 저장고가 되어 있었다. 아버지의 후기 저작에서 신화와 시가(詩歌)는 신학적, 철학적 관심의 이면으로 숨어 버렸고, 이로 인해 어조에서도 차이가 나게 되었다.

아버지가 돌아가신 뒤 이 작품을 출판 가능한 형태로 만드는 일이 내 몫이 되었다. 그런데 이 다양한 자료들을─『실마릴리온』을 사실상 반세기 넘게 지속적으로 발전해 온 하나의 창조물로 제시하기 위하여─한 권의 책 속에 담으려는 시도는 혼란을 부르고 본질적인 어떤 것들을 가릴 수도 있다는 우려가 확실해졌다. 그래서 나는 단일한 텍스트를 만들되, 가장 통일성이 있고 내적으로 완결된 서사(敍事)를 구성할 수 있는 방식으로 선택과 배열을 하기로 마음먹었다. 이 작품에서 (투린 투람바르의 죽음 이후) 마지막 몇 장은 특별히 어려움을 야기하였는데, 그 까닭은 이 장들이 그 이전 여러 해 동안 아무런 변동이 없었고, 어떤 측면에서는 책의 다른 쪽에 있는 좀 더 진전된 구상들과 조화를 이루기가 상당히 어려웠기 때문이다.

『실마릴리온』 자체로 혹은 『실마릴리온』과 아버지의 다른 출판물들 사이에서 완전한 통일성을 찾기는 쉽지 않고, 혹시 엄청난 노력 끝에 발견한다 하더라도 별 의미는 없을 것이다. 더욱이 아버지의 생각은 『실마릴리온』을 유구한 전승 속에 살아남은 (시와 연대기, 구전 설화 등) 무척 다양한 자료들을 먼 훗날에 엮어 만든 한 권의 편집물 혹은 간명한 서사로 인식하는 쪽으로 바뀐다. 사실 이러한 인식은 이 책의 실제 역사에도 비슷하게 나타난다. 엄청난 양의 초기

산문과 운문들이 이 책의 배경에 있고, 그래서 이론적으로나 실질적으로나 이 책은 어느 정도는 요약본이라 할 수 있기 때문이다. 여러 곳에서 서사의 속도와 세부 묘사의 정도가 달라지는 것은 이 때문으로 보이는데, (예컨대) 투린 투람바르의 전설에서처럼 장소와 동기에 대한 정교한 회상이 있는가 하면, 이와 대조적으로 상고로드림이 파괴되고 모르고스가 쓰러지던 제1시대의 종말에 대한 장중한 원경(遠景) 묘사도 있었다. 물론 어조와 묘사의 몇 가지 차이와 일부 애매모호한 대목, 그리고 여기저기 짜임새가 부족한 곳도 없지 않다. 예를 들어 「발라퀜타」의 경우는 분명히 엘다르의 초기 발리노르 시절로 거슬러 올라가는 많은 내용을 담고 있지만, 나중에 다시 수정된 것으로 추정할 수밖에 없다. 시제와 시점(視點)에서 계속 변동이 일어나는 것도 그런 까닭에서이며, 그래서 신성한 권능들이 때로는 세상 속에 거하며 활동하는 것처럼 보이다가, 또 때로는 기억 속에만 남은 멀리 사라진 존재로 보이게 된 것이다.

이 책은 『실마릴리온』이란 이름이 붙어 있지만, 「퀜타 실마릴리온」, 곧 『실마릴리온』의 핵심 줄거리를 기본으로 네 편의 다른 짧은 작품을 포함하고 있다. 앞쪽에 실린 「아이눌린달레」와 「발라퀜타」는 실제로 『실마릴리온』과 밀접한 관련이 있다. 하지만 뒤에 나오는 「아칼라베스」와 「힘의 반지와 제3시대」는 (분명히 말하지만) 완전히 분리된 별개의 이야기들이다. 이 두 이야기는 아버지의 확고한 뜻에 따라 포함되었는데, 이들이 포함됨으로써 세상의 시작을 가져온 아이누의 음악에서부터 제3시대 말 반지의 사자들이 미슬론드 항구를 떠날 때까지의 전체 역사가 드러나게 된 것이다.

이 책에는 고유명사가 대단히 많이 나오기 때문에 충실한 '찾아보기'를 덧붙였다. 하지만 제1시대의 서사에서 중요한 역할을 하는 인물들(요정과 인간)의 수는 얼마 되지 않기 때문에, 이들은 모두 가계도에서 찾아볼 수 있을 것이다. 이와 함께 다양한 요정 종족의 복잡한 명칭을 구분할 수 있는 표를 덧붙였고, 요정어 이름의 발음에 관한 주석과 이 이름들에 나오는 핵심적인 몇몇 어근을 실은 목록 및 지도도 추가하였다. 한 가지 기억할 것은 동부에 있는 큰 산맥, 곧 에레드 루인 혹은 에레드 린돈으로 불리는 '청색산맥'이 『반지의 제왕』에서는 지도의 서쪽 끝에 나온다는 점이다. 본문 중간에는 작은 지도가 하나 있는데, 이것은 놀도르가 가운데땅에 돌아온 뒤에 각 요정 왕국이 어디 있었는지를 한눈에 알아볼 수 있도록 하기 위해 수록한 것이다(이 지도는 책 뒤의 삽지에 수록하였음─편집자 주). 이밖에 어떤 형태로든 논평이나 주석을 덧붙여 책의 양을 늘리지는 않았다. 사실 세 시대에 관하여 부친은 방대한 분량의 미출간 원고를 남겼고, 이 서사적, 언어학적, 역사적, 철학적 저작의 일부를 훗날 출판할 수 있기를 기대한다.

원고의 확정이 어렵고 또 확신이 쉽지 않은 일이었지만, 1974~1975년에 함께 작업을 한 가이 케이로부터 무척 큰 도움을 받았다.

1977년
크리스토퍼 톨킨

# 개정판 서문

Christopher Tolkien, 1999

『반지의 제왕』이 완성되었으나 출판 방향을 놓고 어려움을 겪고 있던 1951년 연말쯤, 아버지는 당시 콜린스 출판사에서 편집을 맡고 있던 친구 밀턴 월드먼에게 무척 긴 편지를 한 통 보냈다. 이 편지를 쓰게 된 배경이자 계기는 『실마릴리온』과 『반지의 제왕』을 '보석과 반지를 소재로 한 장편 서사'로 '묶거나 연결해서' 출판해야 한다는 아버지의 고집을 놓고 벌어진 골치 아픈 의견 차이였다. 하지만 이 문제를 여기서 언급할 필요는 없다. 당신의 주장을 해명하고 설명할 목적으로 작성한 아버지의 편지는 결국 '초기 시대들'에 대한 당신의 구상을 훌륭하게 보여주는 자료가 되었고 (당신의 말씀대로 편지의 후반부는 『반지의 제왕』의 서사에 대한 '길지만 군더더기 없는 요약'이나 다름없었다.) 그런 이유에서 이 편지를 개정판 『실마릴리온』에 수록할 가치가 충분하다고 믿는다.

편지 원본은 분실되었지만, 밀턴 월드먼이 이를 타자로 쳐서 아버지께 보내온 것이 한 부 있었다. 이 사본을 바탕으로 『J.R.R.톨킨의 편지들The Letters of J.R.R Tolkien』(1981)에 131번으로 (일부) 내용이 수록된 편지가 만들어졌다. 여기 실은 텍스트는 그 책의 143-157쪽에 실린 것으로, 사소한 수정 사항과 함께 주석 일부를 제외하였다. 활자화하면서 많은 오류가 특히 고유 명사에서 발생했지만, 이들은 아버지의 손으로 대부분 수정되었다. 다만 아버지는 18쪽의 문장은 발견하지 못했다. "There was nothing wrong essentially in their lingering against counsel(그들이 충고를 무시하고 남아 있었던 것을 근본적으로 잘못이라고 할 수는 없지), *still sadly with* the mortal lands of their old heroic deeds(그들의 영웅적 옛날 행적이 남아 있는 유한한 생명의 땅)." 여기서 타자수는 분명히 원고에 있는 단어를 누락했고, 아마도 잘못 읽었던 것 같다.

지금까지 본문과 색인에 수정하지 못하고 남아 있던 많은 오류가 『실마릴리온』 양장본에(만) 있었는데, 이번에 수정을 마쳤다. 이들 중에 가장 중요한 것은 누메노르 일부 지도자들의 순서를 가리키는 숫자와 관련된 것이다(이 오류와 발생 배경에 대한 설명은 『끝나지 않은 이야기』 399쪽 11번 주석, 『가운데땅의 제 종족The Peoples of Middle-earth』(1996) 154쪽 31번 참조).

1999년
크리스토퍼 톨킨

# 밀턴 월드먼에게 보낸 편지

J.R.R.Tolkien, 1951

존경하는 밀턴,

자넨 나의 가상 세계에 관한 작품에 대해 간략한 요약을 부탁했지. 그 이야기를 시작하면 말이 길어지네. 몇 마디 하려고 하면 홍수처럼 마구 이야기가 쏟아지고, 이기주의자와 예술가가 동시에 그 작품이 어떻게 발전했고, 어떻게 생겼으며, 또 (각각의 생각에) 무슨 의미인지 혹은 그 모든 걸로 뭘 보여 주려는지 이야기하려고 들거든. 그중 몇 가지로 자네한테 민폐를 끼쳐야겠네. 하지만 내용에 대한 단순한 요약을 덧붙이는 정도일세. (아마) 자네가 원하는 건 바로 이런 걸 텐데, 시간을 내어 읽어보거나 용처를 찾아보게.

시간이나 전개 과정, 창작의 순서로 보자면 이 작품은 나 자신에게서 시작했지만, 이 점이 나 말고 다른 사람에겐 크게 흥미로울 거라고 생각지는 않네. 내 말은 내가 그걸 붙잡고 있지 않을 때가 거의 없었다는 뜻일세. 많은 어린아이들이 가상의 언어를 만들거나 그런 시도를 하는데, 나는 글자를 쓸 수 있을 때부터 그 일을 했네. 한 번도 그것을 중단한 적이 없었고, 물론 (특히 언어 미학에 관심이 있는) 전문적인 문헌학자가 되면서 내 취향도 바뀌고 이론적으로 또 아마 기술적으로 발전도 있었지. 내 스토리들 뒤에는 이제 (대체로 구조의 측면에서만 요약해 놓은) 언어들 간의 연계가 있네. 나는 영어로는 오해를 살 만하게 Elves라고 부르는 종족에게(이전까지 Elf의 복수형은 Elfs로 표기했으나 톨킨은 Elves로 고집하였음—역자 주) 좀 더 완성도가 높은 두 개의 연관된 언어를 맡기고, 그 역사도 기록하고 그 형태도 (내 언어 취향의 두 가지 서로 다른 측면을 나타내는 건데) 공통의 기원에서 과학적으로 추출해 놓았네. 내 전설에 나오는 이름(고유 명사)들은 거의 모두 이 두 언어로 만들어져 있고, 그래서 이 작명법에는 어떤 특성(일종의 응집력, 언어적 스타일의 일관성 및 역사적이라는 환상)이 있는 셈인데, 내 생각에 비교 대상이 되는 다른 전설에서는 이 점이 현저하게 부족한 것으로 보이네. 이런 문제를 내가 체질상 심각하게 느끼도록 타고나서 그렇지 모두가 이것을 나처럼 중요하게 여기지는 않을 거라고 생각하네.

하지만 나는 그에 못지않게 근본적인 애정을 신화(알레고리가 아니라!)와 동화에 대해서도 '태초부터' 가지고 있었고, 특히 동화나 역사 언저리에 있는 영웅담을 좋아했네. 그렇게 내 취향에 맞는 (내가 접할 수 있는) 이야기들이 세상에는 너무 없었지. 나는 학부를 졸업한 뒤에야 생각도 하고 경험을 한 끝에 이런 것들이 서로 다른 것—과학과 중세 로맨스처럼 서로 대극적인—이 아니라 완전히 연결되어 있다는 사실을 깨달았네. 하지만 나는 신화와 동화 문제에 대해 '박식한' 사람은 아닐세.[1] 왜냐하면 (내가 아는 한) 그런 것과 관련하여 내가 늘 찾아다닌 것은 단순한 지식이 아니라 특정한 어조와 분위기를 지닌 이야기, 곧 자료였던 걸세. 아울러—이 얘기를 황당하다고 여기지는 말게—나는 어린 시절부터 사랑하는 내 조국의 빈곤이 슬펐다네. (자신의 언어와 토양에 깊이 뿌리내린) 자기만의 이야기, 내가 찾고자 했던 그런 성격의 이야기, 다른 나라의 전설에서 (구성 요소로) 찾아볼 수 있는 그런 이야기의 빈곤 말일세. 그리스어도 있고, 켈트어도 있고, 로맨스어, 독일어, 스칸디나비아어, 그리고 (내게 엄청난 영향을 준) 핀란드어에도 있는데, 영어로는 초라한 싸구려

---

[1] 하지만 신화와 동화에 '관하여' 생각은 많이 했다네. (이 주석들은 편집자인 크리스토퍼 톨킨이 이후에 추가한 것으로 추정된다—역자 주)

책에 나오는 이야기 말고는 없었네. 물론 그 많은 아서 왕 이야기가 있었고 또 지금도 있지만, 막강한 영향력에도 불구하고 영국의 토양에 불완전하게 뿌리를 내리고 연계되어 있을 뿐 영어 고유의 것이라 할 수도 없고, 또 내가 부족하다고 여기는 것을 채워 주지도 못하네. 거기서는 우선 '페어리'(faerie, 마법의 능력을 지니고 때로는 인간의 모습을 하는 동화 속의 초자연적인 존재—역자 주)가 남발되고 기이하고 일관성이 없이 반복된다는 점이 문제인데, 하나 더 중요한 문제는 기독교와 연계되어 노골적으로 종교적 내용을 담고 있다는 점일세.

이유를 여기서 상술할 수는 없지만 내가 보기에 그것은 심각한 문제일세. 신화와 동화는 모든 예술이 그렇듯이 도덕적 종교적 진리(혹은 오류)를 담은 요소들을 반영하거나 해결책으로 제시하고 있는데, 그렇다고 해서 이를 명시적으로 드러낸다거나 일차적 '현실' 세계에 알려진 형태로 해서는 안 되네. (물론 내가 말하는 것은 현재 우리의 상황이지, 기독교 이전의 고대 이교도 시대를 말하는 것은 아닐세. 자네도 읽은 바 있는 내 글에서 그 문제에 대한 설명을 시도한 적이 있는데 여기서 재론하지는 않겠네.)

비웃지 말게! 옛날 옛적에 (나도 이젠 한창때가 아닐세.) 난 우주 창조에 관한 큰 이야기에서부터 낭만적인 동화에 이르기까지, 대체로 서로 연계되어 있는 일련의 전설을 만들어 볼 생각을 했네. 큰 이야기는 대지와 접해 있는 작은 것 위에 터전을 잡고, 작은 이야기는 거대한 배경막에서 광휘를 끌어내는 이 전설을 나는 순전히 잉글랜드, 나의 조국에 가져다 바칠 수 있기를 원했지. 거기엔 내가 기대하는 어조와 품격이 있어야 했고, 또 다소 맑고 시원해서 우리 땅 '대기'(서북부, 즉 영국과 유럽 위쪽 지역의 기후와 토양 말인데, 이탈리아나에게해는 아닐세, 그 동쪽도 물론 아니지.)의 냄새가 나야 했네. 또 한편으로 (할 수만 있다면) 일부에서 켈트적이라고 부르는 매력적이면서도 애매한 아름다움(물론 진짜 고대 켈트 유산에서 이것을 찾아보기는 쉽지 않지만)을 갖추면서도, 또한 '고상해야' 하네. 상스러운 것은 깨끗이 걸러내고, 장구한 세월 동안 시(詩)에 푹 빠져 있는 나라의 보다 어른스러운 생각을 하는 이들에게 딱 맞는 이야기 말일세. 난 중요한 이야기 몇 편은 완성품으로 뽑아내겠지만, 대다수는 전체 구도 속에 위치 설정을 하고 윤곽만 그려 놓을 참일세. 각 편의 이야기는 장엄한 전체와 연결되어야겠지만, 다른 사람이 각자의 손으로 그림과 음악과 드라마를 만들어 낼 수 있는 공간을 남겨 두겠네. 터무니없지.

물론 이렇게 오만하기 짝이 없는 목표가 하루아침에 만들어진 것은 아닐세. 중요한 건 바로 스토리지. 스토리는 내 머릿속에 이미 '정해져 있는' 것으로 떠올라, 각 편이 독자적으로 등장하면서 연결 고리가 만들어졌지. 집중을 요하는 일이었지만 작업은 끝없이 방해를 받았네(특히 생계 문제는 별도라 해도, 내 생각이 저 반대쪽으로 건너뛰어 언어학에도 시간을 써야 했거든). 하지만 난 이미 '거기' 어딘가에 있는 무언가를 기록해야 한다는 생각을 늘 하고 있었고, 그건 '없는 걸 만들어 내는' 일이 아니었네.

물론 나는 다른 이야기도 (특히 우리 아이들을 위해) 많이 만들었고 심지어 글로 발표도 했네. 그중 일부는 이 욕심 많고 가지치기 좋아하는 주제의 손아귀를 벗어나 결국 전혀 관계없는 이야기로 발전하는데, 책으로 나온 것으로는 『니글의 이파리』와 『햄의 농부 가일스』 두 가지가 있네. 『호빗』은 훨씬 더 본질적인 생명력이 있는 이야기인데, 시작할 때는 완전히 별도의 구상이었지. 그때만 해도 『호빗』이 반지 이야기에 포함될 줄은 몰랐거든. 하지만 『호빗』은 결국 전체를 완성하고 대지 속으로 내려가는 방식을 택해 역사에 통합되는 길을 발견하게 해 주었지. 초기의 고상한 전설들이 요정들의 생각을 통해 세상을 바라본다면, 중기의 호빗 이야기는 사실상 인간의 관점을 취하고, 그런 뒤 마지막 이야기에서 그 둘이 결합된다네.

나는 알레고리─알레고리는 의식적이고 또 의도적이지─를 좋아하지 않네. 하지만 신화나 동화의 의미를 설명하려면 알레고리적 언어를 사용할 수밖에 없지. (물론 스토리가 더 많은 생명을 담고 있을수록 더 쉽게 알레고리적 해석에 노출되게 마련이고, 의도적으로 만든 알레고리가 더 훌륭할수록 스토리로 수용될 가능성도 높아지네.) 어쨌든 이 모든 작품의 재료가[2] 주로 다루는 것은 '타락'과 '생명의 유한성' 및 '기계'라는 것일세. '타락'과 연관되는 것은 피할 수 없는 일인데, 이 모티브는 여러 방식으로 등장한다네. '생명의 유한성'과의 연관은 특히 그것이 예술 및 창조적 (내 방식으로 말하자면 하위 창조적) 욕망에 영향을 끼치기 때문인데, 이 욕망은 생물학적 기능을 하지는 않고 또 평범하고 일상적인 생물학적 삶의 만족과는 거리가 있는 것 같네. 사실 우리가 사는 세상에서 이 욕망은 대체로 생물학적인 삶과는 불화하는 편이지. 이 욕망은 일차적 현실 세계의 열정적 사랑과 금방 맺어지고, 따라서 생명의 유한성에 대한 인식으로 채워지지만 거기서 만족을 얻지는 못한다네. 거기엔 여러 번 '타락'의 기회가 있네. 욕망은 자신의 것이라고 만들어 놓은 사물에 집착하면서 소유욕에 사로잡히고, 하위 창조자는 자신의 사적 창조물의 '주인'이자 '신'이 되고자 하는 거지. 그는 창조자의 율법에 반역을 꿈꾸고, 특히 생명의 유한성에 저항하네. 타락과 유한성은 (홀로 혹은 함께) 권력에 대한 욕망이나, 또 의지의 효율성을 좀 더 빠르게 하려는 욕망으로 이어지고, 그래서 결국은 '기계'(혹은 마법)로 이어진다네. 여기서 기계란 말을 쓴 것은 타고난 내적 능력이나 재능을 개발하는 대신 외적 계획이나 장비(장치)를 사용하는 모든 경우를 가리키기 위해서인데, 심지어 타락한 지배의 욕망으로 이 재능을 사용하는 것도 해당이 되네. 불도저처럼 현실 세계를 밀어붙이거나, 타인

---

2) 그것은 근본적으로 예술(하위 창조 포함)과 일차적 현실의 관계라는 문제와 관련이 있는 것으로 보이네.

의 의지를 강제하는 경우 말일세. 기계는 흔히 생각하는 것보다 더 밀접하게 마법과 관련이 있지만, 보다 명백하고 현대적인 형태라고 할 수 있다네.

나는 '마법'이란 말을 항상 사용하지는 않았고, 그래서 사실 요정 여왕 갈라드리엘은 호빗들이 그 말을 대적(大敵)뿐만 아니라 요정들의 장치나 작업을 가리킬 때 혼동해서 사용하자 나무랐던 거지. 내가 이 말을 사용하지 않았던 것은 (인간의 스토리는 모두 동일한 혼란을 겪어 왔네) 후자의 경우에 딱 맞는 말이 없기 때문일세. 하지만 (내 이야기 속의) 요정들의 존재는 그 차이를 보여 주네. 그들의 '마법'은 예술이며, 인간이 지닌 많은 한계를 벗어나 있는 더 수월하고 더 빠르고 더 완전한 것일세(결과물이기도 하고, 완벽한 소통 속에 이루어지는 예지이기도 하지). 그들의 목적은 힘이 아니라 예술이고, 지배나 폭압적인 창조의 전복이 아니라 하위 창조에 해당하네. '요정'들은 적어도 이 세상에 관한 한 '불사'의 존재이며, 따라서 그들의 관심은 죽음보다는, 시간이 흐르며 오는 변화 속에 자신들이 죽지 않기 때문에 생기는 슬픔과 짐을 더 걱정하네. 대적은 형체를 바꾸어 가며 늘 오로지 지배 그 자체에 '당연히' 골몰하고 있고, 마법과 기계의 주인도 마찬가지일세. 하지만 문제는 이 끔찍한 악이 겉보기에는 선한 뿌리, 곧 세상과 타인을 이롭게 한다는 욕망에서[3]—빠른 속도로 또 시혜자 자신의 계획에 따라서—나올 수 있고 또 실제로 나온다는 점인데, 이것이 반복해서 등장하는 모티브일세.

이야기는 우주 창조 신화, 곧 「아이누의 음악」에서 시작하네. 절대자와 발라들(혹은 권능들—영어로는 하위의 신들)이 등장하지. 이 발

---

[3] 악의 기원이 되는 자(멜코르를 가리킴—역자 주)의 경우는 아니라네. 그의 타락은 하위 창조에 해당하는 타락이었고, 따라서 (하위 창조의 대표자들 중에서 가장 뛰어난) 요정들은 특히 그의 적이 되었으며, 그의 욕망과 증오의 특별한 대상이 되어 그의 기만에 노출되었다네. 그들의 타락은 소유욕으로의 타락이며, (낮은 정도지만) 그들의 기술을 힘으로 변질시킨 것이네.

라들은 구태여 말하자면 천사와 같은 권능을 지닌 이들로, 그들의 역할은 위임받은 권한을 각자의 영역에서 행사하는 것일세(이 영역에서 지배하고 통치한다는 뜻인데, 이는 창조나 만들기, 다시 만들기는 '결코 아닐세'). 그들은 '신성한' 존재로, 다시 말해 원래 '바깥에' 있었고, 세상을 만들기 '전부터' 존재했네. 그들의 힘과 지혜는 우주 창조 드라마에 대한 그들의 지식에서 비롯되는데, 이를 그들은 처음에는 드라마로 (다시 말해 어떤 사람이 만든 이야기를 인식하는 것과 마찬가지로) 인식하고 나중에는 '실제'로 인식하네. 순전히 서사 장치의 측면에서 보자면, 이는 물론 고대 신화의 '신'들과 같은 등급의 아름다움과 힘, 장엄함을 똑같이 갖춘 존재들을 데려오기 위해서였는데, 글쎄 좀 용감하게 말하자면 이 설정은 성삼위일체를 믿는 분들도 받아들일 수 있을 거라고 보네.

그런 다음 이야기는 빠르게 '요정들의 이야기', 곧 『실마릴리온』 본장으로 넘어가네. 이 세계는 우리가 인지하는 바로 그 세계지만 물론 반쯤은 신화적 방식으로 변형되어 있고, 다시 말해 여기엔 이성을 갖추고 육체의 옷을 입은 종족이 등장하는데 우리 인간에 상응하는 체격을 갖추고 있으나 약간의 차이는 있네. 창조 드라마에 대한 지식은 완전하지는 않았네. 각각의 개별 '하위 신'들에게서도 불완전했고, 설사 신전의 지식을 모두 가져온다 하더라도 불완전했네. 왜냐하면 (한편으로 반역자 멜코르의 악을 시정하기 위해서, 또 한편으로 최종적으로 모든 것을 완벽한 세부 처리까지 마무리하기 위해) 조물주는 전부를 드러내 보이지는 않았거든. 절대자의 자손을 만드는 과정이나 그들의 속성은 두 가지 큰 비밀이었네. 하위 신들이 알고 있는 것은 정해진 시간에 그들이 올 것이라는 사실 뿐이었지. 절대자의 자손들은 따라서 원초적으로 동질적이며 서로 연결되어 있었고, 또한 원초적으로 서로 달랐던 걸세. 또한 그들을 만드는 과정에 하위 신들이 아무 역할도 하지 않았기 때문에 그들은 신들에게 완전히 '타자'였고, 그래서 신들의 특별한 소망과 사랑의 대상이 된 거지. 이들이 곧 '첫째자손' 요정들이고, 다음으로 '뒤따르는 자들'인 인간들일세. 요정은 불사의 운명을 타고나 세상의 아름다움을 사랑하고, 섬세하고 완벽한 자신들의 재능으로 그 아름다움이 온전히 꽃피울 수 있도록 하며, 세상 끝 날까지 살아남아 심지어 '죽임을 당할' 때도 돌아갈 뿐 세상을 떠나지는 않네. 하지만 '뒤따르는 자들'이 나타나면 그들을 가르치고 그들에게 길을 내어 주며, 그들이 성장하여 요정과 인간 모두의 기원이 된 생명을 흡수할 때쯤 '모습을 감추게' 되지. 인간이 받은 운명(혹은 선물)은 유한한 생명, 곧 세상의 울타리로부터의 해방일세. 온 세상이 돌아가는 관점은 요정들의 것이기 때문에, 생명의 유한성은 신화적으로 설명되지가 않네. 이것이 신의 미스터리이고, 여기에 대해서는 '신이 인간을 위해 계획해 둔 것은 감춰져 있다'는 사실 말고는 알려진 것이 없네. 요정들은 이를 슬퍼하며 또 시샘하는 편이지.

내가 말한 대로 『실마릴리온』 전설은 특이한 이야기이고, 인간이 중심이 아니란 점에서 내가 알고 있는 유사한 모든 이야기와도 다르네. 그 관점과 관심의 중심은 인간이 아니라 '요정'들일세. 다만 인간이 들어오는 것은 불가피하네. 결국 작가가 인간이고, 그에게 독자가 있다면 인간일 테니 인간이 우리 이야기에 그렇게 들어올 수밖에 없는 거지. 요정이나 난쟁이, 호빗으로 모습을 바꾸거나 부분적으로 대표될 수는 없거든. 그럼에도 불구하고 인간은 주변적 존재일세—'늦게 온 자들'이고, 따라서 점차 비중이 커진다 해도 주인공이 될 수는 없는 걸세.

우주 창조에는 타락이 있네. 아마 천사들의 타락이라고 하지. 물론 기독교 신화의 타락과는 형식이 꽤 다르네. 이 이야기들은 '새로운' 이야기고 다른 신화나 전설에서 직접적인 유래를 찾을 수 없지만, 널리 알려진 고대의 모티브나 요소들을 많이 포함할 수밖에 없네. 요컨대 난 전설과 신화가 주로 '진실'로 구성되어 있으며, 사실상 이 양식으로만 이해할 수 있는 진실의 여러 양상을 제시한다고 믿네. 이런 종류의 특정한 진실과 양식이 오래전에 발견되었던 셈이고, 또 언제나 다시 나타나게 마련이지. 타락이 없이는 어떤 '스토리'도 있을 수 없고, 적어도 우리가 알고 있고 또 우리가 소유하고 있는 인간의 정신에서는 그렇지—모든 스토리는 궁극적으로 타락에 관한 이야기거든.

그래서 이야기를 계속하면, 요정들은 그들의 '역사'가 스토리가 될 수 있기 전에 타락하네. (인간의 처음 타락은 앞서 설명한 이유로 어디에도 나타나지 않네—인간은 그 모든 것이 끝나고 한참 뒤에까지 무대에 등장하지 않고, 다만 그들이 한동안 대적의 지배하에 떨어졌고 일부 후회하는 이들이 있었다는 소문만 있지.) 이야기의 중심에 있는 『실마릴리온』 본장은 요정들 중에서 가장 재능 있는 종족의 타락에 관한 이야기일세. 그들은 까마득한 서녘의 발리노르(일종의 낙원, 신들의 고장)를 떠나 가운데땅으로 망명하는데, 이 땅은 그들이 태어난 곳이지만 오래전에 대적의 지배하에 들어간 곳으로, 요정들은 여기서 여전히 가시적 육체를 지닌 악의 권력인 대적과 싸움을 벌이네. '실마릴리온'이란 이야기 제목은 모든 사건이 '실마릴'(순수한 빛의 광휘)이라 불리는 태고의 보석의 운명과 의미를 따라 얽혀 있기 때문일세. 보석의 제작이 요정들의 하위 창조적 기능을 상징적으로 보여 주는 중심에 있지만, 실마릴은 단순히 아름다운 것 이상이었네. '빛'이 있었지. '은빛과 금빛의 두 나무'에서 나오는 발리노르의 빛 말일세.[4)]

---

4) 이 모두가 상징적 혹은 알레고리적 의미를 지닌다고 보는 한, 빛은 우주의 본질에 있어서 원시 상징에 해당하며 따라서 결코 분석의 대상이 될 수 없다네. 발리노르의 빛은 (어떤 타락도 있기 전의 빛에서 유래하므로) 이성에서 분리되지 않은 예술의 빛이며, 따라서 사물을 과학적(혹은 철학적)으로 보는 동시에 상상력을 발휘하여 (혹은 하위 창조적으로) 바라보고 그것이 아름다운 만큼이나 선하다고 말해 준다네. 해(혹은 달)의 빛은 두 나무가 악에 의해 훼손된 뒤에야 나무로부터 만들어지네.

두 나무는 악의를 품은 대적에 의해 쓰러지고 발리노르가 어두워지지만, 두 나무가 완전히 죽기 전에 거기서 해와 달의 빛이 유래하네. (여기서 이 전설과 다른 것들 사이의 뚜렷한 차이는 해가 신성한 상징이 아니라 차선의 것이며, '해의 빛'―해 아래 있는 세상―이 타락한 세상과 혼란에 빠진 불완전한 시각(視覺)을 나타내는 말이 되었다는 점일세.)

그러나 요정들 중 최고의 장인(페아노르)은 두 나무가 훼손되거나 살해당하기 전에 발리노르의 빛을 세 개의 최상위 보석 실마릴 속에 가두어 둔 바 있네. 그래서 이 빛은 그 후 이 보석 속에서만 살아 있게 된 거지. 요정들의 타락은 페아노르와 그의 일곱 아들이 이 보석에 집착하면서 생겨난 걸세. 보석은 대적에게 강탈당해 그의 강철 왕관에 박힌 채 그의 막강한 성채 속에서 꼼짝달싹 못 하게 되었네. 페아노르의 아들들은 실마릴에 대해 누구라도 감히 조금의 지분이나 권리라도 주장하는 자가 있다면, 심지어 신이라 할지라도 적으로 간주하고 복수할 것이라고 끔찍한 신성 모독의 맹세를 하였네. 그들은 상당수의 자기 종족을 타락시켜 그들로 하여금 신들을 배반하고 낙원을 떠나 대적에 맞서 가망 없는 전쟁을 벌이게 하네. 이 타락의 첫 후과가 낙원에서 벌어진 전쟁일세. 요정이 요정을 살해하는 일이 벌어진 거지. 이 일과 그들의 사악한 맹세는 이후 그들의 모든 영웅적 행위를 따라다니며 배신을 낳고 모든 승리를 실패로 몰아가네. 『실마릴리온』은 망명 요정들이 대적과 맞서 벌이는 전쟁의 역사이고, 이 전쟁은 모두 세상(가운데땅)의 서북부에서 벌어지네. 그 속에는 승리와 비극을 담은 몇 편의 이야기가 실려 있지만, 이야기는 거대한 재앙으로 끝나고 고대 세계, 곧 장구한 제1시대의 세상은 모습을 감추네. (급기야 신들의 개입으로) 보석을 되찾긴 하나 요정들로부터는 영원히 멀어지게 되어, 하나는 바다에, 하나는 깊은 땅속에, 또 하나는 하늘의 별로 남게 되지. 이 전설 모음은 세상의 끝, 그 파괴와 재구성, 실마릴과 '해 이전의 빛'의 복구에 대한 환상으로 마무리되는데, 그 직전에 마지막 전투가 벌어지고 이 전투는—
많이 닮지는 않았지만—특히 북유럽의 라그나로크 환상에서 유래
하는 것으로 볼 수 있네.

스토리에서 신화의 색채가 약해지고 점점 진짜 스토리나 중세 로
맨스 성격이 강해지면서 인간이 엮이어 드네. 이들은 대체로 '선한
인간들'인데—악을 섬기기를 거부한 인간 가문과 그 지도자들은 서
녘의 신들과 높은요정들에 관한 소문을 듣고 서쪽으로 달아나 전
쟁의 와중에 있는 망명 요정들을 만나게 되지. 이렇게 등장한 인간
들은 대부분 인간의 조상을 이루는 세 가문 소속으로 그들의 지도
자들은 요정 영주들의 협력자가 되네. 인간과 요정의 만남은 일찍
이 후대 역사에 대한 전조인 셈인데, 여기서 반복해서 등장하는 주
제는 인간에게는 (지금도 마찬가지지만) 요정들로부터 유래하는 한
줄기의 '혈통'과 유산이 있다는 생각, 그리고 인간의 예술과 시가 이
관계에 의존하고 또 그에 맞추어 수정된다는 생각일세.[5] 그리하여
유한한 생명과 요정 사이에는 두 번의 결혼이 이루어지고, 이는 나
중에 에아렌딜 일가에서 합쳐져 반요정 엘론드의 모습으로 나타나
는데 그는 이후의 모든 스토리와 심지어 『호빗』에까지 등장하는 인
물이지. 스토리들의 중심에는 『실마릴리온』이 있고, 그중 가장 완성
도가 높은 이야기는 「베렌과 요정 처녀 루시엔의 이야기」일세. 이
이야기에서 우리는 무엇보다도 (나중에 호빗들에게서 분명해지는) 모
티브의 첫 사례를 목격하네. 즉, 세상의 역사를 움직이는 거대 원리,
곧 '세상의 수레바퀴'를 끌고 가는 것은 영웅호걸이나 심지어 신들
이 아니라, 겉보기엔 나약하고 미미한 존재들이라는 점일세. 이는
창조에 담긴 비밀의 생명 때문이며, 절대자 외에 어떤 지혜로도 알
수 없는 역할로, 이는 절대자의 자손들을 드라마 속에 끌어들임으

---

5) 물론 이는 실제로 나의 '요정들'이 인간 본성의 일부를 대변하거나 우려할 뿐이라는 뜻이지만, 그렇게 이야기하는 것은 전설을 다루는 방식이 아니라네.

로써 시작되네. 어떤 군대나 전사도 해내지 못한 일을 (왕가의 요정이긴 하지만 한갓 처녀에 불과한 루시엔의 도움을 받아) 성공시킨 인물이 유한한 생명의 무법자 베렌일세. 베렌은 대적의 요새로 잠입하여 강철 왕관에서 실마릴 하나를 떼어내거든. 이렇게 하여 그는 루시엔에게 결혼 승낙을 얻어 내고 인간과 요정 간의 첫 결혼이 성사되는 걸세.

그렇게 하여 이 스토리는 (내 생각에 아름답고 힘찬) 영웅담이자 동화이자 로맨스가 되었고, 배경에 대한 전반적 지식이 미흡해도 그 자체로 읽을 수 있는 이야기가 되었네. 하지만 전체 이야기에서 핵심 고리이기 때문에 거기서 따로 떼어 놓으면 본연의 의미를 상실하게 되지. 최고의 승리인 실마릴의 획득이 재앙을 초래하기 때문일세. 페아노르의 아들들의 맹세가 발동하기 시작하고, 실마릴에 대한 탐욕은 모든 요정 왕국을 파멸로 몰고 가는 거지.

거의 비슷하게 완성도가 높고, 마찬가지로 독립적이지만 전체 이야기와 연결되어 있는 다른 작품도 있네. 투린 투람바르와 그의 누이 니니엘의 슬픈 이야기를 그린 「후린의 아이들」도 있는데, 여기서는 주인공이 투린일세. 이 인물은 말하자면 (이런 식의 이야기가 도움이 되지는 않지만, 좋아하는 사람들이 있긴 한데) 볼숭가의 지구르드와 오이디푸스, 핀란드의 쿨레르보 이야기의 구성 요소들을 포함하고 있다고 할 수 있네. 요정들의 핵심 성채를 다룬 「곤돌린의 몰락」도 있지. 「방랑자 에아렌딜」 이야기도 있는데, 그 이야기는 여러 편에 걸쳐 있지. 에아렌딜은 실마릴 이야기의 종지부를 찍는다는 점에서도 중요하고, 그의 후손에서 후기 시대 이야기들과의 주요 연결 고리가 만들어지고 또 주요 등장인물도 거기서 나온다는 점에서 중요한 인물이네. 두 종족, 곧 요정과 인간 모두를 대표하는 인물로서 에아렌딜의 역할은 신들의 땅으로 가는 바닷길을 찾아서, 신들에게 파견된 사자가 되어 그들이 떠나간 요정들을 다시 걱정하고 연민하고 대적의 손에서 구원해 주도록 설득하는 것이었지. 그의 아내 엘 윙은 루시엔의 피를 물려받았고, 그녀의 손에는 실마릴이 있네. 하 지만 저주는 끝까지 살아 있고, 에아렌딜의 집은 페아노르의 아들 들에 의해 파괴되고 마네. 하지만 여기서 해결책이 나오는데, 보석 을 구하기 위해 엘윙이 바닷속으로 뛰어들고, 그래서 위대한 보석 의 힘으로 두 사람은 발리노르로 가서 그들의 임무를 완수하게 되 는 걸세. 다만 이제 다시 요정이나 인간 세계로 돌아가 살 수는 없다 는 대가는 치러야 하네. 그리하여 신들이 움직이기 시작하면서 서 녘에서 대군이 나와 대적의 요새를 파괴하자, 대적은 세상에서 쫓겨 나 공허로 들어가고 거기서 다시는 육체의 옷을 입고 나타날 수 없 게 되지. 남은 두 개의 실마릴은 강철 왕관에서 떨어져 나오지만 결 국 사라지고 마네. 마지막 남은 페아노르의 두 아들은 자신들이 한 맹세를 지키기 위해 실마릴을 훔치지만 각각 바다로 뛰어들고 땅속 으로 들어가 종말을 맞고 말거든. 마지막 실마릴로 장식을 한 에아 렌딜의 배는 가장 밝은 별로 하늘 높이 떠 있고, 실마릴리온과 제1 시대의 이야기는 이렇게 끝이 나네.

　다음 이야기는 제2시대를 다루고 있네. 하지만 가운데땅에서 그 시대는 암흑의 시대이고, 그 역사에 대해서는 이야기가 그리 많지 않네(있을 필요도 없지). 첫째 대적과 치른 엄청난 전투로 인해 대지 는 파괴되어 폐허가 되었고, 가운데땅의 서부는 황량한 땅이 되었 네. 우리가 아는 바로 망명을 떠나온 요정들은 서녘으로 돌아가 평 안한 삶을 살라는 (명령을 받은 것은 아니지만) 적어도 엄중한 권유를 받네. 그들은 다시 발리노르에 영원히 살 수는 없지만, 축복의 땅이 보이는 외로운섬 톨 에렛세아에 살게 된 것이지. 세 가문의 인간들 은 그들이 보여준 무용과 충성스러운 동맹에 대한 보답으로 유한한 생명들 중에서 오직 그들만 '가장 서쪽', 곧 누메노르라고 하는 거대한 '아틀란티스섬'에 살도록 허락을 받네. 물론 절대자의 심판이자 선물인 '유한한 생명'을 하위의 신들이 제거할 수는 없지만, 누메노르인들은 대단히 긴 수명을 누리네. 그들은 배를 타고 가운데땅을 출발하여 까마득히 멀리 에렛세아(발리노르가 아니라)가 보이는 곳에 뱃사람들을 위한 거대한 왕국을 세우지. 대부분의 높은요정들 역시 서녘으로 다시 돌아가지만, 전부는 아닐세. 누메노르인들과 가까운 일부 인간들은 가운데땅의 서해안에서 멀지 않은 곳에 잔류하네. 망명 요정들 일부도 돌아가지 않거나, 귀환을 미루네(서쪽으로 향하는 길은 영생의 존재들에게는 늘 열려 있고, 회색항구에는 언제나 선박들이 출항 준비를 해 두고 있거든). 더욱이 첫째 대적이 번식시켜 놓은 오르크(고블린)나 다른 괴물들도 완전히 괴멸된 것은 아니고 또 사우론도 살아 있거든. 『실마릴리온』과 제1시대의 이야기에서 사우론은 발리노르의 존재였지만, 타락하여 대적을 섬기는 쪽으로 돌아섰고 그의 대장군이자 종이 되어 버렸네. 그는 첫째 대적이 완패하자 공포에 사로잡혀 후회하지만, 결국 신들의 심판을 받기 위해 돌아가라는 명령을 받고도 따르지를 않네. 그러면서 가운데땅에 남게 된 거지. 무척 천천히, 처음엔 근사한 이유를 댔지. '신들로부터 버림 받아' 폐허가 된 가운데땅을 다시 추스르고 살려낸다면서, 사우론은 다시 악의 현신이 되고 완전한 힘을 탐하는 존재가 되었고— 그러면서 점점 더 (특히 신들과 요정들에 대한) 격렬한 증오심에 사로잡힌 걸세. 제2시대의 박명 속에 내내 가운데땅 동부에서 세력을 키우고 있던 어둠은 인간들에게 점점 더 영향력을 확대하기 시작하네. 요정들이 서서히 모습을 감추면서 인간들이 늘어나기 시작했거든. 그래서 세 가지 핵심 주제가 나오는데, 가운데땅에 머뭇거리고 남아 있는 요정들, 새로운 암흑군주, 곧 인간들의 지배자이자 신으로 올라서려는 사우론, 그리고 누메노르, 곧 아틀란티스 이야기가 그 세 가지일세. 이 주제는 연대기 순으로 다루어지는데, 「힘의 반지들」과 「누메노르의 몰락」 두 이야기에서 언급되지. 둘 다 『호빗』과 그 속편의 핵심 배경일세.

먼저 우리는 요정들에게서 일종의 2차 타락 혹은 적어도 '실수'라고 할 만한 것을 목격하게 되네. 그들이 충고를 무시하고 남아 있었던 것을 근본적으로 잘못이라고 할 수는 없지. *still sadly with*[6] *the mortal lands of their old heroic deeds*(그들의 영웅적 옛날 행적이 남아 있는 유한한 생명의 땅). 하지만 그들은 케이크를 먹지는 않으면서도 소유하고는 싶어 했네. 요정들은 '서녘'의 평화와 지복과 완전의 기억을 원하면서도 보통 사람들의 땅에 남아 있고자 했거든. 이곳에서 그들이 야생의 요정들과 난쟁이들, 그리고 인간들 위에 군림하며 최고의 종족으로 누리는 권위는 발리노르 계급 사다리의 맨 밑바닥보다 나았던 거지. 그리하여 그들은 '사라짐'에 대한 강박에 사로잡히게 되네. '사라짐'은 시간의 변천(해 아래 있는 세상의 법칙)이 요정들에게 인지되는 방식을 가리키네. 비록 그들은 여전히 대지를 장식하고 그 상처를 치유한다는 자기 종족의 옛 존재 동기를 지니고 있었지만, 이제는 슬픔에 사로잡혀 그들의 기술은 (말하자면) 골동품이 되고, 노고는 모두 사실상 일종의 방부 처리 작업이 되었지. 우리는 『실마릴리온』의 옛 땅 중에서 대략 서북부 끝에 길갈라드가 이끄는 왕국이 하나 남아 있다는 소식을 듣게 되네. 다른 정착지도 몇 있는데, 가령 엘론드 근처에 있는 임라드리스(깊은골)와 안개산맥 서쪽 발치의 에레기온에 있는 대규모 정착지가 대표적인 곳으로, 이곳은 제2시대 난쟁이들의 주요 거주지인 모리아 광산 근처에 있네. 늘 서로 적대적이었던 (요정과 난쟁이) 종족들 사이에 처음이자 유일하게 우정이 생겨나고, 세공 기술은 최고의 발전 단계에 이르지. 하지만 많은 요정들이 사우론의 말에 귀를 기울였네. 그

---

6) [타자수의 실수로 앞 문장과 연결된 이 문장의 편지 원본에 있는 몇 단어가 누락되었다.]

시대의 초기에 그는 여전히 아름다웠고, 황폐한 대지를 치유한다는 그의 동기와 요정들의 동기는 부분적으로 어울리는 것 같았지. 사우론은 요정들의 약점을 찾아내어, 그들이 서로 도울 수만 있다면 가운데땅 서부를 발리노르처럼 아름답게 만들 수 있을 것이라는 제안을 하였네. 이는 사실 신들에 대한 은근한 공격이었고, 따로 독립적인 낙원을 만들어 보자는 선동이었지. 길갈라드는 그런 접근을 모두 거부했고, 엘론드 역시 마찬가지였네. 그러나 에레기온에서는 위대한 작업이 시작되었고—요정들은 거의 마법과 기계 속으로 빠져들고 말았지. 사우론의 지식 덕분에 그들은 '힘의 반지들'을 만들었네('힘'은 신들에게 적용되는 경우를 제외하고 여기 모든 이야기에서는 불길하고 사악한 단어일세).

(모든 반지들의 공통적인) 핵심 능력은 '쇠잔'을 방지하거나 늦추는 것(즉, '변화'는 애석한 일로 간주되네), 즉 현재 원하는 것이나 사랑하는 것 혹은 그것의 외관을 보존하는 능력이었고—이는 대체로 요정들의 모티브이기도 하지. 하지만 반지는 또한 소지자의 타고난 능력을 증대시켰고—그래서 '마법'에 가까워지는데, 이 모티브는 지배욕이라는 악으로 쉽게 타락할 수 있는 것일세. 최종적으로 그들은 좀 더 직접적으로 사우론(그는 『호빗』에서 큰 비중은 아니었지만 '강령술사'로 지칭되며 이야기에 스쳐 지나가듯 어두움과 전조를 드리웠네.)에게 비롯된 다른 힘들도 보유하고 있었지. 이를테면 물질로서의 육체를 보이지 않게 한다거나, 보이지 않는 세계의 것을 볼 수 있게 만드는 능력 말일세.

에레기온의 요정들은 지고의 아름다움과 힘을 갖춘 세 개의 반지를 만들었다네. 반지는 거의 온전히 그들의 상상력만으로 만들었고, 아름다움의 보존을 목표하였을 뿐 불가시성을 부여하지는 않았지. 하지만 사우론은 자신의 암흑의 땅 지하의 불 속에서 은밀하게 절대반지, 곧 지배의 반지를 만들었네. 이 반지는 다른 모든 반지의 힘을 함께 보유하고 있고 반지를 통제할 수 있어서, 반지를 끼는 사람은 하위의 반지를 사용하는 이들의 생각을 읽고 그들의 행동을 지배하며 종국에는 그들을 완전히 노예로 삼을 수 있었던 것이라네. 하지만 그는 요정들의 지혜와 섬세한 감각을 간과하고 말았다네. 그가 절대반지를 취하는 순간 그들은 그 사실을 인지하였고, 그의 비밀스러운 목표를 파악하고는 두려움에 떨었네. 그들은 세 개의 반지를 감추었고, 그래서 사우론조차도 그 반지들의 소재를 알지 못하여 반지들은 무탈하게 살아남았네. 그들은 다른 반지들도 파괴하려고 시도했네.

이어진 사우론과 요정들 사이의 전쟁에서 가운데땅, 특히 서부 지역은 더욱 심한 파괴를 당했네. 에레기온은 함락당해 파멸을 면치 못했고, 사우론은 많은 힘의 반지들을 손에 넣었지. 그는 그 반지들을 (야심이나 탐욕 때문에) 받아들인 이들에게 주고 급기야 그들을 타락시켜 노예로 삼았네. 『반지의 제왕』에서 반복 주제로 나오는 '고대의' 운율은 그렇게 만들어진 걸세.

> 지상의 요정 왕들에겐 세 개의 반지,
> 돌집의 난쟁이 왕들에겐 일곱 개의 반지,
> 죽을 운명을 타고난 인간들에겐 아홉 개의 반지,
> 어둠의 권좌에 앉은 암흑의 군주에겐 절대반지
> 어둠만 살아 숨 쉬는 모르도르에서.

그리하여 사우론은 가운데땅에서 거의 최고의 권력자가 되었다네. 요정들은 (아직까지 드러나지 않은) 비밀의 장소에서 계속 버텼지. 길갈라드의 마지막 요정 왕국은 선박들을 위한 항구가 있는 서해안 맨 끝에서 겨우 명맥을 유지하고 있었네. 에아렌딜의 아들, 반요정 엘론드는 서부 지역의 동쪽 가장자리에 있는 임라드리스(영어로는 깊은골)에 마법으로 에워싼 일종의 피난처를 운영하고 있었다네.[7] 하지만 사우론은 수가 늘어나고 있던 모든 인간 종족들을 지배하게 되었는데, 이들은 요정들과 접촉이 없었고 그래서 타락하지 않은 진정한 발라와 신들을 간접적으로나마 접하지 못한 이들이었다네. 사우론은 불의 산 근처 모르도르에 있는 거대한 암흑의 탑 바랏두르에서 절대반지를 휘두르며 확장해 가고 있는 제국을 지배하게 되었네.

하지만 이를 위해서 사우론은 자신의 타고난 힘 중에서 상당 부분을 절대반지에 넘겨 주어야 했다네(신화와 동화에서 자주 등장하는 매우 중요한 모티브일세). 반지를 끼고 있는 동안 지상에서 그의 힘은 사실상 증가했지. 하지만 반지를 끼고 있지 않다고 하더라도 그 힘은 살아서 그와 '소통'하고 있었네. 그는 '약화되지' 않았던 것일세. 누군가가 그걸 취해 소유자가 되지 않는 한 말이야. 그런 일이 벌어지면 새로운 소유자는 (본성이 충분히 강인하고 영웅적이라면) 사우론에게 도전해서 그가 절대반지를 만든 후 익히거나 행한 그 모든 것의 주인이 되어 그를 무너뜨리고 그 자리를 **빼앗을** 수도 있었네. 이 점은 사우론이 요정들을 노예로 삼으려고 애를 쓰고(대체로 실패했지만), 자기 하수인들의 생각과 의지를 통제하려다 자신의 상황 속에 초래한 근본적인 약점이었지. 약점이 하나 더 있었네. 만약 절대반지가 파괴되어 없어진다면, 그 힘도 녹아서 없어지고 사우론의 존재도 소멸점으로 약화되어 그는 그저 사악한 의지의 기억에 불과한 그림자로 전락하고 만다는 점이었지. 하지만 그는 그런 일은 상상하

---

7) 엘론드는 내내 고대의 지혜를 상징하고, 그의 저택은 구전 지식, 곧 선함과 지혜로움과 아름다움에 관한 모든 전통을 존경할 만한 기억 속에 보전하고 있음을 나타낸다네. 그곳은 '행동'의 장소가 아니라 '명상'의 장소일세. 그리하여 그곳은 모든 행동 혹은 '모험'을 향하는 길에 방문하는 곳이 된다네. 그곳은 (『호빗』에서처럼) 직선 도로일 때도 있지만, 거기서부터 전혀 예상치 못한 길로 가야 할 때도 있네. 그래서 『반지의 제왕』에서는 필연적으로 주인공이 일촉즉발로 쫓아오는 눈앞의 적으로부터 엘론드를 향해 달아난 다음 완전히 새로운 방향으로 길을 떠난다네. 악의 근원으로 가서 그를 만나는 것이라네.

지도 걱정하지도 않았네. 자신보다 약한 어느 누구의 세공 기술로도 그 반지를 파괴할 수 없었기 때문일세. 반지는 그것을 제조한 땅속의 꺼지지 않는 불 속 말고는 어느 불로도 녹일 수 없었다네. 그런데 그 불은 접근 불가였지, 모르도르에 있었거든. 또한 절대반지가 지닌 탐욕의 힘 또한 엄청났기 때문에 그것을 소유한 자는 누구나 반지에 압도당할 수밖에 없었고, 어느 누구의 (심지어 그 자신의) 의지로도 반지를 손상시키거나 내버리거나 등한시할 수 없었던 거지. 사우론은 그렇게 생각했던 것일세. 반지는 어쨌든 자기 손가락에 있었기 때문이네.

이리하여 제2시대가 진행되면서 가운데땅에서는 거대한 왕국이자 사악한 신정(神政) 국가(사우론은 자기 노예들의 신이기도 하네) 하나가 등장하는 것을 목격하게 되네. 서부에는—사실상 서북부가 이 이야기들에서는 분명하게 그려지는 유일한 지역이라네—요정들의 위태로운 피난처가 하나 있고, 이 지역의 인간들은 무지하긴 하나 타락하지 않은 상태였지. 좀 더 훌륭하고 고귀한 성품의 인간들은 사실 누메노르로 떠난 이들의 친족들이지만, 여전히 가부장적이고 부족적인 생활을 영위하는 소박하고 '호메로스적인' 상태에 머물러 있었네.

한편 누메노르는 에아렌딜의 아들이자 엘론드의 쌍둥이 형제 엘로스로부터 직계로 이어지는 긴 수명의 대왕들 통치하에 재물과 지혜와 영광이 날로 증가했네. 인간(혹은 갱생하였으나 여전히 유한한 생명인 인간)의 두 번째 타락인 「누메노르의 몰락」은 대재앙에 가까운 파국을 초래하는데, 이는 제2시대뿐만 아니라 구세계, 곧 (평평하고 가장자리가 둘러싸인) 전설의 원시 세계의 종말이기도 하지. 그 후에 제3시대가 시작되었고, 이 시대는 박명(薄明)의 시대이자 중간 시대이며, 세계가 파괴되고 변동된 이후 첫 시대였네. 아울러 완전한 육신을 가시적으로 취한 요정들의 가물거리는 지배가 마무리되는 시대이자, 또한 악이 단일한 육체의 형체를 취하고 지배하는 마지막 시대이기도 했지.

「누메노르의 몰락」은 부분적으로 인간들의 내적 취약성이 빚어낸 결과로—말하자면 (이 이야기들에서는 기록되지 않은) 첫째 타락의 귀결인데, 회개는 하였으나 최종적으로 치유되지는 못한 탓이었지. 인간에게 지상에서의 보상은 처벌보다 더 위험한 것일세! 그들의 타락은 이 약점을 이용한 사우론의 간계로 이루어진 것이지. 그 중심 주제는 (내 생각에, 인간들의 스토리에서는 불가피한 것인데) 금제(禁制) 혹은 금지일세.

누메노르인들은 '불사의 땅' 동쪽 끝 에렛세아가 아득하게 보이는 곳에 살고 있었네. 요정어를 구사할 수 있는 유일한 인간들로서 그들은 예전의 친구이자 동맹군인 요정들—에렛세아의 지복을 누리는 요정들이거나 가운데땅 해안에 있는 길갈라드의 왕국의 요정들—과 늘 교류를 하였지. 그리하여 그들은 외관에 있어서나 또 심지어 사고의 능력에 있어서 요정들과 구분하기가 어려워졌네. 하지만 3배 혹은 그 이상의 수명을 선사받았음에도 불구하고 그들은 여전히 유한한 생명의 존재였지. 그들이 받은 보상이 그들의 몰락 원인—혹은 유혹의 도구—이 되네. 그들의 긴 수명은 그들의 기술과 지혜가 성취를 이루는 데 도움을 주지만, 이는 창조물에 대한 소유욕을 낳고 자신들이 오래 향유할 수 있도록 '시간'에 대한 욕망에 눈을 뜨게 만들었거든. 이를 부분적으로 예견한 신들은 처음부터 누메노르인들에게 금제를 걸었네. 에렛세아로 가도 안 되고, 자신들의 땅이 보이는 지점을 넘어 서쪽으로 항해를 해도 안 되도록 말이지. 다른 방향으로는 원하는 대로 어디든지 갈 수 있었지. 그들은 '불사의' 땅에 발을 들여놓을 수 없었고, 그래서 (이 세상 속에서) 영원한 생명을 갈망하게 된 걸세. 하지만 이는 그들의 법도, 곧 일루바타르(절대자)의 특별한 심판 혹은 선물을 거역하는 것이며, 사실상 그들

의 본성으로서는 견뎌 낼 수 없는 것이기도 하네.[8]

인간들이 은총으로부터 타락하는 과정에는 3단계가 있네. 첫 단계는 묵종으로, 비록 완전한 이해에는 이르지 못하나 자유롭고 기꺼이 순종하는 단계지. 그다음에는 장기간 억지로 복종하면서 점점 더 공개적으로 불평을 늘어놓는 단계일세. 마지막은 반역의 단계로, 왕의 사람들 및 반역자들과 소수의 박해받는 충직한자들 사이에 균열이 생기는 시기이지.

그들은 1단계에서는 평화를 사랑하는 사람으로서 용감하게 항해에 나서네. 에아렌딜의 후예로 최고의 뱃사람인 그들은 서쪽으로의 항해가 막히자 극한의 북쪽과, 남쪽, 동쪽으로 닻을 올리네. 대개 가운데땅 서쪽 해안으로 배를 타고 와서 사우론에 맞선 요정과 인간 들을 지원하고, 그래서 영원히 사우론의 미움을 사게 되지. 그 당시 그들은 야생인들 사이에서는 거의 신성한 시혜자가 되어 기술과 지식을 선물로 가져다주고, 그리고 다시 떠나가면서 해 지는 쪽에서 가져온 왕과 신의 전설을 뒤에 남기네.

오만과 영광의 나날들인 제2단계가 되면, 누메노르인들은 금제에 대해 불평하면서 지복보다는 재물을 추구하기 시작하네. 죽음을 피하려는 욕망은 사자(死者) 숭배를 만들어 내고, 무덤과 기념비를 세우는 일에 재물과 기술을 아끼지 않았지. 그들은 가운데땅 서 해안에 정착지를 세우지만, 이 정착지는 재물을 추구하는 영주들의 성채이자 '공장'이 되었고, 누메노르인들은 징세원이 되어 점점 더 많은 재물을 그들의 큰 배에 실어 서쪽으로 실어 날랐네. 누메노르인들은 전쟁을 위한 무기와 기계 장치 들을 주조하기 시작했지.

---

8)　이 견해는 (나중에 일시적으로 절대반지를 소유하는 호빗들의 경우에 분명하게 다시 나타나는데) 각각의 '종족'은 자신의 생물학적 영적 본성의 일부인 자연적 수명이 있다는 주장에 근거하네. 이 수명은 사실상 질적으로나 양적으로나 '늘릴' 수가 없고, 따라서 시간적으로 길이를 늘린다는 것은 마치 밧줄을 더 팽팽하게 당기거나, '버터를 점점 더 얇게 펴는 것'처럼 견딜 수 없는 고통이 되네.

이 단계가 끝나고 다음 단계는 엘로스 왕조의 제13대[9] 왕이자 가장 강력하고 오만한 왕인 '황금왕 타르칼리온'이 왕위에 오르면서 시작되네. 사우론이 '왕중왕'과 '세상의 군주'라는 칭호를 취하자, 황금왕은 이 '참주(僭主)'를 징벌해야겠다는 결심을 하네. 그는 군대를 이끌고 장엄하게 가운데땅으로 진입하는데, 그의 군세가 엄청나고 또 전성기 누메노르인들은 너무나 무시무시한 존재였기 때문에 사우론의 하수인들은 감히 맞설 생각을 하지 못하네. 사우론은 비굴한 자세로 타르칼리온에게 경의를 표하고, 인질이자 죄수가 되어 누메노르로 끌려가지. 그러나 그는 자신의 간계와 지식을 사용하여 순식간에 종에서부터 왕의 수석 자문관 자리에까지 오르고, 왕과 대다수 영주와 백성 들을 거짓말로 유혹하네. 사우론은 절대자의 존재를 부인하고, 그가 샘 많은 서녘 발라들이 꾸며낸 이야기, 곧 그들의 바람을 담은 신탁에 불과하다고 말했지. 발라들의 우두머리는 공허에 거하는 분이며, 그가 최종적인 승리를 거두어 공허 속에 그의 종들을 위한 무수한 영토를 만든다고 말이네. 금제는 겁을 주기 위한 기만의 장치로, 인간의 왕들이 영원한 생명을 얻어 발라들과 겨루지 못하게 하기 위해서라는 걸세.

새로운 종교, 곧 암흑에 대한 숭배가 사우론을 섬기는 신전과 함께 등장하네. '충직한자들'이 박해를 받고 처형되었지. 누메노르인들은 또한 악을 가운데땅까지 달고 가서 마술을 쓰는 잔인하고 사악한 영주가 되어 사람들을 고문하고 죽였지. 공포스러운 암흑의 이야기가 고대의 전설들을 뒤덮게 된 걸세. 하지만 이런 일은 서북부에는 일어나지 않네. 요정들 때문에 그곳에는 '요정들의 친구'인 충직한자들만 오기 때문일세. 선한 누메노르인들의 중심 항구는 안두인대하 어귀 근처에 있네. 거기서부터 조용히 누메노르의 선한 영

---

9)  [이 편지를 쓸 당시에는 누메노르 지도자들을 기록한 초기 원고가 아직 남아 있었는데, 그에 따르면 타르칼리온(아르파라존)은 제13대 왕이었고 나중에 제25대로 수정되었다.]

향력이 강의 상류로 확산하여 올라가고, 해안선을 따라서 공용어 사용이 늘어나면서 멀리 북부의 길갈라드의 나라까지 올라가네.

그러나 마침내 사우론의 음모가 완성에 이르고, 타르칼리온은 노령과 죽음이 임박한 것을 느끼자 사우론의 마지막 재촉에 넘어가고 마네. 그리하여 최강의 함대를 구축한 왕은 서녘으로 출진하여 금제를 넘어 '세상의 울타리 속에 넣을 영원한 생명'을 신들로부터 빼앗아 오기 위해 전쟁을 벌이네. 끔찍한 우매함과 신성 모독에 가까운 이 반역 앞에서, 또한 실질적인 위험(사우론이 지휘하는 누메노르인들은 발리노르를 파멸로 몰고 갈 수도 있었네.) 앞에서 발라들은 자신들이 위임받은 권한을 내려놓고 절대자에게 호소를 하였고, 상황을 처리하라는 허락과 함께 권한을 부여받네. 낡은 세상을 파괴하고 변동시키라는 내용이었지. 바다 한가운데에 틈이 벌어지면서 타르칼리온과 그의 함대는 그 속에 가라앉고 마네. 누메노르 역시 갈라진 틈의 가장자리에서 쓰러져 그 모든 영광과 함께 영원히 심연 속으로 사라지고 마네. 이후로 지상에는 신성한 영생의 존재들을 위한 거처는 볼 수 없게 되지. 발리노르(혹은 낙원)와 심지어 에렛세아까지도 자리를 이동하여, 오로지 지상에는 기억 속에서만 남아 있네. 인간들은 이제 원한다면 서쪽으로 멀리까지 항해할 수는 있지만, 발리노르나 축복의 땅 가까이 갈 수는 없고 동쪽으로 가서 다시 돌아올 수밖에 없게 되었네. 왜냐하면 세상은 둥글고 유한한 곳이 되었기 때문일세. 죽음 말고는 이 둥근 세상을 벗어날 길이 없게 된 거지. 오직 '영생의 존재들', 곧 남아 있는 요정들이라면, 둥근 세상이 싫증이 날 때 아직도 배를 타고 '직항로'를 찾아서 고대의 진정한 서녘으로 가서 안식을 누릴 수 있기는 하네.

이렇게 제2시대의 종말은 대재앙 속에 마무리되지만, 아직 완전히 끝난 것은 아니네. 지각 변동 속에서 살아남은 이들이 있었거든. 충직한자들의 우두머리인 '아름다운 엘렌딜'(그의 이름은 '요정의 친구'라는 뜻이네)과 그의 아들인 이실두르와 아나리온일세. 성서의 노아와 같은 인물인 엘렌딜은 반역에 가담하지 않고 누메노르 동해 안에 선박을 준비하여 사람들을 태우고 대기하고 있었지. 그러다가 서녘의 진노에 따라 폭풍이 바다를 뒤엎어 놓기 전에 탈출하였고, 가운데땅 서쪽 해안을 폐허로 만든 엄청나게 높은 파도를 타고 돌아오게 되었네. 그와 동료들은 해변에 난민처럼 내동댕이쳐지고 말았지. 그들은 그곳에 누메노르 왕국을 세우는데, 길갈라드의 영토 가까운 북부에 세운 왕국이 아르노르, 더 남쪽 안두인강 하구 인근에 세운 왕국이 곤도르였네. 사우론은 불사의 존재였던 까닭에 간신히 누메노르의 침몰을 피해 모르도르로 돌아가는데, 거기서 얼마 후 누메노르의 망명객들에게 도전할 만큼 강성해지네.

제2시대는 (요정과 인간의) '최후의 동맹'과 모르도르 대공방으로 끝이 나네. 사우론이 거꾸러지면서 악의 두 번째 가시적 현신도 파멸을 맞이한 거지. 하지만 이를 위해 대가를 치러야 했고, 또 비참한 실수도 하나 있었네. 길갈라드와 엘렌딜이 사우론을 죽이려다가 목숨을 잃고 말았거든. 엘렌딜의 아들 이실두르가 사우론의 손가락에서 절대반지를 베어 내자, 사우론의 힘이 떠나면서 그의 영도 어둠 속으로 달아나고 마네. 하지만 악은 또 작업을 시작하지. 이실두르가 반지를 '부친의 보상금'이라고 주장하며, 불 속에 반지를 던져 넣지 못하겠다고 한 걸세. 그는 길을 떠나지만 대하의 물속에서 숨을 거두고 반지는 종적을 감추어 아무도 알 수 없게 되네. 하지만 반지는 파괴되지 않았고, 반지의 도움으로 건설된 암흑의 탑도 텅 비었지만 파괴되지 않고 건재하네. 제2시대는 이렇게 누메노르 왕국들이 나타나고 높은요정들의 마지막 왕통이 사라짐으로써 종결되네.

1951년

J.R.R. 톨킨

# 아이눌린달레

AINULINDALË

# 아이눌린달레

## 아이누의 음악

유일자 에루가 있었고, 아르다에서는 그를 일루바타르로 칭한다. 그는 처음에 '거룩한 자', 곧 아이누들을 만들었고, 그의 생각의 소산인 이들은 다른 것들이 만들어지기 전에 그와 함께 있었다. 그는 그들에게 음악의 주제를 주었고, 그들은 그의 앞에서 노래를 불러 그를 기쁘게 하였다. 하지만 오랫동안 그들은 혼자서만 노래하거나 혹은 극히 소수만 모여서 노래를 하고 나머지는 듣기만 하였다. 그들은 각각 일루바타르의 생각 중에서 자신의 기원(起源)이 된 부분만 이해하였고, 형제들에 대한 이해는 느렸다. 하지만 계속해서 노래를 듣는 중에 그들은 좀 더 깊이 이해하게 되었고 제창과 화음이 향상되었다.

그러던 중 일루바타르는 모든 아이누를 불러 모아 그들에게 장엄한 주제를 선포하고, 이제까지 자신이 보여 준 것보다 더 놀랍고 위대한 것들을 펼쳐 보였다. 그 도입부의 영광스러움과 종결부의 찬란함에 아이누들은 놀라움을 금치 못했고, 일루바타르 앞에서 머리를 숙이고 입을 다물었다.

그러자 일루바타르가 입을 열었다. "내가 선포한 이 주제로 이제 그대들은 함께 조화롭게 위대한 음악을 만들 것을 명하노라. 불멸의 불꽃으로 그대들을 불붙였으니, 원한다면 그대들의 생각과 지혜로 이 주제를 아름답게 꾸미는 데 전심을 다하도록 하라. 나는 이곳에 앉아 그대들을 통해 위대한 아름다움이 노래 속에 깨어나는 것을 듣고 기뻐하겠노라."

　그러자 아이누들의 음성은 하프와 류트, 피리와 나팔, 비올과 오르간 소리에 실린 것처럼, 또 수없이 많은 합창단의 노래에 담긴 것처럼 일루바타르의 주제를 위대한 음악으로 만들어 내기 시작했다. 끝없이 주고받는 선율들이 화음 속에 어우러져 솟아난 소리는 청각의 한계를 벗어난 깊이와 높이에 이르면서 일루바타르의 거처를 넘치도록 가득 채웠고, 그 음악과 음악의 반향은 '공허'로까지 나아가 '공허'는 이제 단순한 허공이 아니었다. 이후로 아이누들은 이 같은 음악을 만들지 못하였다. 다만 시간의 종말에 이른 뒤에, 일루바타르의 자손들과 아이누들의 합창으로 훨씬 더 위대한 음악이 만들어질 것이라는 이야기는 있었다. 그때가 되면 일루바타르의 주제들은 올바르게 연주될 것이며, 그 발성의 순간에 존재의 형식을 취할 것이었다. 그때서야 모두가 자신의 역할 속에 담긴 유일자의 뜻을 온전히 깨닫고 또 각자가 깨달은 바를 서로 이해하게 되어, 이를 기뻐한 일루바타르가 그들의 생각에 비밀의 불을 전수할 것이기 때문이다.

　하지만 일루바타르는 지금은 자리에 앉아 귀를 기울였고, 음악에는 아무런 흠이 없었기 때문에 그는 오랫동안 만족스러운 듯했다. 그러나 주제가 전개되면서 멜코르는 일루바타르의 주제와 어울리지는 않지만 자신이 상상한 것들을 섞어 넣고 싶은 마음이 생겼다. 그는 자신에게 할당된 역할의 힘과 영광스러움을 음악 속에 더 늘리고자 했다. 멜코르는 아이누들 중에서 힘과 지식이라는 가장 위대한 선물을 선사받았고, 또한 다른 형제들의 모든 재능을 조금씩 지니고 있었다. 그는 불멸의 불꽃을 찾아 혼자 허공 속으로 나아갈 때가 많았다. 자신의 소유를 존재로 바꾸어 놓고 싶은 욕망이 그의 마음속에 뜨겁게 일었기 때문이다. 그가 보기에 일루바타르는 공허에 대해 아무 생각이 없는 듯했고, 그는 그 공허함을 견딜 수 없었던 것이다. 하지만 불꽃은 일루바타르와 함께 있었고, 그리하여 그는 불꽃을 발견할 수 없었다. 그럼에도 불구하고 그는 홀로 있을 때면 이미 자신의 형제들과는 다른 자신만의 생각을 꾸며 내기 시작하였다.

이 생각의 일부를 그는 자신의 음악 속에 엮어 넣었고, 즉시 그의 주변에서 불협화음이 생겨났다. 주변에서 노래를 부르던 많은 이들의 목소리가 위축되면서 그들의 생각에 혼란이 일어났고 그들의 음악이 주춤거렸다. 그들 가운데 일부는 처음에 품었던 생각을 따르지 않고 멜코르의 음악에 자신의 음악을 맞추었다. 그리하여 멜코르의 불협화음은 점점 널리 퍼져 나갔고, 이전에 들었던 선율들은 엄청난 양의 격렬한 소음 속으로 가라앉고 말았다. 하지만 일루바타르는 사나운 폭풍우가 몰아치듯 자신의 옥좌 주변이 어지러워질 때까지 자리에 앉아 듣고만 있었다. 검은 파도들이 마치 달랠 길 없는 분노로 끝없이 치달으며 전쟁을 벌이는 것 같았다.

그때 일루바타르가 몸을 일으켰고, 아이누들은 그가 미소를 머금고 있는 것을 깨달았다. 그가 왼손을 들어 올리자 새로운 주제가 폭풍우 속에 시작되었다. 이전의 주제와 비슷하면서도 또 상이한 이 주제는 힘을 끌어모으고 새로운 아름다움을 지니고 있었다. 그러자 멜코르의 불협화음이 굉음을 내며 일어나 그것과 싸움을 벌였고 이전보다 더 격렬한 소리의 전쟁이 벌어졌다. 많은 아이누들은 이에 당황하여 노래를 멈췄고 멜코르가 그들을 압도하였다. 그때 다시 일루바타르가 일어났고 아이누들은 그의 얼굴이 굳어 있는 것을 알아차렸다. 그가 오른손을 들어 올리자 놀랍게도 세 번째 주제가 그 혼란 속에 울려 퍼졌고 그것은 이전과는 다른 소리였다. 음악은 처음에는 마치 고운 선율에 실린 잔물결같이 차분한 소리로 부드럽고 감미롭게 들려왔다. 하지만 그것은 거역할 수 없는 소리였고 힘과 깊이가 그 속에 담겨 있었다. 그리하여 마침내 일루바타르의 옥좌 앞에는 서로 전혀 어울리지 않는 두 가지 음악이 동시에 진행되는 것 같았다. 하나는 깊고 넓고 아름다우면서도 느릿느릿하였고 그 속엔 한량없는 슬픔이 배어 있었다. 음악의 아름다움은 주로 그 슬픔에서 비롯되었다. 또 하나의 음악은 제 나름의 통일성을 갖추고 있었으나, 소리가 크고 과시적인 데다 끝없이 되풀이될 뿐이었다. 그것은 화음이라곤 거의 찾아볼 수 없이 서너 가지 음조에 따라 여러 나팔이 소리만 울려 대는 시끄러운 제창에 불과했다. 그것은 과격한 음성으로 다른 음악을 압도하려고 했지만, 자신의 가장 두드러진 음조조차도 상대방에게 사로잡혀 그 장엄한 구상 속에 엮이어 들어갔다.

일루바타르의 궁정을 뒤흔들고 그 요지부동의 고요 속으로 떨림을 가져온 이 싸움의 와중에 일루바타르가 세 번째로 일어났다. 그의 얼굴은 바라보기가 두려울 정도였다. 그가 양손을 들어 올리자 심연보다 더 깊고, 창공보다 더 높고, 일루바타르의 눈빛처럼 날카로운 한 가닥 선율과 함께 음악이 멈췄다.

그러자 일루바타르가 입을 열었다. "아이누는 강력한 존재요, 그중에서 가장 강력한 자는 멜코르로다. 하지만 멜코르와 모든 아이누에게 내가 바로 일루바타르라는 것을 깨달을 수 있도록, 그대들이 노래한 것들을 보여 주겠노라. 그대들은 스스로 무슨 일을 한 것인지 볼 수 있게 되리라. 궁극적으로 내게 근원을 두지 않은 주제는 어느 것도 연주될 수 없으며, 아무도 내 뜻과 다르게 음악을 바꿔 놓을 수 없다는 것을 그대 멜코르는 알아야 할 것이다. 이를 꾀하는 자는 결국 더욱 놀라운 세계의 창조를 위한 나의 도구가 될 뿐, 오직 본인만 이를 깨닫지 못할 뿐이리라."

그러자 아이누들은 두려움에 사로잡혔고, 그 말을 듣고서도 무슨 뜻인지 아직 이해할 수 없었다. 멜코르는 창피를 당했고 이로 인해 속으로 분한 마음이 일었다. 하지만 일루바타르는 찬란한 빛 속에 일어나 아이누들을 위하여 만들어 준 아름다운 곳으로부터 걸어 나갔고 아이누들은 그 뒤를 따랐다.

그들이 공허에 들어섰을 때 일루바타르가 말했다. "그대들의 음악을 보라!" 그리고 그는 이전까지 그들이 귀로 듣기만 했던 것을 눈으로 볼 수 있는 환상으로 펼쳐 보였고, 그리하여 아이누들은 눈앞에 펼쳐진 새로운 세상을 보게 되었다. 그것은 공허 속에 구형의 형체로 되어 있었는데, 그 속에 고정되어 있었으나 거기 속해 있는 것은 아니었다. 그들이 바라보며 놀라워하는 동안 이 '세상'은 자신의 역사를 전개하기 시작하였고, 그들이 보기에 마치 살아 있는 생물처럼 자라나는 것이었다. 아이누들이 한참 동안 침묵 속에 그것을 응시하고 있을 때 일루바타르가 다시 말했다. "그대들의 음악을 보라! 이것이 그대들이 부른 노래로다. 그대들이 각자 구상하고 덧붙인 모든 것들이 내가 그대들에게 제시한 구도 안에서 이 음악 속에 담겨 있음을 그대들은 목격하게 될 것이다. 그리고 그대 멜코르도 마음속의 모든 은밀한 생각들을 확인하게 될 것이며, 그것이 다만 전체의 일부요 영광의 곁가지에 불과함을 깨닫게 될 것이다."

이때 일루바타르는 그 밖의 많은 이야기를 아이누들에게 들려주었다. 아이누들은 그에게 들은 이야기와 또 그가 만든 음악에 대해 스스로 지니고 있던 지식으로 인해 과거와 현재, 미래의 많은 일을 알게 되었고, 그들의 눈에 보이지 않는 것은 거의 없었다. 하지만 혼자 궁리하거나 여럿이 머리를 맞대도 깨달을 수 없는 것들도 있었는데, 그것은 일루바타르가 자신이 지닌 모든 것을 보여 주지 않았거니와, 더욱이 어느 시대나 예견할 수 없는 새로운 일이 벌어지기 마련인데 이는 그것이 과거로부터 유래하지 않기 때문이다. 그렇게 이 세상의 환상이 그들 앞에 전개되는 동안 아이누들은 그 속에 그들이 생각하지 못했던 것이 들어 있음을 알았다. 그들이 놀라워하며 지켜본 것은 바로 일루바타르의 자손들의 출현과 그들을 위해 마련된 거처였다. 그들은 음악을 만드느라 분주했던 것이 모두 이 거처를 마련하기 위한 것이었음을 알아차렸다. 하지만 그 거처의 아름다움 외에 다른 어떤 목적이 있는지는 알지 못했다. 일루바타르의 자손들은 오로지 일루바타르의 생각으로 만들어진 것으로, 셋째 주제에서 등장하였던 것이기 때문이다. 그가 처음에 제시한 주제에는 그것이 없었고, 어느 아이누도 이 일을 위해 맡은 역할은 없었던 것이다. 그리하여 아이누들은 자신들과는 다른 이 신기하고 자유스러운 종족을 보게 되었고, 그들을 보면 볼수록 더욱더 사랑하였다. 그들은 일루바타르의 생각이 거기서 새롭게 현현하는 것을 보았고, 그러지 않았더라면 아이누조차 깨닫지 못했을 그의 지혜를 좀 더 많이 알게 되었다.

일루바타르의 자손은 요정과 인간, 곧 '첫째자손'과 '뒤따르는 자들'이었다. 거대한 궁정과 공간, 선회하는 불꽃이 들어찬 장려(壯麗)한 '세상' 속에서, 일루바타르는 '시간의 심연'과 무수한 별들 한가운데에 그들이 거할 곳을 찾아냈다. 이 거처는 아이누들의 장엄함만 보고 섬뜩한 날카로움을 보지 못하는 이들에게는 왜소하게 보일지도 모른다. 아이누들이야말로 기둥을 세우되 아르다 온 땅을 그 바닥으로 삼고 그 꼭대기를 바늘 끝보다 더 날카롭게 벼릴 수 있는 자들이 아닌가. 아이누들이 아직 형성해 가고 있는 세상의 한량없는 거대함만 보고, 그들이 만물을 그 속에 앉힐 때의 정교함과 섬세함을 모르는 이들도 마찬가지이다. 한편 환상 속에서 이 거처와 그곳에서 일루바타르의 자손들이 일어나는 것을 보자, 아이누들 중에서 가장 강력한 많은 이들의 생각과 갈망이 그곳으로 향했다. 멜코르는 처음에 음악에 참여한 최고의 아이누였듯이, 이들 중에서도 가장 중심적인 존재였다. 그리하여 그는 그곳에 가서 자신에게 비롯된 혼란스러운 열기와 냉기를 통제하여 일루바타르의 자손들을 위해 모든 질서를 바로잡겠다는 듯 가장하는데, 처음에는 스스로도 그렇게 믿었다. 하지만 그는 내심 일루바타르가 요정과 인간들에게 약속한 선물을 탐내며 그들을 자기 뜻대로 하고자 했다. 자신도 백성과 신하를 거느리며 그들의 왕이 되어 그들을 마음대로 지배하고 싶었던 것이다.

그러나 다른 아이누들은 세상이라고 하는 거대한 공간 속에 요정들의 언어로 아르다, 곧 땅이라는 이름으로 자리 잡은 거처를 바라보면서 마음속으로 환한 웃음을 지었고, 그 형형색색을 바라보는 그들의 눈에는 기쁨이 가득했다. 하지만 바다의 포효에서 그들은 엄청난 불안을 느꼈다. 바람과 대기를 비롯하여 아르다를 구성하고 있는 것들, 곧 쇠와 돌과 은과 금, 그리고 다른 물질들을 살펴보았지만, 그중에서 그들이 가장 높이 찬양한 것은 물이었다. 엘다르 요정들은 땅 위의 다른 어느 물질보다도 물속에 아이누의 음악이 가장 많이 메아리로 남아 있다고 했고, 지금도 일루바타르의 많은 자손들은 아쉬워하며 바다의 음성에 귀를 기울인다. 하지만 그들은 그 이유에 대해서는 알지 못한다.

일찍이 요정들이 울모라고 부르는 아이누는 자신의 생각을 물을 향해 기울였고, 또 일루바타르로부터 음악에 관해 누구보다 더 깊은 가르침을 받았다. 한편 대기와 바람에 대해서는 아이누들 중에서 가장 고귀한 자인 만웨가 깊이 생각하고 있었다. 땅의 구성에 대해서는 아울레가 생각을 해 왔는데, 일루바타르는 그에게 멜코르 못지않은 솜씨와 지식을 전수하였다. 하지만 아울레의 기쁨과 긍지는 만드는 행위와 그 만들어진 사물에서 나오는 것이지, 소유나 지배에 있는 것은 아니었다. 그런 연유로 그는 항상 새로운 일터로 옮겨 다니면서 나눠 주기만 할 뿐 쌓아 두지 않았고 근심 걱정에서 자유로웠다.

일루바타르가 입을 열어 울모에게 말했다. "시간의 심연에 있는 이 작은 곳에서 멜코르가 그대의 영역에 어떻게 싸움을 걸어 왔는지 보이지 않는가? 그는 엄청나게 혹독한 냉기를 생각해 냈으나, 그대의 샘이나 맑은 연못의 아름다움을 파괴하지는 못했네. 저 눈(雪)과 서리의 교활한 행위를 보게! 멜코르는 더위와 불을 거리낌 없이 만들어 냈으나, 그대의 소망을 고갈시키거나 바다의 음악을 완전히 억누르지 못했네. 저 구름의 높이와 영광을, 끝없이 변하는 안개를 바라보게! 땅 위에 떨어지는 빗소리를 들어 보게! 이 구름 속에서 그대는 그대가 사랑하는 친구 만웨와 더욱 가까이 있다네."

그러자 울모가 대답했다. "이제 진실로 물은 제 마음속에서 상상했던 것보다 더 아름다워졌습니다. 저의 내밀한 생각에는 눈송이도 들어 있지 않았고, 저의 음악 어디에도 떨어지는 빗소리는 담겨 있지 않았습니다. 만웨를 찾아서 그와 함께 영원토록 당신을 기쁘게 하는 선율을 만들겠습니다." 만웨와 울모는 처음부터 뜻이 맞는 사이였고, 모든 일에 있어서 일루바타르의 뜻을 가장 충실하게 따랐다.

그러나 울모가 막 이야기를 하고 있고, 다른 아이누들이 아직 환상을 응시하고 있는 동안, 환상은 그들의 눈앞에서 사라져 보이지 않았다. 그 순간 그들은 새로운 무엇, 곧 '어둠'이라는 것을 실제로 감지한 듯한 느낌이 들었다. 이전에는 생각 속에서만 알고 있던 것이었다. 하지만 그들은 환상의 아름다움에 매혹되고, 눈앞에 펼쳐지고 있는 세상에 몰두해 있었기 때문에 모두 그 생각뿐이었다. 더욱이 환상이 사라졌을 때 역사는 아직 완성되지 않았고, 시간의 영역은 완료되지 않았다. 일부에서는 인간의 지배가 완성되고 첫째자손이 사라지기 직전에 환상이 멈춰 버렸다고 말했다. 그런 까닭에 음악은 총체적인 것이었지만 발라들은 후기의 제 시대와 세상의 종말을 눈으로 직접 보지는 못하였던 것이다.

그리하여 아이누들은 불안에 휩싸였다. 그러자 일루바타르가 입을 열어 그들에게 말했다. "그대들이 목격한 것이 생각만이 아니라 실제로도 그대들이 존재하는 것과 마찬가지로 존재하기를 바라고 있음을 내가 알고 있도다. 그리하여 내가 선포하노라. 에아! 이 모든 것들은 존재하라! 나는 곧 공허 속으로 불멸의 불꽃을 보낼 것이고, 그것은 세상의 중심에 자리 잡아 세상은 존재하게 되리라. 그대들 중에서 원하는 자는 그곳에 내려갈 수 있을 것이다." 갑자기 아이누들은 멀리서 한줄기 빛을 보았고, 그것은 살아 있는 불꽃의 정수가 실린 구름이었다. 그리하여 그들은 이것이 결코 환상이 아니며 일루바타르가 에아, 곧 '존재하는 세상'을 새로이 창조하였음을 알았다.

그리하여 아이누들 중의 일부는 세상의 영역 밖에서 여전히 일루바타르와 함께 살게 되었지만, 그들 중에서 대단히 뛰어나고 아름다운 많은 이들이 일루바타르에게 작별을 고하고 세상으로 내려왔다. 하지만 일루바타르는 다음과 같은 단서를 붙이는데, 그것은 아르다에 대한 그들의 사랑으로 인한 필연적인 귀결이기도 했다. 즉, 그들의 권능은 그때부터 세상의 내부만으로 한정되어 세상이 완성될 때까지 영원히 그곳에 있어야 하며, 그들이 세상의 생명이 되고 세상 또한 그들의 생명이 되어야만 하는 것이었다. 그리하여 그들의 이름은 '세상의 권능', 곧 발라가 되었다.

그러나 발라들은 처음 에아에 들어갔을 때 무척 놀랍고 당황스러웠다. 그들이 환상 속에서 본 것들은 하나도 완성된 것이 없었고, 모든 것이 막 시작하려는 찰나의 무정형의 상태로 사방이 캄캄했던 것이다. 위대한 음악은 '영원의 궁정'에서 생각이 자라나고 꽃이 핀 결과였을 뿐, 환상은 그 예시에 불과했기 때문이다. 이제 그들은 시간의 시점(始點)에 들어서 있으며, 환상과 노래로 미리 알게 된 세상을 자신들이 완성시켜야 한다는 사실을 깨달았다. 그리하여 아직 측정과 탐사가 이루어지지 않은 미개척지에서, 셀 수조차 없이 아득한 먼 옛날에 그들의 위대한 노동이 시작되었고, 마침내 시간의 심연과 에아의 거대한 궁정 한가운데에 일루바타르의 자손들의 거처가 될 시간과 공간이 생겨났다. 이 일의 주역은 만웨와 아울레, 울모였다. 하지만 멜코르 역시 처음부터 그곳에 있었다. 그는 만들어진 모든 것에 간섭하여 가능한 한 자신의 욕망과 목적에 맞도록 그것을 변경시켰고, 거대한 불을 점화시켰다. 그래서 멜코르는 땅이 갓 태어나 아직 불꽃으로 가득 차 있을 때 벌써 그것을 탐하여 다른 발라들에게 말했다. "이것은 나의 왕국이 될 것이고, 나의 이름을 붙일 것이오!"

하지만 만웨는 일루바타르의 생각 속에서 멜코르와 형제였고, 멜코르의 불협화음에 맞서 일루바타르가 불러일으킨 둘째 주제의 핵심적 도구였다. 그는 주변의 크고 작은 많은 영(靈)들을 불러 모았고, 그 영들은 멜코르가 계속 그들의 노동을 방해하여 땅이 꽃을 피우기도 전에 시들지 않도록 아르다로 내려가 만웨를 도왔다. 만웨가 멜코르에게 말했다. "이 왕국을 당신의 것으로 취할 수 없소. 많은 이들이 여기서 당신 못지않게 일하였으므로 그것은 잘못이오." 그리하여 멜코르와 다른 발라들 사이에 불화가 일었고, 멜코르는 당분간 다른 곳으로 물러나서 자기가 원하는 대로 했다. 하지만 그의 마음속에서 아르다 왕국에 대한 욕망은 지울 수가 없었다.

이제 발라들은 그들 자신의 형체와 색조를 취했다. 그들은 자신들이 고대하던 일루바타르의 자손들에 대한 사랑에 이끌려 세상으로 내려왔기 때문에, 위엄과 광휘의 측면을 제외하고는 일루바타르의 환상에서 보았던 것과 같은 형태를 취했다. 더욱이 그들의 형체는 실제의 세상이 아니라 눈으로 보이는 세상에 대한 그들의 지식에서 비롯된다. 우리가 발가벗어도 우리의 존재가 소실되었다 여기지 않듯, 그들은 우리가 의복을 필요로 하는 정도 이상으로는 형체를 필요로 하지 않는다. 그리하여 발라들은 원한다면 형체를 취하지 않고 걸을 수도 있는데, 그래서 엘다르 요정들조차 그들이 옆에 있어도 분명히 알아차리지 못할 수도 있다. 그러나 의복을 취하고자 할 때면 발라들은 각각 남성과 여성의 형태를 취하는데, 이는 그들이 처음부터 지니고 있는 기질상의 차이 때문이다. 그 기질은 옷의 선택을 통해서 겉으로 드러나는 것일 뿐, 그 선택으로 기질이 결정되는 것은 아니다. 우리도 옷을 보면 남성, 여성을 알 수 있지만, 그렇다고 그 때문에 성별이 결정되지는 않는 것과 마찬가지이다. 하지만 위대한 존재들이 항상 일루바타르의 자손들의 왕과 여왕과 같은 형체를 취하지는 않는다. 그들은 이따금 그들 자신의 생각에 따라 의복을 취하여 장엄하고 외경스러운 모습을 드러내기 때문이다.

발라들은 많은 동료들을 데리고 왔는데, 일부는 그들보다 못했으나 다른 일부는 거의 그들만큼 위대한 존재로, 그들은 함께 땅을 정돈하고 그 혼돈을 제어하기 위하여 애를 썼다. 멜코르는 이렇게 이루어진 일들을 지켜보았고, 발라들이 이 세상의 복장을 하고 눈에 보이는 권능의 모습으로 땅 위를 걸어 다니는 것을 알았다. 그들은 사랑스럽고 영광스럽고 지극히 즐거운 모습이었고, 땅은 혼돈이 잠잠해졌기 때문에 발라들을 기쁘게 하기 위한 정원이 되어 가고 있었다. 그리하여 멜코르의 마음속 시기심은 더욱 크게 발동되었다. 그 역시 가시적 형체를 취했으나 그의 성정(性情)과 내면에 끓어오르는 악의(惡意)로 인해 그 형체는 어둡고 무서운 모습을 띠었다. 그는 다른 어떤 발라보다 더 위대한 권능과 위엄으로 아르다에 내려왔다. 마치 바다를 건너는 산처럼 머리는 구름 위로 솟아오르고, 얼음으로 옷을 입고, 정수리에는 불과 연기가 타오르는 듯했다. 그의 눈빛은 열기로 만물을 시들게 하고 죽음의 냉기로 모든 것을 꿰뚫는, 불꽃과도 같았다.

그리하여 아르다의 지배권을 놓고 발라들과 멜코르 간에 최초의 싸움이 벌어지는데, 그 격렬함에 대해서 요정들은 거의 알지 못한다. 여기서 전하는 내용은 바로 발라들이 직접 알려 준 것이기 때문이다. 엘다르 요정들은 발리노르에서 그들과 함께 이야기를 나누며 그들의 가르침을 받기는 하였으나, 요정들이 오기 전에 있었던 전쟁에 대해서 발라들은 전혀 이야기하려 하지 않았다. 다만 요정들 사이에 전해 오는 바로는 멜코르의 존재에도 불구하고 발라들은 첫째자손들이 올 수 있도록 늘 땅을 다스리고 준비해 두려고 애썼다고 한다. 그래서 그들이 대지를 건설하면 멜코르는 파괴하였고, 그들이 골짜기를 파내면 멜코르는 채워 버렸으며, 그들이 산을 다듬어 내면 멜코르는 쓰러뜨렸고, 그들이 바다를 만들면 멜코르는 쏟아 버렸다. 어느 것 하나 평화롭게 지속적으로 성장할 수가 없었다. 발라들이 일을 시작하는 것만큼이나 확실하게 멜코르는 어김없이 뒤집어엎고 오염시켰다. 하지만 발라들의 노동이 결코 무용했던 것은 아니었다. 어느 곳, 어느 일에서도 그들의 뜻과 목적은 완전하게 성취되지 못했고, 만물은 발라들의 처음 의도와는 다른 형체와 빛깔을 띠게 되었지만, 그럼에도 불구하고 땅은 서서히 제 모습을 갖추고 안정되었다. 그리하여 일루바타르의 자손들을 위한 거처는 마침내 시간의 심연과 무수한 별들 한가운데에 자리를 잡았다.

# 발라퀜타

## VALAQUENTA

# 발라퀜타

## 엘다르 전승에 따른 발라와 마이아 해설

태초에 요정들의 말로 일루바타르라고 불리는 유일자 에루가 자신의 생각으로 아이누들을 만들었고, 그들은 그의 앞에서 위대한 음악을 연주하였다. 이 음악으로 세상이 시작되는데 일루바타르는 아이누들의 노래를 눈으로 볼 수 있게 했고, 그들은 어둠 속에서 빛을 보듯 그것을 바라보았다. 그들 중의 많은 이들이 그 아름다움에 반했고, 환상 속에서 시작되어 전개되는 그 역사에 매료당했다. 그리하여 일루바타르는 그들의 환상에 존재를 부여하여 공허 속에 위치시키고, 그 세상의 중심에 '비밀의 불'을 보내어 타오르게 했고, 그 세상을 에아라고 불렀다.

이때 희망하는 아이누들은 일어나 시간의 시작점에 있는 세상 속으로 들어갔고, 그것을 완성시키는 것이 그들의 임무였다. 그들은 자신들이 목격한 환상을 성취하기 위해 노력하여야 했다. 그들은 요정과 인간 들의 생각을 넘어서는 광대한 에아의 영역에서 오랫동안 애를 썼고, 마침내 예정된 시간에 땅의 왕국 아르다가 만들어졌다. 그리고 그들은 땅의 의복을 입고 내려가 그곳에 거하였다.

## 발라

이 영들 가운데서 뛰어난 자를 요정들은 발라, 곧 '아르다의 권능'이라고 했고 인간들은 대개 신이라고 불렀다. 발라 군주는 모두 일곱

이고, 발라 여왕을 가리키는 발리에 또한 일곱이다. 다음이 발리노르에서 쓰던 요정어로 된 그들의 이름인데, 가운데땅 요정들의 언어로는 다른 이름이 있었고, 인간들 또한 다양한 이름을 사용하였다. 정식 순서에 따른 군주들의 이름은 만웨, 울모, 아울레, 오로메, 만도스, 로리엔 및 툴카스이고, 여왕들의 이름은 바르다, 야반나, 니엔나, 에스테, 바이레, 바나 및 넷사이다. 멜코르는 이제 발라 중의 하나로 꼽히지 않으며 땅에서도 그의 이름은 불리지 않는다.

만웨와 멜코르는 일루바타르의 생각 속에서 형제였다. 세상으로 들어온 아이누 중에서 가장 강한 자는 본래의 멜코르였다. 하지만 일루바타르의 사랑을 가장 많이 받고, 또 그의 목적을 가장 확실하게 이해한 자는 만웨였다. 그는 때가 이르면 최초의 왕, 곧 아르다의 군주이자 그곳에 사는 모든 이들의 지배자가 되기로 정해져 있었다. 아르다에서 그의 기쁨은 바람과 구름에 있었고, 또한 아득히 높은 곳에서부터 저 깊은 곳까지, '아르다의 장막' 맨 바깥의 경계에서부터 풀밭에 부는 산들바람에 이르기까지 대기의 모든 영역에 있었다. 그는 술리모란 별명을 가지고 있는데, '아르다의 호흡을 관장하는 이'란 뜻이다. 날개가 튼튼하고 빨리 나는 모든 새들을 그는 사랑하고 이들은 그의 명령에 따라 오고 간다.

만웨와 함께 살고 있는 이는 에아의 모든 곳을 꿰뚫고 있는 '별들의 귀부인' 바르다이다. 그녀의 아름다움은 너무 찬란하기 때문에 인간이나 요정의 언어로는 나타낼 수가 없는데, 이는 일루바타르의 빛이 아직 그녀의 얼굴에 살아 있기 때문이다. 그녀의 권능과 기쁨은 빛에 있고, 그녀는 에아의 심연으로부터 나와 만웨를 도왔다. 음악을 짓기 전부터 그녀는 멜코르를 알고 있었기에 그를 배척하였고, 그래서 멜코르도 에루의 창조물 중에서 그녀를 가장 증오하고 두려워하였다. 만웨와 바르다는 늘 함께 발리노르에 거한다. 그들의 궁정은 지상에서 가장 높은 산 타니퀘틸의 꼭대기 오이올롯세의 만년설 위에 솟아 있다. 만웨가 옥좌에 올라 사방을 둘러볼 때 바르다가 옆에 있으면, 어느 누구의 눈보다 더 멀리 안개를 뚫고 어둠을 넘어 수만 리 바다 저쪽을 보게 된다. 바르다 또한 만웨가 옆에 있으면 어느 누구의 귀보다 더 선명하게, 동에서 서로 울려 퍼지는 고함 소리와, 언덕과 골짜기에서 나오는 음성과, 땅 위에 멜코르가 세운 어둠의 땅에서 나는 소리를 듣는다. 이곳에 거하는 모든 위대한 존재들 중에서 요정들은 바르다를 가장 존경하고 사랑한다. 그들은 그녀를 엘베레스라 칭하고, 가운데땅의 어둠 속에서 그녀의 이름을 부르며, 별들이 떠오를 때면 그 이름을 노래로 칭송한다.

울모는 '물의 군주'이다. 그는 홀로 지낸다. 그는 어느 곳에서든 오래 머물지 않고 자신의 뜻대로 땅 주변이나 땅 밑, 깊은 물속 여기저기를 다닌다. 그는 만웨 다음의 능력자로 발리노르를 세우기 전에는 그와 가장 가까운 친구였으나, 그 뒤로는 중대사를 논의하지 않는 한 발라들의 회의에 거의 참석하지 않았다. 왜냐하면 그의 생각 속에는 온 아르다가 들어 있었고, 그에게는 쉼터가 필요 없기 때문이다. 더욱이 그는 땅 위를 걷는 것을 좋아하지 않고, 동료들처럼 육체의 옷을 입는 법도 거의 없다. 에루의 자손들은 그를 보면 엄청난 두려움에 사로잡히는데, 바다의 왕이 일어서는 모습은 마치 산더미 같은 파도가 육지를 향해 진군하듯이 무시무시했다. 그는 물거품 장식이 달린 검은 투구를 쓰고 위에는 은빛, 아래는 짙은 녹색으로 반짝이는 갑옷을 입고 있었다. 만웨의 나팔은 우렁차지만, 울모의 음성은 그만이 목격한 대양의 심해처럼 굵고 낮은 소리를 낸다.

그럼에도 불구하고 울모는 요정과 인간을 모두 사랑하여, 그들이 발라들의 진노를 샀을 때도 결코 그들을 버리지 않았다. 이따금 그는 가운데땅 바닷가에 몰래 다가오거나 하구 위쪽 멀리 내륙까지 들어가서, 하얀 소라고둥으로 만든 울루무리라는 커다란 나각(螺

角)으로 음악을 연주하기도 한다. 그 음악을 들은 이들은 그 후로는 마음속으로 영원히 그 소리를 들으며 바다를 향한 그리움을 떨칠 수가 없게 된다. 그러나 울모는 가운데땅에 사는 이들에게는 대개 물의 음악으로만 들리는 음성으로 말을 한다. 모든 바다와 호수, 강과 샘, 수원지가 그의 지배를 받기 때문인데, 그래서 요정들은 세상의 모든 핏줄 속으로 울모의 영이 흐른다고 말한다. 그런 까닭에 아르다의 모든 궁핍과 비탄을 전하는 소식은 울모가 아무리 깊은 바닷속에 있더라도 그를 찾아가고, 그렇지 않으면 만웨조차 알 수 없게 된다.

아울레는 울모 못지않은 능력의 소유자이다. 그는 아르다를 구성하고 있는 모든 물질을 주관한다. 처음에 그는 만웨, 울모와 협력하여 일을 하였고, 모든 대지를 빚어 만드는 것이 그가 하는 일이었다. 그는 대장장이인 동시에 갖가지 기술을 갖춘 장인(匠人)이며, 아무리 작아도 솜씨 있게 만들어진 것이면 무엇이든지 고대의 웅장한 건축물을 대할 때처럼 기뻐한다. 땅속 깊이 숨어 있는 보석들과 손안에 아름답게 빛나는 황금이 그의 것이니, 장벽처럼 솟은 산맥이나 바닷속 해분(海盆)은 말할 나위도 없다. 놀도르 요정들은 그에게 가장 많은 가르침을 받았고 그는 영원히 그들의 친구였다. 멜코르가 그를 시기하였던 것은 아울레가 생각과 권능에 있어서 자신과 무척 닮았기 때문이었다. 그리하여 그들은 오랫동안 사이가 좋지 않아서 멜코르는 항상 아울레가 만든 것을 훼손하거나 망쳐 버렸고, 아울레는 멜코르가 초래한 혼란과 무질서를 보수하느라 기진맥진하였다. 또한 둘 다 다른 이들이 생각지 못한 자신만의 새로운 것을 만들고 싶어 했고, 자신의 솜씨를 칭찬하면 기뻐하였다. 그러나 아울레는 한결같이 에루에게 충성을 바쳐 무슨 일이든지 그의 뜻에 따라 순종하였고, 다른 이들의 작품을 시기하지 않고 조언을 구하거나 베풀었다. 반면에 멜코르는 자신의 영을 시샘과 증오에 소진하였고,

마침내 다른 이들의 생각을 엉터리로 흉내 내는 것 외에는 아무것도 만들 수 없었기에 있는 힘을 다해 그들의 작품을 모두 파괴하였다.

아울레의 배우자는 '열매를 주는 이' 야반나이다. 그녀는 땅에서 자라는 모든 것들을 사랑하며, 고대의 삼림 속에 탑처럼 솟은 나무에서부터 바위에 낀 이끼나 땅속의 작고 은밀한 것에 이르기까지 그 모든 무수한 형체들을 머릿속에 담고 있다. 발라 여왕들 중에서 야반나는 바르다 다음으로 경외(敬畏)의 대상이다. 그녀는 여성의 형체를 취할 때는 큰 키에 초록의 옷을 입고 있지만 때때로 다른 형체를 취하기도 한다. 그녀가 하늘 아래 나무처럼 태양을 머리에 이고 서 있는 것을 본 자들도 있었다. 그 모든 가지에서는 금빛 이슬이 떨어져 메마른 대지를 적셨고, 이슬은 곡식알을 만나 푸른 싹으로 자라났다. 하지만 나무의 뿌리는 울모의 바닷속에 있었고, 나뭇잎 사이로는 만웨의 바람이 말을 했다. 엘다르 요정들의 말로 그녀는 케멘타리, 곧 '대지의 여왕'이란 별명도 가지고 있다.

영(靈)의 주재자들인 페안투리(단수형은 페안투르—역자 주)는 형제간이며 보통 만도스와 로리엔으로 부른다. 하지만 정확히 말하면 그것은 그들이 사는 곳을 가리키는 이름이고, 진짜 이름은 나모와 이르모이다.

손위인 나모는 만도스에 거주하는데, 그곳은 발리노르의 서쪽에 있다. 그는 사자(死者)의 집을 지키며 죽은 자들의 영을 소환한다. 그는 아무것도 망각하지 않으며 여전히 일루바타르의 특권에 속하는 영역을 제외하고는 장차 벌어질 모든 일을 알고 있다. 그는 판관을 맡은 발라이지만 오직 만웨의 지시에 따라 판단하고 심판할 뿐이다. '베 짜는 이' 바이레가 그의 배우자로 그녀는 지금까지 시간 속에 벌어진 모든 일들을 재료로 이야기의 피륙을 짜고, 세월이 흐를수록 나날이 커지는 만도스의 궁정은 그 피륙으로 덮여 있다.

손아래인 이르모는 계시와 꿈의 주재자이다. 발라들의 땅에는 로리엔에 그의 정원이 있고, 그곳은 세상에서 가장 아름다운 곳이며 많은 영들로 가득 차 있다. 피로와 상처의 치유자인 온화한 여인 에스테가 그의 배우자이다. 그녀의 예복은 회색이며 그녀의 선물은 휴식이다. 그녀는 낮에는 걸어 다니지 않고 나무 그늘로 덮인 로렐린 호수 중앙의 섬에서 수면을 취한다. 발리노르에 사는 모든 이들은 이르모와 에스테의 샘에서 원기를 회복하고, 발라들까지도 로리엔에 와서 휴식을 얻고 아르다의 무거운 짐을 덜어낼 때가 많다.

에스테보다 더 능력이 뛰어난 자가 페안투리의 누이인 니엔나로, 그녀는 홀로 살고 있다. 그녀는 슬픔을 벗삼아 멜코르가 훼손시켜 놓은, 고통받는 아르다의 모든 상처를 애도한다. 음악이 펼쳐질 때 그녀의 슬픔이 얼마나 컸던지, 그녀의 노래는 끝나기 한참 전에 벌써 애가(哀歌)로 바뀌었고, 그 애도의 노랫소리는 세상이 시작되기도 전에 그 주제 속으로 섞여 들어 있었다. 하지만 그녀는 자신을 위해 슬퍼하지는 않는다. 그녀에게 귀를 기울이는 이들은 연민을 배우고 희망 속에서 인내를 익힌다. 그녀의 궁정은 서녘의 서쪽, 곧 세상의 경계에 있으며 그녀는 모두가 기쁨에 넘치는 발리마르시에는 거의 나타나지 않는다. 오히려 자신의 거처와 가까이 있는 만도스의 궁정으로 향하고, 만도스에서 기다리는 이들은 모두 그녀를 향해 울음을 터뜨린다. 그녀가 영들에게 힘을 주고 슬픔을 지혜로 바꿔 주기 때문이다. 세상의 벽에 연해 있는 그녀의 집은 창문이 바깥을 향해 있다.

힘과 무용(武勇)에 있어서 가장 뛰어난 자는 툴카스로, 그는 아스탈도, 곧 '용맹한 자'란 별명을 가지고 있다. 그는 아르다에 가장 늦게 도착하였는데 이는 멜코르와 최초의 싸움을 벌이는 발라들을 돕기 위해서였다. 그는 씨름과 힘겨루기를 좋아하고, 발로 걸어 다니는 어느 누구보다 더 빨리 달릴 수 있으며, 또 지칠 줄 모르기 때문에 말을 타지도 않는다. 그의 머리털과 수염은 황금빛이고, 피부는 불그스레하며, 그의 무기는 그의 두 손이다. 그는 과거나 미래에 괘념치 않고, 조언자로서도 쓸모가 없지만, 친구로서는 강인한 인물이다. 그의 배우자는 오로메의 누이인 넷사로, 그녀 역시 경쾌한 성격에 빠른 발을 가지고 있다. 그녀는 사슴을 사랑하고 사슴들은 그녀가 야생의 어디를 가더라도 수행원 노릇을 한다. 하지만 그녀는 바람에 머리칼을 날리며 쏜살같이 달리기 때문에 그들보다 더 빨리 달릴 수 있다. 그녀는 춤추기를 좋아하여 영원히 시들지 않는 발리마르의 푸른 풀밭에서 춤을 춘다.

오로메는 막강한 군주이다. 그는 툴카스보다 힘은 좀 약하지만 화가 나면 더 무섭다. 툴카스는 장난을 칠 때나 전쟁을 할 때나 항상 웃고 있는데, 심지어 요정들이 태어나기 전에 벌어진 전투에서는 멜코르의 면전에서 웃기도 했다. 오로메는 가운데땅의 대지를 사랑하였기에 마지못해 그곳을 떠났고, 발리노르에도 가장 늦게 돌아갔다. 그리고 옛날에는 자신의 무리를 이끌고 다시 동쪽으로 산맥을 넘어 그 언덕과 들판으로 돌아갈 때가 많았다. 그는 괴물과 사나운 짐승들을 쫓는 사냥꾼으로 말과 사냥개를 좋아한다. 그는 모든 숲을 사랑하여 알다론, 곧 '숲의 군주'로 불리는데, 신다르 요정들은 타우론이라고 한다. 그의 말은 나하르라는 이름을 가지고 있는데, 낮에는 흰색, 밤에는 빛나는 은색을 띤다. 그의 커다란 나팔은 발라로마라고 하며, 그 소리는 마치 진홍의 태양이 하늘로 치솟는 것 같기도 하고, 수직의 번개가 구름장을 뚫고 나오는 것 같기도 하다. 그 나팔 소리는 그가 이끄는 무리의 모든 나팔 소리보다 더 높이 야반나가 발리노르에 일구어 놓은 숲속에 울려 퍼진다. 멜코르의 사악한 짐승들을 뒤쫓기 위해 오로메가 이곳에서 자신의 무리와 짐승들을 단련시키기 때문이다. 오로메의 배우자는 '영원한 젊음' 바나로, 그녀는 야반나의 동생이다. 모든 꽃은 그녀가 지나가면 싹이 트고, 그녀의 눈길에 꽃을 피우며, 모든 새는 그녀가 다가오는 소리에 노래를 부른다.

　이상이 발라와 발리에의 이름으로, 엘다르 요정들이 아만에서 목격한 그대로 그들의 외관에 대해 간략히 설명하였다. 그들이 일루바타르의 자손들 앞에 나타날 때 취한 형체가 아름답고 고결한 것이기는 하지만, 그것은 그들의 아름다움과 권능을 가릴 뿐이었다. 엘다르가 옛날에 알고 있던 모든 것을 여기서는 조금밖에 전하지 못했지만, 그것은 우리의 생각을 초월하는 시대와 장소까지 거슬러 올라가는 그들의 참모습과 비교하면 아무것도 아니다. 그들 중 아홉이 가장 큰 권능과 외경을 누렸지만, 하나는 그 숫자에서 제외되고 여덟만이 아라타르, 곧 '아르다의 높은 자'로 남아 있다. 만웨와 바르다, 울모, 야반나, 아울레, 만도스, 니엔나, 그리고 오로메가 그들이다. 비록 만웨가 그들의 왕이고 에루에 대한 그들의 충성을 책임지고 있지만, 그들은 권위에 있어서는 서로 대등하며, 발라와 마이아를 비롯하여 일루바타르가 에아로 보낸 그 어떤 계급의 존재도 절대로 그들을 능가할 수 없다.

## 마이아

발라들이 올 때 세상이 창조되기 전부터 존재하던 다른 영들도 함께 나타났는데, 이들은 발라와 같은 신들의 종족에 속해 있었지만 지위는 낮았다. 이들은 발라의 인도를 받는 마이아로 그들의 시종이자 조력자였다. 그들의 숫자가 얼마인지 요정들은 알지 못하며, 일루바타르 자손들이 쓰는 언어로 이름을 남긴 이는 거의 없다. 마이아는 아만에서와는 달리 가운데땅에서는 요정이나 인간들이 볼 수 있는 형태로 모습을 거의 드러내지 않았다.

　상고대의 역사에 이름이 기억되는 발리노르의 마이아들 중에서 우두머리는 바르다의 시녀인 일마레와, 만웨의 기수(旗手)이자 전령인 에온웨로, 무장을 하였을 때 에온웨의 힘은 아르다의 어느 누구도 감당할 수가 없다. 하지만 모든 마이아 중에서 일루바타르의 자손들이 가장 잘 알고 있는 이는 옷세와 우이넨이다.

옷세는 울모의 봉신(封臣)으로, 가운데땅 해안을 씻어 주는 바다의 주인이다. 그는 심해로 들어가지 않고 해안과 섬을 사랑하며 만웨의 바람을 즐긴다. 폭풍 속에서 그는 기뻐하고, 노호하는 파도 속에서 웃음 짓는다. 그의 배우자는 '바다의 귀부인' 우이넨으로, 그녀의 머리채는 하늘 아래 모든 바다에 퍼져 있다. 그녀는 소금기가 있는 물속에 사는 모든 것과 거기서 자라는 모든 풀을 사랑한다. 뱃사람들이 그녀를 향해 소리 지르는 것은 그녀가 옷세의 거친 성질을 억누르고 파도를 잠잠하게 할 수 있기 때문이다. 누메노르인들은 그녀의 보호 속에 오랫동안 살았고, 그녀를 발라와 동등하게 섬겼다.

멜코르는 바다를 정복할 수 없었기 때문에 바다를 싫어하였다. 그래서 그는 아르다를 만들 때 옷세를 끌어들여 자기를 도와주면 울모의 나라와 힘을 그에게 주겠다고 약속까지 하면서 자기에게 충성하게 했다고 한다. 그래서 오래전에 바다에서 엄청난 소란이 일어 육지까지 파괴된 일이 있었던 것이다. 하지만 아울레의 간절한 요청에 따라 우이넨이 옷세를 제어하여 울모 앞으로 데려갔다. 그는 잘못을 용서받고 울모에게 충성을 맹세하여 그 후로는 약속을 지켰다. 대체로는 그랬다. 왜냐하면 그는 격정적인 본성을 완전히 떨치지 못하여, 이따금 자신의 군주 울모의 명령도 없이 멋대로 날뛰기 때문이다. 그런 까닭에 바닷가에 살거나 배에 오르는 이들은 그를 좋아하기는 하지만 신뢰하지는 않는다.

멜리안은 바나와 에스테 둘을 함께 섬기는 마이아의 이름이었다. 그녀는 가운데땅에 오기 전에는 로리엔에 오랫동안 살면서 이르모의 정원에서 자라는 무성한 나무들을 가꾸었다. 그녀가 어디를 가든지 나이팅게일 새들이 그녀 곁에서 노래를 불렀다.

마이아 중에서 가장 지혜로운 자는 올로린이었다. 그도 역시 로리엔에 살았지만, 니엔나의 집을 자주 방문하는 편으로 그녀에게 연민과 인내를 배웠다.

「퀜타 실마릴리온」에는 멜리안에 대한 언급이 많이 있다. 하지만 올로린에 대한 이야기는 없는데, 그 까닭은 그가 요정들을 사랑하기는 하지만 그들 사이에 보이지 않게 혹은 그들 중의 하나의 모습으로 걸어 다니면서, 누가 보낸 것인지 알 수 없는 아름다운 환상과 지혜로운 격려를 그들의 마음속에 불어넣어 주었기 때문이다. 훗날 그는 일루바타르의 모든 자손들의 친구가 되었고, 그들의 슬픔을 불쌍히 여겼다. 그의 소리를 듣는 이들은 절망에서 깨어나 어둠의 상상들을 떨쳐 버렸다.

## 대적(大敵)

맨 마지막으로 멜코르, 곧 '힘으로 일어선 자'가 있다. 그러나 그는 그 이름을 박탈당했다. 그리고 요정들 중에서 그의 악행으로 가장 큰 고통을 받은 놀도르는 그 이름을 쓰지 않고, '세상의 검은 적'이란 뜻의 모르고스란 이름을 그에게 붙여 주었다. 그는 일루바타르에게 엄청난 힘을 전수받았고 만웨와 동기간이었다. 그는 다른 모든 발라들의 권능과 지식을 조금씩 지니고 있었지만 그것을 악한 목적에 사용하였고, 자신의 힘을 폭력과 전횡으로 낭비하였다. 그는 아르다와 그 속에 있는 모든 것을 시기하였고, 만웨의 왕권과 자기 동료들의 영역에 대한 지배를 탐했다.

그는 교만으로 인해 영광의 자리에서 떨어져 자신을 제외한 만물을 경멸하게 되었다. 그는 헛되이 낭비하는 영이요 연민을 모르는 영이었다. 그의 지력은 자신이 이용하고자 하는 모든 것을 자신의 뜻대로 악용하기 위한 치밀함으로 바뀌었고, 마침내 그는 수치심을 모르는 거짓말쟁이가 되고 말았다. 그는 빛에 대한 소망으로 시작하였으나 혼자서 그것을 독차지할 수 없게 되자, 불과 분노가 거대하게 타오르는 곳을 지나 어둠 속으로 내려갔다. 그리고 아르다에서 악행을 행하면서 어둠을 가장 많이 이용하였고, 아르다를 살아 있는 모든 것에 대한 두려움으로 가득 채웠다.

반란을 일으킨 그의 위력은 대단히 막강하여, 기억 속으로 사라진 먼 옛날 그는 만웨를 비롯한 모든 발라들과 다툼을 벌였고, 오랜 세월 동안 아르다 대부분의 땅에 대한 통치권을 행사하였다. 그러나 그는 혼자가 아니었다. 마이아들 중에는 그가 막강하던 시절 그의 위세에 이끌려 그에게 충성을 맹세하고 그의 어둠 속으로 내려간 이들이 있었기 때문이다. 그는 나중에 거짓말과 위험한 선물로 다른 이들도 타락시켜 자신을 섬기도록 만들었다. 이들 중에 특히 무시무시한 존재가 발라라우카르, 곧 '불의 재앙'이란 영들로, 가운데땅에서는 그들을 발로그, 곧 끔찍한 악마들로 불렀다.

이름을 가진 그의 부하들 중에서 가장 뛰어난 자는 엘다르 요정들이 사우론 혹은 '잔인한 고르사우르'로 부르는 영이었다. 원래 그는 아울레를 섬기던 마이아였고, 그쪽 전승에서는 대단한 존재로 남아 있다. 아르다에서 사우론은 모르고스, 곧 멜코르가 행한 거대한 작업과 교활한 기만행위에 모두 관여하였다. 다만 오랫동안 자신이 아닌 다른 이를 위해 일했다는 점에서 자신의 주인보다는 덜 사악했다. 그러나 훗날 그는 마치 모르고스의 그림자처럼 그의 사악한 유령으로 몸을 일으켰고, 똑같은 패망의 족적을 남기고 공허로 내려갔다.

*「발라퀜타」는 여기서 끝난다.*

# 퀜타 실마릴리온 : 실마릴의 역사

## QUENTA SILMARILLION
### The History of the Silmarils

## Chapter 1
## 시간의 시작

현자들 사이에 전하는 바에 따르면, 최초의 전쟁은 아르다가 완전히 형성되기 전에 시작되었다고 한다. 아직 땅 위에는 자라나거나 걸어 다니는 것이 아무것도 없었고, 멜코르가 오랫동안 우위를 유지하고 있었다. 그러나 전쟁이 한창 진행 중일 때, 대단히 막강하고 대담한 어느 영이 이 작은 왕국에 전쟁이 일어났다는 소문을 듣고 아득한 하늘 위로부터 발라들을 지원하러 내려왔다. 아르다는 그의 웃음소리로 가득 찼다. '강자(强者)' 툴카스가 이렇게 내려왔고, 그의 분노는 태풍과도 같이 눈앞의 구름과 어둠을 사방으로 날려 버렸다. 그의 분노와 웃음 앞에서 멜코르는 아르다를 버리고 도망쳤고 오랫동안 그곳에는 평화가 찾아들었다. 그리하여 툴카스는 아르다 왕국의 발라 중의 하나로 남게 되었지만, 멜코르는 바깥의 어둠 속에서 곰곰이 생각에 잠겼고 그 후로 영원히 툴카스를 증오하였다.

이때 발라들은 바다와 육지와 산에 질서를 부여하였고, 야반나는 드디어 오랫동안 궁리하여 만든 씨앗을 곳곳에 뿌렸다. 그런데 불길이 잠잠해지거나 태고의 산맥 속에 묻히게 되면서 새롭게 빛이 필요하게 되었다. 그래서 아울레는 '에워두른바다' 가운데에 자신이 세워 놓은 가운데땅을 밝히기 위해 야반나의 탄원에 따라 두 개의 커다란 등잔을 만들었다. 바르다가 등잔을 채우고 만웨가 축성(祝聖)한 다음, 발라들은 훗날의 어느 산맥보다 더 높게 솟은 기둥을 세우고 그 위에 등불을 올려놓았다. 그들은 등불 하나를 가운데땅 북쪽 부근에 세웠고 그 이름을 일루인이라고 했다. 다른 등불 하나는 남쪽에 세웠는데 이름이 오르말이었다. 발라의 등불에서 쏟아진 빛은 대지 위로 세차게 흘러내렸고 세상은 늘 대낮처럼 환하게 밝았다.

그러자 야반나가 뿌려 놓은 씨앗들이 빠르게 싹이 나고 움이 트기 시작했다. 이끼와 풀, 커다란 양치식물을 비롯하여 크고 작은 수많은 식물들이 솟아났고, 마치 살아 있는 산처럼 꼭대기가 구름으로 뒤덮이고 발끝은 희미한 초록빛에 둘러싸인 나무도 있었다. 짐승들이 태어나 수풀이 우거진 들판이나 강과 호수에 살며 숲의 그늘 속을 어슬렁거렸다. 아직은 아무 꽃도 피지 않고 우는 새도 없었다. 이들은 야반나의 가슴속에서 그들의 때를 기다리고 있었다. 하지만 그녀의 상상의 산물은 풍요로웠고, 두 등불의 빛이 만나서 섞이는 대륙의 중간 지점이 가장 풍성하였다. 대호수 중앙의 알마렌 섬에 발라들의 첫 거주지가 있었고, 이때는 만물도 아직 어리고 갓 태어난 초록빛은 이를 만든 이들의 눈에도 경이롭게 보였다. 그들은 오랫동안 만족스러웠다.

발라들이 일을 멈추고 휴식을 취하며 그들이 궁리하여 시작해 놓은 것들이 성장하고 전개되는 모습을 지켜보는 동안 만웨는 큰 잔치를 열었다. 그의 명에 따라 발라들과 그들을 따르는 무리들이 모두 모였다. 하지만 아울레와 툴카스는 피곤하였다. 아울레의 기술과 툴카스의 힘은 발라들이 일하는 동안 쉬지도 못하고 모두를 위해 봉사하는 데 사용되었기 때문이다. 이 당시에도 멜코르는 마이아들 중에 자신의 뜻을 따르도록 만들어 놓은 은밀한 친구와 염탐꾼들이 있었기 때문에 어떤 일이 이루어지는지 모두 알고 있었다. 어둠 속 멀리서 그는 동료들을 시기하며 증오로 몸을 떨었다. 그는 그들을 굴복시키기를 간절히 원했다. 그래서 자기 편으로 만들어 놓은 영들을 에아의 궁정에서 나오도록 불러 모았고, 스스로 막강해졌다고 자신하였다. 그는 자신의 때가 이른 것을 알고 다시 아르 다 가까이 다가와서 내려다보았고, 봄날 대지의 아름다움은 더욱더 그를 증오심으로 불타오르게 만들었다.

이제 발라들은 아무런 악의 존재도 두려워하지 않고 알마렌에 모였다. 또한 일루인의 빛으로 인해, 멜코르가 멀리서 북부에 던져 놓은 어둠의 그림자를 감지하지 못했다. 그는 '공허의 밤'처럼 시커멓게 바뀌어 있었기 때문이다. 노래 속에 전하는 바에 의하면 '아르다의 봄'에 벌어진 그 잔치에서 툴카스는 오로메의 누이 넷사를 아내로 맞이하였고, 그녀는 발라들을 앞에 두고 알마렌의 푸른 풀밭 위에서 춤을 추었다고 한다.

그런 다음 툴카스는 피곤하지만 흡족하여 잠이 들었고, 멜코르는 그의 때가 이른 것을 알았다. 그는 자신의 무리와 함께 '밤의 장벽'을 넘어 가운데땅 북쪽의 먼 곳에 찾아들었고 발라들은 그의 접근을 알아차리지 못했다.

그래서 멜코르는 일루인의 불빛이 잦아들어 희미해진 어두운 산맥 밑, 땅속 깊숙한 곳을 파고 들어가 거대한 요새를 세우기 시작했다. 성채의 이름은 우툼노였다. 발라들은 아직 이를 까마득히 모르고 있었지만, 멜코르의 사악함과 그의 분노로 인한 마름병이 그곳에서 흘러나와 아르다의 봄은 더럽혀졌다. 푸른 것들은 마름병에 걸려 썩어 들었고, 강은 잡초와 악취로 숨이 막혔으며, 늪은 부패하고 유독해져 파리 떼가 들끓었다. 숲은 어둡고 위험하여 두려움에 사로잡힌 곳이 되었고, 짐승들은 뿔이 달리고 앞니가 나온 괴물이 되어 대지를 피로 물들였다. 그제야 발라들은 멜코르가 다시 움직이고 있다는 것을 알고 그의 은신처를 찾았다. 그러나 멜코르는 우툼노의 위력과 부하들의 힘을 믿고, 발라들이 미처 준비도 하기 전에 갑자기 전쟁을 선포하고 일격을 가해 왔다. 그는 일루인과 오르말의 불빛을 공격하여 기둥을 쓰러뜨리고 등불을 파괴하였다. 거대한 기둥이 쓰러지면서 대지는 파괴되고 바다가 혼란 속에 요동쳤으며, 등불이 쓰러지면서 흘러나온 불꽃이 땅 위의 만물을 파괴하기 시작했다. 아르다의 형체와 그 물과 땅의 균형은 이때 파괴되고 말았고, 발라들의 첫 구상은 그 후 결코 원래대로 회복되지 못했다.

공포에 사로잡혔지만 혼란과 어둠을 틈타 멜코르는 도망칠 수 있었다. 노호하는 바다 너머로 그는 태풍과도 같은 만웨의 목소리를 들었고, 툴카스의 발밑에서는 대지가 진동하고 있었다. 그러나 그는 툴카스에게 붙잡히기 전에 우툼노로 돌아가 몸을 숨겼다. 발라들은 이때 그를 사로잡지는 못했다. 땅 위의 혼란을 제어하고, 그들이 공들여 일한 결과물을 파멸로부터 구하기 위하여 더 큰 힘이 필요했기 때문이다. 이후로 발라들은 일루바타르의 자손들이 머물고 있는 곳을 알게 될 때까지 다시 땅이 파괴되는 것을 두려워하였다. 일루바타르의 자손들이 나타나는 때는 발라들에게 비밀로 되어 있었던 것이다.

이렇게 아르다의 봄은 끝이 났다. 알마렌에 세워진 발라들의 거처는 완전히 파괴되었고, 그들은 땅 위 어디에도 머물 곳이 없었다. 그리하여 그들은 가운데땅을 떠나 세상의 경계에 있는 서쪽 끝의 아만 대륙으로 건너갔다. 이 대륙의 서쪽 해안은 아르다 왕국을 에워두르고 있는 '바깥바다'를 향해 있었는데, 요정들은 이 바다를 엑카이아라고 했다. 그 바다가 얼마나 넓은지는 발라들 외에는 아무도 모르며 그 너머에 밤의 장벽이 있다. 그리고 아만의 동쪽 해안은 서부의 대해 벨레가에르의 서쪽 끝과 닿아 있었다. 멜코르가 가운데땅에 돌아왔지만 그를 아직은 제압할 수 없었기에 발라들은 그들의 거처를 튼튼히 하기 위해 해안을 따라 펠로리, 곧 아만산맥을 세우는데 이는 지상에서 가장 높은 산맥이었다. 펠로리산맥의 모든 산들 중에서 가장 높은 꼭대기에 만웨는 자신의 옥좌를 세웠다. 요

정들은 이 성스러운 산을 타니퀘틸이라고 하고, '만년설산' 오이올
롯세, '별의 왕관' 엘레리나 등 그 밖의 많은 이름으로 부른다. 하지
만 신다르 요정들은 그들의 훗날 언어로 아몬 우일로스라고 불렀다.
타니퀘틸 정상의 궁정에서 만웨와 바르다는 대륙을 넘어 동쪽 끝까
지 바라볼 수 있었다.

　펠로리 장벽 너머 발리노르라 불린 지역에 발라들은 그들의 영지
를 세웠고, 그곳에는 그들의 저택과 정원, 탑 등이 있었다. 이렇게 둘
러싼 안전지대에 발라들은 폐허에서 건져 낸 방대한 양의 빛과 모
든 아름다운 것들을 모았다. 또한 그들은 새로이 더욱 아름다운 것
들도 많이 만들어 내서, 발리노르는 아르다의 봄 당시의 가운데
땅보다 더 아름다운 곳이 되었다. 이곳은 불사의 영들이 살기 때문
에 신성한 곳이 되었고, 아무것도 시들거나 마르지 않았으며, 꽃이
나 잎에는 흠이라곤 없었고, 살아 있는 어느 것에도 부패나 질병이
없었다. 물과 바윗돌까지도 축성되어 있었기 때문이다.


　발리노르가 완전히 형성되고 발라들의 궁정이 세워지자, 발라들
은 산맥 너머 들판 한가운데에 많은 종(鐘)으로 이루어진 그들의 도
시 발마르를 건설했다(발마르는 발리마르의 다른 표기─역자 주). 그 서
문(西門) 앞에는 에젤로하르란 푸른 둔덕이 있었는데 일명 코롤라이
레라고 했다. 야반나가 그곳을 축성하고 그 푸른 풀밭에 오랫동안
앉아 힘이 넘치는 노래를 불렀는데, 그 속에는 땅 위에서 자라나는
것들에 대한 그녀의 모든 생각이 담겨 있었다. 그러나 니엔나는 말
없이 생각에 잠겼고 땅을 눈물로 적셨다. 이때 발라들은 야반나의
노래를 듣기 위해 함께 모여 발마르의 황금문 근처 마하낙사르, 곧
'심판의 원(圓)'에 있는 회의장의 옥좌에 조용히 앉아 있었다. 야반
나 케멘타리가 그들 앞에서 노래를 부르고 그들은 지켜보았다.

　그들이 지켜보는 동안 둔덕 위에 두 개의 가녀린 새싹이 움터 나

왔다. 그 순간 온 세상은 고요에 잠겨 있었고, 야반나의 노랫소리 말
고는 아무 소리도 들리지 않았다. 그녀의 노래 속에서 새싹은 높고
아름답게 자라나 꽃을 피웠고, 그리하여 '발리노르의 두 나무'가 세
상에 태어났다. 두 나무는 야반나가 만든 만물 중에서 가장 유명한
것으로, 상고대의 모든 이야기는 이들의 운명과 얽혀 있다.

　그중 한 나무에는 뒷면이 반짝이는 은빛을 띤 짙은 녹색의 나뭇
잎이 달려 있었는데, 그 무수히 많은 꽃에서는 은빛 이슬이 끊임없
이 흘러내렸고, 나무 아래 땅바닥은 하늘거리는 나뭇잎 그늘로 알
록달록했다. 다른 하나는 갓 돋아난 너도밤나무 같은 연초록 나뭇
잎을 달고 있었고 잎의 가장자리는 반짝이는 금빛이었다. 그 나뭇가
지에서 노란 불꽃 다발처럼 넘실거리는 꽃들이 각각 달아오른 뿔나
팔 모양이 되어 대지에 금빛의 비를 뿌렸고, 이 나무의 꽃에서는 온
기와 함께 무척 밝은 빛이 뿜어져 나왔다. 앞의 나무는 발리노르에
서 텔페리온이라 불렸고, 실피온, 닝퀠로테 등 다른 이름도 많았다.
다른 하나는 라우렐린이라고 했고, 노래 속에는 말리날다, 쿨루리
엔 등 다른 이름도 많이 나온다.

　각 나무의 광휘가 절정에 이르렀다가 다시 사라지는 데는 일곱 시
간이 걸렸고, 각각은 다른 쪽 빛이 멈추기 한 시간 전에 다시 살아났
다. 그래서 발리노르에는 하루에 두 번, 빛이 비교적 약한 조용한 시
간이 있었는데, 이때 두 나무는 빛이 약해지면서 금빛과 은빛 빛살
이 서로 섞여 들었다. 텔페리온이 두 나무 중에서 손위로, 먼저 완전
히 성장하여 꽃을 피웠다. 이 나무가 빛을 발한 첫 시간, 곧 은빛 새
벽의 희미한 여명을 발라들은 시간 계산에 넣지 않고 '첫 시간'으로
만 부르는데, 바로 이 시점에서부터 그들의 발리노르 통치 시대를
계산하였다. 첫날 여섯째 시간이 되어 텔페리온은 자신의 개화를
마쳤고, 열두 번째 시간에는 라우렐린 역시 개화를 끝내는데, 이후
로 발리노르가 어두워지기까지 행복의 날들 동안 그들은 항상 그러

했다. 그래서 아만의 발라들에게 하루는 열두 시간이었고, 라우렐린이 사그라지고 텔페리온이 되살아나면서 빛이 두 번째로 섞이는 순간 하루는 끝이 났다. 그러나 나무에서 흘러나오는 빛은 하늘로 올라가고 땅으로 가라앉기 전에 오랫동안 지속되었다. 바르다는 텔페리온의 이슬과 라우렐린에서 떨어진 비를 반짝이는 호수와 같은 큰 통에 저장해 두었는데, 발라들의 모든 땅에 그것은 물과 빛의 우물이 되었다. 이렇게 하여 '발리노르의 축복의 날들'이 시작되었고, '시간의 계산'도 시작되었다.

일루바타르가 예정해 둔 대로 첫째자손이 나타날 시간이 다가왔을 때, 가운데땅은 기억 속에도 아득한 옛날 바르다가 에아에서 공들여 만들어 둔 별들 아래 미명 속에 잠겨 있었다. 그 어둠 속에서 멜코르도 머물고 있었는데, 그는 여전히 힘과 공포를 과시하는 갖가지 형체로 자주 나돌아다니며, 산꼭대기에서부터 땅속 깊은 용광로에 이르기까지 냉기와 불을 휘둘러 댔다. 이때는 잔혹하고 포악하고 치명적인 것은 무엇이든지 그의 짓으로 여겼다.

발라들은 발리노르의 아름다움과 축복을 떠나 산맥 너머 가운데땅으로 거의 오지 않았지만, 펠로리산맥 너머 있는 땅에도 관심과 사랑을 보냈다. '축복의 땅' 한가운데에는 아울레의 궁정이 있었고, 그는 그곳에서 오랫동안 일을 하였다. 이는 그 땅의 모든 것을 만드는 데 그가 가장 중요한 역할을 맡았기 때문인데, 그는 그곳에서 때로는 공공연히 때로는 은밀하게 아름답고 맵시 있는 작품들을 많이 만들어 냈다. 땅과 그 안에 있는 모든 것에 대한 전승과 지식은 그로부터 비롯된다. 그 전승은 직접 만들지는 않고 만들어진 것에 대한 이해만 추구하는 이들의 것이기도 하고, 혹은 직조공, 목공, 금속 세공장 같은 모든 기술자들의 것이기도 하다. 경작자나 농사꾼도 포함하여 성장해서 과실을 맺는 것들을 다루는 모든 이들은 또한 아울레의 배우자인 야반나 케멘타리에게도 눈길을 돌려야 한다. 아울레는 놀도르 요정들의 친구로 불리는데, 이는 그들이 훗날 많은 것을 그에게 배웠기 때문이고, 그래서 그들은 요정들 중에서 가장 솜씨가 뛰어난 종족이 된다. 일루바타르가 선사한 재능에 따라 놀도르는 아울레의 가르침에 자신들의 방식으로 많은 것을 더했고, 언어와 문자, 자수의 무늬, 그림, 조각 등을 만들며 즐거워했다. 놀도르는 처음으로 보석 세공 기술을 습득한 자들이었고, 모든 보석 중에서 가장 아름다운 것은 실마릴이었다. 하지만 그것은 지금 사라지고 없다.

가장 존귀하고 신성한 발라 만웨 술리모는 아만의 경계에 좌정하고 있었지만, 그의 생각 속에서 바깥 대륙을 저버린 것은 아니었다. 바닷가에 솟아 있는 세상에서 가장 높은 산 타니퀘틸의 정상에 그의 옥좌가 장엄하게 자리 잡고 있었기 때문이다. 매와 독수리의 형상을 한 영들이 항상 그의 궁정을 오갔고, 그들의 눈은 바다의 심연과 땅속의 숨은 동굴 속까지 꿰뚫어 볼 수 있었다. 그리하여 그들은 아르다에서 벌어지고 있는 거의 모든 일들의 소식을 그에게 전했다. 하지만 만웨나 그의 시종들의 눈길이 닿지 않는 것들이 있었으니, 멜코르가 어둠의 생각을 하며 앉아 있는 곳은 철벽 같은 어둠이 뒤덮고 있었기 때문이다.

만웨는 자신의 위엄에 대해 염려하거나 자신의 권위를 지키려고 경계하지 않고 모든 것을 평화롭게 다스렸다. 그는 모든 요정 중에서 바냐르를 가장 사랑했고, 그들은 그에게 노래와 시를 받았다. 시는 만웨가 좋아하는 것이고, 이를 노래로 만든 것이 그의 음악이다. 그의 예복은 푸른 빛깔이며, 푸른빛은 또한 그의 눈의 불꽃 빛깔이다. 그의 홀(笏)은 사파이어로 되어 있으며 놀도르가 그에게 만들어준 것이다. 그는 일루바타르의 대행자로서 발라와 요정과 인간 세계의 왕으로 임명을 받았고, 멜코르의 악에 맞서는 방어선의 중심이었다. 만웨는 가장 아름다운 여인 바르다와 함께 살았고, 그녀는 신다린(신다르 요정들의 언어—역자 주)으로 엘베레스, 곧 '발라들의 여왕', '별들의 창조자' 등으로 불리었고 많은 영들의 무리가 이들과 함께 축복 속에 살고 있었다.

그러나 울모는 혼자였다. 그는 발리노르에 거하지도 않았고, 중요한 회의가 아니면 그곳에 오지도 않았다. 그는 아르다 초기부터 바깥 바다에 살았고 지금도 거기 살고 있다. 그곳에서 그는 모든 바다의 밀물과 썰물을 지시하고, 모든 강의 행로와 샘물의 보충, 하늘 아래 온 땅에 떨어지는 모든 이슬과 빗방울의 증류를 관장한다. 깊은 바닷속에서 그는 무시무시하고 위대한 음악을 생각하고, 그 음악의 반향은 슬픔과 기쁨으로 세상의 구석구석까지 흐른다. 왜냐하면 햇볕 속에 솟아오르는 분수가 유쾌한 것이라 할지라도, 그 원천은 땅의 바탕에 자리 잡은 깊이를 헤아릴 수 없는 슬픔의 우물에 있기 때문이다. 텔레리는 울모에게 많은 것을 배웠고, 이런 이유로 그들의 음악에는 슬픔과 황홀이 함께 깃들어 있다. 살마르가 울모와 함께 아르다에 내려와 그에게 나팔을 만들어 주었고, 나팔 소리를 한번 들은 자는 누구도 다시 잊을 수가 없었다. 옷세와 우이넨도 울모를 따라왔고, 이들에게 울모는 파도를 관장하는 일과 안쪽 바다의 운행을 맡겼다. 그리고 그 밖의 영들이 울모를 도왔다. 멜코르의 어둠 속에서도 많은 비밀의 물길을 따라 생명이 여전히 순환하고 땅이 죽지 않았던 것은 모두 울모의 힘 때문이었다. 그 어둠 속에서 길을 잃고 발라의 빛에서 멀어져 방황하는 모든 이들에게 울모의 귀는 늘 열려 있었다. 이후로 그 어떤 변화나 파괴가 닥쳐오더라도, 그는 여전히 모든 것을 염려했고, 세상 끝 날까지도 그러할 것이다.

그 어둠의 시절, 야반나 역시 바깥 대륙을 완전히 포기하고 싶지는 않았다. 자라나는 모든 것들은 그녀에게 소중한 것이었고, 그녀가 가운데땅에서 시작했으나 멜코르가 훼손해 버린 것들이 그녀를 슬프게 하였기 때문이다. 그리하여 야반나는 이따금 아울레의 저택과 발리노르의 꽃피는 초원을 떠나 멜코르가 남긴 상처를 치유하러 가곤 했다. 그리고 돌아와서는, 발라들에게 첫째자손이 나타나기 전에 그들이 치러야 할 악의 지배와의 전쟁에 나서도록 항상 재촉하곤 했다. 짐승을 길들이는 자 오로메 역시 캄캄한 숲의 어둠 속으로 말을 달리곤 했다. 위대한 사냥꾼답게 그는 창과 활을 들고 멜코르의 괴물들과 사나운 짐승들을 끝까지 추격하였고, 그의 백마 나하르는 어둠 속에서 찬란한 은빛을 발하였다. 그럴 때면 잠자던 대지는 나하르의 금빛 발굽이 내딛는 굉음에 몸을 떨었고, 세상의 여명 속에서 오로메는 아르다의 평원을 향해 자신의 거대한 뿔나팔 발라로마를 불어 댔다. 그 소리에 산맥이 화답하고, 악의 그림자가 달아났으며, 멜코르마저 임박한 진노를 예감하며 우툼노에서 몸을 움츠렸다. 그러나 오로메가 지나가고 나면 멜코르의 부하들은 다시 모여들었고, 대지는 어둠의 그림자와 기만으로 가득 찼다.

　시간이 시작될 때의 땅의 형태와 그 지배자들, 그리고 일루바타르의 자손들이 지금까지 알고 있는 형태로 세상이 형성되기 이전의 땅의 양상에 대한 이야기는 이제 모두 끝이 났다. 요정과 인간이 일루바타르의 자손들이고, 아이누들은 그 자손들을 음악 속에 끌어들인 주제를 충분히 이해하지 못했기 때문에, 아무도 거기에 무엇을 감히 덧붙이려 하지 않았다. 이런 이유로 그들에게 발라는 지배자라기보다는 연장자이거나 족장에 가까웠다. 그래서 아이누들이 요정과 인간 들을 다룰 때 그들이 말을 잘 듣지 않아 강제로 밀어 붙이는 경우에도 이는 그리 좋은 결과를 낳지 못했다. 의도가 아무리 좋아도 마찬가지였다. 사실 아이누들이 상대한 것은 대체로 요정들이었는데, 일루바타르는 그들을 만들면서 힘이나 체격은 아이누들보다 못해도 본성은 유사하게 만들었기 때문이다. 하지만 일루바타르는 인간들에게는 희한한 선물을 주었다.

발라들이 떠난 후 침묵이 흐르고, 한 시대 동안 일루바타르는 홀로 생각에 잠겨 앉아 있었다고 한다. 그러고 나서 그는 입을 열어 말했다. "보라, 나는 땅을 사랑하노라. 그곳은 퀜디와 아타니를 위한 집이 되리라! 퀜디는 지상의 모든 피조물 중에서 가장 아름다운 자들이 될 것이며, 나의 모든 자손들보다 더 많은 아름다움을 소유하고 생각하고 또 만들어 낼 것이다. 그러나 아타니에게는 새로운 선물을 줄 것이다." 그리고 그는 인간들의 생각이 세상 속에서는 안식을 얻지 못하고 세상 바깥을 추구하도록 만들었다. 그래서 그들은 세상의 힘과 기회 들 가운데서, 그 밖의 만물에게는 숙명처럼 되어 있는 아이누의 음악을 초월하여 그들의 삶을 형성할 수 있는 힘을 가지게 되었다. 그들의 작업을 통해 만물의 형체와 행적은 완성되고, 세상은 가장 마지막의 가장 작은 것에 이르기까지 성취가 이루어질 것이다.

그러나 일루바타르는 인간이 세상 권력의 소용돌이 속에서 자주 타락하여 자신의 선물을 조화롭게 사용하지 못할 것임을 알았고, 그렇기 때문에 입을 열어 말했다. "이들도 때가 되면 그들이 행한 모든 일이 오로지 나의 작품을 영화롭게 한 것임을 결국 알게 되리라." 하지만 요정들은 인간이 일루바타르의 뜻을 가장 잘 알고 있는 만웨를 슬프게 한다고 믿고 있다. 그들이 보기에 인간은 아이누들 중에서 멜코르를 가장 많이 닮았기 때문이다. 하지만 멜코르는 늘 인간을 두려워하고 증오하였고, 심지어 자신을 섬기는 인간들에 대해서도 그러했다.

인간의 자손은 이 세상에 오직 잠깐 거할 뿐, 세상에 종속되지 않고 요정들이 알지 못하는 곳으로 곧 떠나야 하는데, 이는 그들이 받은 자유라는 선물에 부합한다. 반면에 요정들은 세상 끝 날까지 남도록 되어 있고, 그래서 땅과 온 세상에 대한 그들의 사랑은 더욱 간

절하고 사무치며, 또 세월이 흐를수록 더욱 슬픔이 배어든다. 요정
들은 살해당하거나 슬픔으로 숨을 거두지 않는 한(그들은 외관상으
로는 이 두 가지 방식으로 죽음을 맞는데), 세상 끝 날까지 죽음을 맞지
않는다. 만(萬) 세기의 시간에 싫증나지 않는 한, 그들의 체력은 세
월에 압도당하지 않는다. 그들은 죽음과 함께 발리노르에 있는 만
도스의 궁정에 모이는데, 시간이 지나면 거기서 돌아올지도 모른
다. 그러나 인간의 후예는 정말로 죽어서 세상을 떠나고, 그렇기 때
문에 그들은 '손님'이나 '이방인'으로 불린다. 죽음은 일루바타르가
선사한 그들의 운명이며, 세월이 흐르면서 이는 권능들조차 부러워
하는 선물이 되어 버렸다. 그러나 멜코르는 그 위에 자신의 그림자
를 덮어씌워 죽음을 암흑과 혼동하게 만들었고, 선에서 악을, 희망
에서 공포를 만들어 냈다. 한편 먼 옛날 발라들은 발리노르의 요정
들에게 인간이 아이누의 둘째 음악에 참여하게 될 것이라고 선언한
바 있다. 하지만 일루바타르는 세상이 끝난 뒤의 요정들을 위해 자
신이 계획해 둔 바를 밝히지 않았고, 멜코르도 그것을 찾아내지 못
했다.

## Chapter 2
## 아울레와 야반나

난쟁이들은 맨 처음 가운데땅의 어둠 속에서 아울레가 만든 것으로 전해진다. 자신의 지식과 기술을 가르칠 제자가 필요했던 아울레는 '자손들'의 출현을 학수고대하였지만, 일루바타르의 계획이 완성될 때까지 기다리고 싶지 않았다. 그래서 아울레는 지금 우리가 보는 모습 그대로 난쟁이를 만드는데, 그것은 장차 나타날 '자손들'의 형상이 그의 머릿속에 분명치가 않았고, 아직 멜코르의 위력이 땅 위에 가득했기 때문이다. 그래서 그는 그들이 강인하고 담대하기를 원했다. 하지만 다른 발라들이 자신의 작업을 비난할까 두려워한 그는 은밀하게 일을 진행하였고, 가운데땅 산맥 밑의 큰 집에서 '난쟁이들의 일곱 조상'을 처음으로 만들었다.

그런데 일루바타르가 그 사실을 알게 되었다. 아울레가 작업을 마치고 기뻐하며 자신이 난쟁이들을 위해 만든 언어를 가르치기 시작했을 때, 일루바타르가 그에게 물었고 아울레는 대답하지 않았다. 일루바타르의 음성이 그에게 들려왔다. "그대는 왜 이런 일을 하였는가? 그대도 알 텐데 어찌 그대의 능력과 권한 밖의 일을 꾀하는 것인가? 그대가 내게서 선사받은 것은 그대 자신의 존재뿐일세. 그러니 그대의 손과 머리에서 나온 피조물은 그대의 존재로 살 수밖에 없네. 그대가 움직이기를 원하면 움직이지만, 그대의 생각이 딴 데 가 있으면 가만히 있어야 하는 것처럼 말이야. 그게 자네가 원하는 것인가?"

아울레가 대답했다. "그와 같은 대장 노릇을 원한 것은 아닙니다.

저는 저와 다른 존재, 곧 제가 사랑하고 가르칠 수 있는 존재를 만들어 그들도 당신께서 만드신 에아의 아름다움을 느낄 수 있기를 원했습니다. 제 소견에 아르다에는 많은 존재들이 함께 즐길 수 있는 여지가 아직 많은데도, 대부분은 여전히 텅 빈 채 조용했습니다. 그래서 급한 생각에 그만 어리석은 짓을 하고 말았습니다. 하지만 만들기에 대한 욕망은 당신께서 저를 만드실 때부터 제 마음속에 자리잡고 있었습니다. 지각이 부족한 아이가 부친의 행위를 흉내 내는 것은 조롱하려는 뜻에서가 아니라 그가 부친의 아들이기 때문입니다. 저를 향한 당신의 진노를 영원토록 거두기 위해서는 어떻게 해야 하오리까? 아이가 아버지의 뜻을 따르듯 이들을 당신께 바치겠습니다. 이들은 당신이 만드신 그 손으로 만든 작품이오니 당신 뜻대로 하옵소서. 아니면 제가 주제넘게 만든 것이니 차라리 부숴 버리는 것이 낫지 않겠습니까?"

그리고 아울레는 난쟁이들을 내려치기 위해 큰 망치를 들고는 울음을 터뜨렸다. 하지만 일루바타르는 아울레의 겸손 때문에 그와 그의 소망을 불쌍히 여겼다. 난쟁이들도 망치 앞에서 몸을 움츠리며 두려움에 사로잡혔고, 고개를 숙여 절을 하며 자비를 빌었다. 일루바타르의 음성이 아울레에게 들려왔다. "그대의 선물을 만들어진 그대로 받아들이노라. 이들은 이제 스스로 생명을 가지고 있고, 자신의 목소리로 말까지 하고 있지 않은가? 그렇지 않았다면 이들은 그대의 망치 앞에서, 그대의 단호한 의지 앞에서 움츠리지 않았을 것이다." 그러자 아울레는 망치를 내던지고 기뻐하였고, 일루바타르에게 감사를 드리며 말했다. "에루께서 저의 작품을 축복하시고 이를 고쳐 주시기를 바라나이다!"

그러나 일루바타르는 다시 입을 열어 말했다. "세상이 시작될 때 내가 아이누들의 생각에 존재를 부여하였듯이, 이제 그대의 소망을 받아들여 그들에게 세상 속의 한자리를 주겠노라. 또한 어떤 식으로도 그대의 작품을 고치지 않고, 그대가 만든 그대로 둘 것이니라. 다만 이 점은 용납할 수가 없다. 즉, 그들이 내가 계획한 첫째자손들보다 먼저 나타나서는 안 될 것이며, 또 그대의 조급증이 보상받는 일도 없어야 할 것이다. 그들은 이제부터 바위 밑 어둠 속에서 잠을 자야 하며, 땅 위에 첫째자손들이 눈을 뜰 때까지 나타나서는 안 될 것이다. 아무리 멀어 보이더라도 그대와 난쟁이들은 그때까지 기다려야 할지니라. 그때가 오면 내가 그들을 깨울 것이며, 그들은 그대의 자식 같은 존재가 될 것이다. 그대의 자식과 나의 자손들, 곧 양자로 들인 자손과 내가 직접 택한 자손들 사이에 자주 다툼이 일어날 것이다."

그리하여 아울레는 난쟁이들의 일곱 조상을 데리고 멀리 떨어진 곳으로 가서 그들을 눕혀 두었다. 그리고 발리노르로 돌아와 오랜 세월이 흐를 때까지 기다렸다.

난쟁이들은 본래 멜코르의 위세가 한창일 때 나타날 예정이었기 때문에, 아울레는 그들이 잘 견딜 수 있도록 튼튼하게 만들었다. 그리하여 그들은 돌처럼 냉정하고, 고집스럽고, 우정에 있어서든 미움에 있어서든 한결같으며, 언어를 사용하는 다른 어느 종족보다도 더 강인하게 노역과 기아와 육체의 아픔을 견뎌 낸다. 그리고 인간들보다 훨씬 더 긴 수명을 누리지만 영원히 살지는 못한다. 예전에 가운데땅 요정들 사이에서는 난쟁이들이 죽으면 그들의 근원인 흙과 돌로 되돌아간다고 했지만 난쟁이들은 그렇게 생각하지 않는다. 그들의 주장에 의하면 그들이 마할이라고 부르는 조물주 아울레가 그들을 돌보며 그들을 만도스의 궁정에 따로 모으게 된다. 아울러 아울레가 옛날 그들의 조상들에게 천명한 바로는 일루바타르가 그들을 축성하여 종말에는 그의 자손들 사이에 그들의 자리를 마련해 준다는 것이다. 그리고 그들은 아울레를 섬기며 그를 도와 '최후의 전투' 뒤에 아르다를 새로 만드는 역할을 맡는다. 그들은 또한 난쟁이들의 일곱 조상이 다시 돌아와 자기 종족과 함께 살면서 그들의 옛 이름을 다시 쓰게 된다고 말한다. 그중에서 후대에 가장 널리 알려진 이름은 두린으로, 그는 요정들과 가장 가까이 지냈던 종족의 시조이며 그의 저택은 크하잣둠에 있었다.

아울레는 힘들게 난쟁이들을 만드는 동안 자신의 작업을 다른 발라들에게는 숨겼지만, 이제 야반나에게는 속마음을 털어놓고 그간 있었던 일을 모두 밝혔다. 그러자 야반나가 그에게 말했다. "에루는 자비로운 분이시오. 당신이 마음속으로 진정 기뻐하고 있음을 이제 알겠소. 당신은 용서와 함께 상까지 받았으니 말이오. 하지만 당신이 작업이 완성될 때까지 이 생각을 내게 숨긴 까닭에, 당신의 자손들은 내가 사랑하는 것들을 사랑하지 않을 것이오. 그들은 자신의 아버지가 그랬던 것처럼 먼저 자기 손으로 만든 것들을 사랑할 테니까. 당신의 자손들은 땅속으로만 파고 들어갈 뿐, 땅 위에서 자라는 것에는 관심을 두지 않을 것이며, 많은 나무가 그들의 쇠붙이에 무자비한 상처를 맛볼 것이오."

그러자 아울레가 대답했다. "그것은 일루바타르의 자손들에게도 역시 해당되오. 그들도 먹을 것을 먹고 집을 지어야 할 테니까. 당신이 관장하는 것들은 그 자체로 가치를 가지고 있으며, 또 '자손들'이 나타나지 않는다면 앞으로도 그러할 것이오. 하지만 에루께서는 자손들에게 지배권을 주실 것이고, 그들은 아르다에서 발견되는 모든 것들을 사용할 것이오. 그러나 에루의 뜻에 따라 경외와 감사가 없지는 않을 것이오."

"그러자면 멜코르가 그들의 마음을 검게 물들이지 않아야 할 것이오." 야반나가 대답했다. 하지만 그녀는 마음이 진정되지 않았고, 장차 가운데땅에서 벌어질 일들을 두려워하며 가슴이 몹시 아팠다. 그래서 그녀는 만웨 앞으로 나아갔고, 아울레의 계획을 털어놓

지는 않고 질문을 하였다. "아르다의 왕이시여, 아울레의 이야기로
는 '자손들'이 나타나면 내가 만든 모든 것들 위에 군림하며, 그것을
그들 마음대로 사용한다는데 그게 사실인가요?"

"사실이오." 만웨가 대답했다. "당신은 아울레의 가르침을 필요
로 하지 않았을 텐데 왜 그런 질문을 하는 것이오?"

야반나는 입을 다물고 마음속으로 한참 생각하다가 대답했다.
"장차 벌어질 일을 생각하니 너무 걱정이 되어서 그렇습니다. 나의
모든 작품은 내게 귀한 것입니다. 멜코르가 그렇게 많이 훼손한 것
만으로 충분하지 않은가요? 내가 만든 어느 것도 타인의 지배로부
터 자유로울 수는 없을까요?"

"당신 뜻대로 하고 싶다면, 무엇을 지키고 싶소? 당신이 관장하는
모든 것 중에서 가장 소중한 것이 무엇이오?" 만웨가 물었다.

"모두가 제 가치를 지니고 있습니다." 야반나가 대답했다. "그리
고 각각 서로의 가치에 기여를 하지요. 그런데 '켈바르'는 달아날 수
도 있고 제 몸을 지킬 수도 있습니다만, 땅에서 자라는 '올바르'는
그렇지 못합니다. 그중에서 내가 귀하게 여기는 것은 나무입니다.
자라나는 데는 오랜 시간이 걸리지만, 쓰러뜨리는 데는 순식간이
고, 더욱이 가지에 열매라도 많이 열리지 않으면 죽어도 슬퍼하는
이가 아무도 없어요. 내 생각은 그렇습니다. 뿌리 달린 모든 것을 대
표해서 나무가 말을 할 수 있고, 그들을 해치는 자를 벌줄 수 있다면
좋으련만!"

"그것 참 희한한 생각이군." 만웨가 말했다.

"하지만 그것은 '노래' 속에 이미 있었습니다." 야반나가 말했다.
"당신이 하늘에 있으면서 울모와 함께 구름을 만들고 비를 뿌렸을
때, 나는 큰 나무들의 가지를 들어 올려 비를 맞이하였습니다. 그 비
와 바람 속에서 그들 중의 어떤 이들은 일루바타르께 노래를 불러
드렸지요."

그러자 만웨는 침묵에 빠져들었고, 야반나가 그의 마음속에 심은 생각이 자라나 펼쳐졌다. 그리고 그 모습을 일루바타르가 보았다. 그리하여 만웨는 자기 주변에 다시 '노래'가 들려오는 듯한 느낌이 들면서, 전에는 귀에 들리기는 하나 마음에 두지 않았던 많은 것들을 이제 노래 속에서 발견한 것 같았다. 그래서 마침내 '환상'이 다시 열리는데, 이제는 자신이 그 속에 있기 때문에 환상이 멀게 느껴지지 않았다. 하지만 그는 그 모든 것이 일루바타르의 손 안에 놓여 있다는 것을 깨달았고, 그가 여태까지 모르고 있었던 많은 신기한 것들이 그 손으로부터 나와 아이누들의 마음속에 나타났다.

만웨는 그때 깨어나 에젤로하르에 있는 야반나에게로 내려가, '두 나무' 밑의 그녀 옆에 앉았다. 만웨가 말했다. "오, 케멘타리, 에루께서 입을 열어 말씀하셨소. '그렇다면 발라들 중의 어느 누가, 지극히 작은 음성에서 나는 지극히 작은 소리라도 그 노래 속에 내가 듣지 못한 소리가 있었다고 여긴단 말인가? 보라! 자손들이 깨어나면 야반나의 생각 역시 깨어날 것이다. 그 생각은 멀리서 영들을 불러 모을 것이고, 영들은 켈바르와 올바르 가운데로 들어가 일부는 그 속에 살며 경외를 받을 것이며, 그들의 정당한 분노는 두려움의 대상이 되리라. 첫째자손이 힘을 행사하고 있고, 둘째자손이 아직 어린 동안은 그러하리라.' 하지만 케멘타리, 당신의 생각은 항상 홀로 노래한 것이 아니라는 것을 이제 기억하지 못하시오? 당신과 나의 생각은 함께 만나서, 구름 위로 솟아오르는 거대한 새들처럼 어울려 날아가지 않았소? 그것 역시 일루바타르의 배려 덕분에 이루어질 것이며, 자손들이 깨어나기 전에 바람 같은 날개를 단 '서녘 군주들의 독수리들'이 나타날 것이오."

그러자 야반나는 기뻐하며 일어나, 하늘을 향해 두 팔을 뻗으며 말했다. "왕의 독수리들이 들어와 살 수 있도록 케멘타리의 나무들은 높이 솟아오를 것입니다!"

만웨 또한 일어났다. 그가 얼마나 크게 보였던지 그의 목소리는 마치 바람의 길에서 내려오는 것처럼 야반나에게 들려왔다.

"아니오. 오직 아울레의 나무만이 충분히 높이 자랄 것이오. 독수리들은 산속에 집을 짓고, 우리를 부르는 자들의 목소리를 들을 것이오. 그러나 숲속에는 '나무목자'들이 걸어 다닐 것이오."

그리고 만웨와 야반나는 잠시 헤어졌고 야반나는 아울레에게 돌아갔다. 그는 자신의 대장간에서 쇳물을 거푸집에 붓고 있었다. 야반나가 말했다. "에루께서는 관대하시구려. 이제 당신의 자손들에게 조심하라고 하시오! 숲속에는 어떤 권능이 걸어 다닐 텐데, 숲이 위험에 처하면 당신 자손들에게 화를 낼 거라고 하는구려."

"그럼에도 불구하고 그들은 나무가 필요할 것이오." 아울레는 그렇게 말하고 대장간 일을 계속하였다.

## Chapter 3
## 요정의 출현과 멜코르의 구금

오랜 세월 동안 발라들은 아만산맥 너머에서 '두 나무'의 빛을 받으며 축복 속에 살았지만, 가운데땅은 모두 어스름 별빛 속에 잠겨 있었다. 등불이 빛나는 동안에는 이곳에 생장이 시작되었지만, 사위가 어둠에 싸인 지금은 그것도 멈추고 말았다. 가장 나이가 많은 생물들은 이미 태어난 지 오래였다. 바다에는 커다란 해초가, 땅에는 큰 나무의 그림자가, 밤의 옷을 입은 산골짜기에는 나이 많고 힘이 센 검은 짐승들이 있었다. 야반나와 오로메 말고 다른 발라들은 이 땅과 숲속으로 거의 오지 않았고, 야반나는 아르다의 봄에 이룩한 생장과 약속이 중단된 까닭에 슬퍼하며 그 그늘 속을 걷곤 했다. 그래서 그녀는 아르다의 봄에 태어난 많은 것들 위에 잠의 마법을 걸었고, 이들은 나이를 먹지는 않았지만 먼 훗날 깨어날 때까지 기다려야만 했다.

그러나 북부에서는 멜코르가 자신의 세력을 키우며, 잠도 자지 않고 경계하며 분주했다. 그가 타락시킨 사악한 존재들이 돌아다녔고, 잠에 빠진 캄캄한 숲속에는 괴물과 공포의 형상들이 출몰하였다. 우툼노에 자리 잡은 멜코르는 자신의 악마들을 주변에 불러 모았다. 이들은 그가 영광을 누리던 시절 처음 그와 결탁한 영들로서, 거의 그와 마찬가지로 타락한 존재들이었다. 그들은 심장이 불로 되어 있었지만, 어둠을 덮어쓰고 있었고, 공포가 그들의 앞을 걸어 다녔다. 그리고 그들은 화염채찍을 가지고 있었다. 훗날 가운데땅에서는 이들을 발로그라고 하였다. 그 어두운 시절 멜코르는 오랫동안 세상을 어지럽힐 그 밖의 여러 형상과 갖가지 유형의 괴물들을 많이 만들었고, 그의 영토는 이제 점점 가운데땅 남쪽으로 확산하였다.

멜코르는 또한 아만에서 가할지 모르는 기습 공격을 막기 위해 서북쪽 해안에서 멀지 않은 곳에 요새 겸 병기고를 세웠다. 이 성채는 멜코르의 부관 사우론이 통할하였고 이름은 앙반드라고 했다.

발라들은 야반나와 오로메가 바깥 대륙에서 전해 오는 소식에 걱정스러워하며 회의를 열었다. 야반나가 입을 열어 발라들을 향해 말했다. "아르다의 위대한 분들이시여, 일루바타르의 환상은 잠깐 동안 보이고 금방 사라졌습니다. 그래서 어쩌면 우리의 한정된 계산법으로는 예정된 시간을 알아맞히지 못할지도 모릅니다. 그러나 이 점은 확실합니다. 그 시간은 다가오고 있고, 이 시대 중에 우리의 소망이 드러나고, '자손들'이 깨어날 것이라는 점입니다. 그런데도 우리는 그들이 살 땅을 악이 횡행하는 황폐한 땅으로 버려두어야 합니까? 우리는 빛 속에 살고, 그들은 어둠 속을 걸어 다녀야 합니까? 만웨께서 타니퀘틸 산정에 좌정하고 계신데도 그들이 멜코르를 왕으로 불러야 합니까?"

툴카스가 소리쳤다. "안 되지! 빨리 전쟁을 합시다! 우린 너무 오랫동안 싸움터를 떠나 쉬지 않았소? 이젠 우리 힘도 회복되었습니다. 한 녀석이 우리 모두를 상대로 계속 싸움을 걸도록 내버려 둬야 되겠소?"

만웨의 분부에 따라 만도스가 입을 열어 말했다. "일루바타르의 자손들은 이 시대에 틀림없이 올 겁니다. 하지만 아직은 아닙니다. 더욱이 첫째자손들은 어둠 속에서 태어나 먼저 별빛을 바라보도록 운명지어져 있습니다. 큰 빛의 출현은 그들이 쇠약해진다는 뜻이지요. 어려울 때면 그들은 항상 바르다를 부를 것입니다."

그리하여 바르다는 회의장을 나가서 타니퀘틸 산정에 올랐고, 까마득히 멀리 희미하게 빛나는 무수한 별들 아래 어둠에 잠겨 있는 가운데땅을 바라보았다. 그리고 엄청난 역사(役事)를 시작했다. 아르다에 온 뒤로 발라들이 행한 가장 위대한 일이었다. 그녀는 텔페리온의 큰 통에서 은빛 이슬을 받아, 그 이슬로 새 별을 만들었다. 첫째자손의 출현에 대비하여 만든 훨씬 더 밝은 별들이었다. 그리하여 시간의 심연과 에아의 역사 내내 틴탈레, 곧 '불붙이는 이'로 불리는 그녀는 그 후로 요정들로부터 엘렌타리, 곧 '별들의 여왕'이란 이름을 얻었다. 그녀는 이때 카르닐과 루이닐, 네나르와 룸바르, 알카링퀘와 엘렘미레를 만들었고, 다른 많은 오래된 별들을 함께 모아 아르다 하늘에 징표로 올렸다. 윌와린, 텔루멘딜, 소로누메, 아나리마 등이 그 별자리였고, 반짝이는 허리띠를 맨 메넬마카르는 시간의 종말에 치러질 '최후의 전투'를 예고한다. 그리고 그녀는 북쪽 하늘 높이 멜코르와 맞서기 위해 발라키르카, 곧 '발라의 낫'이라는 일곱 개의 강력한 별을 매달아 두었는데 이는 심판의 징표였다(발라키르카는 오늘날의 큰곰자리, 메넬마카르는 오리온자리, 소로누메는 독수리자리, 윌와린은 카시오페이아자리에 해당함—역자 주).

메넬마카르가 처음 하늘로 성큼성큼 걸어 올라가고 헬루인의 푸른 불꽃이 안개 속으로 세상의 경계 위에 깜박이기까지, 바르다의 역사는 오랜 시간이 걸렸다. 전해지는 바로는 바로 그 바르다의 역사가 막 끝나던 시간에 '땅의 자손들', 곧 일루바타르의 첫째자손이 눈을 떴다고 한다(헬루인은 오늘날의 시리우스, 곧 천랑성에 해당함—역자 주). 별빛 총총한 '눈뜸의 호수' 쿠이비에넨 물가에서 그들은 일루바타르의 잠에서 깨어났다. 그리고 쿠이비에넨 호숫가에 말없이 머물고 있는 동안 그들의 눈은 세상의 만물 중에서 가장 먼저 하늘의 별빛을 바라보았다. 그리하여 그들은 그 후로 영원히 별빛을 사랑하였고, 그 어느 발라보다도 바르다 엘렌타리를 경외하였다.

세상에 큰 변동이 일어나면서 육지와 바다의 형체가 파괴되었다가 다시 만들어졌고, 강은 원래의 물길을 잃었으며, 산도 옛 모습을 유지할 수 없게 되어 쿠이비에넨으로 돌아가는 것도 불가능해졌다. 하지만 요정들 간에는 그곳이 멀리 가운데땅 동부의 북쪽에 있는 헬카르 내해의 어느 만(灣)이었으며, 이 내해는 옛날 일루인 등불이 멜코르의 손에 쓰러지기 전에 서 있던 산기슭이라고 알려져 있다. 동부의 고지대에서 그곳으로 많은 시내가 흘렀고, 요정들이 들은 첫 소리도 물 흐르는 소리와 바위에 물 떨어지는 소리였다.

그들은 호숫가에 있는 첫 고향에서 별빛을 받으며 오랫동안 살았고, 경이로운 눈길로 땅 위를 걸어 다녔다. 또한 언어를 사용하면서 자신들이 인지한 모든 사물에 이름을 붙이기 시작했다. 자신들 스스로는 퀜디라고 했고, 이는 '목소리로 말하는 자들'이란 뜻이었다. 아직 그들은 말을 하거나 노래를 하는 살아 있는 존재를 아무도 만나지 못했던 것이다.

그러던 중 우연히 오로메가 사냥을 하러 말을 타고 동쪽으로 나갔다가 북쪽으로 방향을 바꾸어 헬카르 호숫가에 이르렀고, 동쪽 산맥 오로카르니의 그늘 속을 지나게 되었다. 그런데 갑자기 나하르가 큰 소리로 히힝 하더니 꼼짝도 않고 멈춰 서 버렸다. 오로메가 깜짝 놀라 가만히 있는데, 별빛 속의 고요한 대지 멀리서 여러 명이 함께 노래를 부르는 소리가 들리는 것 같았다.

그렇게 하여 발라들은 그토록 오랫동안 기다려 왔던 이들을 마침내 발견하였다. 거의 우연이나 다름없었다. 요정들을 목격한 오로메는 그들의 출현이 갑작스럽고 신기하고 또 예상하지 못한 일인 듯 경이로움에 사로잡혔다. 발라들에게 요정은 늘 그런 모습일 것이다. 세상 바깥에서는 모든 것이 음악으로 미리 예견되고 멀리서도 환상 속에 예시될 수 있지만, 에아에 실제로 들어온 이들에게 그것은 각각의 눈앞에 뜻밖의 신기한 모습으로 불시에 나타날 수도 있는 것이다.

일루바타르의 첫째자손들은 처음에는 훗날의 모습에 비해 더 강인하고 뛰어났다. 하지만 더 아름답다고 할 수는 없다. 왜냐하면 한창때의 퀜디의 아름다움은 일루바타르가 만들어 놓은 모든 아름다움을 능가하는 것이었지만, 그것은 사라지지 않고 지금도 서녘에 남아 있으며, 거기에 슬픔과 지혜를 더해 더욱 풍성해졌기 때문이다. 오로메는 퀜디를 사랑하여 그들의 언어로 엘다르, 곧 '별의 민족'이란 이름을 지어 주었는데, 나중에 그 이름은 그를 따라 서쪽으로 떠난 이들만을 가리키게 되었다.

하지만 오로메가 나타나자 많은 퀜디는 두려움에 사로잡히는데, 그것은 멜코르 때문이었다. 현자들이 나중에 알고 단언한 바로는 항상 촉각을 곤두세우고 있던 멜코르가 퀜디가 눈뜬 것을 먼저 알아차리고, 어둠과 악령을 내보내어 그들을 염탐하고 매복하여 잡아 오라고 시켰던 것이다. 그래서 오로메가 나타나기 전 여러 해 동안, 멀리서 길을 잃고 헤매던 요정들이 하나둘씩 사라져 돌아오지 않는 경우가 자주 있었던 것이다. 퀜디의 말로는 사냥꾼이 그들을 잡아갔다고 했고 그들은 두려움에 떨고 있었다. 서녘에 여전히 메아리가 남아 있는 요정들의 아득한 옛날 노래 속에는, 실제로 쿠이비에넨 위쪽 언덕을 걸어 다니거나 별안간 별들을 스쳐 지나가곤 하던 검은 형체들과, 사나운 말을 타고 길을 잃은 이들을 쫓아다니며 그들을 잡아먹었다는 어둠의 기수(騎手) 이야기가 전해진다. 멜코르는 말을 타고 다니는 오로메를 무척 증오하고 두려워했다. 그래서 오로메와 퀜디가 만난다고 하더라도 퀜디가 오로메를 피하도록, 자신이 거느린 어둠의 하수인들을 기수로 내보내거나 거짓 소문을 퍼뜨렸던 것이다.

그래서 나하르가 히힝거리며 오로메가 그들 앞에 모습을 나타내자, 몇몇 퀜디는 숨어 버렸고 일부는 달아나 모습을 감추었다. 그러나 용기를 가지고 남아 있던 이들은 그 위대한 기수가 어둠 속에서 나온 형체가 아니라는 것을 금방 알아차렸다. 아만의 빛이 그의 얼굴에 서려 있었고, 모든 고결한 요정들은 그쪽으로 이끌렸기 때문이다.

한편 멜코르의 덫에 걸린 불운한 요정들에 대해서는 확실하게 알려진 것이 없다. 살아 있는 자로 누가 우툼노의 지하 요새에 들어가서 멜코르 무리의 어둠 속을 파헤칠 생각을 하겠는가? 하지만 에렛세아의 현자들은 이렇게 여기고 있다. 우툼노가 파괴되기 전에 멜코르의 수중에 들어간 퀜디는 모두 그곳의 감옥에 갇혔고, 서서히 잔혹한 술책에 의해 타락하여 노예가 되었다. 그래서 멜코르는 요정들에 대한 시기심과 그들을 조롱하려는 생각으로 오르크라는 끔찍스러운 종족을 번식시켰고, 이들은 나중에 요정들에게 최악의 적이 되었다. 이는 오르크가 일루바타르의 자손들과 같은 방식으로 생명을 지니고 있고, 또 번식하였기 때문이다. 멜코르는 시간이 시작되기 전, 바로 아이눌린달레 동안에 반역을 일으켰기 때문에 자체의 생명을 지닌 존재나 그와 유사한 것을 만들 수가 없었던 것이다. 현자들은 그렇게 설명하고 있다. 그래서 오르크들은 어두운 마음속 깊은 곳에서는 자신들이 두려워 떨며 복종하는 지배자, 곧 자신들의 비극을 만들어 낸 자를 혐오하였다. 아마도 이것이 멜코르가 행한 가장 비열한 짓이자 일루바타르가 보기에 가장 가증스러운 행위였을 것이다.

오로메는 잠시 퀜디 사이에 머물다가 재빨리 땅과 바다를 넘어 발리노르로 돌아갔고 발마르에 소식을 전했다. 그리고 쿠이비에넨을 어지럽히고 있는 어둠에 대해서도 이야기했다. 발라들은 첫째자손을 발견했다는 소식을 듣고 기뻐하였다. 하지만 그들은 기뻐하는 중에도 염려하였고, 그래서 멜코르의 어둠으로부터 퀜디를 보호하기 위해 어떤 방책을 취해야 할지 장시간 동안 논의하였다. 그리고 오로메는 곧 가운데땅으로 돌아가 요정들과 함께 지냈다.

만웨는 오랫동안 타니퀘틸 산정에서 사색에 잠긴 채 일루바타르의 지혜를 청했다. 그리고 발마르에 내려와 발라들을 '심판의 원'에 불러 모았고, 그곳에는 바깥바다에서 달려온 울모까지 나타났다.

만웨가 발라들에게 말했다. "내 마음속에 계시된 일루바타르의 뜻은 다음과 같소. 우리는 어떤 대가를 치르더라도 다시 아르다를 지배하여 퀜디를 멜코르의 어둠에서 구해 내야 합니다." 그 소리에 툴카스는 기뻐하였지만, 아울레는 분란의 와중에 세상이 입을 상처를 예감하며 슬퍼하였다. 발라들은 멜코르의 요새를 공격하여 그를 해치워야겠다는 각오와 함께 전쟁 준비를 마치고 아만을 빠져나왔다. 멜코르는 이 전쟁이 요정들을 위해 치러지는 것이며, 그들이 자신의 몰락을 초래한 원인이라는 것을 결코 잊지 않았다. 하지만 요정들은 전쟁에서 아무 역할도 하지 않았고, 그래서 그들의 역사 초기에 서녘의 군대가 북부에 맞서 말을 달려 온 이야기에 대해서는 전혀 알지 못한다.

멜코르는 가운데땅 서북부에서 발라들의 공격에 맞섰고, 그 지역은 모두 엄청나게 파괴당하고 말았다. 서녘 군대는 첫 전투에서 순식간에 승리를 거두었고, 멜코르의 졸개들은 그들에 쫓겨 우툼노로 달아났다. 그러자 발라들은 가운데땅을 가로질러 가서 쿠이비에넨 주변에 보호막을 쳤다. 그리하여 퀜디는 이후로 이 엄청난 '권능들의 전투'에 대해서 아무것도 알 수 없었다. 다만 그들 발밑의 대지가 흔들리며 굉음이 나고, 바다가 요동치며, 북쪽의 엄청난 화재에서 뿜어져 나오는 불빛이 보일 뿐이었다. 우툼노 공성(攻城)은 오랫동안 고통스럽게 이어졌고, 그 입구 여러 곳에서 많은 전투가 벌어졌지만 요정들에게는 풍문으로만 전해졌을 뿐이다. 이 당시에 가운데땅의 형태에 변화가 일어나는데, 아만과 가운데땅을 나눠 놓은 대해가 더 넓고 깊어지고 해안선이 갈라지면서 남쪽 방향으로 깊고 긴 만(灣)이 만들어졌다. '큰 만'과 북부의 헬카락세 사이에 작은 만이 많이 만들어지는데, 가운데땅과 아만은 헬카락세에서 거의 맞닿아 있었다. 발라르만이 이들 중에서 가장 컸고, 새로 솟아난 북부의 고원들, 곧 히슬룸 주변의 산맥과 도르소니온에서 발원한 큰 강 시리온이 그곳으로 흘러들었다. 북부 끝 지방은 이 당시 거의 폐허가 되는데, 이곳에 엄청난 깊이로 파서 만든 우툼노가 있었고, 그 토굴 속에 화염과 멜코르의 대군이 가득했기 때문이다.

그러나 결국 우툼노의 입구는 파괴되고 요새의 천장은 무너졌으며, 멜코르는 가장 깊숙한 굴속으로 대피하였다. 그러자 툴카스가 발라들을 대표하여 그와 맞붙어 싸움을 벌였고, 그를 제압하였다. 그리하여 멜코르는 아울레가 만든 쇠사슬 앙가이노르에 묶여 포로로 끌려갔고 세상은 오랜 세월 동안 평화를 누렸다.

그럼에도 불구하고 발라들은 앙반드와 우툼노 지하 요새에 은밀하게 숨겨진 거대한 토굴과 동굴을 모두 발견하지는 못했다. 많은 악의 존재들이 아직 그곳에서 배회하고 있었고, 일부는 흩어져 어둠 속으로 달아나 더 악한 시간을 기다리며 세상의 황무지를 떠돌고 있었다. 그들은 사우론도 찾아내지 못했다.

하지만 전투가 끝나고 북부의 폐허에서 큰 구름이 일어나 별빛을 가리자, 발라들은 멜코르의 수족을 결박하고 눈을 가려 발리노르로 데려갔고, 그는 '심판의 원'으로 끌려 나갔다. 그곳에서 그는 만웨의 발 앞에 엎드려 용서를 구했다. 그러나 멜코르의 탄원은 거부당했고, 그는 만도스의 성채에 있는 감옥에 갇혔다. 그곳은 발라든 요정이든 인간이든 아무도 탈출할 수 없는 곳이었다. 아만 대륙의 서쪽에 있는 그 궁정은 거대하고 견고하였으며, 멜코르가 다시 재판을 받거나 사면을 청하기 위해서는 그곳에서 무려 세 시대를 기다려야 했다.

그런 다음 발라들은 다시 모여 회의를 했고, 이번 토론에서는 의견이 갈렸다. 울모를 중심으로 한 일부에서는 퀜디가 가운데땅에서 자유롭게 활보하며 그들이 선사받은 기술로 온 땅에 질서를 부여하고 땅의 상처를 치유할 수 있도록 내버려 두자고 주장했다. 그러나 대다수는 퀜디가 그 위험한 땅, 기만당하기 쉬운 어스름 별빛 속에 지내는 것을 염려했다. 그리고 무엇보다도 그들은 요정들의 아름다움을 무척 사랑하게 되어 그들과 함께 있고 싶었다. 그리하여 결국 발라들은 퀜디가 두 나무의 빛을 받으며 영원히 권능들 밑에 모여 살 수 있도록 그들을 발리노르로 불러들였다. 만도스가 침묵 끝에 입을 열었다. "그럼, 그렇게 결정된 겁니다." 이 '부름'으로 인해 이후에 많은 재앙이 초래되었다.

그러나 요정들은 지금까지 오로메를 제외하고는 전장에 출정한 발라들의 분노만 목격하였기 때문에 처음에는 그들의 부름에 선뜻 응하지 않았다. 그들은 두려웠던 것이다. 그래서 오로메가 다시 그들에게 파견되었고, 오로메에 의해 요정의 대표로 뽑힌 이들이 발리노르로 가서 자기 종족을 대변하게 하였다. 이들이 잉궤, 핀웨, 엘웨로 나중에 왕이 된 자들이다. 그들은 아만에 도착하자마자 발라들의 영광스러움과 장엄함에 압도되어 외경심에 사로잡혔고, 두 나무의 빛과 광휘를 얻고자 무척 갈망하였다. 오로메는 그들을 쿠이비에넨으로 다시 데려갔고, 그들은 자기 종족 앞에 나가서 발라들의 부름을 받아들여 서녘으로 이주할 것을 권유하였다.

이렇게 하여 요정들은 처음으로 갈라지게 되었다. 잉궤의 일족 전체와 핀웨와 엘웨의 일족 대부분은 자신들의 군주의 말에 이끌리어 오로메를 따라 떠나기로 결심하였다. 이들은 이후로 영원히 엘다르란 이름으로 불리게 되는데, 이 이름은 오로메가 요정들을 처음 만났을 때 그들의 말로 지어 준 것이었다. 그러나 빛의 나무에 대한 풍문보다 가운데땅의 별빛과 넓은 대지를 더 사랑하여 그 부름을 거절한 이들도 많았다. 이들은 아바리, 곧 '거절한 이들'로 불리는데, 그때 엘다르와 분리된 이들은 여러 시대가 지나기까지 그들과 다시 만나지 못했다.

엘다르는 이제 동부에 있는 그들의 첫 고향에서 긴 여행을 준비하는데, 모두 세 무리로 정렬을 하였다. 규모가 가장 작으면서 가장 먼저 출발한 무리는 요정족 전체의 대왕인 잉궤가 이끌고 있었다. 그는 발리노르로 들어가 권능들의 아래쪽에 앉았고, 모든 요정들이 그의 이름을 우러르고 있다. 그는 가운데땅에 다시 돌아오지 않았고 또 그곳을 돌아보지도 않았다. 그의 일족이 바냐르였다. 그들은 만웨와 바르다의 사랑을 받은 '참요정'으로, 그들과 이야기를 나눈 인간은 거의 없었다.

다음이 지혜라는 뜻의 이름을 지닌 놀도르, 곧 핀웨의 일족이었다. 그들은 아울레의 친구로 '지식의 요정'이라고 불리며, 먼 옛날 북쪽 지방에서 오랫동안 힘들게 싸우고 또 일해 왔기 때문에 노래 속에 널리 알려져 있다.

가장 큰 무리는 맨 마지막에 나타나는데 그들은 텔레리라고 했다. 그런 이름이 붙은 것은 그들이 노상에서 지체하였고, 또 발리노르의 빛을 향해 어스름 미명을 떠나는 데 모두가 한마음이 아니었기 때문이다. 그들은 물을 무척 좋아하였고, 서쪽 해안에 마지막으로 도착한 이들은 곧 바다에 반해 버렸다. 그래서 그들은 아만 대륙에서 '바다요정', 곧 팔마리란 이름을 얻는데, 이는 그들이 부서지는 파도 옆에서 음악을 지었기 때문이다. 그들은 숫자가 많았기 때문에 왕이 둘 있었는데, 엘웨 싱골로('회색망토'라는 뜻임)와 그의 동생 올웨가 그 이름이다.

이들이 엘달리에(엘다르 요정 종족 전체를 가리키는 말—역자 주) 세 무리로, 나무의 시대 동안 결국 아득한 서녘으로 들어간 이들은 칼라퀜디, 곧 '빛의 요정'으로 칭해졌다. 그러나 사실 서쪽으로의 행군을 시작하기는 했으나 긴 노정(路程)에 길을 잃어버렸거나, 돌아섰거나, 아니면 가운데땅 해안에 머뭇거리고 있던 다른 엘다르도 있었다. 앞으로 이야기하겠지만 이들은 대부분 텔레리에 속했다. 그들은 바닷가에 살거나 세상의 숲과 산속을 떠돌았지만 마음만은 서녘을 향해 있었다. 이들은 끝내 아만 대륙과 축복의 땅에 당도하지 못했기 때문에 칼라퀜디는 이들 요정을 우마냐르라고 했다. 그들은 또 우마냐르와 아바리를 뭉뚱그려 모리퀜디, 곧 '어둠의 요정'이라고 부르는데, 그것은 이들이 해와 달이 나타나기 전에 있었던 빛을 보지 못했기 때문이다.

엘달리에 무리가 쿠이비에넨을 출발할 때, 오로메는 황금 편자를 박은 자신의 백마 나하르에 올라타고 그들의 선봉에 섰다고 한다. 헬카르 내해 부근을 북쪽으로 통과한 그들은 서쪽으로 방향을 바꾸었다. 그들 앞에는 거대한 검은 구름이 폐허가 된 북부의 전장 위에 여전히 떠 있었고 그곳에는 별빛조차 보이지 않았다. 그러자 적지 않은 이들이 두려워하며 후회하였고, 결국 뒤로 돌아서서 잊힌 존재가 되었다.

엘다르의 서부 장정(長征)은 길고 느렸다. 가운데땅에서 그들의 장정은 거리를 따질 수 없을 정도로 길었고, 길도 없는 힘든 길이었다. 엘다르도 서두르고 싶은 생각이 없었다. 그들이 머물러 살고 싶은 많은 땅과 강을 비롯하여, 그들의 눈에 들어온 모든 것이 찬탄을 금치 못하게 했기 때문이다. 모두들 여기저기 방랑하고 싶은 생각도 간절했고, 사실 여행의 종착지를 기대하기보다 두려워하는 이들도 많았다. 그래서 그들은 오로메가 고려해야 할 다른 문제 때문에 이따금 그들을 떠날 때마다 행군을 멈추었고, 그가 돌아와 그들을 인도할 때까지 전진하지 않았다. 이런 식으로 몇 해를 여행한 끝에 엘다르는 큰 숲을 통과하여 그들이 지금까지 본 어느 강보다 더 큰 강을 만났다. 그 너머에는 날카로운 산봉우리들이 마치 하늘의 별들을 찌르기라도 하듯 높이 솟은 산맥이 있었다. 이 강이 바로 가운데 땅 서부의 경계를 이룬, 훗날 안두인대하로 불린 강이었다고 한다. 또한 그 산맥은 에리아도르의 경계를 이루는 히사에글리르, 곧 '안개연봉'으로, 그 당시에는 지금보다 더 높고 험준했으며, 오로메의 행군을 막기 위해 멜코르가 일으켜 세운 것이었다. 텔레리는 강의 동쪽 강변에 오랫동안 머물면서 그곳에 살고 싶어 했지만, 바냐르와 놀도르는 강을 건넜고, 오로메가 산맥을 넘는 통로로 그들을 인도하였다. 앞장선 오로메가 보이지 않자 텔레리는 어둠에 잠긴 고지를 바라보며 두려움에 휩싸였다.

그때 가장 뒤쪽에 있던 올웨의 무리 중에서 한 인물이 일어났다. 렌웨라는 자였다. 그는 서부 장정을 포기하고 많은 이들을 이끌고 강을 따라 남하하였고, 오랜 세월이 흐를 때까지 그들의 친족과는 소식이 두절되었다. 이들을 난도르라고 했다. 그들은 물을 좋아하여 대개 폭포나 흐르는 물가에 거주하였다는 사실만 제외하고는, 그들의 친족과는 구별된 다른 무리가 되었다. 그들은 다른 어느 요정들보다 더 살아 있는 모든 것, 곧 나무와 풀, 새와 짐승들에 대해 방대한 지식을 소유하고 있었다. 훗날 렌웨의 아들 데네소르가 결국 서부로 다시 방향을 선회하는데, 그는 달이 떠오르기 전에 무리의 일부를 이끌고 산맥을 넘어 벨레리안드로 들어갔다.

마침내 바냐르와 놀도르는 에리아도르와 가운데땅 서쪽 끝 사이에 있는 에레드 루인, 곧 '청색산맥'을 넘었다. 가운데땅 서쪽 끝의 이곳을 나중에 요정들은 벨레리안드로 불렀다. 가장 선두에 선 일행은 시리온골짜기를 지나 드렝기스트와 발라르만 사이에 있는 대해의 해안 지대에 이르렀다. 그러나 바다를 보는 순간 그들은 엄청난 공포에 사로잡혔고, 많은 이들이 숲속과 벨레리안드 고지로 달아났다. 그리하여 오로메는 만웨의 충고를 듣기 위해 그들을 떠나 발리노르로 돌아갔고, 그들은 뒤에 남게 되었다.

한편 텔레리 일족은 안개산맥을 넘어 광대한 에리아도르를 횡단하였고, 엘웨 싱골로는 자신이 보았던 발리노르와 빛의 세계로 하루 빨리 돌아가고 싶어서 그들을 재촉하였다. 그는 또한 놀도르 왕 핀웨와 절친한 사이였기 때문에 놀도르와 떨어지는 것을 원치 않았다. 그리하여 여러 해가 지난 뒤 텔레리 역시 에레드 루인을 넘어 마침내 동(東)벨레리안드에 들어섰다. 그들은 그곳에서 걸음을 멈추고 겔리온강 건너편에 잠시 머물렀다.

## Chapter 4
## 싱골과 멜리안

멜리안은 마이아로 발라들과 같은 종족에 속한다. 그녀는 로리엔의 정원에 살았고, 로리엔의 무리 중에 그녀보다 더 아름답거나 더 지혜롭거나 더 매혹적인 노래 솜씨를 지닌 자는 없었다. 두 나무의 빛이 섞이는 시간이 되어 멜리안이 로리엔에서 노래를 부르면, 발라들은 하던 일을 멈추었고, 발리노르의 새들은 유쾌한 웃음을 그만두었으며, 발마르의 종(鐘)들은 소리를 죽이고 샘물은 흐름을 멈추었다고 한다. 나이팅게일들이 항상 그녀와 동행하였고, 그녀는 새들에게 노래를 가르쳤다. 그녀는 또한 커다란 나무들의 깊은 그늘을 사랑하였다. 세상이 만들어지기 전까지 그녀는 야반나와 가까웠다. 그러던 중 퀜디가 쿠이비에넨 물가에서 눈을 떴을 때 그녀는 발리노르를 떠나 '이쪽땅'(가운데땅을 가리킴—역자 주)으로 건너왔고, 거기서 태초의 가운데땅의 적막을 자신의 음성과 새들의 목소리로 채워 넣었다.

앞서 이야기한 대로 텔레리 요정들은 이제 장정의 막바지에 이르자 겔리온강 너머 동벨레리안드에서 오랫동안 휴식을 취했다. 그 당시에는 아직 그들의 서쪽에 있는, 훗날 넬도레스 및 레기온으로 불리는 숲 속에 많은 놀도르 요정들이 남아 있었다. 텔레리의 왕인 엘웨는 대삼림을 지나서 자신의 친구 핀웨를 찾아 놀도르의 체류지로 향할 때가 많았다. 그러던 중 한번은 별빛이 총총한 '난 엘모스숲'에 혼자 들어서게 되는데, 문득 나이팅게일들의 노랫소리가 그의 귀에 들려왔다. 그는 무엇에 홀리기라도 한 듯 꼼짝도 하지 못하고 걸음을 멈추었다. 로멜린데(나이팅게일을 가리킴―역자 주)들의 목소리 너머 저 멀리서 멜리안의 음성이 그에게 들려왔고, 그것은 그의 가슴을 경탄과 갈망으로 가득 채웠다. 그 순간 자신의 모든 백성과 마음속에 품었던 모든 목표를 까맣게 잊어버리고, 엘웨는 나무 그늘 속으로 새들을 따라 난 엘모스숲 깊숙이 들어갔고 거기서 길을 잃었다. 하지만 그는 마침내 별빛이 보이는 숲속의 빈터에 이르렀고 그곳에 멜리안이 서 있었다. 어둠 속에서 그는 그녀를 바라보았고 아만의 빛이 그녀의 얼굴에 서려 있었다.

그녀는 아무 말도 하지 않았다. 그러나 사랑에 빠진 엘웨는 그녀에게 다가가 손을 잡았고, 그러자마자 그는 마법에 빠졌다. 그리하여 그들은 그들의 머리 위로 선회하는 별들로 측정하자면 여러 해가 지나는 동안 그렇게 서 있었다. 난 엘모스의 나무들은 그들이 무슨 말을 할 때까지 더 높고 더 검게 자라났다.

그리하여 엘웨를 찾아 나선 그의 백성들은 그를 발견할 수가 없었고, 올웨가 텔레리의 왕권을 취하여 출발을 하게 되는데, 그 이야기는 나중에 하기로 한다. 엘웨 싱골로는 살아 생전에 바다를 건너 발리노르에 다시 가지 못했고, 멜리안도 그들의 왕국이 지속되는 동안은 그곳에 돌아가지 않았다. 그러나 그녀를 통해 에아가 만들어지기 전 일루바타르와 함께 있었던 아이누의 혈통이 요정과 인간들 가운데로 들어오게 되었다. 훗날 엘웨는 명망 높은 왕이 되었고 벨레리안드의 엘다르는 모두 그의 백성이 되었다. 이들은 신다르, 곧 '회색요정'으로 불렸고, '황혼의 요정'이란 별칭도 지니고 있었다. 왕인 그는 '회색망토왕'으로 칭해졌고 그들의 말로는 엘루 싱골이라고 했다. 가운데땅의 어느 누구보다 더 지혜로운 멜리안이 그의 왕비였고, 도리아스에 있는 메네그로스, 곧 '천(千)의 동굴'에 그들의 은밀한 궁정이 있었다. 멜리안은 싱골에게 엄청난 힘을 건네주었는데, 싱골 자신도 사실 엘다르 가운데서는 대단히 뛰어난 인물이였다. 모든 신다르 중에서 오직 그만이 자신의 두 눈으로 꽃이 만개하던 시기의 '두 나무'를 보았기 때문이다. 그는 비록 우마냐르의 왕이기는 하나 모리퀜디로 간주되지 않고, 빛의 요정이자 가운데땅에서 가장 위대한 인물로 꼽혔다. 그리고 싱골과 멜리안의 사랑을 통해 세상에는 과거와 미래를 통틀어 일루바타르의 자손들 중에서 가장 아름다운 인물이 탄생하게 되었다.

## Chapter 5

# 엘다마르와 엘달리에 군주들

바냐르와 놀도르 무리들은 이윽고 이쪽땅 서쪽 해안 끝에 도착했
다. 이 해안의 북쪽은 그 옛날 권능들의 전투가 벌어진 뒤에 서쪽 방
향으로 굽어 있었고, 결국 아르다 북쪽 끝에서는 발리노르가 건설
된 아만과 이쪽땅 사이를 겨우 좁은 바다 하나가 갈라 놓고 있었다.
이 좁은 바다는 멜코르의 혹한이 맹위를 떨치는 까닭에 '살을에는
얼음'으로 덮여 있었다. 그래서 오로메는 엘달리에 무리를 북쪽 끝
으로 데려가지 않고, 훗날 벨레리안드로 불리는 시리온강 주변의
아름다운 땅으로 인도하였다. 엘다르가 두려움과 놀라움을 함께
느끼며 처음 바다를 바라보게 되는 이 해안과 아만산맥 사이에는
넓고 어둡고 깊은 대양이 펼쳐져 있었다.

　이때 울모는 발라들의 권고에 따라 가운데땅 해안으로 와서, 검
은 파도를 바라보며 그곳에 머물고 있는 엘다르와 이야기를 나누었
다. 그들을 위한 그의 설득과 소라고둥 나각으로 연주한 그의 음악
으로 인해 바다에 대한 그들의 두려움은 오히려 갈망으로 바뀌었
다. 그리하여 울모는 일루인이 쓰러질 당시의 혼란 이후로 양쪽 해
안에서 멀리 떨어져 오랫동안 바다 한가운데에 홀로 떠 있던 어느
섬의 뿌리를 뽑았다. 그리고 시종들의 도움을 받아 그것을 마치 큰
배처럼 움직여서 시리온 강물이 흘러드는 발라르만에 정박시켰다.
그러자 바냐르와 놀도르는 그 섬에 올라타고 바다를 건너 마침내
아만산맥 아래 긴 해안에 도착했고, 발리노르에 들어가 그곳의 축
복을 누렸다. 그러나 섬의 동쪽 돌출부는 시리온하구의 모래톱에

깊숙이 좌초하는 바람에 섬에서 떨어져 뒤에 남게 되었다. 이 섬이 발라르섬이 되었다고 하는데 훗날 옷세가 이곳을 자주 방문하였다.

그러나 텔레리는 바다에서 멀리 떨어진 동벨레리안드에 머물고 있었고, 울모의 부름을 너무 늦게 들었기 때문에 가운데땅에 계속 남아 있었다. 더욱이 많은 이들이 아직도 그들의 왕 엘웨를 찾아다니며 왕이 없이는 떠나지 않으려고 했다. 그러나 잉궤와 핀웨, 그리고 그들이 이끄는 무리가 떠났다는 것을 알고는 많은 텔레리가 벨레리안드 해안으로 몰려들었다. 그들은 이후로 떠나간 친구들을 그리워하며 시리온강 어귀에 살았고, 엘웨의 동생 올웨를 그들의 왕으로 세웠다. 그들은 서쪽 해안에 오랫동안 머물렀고 옷세와 우이넨이 그들을 찾아와 도움을 주었다. 옷세는 땅끝과 가까운 바위 위에 올라앉아 그들을 가르쳤고, 그들은 그에게서 갖가지 바다의 전승과 바다의 음악을 배웠다. 그리하여 원래 물을 사랑하였고, 또 요정들 가운데 가장 아름다운 가수였던 이들 텔레리는 이후로 바다에 매혹되었고 그들의 노래는 해변에 밀려오는 파도 소리로 가득했다.

여러 해가 지난 뒤 울모는 놀도르와 그들의 왕 핀웨의 간청에 귀를 기울였다. 그들은 텔레리 요정들과 오랫동안 떨어져 지낸 것을 안타까워하며, 텔레리가 원한다면 아만으로 데려와 주도록 그에게 간청하였다. 사실 텔레리는 이제 대다수가 아만에 가기를 원하고 있었다. 그러나 텔레리를 발리노르에 데려가기 위해 울모가 벨레리안드 해안에 돌아오자, 옷세의 슬픔은 이루 말로 다 할 수 없었다. 그가 맡고 있는 곳이 가운데땅 바다와 이쪽땅 해안이기 때문에, 텔레리의 음성을 자신의 영지 내에서 다시 들을 수 없다는 생각에 기분이 상했던 것이다. 그는 그들 중 일부를 설득하여 그곳에 남게 했는데, 이들이 팔라스림, 곧 '팔라스의 요정들'이다. 이들은 훗날 브리솜바르와 에글라레스트의 항구에 정착하였고, 가운데땅 최초의 선원이자 최초로 배를 만든 이들이었다. 조선공 키르단이 그들의 군주였다.

엘웨 싱골로의 친족과 친구들 역시 이쪽땅에 남아 그를 아직 찾고 있었다. 만약 울모와 올웨가 좀 더 기다릴 생각이 있었다면, 그들도 기꺼이 발리노르와 빛의 나무를 찾아 떠났을 것이다. 그러나 올웨는 출발을 고집했고, 마침내 텔레리 본진(本陣)이 섬에 올라타자 울모는 그들을 먼 곳으로 데려갔다. 그리하여 엘웨의 친구들만 뒤에 남게 되었고 그들은 스스로를 에글라스, 곧 '버림받은 민족'으로 불렸다. 그들은 바닷가보다는 벨레리안드의 숲과 언덕에 집을 지었는데, 바다를 보면 슬픔에 사로잡히기 때문이었다. 그러나 아만을 향한 갈망은 그들의 마음속에 영원히 남아 있었다.

한편 오랜 혼수상태에서 깨어난 엘웨는 멜리안과 함께 난 엘모스에서 돌아왔고, 그 뒤로 그 지역의 중심부에 있는 숲속에 살았다. 그 역시 '나무'의 빛을 다시 보고 싶은 생각이 간절했지만, 맑은 거울 속을 들여다보듯 멜리안의 얼굴에서 아만의 빛을 보았고, 그 빛을 바라보며 만족스러워했다. 그의 백성들은 기뻐하며 그의 곁에 모여들어 놀라워하였다. 일찍이 아름답고 고결한 그였지만, 이제 일루바타르의 자손들 가운데서 가장 큰 키에 은회색 머리칼을 휘날리는 그의 모습은 실로 마이아 군주를 연상시켰다. 고귀한 운명이 그를 기다리고 있었다.

옷세는 올웨의 무리를 뒤따르다가, 그들이 (요정의 고장인) 엘다마르만(灣)에 이르렀을 때 그들을 불렀다. 그들은 그의 목소리를 알고 있어서 울모에게 항해를 멈추어 달라고 빌었다. 울모는 그들의 청을 들어주었고, 옷세는 그의 지시에 따라 섬을 꽉 붙잡아서 바다의 바닥에 고정시켜 버렸다. 울모가 이렇게 쉽게 결정을 내린 것은 그가 텔레리의 마음을 읽었기 때문이다. 발라들의 회의에서도 그는 퀜디가 가운데땅에 남아 있는 것이 더 낫다고 생각하여 부르는 것을 반대했던 것이다. 발라들은 그가 한 일을 전해 듣고는 심기가 불편해졌다. 핀웨는 텔레리가 오지 못했다는 소식을 듣고 슬퍼하였고, 엘웨가 버림받았다는 사실을 알고 더욱 슬퍼하였다. 그는 만도스의 궁정이 아니면 이제 그를 다시 볼 수 없으리라는 것을 알고 있었다. 하지만 섬은 다시는 움직이지 않은 채 엘다마르만에 홀로 서 있었고, 그래서 톨 에렛세아, 곧 외로운섬으로 불렸다. 이곳에서 텔레리는 그들의 소원대로 하늘의 별빛 속에서 살았는데, 다만 아만과 불사의 해변을 눈으로 볼 수는 있었다. 그 외로운섬에 오랫동안 떨어져 지낸 탓에 그들의 언어는 바냐르나 놀도르의 말과 다르게 되었다.

바냐르와 놀도르는 일찍이 발라들이 준 땅과 거주지에 살고 있었다. 나무의 빛으로 환한 발리노르의 정원에 있는 눈부신 꽃밭에 있으면서도 그들은 가끔씩 별빛을 보고 싶어 했고, 그래서 거대한 펠로리 장벽에 통로를 만들었다. 바다를 향해 달려가는 깊은 골짜기에 엘다르는 초록의 높은 언덕을 세우고 그 이름을 투나라고 했다. 서쪽에서부터 뻗어 나온 나무의 빛은 그곳에 떨어졌고, 그 그림자는 동쪽으로 길게 늘어졌다. 그곳에서는 동쪽으로 '요정만(灣)'과 외로운섬, '그늘의 바다'가 보였다. 그리하여 칼라키랴, 곧 '빛의 통로' 사이로 축복의 땅에서 흘러나온 빛은 검은 파도를 은빛과 금빛으로 불타오르게 했고, 외로운섬에 닿아 그 서쪽 해안을 푸르고 아름답게 꾸몄다. 그곳에는 아만산맥 동쪽에서 늘 보이던 최초의 꽃들이 피어났다.

투나 언덕 꼭대기에 요정들의 도시 티리온의 흰 성벽과 축대가 서 있었다. 이 도시에서 가장 높은 탑은 잉궤의 탑인 민돈 엘달리에바로, 은으로 만든 그곳의 등불은 바다의 안개 속으로 멀리까지 빛을 발했다. 유한한 생명의 인간들이 탄 배 중에서 그 가느다란 불빛을 본 배는 거의 없었다. 투나 언덕 위의 티리온에서 바냐르와 놀도르는 오랫동안 다정하게 살았다. 그들은 발리노르의 모든 것 중에서 특히 '백색성수(白色聖樹)'를 사랑하였기 때문에, 야반나는 그들에게 그 자체로 빛을 뿜지는 못한다는 것을 제외한다면 작은 텔페리온이라고 할 만한 나무를 한 그루 만들어 주었다. 나무는 신다린으로 갈라실리온이라고 했다. 이 나무는 민돈 아래 궁정에 심어져 그곳에서 잘 자랐고, 엘다마르에는 그 묘목이 많았다. 이 중의 하나가 나중에 톨 에렛세아에 심어져 거기서 잘 자라게 되는데, 이름을 켈레보른이라고 했다. 다른 곳에서 이야기하겠지만, 때가 이르면 바로 거기서부터 '누메노르의 백색성수' 님로스가 유래하게 된다.

만웨와 바르다는 '참요정' 바냐르를 특히 사랑했다. 놀도르는 아울레의 사랑을 받았고, 아울레와 그의 무리는 그들을 자주 방문했다. 그들의 지식과 솜씨는 대단해졌고, 그보다 더 놀라운 것은 더 많은 지식에 대한 그들의 갈망이었다. 그리하여 그들은 곧 여러 측면에서 자신의 선생들을 능가했다. 그들은 말(語)에 대한 사랑이 지극했기 때문에 언어에 있어서 변화가 많았고, 그들이 알고 있거나 상상한 모든 것에 보다 적합한 이름을 찾아 주기 위해 부단히 노력했다. 그러던 중 산속에서 채석 작업을 하던 핀웨가의 석공들이 (그들은 고층 탑 건축을 좋아하였다) 처음으로 땅속에서 보석을 발견했다. 그들은 셀 수 없이 많은 보석을 캐냈고, 이것을 자르고 다듬기 위한 연장을 고안하여 갖가지 형태로 보석을 다듬었다. 그들은 그것을 쌓아 두지 않고 인심 좋게 나눠 주었고, 그들의 수고 덕택에 발리노르 곳곳이 풍요로워졌다.

놀도르는 나중에 가운데땅으로 돌아오는데, 이 이야기는 주로 그들의 행적을 소재로 한다. 따라서 놀도르 군주들의 이름과 혈족 관계에 대한 설명이 필요한데, 여기서는 이들의 이름이 나중에 벨레리안드 요정들의 언어로 표기될 때의 형태를 취하기로 한다.

핀웨는 놀도르의 왕이었다. 핀웨의 아들로는 페아노르, 핑골핀,

피나르핀이 있었는데, 페아노르의 모친은 미리엘 세린데였고, 핑골 핀과 피나르핀의 모친은 바냐르 출신의 인디스였다.

페아노르는 말솜씨와 손재주에 있어서 가장 탁월한 인물이었고, 다른 형제들보다 학식도 깊었으며, 불꽃처럼 타오르는 영혼의 소유 자였다. 핑골핀은 가장 힘이 세고, 가장 고집이 세며, 또 가장 용맹스 러웠다. 피나르핀은 가장 아름답고 또 가장 지혜로운 마음씨를 지녔 으며, 나중에 텔레리 왕 올웨의 아들들과 친구로 지내며 올웨의 딸 인 알콸론데의 '백조 처녀' 에아르웬을 아내로 맞이하였다.

페아노르의 일곱 아들로는 장신의 마에드로스와 목청이 멀리 땅 과 바다 건너까지 들린다는 위대한 가수 마글로르가 있었고, 아름 다운 켈레고름과 검은 얼굴의 카란시르, 그리고 부친의 손재주를 가장 많이 물려받은 재주꾼 쿠루핀이 있었다. 그리고 막내인 암로 드와 암라스가 있었는데, 이들은 기질과 얼굴이 닮은 쌍둥이였다. 그들은 훗날 가운데땅 숲속의 위대한 사냥꾼들이 되었다. 켈레고 름 역시 사냥꾼으로, 발리노르에서는 오로메의 종자(從者)로 자주 그의 나팔을 따라다녔다.

핑골핀의 아들로는 나중에 세상의 북쪽에서 놀도르 왕이 되는 핑곤과 곤돌린의 왕이 되는 투르곤이 있었고, 그들의 누이는 '백색 의 아레델'이었다. 그녀는 엘다르의 나이로는 두 오라버니보다 어렸 지만, 완전히 성장하여 예쁘게 자란 뒤에는 키도 크고 건장했으며, 말을 타고 숲속에서 사냥하는 것을 무척 즐겼다. 그녀는 친척인 페 아노르의 아들들과 어울릴 때가 잦았지만 아무에게도 마음을 주 지는 않았다. 그녀는 아르페이니엘, 곧 '놀도르의 백색 숙녀'로 통했 는데, 그것은 그녀의 머리카락은 검지만 혈색이 창백하고 늘 은색과 흰색 옷을 입었기 때문이다.

피나르핀의 아들로는 '신실한' 핀로드(그는 나중에 동굴의 왕 펠라 군드로 불린다)와 오로드레스, 앙그로드, 아에그노르가 있었다. 이들 넷은 마치 친형제처럼 핑골핀의 아들들과 매우 가깝게 지냈다. 그들에게는 퀸웨가를 통틀어 가장 아름다운 갈라드리엘이라는 누이가 있었고, 그녀의 머리카락은 라우렐린의 광채를 그물로 붙잡아 두기라도 한 듯 황금빛으로 반짝거렸다.

이제 텔레리가 결국 아만 대륙에 건너가게 된 경위를 밝힐 때가 되었다. 그들은 오랜 세월 동안 톨 에렛세아에 살았다. 하지만 그들의 마음은 서서히 바뀌어 바다를 넘어 외로운섬으로 흘러 들어오는 빛을 향해 끌리고 있었다. 그들은 자신들의 바닷가에 밀려오는 파도의 음악을 사랑하는 마음과, 다시 자기 종족을 만나 찬란한 발리노르를 보고 싶은 욕망 사이에서 괴로워하였다. 그러나 결국 빛을 향한 갈망이 더 강했다. 그리하여 울모는 발라들의 뜻에 따라 텔레리의 친구 옷세를 그들에게 보냈고, 옷세는 슬픈 마음으로 그들에게 조선 기술을 가르쳤다. 배가 모두 건조되자 그는 이별의 선물로 그들에게 튼튼한 날개를 가진 많은 백조를 선사하였다. 그리하여 백조들은 텔레리의 흰 배들을 바람 한 점 없는 바다 위로 끌어갔고, 마침내 그들은 아만 땅과 엘다마르 해안에 가장 마지막으로 도착했다.

그곳에 살면서 그들은 원한다면 나무의 빛도 볼 수 있었고, 발마르의 황금빛 거리와 푸른 언덕 투나 위에 선 티리온시의 수정 층계도 밟을 수 있었다. 그러나 무엇보다도 그들은 요정만(灣)의 바다 위를 그들의 빠른 배로 항해하였고, 언덕을 넘어온 빛을 받아 머리칼을 번득이며 해변의 파도 위를 걸어 다녔다. 놀도르는 그들에게 오팔과 다이아몬드, 희끄무레한 수정을 비롯하여 많은 보석을 주었고, 그들은 그것을 해변에 뿌리고 물웅덩이 속에 흩어 놓았다. 그 시절 엘렌데 해안은 참으로 찬란했다. 그들은 직접 바다에서 많은 진주를 찾아내어 자신들의 저택을 꾸몄고, 진주로 꾸민 백조의 항구

알괄론데의 올웨의 저택은 수많은 등불로 밝혀져 있었다. 그곳은 그들의 도시이자 그들의 배를 위한 항구였다. 그들의 배는 백조 모양으로 만들어졌는데 부리는 금으로, 눈은 금과 흑옥으로 되어 있었다. 항구의 입구는 바다의 침식으로 형성된 아치형의 천연의 바위였다. 그곳은 칼라키랴 북쪽 엘다마르 경계에 자리 잡고 있었고, 그 별빛은 밝고 맑았다.

세월이 흐르면서 바냐르는 발라들의 땅과 두 나무의 완전한 빛을 사랑하게 되어 투나 언덕 위의 티리온시를 버렸다. 그리고 그 후로 만웨의 산이나 발리노르의 들판과 숲속에 살면서 놀도르와 멀어졌다. 그러나 놀도르의 가슴속에는 별빛 아래 가운데땅의 추억이 남아 있었고, 그들은 칼라키랴와 서쪽바다의 파도 소리가 들리는 언덕과 골짜기에 거주하였다. 하지만 그들 중에는 땅과 물과 모든 살아 있는 것들의 비밀을 찾아 자주 발라들의 땅으로 먼 여행길에 오르는 이들도 많았다. 투나와 알괄론데의 요정들은 그 당시 서로 잘 어울렸다. 핀웨는 티리온의 왕이었고, 올웨는 알괄론데의 왕이었다. 하지만 잉궤는 언제나 모든 요정들의 대왕으로 인정받았다. 그는 그 후로 타니퀘틸에서 만웨를 우러르며 살았다.

페아노르와 아들들은 한곳에 오래 머무르지 않고 발리노르 경계 내에서 두루 여러 곳을 여행하였고, 심지어 미지의 세계를 찾아 어둠의 경계와 바깥바다의 차가운 해변까지 찾아다녔다. 그들은 자주 아울레의 궁정을 손님으로 방문하였고, 켈레고름만은 오로메의 저택으로 찾아가 새와 짐승 들에 관한 방대한 지식을 습득하였다. 켈레고름은 그들의 언어를 모두 알고 있었다. 아르다 왕국에 지금까지 존재했거나 지금도 존재하는 살아 있는 모든 것들은, 멜코르의 잔인하고 사악한 짐승들을 제외하고는, 그 당시에 모두 아만 대륙에 살고 있었다. 그곳에는 또한 가운데땅에서는 한 번도 본 적이 없는

짐승들이 많았는데, 세상의 형태에 변동이 일어났기 때문에 아마
영원히 볼 수 없을지도 모른다.

## Chapter 6

# 페아노르와 멜코르의 석방

그리하여 엘다르 세 무리는 마침내 발리노르에 모였고 멜코르는 쇠사슬에 묶인 그대로 있었다. 이때가 '축복의 땅의 전성기'로 그 영광과 지복(至福)은 최절정에 달했다. 연수(年數)로 이는 장구한 세월이었지만 기억 속에서는 한순간에 불과하다. 이 당시 엘다르는 체격과 생각에 있어서 완전히 성장하였고 놀도르는 기술과 지식이 날로 향상되었다. 그 긴 세월 동안 즐거운 노동이 행해졌고 아름답고 신기한 것들이 새로 많이 만들어졌다. 놀도르가 처음 문자를 생각해 낸 것도 이때였다. 티리온의 루밀이 이 방면의 대가로, 그는 말과 노래를 기록하기에 적합한 기호를 처음으로 만들었다. 어떤 것은 금속이나 석재에 새겨 넣기 위한 것이었고, 또 어떤 것은 붓이나 펜으로 그리기에 좋은 것이었다.

이때 엘다마르의 투나 언덕 위 티리온에 있는 왕의 가문에 핀웨의 장자이자 가장 사랑하는 아들이 태어났다. 그의 이름은 쿠루핀웨였지만 그의 모친은 아들을 '불의 영(靈)', 곧 페아노르라 불렀고, 놀도르의 모든 이야기에는 그렇게 전해 온다.

모친의 이름은 미리엘인데, 직조(織造)와 바느질에 탁월한 솜씨가 있어서 세린데라고도 했다. 그녀는 그 솜씨 좋은 놀도르 중에서도 특히 정교한 솜씨를 지니고 있었던 것이다. 핀웨와 미리엘의 사랑은 축복의 시대에 축복의 땅에서 시작되었기 때문에 위대하고 아름다운 사랑이었다. 그러나 아들을 낳으면서 미리엘은 영혼과 육체가 소진되었고, 출산 후에는 삶의 노고로부터 벗어나기를 갈망했다. 그래서 아들의 이름을 지어 주면서 그녀는 핀웨에게 말했다. "이제 다시는 아이를 낳지 않겠소. 여러 생명을 기를 수 있는 힘을 모두 페아노르에게 소진해 버렸기 때문이오."

그 소리에 핀웨는 슬픔을 감추지 못했다. 놀도르는 그들의 전성기를 누리고 있었고, 그는 아만의 축복 속에 많은 자식을 얻고 싶었기 때문이다. 그가 말했다. "아만에는 틀림없이 치유의 힘이 있지 않겠소? 여기서는 아무리 고단해도 휴식을 얻을 수 있을 것이오." 그러나 미리엘이 계속 쇠약해지자 핀웨는 만웨의 조언을 구했고, 만웨는 그녀를 로리엔의 이르모에게 맡겨 돌보도록 했다. 그들이 헤어지던 날 (그는 잠시라고 생각했다.) 핀웨는 슬퍼하였다. 아들의 유년 시절이 막 시작되는 때에, 어머니가 함께하지 못하고 떠나야 한다는 것이 불운하게 느껴졌기 때문이다.

"정말 안타깝소." 미리엘이 말했다. "이렇게 몸이 힘들지만 않다면, 울고라도 싶소. 하지만 이 일 때문에, 또 앞으로 닥칠 어떤 일 때문이라도 나를 탓하지는 마시오."

그리고 그녀는 로리엔의 정원으로 가서 잠이 들었다. 잠이 든 것 같았지만, 사실 그녀의 영혼은 육체를 떠나 소리 없이 만도스의 궁정으로 들어간 것이었다. 에스테의 시녀들이 미리엘의 몸을 돌보았고, 그녀의 몸은 부패하지 않고 그대로 있었다. 그러나 그녀는 돌아오지 않았다. 그래서 핀웨는 슬픔 속에 살았고, 로리엔의 정원으로 자주 찾아가 은빛 버드나무 아래 아내의 시신 옆에서 그녀의 이름을 불렀다. 그러나 소용없었다. 축복의 땅 모든 이들 가운데서 그만이 기쁨을 잃어버린 것이었다. 그는 얼마 후부터 로리엔에 다시 가지 않았다.

그는 이후로 모든 사랑을 아들에게 쏟았고, 페아노르는 비밀의 불이 내면에 타오르듯 무럭무럭 자랐다. 그는 큰 키에 잘생긴 얼굴과 위압적인 풍모가 있었고, 사물을 꿰뚫듯 명민한 눈매와 새까만

머리카락을 지녔으며, 자신의 모든 목표를 추구하는 데는 적극적이며 단호했다. 언변으로 그의 계획을 바꿔 놓을 수 있는 자는 거의 없었고, 힘으로는 더더욱 불가능했다. 그 당시나 그 후를 통틀어 그는 모든 놀도르 중에서 가장 치밀한 정신과 뛰어난 손재주의 소유자였다. 젊은 시절 그는 루밀의 연구를 개선하여 자기 이름을 딴 문자를 개발하였고, 그 후로 엘다르는 이 문자로 글을 썼다. 또한 땅속에서 파낸 보석보다 더 반짝이고 더 훌륭한 보석을 만드는 기술을 놀도르 중에서 처음으로 발견해 낸 것도 그였다. 페아노르가 만든 최초의 보석은 흰색과 무채색이었는데, 그것을 별빛 아래 놓으면 헬루인보다 더 환하게 푸른빛과 은빛 불꽃을 내며 반짝거렸다. 그는 또 수정 같은 다른 보석도 만들었는데, 그 속에서는 마치 만웨의 독수리가 보는 것같이 멀리 있는 사물이 작지만 선명하게 보였다. 페아노르의 손과 생각은 도무지 지칠 줄을 몰랐다.

그는 꽤 젊은 나이에 네르다넬과 결혼하는데, 그녀는 아울레가 놀도르 중에서 가장 아끼던 마흐탄이란 위대한 세공장의 딸이었다. 페아노르는 마흐탄에게 금속과 석재를 다듬는 기술을 많이 배웠다. 네르다넬 역시 단호한 성격이었지만 페아노르보다는 참을성이 많았고, 타인의 생각을 지배하기보다는 이해하려고 애썼다. 그녀는 그의 가슴속에 타오르는 불꽃이 너무 뜨거워지자 처음에는 그를 제지하였다. 하지만 그의 훗날 행적은 그녀를 슬프게 했고 그래서 그들은 소원해졌다. 그녀는 페아노르에게 일곱 아들을 낳아 주는데, 자신의 기질을 모두에게 물려주지는 못하고 그중 몇몇에게만 조금씩 물려주었다.

한편 핀웨는 아름다운 인디스를 두 번째 아내로 맞아들이게 되었다. 그녀는 바냐르 출신으로 잉궤 대왕의 가까운 친척이며, 금발에 키가 크고 여러모로 미리엘과 달랐다. 핀웨는 그녀를 무척 사랑하였고 기쁨을 되찾았다. 그러나 미리엘의 그림자는 핀웨의 집은 말할 것도 없고, 그의 가슴속에서도 떠나지 않았다. 그래서 그가 사랑한 모든 것 중에서 페아노르가 항상 그의 가장 중요한 관심사였다.

페아노르는 부친의 재혼을 탐탁해하지 않았고, 인디스나 그녀의 두 아들 핑골핀과 피나르핀에 대해서도 특별히 호감이 없었다. 그는 아만 대륙을 탐사하면서 자신이 좋아하는 지식과 기술을 부지런히 익히며 그들과 따로 떨어져 살았다. 페아노르가 주동이 되었던 훗날의 그 불행한 사건을 말할 때, 많은 이들은 이를 핀웨가의 불화의 결과로 생각하였다. 핀웨가 자신의 상실감을 극복하고 그 걸출한 아들을 키우는 데 만족했더라면, 페아노르의 행로는 달라졌을 것이며 엄청난 재앙도 막을 수 있었을지 모른다. 핀웨 집안의 슬픔과 불화는 놀도르 요정들의 기억 속에 깊이 각인되어 있었기 때문이다. 하지만 인디스의 자식들 역시 뛰어나고 훌륭했으며 그들의 2세들 역시 마찬가지였다. 그들이 없었더라면 엘다르의 역사는 더 왜소해졌을 것이다.

페아노르와 놀도르 장인들이 언제 끝날지 알지도 못한 채 즐거운 마음으로 작업을 하고 있고 인디스의 아들들이 완전한 성인으로 성장하는 동안, 발리노르의 전성기는 끝나 가고 있었다. 발라들이 판결한 대로 멜코르가 세 시대 동안 만도스에게 감금되어 홀로 지내면서 자신의 구금 기간을 다 채웠기 때문이다. 만웨가 약속한 대로 그는 마침내 발라들의 옥좌 앞에 다시 끌려 나왔다. 그때 그들이 누리는 영광과 지복을 목격하면서 멜코르의 마음속에 시기심이 일었다. 또한 그는 장엄한 발라들의 아래쪽에 앉아 있는 일루바타르의 자손들을 보면서 증오심이 끓어올랐다. 그는 찬란한 보석이 넘쳐나는 것을 보았고 그것들이 몹시 탐이 났다. 하지만 그는 자신의 생각을 감추고 복수를 뒤로 미뤄 두었다.

발마르의 문 앞에서 멜코르는 만웨의 발밑에 엎드려 용서를 빌었다. 그리고 자신이 만약 발리노르의 자유민들 중에서 말석이라도 차지할 수 있다면, 발라들이 하는 일을 도울 것이며, 특히 자신이 세상에 입힌 많은 상처를 치유하겠노라고 맹세하였다. 니엔나는 그의 탄원을 도와주었으나 만도스는 침묵을 지켰다.

그래서 만웨는 그를 용서하였다. 하지만 발라들은 그가 자신들의 눈이나 감시를 벗어나는 것은 허용하지 않았고, 그래서 그는 발마르 성문 안에서만 살아야 했다. 그러나 이 당시 멜코르의 모든 언사와 처신은 훌륭해 보였고, 발라들과 엘다르는 필요할 때면 그의 도움과 조언을 통해 혜택을 보기도 했다. 그리하여 얼마 지나지 않아 그는 자유롭게 온 땅을 돌아다닐 수 있게 되었고, 만웨가 보기에 멜코르의 사악함은 치유된 듯하였다. 만웨는 악으로부터 자유로웠기 때문에 그것을 이해하지 못했던 것이다. 더욱이 그는 일루바타르의 생각 속에서 멜코르가 원래 자신과 동급이라는 것을 알고 있었다. 그는 멜코르의 마음속 깊은 곳까지는 보지 못했고 모든 사랑이 영원히 그를 떠났다는 것을 깨닫지 못했다. 하지만 울모는 속지 않았고, 툴카스는 그의 적 멜코르가 지나가는 것을 볼 때마다 두 주먹을 불끈 쥐었다. 툴카스는 화를 내는 것도 느렸지만 잊어버리는 것도 늦었기 때문이다. 그러나 그들은 만웨의 판단에 복종했다. 반역에 맞서 권위를 지키려는 자신들이 반역을 할 수는 없었기 때문이다.

멜코르는 마음속으로 엘다르를 가장 미워하였다. 그들은 아름답고 기쁨에 넘칠 뿐만 아니라, 그들 때문에 발라들이 봉기하여 자신이 몰락했다고 생각했기 때문이었다. 그리하여 그는 더욱더 그들을 사랑하는 척하며 그들과 친교를 맺고자 애를 썼다. 그리고 그들이 하고자 하는 일이면 아무리 큰일이라도 자신의 지식과 노동으로 도움을 주었다. 바냐르는 나무의 빛 속에서 만족하며 살고 있었기 때문에 사실 그를 의심하고 있었다. 그리고 텔레리는 그의 관심을 크게 끌지 못했는데, 이는 그들이 멜코르 자신의 구상을 전개하기 위한 도구로는 너무 약해서 별 가치가 없다고 생각했기 때문이다. 하지만 놀도르는 그가 전수해 주는 은밀한 지식을 기뻐하였고, 어떤 이들은 듣지 않았으면 좋았을 법한 이야기에까지 귀를 기울였다. 사실 멜코르는 페아노르가 자신에게 은밀하게 많은 기술을 배웠고, 그의 가장 뛰어난 작품을 만들 때도 자신의 지도를 받았다고 나중에 밝히기도 했다. 하지만 그것은 탐심과 시기심에서 나온 거짓말이었다. 엘달리에 어느 누구도 핀웨의 아들 페아노르보다 더 멜코르를 증오한 이가 없으며, 멜코르에게 모르고스란 이름을 붙여 준 것도 바로 그였기 때문이다. 멜코르가 발라들에 맞서 깔아 놓은 원한의 덫에 걸려들기는 했지만, 페아노르는 그와 이야기를 하지도 않았고 충고를 받은 적도 없었다. 페아노르는 오로지 자신의 가슴속 불꽃에 이끌리어 항상 신속하게 혼자서만 작업을 하였기 때문이다. 그는 유일하게 자신의 아내인 지혜의 네르다넬로부터 약간 도움을 받은 것 외에는, 크건 작건 아만에 살고 있는 어느 누구의 도움이나 충고도 구하지 않았다.

## Chapter 7
# 실마릴과 놀도르의 동요

이 시기에 요정들의 모든 작품 중에서 훗날 가장 명성이 높은 것이 만들어졌다. 절정의 기량에 이른 페아노르는 어떤 새로운 생각에 사로잡혔는데, 아마도 임박한 운명에 대한 암시가 슬쩍 그를 찾아왔던 것인지도 모른다. 그는 나무의 빛, 곧 축복의 땅의 영광을 영원토록 간직할 수 있는 방법을 숙고하였던 것이다. 그리고 오랫동안 은밀한 작업에 착수하여 자신의 모든 지식과 힘과 신비로운 기술을 한데 모아 마침내 실마릴을 완성하였다.

실마릴은 외형상 세 개의 위대한 보석이다. 그러나 태양이 나타나기 전에 죽음을 맞아 이제 동족들에게 돌아오지도 못하고 '기다림의 방'에서 머무르고 있는 페아노르가 돌아오는 마지막 순간까지, 또 태양이 사라지고 달이 떨어지기까지는, 그것이 어떤 물질로 만들어졌는지 밝혀지지 않을 것이다. 그것은 금강석의 결정(結晶)처럼 보였으나 그보다 더 단단했고, 아르다 왕국의 어떤 힘으로도 그것에 흠을 내거나 파괴할 수 없었다. 하지만 실마릴의 결정은 일루바타르의 자손들로 치자면 육체에 해당한다. 즉, 내면의 불을 위한 집인 셈인데, 이 불은 보석의 안에 있으면서 구석구석 각 부분에 퍼져 있고 보석의 생명에 해당한다. 페아노르는 발리노르의 나무의 빛을 섞어서 실마릴의 내면의 불을 만들었고, 나무는 오래전에 시들고 더 이상 빛나지 않지만, 그 빛은 아직 그 속에 살아 있다. 그리하여 자체의 광원(光源)을 지닌 실마릴은 지극히 깊은 금고의 어둠 속에서도 바르다의 별처럼 빛을 발했다. 하지만 그것은 사실 살아 있는 존재였기 때문에 빛을 받는 것을 좋아했고, 빛을 받으면 이전보다 더 신기한 색조를 내뿜었다.

아만에 살고 있는 모든 이들은 페아노르의 작품을 경이로운 눈으로 기쁘게 바라보았다. 바르다가 실마릴을 축성(祝聖)하였고, 그리하여 이후로 유한한 생명의 존재나 부정한 손, 혹은 사악한 의지의 소유자가 그것을 만지면 손이 말라붙으며 검게 타 버렸다. 만도스는 아르다와 대지, 바다와 대기의 운명이 그 속에 숨어 있다고 예언하였다. 페아노르의 마음은 자신이 만든 이 보물에 단단하게 매여 있었다.

그러자 멜코르가 실마릴을 탐하였고, 보석의 광채를 생각하기만 해도 그의 가슴속엔 고통의 불이 일었다. 그때부터 탐욕에 몸이 달아오른 그는 페아노르를 패망시켜 발라들과 요정들의 친선을 종식시킬 수 있는 길을 더욱 적극적으로 찾아 나섰다. 그러나 멜코르는 교묘하게 자신의 의도를 감추었고, 그의 겉모습에서 악의라고는 전혀 찾아볼 수 없었다. 그는 오랫동안 공을 들였고 그의 노력은 처음에는 더디게 진행되어 아무 소득이 없었다. 하지만 거짓말의 씨를 뿌리는 자는 결국 수확을 하게 마련이며, 곧 다른 이들이 그를 대신하여 씨를 뿌리고 수확을 하는 동안 그는 수고를 멈추고 쉴 수도 있을 것이다. 멜코르는 자신의 말에 귀를 기울이는 몇몇 이들과, 들은 것을 과장하여 전하는 자들을 항상 찾아냈다. 그리하여 그의 거짓말은 친구에게서 친구에게로 퍼져 나갔고, 그 비밀은 그것을 전하는 사람에게 스스로 지혜롭다는 느낌마저 주었다. 하지만 놀도르는 어리석게도 자신들의 귀를 열어 놓은 것 때문에 훗날 고통스러운 보상을 해야 했다.

많은 이들이 자신에게 관심을 보이는 것을 알고 멜코르는 그들 속으로 자주 들어가곤 했고, 그의 교언(巧言) 사이에 다른 이야기도 슬쩍 끼워 넣었다. 그것이 얼마나 교묘하였던지 듣는 이들은 나중에는 그것이 자신의 생각인 것처럼 믿게 되었다. 그는 요정들에게 동쪽의 광대한 나라에서 그들 마음대로 자유롭게 권력을 누리며 통치할 수도 있었을 것이라는 환상을 그들의 마음속에 불러일으켰다. 그리하여 발라들이 질투심 때문에 엘다르를 아만으로 데려왔다는 소문이 나돌았다. 요정들이 번성하여 넓은 세상으로 퍼져 나가자, 발라들이 퀜디의 아름다움과 일루바타르가 그들에게 전수한 기술자로서의 능력이 통제할 수 없을 만큼 커지는 것을 두려워했다는 것이었다.

더욱이 발라들은 그 당시에 장차 인간이 출현하리라는 것을 알고 있었지만, 요정들은 아직 이에 대해 전혀 모르고 있었다. 만웨가 그들에게 말해 주지 않았기 때문이었다. 그러나 멜코르는 발라들의 침묵을 악의적으로 왜곡시킬 수 있음을 간파하고, 유한한 생명의 인간들에 대한 이야기를 요정들에게 은밀히 들려주었다. 그는 '음악' 중에서 자기 자신의 생각에만 몰두해 있었기 때문에 일루바타르의 셋째 주제에 대해서는 거의 관심을 기울이지 않았고, 그래서 인간에 대해서는 아직 잘 알지 못했다. 그러나 요정들 사이에는 이런 소문이 나돌았다. 즉, 발라들은 좀 더 나약하고 수명이 짧은 인간을 다스리는 것이 더 쉽다고 판단하여 요정들로부터 일루바타르의 선물을 빼앗고 그들을 포로로 잡아 두어, 인간이 가운데땅 왕국에 나타나 요정들을 대체할 수 있도록 계획하고 있다는 것이었다. 이는 전혀 사실이 아니었고, 또 발라들도 인간의 의지를 지배하려는 뜻이 전혀 없었지만, 많은 놀도르는 그 사악한 이야기를 그대로 믿거나 반쯤은 믿었다.

그리하여 발라들이 알아차리지 못하는 사이에 발리노르의 평화에 독이 스며들었다. 놀도르는 그들이 소유하거나 알고 있는 것들 중에서 얼마나 많은 것이 발라들의 선물인지 망각한 채 발라들에 대해 불평하기 시작했고, 또 많은 이들의 자만심이 부풀어 올랐다.

자유로움과 더 넓은 땅을 향한 새로운 욕망의 불길은 페아노르의 뜨거운 가슴속에서 가장 강렬하게 타올랐다. 멜코르는 속으로 웃고 있었다. 그는 누구보다도 페아노르를 미워하였고 늘 실마릴을 탐하였기에, 그의 거짓말은 바로 페아노르를 겨냥한 것이었기 때문이다. 그러나 그는 보석에 접근조차 할 수 없었다. 페아노르는 큰 연회장에는 이마 위에 찬란하게 보석을 달고 나왔지만, 다른 때는 자신의 보물을 티리온의 깊숙한 비밀의 방에 꼭꼭 숨겨 놓았기 때문이다. 페아노르는 탐욕에 가까울 만큼 실마릴을 아꼈고, 부친과 자신의 일곱 아들을 제외한 다른 이들에게 그것을 보여 주는 것을 꺼려하였다. 그는 보석 속에 들어 있는 빛이 원래 자기 소유가 아니라는 사실조차 이제는 전혀 기억하지 못했다.

핀웨의 아들 중 위로 두 아들인 페아노르와 핑골핀은 아만의 모든 이들로부터 존경을 받는 높은 군주였다. 그러나 이제 그들은 오만해져서 서로 부친의 권한과 재산을 탐냈다. 그러자 멜코르는 엘다마르에 새로운 거짓말을 퍼뜨렸고, 페아노르의 귀에 핑골핀과 그의 아들들이 발라들의 내락을 받아 핀웨의 왕권과 자신의 장자 자격을 찬탈하여 그 자리에 들어앉는 음모를 꾸미고 있다는 소문이 들려왔다. 그 이유는 실마릴이 발라들의 수중에 있지 않고 티리온에 있다는 점을 발라들이 불쾌하게 생각하기 때문이라는 것이었다. 그러나 핑골핀과 피나르핀에게는 이런 소리가 들려왔다. "조심하시오! 미리엘의 오만한 아들은 인디스의 자식들에 대해 사랑을 품어본 적이 없소. 이제 그는 지위가 높아져 부친까지도 그의 수중에 있소. 머지않아 그는 당신들을 투나에서 쫓아낼 것이오!"

이런 거짓 소문이 돌며, 놀도르 사이에 오만과 분노가 꿈틀거리는 것을 본 멜코르는 그들에게 무기에 대해서도 언급하였다. 그리하여 놀도르는 이때 칼과 도끼와 창을 제작하기 시작했다. 그들은 방패도 만들었는데, 서로 경쟁을 벌이던 많은 가문과 일족들을 상징하는 문양이 새겨져 있었다. 그들은 오직 이 방패만 바깥에 들고 다니고 다른 무기에 대해서는 이야기하지 않았는데, 이는 각자 자신만이 그 경고를 받았다고 믿었기 때문이다. 페아노르는 멜코르조차 알 수 없도록 은밀한 대장간을 만들었고, 거기서 자신과 아들들을 위해 무서운 칼을 담금질하고, 붉은 깃 장식이 달린 높은 투구를 만들었다. 마흐탄은 자신이 아울레에게 배운 모든 금속 세공 지식을 네르다넬의 남편에게 가르쳐 준 것을 몹시 후회하였다.

이리하여 멜코르는 거짓말과 흉악한 소문, 거짓 충고로 놀도르의 가슴에 갈등의 불을 지폈다. 그들의 싸움으로 인해 마침내 발리노르의 행복한 날들은 끝이 나고 그 오랜 영광도 저물어 갔다. 이제 페아노르는 공공연히 발라들에 대한 반역의 언사를 토로하기 시작했고, 자신은 발리노르를 떠나 바깥세상으로 돌아갈 것이며, 놀도르가 원한다면 그들을 노예 상태에서 해방시킬 것이라고 크게 떠들어 댔다.

그리하여 티리온에 큰 동요가 일었고 핀웨는 근심에 사로잡혔다. 그래서 그는 모든 영주들을 회의에 소집했다. 그러나 핑골핀은 서둘러 그의 궁정으로 달려가 그의 앞에 서서 말했다. "폐하이자 아버님이시여, 성질 그대로 딱 맞는 말입니다만 '불의 영'이라 불리는 우리 형님 쿠루핀웨의 오만을 꺾어 주소서. 도대체 형은 무슨 자격으로 마치 왕이라도 된 것처럼 우리 친족 전체를 대변하는 건가요? 오래전 퀜디 앞에서 아만으로 오라는 발라들의 부름을 받아들이라고 종용하신 것은 폐하였습니다. 가운데땅의 위험을 무릅쓰고 엘다마르의 빛을 향한 놀도르의 먼 길을 인도하신 것도 폐하였습니다. 그 일을 후회하지 않으신다면 적어도 두 명의 아들은 당신의 말씀을 따르겠나이다."

핑골핀이 이야기를 하고 있는 바로 그 순간, 페아노르가 방 안으로 성큼성큼 걸어 들어왔고 그는 완전 무장을 하고 있었다. 머리 위에는 높은 투구를 쓰고 허리에는 큰 칼을 차고 있었다. 그가 말했다. "그렇군. 짐작한 대로였어. 이복동생께서는 다른 일도 그렇더니 이 번에도 역시 나보다 앞서 아버님을 만나셨군!" 그리고 그는 핑골핀을 향해 칼을 빼 들고 소리쳤다. "꺼져라. 네게 어울리는 자리를 찾거라!"

핑골핀은 핀웨에게 절을 한 다음, 페아노르에게는 말 한마디, 눈길 한 번 주지 않고 방을 나갔다. 그러자 페아노르가 그를 뒤따라 나갔고, 왕궁의 문 앞에서 동생을 멈춰 세웠다. 그리고 번쩍이는 칼끝을 핑골핀의 가슴에 겨누었다. 그가 입을 열었다. "어이, 이복동생! 이게 자네 혀보다는 더 예리하네. 내 자리와 부친의 총애를 한 번만 더 빼앗으려고 해 봐. 그때는 노예들의 대장이 되려는 자 하나가 놀도르 중에서 사라지게 될 걸세."

핀웨의 저택은 민돈 아래 광장에 있었기 때문에 이 말을 들은 이들이 많았다. 그러나 핑골핀은 아무 대답도 하지 않고 군중 속으로 소리없이 빠져나가 동생 피나르핀을 찾았다.

이제는 발라들도 놀도르의 동요를 알게 되었다. 그러나 그 동요의 씨앗은 은밀하게 뿌려진 것이었고, 발라들을 적대시하는 발언을 공개적으로 한 것은 페아노르가 처음이었다. 그래서 발라들은 비록 놀도르가 모두 거만해졌으나, 특히 오만하고 방자한 페아노르가 그 불만의 주동자라고 판단하였다. 만웨는 마음이 아팠지만 지켜보기만 할 뿐 아무 말도 하지 않았다. 발라들은 엘다르를 자유의사에 따라 데려왔기에 머물든 떠나든 상관치 않았고, 떠나는 것은 어리석은 짓이라고 판단하기는 하나 그렇다고 막지는 않을 참이었다. 그러나 이제 페아노르의 행위는 묵과할 수 없게 되어 발라들은 분노하고 낭패스러웠다. 그리하여 그는 발라들 앞에 소환되어 발마르 성문 앞에서 자신의 말과 행동에 대해 해명을 해야 했다. 그곳에는 이 문제와 조금이라도 관련이 있거나 알고 있는 자는 모두 소환되었다. '심판의 원'에서 만도스 앞에 선 페아노르는 자신을 향한 모든 질문에 답변할 수밖에 없었다. 그리하여 마침내 진상이 낱낱이 밝혀지고 멜코르의 죄상이 드러났다. 툴카스는 멜코르를 체포하여 다시 재판에 회부하기 위해 즉시 회의장을 빠져나왔다. 그렇다고 페아노르에게 죄가 없는 것은 아니었다. 그는 발리노르의 평화를 깨뜨리고 동족을 향해 칼을 겨눈 자였기 때문이다. 만도스가 그에게 말했다. "당신은 '노예 상태'란 말을 썼소. 만약 당신이 노예 상태에 있다면 당신은 탈출할 수가 없소. 왜냐하면 만웨는 아만의 왕일뿐만 아니라 아르다의 왕이기 때문이오. 그리고 이 행위는 아만에서든 아만 밖에서든 불법이오. 따라서 이제 다음과 같은 판결을 내리겠소. 당신은 이 협박을 했던 티리온을 열두 해 동안 떠나시오. 그동안 스스로에게 물어보며, 자신이 누구이고 어떤 존재인지 돌아보시오. 그때 가서 다른 이들이 당신을 용서한다면 이 건은 종료된 것으로 처리하겠소."

그러자 핑골핀이 말했다. "나는 형님을 용서합니다." 그러나 발라들 앞에 묵묵히 서 있던 페아노르는 아무 대답도 하지 않았다. 그리고 그는 돌아서서 회의장을 나와 발마르를 떠났다.

그와 함께 그의 일곱 아들도 추방되는데, 그들은 발리노르의 북쪽 언덕 위에 튼튼한 성채와 보고(寶庫)를 세웠다. 이곳 포르메노스에는 수많은 보석과 함께 무기가 쌓여 있었고, 실마릴 또한 강철의 방 안에 감춰져 있었다. 핀웨 대왕 역시 페아노르에 대한 사랑 때문에 그곳으로 들어왔고, 티리온의 놀도르는 핑골핀이 통치하였다. 페아노르가 이렇게 된 데는 제 탓이 크지만, 이렇게 하여 멜코르의 거짓말은 외관상 현실로 나타난 셈이었다. 멜코르가 뿌려 놓은 원한의 씨앗은 살아남았고, 먼 훗날 핑골핀과 페아노르의 아들들 간에도 오랫동안 없어지지 않았다.

한편 멜코르는 자신의 계략이 발각된 것을 알고는 몸을 숨기고 산속의 구름처럼 이곳저곳을 돌아다녔다. 툴카스의 추격도 허사였다. 그런데 이때쯤 발리노르의 주민들은 '나무'의 빛이 점점 희미해지고, 서 있는 모든 것들의 그림자가 더 길어지고 어두워지는 듯한 느낌이 들었다.

전하는 바로는 멜코르는 한동안 발리노르에 다시 나타나지 않고 아무런 소문도 들리지 않았는데, 갑자기 포르메노스에 나타나 페아노르의 문 앞에서 그와 이야기를 나누었다고 한다. 그는 교묘한 말솜씨로 다정한 척하면서 페아노르에게 예전 생각대로 발라들의 족쇄를 뿌리치고 달아나라고 부추겼다. "내가 한 말이 모두 맞았다는 걸 이제 알겠소? 당신은 부당하게 추방당한 것이오. 하지만 페아노르의 심장이 티리온에서 말할 때처럼 아직 자유롭고 담대하다면, 그가 이 좁은 땅에서 떠날 수 있도록 내가 도와주겠소. 나 역시 발라가 아니오? 그렇소, 발리마르에 거만하게 앉아 있는 자들보단 낫지. 게다가 나는 아르다 최고의 기술과 용맹을 겸비한 놀도르와 항상 친구였소."

페아노르의 가슴은 아직도 만도스 앞에서 당한 수모로 원한에 사무쳐 있었다. 그는 말없이 멜코르를 바라보며 이자가 과연 자신의 탈출을 도와줄 수 있을 만큼 믿음직한 인물인지 곰곰이 생각해 보았다. 페아노르가 흔들리는 것을 본 멜코르는 실마릴이 그의 마음을 사로잡고 있는 것을 알고 마침내 입을 열었다. "이곳은 튼튼한 요새고, 또 수비도 좋소. 하지만 발라의 땅에 있는 한, 그 어떤 금고에 있더라도, 실마릴이 안전할 거라고는 생각지 마시오."

그러나 그의 잔꾀는 정도가 너무 지나쳤다. 그의 말솜씨는 너무 깊은 곳을 건드리는 바람에 그가 의도했던 것보다 더 사나운 불꽃이 일고 말았다. 페아노르는 멜코르의 허울 좋은 외관을 불태우고 마음속 가면까지 꿰뚫는 눈길로 그를 응시하며, 그의 마음속에 있는 실마릴에 대한 강렬한 욕망을 간파하였다. 그리하여 페아노르의 증오심은 두려움을 넘어섰고, 그는 멜코르에게 욕설을 퍼부으며 떠나라고 소리쳤다. "내 문 앞에서 꺼지거라, 이 만도스의 죄수야!" 그리고 그는 에아에서 가장 강력한 존재의 면전에서 자기 집 문을 닫아 버렸다.

그러자 멜코르는 자신도 위험한 처지였기 때문에, 아직 복수의 때가 이르지 않았다고 생각하고 굴욕을 참고 떠났다. 하지만 그의 가슴은 분노로 달아올랐다. 그와 같은 일이 있은 뒤에 핀웨는 큰 두려움에 사로잡혀 서둘러 사자를 발마르의 만웨에게 보냈다.

포르메노스에서 보낸 사자들이 당도하였을 때, 발라들은 그림자가 길어지는 것을 두려워하며 정문 앞 회의장에 모여 있었다. 오로메와 툴카스가 즉시 일어나 추격을 시작하려 했을 때 엘다마르에서 사자들이 도착하여 소식을 전했다. 멜코르가 칼라키랴를 빠져나갔으며, 그가 뇌운(雷雲)처럼 격분하여 지나가는 것을 요정들이 투나 언덕에서 보았다고 했다. 사자들은 그가 거기서 북쪽으로 향했다고 말하면서, 알콸론데의 텔레리 요정들이 그가 자신들의 항구를 지나 아라만 쪽으로 가는 것을 목격했다고 했다.

그리하여 멜코르는 발리노르를 떠났고, 한참 동안 '두 나무'는 어둠을 떨치고 다시 빛을 발하였으며, 대지는 빛으로 넘쳐흘렀다. 그러나 발라들이 적의 소식을 뒤쫓았음에도 불구하고 별다른 소득이 없었다. 느릿한 찬바람에 실려 점점 더 높이 떠오르는 까마득한 구름처럼 불안감이 아만의 모든 거민(居民)들의 기쁨을 상쇄하였고, 그들은 예측 불가의 재앙을 예감하며 두려움에 떨었다.

## Chapter 8
# 발리노르의 어두워짐

멜코르가 지나간 방향을 전해 들은 만웨는 그가 가운데땅 북부에 있는 그의 옛 성채로 달아날 계획임을 분명히 짐작할 수 있었다. 그래서 오로메와 툴카스는 그를 따라잡기 위해 북쪽을 향해 전속력으로 달렸으나 텔레리 해변 너머 '살을에는얼음'과 가까운 무인 지대에서는 그에 관한 소문이나 흔적을 아무것도 발견할 수 없었다. 그 뒤로 아만 북부의 방벽을 따라 경계를 강화하였으나 아무 소용이 없었다. 멜코르는 추격이 시작되기 전에 벌써 방향을 돌려 은밀하게 남쪽 먼 곳으로 달아났기 때문이다. 그는 아직 발라들 중의 하나였고, 그래서 동료들과 마찬가지로 자신의 형체를 바꾸거나 형체를 입지 않고 다닐 수도 있었다. 그러나 그는 곧 그 능력을 영원히 상실하게 된다.

그리하여 멜코르는 아무 눈에도 띄지 않고 마침내 어두운 아바사르 지방으로 내려왔다. 이 협소한 땅은 엘다마르만(灣) 남쪽 펠로리 산맥의 동쪽 기슭에 있었고, 그 길고 음침한 해안은 빛도 들지 않고 인적조차 없는 남쪽 땅으로 뻗어 있었다. 산맥의 가파른 장벽과 춥고 어두운 바다로 인해 그곳은 세상에서 어둠이 가장 깊고 짙은 곳이었다. 이곳 아바사르에는 은밀하게 웅골리안트가 거처를 취하고 있었다. 엘다르는 그녀가 어디서 온 것인지 알지 못하지만, 혹자는 먼 옛날 멜코르가 처음 만웨의 왕국을 질시의 눈길로 내려다볼 때, 아르다 바깥에 있는 어둠 속에서 웅골리안트가 내려왔으며, 원래 멜코르가 타락시켜 자신의 수하로 만든 자들 중의 하나였다고 했다. 그러나 그녀는 주인과 의절하고, 스스로 자기 욕망의 주인이 되고자 했으며, 공복(空腹)을 채우기 위해 무엇이든지 먹어 치웠다. 웅골리안트는 발라들의 갑작스러운 공격과 오로메의 사냥꾼들을 피해 남쪽으로 달아났는데, 그것은 이들의 감시가 항상 북쪽을 향해 있고 남쪽은 오랫동안 주목하지 않았기 때문이다. 그곳에서 그녀는 축복의 땅의 빛을 향해 기어갔다. 그녀는 그 빛을 갈망하면서 동시에 증오하였기 때문이다.

웅골리안트는 골짜기에 살고 있었고, 끔찍스러운 모습의 거미 형상을 취하고 산의 갈라진 틈에 검은 거미줄을 쳤다. 이곳에서 그녀는 눈에 띄는 빛이면 무엇이든지 빨아들였고, 그것을 다시 생명을 질식시키는 검은 어둠의 그물로 자아냈다. 결국 그녀의 거처에는 어떤 빛도 찾아올 수 없었고 그녀는 굶주림에 시달렸다.

이때 멜코르가 아바사르에 와서 웅골리안트를 찾아냈다. 그는 우툼노의 압제자, 곧 장신의 무시무시한 암흑의 군주로서 취했던 형체를 다시 취했다. 그 이후로 그는 항상 그 형체를 취하였다. 이곳 시커먼 어둠 속, 저 높은 궁정에 앉은 만웨마저 볼 수 없는 곳에서, 멜코르와 웅골리안트는 복수를 모의했다. 그러나 멜코르의 계획을 알아차린 웅골리안트는 탐욕과 엄청난 두려움 사이에서 갈등을 겪었다. 그녀는 아만의 위험과 무서운 군주들의 힘에 맞서고 싶지 않았고, 그래서 자신의 은신처에서 벗어나는 것을 원치 않았던 것이다. 그래서 멜코르가 그녀에게 말했다. "내가 시키는 대로 하시오. 일이 모두 끝나고도 당신이 여전히 배가 고프다면, 그때는 당신이 요구하는 것이면 무엇이든지 주겠소. 그렇소, 이렇게 양손으로 말이오." 그는 늘 그렇듯이 가볍게 맹세를 했다. 그리고 속으로 웃었다. 이렇게 하여 큰 도둑은 작은 도둑에게 유혹의 미끼를 던진 것이었다.

멜코르와 함께 출발하면서 웅골리안트는 그들의 주위에 어둠의 외투를 엮어 짰다. '웅골리안트의 장막(帳幕)', 그것은 속이 비어 있기 때문에 아무것도 없는 것 같았고 어떤 눈으로도 꿰뚫어 볼 수 없었다. 그리고 그녀는 천천히 거미줄을 자아냈다. 한 줄 한 줄, 이 골짜기에서 저 골짜기로, 돌출한 바위에서 바위산 꼭대기로, 매달리고 기어가며 계속 위로 올라가 마침내 그녀는 햐르멘티르 정상에 도달했다. 위대한 타니퀘틸로부터 남쪽 멀리에 있는, 이 지역에서는 가장 높은 산이었다. 발라들은 이곳은 감시하지 않았다. 펠로리산맥의 서쪽은 박명에 잠긴 빈 땅이었고, 산맥의 동쪽으로는 망각의 땅 아바사르를 제외하고는 길 없는 바다의 어스레한 파도만 눈에 들어왔기 때문이다.

그러나 이제 검은 웅골리안트는 그 산꼭대기에 서 있었다. 그녀는 밧줄을 엮어 사다리를 만들고 그것을 아래로 던졌다. 멜코르가 그것을 타고 그 높은 곳까지 올라와 그녀 옆에 서서 '보호받은 땅'(발리노르를 가리킴—역자 주)을 내려다보았다. 그들 밑에는 오로메의 숲이 있었고, 서쪽으로는 신들의 키 큰 밀밭 아래로 야반나의 들판과 목초지가 어렴풋이 황금빛으로 빛나고 있었다. 그러나 멜코르는 북쪽을 바라보면서, 멀리서 반짝이는 평원과 텔페리온과 라우렐린의 빛이 섞이는 가운데 어렴풋이 명멸하는 발마르의 둥근 은빛 지붕들을 응시하였다. 그런 다음 큰소리로 웃음을 터뜨리고 서쪽의 긴 비탈을 따라 빠른 속력으로 뛰어 내려갔다. 웅골리안트가 그 옆에 있었고 그녀의 어둠이 그들을 감쌌다.

이때는 축제 기간이었고, 멜코르는 이를 잘 알고 있었다. 모든 절기와 계절은 발라들이 마음대로 할 수 있고 또 발리노르에는 죽음의 겨울도 없지만, 그럼에도 불구하고 그들이 사는 곳은 아르다 왕국이며 아르다는 에아의 궁정 가운데서도 작은 영역에 불과했다. 에아의 생명은 시간이며, 그 시간은 에루의 첫 음조에서부터 마지막 화음에 이르기까지 이어지는 것이다. 발라들은 그 당시에 (「아이눌린달레」에서 설명한 대로) 일루바타르의 자손들이 입는 복장과 같은 옷을 즐겨 입었던 것과 마찬가지로 그들처럼 먹고 마시기도 했고, 에루 밑에서 자신들이 만든 땅에서 나온 야반나의 실과를 수확하였다.

야반나는 발리노르에서 자라는 모든 것의 개화와 숙성을 위한 시간을 정해 두었다. 그리고 실과의 첫 수확이 있을 때마다 만웨는 에루를 찬양하는 성대한 잔치를 열었고, 발리노르의 모든 종족은 이때 타니퀘틸에서 음악과 노래로 자신들의 기쁨을 쏟아 냈다. 이때가 그 시기였고 만웨는 포고를 내려 엘다르가 아만에 이주한 뒤에 열린 어떤 잔치보다 더 화려한 잔치를 열게 했다. 멜코르의 도주는 다가올 고난과 슬픔을 암시했고, 그를 다시 무릎 꿇리기까지 아르다가 얼마나 많은 상처를 입어야 할지 아무도 알 수 없었지만, 만웨는 놀도르 요정들 사이에 벌어진 불행을 치유하고자 했다. 그리하여 군주들 사이의 불화는 잊어버리고 대적(大敵)의 거짓말을 완전히 잊을 수 있도록 타니퀘틸 산정의 궁정에 모든 이들을 초대하였다.

이곳에는 바냐르가 참석하고, 티리온의 놀도르도 나타났으며, 마이아들도 함께 모이고, 발라들도 아름답고 장엄한 예복을 갖추고 나타났다. 그들은 만웨와 바르다의 높은 궁정 안에서 노래를 불렀고, 서쪽으로 '두 나무'가 보이는 푸른 산기슭에서 춤을 추었다. 이날 발마르의 거리는 적막이 감돌았고, 티리온의 층계는 고요에 잠겨 있었으며, 대지는 평화롭게 잠들어 있었다. 산맥 너머 텔레리만이 아직 바닷가에서 노래를 부르고 있었다. 이들은 계절과 시간을 거의 상관하지 않았고, 아르다 통치자들의 근심이나 발리노르에 찾아든 어둠에 대해서도 걱정하지 않았다. 아직 그들은 아무런 영향을 받지 않았기 때문이다.

만웨의 계획에는 딱 한 가지 흠이 있었다. 만웨의 명령에 따라 페아노르는 사실 그 자리에 참석하였다. 하지만 핀웨도 참석하지 않았고, 포르메노스의 다른 놀도르도 오지 않았던 것이다. 핀웨는 이렇게 말했다. "티리온에 가지 못하도록 하는 금령(禁令)이 내 아들 페아노르에게 계속되는 한, 나는 왕의 자리에 돌아가지 않을 것이며 내 백성에게도 돌아가지 않을 것이다." 페아노르는 축제에 어울리는 복장을 갖추지도 않았고, 금이나 은, 혹은 다른 보석 장신구도 달지 않았다. 그는 또 발라들이나 엘다르에게 실마릴을 보여 주기가 싫어서 포르메노스의 강철의 방에 그것을 잠가 두고 떠났다. 그럼에도 불구하고 그는 만웨의 옥좌 앞에서 핑골핀을 만났고 입으로는 화해를 했다. 핑골핀은 칼을 꺼내 들었던 일에 대해서는 잊어버리자고 했다. 그는 손을 내밀며 말했다. "약속한 대로 하지요. 저는 형님을 용서합니다. 그리고 아무런 불만이 없습니다."

페아노르는 말없이 그의 손을 잡았고 핑골핀이 다시 말했다. "피로는 절반만 동생이지만, 마음으로는 친동생처럼 하겠습니다. 형님이 선두에 서면 제가 뒤를 따르겠습니다. 어떤 불행도 우리를 다시 갈라놓지 않기를 원합니다."

페아노르가 말했다. "잘 들었네. 그렇게 하세." 그러나 그 말이 어떤 의미가 될지 그들은 알지 못했다.

전하는 바에 의하면 페아노르와 핑골핀이 만웨 앞에 서 있는 그때, 두 나무가 함께 빛을 발하며 빛이 섞이는 시간이 다가왔고, 인적이 끊어진 발마르 시내는 은빛, 금빛 광채로 차고 넘쳤다고 한다. 바로 그 시간, 먹구름의 그림자가 바람을 타고 햇빛 환한 대지 위로 날아가듯이, 멜코르와 웅골리안트는 발리노르의 들판 위로 서둘러 달려와 푸른 둔덕 에젤로하르 앞에 당도하였다. 이때 웅골리안트의 장막이 커지면서 두 나무의 뿌리까지 뒤덮었고, 멜코르는 둔덕 위로 뛰어 올라갔다. 그는 자신의 검은 창으로 두 나무의 고갱이까지 찔러 깊은 상처를 냈고, 나무에서는 마치 피가 흐르듯 수액이 쏟아져 나와 땅바닥을 뒤덮었다. 그러자 웅골리안트가 그것을 빨아먹었고, 그녀는 두 나무를 옮겨 다니며 나무의 상처에 자신의 거무튀튀

한 주둥이를 들이밀어 나무의 수액을 완전히 고갈시켜 버렸다. 웅골리안트 속에 있던 죽음의 독이 나무의 조직 속으로 스며들어 조직과 뿌리, 가지, 잎까지 시들게 했고, 나무는 죽고 말았다. 하지만 여전히 갈증을 느낀 웅골리안트는 바르다의 우물로 가서 우물물을 모두 들이마셨다. 웅골리안트는 물을 마시면서 검은 증기를 뿜어냈고, 거대하고 무시무시한 형체로 부풀어 올라 멜코르마저 두려움에 떨었다.

이렇게 하여 거대한 어둠이 발리노르를 엄습하였다. 바냐르 요정 엘렘미레가 집필하여 모든 엘다르에게 전한 「알두데니에」는 이날 벌어진 사건을 상세히 설명하고 있다. 하지만 어떤 이야기나 노래도 그때의 비탄과 공포를 모두 담을 수는 없었다. 나무의 빛은 사라졌지만 뒤이은 어둠은 빛의 상실 이상의 그 무엇이었다. 이때 만들어진 어둠은 결여가 아니라 그 자체의 고유한 실체를 지닌 무엇이었다. 그것은 빛에서 만들어 낸 악의로 이루어졌으며, 또한 눈(眼) 속을 꿰뚫고 가슴과 마음속으로 들어와 의지 그 자체를 말살시키는 힘을 지녔기 때문이다.

타니퀘틸 산정에서 내려다보던 바르다는 어둠이 검은 탑처럼 불쑥불쑥 솟아오르는 것을 목격하였다. 발마르는 깊숙한 밤의 바다로 침몰해 가고 있었던 것이다. 얼마 후 '거룩한 산'은 홍수에 잠긴 세상에 마지막 남은 섬처럼 홀로 서 있었다. 모든 노래가 멈추었다. 발리노르는 침묵에 잠겨 아무 소리도 들리지 않았고, 다만 아득히 멀리 산맥 사이로 난 통로를 따라 갈매기들의 차가운 비명과도 같은 텔레리 요정들의 통곡이 바람에 실려 들려왔다. 그 순간은 차가운 동풍이 불어오고 있었고, 바다의 거대한 어둠이 밀려와 해변의 장벽에 부딪쳤던 것이다.

그러나 만웨는 높은 옥좌 위에서 두루 살피고 있었고, 오직 그의 두 눈만이 칠흑 같은 어둠 속을 뚫고 그 어둠 너머에 있는 '어둠'을 간파하였다. 그의 눈으로도 꿰뚫을 수 없을 만큼 기대하고 또 먼 거리에 있는 그 '어둠'은 엄청난 속도로 막 북쪽으로 이동하는 중이었다. 그는 멜코르가 나타났다가 달아나고 있다는 것을 알았다.

그리하여 추격이 시작되었다. 오로메 무리의 말발굽 아래 천지가 진동하였고, 나하르의 발굽이 부딪치며 일어난 불꽃은 다시 발리노르를 밝힌 최초의 빛이었다. 그러나 웅골리안트의 검은 구름을 거의 따라잡았던 발라의 기수(騎手)들은 갑자기 시야가 흐려져 허둥지둥하면서 뿔뿔이 흩어져 방향도 알지 못하고 달렸다. 발라로마 나팔 소리도 멈칫거리며 힘을 잃어 갔다. 툴카스는 한밤중에 검은 올가미에 걸린 형국이 되었고, 꼼짝도 못 하고 서서 허공에 주먹질을 해댔으나 소용이 없었다. 어둠이 지나간 뒤에는 이미 늦었던 것이다. 멜코르는 어디로 사라졌는지 알 수 없었고, 그의 복수는 완료되었다.

## Chapter 9

# 놀도르의 탈출

얼마 후 '심판의 원'에 많은 군중이 모여들었다. 캄캄한 밤이었기 때문에 발라들은 어둠 속에 앉아 있었다. 그러나 곧 바르다의 별들이 하늘 위에서 희미한 빛을 발했고 대기는 상쾌했다. 만웨의 바람이 죽음의 증기를 몰아내고 바다의 어둠을 걷어 냈기 때문이었다. 그때 야반나가 일어나 푸른 둔덕 에젤로하르 위로 올라갔지만, 둔덕은 아무것도 없이 시커멓게 변해 있었다. 그녀가 두 나무에 손을 대 보았지만 나무는 시커멓게 죽어 있었고, 손을 대는 가지마다 맥없이 부러져 발밑에 떨어졌다. 그러자 많은 이들이 하늘을 향해 통곡하였고, 애도하는 이들은 멜코르가 채워 놓은 고통의 잔을 자신들이 한 방울도 남김없이 모두 마셔 버린 듯한 느낌이 들었다. 그러나 꼭 그런 것만은 아니었다.

야반나가 발라들 앞에서 입을 열어 말했다. "나무의 빛은 사라지고 이제 그 빛은 오직 페아노르의 실마릴에만 남아 있습니다. 참으로 선견지명이 있는 자입니다! 일루바타르 다음으로 아무리 위대한 자라 할지라도, 어떤 일은 한 번, 오로지 한 번만 행할 수 있습니다. 두 나무의 빛은 내가 만들었지만, 에아 안에서는 이제 나는 다시 그 일을 할 수가 없습니다. 하지만 그 빛이 조금이라도 남아 있다면 뿌리가 썩기 전에 나무를 소생시킬 수는 있습니다. 그렇게 되면 우리의 상처도 치유하고, 멜코르의 사악한 계획도 좌절시킬 수 있을 것입니다."

그러자 만웨가 입을 열어 말했다. "핀웨의 아들 페아노르, 야반나의 말을 듣고 있는가? 그녀가 원하는 바를 들어주겠는가?"

긴 침묵이 흘렀지만 페아노르는 아무 대답도 하지 않았다. 그러자 툴카스가 소리쳤다. "아, 놀도여(놀도는 놀도르 요정의 단수형―역자주), '예'든 '아니요'든 대답을 하라! 하지만 누가 야반나의 말을 거절하겠는가? 실마릴의 빛도 처음엔 그녀의 빛에서 나온 게 아닌가?"

그러자 '조물주' 아울레가 말했다. "서두르지 말게! 우린 자네가 알고 있는 것보다 더 큰 것을 요구하고 있는 걸세. 그에게 좀 더 생각할 시간을 주지."

그러나 그때 페아노르가 입을 열어 비통하게 소리쳤다. "위대한 분들뿐만 아니라 하천한 이들에게도, 오로지 한 번밖에 할 수 없는 일이 있습니다. 그리고 그 속에서 그의 가슴은 안식을 얻습니다. 나는 보석을 열 수는 있습니다만 다시 그와 같은 것을 만들지는 못합니다. 만약 내가 그것을 부숴야 한다면, 나의 가슴도 터질 것이고, 나의 목숨도 잃게 될 것입니다. 아만의 모든 엘다르 중에서 가장 먼저 말입니다."

"가장 먼저는 아니오." 만도스가 말했다. 그러나 그들은 그의 말뜻을 이해하지 못했고 다시 침묵이 흘렀다. 페아노르는 어둠 속에서 곰곰이 생각에 잠겼다. 그는 자신이 적의 무리에 에워싸여 있다고 여겼고, 만약 실마릴이 발라들의 손에 들어간다면 그것은 무사하지 못할 것이라고 하는 멜코르의 소리가 들리는 것 같았다. '그자도 이들과 마찬가지로 발라 아닌가? 그러니 그들 생각을 잘 알겠지. 그래, 도둑은 도둑이 알아보는 법이야!' 그런 생각과 함께 그는 큰 소리로 외쳤다. "나는 내 스스로 이 일을 할 수는 없습니다. 만약 발라들께서 내게 강요하신다면, 멜코르 역시 발라였다는 것을 새삼 깨닫게 되겠군요."

그러자 만도스가 말했다. "당신은 결정을 내렸소." 그리고 니엔나가 일어나 에젤로하르 위로 올라가 자신의 회색 두건을 뒤로 젖히

고, 웅골리안트가 더럽혀 놓은 것을 자신의 눈물로 씻어 내고 세상
의 참혹함과 아르다의 훼손을 애도하며 노래를 불렀다.

그러나 니엔나가 애곡(哀哭)하는 바로 그 순간, 포르메노스에서
보낸 사자들이 나타났다. 새로운 흉보를 가지고 달려온 놀도르였다.
그들의 전언에 의하면 눈앞을 캄캄하게 하는 어둠이 북쪽으로 올
라왔고, 그 한가운데에 이름조차 알 수 없는 어떤 권능이 걸어가는
데 어둠은 거기서 뿜어져 나왔다는 것이었다. 멜코르 역시 그 자리
에 있었는데, 그는 페아노르의 저택으로 들이닥쳐 놀도르 왕 핀웨
를 그의 집 앞에서 살해하여 축복의 땅에서 처음으로 피를 뿌렸다
는 것이었다. 핀웨만이 어둠의 공포를 피해 달아나지 않고 있었던
것이다. 그들은 또 멜코르가 포르메노스 성채를 파괴하고, 그곳에
숨겨 놓은 놀도르의 보석을 모두 가져갔으며, 실마릴도 없어졌다고
말했다.

그러자 페아노르가 일어나 만웨 앞에서 한 손을 들어 올리며 멜
코르를 저주하였다. 그는 멜코르를 모르고스, 곧 '세상의 검은 적'
이라고 명명했고, 이후로 엘다르는 영원히 그를 그렇게 불렀다. 미
칠 듯한 분노와 비탄 속에서 그는 자신이 포르메노스에 있었더라면
자신의 군대가 멜코르의 계략대로 호락호락 당하지는 않았을 것이
라 생각하면서 만웨의 소환과 자신이 타니퀘틸에 온 시간마저 저주
하였다. 그리고 페아노르는 '심판의 원'을 빠져나와 어둠 속으로 달
아났다. 그에게 부친은 발리노르의 빛이나 자신의 손으로 만든 비
할 바 없이 귀한 작품보다 더 소중했기 때문이다. 요정이나 인간 중
에 어느 아들이 페아노르보다 더 아버지를 중히 여겼겠는가?

그곳에 있던 많은 이들이 페아노르의 비통함을 보며 함께 슬퍼하
였지만, 그가 잃어버린 것은 이제 그의 것만이 아니었다. 야반나는
발리노르의 마지막 남은 빛까지 어둠이 영원히 삼켜 버릴까 두려워
하며 둔덕 옆에서 슬피 울었다. 발라들은 막 벌어진 사건의 의미를

아직 충분히 파악하지는 못했지만, 멜코르가 아르다 밖에서 온 조력자에게 도움을 요청하였다는 것을 알아차렸다. 실마릴이 사라져 버렸기 때문에, 페아노르가 야반나에게 무엇이라고 대답했든 간에 결과는 마찬가지였을 것이다. 하지만 포르메노스에서 전갈이 오기 전에 그가 먼저 "예"라고 대답했더라면 이후로 그의 행동도 달라졌을 것이다. 하지만 이제 놀도르의 심판이 가까워지고 있었다.

한편 발라들의 추격을 피해 달아난 모르고스는 불모의 땅 아라만에 이르렀다. 펠로리산맥과 대해 사이에 남쪽으로는 아바사르가 있었고, 북쪽에 있는 것이 바로 이 지역이었다. 하지만 아라만은 면적이 더 넓고, 해안과 산맥 사이에 불모의 평원이 있었으며, '살을에는얼음'이 가까워질수록 점점 더 추워졌다. 모르고스와 웅골리안트는 서둘러 이 지역을 통과하였고, 오이오무레의 거대한 안개를 지나 헬카락세에 이르는데, 아라만과 가운데땅 사이의 이 해협은 살을 에는 얼음으로 가득 차 있었다. 이곳을 횡단한 그는 마침내 '바깥대륙'의 북쪽으로 돌아갔다. 모르고스는 웅골리안트로부터 달아날 수 없었기 때문에 계속 함께 행동하고 있었다. 웅골리안트의 검은 구름은 여전히 그를 둘러쌌고, 그 눈도 항상 그를 감시하였다. 그들은 드렝기스트하구 북쪽 지역에 이르렀다. 이제 모르고스는 자신의 거대한 서부 성채였던 앙반드의 옛터에 가까워지고 있었다. 웅골리안트는 그의 속셈을 알아차리고 여기서 그가 달아날 궁리를 하고 있다는 것을 간파하였다. 그녀는 그를 멈춰 세우고 약속 이행을 요구했다.

"음흉한 자 같으니! 난 당신의 부탁을 들어줬소. 그런데 난 여전히 배가 고프오."

"뭘 더 먹으려 하시오?" 모르고스가 대꾸했다. "온 세상을 당신 뱃속에 집어넣을 참인가? 난 그런 약조는 하지 않았소. 난 세상의 주인이오."

"그렇게 많이 요구하진 않소." 웅골리안트가 대답했다. "당신은 포르메노스에서 가져온 엄청난 보물을 가지고 있지 않소. 난 그걸 모두 먹어야겠소. 그래, 당신의 두 손 가득히 모두 내놓아 보시오."

그래서 모르고스는 울며 겨자 먹기로 자신이 가져온 보석을 하나씩 그녀에게 내놓았다. 웅골리안트는 그것들을 게걸스럽게 삼켰고 보석들의 아름다움은 세상에서 사라졌다. 웅골리안트는 점점 더 커지고 점점 더 어두워졌지만, 그녀의 식탐은 그칠 줄 몰랐다. "당신은 지금 한 손으로만 주고 있소. 왼손으로만 말이야. 오른손을 펴 보시오."

모르고스는 오른손에 실마릴을 움켜쥐고 있었다. 그것은 수정 상자 속에 들어 있었지만 이미 그의 손을 태우기 시작하였다. 하지만 그는 고통스러워하면서도 움켜잡은 손을 펴려고 하지는 않았다. "그럴 수 없소! 당신은 이미 당신의 몫을 가져갔소. 내가 당신에게 준 힘으로 당신의 임무는 완수되었고, 난 이제 당신이 필요 없소. 당신은 이걸 가질 수도 없고 볼 수도 없소. 난 여기에 영원히 내 이름을 붙여 놓을 테니까."

그러나 웅골리안트는 힘이 강해져 있었고, 모르고스는 자신에게서 빠져나간 힘 때문에 약해져 있었다. 웅골리안트가 그를 향해 일어서자 그녀의 검은 구름이 그를 에워쌌고, 그녀는 모르고스를 질식시키기 위하여 끈적거리는 거미줄 속에 그를 가둬 버렸다. 그러자 모르고스는 무시무시한 비명을 질렀고, 그 비명은 산속에 울려 퍼졌다. 그리하여 이곳은 람모스('큰 메아리'란 뜻—역자 주)란 이름으로 불리게 되었다. 그의 목소리는 메아리가 되어 이후로도 영원히 그곳에 남아 있었고, 누구든지 이 땅에서 큰소리로 고함을 지르면 그 목소리가 되살아나 언덕과 바다 사이의 황무지를 고통스러운 비명으로 가득 채웠다. 모르고스의 비명은 그 순간 북부에서 지금까지 들어 본 적이 없는 가장 크고 무시무시한 소리로 울려 퍼졌다. 산이 흔들리고, 땅이 요동치며, 바위가 갈라져 내렸다. 땅속 깊숙이 있는 기억에서 사라진 곳에서도 그 비명은 들을 수 있었다. 폐허가 된 앙반드 성채 한참 밑, 공격을 서두르던 발라들이 미처 내려가 보지 못한 지하 토굴에 발로그들이 군주의 귀환을 영원히 기다리며 소리 없이 숨어 있었다. 이제 그들이 순식간에 몸을 일으켜 히슬룸을 넘어 불꽃을 휘날리며 람모스로 내려왔다. 그들이 화염채찍으로 웅골리안트의 거미줄을 내리쳐 찢어 버리자, 그녀는 겁에 질려 돌아서서 달아났고, 몸을 감추기 위해 검은 증기를 마구 뿜어 댔다. 북부에서 도망친 그녀는 벨레리안드로 내려가서 에레드 고르고로스 아래에 있는 어두운 골짜기에서 살았고, 이곳은 그녀에 대한 두려움으로 인해 훗날 난 둥고르세브, 곧 '끔찍한 죽음의 골짜기'로 불렸다. 앙반드를 파 들어갈 때부터 그곳에는 거미 형상을 한 흉칙스러운 다른 동물들이 살고 있었는데, 웅골리안트는 그들과 교미하고 그들을 잡아먹었다. 웅골리안트가 이곳을 나와 기억에서 사라진 세상의 남쪽 어딘가로 떠난 뒤에도, 그녀의 후손은 그곳을 지키며 그 무시무시한 거미줄을 뽑아냈다. 웅골리안트의 운명에 대해서는 전하는 이야기가 없다. 다만 들리는 소문으로는 그녀가 오래전에 죽었으며, 극도의 굶주림 속에 마침내 제 몸을 먹어 버렸다고 한다.

그리하여 실마릴이 삼켜져 세상에서 사라질지도 모른다는 야반나의 두려움은 실제로 이뤄지지는 않았다. 하지만 실마릴은 이제 모르고스의 수중에 들어가고 말았다. 자유의 몸이 된 그는 끌어모을 수 있는 부하들을 모두 끌어모아 앙반드 옛터로 모이게 했다. 그곳에서 그는 다시 거대한 지하 건물을 만들고 토굴을 팠고, 출입구 위에는 세 개의 봉우리로 된 상고로드림을 세웠는데 악취투성이의 엄청난 검은 연기가 늘 그 주변을 맴돌았다. 짐승과 악마들로 구성된 그의 군대는 무수히 많아졌고, 오래전에 만들어진 오르크들이 대지의 뱃속에서 자라나 번식하고 있었다. 뒤에 이야기하겠지만 이제 벨레리안드의 그늘 속에 어둠이 엄습해 온 것이다. 한편 모르고 스는 앙반드에서 스스로 거대한 강철 왕관을 만들고 자칭 '세상의 왕'이라고 했다. 이를 나타내기 위해 그는 실마릴을 그의 왕관에 박 아 넣었다. 그의 두 손은 그 신성한 보석을 만지느라 시커멓게 타 버 렸고, 이후로도 영원히 검게 되어 버렸다. 또한 그는 화상으로 인한 통증과 그 통증으로 인한 분노로부터 영원히 자유로울 수가 없었 다. 왕관은 지독하리만치 무거웠지만 그는 그것을 절대로 머리에서 내려놓지 않았다. 딱 한 번 말고는 잠시 동안 비밀리에라도 그는 북 부의 영지를 떠난 적이 없었다. 그는 지하의 깊은 요새를 절대로 떠 나지 않은 채 북부의 권좌에서 자신의 군대를 지휘했다. 그리고 그 의 왕국이 지속되는 동안 그 자신이 무기를 휘두른 것은 딱 한 번뿐 이었다.

아직 기가 꺾이기 전이었던 우툼노 시절보다 더 지독한 분노에 사 로잡힌 그는 부하들 위에 군림하며 그들에게 악에 대한 갈증을 불 어넣는 데 전력을 다했다. 그럼에도 불구하고 발라로서 그의 위엄 은, 비록 공포의 대상으로 변하기는 했으나 오랫동안 남아 있었고, 그의 면전에서는 지극히 용맹스러운 자 외에는 누구나 어두운 공포 의 수렁으로 빠져들었다.


모르고스가 발리노르를 탈출하여 추격도 소용없게 되었다는 소 식이 전해지자, 발라들은 오랫동안 어둠 속의 '심판의 원'에 앉아 있 었고, 마이아들과 바냐르 요정들은 그들 옆에 서서 슬피 울었다. 하 지만 놀도르는 대부분 티리온으로 돌아가 그들의 아름다운 도시가 어둠에 휩싸인 것을 슬퍼하였다. 어두운 바다에서부터 희미한 칼라 키랴 산골짜기 사이로 안개가 흘러 들어와 도시의 탑을 에워쌌고, 민돈의 등불은 어둠 속에서 창백한 빛을 발하고 있었다.

그때 갑자기 페아노르가 도시에 나타나 모두에게 투나 언덕 꼭대기에 있는 높은 왕궁에 모이도록 했다. 그에게 내려진 추방의 판결은 아직 유효했기 때문에 그는 발라들의 명을 거역하고 나선 셈이었다. 그리하여 수많은 군중이 그가 무슨 말을 하는지 듣기 위하여 순식간에 나타났다. 언덕과 그곳으로 올라가는 모든 층계와 도로는 그들이 각각 손에 들고 나온 무수한 횃불로 밝혀져 있었다. 페아노르는 화술의 대가였고, 그가 혀를 움직이기 시작하면 그것은 놀도르의 가슴에 엄청난 영향력을 발휘하였다. 그날 밤 그는 놀도르 앞에서 그들이 영원토록 잊지 못할 연설을 했다. 그의 웅변은 격렬하면서도 사나웠고, 분노와 오만으로 가득 차 있었다. 연설을 듣던 놀도르 요정들은 미칠 듯이 흥분했다. 그의 분노와 증오는 모두 모르고스를 향한 것이었지만, 그가 말한 내용은 거의 모두 모르고스가 말한 거짓말을 그대로 따온 것이었다. 하지만 그는 부친의 피살로 인한 슬픔과 실마릴의 강탈로 인한 고통 때문에 광기에 사로잡혀 있었다. 그는 이제 핀웨가 죽었기 때문에 자신이 모든 놀도르의 왕이라고 선포하고 발라들의 포고를 조롱하였다. 그가 소리쳤다.

"오, 놀도르 백성들이여, 우리를 지켜 주지도 못하고 대적에 맞서 자기 땅을 안전하게 지키지도 못하는 이 질투의 발라들을 왜 우리가 더 섬겨야 하는가? 모르고스 그자가 지금은 그들의 적이지만, 결국은 모두 한통속이 아닌가? 이제 복수가 나를 부르고 있소. 설사 그렇지 않다 하더라도, 나는 부친을 살해하고 내 보물을 도둑질해 간 자의 종족과 더 이상 같은 땅에 머물지 않겠소. 하지만 나 말고도 이 용맹스러운 민족에는 용자(勇者)가 많소. 그대들은 모두 왕을 잃지 않았는가? 산맥과 바다 사이의 이 좁은 땅에 갇혀 더 잃을 게 뭐가 있겠소?

한때 이곳엔 빛이 있었소. 그 빛을 발라들은 가운데땅에 내놓기를 꺼려했지만 이제는 사방에 어둠뿐이오. 우리가 아무 일도 하지 못하고 어둠의 족속이 되어, 안개만 자욱한 이곳에서 날마다 한탄만 해야겠소? 감사할 줄 모르는 바다에 쓸데없이 눈물만 떨어뜨려야 한단 말이오? 우리 고향으로 돌아가는 건 어떻소? 아름다운 쿠이비에넨 물가엔 맑은 별빛 속에 강물이 흐르고 넓은 땅이 펼쳐져 있소. 그곳이야말로 자유민이 거닐 곳이오. 우리가 어리석게 저버렸던 그 땅이 여전히 거기서 우리를 기다리고 있소. 갑시다! 이 도시는 겁쟁이들에게 남겨 둡시다!"

그는 장시간 웅변을 토하며 놀도르에게 자신을 따라 용감하게 자유를 쟁취하고, 너무 늦기 전에 동쪽 대륙의 큰 땅을 차지할 것을 시종 재촉하였다. 그는 인간들이 가운데땅을 지배할 수 있도록 발라들이 요정들을 속여 포로로 잡아 두고 있다는 멜코르의 거짓말을 그대로 흉내 내고 있었다. 많은 엘다르는 그때 처음으로 '뒤에 오는 이들'에 대한 이야기를 들었다. 그는 소리쳤다. "길은 멀고 험하지만 그 마지막은 아름다울 것이오! 굴종과 작별을 고하시오! 안락과도 작별을 고하시오! 나약과도 작별을 고하시오! 자신의 보물과도 작별을 고하시오! 우린 더 많은 보물을 만들 것이오. 가볍게 출발합시다. 다만 자신의 칼은 소지하시오! 우리는 오로메보다 더 멀리 가고, 툴카스보다 더 오래 견뎌야 할 것이오. 추격이 있어도 절대로 돌아서지 않을 것이오. 모르고스를 땅끝까지 쫓아갑시다! 그는 전쟁을 피할 수 없으며, 영원한 증오를 감당해야 할 것이오. 하지만 우리가 승리하여 실마릴을 되찾는 순간, 우리만이 한 점 흠이 없는 빛의 주인이 될 것이며, 아르다의 축복과 아름다움의 지배자가 될 것이오. 어느 종족도 우리를 내쫓을 수 없을 것이오!"

그리고 페아노르는 무시무시한 맹세를 했다. 그의 일곱 아들이 즉시 그의 곁으로 뛰어올라 함께 똑같은 맹세를 했고, 그들이 뽑아 든 칼에서는 피처럼 붉은빛이 일렁거리는 횃불 속에 번쩍거렸다. 그들은 심지어 일루바타르의 이름으로도 어길 수 없는 맹세를 하면서 이를 어기는 자에게는 영원한 어둠이 임할 것이라고 천명하였다. 하지만 일루바타르의 이름을 걸고 하는 맹세는 있을 수 없는 일이었다. 그들은 만웨와 바르다, 거룩한 산 타니퀘틸을 증인으로 삼았고, 발라나 악마나 요정이나 아직 태어나지 않은 인간이나, 혹은 세상 끝 날까지 나타날 크고 작은, 선하고 악한 어떤 피조물이든 간에, 실마릴에 손을 대거나 실마릴을 빼앗고자 하는 자는 복수와 증오로 세상 끝까지 쫓아갈 것을 맹세하였다.

놀도르 군주인 마에드로스와 마글로르, 켈레고름, 카란시르, 쿠루핀, 암로드, 암라스는 페아노르와 같이 맹세를 하였고, 그 무시무시한 소리를 듣는 것만으로도 겁을 먹는 이들이 많았다. 선한 것이든 악한 것이든 그렇게 맹세한 서약은 어길 수도 없거니와, 세상 끝까지 맹세를 지키는 자와 어기는 자를 쫓아다니기 때문이다. 그리하여 핑골핀과 그의 아들 투르곤이 페아노르에 맞서 반대 의사를 표시하면서 격론이 벌어졌고, 분노는 다시 한번 칼부림 직전까지 치달았다. 그러나 늘 그렇듯이 피나르핀이 조용한 목소리로 놀도르를 진정시키면서, 돌이킬 수 없는 일을 행할 때는 심사숙고하여야 한다고 설득하였다. 그리고 그의 아들 중에서는 오로드레스만이 같은 취지의 발언을 하였다. 핀로드는 자신의 친구 투르곤과 같은 생각이었다. 하지만 이날 논쟁을 벌인 놀도르 군주들 사이에 당당하게 우뚝선 유일한 여성인 갈라드리엘은 떠나는 것을 원했다. 그녀는 아무 맹세도 하지 않았지만, 한없이 드넓은 대지를 찾아가 그곳에서 자신의 뜻대로 나라를 다스리고 싶은 욕망이 간절했고, 그 때문에 가운데땅에 대한 페아노르의 웅변은 그녀의 가슴에 불을 붙였다. 핑골핀의 아들 핑곤도 갈라드리엘과 같은 생각이었는데, 그는 원래 페아노르를 좋아하지 않았으나 그의 웅변에 마음이 움직였던 것이다. 그리고 여느 때와 마찬가지로 피나르핀의 아들 앙그로드와 아에그노르는 핑곤의 편이 되었다. 하지만 이들은 입을 다물고 부친들의 생각과 다른 이야기는 하지 않았다.

오랜 논쟁 끝에 마침내 페아노르가 승리를 거두었고, 그곳에 모인 대다수 놀도르의 가슴에 그는 새로운 무엇, 낯선 나라에 대한 욕망의 불꽃을 피워 올렸다. 그리하여 피나르핀이 다시 한번 신중하게 천천히 생각해 보자는 이야기를 하자 큰 고함 소리가 일어났다. "아니오, 갑시다!" 그리고 페아노르와 아들들은 즉시 출발 준비를 시작하였다.

그토록 어두운 길을 겁도 없이 나서고자 하는 이들이었으니 심사원려(深思遠慮)가 있을 리 없었다. 모든 것이 성급하게 결정되었던 것이다. 페아노르는 그들의 흥분이 가라앉으면 자신의 웅변이 힘을 잃고 다른 주장이 설득력을 얻게 될까 두려워 그들을 재촉하였다. 또한 자신만만한 웅변에도 불구하고 그는 발라들의 힘을 망각하지 않았다. 하지만 발마르에서는 아무 소식이 없었고 만웨는 침묵을 지키고 있었다. 그는 아직 페아노르의 계획을 금하거나 가로막으려고 하지 않았다. 발라들은 자신들이 엘다르에 대해 나쁜 생각을 품고 있다는 억측이나, 엘다르를 그들의 의사에 반해 붙잡아 두고 있다는 의심에 대해 불쾌하게 여겼다. 하지만 그들은 페아노르가 놀도르 전체를 자기 마음대로 장악할 수 있으리라고 믿지는 않았기 때문에 지켜보면서 기다렸다.

그런데 실제로 페아노르가 출발을 하려고 놀도르를 집합시키자 곧 의견 충돌이 일어났다. 모인 군중 모두는 페아노르에 설득당해 출발에는 동의했지만, 그들 모두가 페아노르를 왕으로 인정할 생각은 아니었다. 핑골핀과 그의 아들들은 대단한 존경을 받고 있었고, 그래서 그의 일가와 티리온 거주자 대다수는 핑골핀이 간다고 해야 함께 떠날 것임을 밝혔다. 그리하여 놀도르는 결국 두 무리로 나뉘어 그 고난의 장도에 올랐다. 페아노르와 그를 따르는 자들이 선두에 섰지만, 숫자는 뒤따르는 핑골핀의 무리가 더 많았다. 핑골핀은 마지못해 행군에 나서고 있었다. 아들 핑곤이 그렇게 하도록 재

촉하기도 했고, 또 떠나기를 원하는 자기 백성들과 헤어질 수 없는
데다, 그들을 페아노르의 성급한 결심에만 맡겨 둘 수도 없는 노릇
이었기 때문이다. 그는 또한 만웨의 옥좌 앞에서 했던 자신의 약속
을 잊지 않고 있었다. 피나르핀 역시 같은 이유로 핑골핀과 함께 길
을 나섰다. 하지만 그는 정말 떠나고 싶지 않았다. 이제는 거대한 민
족으로 불어난 발리노르의 모든 놀도르 중에서 오직 10분의 1만
이 출발을 거부했다. 그들 중 일부는 발라들(적어도 아울레)에 대한
사랑 때문에, 또 일부는 티리온과 그들이 만든 많은 것들에 대한
사랑 때문이었다. 누구도 노상의 위험이 두려워 거부한 것은 아니
었다.

　나팔이 울리고 페아노르가 티리온의 정문을 막 출발하려는 순
간, 드디어 만웨의 사자가 나타났다. "페아노르의 어리석은 행동은
분명히 나의 뜻과 어긋나노라. 떠나지 말라! 지금은 때가 악하며, 그
대들의 행로는 예상치 못한 비탄으로 이어질 것이다. 발라들은 이
추격에 아무런 도움도 주지 않겠지만, 훼방하지도 않을 것이다. 그
대들은 이곳에 자유롭게 왔듯이 자유롭게 떠날 수 있다는 것을 알
아야 한다. 그러나 핀웨의 아들 페아노르, 그대는 자신의 맹세로 인
해 망명을 떠나는 것이다. 멜코르의 거짓말이 잘못이라는 것을 그
대는 고통스럽게 깨닫게 되리라. 그대가 말한 그대로 그는 발라의
신분이다. 그렇다면 그대는 에아의 궁정 안에서는 지금이나 앞으로
나 어느 발라도 이길 수 없을 것이므로, 그대가 한 맹세는 소용이 없
을 것이다. 그대가 거명한 에루께서 그대를 지금보다 세 배나 더 위
대하게 만들었다 할지라도 그것은 불가능한 일이다."

　그러나 페아노르는 웃음을 터뜨리며, 사자를 바라보지도 않고 놀
도르를 향해 말했다. "그래! 그렇다면 이 용맹한 민족이 그들의 왕
위 계승자가 아들들만 데리고 홀로 추방당하도록 내버려 두고, 굴
종의 삶으로 돌아갈 것이란 말인가? 누구든지 나와 함께 떠날 자가

있다면 그에게 말하노라. 슬픔이 그대 앞에 예고되어 있는가? 우린 아만에서 이미 그것을 보았다. 우린 아만에서 축복을 거쳐 비탄에 이르렀다. 이제 우리는 다른 길을 찾을 것이다. 슬픔을 거쳐 기쁨을 찾을 것이다. 최소한 자유는 얻을 것이다."

그리고 그는 사자를 향해 돌아서서 소리쳤다. "아르다의 대왕 만웨 술리모에게 이 말을 전하시오. 페아노르가 모르고스를 쓰러뜨리지는 못한다 해도 공격을 미루지는 않을 것이며, 비탄에 잠긴 채 한가로이 앉아 있지는 않을 것이오. 또한 에루께서는 당신이 아는 것보다 더 위대한 불꽃을 내게 주셨을지도 모르오. 적어도 나는 '심판의 원'의 위대한 분들마저 듣고 놀랄 만한 큰 상처를 발라들의 적에게 입힐 것이오. 그렇소, 결국 이들은 나를 따를 것이오. 잘 가시오!"

그 순간 페아노르의 목소리는 무척 크고 강력하여 발라들의 사자마저도 충분한 대답이라도 들은 듯 그에게 몸을 숙인 다음 떠나갔고 놀도르 요정들도 압도당하였다. 그리하여 그들은 행군을 계속했다. 페아노르 가문이 엘렌데 해안을 따라 선두에서 서둘렀고, 그들은 푸른 언덕 투나 위의 티리온을 향해 한 번도 눈길을 돌리지 않았다. 핑골핀의 무리는 그들 뒤에서 느릿느릿 다소 맥없이 따라왔다. 그들 중에서는 핑곤이 앞장섰고, 후미에는 피나르핀과 핀로드, 그리고 지체가 높고 지혜로운 많은 놀도르가 따랐다. 그들은 자주 고개를 돌려 민돈 엘달리에바의 등불이 어둠 속에 사라질 때까지 그들의 아름다운 도시를 바라보았다. 그들은 다른 어떤 망명자들보다 더 그곳에 남겨 두고 온 행복의 추억들을 간직하고 있었고, 심지어 어떤 이들은 거기서 만든 것들을 가져오기도 했다. 그것은 노상에서는 위안이자 짐이 되었다.

이제 페아노르는 모르고스 추격이 일차 목표였기 때문에 놀도르를 북쪽으로 이끌었다. 게다가 타니퀘틸 아래쪽에 있는 투나는 아르다의 허리께와 가까웠고, 그래서 이곳의 대해는 까마득하게 넓은 바다였지만 북쪽으로 갈수록 대륙을 갈라놓은 바다는 점점 좁아져 아라만 불모지대와 가운데땅의 해안은 거의 붙어 있었다. 페아노르는 차분하게 마음을 가라앉히고 의논한 결과, 이 거대한 무리가 북부까지 가는 먼 길을 견뎌 낼 수도 없고, 선박의 도움을 받지 않고는 나중에 바다를 건널 수도 없다는 것을 뒤늦게 깨달았다. 하지만 놀도르 가운데 숙련된 조선 기술을 갖춘 이들이 있다고 하더라도, 그렇게 큰 배를 건조하는 데는 오랜 시간과 노력이 필요했다. 결국 그는 놀도르의 영원한 친구인 텔레리 요정들을 설득하여 함께 가도록 해야겠다고 마음먹었다. 반역을 일으킨 그로서는 그렇게 하면 발리노르의 축복도 더욱 약화되고, 모르고스와 전쟁을 벌일 그의 세력도 더 커질 것으로 판단했던 것이다. 그래서 그는 서둘러 알콸론데로 가서 티리온에서 했던 대로 텔레리를 향해 웅변을 토했다.

그러나 텔레리 요정들은 그가 하는 어떤 말에도 움직이지 않았다. 그들은 동족이자 오랜 친구인 놀도르가 떠나는 것을 진심으로 슬퍼하였지만, 그들을 도와주기보다는 오히려 설득하려 했다. 또한 그들은 발라들의 뜻을 거슬러 배를 빌려주거나 건조하는 것을 도와주려고 하지도 않았다. 그들로서는 이제 엘다마르 해안 이외의 다른 고향이나, 알콸론데의 군주 올웨 이외의 다른 어떤 왕도 원하지 않았다. 올웨는 모르고스의 이야기에 귀를 기울이지도 않았고, 그를 자기 땅에 들이지도 않았으며, 여전히 울모와 다른 위대한 발라들이 모르고스가 남긴 상처를 치유할 것이며, 밤이 지나 곧 새로운 새벽이 올 것이라고 믿고 있었다.

페아노르는 여전히 지체하는 것을 두려워했기 때문에 무척 화가 났고, 올웨에게 노기를 띠고 말했다. "당신은 하필 우리가 어려울 때 우정을 저버리시는군요. 당신들은 거의 빈손으로 겁먹은 방랑자처럼 이 해변에 마지막으로 도착했고, 그때 우리의 도움을 받으며 정말 기뻐하였습니다. 놀도르가 당신들의 항구를 건설해 주고 당신들의 성벽 위에서 힘들여 일하지 않았더라면, 당신들은 여전히 바닷가 오두막에 살고 있을 것이오."

그러자 올웨가 대답했다. "우린 우정을 저버리지 않소. 친구의 어리석음을 나무라는 것도 친구의 의무일 수 있소. 놀도르가 우리를 환영하고 도움을 베풀었을 때, 당신들은 다르게 이야기했소. 아만 땅에 형제처럼 나란히 집을 짓고 영원토록 살아가자고 말이오. 우리들의 흰 배로 말하자면, 그것은 당신들에게 받은 것이 아니오. 우리는 그 기술을 놀도르에게 배우지 않고 바다의 군주들로부터 배웠소. 그 하얀 선재(船材)는 바로 우리 손으로 다듬었고, 그 하얀 돛은 우리 아내와 딸들이 짜서 만들었소. 그런 까닭에 우리는 그것을 어떤 동맹이나 우정을 위하여 내어 주지도 않고 팔지도 않을 것이오. 핀웨의 아들 페아노르, 분명히 말하지만 이 배들은 우리에겐 놀도르의 보석과 같은 것이오. 그것은 우리의 가슴으로 만든 작품이며 그와 똑같은 것을 우린 다시 만들 수도 없소."

그 소리를 들은 페아노르는 그를 떠나 알콸론데 성벽 너머에서 우울한 생각에 잠긴 채 자신의 무리가 모일 때까지 앉아 있었다. 자신의 병력이 충분해졌다는 판단이 들자, 그는 백조항구로 가서 그곳에 정박해 있던 선박에 요정들을 승선시켜 강제로 끌고 가기 시작했다. 그러자 텔레리가 그들에게 저항하면서 많은 놀도르를 바다로 집어 던졌다. 그리하여 결국 칼을 뽑아 들면서 선박 위와 등불을 밝힌 부두, 잔교, 심지어 거대한 성문의 아치 위에서도 격렬한 싸움이 벌어졌다. 페아노르의 군대는 세 번이나 뒤로 밀렸고, 양측에서 많은 전사자가 발생했다. 하지만 놀도르의 선봉은 핑골핀 무리의 선두를 이끌고 있던 핑곤의 지원을 받게 되었고, 이들은 이미 전투가 벌어져 자기 동족이 쓰러지는 것을 보고는 싸움의 원인이 무엇인지 제

대로 알아보지도 않고 덤벼들었다. 일부에서는 정말로 텔레리가 발라들의 명령을 받고 놀도르의 행군을 습격하려 하였던 것으로 생각하기도 했다.

그리하여 마침내 텔레리는 무너졌고 알콸론데에 살던 대다수의 선원들은 잔인하게 살해당했다. 놀도르는 사납고 필사적이었지만, 텔레리는 무력이 약하고 대체로 가벼운 활로만 무장을 하고 있었던 것이다. 그런 다음 놀도르는 그들의 흰 선박들을 끌어내어 가능한 한 최고의 선원들이 노를 젓게 하고 해안을 따라 북쪽으로 배를 몰고 갔다. 올웨는 옷세의 도움을 요청하였지만 그는 나타나지 않았다. 놀도르의 탈출을 강제로 막는 것을 발라들이 허락하지 않았던 까닭이었다. 그러나 우이넨은 텔레리 선원들을 위하여 슬피 울었고, 바다는 살인자들에 대한 분노로 들끓는 바람에 많은 배들이 난파당하여 그 안에 탄 이들이 물에 빠져 죽었다. 알콸론데의 동족 살해에 대해서는, 마글로르가 실종되기 전에 「놀돌란테」, 곧 '놀도르의 몰락'이란 이름으로 지은 애가(哀歌)에 조금 더 자세한 내용이 실려 있다.

그런 가운데 대다수 놀도르는 탈출에 성공했고, 폭풍우가 끝나자 그들의 일부는 배로, 또 일부는 육로로 여행을 계속했다. 하지만 육로는 먼 길이었고, 앞으로 갈수록 길은 더욱 험했다. 지척을 분간할 수 없는 밤길을 따라 오랫동안 행군한 끝에, 그들은 마침내 인적 없는 추운 산악 지형인 아라만 불모지대와 연해 있는 '보호받은 땅'의 북쪽 경계에 도착했다. 거기서 그들은 문득 해안이 내려다보이는 바위 위에 높이 서 있는 검은 형체를 발견했다. 어떤 이들은 그것이 바로 만도스라고 했고, 아니면 적어도 만웨가 보낸 높은 신분의 사자라고 했다. 그때 그들의 걸음을 멈춰 세우고 귀를 사로잡는 엄숙하고 무시무시한 커다란 음성이 들려왔다. 놀도르는 모두 행군을 중단하고 조용히 멈춰 섰고, 무리의 머리에서부터 끝까지 '북부의 예언' 혹은 '놀도르의 심판'이라 불리는 저주와 예언의 음성을 들었다. 그 예언은 많은 부분이 모호한 말로 되어 있어서 놀도르는 실제로 눈앞에 재앙이 닥치기까지는 그 뜻을 이해할 수 없었다. 발리노르에 남지도 않고, 발라들의 심판과 용서를 구하지도 않는 이들을 향한 그 저주는 모든 놀도르의 귀에 들려왔다.

"너희는 한없는 눈물을 흘릴 것이다. 발라들은 발리노르에 울타리를 세워 너희를 막을 것이며, 심지어 너희의 비탄의 메아리조차 산맥을 넘어오지 못하도록 할 것이다. 페아노르가에 내린 발라들의 진노는 서녘에서 아득한 동녘 끝까지 이어질 것이며, 그들을 따르는 모든 이들에게도 똑같이 임할 것이니라. 그들은 맹세에 끌려가고 있지만, 맹세는 그들을 배반하여 종국에는 그들이 찾고자 맹세한 바로 그 보물을 앗아가리라. 선의로 시작한 모든 일들이 악한 결과를 낳을 것이며, 이 일은 동족에 대한 동족의 반역과, 그 반역에 대한 공포에서 비롯될 것이다. 그들은 영원히 '빼앗긴 자'가 되리라.

너희는 불의로 동족의 피를 흘리게 하였고, 아만의 대지를 더럽혔다. 너희는 피를 피로 갚아야 할 것이며, 아만 밖에서 영원히 죽음의 어둠 속에 살아야 할 것이다. 에루께서는 너희가 에아 안에서는 죽지 않도록 예정하셨고 어떤 질병에도 걸리지 않도록 하셨으나, 이제 너희는 무기와 고통과 슬픔으로 죽을 수도 있고 또 그렇게 될 것이다. 그때가 되면 집을 잃은 너희 영혼은 만도스에게 돌아오리라. 그곳에서 너희들은 오랫동안 머물며 너희 육체를 그리워할 것이며, 너희가 죽인 모든 자들이 너희를 위해 탄원한다 할지라도 너희는 연민을 얻지 못할 것이다. 가운데땅에서 살아남아 만도스에게 오지 않는 자들은 큰 짐을 진 것처럼 세상살이에 지쳐 쇠약해질 것이며, 뒤에 올 젊은 종족 앞에서 회한의 그림자가 되리라. 발라들께서 말씀하셨느니라."

그러자 많은 이들이 움찔했다. 하지만 페아노르는 마음을 더욱 단단히 먹고 말했다. "우리는 이미 맹세를 했고 그것은 가벼운 맹세가 아니었소. 이 맹세를 우리는 지킬 것이오. 우리는 많은 위험에 둘러싸여 있고 반란의 위협 또한 적지 않소. 다만 한 가지 언급되지 않은 것이 있소. 비겁함과 패배감, 패배에 대한 두려움은 우리에게 고통을 줄 것이란 점이오. 따라서 나는 계속 전진할 것을 선포하며 이 운명을 추가하겠소. 즉, 우리가 앞으로 행할 일들은 아르다 마지막 날까지 노래의 소재가 될 것이오."

그러나 바로 그 시간에 피나르핀은 행군을 포기하고 돌아섰다. 그는 알콸론데의 올웨와 친족 관계(피나르핀은 올웨의 사위임—역자주)였기 때문에 슬픔에 잠겨 있었고, 페아노르가에 대한 분노가 넘쳤던 것이다. 그의 일족 가운데 많은 이들이 슬픔을 머금고 그와 함께 왔던 길을 되돌아갔고, 여전히 어둠 속에 명멸하고 있는 투나 언덕 위 민돈의 아득한 불빛을 다시 발견하여 마침내 발리노르에 당도하였다. 그곳에서 그들은 발라들의 용서를 받았고, 피나르핀은 축복의 땅에 잔류한 놀도르의 통치자가 되었다. 그러나 그의 아들들은 핑골핀의 아들들을 떠나고 싶지 않았기 때문에 부친과 함께 돌아가지 않았다. 핑골핀 일족은 형제애와 페아노르의 결의에 압박감을 느끼며 행군을 계속하였고, 또한 그들 모두 알콸론데에서 벌어진 동족 살해와 무관한 것은 아니었기 때문에 발라들의 심판을 마주하기가 두려웠다. 특히 핑곤과 투르곤은 대담하고 불같은 성격의 소유자로서, 아무리 고통스러운 일이라도 일단 시작한 과업은 그 고통의 끝까지 포기하려 하지 않았다. 그리하여 본진(本陣)은 행군을 계속했고, 예언에서 암시된 재앙은 곧 닥쳐오기 시작하였다.

놀도르는 마침내 아르다 북쪽 끝에 도착하여 바다 위에 떠 있는 얼음 조각을 발견하였고, 드디어 헬카락세 가까이에 접근하였다는 것을 알았다. 북부로 오면서 동쪽으로 휘어진 아만 대륙과, 서쪽을 향하고 있는 엔도르(곧, 가운데땅)의 해안 사이에는 좁은 해협이 있었고, 에워두른바다의 차가운 물과 벨레가에르의 파도가 이곳으로 함께 흘렀다. 이곳의 거대한 안개는 죽음과도 같은 냉기를 품고 있었고, 해류는 빙산이 서로 충돌하고 깊이 잠긴 얼음들이 삐걱거리는 소리로 가득했다. 이곳이 헬카락세란 곳으로, 발라들과 웅골리안트를 제외하고는 아무도 감히 발을 들여놓은 적이 없는 곳이었다.

그리하여 페아노르는 행군을 멈추게 했고, 놀도르는 이제 어느 길을 택해야 할지 의논을 했다. 그러나 그들은 추위 때문에 고통을 겪기 시작했고, 온몸에 달라붙는 안개 사이로 어떤 별빛도 뚫고 들어올 수 없었다. 많은 이들이 길을 떠난 것을 후회하고 불평하기 시작했다. 특히 핑골핀을 따르는 자들이 페아노르를 비난하며 그를 엘다르의 모든 재앙을 초래한 자로 지목했다. 떠도는 소문을 모두 알고 있던 페아노르는 아들들과 논의한 다음, 아라만을 떠나 엔도르로 가는 길은 해협을 건너든지 배를 타든지 오로지 두 길밖에 없다는 것을 알았다. 하지만 헬카락세는 통행이 불가능했고 배는 숫자가 너무 적었다. 오랜 여행을 하는 동안 배가 많이 없어져서 그 거대한 무리를 모두 함께 태울 만한 배가 남아 있지 않았던 것이다. 게다가 일부가 먼저 배를 타고 떠난 뒤에 서쪽 해안에 남아 있으려고 하는 자는 아무도 없었다. 배신의 공포가 벌써 놀도르 사이에 스며들었던 것이다. 그리하여 페아노르와 아들들의 마음속에 모든 배를 차지하여 불시에 떠나야겠다는 생각이 들었다. 항구의 전투 이후로 선박에 대한 통제권을 그들이 맡고 있었고, 선원은 모두 그 싸움에 참여하여 페아노르를 따르기로 한 이들뿐이었기 때문이다. 그런데 마치 그가 부르기라도 한 듯 서북풍이 불어왔고, 페아노르는 자신에게 충성을 바칠 것으로 판단되는 이들을 모두 데리고 몰래 배에 올라탔다. 핑골핀을 아라만에 남겨 둔 채 항해를 시작한 것이었다. 이곳의 바다는 폭이 좁았기 때문에, 그는 동쪽으로 항해를 하다가 약간 남쪽으로 방향을 바꾸어 아무런 피해도 입지 않고 바다를 건넜다. 그는 놀도르 중에서 가운데땅 해안을 다시 밟은 최초의 요정이 된 것이다. 페아노르가 상륙한 곳은 도르로민으로 흘러 들어가는 드렝기스트하구였다.

상륙이 끝나자 맏아들 마에드로스가 페아노르에게 물었다. 그는 모르고스가 거짓말로 이간질하기 전까지는 핑곤과 절친한 사이였다. "이제 어떤 배와 선원들을 돌려보내실 겁니까, 누구를 먼저 데려오지요? '용맹스러운' 핑곤인가요?"

그러자 페아노르는 무엇에 홀린 사람처럼 웃으며 소리쳤다. "아무도 데려오지 않는다! 저 뒤에 버린 자들을 난 이제 손실로 생각지 않아. 그자들은 쓸데없는 짐 덩어리에 불과하다는 게 오는 도중에 밝혀졌어. 내 이름을 욕하던 자들은 계속 욕이나 하라고 해. 징징거리며 발라들의 우리 속으로 돌아가게 내버려 두란 말이야! 배를 불태우도록 하라!" 그래서 마에드로스는 한쪽 옆으로 비켜섰고 페아노르는 텔레리의 흰 배에 불을 붙였다. 그리하여 드렝기스트하구의 로스가르란 곳에서, 찬란하면서도 무시무시한 엄청난 불꽃과 함께, 바다를 항해하던 배들 중에서 가장 아름다운 배들이 최후를 맞이하였다. 핑골핀과 그의 무리는 멀리서 구름 밑으로 시뻘건 빛을 발하는 불꽃을 바라보며 자신들이 배신당했다는 것을 알았다. 이것이 '동족 살해'와 '놀도르의 심판'이 초래한 최초의 결과였다.

핑골핀은 아라만에서 최후를 맞이하거나 수모를 감수하고 발리노르로 돌아가는 두 가지 길만 남겨 놓고 페아노르가 떠난 것을 알고 화가 머리끝까지 치밀었다. 이제 그는 기필코 가운데땅으로 들어가는 길을 찾아 페아노르를 만나야겠다고 다짐했다. 핑골핀과 백성들은 오랫동안 비참한 유랑의 길을 걸어왔지만, 그들의 용기와 인내는 고난 속에 더욱 강해져 있었다. 그들은 에루 일루바타르의 불사의 첫째자손으로 위대한 민족이었고, 축복의 땅에서 갓 나왔으며 아직 땅에 권태로움을 느끼지 않고 있었다. 그들의 불 같은 가슴은 아직 젊었고, 그리하여 무리는 핑골핀과 그의 아들들, 핀로드와 갈라드리엘 등의 영도하에 혹한의 북부에 들어가기로 작정하였다. 다른 길이 없다는 것을 알고 있었기 때문에 그들은 결국 헬카락세와 무자비한 빙산의 공포를 견뎌 냈다. 이후로 놀도르가 행한 어떤 일도 고난과 비탄 속에 이루어진 이 필사적인 횡단을 능가하는 것은 없었다. 그곳에서 투르곤의 아내 엘렌웨가 죽고 다른 많은 이들이 목숨을 잃어서, 핑골핀이 마침내 바깥 대륙에 발을 내디뎠을 때는 무리의 규모가 상당히 줄어 있었다. 마침내 페아노르를 뒤쫓아 온 그들은 페아노르와 그의 아들들에 대한 애정은 거의 없었고, 달이 처음으로 떠오르자 가운데땅에서 그들의 나팔을 불어 댔다.

*Chapter 10*

# 신다르

앞서 이야기한 대로 가운데땅에서는 엘웨와 멜리안의 영향력이 커지면서, 키르단의 뱃사람들로부터 겔리온강 너머 청색산맥의 방랑하는 수렵인들에 이르기까지 벨레리안드의 모든 요정은 엘웨를 왕으로 섬겼다. 그는 자기 민족의 언어로 엘루 싱골이라고 했고, 이는 '회색망토왕'이란 뜻이었다. 그들은 신다르, 곧 별이 빛나는 벨레리안드의 회색요정이라고 불렸다. 그들은 비록 모리퀜디였지만, 싱골의 통치와 멜리안의 가르침을 받으면서 가운데땅 요정들 중에서 가장 아름답고, 가장 지혜로우며, 가장 솜씨 좋은 종족이 되었다. 멜코르가 구금되어 있던 첫 시대 말 즈음, 온 땅에는 평화가 깃들고 발리노르의 영광은 절정에 달해 있을 때, 싱골과 멜리안의 외동딸 루시엔이 세상에 태어났다. 가운데땅은 대부분 야반나의 잠에 빠져 있었지만, 멜리안의 지배를 받는 벨레리안드에는 생명과 기쁨이 넘쳤고, 찬란한 별들은 은빛 불꽃처럼 빛을 발했다. 그곳 넬도레스숲에서 루시엔이 태어났고, 하얀 꽃 니프레딜이 땅에서 솟아나온 별처럼 나타나 그녀를 환영하였다.

멜코르가 구금되어 있던 둘째 시대 동안 난쟁이들이 에레드 루인, 곧 청색산맥을 넘어 벨레리안드로 들어오게 되었다. 그들은 자신들을 크하자드라고 불렀지만, 신다르 요정들은 '발육이 멎은 종족'이란 뜻의 나우그림이나 '돌의 장인들'이란 뜻의 곤히림으로 불렀다. 나우그림의 먼 옛날 거주지는 동쪽 멀리 있었지만, 그들은 자기 종족의 방식에 따라 에레드 루인 동쪽 기슭의 땅속에 큰 집과 저택을 지었다. 이 도시들은 그들의 언어로는 가빌가르홀과 투문자하르라고 했다. 높은 산 돌메드 북쪽에 가빌가르홀이 있었는데, 요정들은 이를 그들의 언어로 벨레고스트, 곧 '철통요새'라고 했고, 남쪽에 있는 투문자하르는 노그로드, 곧 '대동굴'로 불렀다. 난쟁이들의 저택 중에서 가장 위대한 것은 크하잣둠, 곧 '난쟁이들의 저택'이라고 하는 곳인데, 요정어로 하도드론드라고 하는 이곳은 훗날 어둠의 시절에는 모리아라고 불렸다. 하지만 그곳은 광막한 에리아도르를 넘어 저 멀리 안개산맥에 있었고, 엘다르에게는 청색산맥 난쟁이들의 입을 통해 이름이나 소문으로만 전해질 뿐이었다.

노그로드와 벨레고스트에서부터 나우그림이 벨레리안드에 들어오자 요정들은 깜짝 놀랐다. 왜냐하면 요정들은 입으로 말을 하고, 손으로 일을 하는 존재로는 자신들이 가운데땅에서 유일하며, 나머지는 모두 새나 짐승 들뿐이라고 믿고 있었기 때문이다. 그러나 그들은 나우그림의 언어는 한마디도 이해할 수 없었는데, 그들의 귀에는 그것이 듣기 거북하고 불쾌한 소리로 들렸기 때문이다. 그래서 엘다르 중에는 그 말을 능숙하게 익힌 자가 거의 없었다. 하지만 난쟁이들은 무엇이든지 빨리 배웠고 외래 종족에게 자신의 언어를 가르치기보다 요정어를 배우려는 의욕이 더 강했다. '난 엘모스'의 에올과 그의 아들 마에글린을 제외하고는 엘다르 중에서 노그로드와 벨레고스트에 가 본 적이 있는 요정은 거의 없었다. 난쟁이들은 벨레리안드와 교역을 하였고, 그들이 건설한 큰 도로는 돌메드산의 등성이 밑을 지나 아스카르강 물줄기를 따라 가다가 사른 아스라드, 곧 '돌여울'에서 겔리온강을 건너는데, 이곳은 나중에 전투가 벌어진 곳이다. 나우그림과 엘다르는 서로 많은 이득을 얻었으나 그들의 관계는 늘 냉랭한 편이었다. 하지만 그 당시는 아직 그들 사이에 통탄의 비극이 벌어지지 않은 시점이었고 싱골 왕은 그들을 환영하였다. 그러나 난쟁이들은 아울레에 대한 사랑과 존경 때문에 훗날 다른 요정이나 인간보다는 놀도르와 더욱 기꺼이 친교를 나누었고, 놀도르의 보석을 그 밖의 어떤 재물보다 더 높이 평가했다. 그들은 아르다의 어둠 속에서도 이미 위대한 작품들을 만들어 내고 있었는데, 먼 조상 때부터 금속과 석재를 다루는 놀라운 기술을 가지고 있었기 때문이다. 하지만 그 옛날에는 금이나 은보다는 쇠나 구리로 작업하는 것을 더 좋아했다.

멜리안은 마이아인 까닭에 상당한 예지력이 있었다. 멜코르가 구금되어 있던 둘째 시대가 끝나자, 그녀는 싱골에게 아르다의 평화가 영원히 지속되지는 않을 것이라고 충고하였다. 그리하여 왕은 가운데땅에 다시 악이 횡행하더라도 튼튼하게 견딜 수 있는 왕궁을 직접 지어야겠다고 생각했고, 그래서 벨레고스트의 난쟁이들에게 도움과 조언을 요청했다. 난쟁이들은 그 당시에 피곤한 줄도 몰랐고, 또 새로운 작품을 만들기 위해 열심이었기 때문에 기꺼이 이에 응했다. 다만 그들은 즐거운 일이든 힘든 일이든 그들이 한 노동에 대해서는 항상 대가를 요구했지만 이때는 보수를 받은 것으로 쳤다. 왜냐하면 그들이 배우고 싶어 하는 것을 멜리안이 많이 가르쳐 주었고, 싱골 왕이 그들에게 많은 진주로 보답했기 때문이다. 이 진주는 키르단이 준 것인데, 발라르섬 주변의 얕은 바다에 진주가 엄청나게 많았기 때문이다. 하지만 나우그림은 예전에 이런 것을 본 적이 없었기 때문에 이를 귀중하게 여겼다. 그중에 비둘기 알처럼 커다란 진주가 하나 있었는데, 그 광채는 바다의 파도 거품에 비치는 별빛과 같았다. 그 이름은 님펠로스였고, 벨레고스트 난쟁이들의 족장은 그것을 산더미 같은 보화보다 더 높이 평가하였다.

그리하여 나우그림은 싱골을 위해 오랫동안 기쁜 마음으로 노동을 하였고, 자신들의 방식에 따라 땅속 깊숙이 파 들어가는 저택을 그를 위해 설계하였다. 에스갈두인강이 흘러가다가 넬도레스와 레기온을 갈라 놓는 숲속 한가운데에 작은 바위산이 솟아 있었고 그 밑으로 강이 흘렀다. 그들은 그곳에 싱골의 왕궁을 위한 출입구를 만들고 강을 건너는 석교(石橋)를 건설하여 그 다리로만 출입이 가능하도록 했다. 입구를 지나면 아래쪽으로 넓은 통로가 나 있었고, 그 훨씬 밑에는 자연석을 깎아 만든 천장이 높은 홀과 방이 있었는데, 그것이 얼마나 많고 거대했던지 이 왕궁은 메네그로스, 곧 '천(千)의 동굴'로 칭해졌다.

요정들도 이 역사(役事)에 일조하였는데, 그들은 난쟁이들과 함께 각자의 솜씨를 발휘하여 그곳에 멜리안의 환상, 곧 바다 건너 발리노르의 경이와 아름다움을 담은 조각상들을 만들어 냈다. 메네그로스의 기둥에는 오로메의 너도밤나무를 닮은 나무줄기와 가지와 잎이 새겨져 있었고, 황금으로 만든 등이 불을 밝혔다. 로리엔의 정원처럼 그곳에서는 나이팅게일이 노래를 불렀고, 은으로 만든 분수와 대리석으로 다듬은 수반, 다채로운 석재로 꾸민 마룻바닥이 있었다. 짐승과 새를 새긴 형상들이 벽 위를 달리고 기둥을 기어오르며 많은 꽃으로 뒤엉킨 나뭇가지 사이로 고개를 내밀었다. 세월이 흐르는 동안 멜리안과 시녀들은 손으로 짠 벽걸이로 왕궁을 가득 채웠고, 그 벽걸이에는 발라들의 행적과 아르다가 시작된 이후에 일어난 일들, 장차 닥쳐올 사건의 전조가 기록되어 있었다. 그곳은 바다 동쪽에 만들어진 왕궁 중에서 가장 아름다운 곳이었다.

메네그로스가 완공되고 싱골과 멜리안의 왕국에 평화가 이어지는 동안에도 나우그림은 이따금 산맥을 넘어 이곳에 와서 교역을 하였다. 하지만 그들은 바다의 소리를 싫어하였고 또 바다를 보는 것조차 두려워했기 때문에 팔라스까지는 거의 가지 않았다. 벨레리안드에는 바깥세상의 풍문이나 소문이 전혀 들려오지 않았다.

멜코르가 구금되어 있던 셋째 시대가 서서히 지나갈 즈음, 난쟁이들은 불안에 시달리면서 싱골 왕을 찾아와 말했다. 북부의 악의 무리는 발라들에 의해 완전히 척결되지 못해 그 잔당이 오랫동안 은밀히 수를 늘려 오다가, 이제 다시 바깥으로 출몰하여 멀리까지 돌아다닌다는 것이었다. "산맥 동쪽 땅에 가면 끔찍스러운 짐승들이 있습니다. 그쪽에 살던 폐하의 먼 옛날의 동족도 들판에서 산속으로 달아나고 있습니다."

그러고 나서 얼마 지나지 않아 사악한 짐승들은 산맥의 고개를 넘어오거나, 남쪽에서 어두운 숲을 통과하여 벨레리안드에까지 나타났다. 그중에는 늑대도 있었고, 늑대 형상을 하고 걸어 다니는 다른 것도 있었으며, 또 다른 무시무시한 어둠의 존재들이 있었다. 또한 나중에 벨레리안드를 폐허로 만든 오르크들도 거기 있었는데, 그들은 아직 수가 적고 조심성이 많았으며, 자신들의 왕이 돌아오기를 기다리며 대지의 운행을 탐색할 뿐이었다. 요정들은 그들이 과연 무엇이며, 어디서 왔는지 그때는 알지 못했고, 다만 야생으로 살면서 야만적이고 흉악스러워진 아바리일 것으로만 짐작했다. 그 점에서 그들의 짐작은 꽤 정확했던 것으로 전해진다.

이에 따라 싱골은 그의 백성들이 이전에는 필요로 하지 않았던 무기를 생각하게 되는데, 처음에는 나우그림이 그를 위해 무기를 제작해 주었다. 그들이 이런 작업에 대단한 재능이 있었기 때문인데, 다만 그들 가운데서 어느 누구도 노그로드의 장인들을 능가하지는 못했고, 이들 중에서는 장인(匠人) 텔카르가 가장 명성이 높았다. 나우그림은 옛날에는 모두 호전적인 종족이었고, 누구든지 그들을 괴롭히면 맞서서 격렬한 싸움을 벌이곤 했다. 그것이 멜코르의 부하든, 엘다르든, 아바리든, 들짐승이든, 심지어 다른 집에 살며 다른 왕을 따르는 난쟁이와도 싸우는 일이 드물지 않았다. 신다르는 사실 그들로부터 세공 기술을 금방 익혔다. 하지만 모든 기술 중에서 특히 쇠의 담금질에 있어서는 놀도르조차 난쟁이들을 이길 수는 없었고, 벨레고스트의 장인들이 처음 고안한 사슬갑옷의 제작에 있어서도 그들의 작품에 견줄 만한 것이 없었다.

그리하여 이 당시의 신다르는 훌륭한 무장을 하고 있었고, 그래서 여러 사악한 짐승들을 물리치고 다시 평화를 누릴 수 있었다. 그런데도 싱골의 병기고는 늘 도끼와 창, 칼, 높은 투구와 반짝이는 사슬갑옷으로 채워져 있었고, 난쟁이들이 만든 이 갑옷은 항상 새로 만든 것처럼 녹슬지 않고 반짝이도록 만들어져 있었다. 그리고 그것은 훗날 싱골을 위해서는 잘한 일이었음이 밝혀졌다.

앞서 이야기한 대로 올웨의 무리가 가운데땅 서부의 변경에 있는 대하(大河)의 강변에 이르렀을 때, 무리 중에서 렌웨라는 자가 엘다르의 장정을 포기하고 떠난 일이 있었다. 그가 안두인강 하류로 이끌고 내려간 난도르의 행방에 대해서는 알려진 것이 거의 없다. 전하는 바로는 그중 일부는 대하 유역의 숲속에 오랜 세월 동안 은거하였고, 또 일부는 결국 하구까지 내려가 해안 지역에 거주하였으며, 또 나머지 일부는 에레드 님라이스, 곧 백색산맥을 넘어 북쪽으로 에레드 루인과 멀리 안개산맥 사이의 에리아도르 평원으로 들어갔다고 한다. 이들은 원래 숲속에 사는 민족으로 강철로 만든 무기가 없었기 때문에, 나우그림이 메네그로스의 싱골 왕에게 밝힌 대로, 북부에서 끔찍스러운 짐승들이 나타났다는 소식을 듣고 엄청난 공포에 사로잡혔다. 그래서 렌웨의 아들 데네소르는 싱골 왕의 위세와 위엄, 또 그의 왕국이 평화를 누린다는 소문을 듣고, 흩어져 있던 자신의 무리를 있는 대로 불러 모아 그들을 이끌고 산맥을 넘어 벨레리안드로 들어갔다. 그들은 거기서 싱골 왕으로부터 오래전에 잃어버린 형제가 돌아온 것처럼 환영을 받고 옷시리안드, 곧 '일곱 강의 땅'에 정착하였다.

데네소르가 들어온 뒤로 계속된 오랜 평화의 시절에 대해서는 별다른 이야기가 전해지지 않는다. 다만 이 시기에 싱골 왕국의 학예관이었던 음유시인 다에론이 자신의 룬 문자를 창안하였다고 전해진다. 싱골을 찾아온 나우그림이 그것을 배웠고, 그들은 다에론의 동족인 신다르보다 더 높이 그의 솜씨를 평가하면서 이 문자를 기쁘게 사용하였다. 이 '키르스' 문자는 나우그림에 의해 산맥을 넘어 동쪽으로 전파되었고 많은 종족들에게 전해졌다. 하지만 전쟁이 벌어지기까지 신다르는 이 문자를 기록용으로는 거의 사용하지 않았고, 기억 속에 남아 있던 이야기들마저 도리아스가 멸망하면서 사라졌다. 지복이나 행복한 삶은 그것이 끝나기 전에는 주목을 받지 못하는 법이다. 마치 아름답고 신기한 작품들은 눈으로 볼 수 있는 동안에는 존재 자체가 증거가 되지만, 위험에 처하거나 영원히 파괴될 때가 되어야 비로소 그것들이 노래 속에 남게 되는 것과 마찬가지다.

그 시절의 벨레리안드에서는 요정들이 왕래하고, 강물이 흐르며, 별빛은 반짝이고, 밤에 피는 꽃들은 향기를 뿜었으며, 멜리안의 아름다움은 대낮처럼 환하고, 루시엔의 아름다움은 봄날의 새벽과 같았다. 벨레리안드의 옥좌에 좌정한 싱골 왕은 마이아 군주와 같아서, 그 힘은 편안하게 휴식을 취하고 있고, 그 기쁨은 그들이 매일 숨 쉬는 공기와 같았으며, 그 생각은 높은 데서부터 깊은 곳까지 막힘없이 흘러내렸다. 위대한 오로메가 이따금 말을 타고 벨레리안드에 나타나 바람처럼 산맥을 넘어가면, 그의 뿔나팔 소리가 별빛 속으로 멀리서부터 들려왔고, 요정들은 그의 눈부신 얼굴과 돌진하는 나하르의 엄청난 굉음을 두려워하였다. 하지만 발라로마 소리가 먼 산에 메아리치면, 모든 악의 무리가 멀리 달아난다는 것을 그들은 잘 알고 있었다.

그러나 결국 축복의 종말이 임박하고, 발리노르의 전성기도 황혼에 접어들게 되었다. 전승에 기록되고 또 숱한 노래 속에 전해진 바와 같이, 멜코르가 웅골리안트의 도움을 받아 발라들의 나무를 죽이고 도주하여 가운데땅으로 돌아왔기 때문이다. 북쪽 멀리에서 모르고스와 웅골리안트의 싸움이 벌어지면서, 모르고스의 엄청난 비명은 벨레리안드를 진동시켰고, 이곳의 모든 거주자들은 두려움에 몸을 떨었다. 그들은 그것이 무엇의 전조(前兆)인지는 몰라도 그때 죽음의 전령이 다가오는 것을 느꼈던 것이다. 잠시 후 웅골리안트는 북부에서 달아나 싱골 왕의 영토로 들어왔고, 어둠의 공포가 그 주변을 감싸고 있었다. 하지만 웅골리안트는 멜리안의 힘에 저지당하여 넬도레스에는 들어오지 못했고, 도르소니온 남쪽의 가파른 벼랑 그림자 밑에서 오랫동안 거주하였다. 그래서 그곳은 에레드 고르고로스, 곧 '공포산맥'으로 불리게 되었고, 아무도 그곳에 들어가거나 가까이 지나가려고 하지 않았다. 그곳에서는 생명과 빛이 질식당하였고, 모든 물에는 독이 들어 있었다. 한편 모르고스는 앞서 이야기한 대로 앙반드로 돌아가 그곳을 다시 짓고, 그 출입구 위쪽으로 악취를 내뿜는 상고로드림 봉우리를 세웠다. 하지만 모르고스의 출입구는 메네그로스의 다리와는 7백여 킬로미터나 떨어져 있었다. 멀고도 가까운 곳이었다.

땅의 흑암 속에서 수가 늘어난 오르크들은 이때쯤 강력하고 무시무시한 존재로 변해 있었고, 암흑의 군주는 파괴와 죽음을 향한 갈망을 그들에게 채워 넣었다. 그리하여 그들은 모르고스가 띄워 놓은 구름 속에 앙반드를 빠져나와 소리없이 북부의 고원으로 잠입하였다. 거기서부터 갑자기 대부대가 벨레리안드로 들어가 싱골 왕을 공격하였다. 싱골의 넓은 왕국에서는 많은 요정들이 자유롭게 숲속을 돌아다니며 작은 규모의 집안끼리 따로 멀리 떨어져서 평화롭게 지내고 있었고, 왕국의 가운데에 있는 메네그로스 주변과 뱃사람들의 땅 팔라스 인근에만 많은 종족이 함께 살고 있었다. 하지만 오르크들은 메네그로스 양쪽, 곧 켈론강과 겔리온강 사이의 동부 진지와, 서부에서는 시리온강과 나로그강 사이의 평원에서부터 쳐들어왔다. 그들의 약탈은 광범위했고, 싱골은 에글라레스트의 키르단과 연락이 두절되어 버렸다. 그래서 그는 데네소르를 불렀다. 그리하여 아로스강 너머 레기온과 옷시리안드에서 요정들이 무리를 지어 나타났고, 벨레리안드 전쟁의 첫 전투가 벌어졌다. 동부의 오르크 군대는 안드람 장벽 북쪽으로 아로스강과 겔리온강 중간 지점에서 엘다르 군대에 포위를 당하여 무참히 패배했고, 대살육을 피해 북쪽으로 달아난 자들은 돌메드산에서 내려와 잠복 중이던 나우그림의 도끼에 목숨을 잃었다. 앙반드로 살아 돌아간 자는 거의 없었다.

그러나 요정들의 승리는 비싼 대가를 치른 것이었다. 옷시리안드의 요정들은 경무장을 하고 있었기 때문에, 쇠로 만든 군화와 방패로 무장하고 넓은 칼날이 달린 큰 창을 든 오르크들의 상대가 되지 못했다. 그래서 데네소르는 아몬 에레브 언덕 위에 고립되어 적들에게 포위당했다. 그곳에서 그와 그의 가까운 일족은 싱골의 부대가 도와주러 오기 전에 목숨을 잃고 말았다. 싱골이 오르크들의 후미를 공격해서 수많은 오르크의 목을 베어 잔혹하게 데네소르의 원수를 갚았지만, 그의 백성들은 영원히 그의 죽음을 슬퍼하며 이후로 왕을 세우지 않았다. 전투가 끝나고 일부는 옷시리안드로 돌아갔으나, 그들이 전한 소식은 남은 백성들에게 엄청난 공포를 심어주었기 때문에, 이후로 그들은 공개적으로 전쟁에 나서지 않고 조심스럽고 은밀하게 행동하였다. 그들은 나뭇잎 빛깔의 복장을 하고 있었기 때문에 '초록요정', 곧 라이퀜디로 불렸다. 그러나 많은 이들은 북쪽으로 올라가 싱골의 안전한 영토로 들어가서 그의 백성들과 하나가 되었다.

다시 메네그로스로 돌아온 싱골은 서부의 오르크들이 승리를 거두어 키르단을 해안가로 쫓아냈다는 것을 알았다. 그리하여 그는

자신의 명령이 전달되는 모든 백성들에게 넬도레스와 레기온 진지
(陣地) 안으로 철수하도록 하였고, 멜리안은 자신의 힘으로 그 온 영
토의 둘레에 보이지 않는 그림자와 미혹의 울타리를 쳤다. '멜리안
의 장막(帳幕)'이라고 하는 이 울타리는 마이아 멜리안보다 더 강한
힘을 가진 자가 나타나지 않는 한, 아무도 그녀와 싱골 왕의 뜻을 어
기고 들어올 수 없었다. 오랫동안 에글라도르란 이름으로 불린 이
안쪽 땅은 나중에는 도리아스, 곧 '은둔의 왕국' 혹은 '장막의 땅'으
로 불렸다. 그 내부에서는 아직 조심스럽게 평화가 유지되었으나, 바
깥에서는 위험과 커다란 공포가 있었고, 성벽을 쌓은 팔라스 항구
를 제외하고는 모르고스의 부하들이 마음대로 돌아다녔다.

그러나 새로운 소식이 그들에게 곧 전해지는데, 그것은 토굴 속의
모르고스나 메네그로스의 멜리안을 비롯하여 가운데땅의 어느 누
구도 예상하지 못했던 것이었다. '두 나무'가 쓰러진 뒤로 아만에서
는 사자를 보내든 영(靈)을 보내든 아니면 꿈속의 계시를 통해서든
아무런 기별도 없었기 때문에 더욱 그러했다. 바로 이때 페아노르
가 텔레리의 흰 배를 타고 바다를 건너 드렝기스트하구에 상륙하였
고, 로스가르에서 배들을 불태웠던 것이다.

## *Chapter 11*
# 해와 달, 그리고 발리노르의 은폐

멜코르가 탈출한 뒤 발라들은 '심판의 원'에 있는 그들의 옥좌에 오랫동안 꼼짝도 하지 않고 앉아 있었던 것으로 전해진다. 하지만 페아노르가 어리석게 단언한 것처럼 그들이 한가로이 쉬고 있었던 것은 아니었다. 발라들은 손보다 생각으로 더 많은 일을 할 수 있고, 입으로 소리를 내지 않고도 서로 회의를 할 수 있기 때문이다. 그들은 그렇게 발리노르의 어둠을 지켰고, 그들의 생각은 뒤로는 에아를 넘고 앞으로는 종말까지 이르렀다. 하지만 어떤 힘이나 지혜로도 그들의 슬픔을 달랠 수 없었고, 악이 존재하던 순간에 그것을 알고 있었다는 사실을 무마할 수 없었다. 그들이 슬퍼했던 것은 나무의 죽음 때문이라기보다 페아노르의 타락 때문이었고, 그것은 멜코르의 악행 가운데서 가장 사악한 것에 속했다. 왜냐하면 페아노르는 육체와 정신의 모든 영역을 비롯하여 용기와 인내, 아름다움과 지력, 기술과 힘, 정교함에 있어서 일루바타르의 모든 자손들 중에서 가장 뛰어난 자로 만들어졌고, 찬란한 불꽃이 그의 몸속에 타오르고 있었기 때문이다. 그가 그렇게 하지 않고 아르다의 영광을 위해 다른 신비로운 작품을 만들었더라면, 그것은 거의 만웨의 경지에 비길 수 있었을 것이다. 발라들과 함께 밤을 지킨 바냐르의 전언에 의하면, 만웨의 사자들이 페아노르의 답변을 전하자 만웨는 슬피 울며 고개를 떨구었다고 한다. 그러나 적어도 놀도르는 영원히 노래 속에 살아남을 일을 행할 것이라는 페아노르의 마지막 말에 이르자, 그는 멀리서 들려오는 음성을 듣기라도 하듯 고개를 들고 말했다. "그렇게 하도록 하라! 그 노래는 비싼 값을 치러야겠지만, 그만큼 귀한 노래가 될 것이다. 달리 값을 치를 수도 없을 테니까. 이리하여 에루께서 우리들에게 말씀하신 대로, 이전에 생각지 못한 아름다움이 에아에 들어오고, 악한 것도 언젠가는 선하게 쓰임받을 수 있을 것이다."

그러나 만도스가 말했다. "그래도 여전히 악은 악이지요. 페아노르는 곧 내게 올 겁니다."

놀도르가 정말로 아만을 빠져나가 가운데땅으로 돌아갔다는 소식이 마침내 발라들의 귀에 들려오자, 그들은 일어나 멜코르의 악행을 바로잡기 위해 생각으로 의논한 계획들을 실행에 옮기기 시작했다. 만웨는 야반나와 니엔나에게 그들이 지닌 성장과 치유의 힘을 모두 내놓도록 했고, 그들은 '두 나무'에 자신들의 모든 힘을 쏟아부었다. 그러나 니엔나의 눈물은 두 나무의 치명적 상처를 치유하는 데는 아무 효험이 없었다. 야반나는 오랫동안 그늘 속에서 홀로 노래를 불렀다. 그런데 희망이 사라지고 그녀의 노래마저 힘을 잃을 즈음, 텔페리온은 마침내 나뭇잎 하나 없는 가지 위에 커다란 은빛 꽃 한 송이를 피웠고, 라우렐린은 금빛 열매 하나를 맺었다.

야반나가 이들을 집어 들자 두 나무는 일생을 마쳤고, 생기를 잃어버린 두 나무의 줄기는 사라진 환희의 기념비로 아직 발리노르에 남아 있다. 야반나는 꽃과 열매를 아울레에게 주었고, 만웨가 이를 축성한 다음, 아울레와 그의 무리는 이들을 담아 그 빛을 보존할 수 있는 용기(容器)를 만들었다. 이는 모두 「나르실리온」, 곧 '해와 달의 노래'에 전하는 내용이다. 발라들은 이 용기들을 바르다에게 주고 이들이 하늘의 등불이 되어 옛날의 별들보다 더 아르다 가까이에서 더 밝게 빛나도록 했다. 바르다는 이들에게 일멘(별들이 떠 있는 에아의 하늘을 가리킴—역자 주)의 하부를 오고 갈 수 있는 힘을 부여하였고, 땅의 허리띠 위로 정해진 길을 따라 서에서 동으로 다시 그 역으로 왕복 운행을 하도록 하였다.

발라들은 박명 속에 있으면서도 아르다 대륙의 어둠을 생각하고 이와 같이 행한 것이었다. 그들은 이제 가운데땅에 불을 밝혀 그 빛으로 멜코르의 행동을 제어해야겠다고 마음먹었다. 그들은 아바리가 눈뜸의 호수 물가에 남아 있다는 것을 기억해 냈고, 또 망명의 길을 떠난 놀도르를 완전히 포기한 것도 아니었기 때문이다. 만웨는 또한 인간이 나타날 때가 임박하였음을 알고 있었다. 사실상 발라들이 퀜디를 위하여 멜코르와 전쟁을 벌였던 것처럼, 그들이 힐도르, 곧 '뒤에 오는 이들'인 일루바타르의 어린 자손들을 위하여 당분간 인내하고 있다는 이야기도 있었다. 우툼노와 벌인 전쟁에서 가운데땅이 입은 상처가 너무 참혹하였기 때문에, 발라들은 이제 더심한 상황이 벌어질까 두려워하였다. 더욱이 힐도르는 유한한 생명을 지녔고, 공포와 혼란을 감당하기에는 퀜디보다 더 나약했던 것이다. 또한 만웨는 인간의 시작이 동쪽, 남쪽, 북쪽 어디가 될지 알지 못했다. 발라들이 빛을 내보낸 것은 그 때문이었고, 하지만 자신들이 사는 땅은 더욱 튼튼하게 방비하였다.

고대의 바냐르는 발리노르의 텔페리온 꽃으로 만든 달을 '은빛의 이실'이라고 했고, 라우렐린 열매로 만든 해를 '황금의 불 아나르'라고 했다. 하지만 놀도르는 이들을 각각 '변덕쟁이 라나'와 '불의 심장 바사'로 부른다. 불의 심장은 눈을 뜨게 만들기도 하고 또 소진(消盡)시키기도 하는데, 해는 인간의 눈뜸과 요정의 쇠퇴를 상징하도록 되어 있기 때문이다. 반면에, 달은 그들의 기억을 간직한다.

해를 담은 용기를 인도하기 위해 발라들이 마이아 가운데서 뽑은 시녀는 아리엔이었고, 달을 담은 섬(島)의 키를 잡은 자는 틸리온이었다. 아리엔은 나무의 시대에 바나의 정원에서 금빛 꽃들을 가꾸며 라우렐린의 찬란한 이슬로 꽃에 물을 주었고, 틸리온은 오로메의 사냥꾼 무리의 일원으로 은으로 만든 활을 지니고 다녔다. 그는 은빛을 사랑하여 휴식을 취할 때면 오로메의 숲을 버리고 로리엔으로 들어가서 깜박거리는 텔페리온의 빛을 받으며 에스테의 호숫가에서 꿈속에 빠져들었다. 그는 또한 은빛 나무의 마지막 꽃을 영원히 돌보는 책임을 맡기를 간청하였다. 아리엔은 그보다 힘이 더 강했고, 라우렐린의 열기를 두려워하지 않았기 때문에 선택되었으며, 또 실제로 상처를 입지도 않았다. 그것은 그녀가 처음부터 불의 영이었기 때문인데, 그래서 멜코르도 그녀를 자기편으로 만들기 위해 유인하거나 속이지 않았던 것이다. 아리엔의 두 눈은 엘다르가 바라보기에도 너무 눈부셨고, 그녀는 발리노르를 떠나면서 다른 발라들처럼 그곳에서 입고 있던 형체와 의복을 버리고 발가벗은 불꽃이 되었고 그녀의 충만한 광채는 두려움마저 느끼게 했다.

이실이 먼저 만들어져 채비를 갖춘 다음 별들의 영역으로 먼저 올라갔고, 텔페리온 나무와 마찬가지로 새로운 두 빛 중에서 손위가 되었다. 그리고 한참 동안 세상에는 달빛이 비쳤고, 오랜 세월 동안 야반나의 잠 속에서 기다리던 많은 것들이 몸을 움직이며 잠에서 깨어났다. 모르고스의 부하들은 놀라움에 사로잡혔지만 바깥 대륙의 요정들은 기뻐하며 하늘을 쳐다보았다. 서쪽 하늘의 어둠 속으로 달이 떠오르자, 핑골핀은 은 나팔을 불며 가운데땅으로 행군을 시작했고, 그들 무리의 앞으로 길고 검은 그림자가 뻗어 나갔다.

틸리온은 하늘을 일곱 번 가로질러 횡단했고, 아리엔의 용기가 완성되었을 때는 동쪽 끝에 가 있었다. 그때 아나르가 영광스럽게 솟아올랐고, 태양이 만든 첫 새벽은 펠로리 산맥의 누대 위에 마치 큰 불이 난 것 같았다. 가운데땅의 구름에 불이 밝혀지고 무수한 폭포 소리가 들려왔다. 그때 모르고스는 과연 혼비백산하여 앙반드의 밑바닥까지 내려가서 부하들을 불러들인 다음, 그 낮별의 환한 빛으로부터 자신의 땅을 감추기 위해 엄청난 악취와 검은 구름을 뽑아냈다.

바르다는 이제 두 개의 용기가 항상 높이 떠서 일멘 속을 따로 운행하게 만들 계획이었다. 각각 발리노르에서 출발하여 동쪽으로 갔다가 돌아오는데, 하나가 서쪽에서 출발하면 다른 하나가 동쪽에서 나타나게 하였다. 그래서 새 시대의 첫날은 '나무들'과 같은 방식으로, 아리엔과 틸리온이 대지의 중앙 머리 위에서 서로 교차할 때 빛이 섞이는 순간부터 계산되었다. 하지만 틸리온은 변덕스럽고 속도가 일정치 않았으며, 정해진 길을 지키지도 않았다. 틸리온은 아나르의 불꽃에 검게 그을려 달의 섬이 시커멓게 변하기도 했지만, 아리엔의 광휘에 매혹되어 그녀 가까이 다가가려고 애를 썼다.

그래서 바르다는 틸리온이 변덕스럽기도 하고, 또 땅에서 잠과 휴식이 사라져 별빛도 보이지 않는다고 로리엔과 에스테가 간청을 하였기 때문에, 계획을 바꾸어 세상에 여전히 어둠과 박명이 남아 있는 시간을 허락했다. 그리하여 아나르는 바깥바다의 서늘한 가슴에 안겨 발리노르에서 잠시 휴식을 취했다. 저녁은 해가 내려와서 휴식을 취하는 시간으로, 아만에서 최고의 빛과 기쁨을 맛볼 수 있는 시간이었다. 그러나 태양은 곧 울모의 하인들에 의해 밑으로 내려가 서둘러 땅 밑을 지나갔고, 밤이 너무 길어져서 악의 무리가 달빛 속을 활보하지 못하도록, 몰래 동쪽으로 가서 거기서 다시 하늘 위로 떠올랐다. 그러나 아나르에 의해 바깥바다의 물이 뜨거워져 다채로운 빛깔로 타오르면서, 발리노르는 아리엔이 지나간 뒤에도 잠시 동안 빛을 볼 수 있었다. 하지만 아리엔이 땅 밑을 지나 동쪽으로 가고 나면 빛은 희미해지고 발리노르도 어스름에 잠겼으며, 발라들은 이때 라우렐린의 죽음을 가장 애석해하였다. 새벽이 되면 방어산맥(펠로리산맥을 가리킴—역자 주)의 그림자가 축복의 땅 위에 무겁게 내려앉았다.

바르다는 달도 마찬가지로 땅 밑을 여행하여 동쪽에서 올라오되,

다만 해가 하늘에서 사라지고 난 뒤에 올라오도록 명을 내렸다. 그러나 틸리온은 지금도 그렇듯이 속도가 일정치 않은 채 여전히 아리엔 쪽으로 기울어졌고, 앞으로도 그럴 것이다. 그래서 둘이 함께 땅위에 나타날 때가 자주 있었고, 때로는 틸리온이 너무 가까이 다가가는 바람에 그의 그림자가 그녀의 광채를 가려 대낮에도 캄캄해지는 경우가 있었다.

이리하여 발라들은 이후로 '세상의 대변동'이 있기까지 아나르의 왕래에 따라 날을 계산하였다. 틸리온은 발리노르에 거의 머무르지 않고, 대개 서부 지역인 아바사르와 아라만, 발리노르를 재빨리 통과하여 바깥바다 너머에 있는 깊은 구렁에 뛰어들었고, 혼자서 아르다의 바닥에 있는 석굴과 동굴 속에서 길을 찾아 헤맸다. 거기서 그는 오랫동안 방황하다가 늦게야 돌아올 때가 잦았다.

그리하여 '긴밤'이 지나고 난 뒤에도 발리노르의 빛은 여전히 가운데땅에서보다 더 찬란하고 아름다웠다. 해가 거기서 휴식을 취할 뿐만 아니라, 하늘의 빛이 그곳에서는 땅에 더 가까웠기 때문이다. 그러나 해나 달도 웅골리안트의 독이 닿기 전에 나무에서 쏟아지던 그 옛날의 빛을 되살리지는 못했다. 이제 그 빛은 오로지 실마릴에만 남아 있을 뿐이다.

한편 모르고스는 새 빛을 싫어하였고, 잠시 동안은 이 예기치 못한 발라들의 일격에 당황하였다. 그리하여 그는 어둠의 영들을 파견하여 틸리온을 공격하는데, 별들의 길 아래쪽 일멘에서 싸움이 벌어졌고 틸리온이 승리하였다. 모르고스는 아리엔을 대단히 두려워하여 감히 근처에 갈 생각도 하지 못했고, 사실 더 이상 그럴 만한 힘도 없었다. 왜냐하면 그의 악한 심성이 커짐에 따라 사악한 피조물과 거짓말 속에 자신의 생각으로 만들어 낸 악을 배출하면서, 그의 힘이 그들 속으로 들어가 확산했고, 그 자신은 점점 더 땅에 종속되어 자신의 어두운 성채에서 나오는 것을 꺼려하였기 때문이다. 그는 아리엔의 눈길을 오랫동안 견뎌 낼 수 없었기 때문에, 자신과 부하들을 그녀로부터 감추기 위해 어둠으로 둘러쌌고, 그가 머물고 있는 주변의 땅을 매연과 거대한 구름으로 뒤덮었다.

틸리온에 대한 공격을 목격한 발라들은, 모르고스가 그들에 맞서 무슨 사악하고 교활한 궁리를 하지나 않을까 걱정하고 염려하였다. 그들은 가운데땅에서 그와 전쟁을 벌이고 싶지는 않았지만, 알마렌이 쓰러졌던 것을 기억하고는, 발리노르에 그런 일이 있어서는 안 되겠다고 결심하였다. 그래서 그들은 이때 자신들의 땅을 새로이 요새화하여 펠로리산맥의 장벽을 동쪽, 남쪽, 북쪽으로 가파르게 무시무시한 높이까지 일으켜 세웠다. 산맥의 바깥쪽 경사면은 받침대나 바위턱 하나 없이 평탄하고 어두웠고, 내리지르는 거대한 절벽의 표면은 유리처럼 매끄러웠으며, 솟아오른 첨봉의 꼭대기는 하얀 얼음으로 덮여 있었다. 그 위에서는 불철주야 감시가 이루어졌고, 칼라키랴 말고 산맥을 넘는 통로는 없었다. 하지만 발라들은 충성스러운 엘다르 때문에 그 통로를 폐쇄하지 않았고, 푸른 언덕 위 티리온시에서는 아직 피나르핀이 산맥의 깊은 틈에서 잔류한 놀도르를 다스리고 있었다. 요정이라면 누구나, 바냐르와 그들의 왕인 잉궤까지도, 그들이 태어난 땅에서 바다를 건너 불어온 바깥 대기와 바람을 이따금 호흡해야 했다. 그리고 발라들도 텔레리를 그들의 동족과 완전히 떼어 놓을 생각은 없었다. 그러나 그들은 칼라키랴에 강력한 요새와 많은 파수병을 세웠고, 발마르의 평원으로 향하는 출구에 군대가 주둔을 하기도 했다. 그리하여 새나 짐승이나 요정이나 인간이나, 그 밖에 가운데땅에 사는 어느 누구도 그 방어막을 통과할 수 없었다.

또한 노래 속에서 「누르탈레 발리노레바」, 곧 '발리노르의 은폐'로 불리는 바로 이 시기에 마법의 열도(列島)가 만들어졌고, 그 주변의 모든 바다는 그림자와 미혹으로 뒤덮였다. 누구든지 서쪽으로 항해하여 외로운섬 톨 에렛세아에 도착하려면, 그늘의 바다에 남북으로 그물처럼 엮이어 있는 이 열도를 지나야 했다. 그런데 안개에 뒤덮인 검은 바위를 향해 무시무시한 소리를 내는 파도가 끊임없이 탄식을 하였기 때문에, 그 사이로 지나갈 수 있는 배는 거의 없었다. 그 어스름 속에 뱃사람들에게는 엄청난 피로와 바다에 대한 혐오가 엄습하였다. 하지만 열도에 발을 디딘 자는 누구나 거기서 덫에 걸려 '세상의 대변동'이 있기까지 잠에 빠져들었다. 그리하여 만도스가 아라만에서 예언한 대로 축복의 땅은 놀도르에게 문을 닫았던 것이다. 훗날 서녘으로 항해를 한 많은 사자들 중에서 발리노르에 들어간 자는 아무도 없었다. 다만 한 사람, 노래 속에 나오는 저 위대한 뱃사람은 예외였다.

## Chapter 12

# 인간

발라들은 이제 그들의 산맥 너머에서 평화롭게 휴식을 취했다. 가운데땅에 빛을 만들어 준 뒤로 그들은 오랫동안 그곳을 돌보지 않았고, 모르고스의 패권은 놀도르의 무용 말고는 경쟁 상대가 없었다. 망명자들을 가장 염려하였던 이는 모든 물속을 돌아다니며 땅의 소식을 수집하던 울모였다.

이때부터 태양의 시대가 시작되었다. 발리노르의 장구한 나무의 시대에 비하면 이 시대는 더 빨리 지나가고 기간도 더 짧다. 가운데 땅의 대기는 이 시기에 성장과 사멸의 숨결로 무거워졌고, 만물의 변화와 노화는 무척 빨라졌다. 아르다의 둘째 봄과 함께 흙과 물속에는 생명이 충만했고, 엘다르의 수가 늘어났으며 벨레리안드는 새로운 태양 아래 초록빛으로 아름답게 성장하였다.

태양이 처음으로 떠오르자 일루바타르의 어린 자손들이 가운데땅 동부의 힐도리엔에서 눈을 떴다. 최초의 태양은 서녘에서 떠올랐고, 처음 눈을 뜬 인간들은 그쪽을 바라보았으며, 땅 위를 거니는 그들의 발걸음도 대체로 그쪽으로 이어졌다. 그들은 엘다르로부터 아타니, 곧 '둘째민족'이란 이름을 얻었다. 하지만 엘다르는 그들에게 '뒤따르는 자들'이란 뜻의 힐도르와 함께 다른 많은 이름도 붙여 주었다. 그중에서 아파노나르는 '나중 난 이들'이란 뜻이었고, 엥과르는 '병약한 이들', 피리마르는 '유한한 생명의 존재들'이란 뜻이었다. 그들은 또한 찬탈자들, 이방인들, 수수께끼 같은 이들, 스스로 저주받은 이들, 서투른 이들, 밤이 두려운 이들, 태양의 자손들 등으로도 불렸다. 이 이야기는 유한한 생명인 인간들이 떠오르고 요정들이 기울어 가기 이전의 상고대를 다루기 때문에, 아타나타리에 관한 것을 제외하면 인간에 대한 이야기는 그리 많지 않다. 아타나타리는 해와 달이 떠오르던 처음에 세상의 북부를 방랑하던 인간의 조상을 가리킨다. 인간을 인도하거나 발리노르에 살도록 부르기 위해 힐도리엔에 나타난 발라는 아무도 없었다. 인간은 발라들을 좋아한다기보다 두려워했고, 권능들의 의도를 이해하지 못하여 그들과 사이가 좋지 않았으며 또 세상과도 불화하였다. 그럼에도 불구하고 울모는 인간들을 위해 염려하며 만웨의 계획과 뜻이 이뤄지도록 돕는데, 그의 메시지는 대개 흐르는 물과 홍수를 통해 그들에게 전해졌다. 하지만 그들은 그런 일에는 익숙하지 않았고, 더욱이 요정들과 어울리기 전인 그 옛날에는 더 말할 나위가 없었다. 그들은 바다를 사랑하여 가슴이 고동치기도 했지만 바다의 메시지는 이해하지 못했다. 하지만 그들은 곧 여러 곳에서 '어둠의 요정들'을 만나 그들과 친해졌다고 한다. 발리노르를 향해 길을 떠난 적도 없고, 오직 풍문에 들려오는 아득한 이름으로만 발라들을 알고 있는 이 옛 종족, 곧 방랑하는 요정들의 동무이자 제자가 된 것이 바로 이 유년기의 인간들이었다.

이 당시 모르고스는 가운데땅으로 돌아온 지 얼마 되지 않아 세력도 멀리 뻗지 못했고, 더욱이 큰 빛이 갑자기 나타나는 바람에 억제당하고 있는 형편이었다. 들판과 언덕에는 특히 위험할 것이 없었고, 오래전 야반나의 생각으로 만들어져 어둠 속에 씨 뿌려져 있던 것들이 드디어 새롭게 싹을 내밀고 꽃을 피우기 시작했다. 인간의 후손들은 서쪽, 남쪽, 북쪽으로 흩어져 돌아다녔고, 그들의 기쁨은 이슬이 마르기 전, 모든 잎이 초록빛을 띠는 아침의 기쁨이었다.

하지만 새벽은 짧고 한낮은 기대를 저버릴 때가 잦다. 이제 놀도르와 신다르, 인간 들이 모르고스 바우글리르의 무리와 맞서 싸우다가 쓰러지게 될, 북부의 세력들 간에 벌어지는 엄청난 전쟁의 시간이 다가오고 있었다. 이를 위하여 모르고스가 자신의 적들 사이에 옛날에 퍼뜨렸거나 새로이 퍼뜨린 교활한 거짓말과, 알콸론데의 살육에서 비롯된 저주, 그리고 페아노르의 맹세는 늘 살아 움직이는 중이었다. 그 시대의 행적 중에서 오직 일부만 여기서 이야기되는데, 대부분은 놀도르와 실마릴, 그리고 그들의 운명에 연루된 유한한 생명의 인간들에 관한 것이다. 그 당시의 요정과 인간은 체격과 체력에서는 비슷했지만, 지혜와 기술, 아름다움에 있어서는 요정들이 더 뛰어났다. 발리노르에 살면서 권능들을 본 적이 있는 요정들은 이런 점에 있어서 어둠의 요정들을 능가하였고, 어둠의 요정들은 유한한 생명의 인간을 그만큼 능가하였다. 다만 발라들과 친족인 멜리안 여왕이 다스리던 도리아스 왕국에서는 신다르가 '축복의 땅'의 칼라퀜디에 필적할 만한 수준이었다.

요정들은 불사의 생명을 지녔고, 그들의 지혜는 세월이 흐를수록 깊어졌으며, 어떤 질병이나 역병도 그들을 죽음에 이르게 할 수 없었다. 그들의 육체는 사실 땅에서 만들어졌고, 그래서 소실(消失)될 수도 있었으며, 그 당시에는 인간의 육체와 더 가까웠다. 세월이 흘러가면서 그들의 육체를 소진시키는 영의 불꽃이 그들 내부에 자리 잡은 지가 그리 오래되지 않았기 때문이다. 하지만 인간은 더 허약했고, 흉기나 재난으로 더 쉽게 목숨을 잃었으며, 치유도 더 어려웠다. 질병과 많은 재앙에 취약했고, 또 노령에 이르면 생을 마쳤다. 인간들이 죽은 뒤에 영혼이 어떻게 되는지 요정들은 알지 못한다. 어떤 이들은 그들도 역시 만도스의 궁정으로 간다고 하지만, 그들이 거기서 기다리는 곳은 요정들이 기다리는 곳과는 다르다. 일루바타르 다음으로, 만웨 말고는 만도스만이 그들이 바깥바다 옆의 고요한 궁정에서 회상의 시간을 보낸 다음 어디로 가는지를 알고 있다.

실마릴을 손으로 만져 본 바라히르의 아들 베렌을 제외하고는 사자(死者)의 집에서 되돌아온 인간은 아무도 없었다. 하지만 베렌도 그 이후로 유한한 생명의 인간과는 이야기를 나누지 않았다. 인간의 사후 운명은 발라들의 손에 있지 않은 것으로 보이며 아이누들의 음악에도 모든 것이 계시되어 있었던 것은 아니다.

　훗날 모르고스의 승리로 인해 그가 원한 대로 요정과 인간의 관계가 소원해지면서, 아직 가운데땅에 살고 있던 요정들은 쇠약해져 모습을 감추었고 인간은 햇빛을 찬탈하였다. 그리하여 퀜디는, 때때로 배를 타고 서녘으로 떠나 가운데땅에서 사라진 이들을 제외하고는, 큰 땅과 섬의 외진 곳을 방랑하거나, 달빛과 별빛에 의지하여 숲과 동굴로 들어가 그림자나 기억 속의 존재가 되어 버렸다. 그러나 시간의 새벽에 요정과 인간은 동맹을 맺고 서로 동류(同類)로 여겨졌으며, 인간들 중에는 엘다르의 지혜를 배워 놀도르의 지휘관들 중에서 용맹하게 이름을 드높인 이들도 있었다. 요정과 인간의 후예인 에아렌딜과 엘윙, 그리고 그들의 자식인 엘론드는 요정들의 영광과 아름다움, 그리고 그들의 운명에 깊숙이 관여하고 있었다.

## Chapter 13

# 놀도르의 귀환

앞서 말했듯이 페아노르와 그의 아들들은 망명자들 중에서 가장 먼저 가운데땅에 도착하여, 드렝기스트하구의 바깥쪽 해안에 있는 람모스, 곧 '큰 메아리'라는 황무지에 상륙했다. 놀도르가 해변에 상륙하자마자 그들의 고함 소리는 산속으로 크게 울려 퍼졌고, 수많은 우렁찬 목소리들이 왁자지껄 떠드는 소리는 북부의 모든 해안을 가득 채웠다. 로스가르에서 배를 불태우는 시끄러운 소음은 엄청난 분노로 인한 난동처럼 바닷바람을 따라갔고, 멀리서 그 소리를 들은 이들은 모두 놀라움을 금치 못했다.

그런데 이 화재의 화염은 페아노르가 아라만에 버려두고 온 핑골핀뿐만 아니라, 오르크들과 모르고스의 염탐꾼들에게도 목격되었다. 불구대천의 원수가 된 페아노르가 서녘에서 대군을 이끌고 나타났다는 소식을 듣고 모르고스가 무슨 생각을 했는지는 전해지지 않는다. 아마도 그는 놀도르의 검을 시험해 본 적이 없기 때문에 크게 두려워하지는 않았던 듯하다. 하지만 그가 바다 쪽으로 그들을 다시 몰아낼 계략을 꾸미고 있음이 곧 드러났다.

달이 떠오르기 전의 차가운 별빛 속에 페아노르의 군대는 에레드 로민, 곧 '메아리산맥'을 관통하는 긴 드렝기스트하구를 거슬러 올라갔고, 마침내 해안 지대를 벗어나 히슬룸 대지에 들어섰다. 그들은 드디어 미스림이라는 길쭉한 호수에 당도하여 북쪽의 물가에 진을 쳤다. 이 지역의 지명 역시 미스림이었다. 하지만 람모스의 소란과 로스가르에서 타오른 불빛을 보고 일어난 모르고스의 군대는 에레드 웨스린, 곧 '어둠산맥'의 고개를 넘은 뒤 페아노르가 진지를 완성하고 방어 태세를 갖추기도 전에 기습 공격을 해 왔다. 그리하여 미스림의 어스레한 들판 위에서 벨레리안드 전쟁의 둘째 전투가 벌어졌다. 아직 달이 떠오르지 않았기 때문에 이 전투는 다고르누인길리아스, 곧 '별빛 속의 전투'라고 했고, 노래 속에 널리 알려져 있다. 수적으로 열세였던 놀도르는 기습 공격을 당했지만 순식간에 승리를 거두었다. 그들의 눈에는 아직 아만의 빛이 서려 있었고, 그들의 동작은 강력하고 신속하고 또 분기충천하였으며, 그들의 칼은 길고 무시무시했기 때문이다. 오르크들은 등을 돌려 패주하였고, 엄청난 살육을 당하여 미스림에서 쫓겨난 그들은 어둠산맥까지 추격을 당해 도르소니온 북쪽에 있는 아르드갈렌 대평원으로 달아났다. 남쪽으로 시리온골짜기로 내려가서 팔라스의 항구에 있는 키르단을 포위했던 모르고스의 군대가 그들을 돕기 위해 올라왔으나, 오르크들이 패주할 때 붙잡히고 말았다. 페아노르의 아들 켈레고름이 그들의 소식을 듣고는 한 무리의 요정 군대를 이끌고 매복 공격을 한 것인데, 그는 에이셀 시리온 근처 산속에서 그들을 급습하여 세레크습지까지 몰아붙였다. 앙반드에 최종적으로 전해진 소식은 실로 끔찍스러운 내용이었고 모르고스는 충격을 받았다. 전투는 열흘 동안 계속되었고, 벨레리안드 정복을 위해 그가 준비한 군대 중에서 전투를 마치고 살아 돌아온 것은 극히 일부에 불과했다.

하지만 한동안 모르고 있었지만, 모르고스가 무척 기뻐할 만한 일도 있었다. 페아노르는 대적에 대한 분노 때문에 추격을 멈추고 싶지 않았고, 오르크 잔당을 계속 몰아붙이면 모르고스를 직접 만날 수 있을 것으로 생각했다. 그는 자신의 칼을 휘두르며 홍소(哄笑)를 터뜨렸고, 스스로 발라들의 분노와 노상의 재앙에 용감하게 도전하였다는 사실과 복수의 시간을 맞을 수도 있다는 생각에 기뻐하였다. 그는 모르고스가 그처럼 신속하게 준비해 놓은 막강한 방어력이나 앙반드에 대해서 전혀 알지 못했다. 하지만 알았다고 하더라도 그를 가로막지는 못했을 터인데, 이는 그가 격렬한 분노에 휩쓸려 흥분해 있었기 때문이다. 그리하여 그는 자기 군대의 선봉보다 훨씬 앞서 나가게 되었다. 이것을 본 모르고스의 부하들이 돌아서서 대항을 시도하였고, 앙반드에서는 그들을 지원하려고 발로그들이 쏟아져 나왔다. 페아노르는 모르고스의 땅인 도르 다에델로스의 경계에서 주변에 아군이라곤 거의 없이 포위당하고 말았다. 그는 화염에 휩싸인 채 여러 곳에 상처를 입었지만 굴복하지 않았고 오랫동안 싸움을 펼쳤다. 그러나 결국 그는 발로그 군주 고스모그의 공격을 받아 땅에 쓰러지는데, 고스모그는 훗날 곤돌린에서 엑셀리온에게 목숨을 잃는 자였다. 그 순간 아들들이 그를 돕기 위해 군대를 이끌고 나타나지 않았더라면 페아노르는 목숨을 잃었을 것이다. 페아노르의 아들들이 나타나자 발로그들은 그를 버려두고 앙반드로 달아났다.

　페아노르의 아들들은 부친을 일으켜 세워 미스림으로 향했다. 하지만 그들이 에이셀 시리온 근처에서 산맥을 넘어가는 재를 향해 오르막길을 가던 중, 페아노르가 그들을 멈춰 세웠다. 그의 상처는 치명적이었고 그는 최후의 순간이 다가온 것을 알았다. 에레드 웨스린 산비탈에서 마지막으로 눈을 뜬 그는 아득히 먼 곳에서 가운데땅 최강의 성채인 상고로드림 봉우리들을 바라보았고, 임종 직전의 통찰력으로 놀도르의 힘으로는 그것들을 도저히 쓰러뜨릴 수 없다는 것을 알았다. 하지만 그는 모르고스의 이름을 세 번 저주하고, 아들들에게 맹세를 지켜 자신의 원수를 갚도록 다짐을 받은 뒤 숨을 거두었다. 그러나 그는 매장되지도 않았고 무덤도 없었다. 페아노르의 영혼은 과연 불과 같아서 영혼이 떠나는 순간 그의 육체는 재로 변해 연기처럼 사라졌다. 그리고 아르다에는 다시 그와 닮은 인물은 나타나지 않았고, 그의 영혼 역시 만도스의 궁정을 떠나지 않았다. 이리하여 놀도르 중 가장 위대한 인물이 생을 마감하게 되는데, 놀도르 최고의 명성과 최악의 재앙은 그의 행적에서 비롯된 것이다.

이 당시 미스림에는 산맥 너머 북쪽 지방을 떠돌던 벨레리안드 회색요정들이 살고 있었고, 놀도르는 오랫동안 떨어져 지낸 일가붙이처럼 그들을 반가워하였다. 하지만 처음에는 그들 사이의 대화가 쉽지 않았다. 오랫동안 떨어져 지내는 동안 발리노르의 칼라퀜디의 언어와 벨레리안드의 모리퀜디의 언어는 상당히 달라져 있었던 것이다. 놀도르는 미스림의 요정들로부터 도리아스의 왕 엘루 싱골의 세력과 그의 왕국을 둘러싼 마법의 장막에 대해 들었다. 또한 놀도르가 북부에서 이룬 엄청난 무용담은 남쪽의 메네그로스와, 항구도시 브리솜바르, 에글라레스트로 전해졌다. 그래서 벨레리안드의 요정들의 마음은 그들의 강대한 친척이 왔다는 소식에 놀라움과 희망으로 부풀어 올랐다. 어려운 시기에 이렇게 서녘에서 불쑥 나타난 놀도르를 보자, 그들은 사실 처음에는 발라들이 그들을 구하기 위해 사자를 파견한 것으로 믿었다.

그런데 페아노르가 임종하던 바로 그 순간, 모르고스가 보낸 사자가 그의 아들들을 찾아왔다. 모르고스는 자신의 패배를 인정하고 심지어 실마릴 하나를 반환하겠다는 조건까지 제시하는 것이었다. 그래서 맏아들인 장신(長身)의 마에드로스는 동생들에게 모르고스와 협상을 하는 척하며 그의 사자들을 지정된 장소에서 만나보자고 설득했다. 하지만 모르고스와 마찬가지로 놀도르는 약속을 지키지 않았다. 그래서 양측은 약속했던 것보다 더 많은 군대와 함께 사자를 파견했다. 하지만 모르고스의 군대가 더 많았고 거기에는 발로그들도 있었다. 마에드로스는 기습 공격을 받았고 그의 일행은 모두 목숨을 잃었다. 다만 마에드로스는 모르고스의 명령에 따라 생포되어 앙반드로 끌려갔다.

그러자 마에드로스의 동생들은 후퇴하여 히슬룸에 강력한 진지를 구축하였다. 이에 모르고스는 마에드로스를 볼모로 삼고 전언을 보냈다. 놀도르가 전쟁을 포기하고 서녘으로 돌아가거나, 벨레리안드를 떠나 멀리 세상의 남쪽으로 가지 않으면 그를 풀어 주지 않겠다는 것이었다. 하지만 페아노르의 아들들은 그들이 어느 쪽을 택하든 모르고스는 약속을 어길 것이며, 또 마에드로스를 돌려보내지 않으리라는 것을 알고 있었다. 게다가 그들에게는 지켜야 할 맹세가 있었고 어떤 이유로도 그들의 대적에 대한 전쟁을 포기할 수는 없었다. 그러자 모르고스는 마에드로스를 끌고 가서 상고로드림의 낭떠러지에 매달아 놓았고, 그는 강철 수갑에 오른쪽 손목을 묶인 채 암벽에 매달려 있었다.

이때 히슬룸의 진지에 '살을에는얼음'을 건너온 핑골핀과 그를 따르는 무리의 진군 소식이 들려왔다. 이즈음 온 세상은 달의 출현에 놀라움을 금치 못하고 있었다. 하지만 핑골핀의 부대가 미스림으로 입성하는 순간, 태양이 불꽃을 이글거리며 서녘에서 솟아올랐다. 핑골핀은 청색과 은색의 군기를 휘두르며 나팔을 불었고, 행군하는 그의 발밑에서는 꽃들이 싹을 틔우고 별들의 시대는 종말을 고했다. 거대한 빛이 솟아오르자 모르고스의 부하들은 앙반드로 달아났고, 핑골핀은 적들이 땅속에 숨어 있는 동안 아무런 제지도 받지 않고 도르 다에델로스의 성채를 통과했다. 그리고 요정들은 앙반드의 성문을 공격하였고, 그들의 웅장한 나팔 소리는 상고로드림의 봉우리들을 뒤흔들었다. 마에드로스는 고통 중에 그 소리를 듣고 목청껏 고함을 질렀지만 그의 목소리는 암벽의 메아리에 묻혀 버렸다.

페아노르와는 기질이 달랐던 핑골핀은 모르고스의 간계를 경계하여 도르 다에델로스에서 철수하고 미스림으로 돌아갔다. 그곳에 가면 페아노르의 아들들을 만날 수 있다는 소식을 들은 데다가 백성들이 휴식을 취하며 힘을 회복하는 동안 어둠산맥을 방패로 삼고자 했기 때문이다. 그는 앙반드의 위력을 알고 있었고 나팔 소리 따위로 그것이 무너지리라고는 생각지 않았던 것이다. 그리하여 마침내 히슬룸에 당도한 그는 미스림 호수 북쪽 연안에 첫 야영지와 거주지를 마련하였다. 그 '얼음' 속 횡단을 이뤄낸 이들의 고난이란 엄청난 것이었기 때문에, 핑골핀을 따라온 무리의 가슴속에는 페아노르가 대한 애정은 전혀 없었을 뿐만 아니라, 핑골핀은 페아노르의 아들들을 그들 부친의 공범으로 여겼다. 그리하여 양측 사이에 갈등의 조짐이 일었다. 그런데 핑골핀의 백성들과 피나르핀의 아들 핀로드의 백성들은 도중에 손실이 컸음에도 불구하고 여전히 페아노르의 추종자들보다 수가 많았다. 그래서 페아노르 일족은 뒤로 물러나 남쪽 호반으로 그들의 거주지를 옮겼고, 호수가 두 쪽을 갈라 놓게 되었다. 페아노르의 백성들 중에서 많은 이들은 사실 로스가르에서 배를 불태운 것을 후회하였고, 그들이 북부의 얼음 저쪽에 버려두고 온 친구들이 바다를 건너온 용기에 놀라움을 감출 수 없었다. 그들은 동족을 환영할 수도 있었지만 수치심 때문에 감히 그렇게 하지는 못했다.

그리하여 모르고스는 머뭇거리고 있고, 또 오르크들은 처음으로 빛을 보고 압도당해 있는 동안, 놀도르는 그들에게 내린 저주 때문에 아무것도 이루지 못했다. 그러나 모르고스는 생각 끝에 몸을 일으켰고 적의 분열상을 보고 비웃었다. 앙반드의 토굴 속에서 그는 엄청난 양의 연기와 증기를 만들었고, 이들은 악취를 뿜는 강철산맥의 꼭대기에서 솟아 나왔다. 세상 첫 아침의 맑은 공기를 더럽히는 그 연기는 멀리 미스림에서도 볼 수 있었다. 동풍이 불면서 연기는 바람에 실려 히슬룸으로 날아왔고 막 솟아오른 태양을 가렸다. 그리고 연기는 가라앉아 들판과 골짜기에 차곡차곡 쌓였고, 미스림 호숫가에도 음울하게 악취와 함께 스며들었다.

이때 핑골핀의 아들 '용맹스러운' 핑곤은 대적이 전쟁 준비를 마치기 전에 놀도르 사이의 불화를 해결해야겠다고 마음먹었다. 모르고스의 지하 대장간에서 나는 굉음으로 인해 북부에서는 대지가 흔들리고 있었던 것이다. 먼 옛날, 멜코르가 구금에서 풀려나 궤변으로 그들 사이를 갈라 놓기 전 발리노르의 축복 시절에 핑곤은 마에드로스와 무척 친한 사이였다. 핑곤은 배가 불에 탈 때도 마에드로스가 자기를 기억하고 있었음을 아직 알지 못했지만, 그들의 옛 우정에 대한 추억이 그의 가슴을 아프게 했다. 그리하여 그는 놀도르 군주들의 무훈 중에서 당연히 명성이 자자한 어떤 모험을 감행했다. 어느 누구와도 의논하지 않고 혼자 마에드로스를 찾아 나선 것이다. 모르고스가 깔아 놓은 바로 그 어둠을 틈타 그는 적의 요새로 몰래 숨어들었다. 상고로드림 등성이에 높이 올라선 그는 황량한 대지를 절망 속에 바라보았다. 모르고스의 성채로 들어갈 수 있는 통로나 틈을 도저히 발견할 수 없었던 것이다. 그래서 그는, 여전히 땅속 어두운 토굴에 웅크리고 있는 오르크들을 무시한 채, 하프를 들고 먼 옛날 핀웨의 아들들 사이에 다툼이 벌어지기 전에 놀도르가 만든 발리노르의 노래를 불렀다. 공포와 비탄의 아우성 말고는 들어 본 적이 없는 음침한 골짜기에 그의 목소리가 울려 퍼졌다.

그래서 핑곤은 자기가 찾고 있던 것을 발견하게 되었다. 갑자기 그의 머리 위 멀리서 희미하게, 그의 노래를 받아서 응답하는 목소리가 들려왔던 것이다. 고통 속에서 노래를 부른 마에드로스였다. 핑곤은 친족이 매달려 있는 절벽의 발치까지 기어갔지만 더는 접근할 수가 없었다. 모르고스의 만행을 목격한 그는 눈물을 흘렸다. 그러자 마에드로스는 절망의 고통 속에서 핑곤에게 활로 자신을 쏘아 달라고 애원했다. 그래서 핑곤은 시위에 화살을 메기고 활을 구부렸다. 더 나은 방법이 없다고 판단한 그는 만웨를 향해 소리쳤다.

"오, 모든 새들을 아끼는 왕이시여, 이제 이 깃털 달린 화살에 속도를 더하시고, 곤경에 처한 놀도르에게 자비를 베푸소서!"

그의 기도는 신속한 응답을 받았다. 모든 새들을 아끼며 타니퀘틸 산정에서 새들로부터 가운데땅 소식을 전해 듣는 만웨는, 독수리 일족을 보내어 북부의 바위산에 살면서 모르고스를 감시하라는 명령을 내려 두고 있었다. 만웨는 여전히 망명한 요정들을 불쌍히 여겼던 것이다. 그래서 독수리들은 그 당시에 벌어진 많은 사건의 슬픈 소식을 만웨의 귀에 들려주었다. 이제 핑곤이 활을 구부리는 찰나, 높은 창공에서부터 독수리들의 왕 소론도르가 내려왔다. 두 날개를 펼친 길이가 50미터가 넘는, 모든 새들 중에서 가장 위대한 새였다. 핑곤의 손을 제지한 소론도르는 그를 데리고 날아올라 마에드로스가 매달려 있는 암벽으로 다가갔다. 그러나 핑곤은 그의 손목을 죄고 있는 지옥과도 같은 수갑을 풀 수가 없었다. 그것은 자를 수도 없었고 바위벽에서 빠지지도 않았다. 그리하여 마에드로스는 다시 고통스러워하며 죽여주기를 간청했다. 하지만 핑곤은 그의 손을 손목 위에서 잘라 냈고, 소론도르는 그들을 미스림으로 데리고 갔다.

그곳에서 마에드로스는 차차 회복되었다. 그의 몸속에는 아직 생명의 불꽃이 뜨겁게 타고 있었고, 그의 힘은 고대 세계에서나 볼 수 있는 것이었기 때문이다. 그것은 발리노르에서 양육된 이들이나 누릴 수 있는 힘이었다. 그의 육체는 고통에서 회복되어 건강을 되찾았지만 그 고통의 그림자는 그의 가슴에 남았다. 그리고 그는 자신의 옛날 오른손보다 더 무섭게 왼손을 휘두르게 되었다. 이 공적으로 핑곤은 대단한 명성을 얻었고 모든 놀도르는 그를 찬양하였다. 또한 핑골핀과 페아노르 가문 사이의 원한도 누그러졌다. 마에드로스가 아라만을 도망쳐 나온 데 대해 용서를 빌었고, 놀도르 전체에 대한 자신의 지배권을 포기하였기 때문이다. 그는 핑골핀에게 말했다. "폐하, 저희들 사이에 아무 문제가 없었다면, 왕권은 당연히 핀웨 가문의 연장자이시자 무한히 지혜로우신 당신께 돌아갔을 것입니다." 하지만 그의 동생들 모두 이에 마음속으로까지 동의한 것은 아니었다.

그리하여 만도스가 예언한 대로 페아노르가는 '빼앗긴 자들'로 불리게 되었다. 엘렌데에서와 마찬가지로 벨레리안드에서도 통치권이 손위인 그들로부터 핑골핀가로 넘어간 데다, 실마릴마저 잃어버렸기 때문에 그럴 수밖에 없었다. 그러나 놀도르는 다시 단합하여 도르 다에델로스 경계에 경비대를 세웠고, 서쪽과, 남쪽, 동쪽에서 앙반드를 포위했다. 그리고 그들은 벨레리안드의 온 땅을 살펴보고 그곳의 주민들과 교류하기 위해 사방으로 멀리 사절을 파견하였다.

한편 싱골 왕은 서녘에서 그렇게 많은 힘센 군주들이 새로운 땅을 찾아 돌아왔다는 소식을 들었으나 흔쾌히 환영하지는 않았다. 멜리안의 지혜 덕택에 지혜를 얻은 그는 모르고스의 근신이 오래갈 것으로 믿지 않았기 때문에, 자신의 왕국을 개방하거나 마법의 장막을 걷을 생각이 없었다. 놀도르 군주들 중에서는 오직 피나르핀가의 왕자들만 도리아스 땅의 출입을 허락받았다. 그들의 모친이 올웨의 딸인 알콸론데의 에아르웬이었기 때문에, 그들은 자신들이 바로 싱골 왕의 근친이라고 주장할 수 있었던 것이다.

피나르핀의 아들 앙그로드가 망명자들 중에서는 처음으로 자신의 형 핀로드의 사절로 메네그로스에 파견되었다. 그는 왕과 오랫동안 이야기를 나누며 북부에서 있었던 놀도르의 행적과 그들의 수효, 군대의 배치 등을 알려 주었다. 하지만 신실하고 지혜로운 인물인 앙그로드는 비탄을 초래한 모든 일은 용서받은 것으로 생각했기 때문에, 동족 살해나 놀도르의 망명 과정, 페아노르의 맹세에 대해서는 한마디도 하지 않았다. 싱골 왕은 앙그로드의 말에 귀를 기울이고는 그가 떠나기 전에 말했다. "자네를 보낸 이들에게 나를 대신하여 이렇게 전하게. 놀도르가 히슬룸에 정착하도록 허락할 것이며, 도르소니온고원과 도리아스 동쪽의 비어 있는 야생지대도 허용하네. 하지만 다른 곳에는 내 백성이 많이 살고 있으니, 나로서는 그들의 자유를 제한할 수도 없고, 고향에서 쫓아낼 수도 없네. 그러니 서녘의 영주들께서는 처신을 잘하도록 조심하게. 나는 벨레리안드의 왕이며 이곳에 거하고자 하는 자는 누구든지 내 말을 들어야 하네. 도리아스에는 내가 손님으로 부르는 자와 대단히 위급할 때 나를 찾는 자를 제외하고는 아무도 들어와 살 수 없네."

놀도르 군주들은 이때 미스림에서 회의를 하고 있었고, 싱골 왕의 전갈을 가지고 도리아스에서 돌아온 앙그로드가 그곳에 나타났다. 놀도르를 향한 싱골 왕의 인사는 쌀쌀맞다고 여겨졌고, 페아노르의 아들들은 그 말을 듣고 화를 냈다. 하지만 마에드로스는 웃으며 말을 했다. "왕이란 자기 땅을 다스릴 수 있는 자요. 그럴 수 없다면 왕위는 아무 소용이 없지. 싱골은 기실 자신의 힘이 미치지 않는 땅을 우리에게 허락한 셈이오. 사실 놀도르가 오지 않았다면 지금까지 도리아스만 그의 영토였을 테니까. 그러니 도리아스는 그가 다스리도록 내버려 둡시다. 그도 우리가 만난 모르고스의 오르크들 대신에 핀웨의 후손을 이웃으로 두게 되어 좋아할 거요. 다른 곳은 우리 뜻대로 될 겁니다."

그러나 피나르핀의 아들들을 좋아하지 않고, 형제들 가운데서 성질이 가장 사납고 화를 잘 내는 카란시르가 소리를 버럭 질렀다. "그래, 더 해 봐요! 피나르핀의 아들들이 여기저기 뛰어다니며 동굴에 사는 어둠의 요정과 자기 식으로 이야기를 하도록 내버려 둘 수는 없소. 누가 싱골과 상대하라고 그들을 우리 대변인으로 뽑았소? 여기가 벨레리안드 땅이긴 하지만, 그들 모친은 혈통이 달라도 부친이 놀도르 군주라는 것을 그렇게 빨리 잊어서는 안 되지."

그러자 앙그로드가 화를 벌컥 내며 회의장을 빠져나갔다. 마에드로스는 카란시르를 엄하게 꾸짖었다. 하지만 양쪽 집안의 놀도르는 대부분 그의 말을 들으며 마음이 불안해졌고, 페아노르의 아들들의 사나운 성격이 과격한 언사나 폭력으로 터져 나오지나 않을지 두려워했다. 하지만 마에드로스는 동생들을 제지하여 회의장을 떠났고, 그들은 얼마 후 미스림을 떠나 동쪽으로 아로스강을 건너 힘링 언덕 근처의 넓은 땅으로 이주하였다. 이 지방은 그 후로 '마에드로스 변경(邊境)'이라고 불리는데, 언덕이든 강이든 북쪽으로 앙반드의 침략을 막아 낼 방어 시설이 거의 없었기 때문이다. 이곳에서 마에드로스와 동생들은 그들을 찾아오는 이들을 모두 불러 모으면서 경계를 게을리하지 않았고, 필요한 경우를 제외하고는 서쪽의 동족들과는 거의 교류하지 않았다. 사실 마에드로스 자신이 이 계획을 세웠다고 하는데, 그럼으로써 그는 갈등의 소지를 줄일 수 있었고, 또 적의 침략이 있을 때 가장 위험한 곳을 기꺼이 자신이 맡으려 하였기 때문이다. 그리고 적어도 그로서는 핑골핀과 피나르핀 집안과 우호적인 관계를 유지하였고, 이따금 함께 회의를 하기 위해 그들 쪽으로 가기도 하였다. 하지만 잠시 미뤄 두고 있었으나 그 역시 맹세를 지켜야 할 의무가 있었다.

한편 카란시르 일족은 동쪽으로 가장 멀리 겔리온강 상류 건너편에 있는, 레리르산 밑의 헬레보른 호수 주변과 그 남쪽 방향에 거주하였다. 그들은 에레드 루인의 고지에 올라 경이로운 눈으로 동쪽을 바라보았다. 그들의 눈에 가운데땅은 광막한 야생지대였던 것이다. 그리하여 카란시르 일족은 난쟁이들을 만나게 되는데, 난쟁이들은 모르고스의 습격과 놀도르의 출현 이후 벨레리안드와의 교류를 중단하고 있었다. 두 종족 모두 기술을 사랑하고 배움에의 열망은 있었지만 둘 사이가 크게 우호적이지는 않았다. 난쟁이들은 은밀하면서도 화를 잘 내는 편이었고, 카란시르는 건방진 데다 나우그림의 볼품 없는 외모에 대한 경멸을 도무지 감추지 않았으며 그의 백성들도 왕을 따랐던 것이다. 그럼에도 불구하고 두 종족은 모르고스를 두려워하고 증오하였기 때문에 동맹을 맺었고 거기서 많은 혜택을 보았다. 나우그림은 그 당시에 많은 신기한 기술들을 지니고 있었고, 그래서 노그로드와 벨레고스트의 대장장이와 석공 들은 요정들 사이에 유명해졌다. 난쟁이들이 다시 벨레리안드로 여행을 시작하면서부터 난쟁이 광산의 모든 교역은 먼저 카란시르의 손을 거쳤고 그래서 그들은 엄청난 부를 쌓았다.

태양의 시대가 20년 경과하였을 때 놀도르 왕 핑골핀은 성대한 연회를 열었다. 물살 빠른 나로그강이 발원하는 이브린 호수 근처의 샘에서 연회가 열렸는데, 그곳은 그들을 북쪽으로부터 지켜 주는 어둠산맥 기슭의 아름답고 푸른 땅이었다. 이 연회의 즐거움은 훗날 슬픔의 시절에 오랫동안 기억되었고, 메레스 아데르사드, 곧 '화해의 연회'로 불렸다. 이곳에는 핑골핀과 핀로드의 많은 지도자와 백성들이 참석하였고, 페아노르의 아들 중에서는 마에드로스와 마글로르가 동부 '변경'의 용사들과 함께 나타났다. 또한 회색요정도 많이 참석하였는데, 벨레리안드 숲의 방랑인들과 항구 도시의 주민들이 그들의 군주 키르단과 함께 나타났다. 심지어는 멀리 청색산맥의 장벽 아래 '일곱 강의 땅' 옷시리안드에서 초록요정들도 찾아왔다. 하지만 도리아스에서는 왕의 인사말을 지닌 두 명의 사자, 곧 마블룽과 다에론만이 참석하였다.

메레스 아데르사드에서는 많은 논의가 우호적인 가운데 이루어졌고, 동맹과 친교를 위한 맹세가 이루어졌다. 이 연회에서는 심지어 놀도르조차 회색요정들의 언어를 가장 많이 사용한 것으로 전해지는데, 그들은 벨레리안드의 언어를 빠르게 익혔지만, 신다르는 발리노르의 언어를 익히는 데 느렸기 때문이다. 놀도르의 가슴은 희망으로 가득 부풀어 올랐고, 그들 중의 많은 이들은 가운데땅에서 자유와 함께 아름다운 왕국을 찾으라고 권하던 페아노르의 말을 진심으로 믿게 되었다. 과연 이후로 오랫동안 평화의 시절이 이어졌고, 그동안 그들의 검(劍)은 모르고스의 파괴로부터 벨레리안드를 지켰으며, 모르고스의 군대는 성문 안에 갇힌 채 문밖을 나오지 못하였다. 그 시절, 갓 태어난 해와 달 아래에는 환희가 있었고 온 땅에는 기쁨이 넘쳤다. 하지만 북부는 여전히 어둠에 휩싸여 있었다.

다시 30년이 지났을 때, 핑골핀의 아들 투르곤이 살고 있던 네브라스트를 떠나 톨 시리온섬에 있는 친구 핀로드를 찾아왔다. 그들은 얼마간 북부의 산맥에 권태로움을 느끼고 있었기 때문에 강을 따라 남쪽으로 여행을 하였다. 시리온 강변을 따라 '황혼의 호수'를 지났을 때 밤이 찾아들었고, 그들은 여름의 별빛 속에 강변에서 잠이 들었다. 그런데 강을 거슬러 올라온 울모가 그들에게 깊은 잠과 무거운 꿈을 덮어씌웠다. 잠을 깬 뒤 그들은 꿈자리가 뒤숭숭했지만, 서로 무슨 말을 하지는 않았다. 기억이 분명치 않은 데다 각각 울모가 자신에게만 무슨 이야기를 남긴 것으로 믿었기 때문이다. 이후로 그들은 불안감에 사로잡혔고, 장차 어떤 일이 벌어질지 자꾸 의심이 들었다. 그들은 누구의 발길도 닿지 않은 대지를 자주 헤매고 다니며, 사방팔방에서 비밀의 힘을 지닌 장소를 찾아 나섰다. 왜냐하면 둘 모두 각자 재앙의 날을 대비하여 피난처를 마련하라는 명령을 받았다는 생각이 들었기 때문이다. 모르고스가 앙반드에서 뛰쳐나와 북부의 군대를 공격할지도 모른다는 경고였다.

그런데 한번은 핀로드와 그의 누이 갈라드리엘이 그들의 친족 싱골의 손님으로 도리아스에 와 있었다. 핀로드는 그때 메네그로스의 위용과 웅장함, 그곳의 보화와 병기고, 열주(列柱)가 늘어선 석조 궁전을 보고 놀라움을 감추지 못했다. 그리하여 자신도 언덕 밑 깊고 은밀한 어떤 곳에 영원토록 지킬 수 있는 넓은 궁전을 짓고 싶은 마음이 들었다. 그래서 그는 싱골에게 속마음을 내보이며 자신의 꿈을 이야기했다. 그래서 싱골은 그에게 나로그강의 깊은 협곡과, 가파른 서쪽 강변의 '높은 파로스'(사냥꾼의 숲이란 별칭을 지닌 삼림―역자 주) 아래에 있는 동굴에 대해 이야기해 주었다. 그가 떠날 때, 싱골은 극소수만이 알고 있는 그 장소로 그를 인도하도록 안내인을 딸려 보냈다. 그래서 핀로드는 나로그 동굴에 도착했고, 거기서 메네그로스 궁정과 같은 모양으로 깊숙한 궁정과 병기고를 건축하기 시작하였으며, 그 요새는 나르고스론드란 이름을 얻었다. 그 역사(役事)를 벌이며 핀로드는 청색산맥 난쟁이들의 도움을 받았는데, 그는 다른 어느 놀도르 군주보다 더 많은 보물을 티리온에서 가져왔기 때문에, 그들에게 후한 보수를 주었다. 그리고 이 시기에 상고대 난쟁이들의 작품 중에서 가장 유명한 '난쟁이들의 목걸이', 곧 나우글라미르가 그를 위해 만들어졌다. 그것은 금목걸이였고, 발리노르에서 가져온 수많은 보석이 그 속에 박혀 있었다. 그것은 힘을 가지고 있어서, 목걸이를 걸고 있으면 마치 아마(亞麻) 한 가닥을 걸친 것처럼 가벼웠고, 어떤 목에 걸어 놓아도 늘 우아하고 아름다운 자태를 뽐냈다.

핀로드는 많은 백성들과 함께 그곳 나르고스론드를 고향으로 삼았고, 난쟁이들의 언어로 펠라군드, 곧 '동굴을 파는 자'란 이름을 얻었다. 그는 그 후로 죽을 때까지 그 이름을 달고 다녔다. 그러나 핀로드 펠라군드가 나로그 강변의 동굴에 거주한 최초의 인물은 아니었다.

그의 누이 갈라드리엘은 그와 함께 나르고스론드로 가지 않았다. 왜냐하면 도리아스에는 싱골의 친척인 켈레보른이 살고 있었고, 둘은 서로를 깊이 사랑하고 있었기 때문이다. 그래서 그녀는 '은둔의 왕국'에 머물며 멜리안과 함께 지냈고, 그녀로부터 가운데땅에 관한 위대한 전승과 지혜를 배웠다.

한편 투르곤은 언덕 위의 도시, 탑과 나무로 둘러싸인 아름다운 도시 티리온을 기억하고 있었고, 그가 원하던 것을 찾지 못하자 네브라스트로 돌아가서 해안 도시 비냐마르에 평화롭게 정착하였다. 그런데 다음 해 울모가 직접 그에게 나타나 다시 혼자서 시리온계곡으로 들어가라고 명을 내렸다. 길을 떠난 투르곤은 울모의 인도를 받아 에워두른산맥의 숨은 골짜기 툼라덴을 발견하는데, 그 한가운데에 바위 언덕이 있었다. 그는 이곳에 대해 아무에게도 이야기하지 않고 다시 네브라스트로 돌아왔다. 그리고 망명 중에 그의 가슴속으로 갈망해 왔던, 투나 언덕 위의 티리온을 본뜬 도시를 짓기 위한 은밀한 구상이 시작되었다.

한편 모르고스는 놀도르 군주들이 전쟁할 생각은 하지 않고 돌아다니기만 한다는 첩자들의 보고를 믿고, 적의 위력과 경계 상태를 시험해 보기로 하였다. 다시 한번 그는 예고 없이 군대를 일으켰다. 갑자기 북부에서 지진이 일어나 갈라진 땅에서 불꽃이 솟아 나오면서, 강철산맥은 화염을 토해 냈고 오르크들이 아르드갈렌 평원으로 쏟아져 나왔다. 거기서 그들은 서쪽으로는 시리온 통로로 내려왔고, 동쪽으로는 마글로르의 영토로 쳐들어왔다. 마에드로스 언덕과 청색산맥 외곽 사이의 중간 지점이었다. 하지만 핑골핀과 마에드로스가 잠자고 있는 것은 아니었다. 벨레리안드에 흩어져 만행을 저지르고 있는 산발적인 오르크 떼를 다른 이들이 추격하는 동안, 그들은 도르소니온을 공격하고 있는 본진의 양 측면을 쳐들어갔다. 그들은 모르고스의 부하들을 격파하였고, 아르드갈렌 너머까지 추격하여 앙반드 입구가 보이는 곳에서 그들을 마지막까지 철저하게 궤멸했다. 이것이 벨레리안드 전쟁의 셋째 대전투로, 다고르 아글라레브, 곧 '영광의 전투'로 명명되었다.

전투는 승리였지만 또한 경고이기도 했다. 놀도르 군주들은 이 점을 주목하여 이후로 그들의 포위망을 더욱 조이고, 경계를 강화하고 조직화했다. 이렇게 하여 앙반드 공성(攻城)은 거의 태양의 시대 4백 년 동안 지속되었다. 다고르 아글라레브 이후 한참 동안 모르고스의 부하들은 놀도르 군주들을 두려워하여 감히 문밖에 나올 생각조차 하지 않았다. 핑골핀은 내부의 반역이 있지 않는 한 모르고스가 엘다르의 포위망을 다시 뚫고 들어온다거나 불시에 쳐들어올 수는 없을 것이라고 호언장담하였다. 하지만 놀도르는 앙반드를 점령하지 못했고 실마릴을 되찾지도 못했다. 또한 모르고스가 새로이 사악한 존재들을 만들어 가끔 적을 시험했기 때문에, 공성 기간 내내 전쟁이 완전히 그친 것은 아니었다. 모르고스의 성채를 완전히 에워싸는 것도 불가능했다. 크게 원을 그리며 상고로드림 봉우리들이 돌출해 있는 강철산맥은 앙반드를 양쪽에서 지키고 있었고, 눈과 얼음 때문에 놀도르는 들어갈 수가 없었다. 따라서 모르고스의 북쪽 후면에는 적이 없었고, 그쪽으로 그의 첩자들이 가끔 드나들며 우회로를 통해 벨레리안드로 들어왔다. 그는 특히 엘다르 사이에 공포와 분열을 조장하고자 했기 때문에, 오르크들에게 가능한 한 엘다르를 생포해서 앙반드로 끌고 오라는 명령을 내렸다. 그리하여 그는 위압적인 두 눈으로 몇몇 엘다르를 협박하였고, 그래서 그들은 족쇄를 차지 않고서도 늘 그를 두려워하며 어디서든지 그가 시키는 일을 하게 되었다. 이리하여 모르고스는 페아노르의 반역 이후 벌어진 모든 일을 많이 알게 되었고, 자신의 적들 사이에 커다란 불화의 씨앗이 뿌려진 것을 보고 기뻐하였다.

다고르 아글라레브 이후 거의 1백 년이 흘렀을 때, 모르고스는 (마에드로스의 경계 상태에 대해서는 알고 있었기 때문에) 핑골핀을 기습하려고 했다. 그는 눈 덮인 북부로 군대를 내보냈고, 그들은 서쪽으로 향했다가 다시 남쪽으로 내려와 드렝기스트하구에 이르렀다. 핑골핀이 '살을에는얼음'에서 빠져나와 걸어간 길이었다. 그들은 그렇게 서쪽에서 히슬룸 땅으로 들어가려고 했다. 하지만 그들은 때마침 발각되어 핑곤이 하구 머리의 언덕 사이에서 그들을 덮쳤고, 오르크들은 거의 바다에 빠져 죽었다. 오르크들의 수가 많지 않았고, 히슬룸 주민들 중에서 일부만 거기서 전투를 했기 때문에, 이 전투는 큰 전투는 아니었다. 하지만 이후로 오랜 세월 동안 평화가 이어졌고 앙반드로부터 공개적인 침략은 없었다. 모르고스도 이제는 오르크들만으로는 놀도르의 적수가 되지 못한다는 것을 깨달았기 때문인데, 그는 마음속으로 새로운 계책을 궁리하였다.

다시 1백 년이 지난 뒤 우룰로키, 곧 북부의 화룡(火龍)의 시조인 글라우룽이 야음을 틈타 앙반드 입구를 나섰다. 용은 오랫동안 서서히 성장하기 때문에 글라우룽은 아직 어리고 절반도 자라지 못한 상태였다. 하지만 그를 본 요정들은 깜짝 놀라 에레드 웨스린과 도르소니온으로 달아났고, 용은 아르드갈렌 평원을 훼손시켰다. 그러자 히슬룸의 군주 핑곤이 기마 궁수들을 데리고 그와 대적하러 나와, 날랜 기수들로 원을 그리게 하여 용을 에워쌌다. 용은 아직 완전한 무장에 이르지 못했기 때문에 그들의 화살을 당해 낼 수 없었고, 그리하여 앙반드로 달아나 여러 해 동안 다시 나타나지 않았다. 이 새로운 존재의 의미와 위협을 완전히 예상한 이는 거의 없었기 때문에, 핑곤은 대단한 칭송을 받았고 놀도르는 환호성을 올렸다. 모르고스는 글라우룽이 너무 일찍 모습을 드러내어서 심기가 불편했다. 그리고 그의 패배 이후로 거의 2백 년에 걸친 '긴평화'의 시대가 이어졌다. 그 시기 내내 변경 지방에는 작은 충돌이 있었으나, 벨레리안드 전역은 번영을 이룩하고 부를 축적하였다. 북부의 수비대 후방으로 놀도르는 주거지와 요새를 세웠고, 그 시절에 그들은 많은 아름다운 것들과 시, 역사서, 전승서 등을 만들어 냈다. 영토 여러 곳에서 놀도르와 신다르는 하나의 민족으로 통합되었고 동일한 언어를 사용하였다. 다만 그들 사이에 이런 차이는 있었다. 놀도르는 정신적으로나 육체적으로 더 강한 힘을 지니고 있어서 좀 더 뛰어난 용사나 현인이 되었고, 석재로 건축을 하고 산비탈과 넓은 들판을 좋아하였다. 그러나 신다르는 페아노르의 아들 마글로르를 제외한다면, 놀도르보다 나은 목소리와 뛰어난 음악적 자질을 지녔고 숲과 강변을 좋아하였다. 몇몇 회색요정들은 여전히 일정한 거처 없이 멀리까지 방랑 생활을 하였고, 길을 가는 동안 노래를 불렀다.

## Chapter 14

# 벨레리안드와 그 왕국들

다음 이야기는 옛날 가운데땅 서부의 북쪽, 놀도르가 진출한 지역의 형성에 관한 내용이며, 벨레리안드 전쟁 셋째 전투였던 다고르아글라레브 이후, 모르고스에 맞서 엘다르 족장들이 영토를 지키고 포위망을 유지하였던 경위에 대한 내용도 포함하고 있다.

먼 옛날 멜코르는 세상의 북쪽에 우툼노 성채의 방어선으로 에레드 엥그린, 곧 '강철산맥'을 일으켜 세웠다. 산맥은 영구 동토 지대의 경계에 서 있었고, 동쪽에서 서쪽으로 크게 휘어 있었다. 에레드 엥그린 서부 장벽 뒤, 산맥이 다시 북쪽으로 휘어지는 곳에 멜코르는 또 하나의 요새를 세우는데, 이는 혹시 있을지도 모르는 발리노르로부터의 침략에 대비한 방어 시설이었다. 지금까지 이야기한 대로 그는 가운데땅에 돌아온 뒤, '강철지옥' 앙반드의 무수한 지하토굴을 자신의 은신처로 정했다. 권능들의 전쟁 당시에 발라들은 모르고스를 거대한 우툼노 성채에서 쓰러뜨리는 데 급급하여, 앙반드를 완전히 파괴하지 못했고 구석구석 깊이 수색하지도 않았던 것이다. 모르고스는 에레드 엥그린 밑으로 거대한 터널을 파서 산맥 남쪽으로 출구를 내었고 거기에 커다란 문을 달았다. 이 문 위에, 뒤쪽으로 산맥에 이르기까지 그는 천둥 같은 굉음을 내는 상고로드림 봉우리들을 쌓아 올렸다. 지하 용광로에서 나오는 재와 용재(鎔滓), 터널에서 나오는 엄청난 쓰레기로 만들어진 봉우리였다. 봉우리는 거무튀튀하고 황량한 모습으로 까마득한 높이를 자랑했고,

꼭대기에서는 연기가 솟아 나와 북부의 하늘을 검은 악취로 뒤덮었다. 앙반드의 출입구 앞에는 남쪽을 향해 드넓은 아르드갈렌 평원 위로 수 킬로미터에 걸쳐 오물이 쌓인 황량한 풍경이 펼쳐졌다. 하지만 태양이 나온 뒤로는 그곳에도 풀이 수북하게 자라났고, 앙반드가 포위되어 문이 닫혀 있는 동안은, 심지어 그 지옥의 문 앞 부서진 바위와 구덩이 가운데에도 푸른빛이 감돌았다.

상고로드림 서쪽으로 히실로메, 곧 '안개의 땅'이 있었다. 그 이름은 놀도르가 자기네 말로 붙인 것인데, 그들이 처음 진지를 구축할 때 모르고스가 그곳으로 보낸 구름 때문에 그렇게 지어졌다. 나중에 이 말은 그 지방에 살던 신다르의 말로 히슬룸이 되었다. 이곳은 공기가 서늘하고 겨울 날씨는 추웠지만, 앙반드 공성이 지속되는 동안은 아름다운 땅이었다. 서쪽으로 이곳은 바다를 따라 이어진 에레드 로민, 곧 '메아리산맥'에 둘러싸여 있었다. 동쪽과 남쪽에는 어둠산맥 에레드 웨스린이 커다란 곡선을 그리고 있었고, 그곳에서는 아르드갈렌과 시리온골짜기가 내려다보였다.

핑골핀과 그의 아들 핑곤은 히슬룸을 차지했고, 핑골핀의 백성 대다수는 미스림의 대호수 주변에 거주하였다. 핑곤에게는 미스림산맥 서쪽에 있는 도르로민이 주어졌다. 하지만 그들의 중심 요새는 에레드 웨스린 동쪽에 있는 에이셀 시리온이었고, 여기서 그들은 아르드갈렌을 감시하였다. 그들의 기마대는 그 평원 위로 상고로드림 그늘에 이르기까지 달렸는데, 이는 얼마 되지 않던 그들의 말이 빠른 속도로 불어났고, 또 아르드갈렌의 초원이 풍성하고 싱싱했기 때문이다. 그들의 말 중에서 많은 종마는 발리노르산(産)으로, 로스가르까지 배편으로 실려 온 이 말들은 마에드로스가 핑골핀에게 피해에 대한 보상으로 준 것이었다.

도르로민 서쪽으로 메아리산맥 너머 드렝기스트하구의 남쪽이 내륙과 이어진 곳은 네브라스트라고 했고, 이는 신다린으로 '이쪽 해안'이란 뜻이다. 이 이름은 처음에는 하구 남쪽의 해안 전 지역을 가리켰지만, 나중에는 해안선이 드렝기스트와 타라스산 사이에 위치한 지방만 지칭하였다. 이곳은 오랫동안 핑골핀의 아들인 '지혜의 투르곤'의 영토였고, 바다와 에레드 로민, 그리고 에레드 웨스린의 장벽들을 서쪽으로 잇는 언덕들로 둘러싸여 있었다. 이 언덕들은 이브린에서부터 곶(串) 위에 서 있는 타라스산까지 이어져 있었다. 어떤 이들은 네브라스트가 히슬룸보다는 벨레리안드에 속한다고 생각했다. 왜냐하면 이곳은 날씨가 온화하며 바다에서 불어온 습한 바람이 비를 뿌려 주었고, 히슬룸에 부는 차가운 북풍이 넘어오지 못했기 때문이다. 이곳은 뒤쪽의 평지보다 더 높은 거대한 해안 단애와 산맥으로 둘러싸인 우묵한 지형이었고 이곳에서 발원하는 강은 없었다. 네브라스트 한가운데에는 거대한 호수가 있었으나 사방이 넓은 습지로 에워싸여 있었기 때문에 호반이라고 할 만한 것이 없었다. 호수의 이름은 리나에웬('새들의 호수'란 뜻—역자 주)이라고 했는데, 키 큰 갈대와 얕은 웅덩이를 좋아하는 무수한 새 떼들 때문에 그런 이름이 붙었다. 놀도르가 나타났을 때 해안과 가까운 네브라스트, 특히 서남부의 타라스산 주변에는 많은 회색요정이 살고 있었다. 울모와 옷세가 예로부터 그곳에 자주 들르곤 했기 때문이다. 그곳 주민들은 모두 투르곤을 그들의 왕으로 섬겼고, 놀도르와 신다르의 통합은 그곳에서 가장 빠르게 진행되었다. 투르곤은 바닷가의 타라스산 밑에 있는 비냐마르라는 궁정에서 오랫동안 살았다.

아르드갈렌 남쪽으로 도르소니온이란 이름의 고원이 서쪽에서 동쪽으로 3백 킬로미터 가량 뻗어 있었다. 이곳은 특히 북쪽과 서쪽으로 거대한 소나무숲이 형성되어 있었다. 지형은 평지에서부터 완만한 비탈을 이루며 올라가 황량한 고원이 되었고, 에레드 웨스린의 첨봉들보다 더 높은 벌거벗은 바위산 기슭에는 작은 호수들이 많았다. 하지만 도리아스를 향한 남쪽은 급전직하의 무시무시한 절벽으로 이루어져 있었다. 도르소니온 북부의 비탈 위에서는 피나르핀의 아들 앙그로드와 아에그노르가 아르드갈렌 평원을 감시하고 있었고, 이들은 나르고스론드의 왕인 그들의 형 핀로드의 봉신(封臣)으로 있었다. 땅이 척박했기 때문에 그들의 백성은 적었지만, 뒤쪽의 거대한 고원은 모르고스가 쉽게 넘볼 수 없는 방벽(防壁)으로 여겨졌다.

도르소니온과 어둠산맥 사이에는 좁은 계곡이 있었고, 계곡의 가파른 장벽은 소나무가 뒤덮고 있었다. 하지만 시리온강이 벨레리안드를 향해 빠르게 이곳을 통과하기 때문에, 계곡 자체는 푸른빛을 띠고 있었다. 핀로드는 시리온 통로를 차지하고, 강 한가운데에 있는 톨 시리온섬에 막강한 감시탑 미나스 티리스를 세웠다. 하지만 나르고스론드를 완성한 뒤에는 이 요새의 관리를 대개 동생인 오로드레스에게 맡겼다.

거대하고 아름다운 땅 벨레리안드는 노래 속에 유명한 큰 강 시리온의 양쪽에 펼쳐져 있었다. 시리온은 에이셀 시리온에서 발원하여 아르드갈렌 언저리를 돌아 시리온 통로로 빠져들었고, 산맥에서 내려오는 하천들로 인해 점점 더 큰 강이 되었다. 이곳에서부터 강은 남쪽으로 약 620킬로미터를 달리며 많은 지류의 물을 끌어 모았고, 발라르만에 있는 많은 강 어귀와 모래 삼각주에 이를 때면 대하가 되어 있었다. 북쪽에서 남쪽으로 시리온을 따라가면, 오른쪽으로 서벨레리안드에는 시리온강과 테이글린강 사이에 브레실숲이 있었고, 테이글린과 나로그 사이에는 나르고스론드 왕국이 있었다. 나로그강은 도르로민 남쪽 전면에 있는 이브린폭포에서 발원한 다음, 약 380킬로미터를 달려 난타스렌, 곧 '버드나무땅'에서 시리온과 합류하였다. 난타스렌 남쪽은 많은 꽃이 우거진 풀밭이었고 사람은 거의 살지 않았다. 그 너머 시리온하구 주변에는 늪지대와 갈대 섬들이 있었고, 삼각주의 모래밭에는 바닷새를 제외하고는 살아 있는 것이 아무것도 없었다.

나르고스론드 왕국은 또한 나로그강 서쪽으로 넨닝강까지 뻗어 있었고, 이 강은 에글라레스트에서 바다로 들어갔다. 핀로드는 팔라스 요정들을 제외한 시리온강과 바다 사이의 벨레리안드 모든 요정들의 대군주가 되었다. 팔라스에는 아직도 배를 사랑하는 신다르 요정들이 살고 있었고, 조선공 키르단이 그들의 군주였다. 키르단과 핀로드 사이에는 친선과 동맹이 체결되어 있었고, 브리솜바르와 에글라레스트 항구는 놀도르의 도움으로 새롭게 단장되었다. 높은 성벽 뒤로 두 도시는 아름다운 번화가와 석재로 다듬은 선창과 잔교(棧橋)를 갖춘 항구로 변했다. 핀로드는 에글라레스트 서쪽의 곶 위에 서해 바다를 감시할 수 있도록 바라드 님라스 탑을 세웠으나 쓸모없는 것으로 판명되었다. 왜냐하면 모르고스는 배를 짓는다거나 바다에서 전쟁을 벌일 생각은 전혀 하지 않았기 때문이다. 그의 부하들은 모두 물을 멀리했고, 누구도 극히 위급한 상황이 아닌 한 선뜻 바다 가까이 가려고 하지 않았다. 두 항구 요정들의 도움으로 나르고스론드의 일부 주민들은 새로운 배를 만들었고, 혹시 재앙이 닥치면 최후의 피난처를 준비할 생각으로 배를 타고 나가 거대한 발라르섬을 탐사하기도 했다. 하지만 그곳에 산다는 것은 그들의 운명과는 거리가 멀었다.

그리하여 놀도르의 위대한 군주들, 곧 핑골핀과 핑곤, 마에드로스, 핀로드 펠라군드 중에서 핀로드가 가장 나이가 어렸지만 왕국은 가장 컸다. 하지만 핑골핀과 핑곤의 왕국은 북부의 히슬룸뿐이었으나 핑골핀이 모든 놀도르의 대왕으로, 핑곤이 그다음으로 인정받았다. 그들의 백성 또한 가장 강인하고 용맹스러웠으며, 오르크들이 가장 두려워하고 모르고스가 가장 증오하는 요정들이었다.

시리온강 왼쪽에는 동벨레리안드가 있었고, 시리온강에서 겔리온강과 옷시리안드 경계에 이르기까지 가장 넓은 곳은 480킬로미터에 달했다. 먼저 시리온강과 민데브강 사이에는 독수리들이 살고 있는 크릿사에그림 첨봉들 아래로 인적이 드문 딤바르 지방이 있었다. 민데브강과 에스갈두인강 상류 사이에는 어느 쪽 땅도 아닌 난둥고르세브가 있었다. 이곳은 공포로 가득 찬 곳으로, 한쪽에는 멜리안의 마법이 도리아스 북부 경계를 에워싸고 있었고, 반대편에는 에레드 고르고로스, 곧 '공포산맥'의 가파른 벼랑이 도르소니온고원에서 밑으로 내리지르고 있었다. 앞서 이야기한 대로 웅골리안트가 발로그의 채찍을 피해 그곳으로 달아났고, 한참 동안 그곳에 머물면서 죽음과도 같은 어둠으로 골짜기를 가득 채웠다. 웅골리안트는 사라졌지만 그곳에는 여전히 웅골리안트의 추악한 자손들이 숨어서 악의 거미줄을 자아냈다. 에레드 고르고로스에서 흘러내리는 얼마 되지 않는 개울물은 오염이 되어 마시기에는 적절치 않았다. 그것을 맛본 이들의 가슴이 광기와 절망의 어두운 그림자로 채워졌기 때문이다. 그 밖의 살아 있는 모든 것들은 그곳을 피했고, 놀도르도 급박할 때만 이 섬뜩한 언덕에서 가장 먼 쪽으로 도리아스 경계와 인접한 길을 따라 난 둥고르세브를 지나가곤 했다. 이 도로는 오래전 모르고스가 가운데땅에 돌아오기 전에 만들어졌으며, 이 길을 따라 동쪽으로 가면 에스갈두인강에 이르렀고, 공성 기간에 이르러서도 여전히 얀트 야우르 석교가 서 있었다. 이곳에서 '침묵의 땅' 도르 디넨을 지나 아롯시아크('아로스 여울'이란 뜻이다)를 통과하면, 페아노르의 아들들이 살고 있는 벨레리안드 북부 변경이 나왔다.

비밀의 숲 도리아스는 그 남쪽에 있었고, 숨은 왕 싱골이 살고 있는 이곳은 그의 허락 없이는 아무도 들어갈 수 없었다. 이 숲의 북부, 좀 더 규모가 작은 쪽을 넬도레스숲이라고 하는데, 그 동쪽과 남쪽으로 검은 에스갈두인강이 감싸 흐르고, 이 강은 숲의 중간쯤에서 서쪽으로 휘어진다. 아로스강과 에스갈두인강 사이에는 규모가 더 크고 더 울창한 레기온숲이 있었다. 에스갈두인강이 시리온강을 향해 서쪽으로 구비를 도는 지점에서 남쪽 강변에 메네그로스 동굴이 있었고, 도리아스는 테이글린강과 시리온강이 만나는 지점에서부터 황혼의 호수까지의 좁은 삼림 지대를 제외하고는 모두 시리온강 동쪽에 있었다. 도리아스 주민들은 이 숲을 니브림, 곧 '서부 변경'으로 불렀다. 이곳에는 커다란 참나무들이 자랐고, 또 멜리안의 장막이 둘러싸고 있어서, 울모에 대한 존경심으로 멜리안이 사랑한 시리온강의 일부는 완전히 싱골의 영향력 안에 들어 있었다.

도리아스 서남쪽, 아로스강이 시리온강과 합류하는 지점에는 강변 양쪽으로 큰 웅덩이와 습지가 형성되어 강은 여기서 흐름을 멈추고 여러 물길로 갈라졌다. 이 지방은 안개에 덮여 있었기 때문에 아엘린우이알, 곧 '황혼의 호수'라고 했고, 도리아스의 마법이 그 위에 걸려 있었다. 벨레리안드 북부의 모든 지형은 남쪽으로 이 지점을 향해 기울어지다가 잠시 평지를 이루면서 시리온강의 큰물도 흐름이 막혔다. 하지만 아엘린우이알 남쪽에서는 지형이 갑자기 가파르게 침강했고, 시리온강 하류의 모든 들판은 이 침강으로 인해 상류 지대와 분리되었다. 남쪽에서 북쪽으로 바라보면 이곳은 끝없이 이어진 언덕이 서쪽으로는 나로그강 너머 에글라레스트에서부터 동쪽으로는 멀리 겔리온강이 시야에 들어오는 아몬 에레브까지 이어졌다. 나로그강은 이 언덕을 깊숙한 협곡 사이로 통과하여 급류를 이루며 흘러 내려갔지만 폭포는 없었고, 강 서쪽에는 삼림이 울창한 거대한 고지대 타우르엔파로스가 솟아 있었다. 이 협곡 서쪽으로 거품투성이의 짧은 강 링귈이 '높은 파로스'에서 나로그강으로 곤두박질하는 곳에, 핀로드는 나르고스론드를 세웠다. 나르고스론드 협곡 동쪽으로 약 120킬로미터 되는 황혼의 호수 아래쪽에서 시리온 강물은 남쪽으로 엄청난 폭포가 되어 떨어졌고, 떨어진 물의 압력으로 땅바닥에 생긴 커다란 터널 속으로 순식간에 빨려 들어갔다. 강물은 남쪽으로 15킬로미터 떨어진, '시리온수문'이라고 하는 언덕 기슭의 바위로 된 아치 사이로 굉음과 물안개를 뿜으며 다시 나타났다.

이렇게 침강으로 만들어진 분수령은 '장성'(長城)이란 뜻의 안드람으로 불렸고, 나르고스론드에서부터 동벨레리안드의 '성끝' 람달까지 이어졌다. 동쪽으로 갈수록 경사도는 점점 덜해지는데, 이는 겔리온강 유역이 남쪽으로 완만한 경사를 이루었기 때문이다. 겔리온강은 흘러가는 내내 폭포나 급류가 없었지만, 시리온강보다는 항상 흐름이 빨랐다. 람달과 겔리온강 사이에는 덩치가 엄청나고 경사가 완만한 언덕이 하나 있었는데, 외따로 서 있었기 때문에 실제보다 더 웅장하게 보였다. 이 언덕은 아몬 에레브라고 했고, 옷시리안드에 살고 있던 난도르의 왕 데네소르가 여기서 목숨을 잃었다. 그는 오르크들이 처음 무리를 지어 내려와 벨레리안드의 별빛 속의 평화를 깨뜨렸을 때 모르고스와 맞선 싱골을 도우러 나섰던 것이다. 마에드로스도 큰 패배를 당한 뒤에 이 언덕 위에 머문 적이 있었다. 시리온강과 겔리온강 사이의 안드람 남쪽에는, 드문드문 드나드는 어둠의 요정들 말고는 아무도 찾지 않는 빽빽한 야생의 삼림 지대가 있었다. 이름이 타우르임두이나스였고 '강 사이의 숲'이란 뜻이었다.

겔리온은 큰 강이었다. 발원지가 두 곳이어서 처음부터 두 지류로 시작하는데, 소겔리온은 힘링 언덕에서 발원하였고, 대겔리온은 레리르산에서 발원하였다. 두 지류가 만나는 지점에서 남쪽으로 190킬로미터 가량 내려오면 다른 지류가 나타났고, 바다로 들어가기까지 강의 전장(全長)은 시리온강의 두 배가 되었다. 다만 강폭이나 수량은 그만 못했는데, 이는 동부에 비해 시리온의 수원이 되는 히슬룸과 도르소니온에 비가 더 많이 내렸기 때문이다. 겔리온의 여섯 지류는 에레드 루인산맥에서 발원하는데, 아스카르(나중에 라슬로 리엘로 이름이 바뀌었다)와 살로스, 레골린, 브릴소르, 두일웬, 아두란트가 그 이름이었고, 모두 산맥 아래쪽으로 급경사를 이루며 물살이 빠른 시끄러운 강이었다. 북쪽의 아스카르와 남쪽의 아두란트 사이, 그리고 겔리온강과 에레드 루인 사이에 멀리 '일곱 강의 땅' 초록의 옷시리안드가 있었다. 아두란트강은 수로의 거의 중간쯤에서 두 갈래로 갈라졌다가 다시 하나가 되었고, 이 강 한가운데 있는 섬이 톨 갈렌, 곧 '초록섬'이었다. 베렌과 루시엔은 가운데땅에 돌아온 뒤 이곳에 살았다.

옷시리안드에는 초록요정들이 강의 보살핌을 받으며 살고 있었다. 울모는 서부의 모든 강 가운데서 시리온 다음으로 겔리온을 사랑하였다. 옷시리안드 요정들은 숲속 생활에 통달해 있었기 때문에, 외부인이 숲의 이쪽 끝에서 저쪽 끝까지 지나가더라도 요정들의 모습을 전혀 발견할 수 없을 정도였다. 그들은 봄과 여름에는 초록옷을 입었고, 그들의 노랫소리는 겔리온강 너머에서도 들을 수 있었다. 그래서 놀도르는 그곳을 '음악의 땅' 린돈이라고 이름 지었고, 그 너머에 있는 산맥도 옷시리안드에서 처음 보았기 때문에 에레드 린돈이라고 불렀다.

도르소니온 동쪽의 벨레리안드 변경(邊境) 지방은 가장 공격에 취약한 곳으로, 그리 높지 않은 언덕들만이 겔리온 골짜기 북부를 방어하고 있었다. 이 지역의 '마에드로스 변경'과 그 아래쪽에는 페아노르의 아들들이 많은 백성들을 거느리며 살고 있었다. 그들의 기수(騎手)들은 모르고스가 동벨레리안드 쪽으로 기습하지 못하도록, 아르드갈렌 동쪽에 있는 북부의 거대한 평원, 곧 광활하고 텅 빈 로슬란 평원에서 말을 달렸다. 마에드로스의 주요 성채는 '늘 추운 곳'

이란 뜻을 지닌 힘링 언덕에 있었는데, 나무라곤 거의 없는 이 언덕은 중턱이 널찍하고 정상은 평평했으며 여러 개의 작은 언덕들로 에워싸여 있었다. 힘링과 도르소니온 사이에는 고개가 하나 있었고, 서쪽으로 갈수록 점점 가파른 이곳은 아글론 고개로 도리아스의 관문이었다. 고갯길에는 북쪽에서부터 항상 찬 바람이 불어왔다. 켈레고름과 쿠루핀은 아글론의 수비를 강화하고, 많은 병력으로 이곳과 남쪽의 힘라드 전 지역을 지켰다. 힘라드는 도르소니온에서 발원한 아로스강과 힘링에서 내려오는 지류 켈론강 사이에 있는 지방이었다.

겔리온강이 발원하는 두 지류 사이에 마글로르의 영지가 있었고, 영지 한쪽에 언덕이 없는 곳이 있었다. 셋째 전투에서 오르크들이 동벨레리안드로 쳐들어온 것도 이곳을 통해서였다. 그래서 놀도르는 이곳 들판에 기마 병력을 배치하였고, 카란시르의 군대는 '마글로르의 들판' 동쪽의 산맥을 수비하였다. 에레드 린돈의 골격을 이루는 산줄기 서쪽으로 레리르산이 불쑥 솟아 있는 곳이 바로 이곳이었고, 산 주변에는 좀 더 작은 봉우리들이 있었다. 레리르산과 에레드 린돈 사이 구석에, 남쪽을 제외하고는 온통 산으로 둘러싸여 어두컴컴한 호수가 있었다. 깊이가 깊고 어두운 헬레보른 호수였고, 카란시르는 그 옆에 본거지를 두었다. 그러나 겔리온과 산맥 사이, 그리고 레리르산과 아스카르강 사이의 넓은 땅은 놀도르 요정들로부터 '겔리온강 너머의 땅'이란 뜻의 사르겔리온이나, '카란시르의 땅'이란 뜻의 도르 카란시르로 불렸다. 놀도르가 난쟁이들을 처음 만났던 것도 이곳에서였다. 하지만 회색요정들은 일찍이 사르겔리온을 탈라스 루넨, 곧 '동쪽 골짜기'로 불렀다.

이리하여 마에드로스의 영도하에 페아노르의 아들들은 동벨레리안드의 군주들이 되었다. 하지만 그들의 백성은 이 당시에는 대개 북쪽 땅에만 살았고, 남쪽에는 푸른 숲속으로 사냥하러 갈 때만 나타났다. 그러나 암로드와 암라스는 이 남쪽 땅을 거처로 삼았고, 공성이 계속되는 동안 북쪽으로 거의 올라오지 않았다. 이곳은 야생의 땅이었지만 매우 아름다웠기 때문에, 심지어는 멀리서부터 다른 요정 군주들도 자주 찾아오곤 했다. 특히 핀로드 펠라군드가 자주 나타났는데, 그는 방랑을 무척 좋아하여 옷시리안드까지 들어와 초록요정들과 우정을 나누었다. 그러나 어느 놀도르도 그들의 왕국이 유지되는 동안은 에레드 린돈을 넘어가지 않았고, 동부에서 벌어진 사건들은 벨레리안드에 거의 알려지지 않거나 늦게야 전해졌다.

## Chapter 15
# 벨레리안드의 놀도르

네브라스트의 투르곤이 울모의 인도를 받아 어떻게 숨은 골짜기 툼라덴을 발견하였는지에 대해서는 설명한 바 있다. 그런데 그곳은 (나중에 안 일이지만) 시리온강 상류의 동쪽에 있는 높고 가파른 환상(環狀)의 산맥 속에 있었고, 소론도르의 독수리들 말고는 아무도 가 보지 못한 곳이었다. 그러나 세상이 어둡던 시절에 산 밑으로 강물이 파고들어 생긴 깊은 통로가 있었고, 이 물길은 바깥으로 나와 시리온강과 합류하였다. 투르곤은 이 통로를 발견하여 산맥 가운데에 있는 푸른 들판으로 들어갔고, 그곳에서 단단하면서도 매끄러운 돌로 이루어진 섬 모양의 언덕이 서 있는 것을 보았다. 골짜기는 옛날에 큰 호수였던 것이다. 그때 투르곤은 자신이 원하던 곳을 찾았다는 것을 깨닫고, 투나 언덕 위의 티리온을 기념하기 위한 아름다운 도시를 그곳에 세우기로 결심하였다. 그는 마음속으로는 자신의 구상을 어떻게 실현시켜야 할지 고심하고 있었지만, 일단은 네브라스트로 돌아가서 그곳에서 조용히 지냈다.

그런데 다고르 아글라레브가 끝나자, 울모가 그의 마음속에 심어 놓은 불안감이 그를 다시 엄습하였다. 그는 백성들 중에서 가장 용감하고 솜씨가 뛰어난 이들을 많이 불러 모아 그들을 데리고 몰래 비밀의 골짜기로 들어갔고, 거기서 그들은 투르곤이 구상한 도시를 건설하기 시작했다. 그들은 사방에 감시병을 세워 외부에서는 아무도 작업장에 찾아오지 못하게 했고, 시리온 강물 속을 흐르는 울모의 힘도 그들을 보호하였다. 하지만 투르곤은 여전히 대부분의 시간을 네브라스트에서 거주하였고, 마침내 52년간의 은밀한 역사 끝에 도시는 완성되었다. 투르곤은 도시의 이름을 발리노르 요정들의 언어로 온돌린데, 곧 '물의 음악이 흐르는 바위'로 명명했다고 한다. 이는 언덕 위에 샘이 많았기 때문인데, 신다린으로는 이름이 바뀌어 곤돌린, 곧 '숨은바위'가 되었다. 그런 다음 투르곤은 바닷가의 비냐마르에 있는 궁정을 버리고 네브라스트를 떠날 준비를 하였다. 울모도 다시 그를 찾아와서 말하였다. "투르곤, 마침내 자네가 곤돌린으로 가야 할 때가 왔네. 시리온골짜기와 그곳에 있는 모든 강물 속에 나의 힘을 남겨 둘 것이므로, 아무도 자네가 들어가는 것을 알아차리지 못할 것이며, 자네가 허락하지 않는 한 아무도 거기서 숨은 입구를 찾지 못할 걸세. 엘달리에 모든 나라 중에서 곤돌린이 가장 오랫동안 멜코르와 맞설 것일세. 그러나 자네의 손으로 만든 것과 마음속의 계획을 너무 사랑하지 말고, 놀도르의 참희망은 서녘에 있으며 바다에서 온다는 것을 기억하게."

그리고 울모는 투르곤에게 그도 역시 만도스의 심판 아래 있으며, 그것은 울모로서도 어찌할 수 없는 것이라고 주의를 주었다. "놀도르의 저주는 세상이 끝나기 전에 자네도 찾아낼 것이며, 자네의 성벽 안에서 반역이 일어나게 되어 있네. 그때는 도시도 불의 위험에 빠질 것일세. 하지만 이 위험이 정말로 임박한 순간에는, 바로 네브라스트에서 온 한 인물이 자네에게 경고를 할 것이며, 그에게서 불과 멸망을 넘어 요정과 인간들을 위한 희망이 생겨날 것일세. 그러니 장차 그가 발견할 수 있도록 이 집에 병기와 칼을 남겨 두고 가도록 하게. 그래야 자네가 의심하지 않고 그를 알아볼 수 있을 테니까." 그리고 울모는 투르곤에게 그가 남겨 둬야 할 투구와 갑옷, 칼의 종류와 크기를 분명하게 일러 주었다.

그런 다음에 울모는 바다로 돌아갔고, 투르곤은 그의 모든 백성들, 곧 핑골핀을 따라온 놀도르의 거의 3분의 1에 이르는 숫자와 그보다 더 많은 수의 신다르를 출발시켰다. 그들은 조금씩 무리를 지어 은밀하게 에레드 웨스린 그늘 속으로 접어들어 남의 눈에 띄지 않게 곤돌린에 들어갔고, 아무도 그들이 어디로 사라졌는지 알지 못했다. 마지막으로 투르곤이 일어나 가솔을 이끌고 조용히 언덕 속으로 행군을 시작했고, 그들이 산으로 들어가는 입구를 통과한 뒤 문은 닫혀 버렸다.

그 후로 오랜 세월 동안 오직 후린과 후오르를 제외하고는 아무도 그 안으로 들어가지 못했다. 투르곤의 백성은 350년 이상 세월이 흘러 '비탄의 해'에 이르기까지 아무도 나오지 않았다. 에워두른 산맥 너머에서 그들은 인구도 늘고 번영을 이룩했다. 그들은 쉬지 않고 부지런히 자신들의 솜씨를 발휘하였고, 그리하여 아몬 과레스 위에 세워진 곤돌린은 정말 아름다운 도시가 되어 심지어 바다 건너 요정들의 티리온과도 견줄 만했다. 드높은 성벽은 흰색이었고, 그 층계는 매끈했으며, 왕의 성탑은 높고 견고했다. 그곳에서는 반짝이는 분수가 춤을 췄고, 투르곤의 궁정에는 그가 직접 요정의 기술로 만들어 낸 옛날 '두 나무'의 조상(彫像)이 서 있었다. 금으로 만든 나무는 글링갈이라고 했고, 은으로 꽃잎을 새긴 나무는 벨실이라고 했다. 그러나 곤돌린의 어떤 불가사의보다 더 아름다운 것은 투르곤의 딸 이드릴이었다. 이드릴의 별명은 '은의 발(足)'이란 뜻의 켈레브린달이었고, 그녀는 멜코르가 나타나기 전의 라우렐린의 금빛 같은 머리를 하고 있었다. 투르곤은 이렇게 오랫동안 축복 속에 살았다. 하지만 네브라스트는 벨레리안드가 멸망할 때까지 인적이 끊어진 쓸쓸한 곳으로 남아 있었다.

한편 곤돌린시가 은밀하게 건설되는 동안, 핀로드 펠라군드는 깊숙한 나르고스론드 동굴 속에서 일하고 있었다. 하지만 앞서 이야기한 대로 그의 누이 갈라드리엘은 싱골의 도리아스 왕국에 머물렀다. 멜리안과 갈라드리엘은 가끔 발리노르와 그 옛날의 지복에 대해 함께 이야기를 나누곤 했다. 하지만 갈라드리엘은 나무의 죽음이 일어난 그 암흑의 시간 이후에 대해서는 항상 입을 다물고 말을 아꼈다. 한번은 멜리안이 이렇게 이야기했다. "당신과 당신 종족에게는 뭔가 슬픔이 숨어 있어요. 다른 모든 것은 보이지 않아도 난 당신에게서 그것을 발견할 수 있어요. 눈이나 생각 어느 것으로도 나는 서녘에서 일어났거나 지금 일어나고 있는 일을 볼 수는 없어요. 아만 대륙은 온통 어둠에 덮여 있고, 어둠은 멀리 바다 위에까지 뻗어 있거든요. 왜 내게 더 이상 이야기하지 않는 건가요?"

"그 비통함도 이제 옛날 일이랍니다." 갈라드리엘이 대답했다. "나는 옛 기억은 잊어버리고 여기 남아 있는 기쁨만 누리고자 합니다. 아직은 앞날이 밝아 보이지만, 아마도 닥쳐올 비통함은 충분히 더 있을지도 모릅니다."

그러자 멜리안은 그녀의 눈을 들여다보며 말했다. "난 놀도르가, 처음에 소문났던 대로 발라들의 사자로 여기 왔다고 믿지는 않아요. 우리에게 필요한 바로 그 시간에 나타났다고 하더라도 말이에요. 왜냐하면 그들은 발라들에 대해 한마디도 하지 않았고, 또 군주들도 싱골 왕께 아무런 전갈도 가지고 오지 않았거든요. 그것이 만웨든 울모든, 아니면 심지어 왕의 동생인 올웨의 것이든, 또 바다를 건너간 싱골 왕의 백성들의 것일지라도 말이지요. 갈라드리엘, 무슨 까닭에 고귀한 종족 놀도르가 아만에서 망명객으로 쫓겨나야 했던 건가요? 또 페아노르의 아들들에게는 어떤 재앙이 내렸기에 그들이 그렇게 오만하고 사나워졌나요? 내 말이 거의 맞는 이야기지요?"

"거의 그렇습니다." 갈라드리엘이 대답했다. "쫓겨났다는 것만 빼고는요. 우리는 발라들을 거역하고 제 발로 걸어 나왔습니다. 엄청난 위험을 무릅쓰고 발라들이 말리는데도 여기 나온 것은 바로 이 때문입니다. 즉, 모르고스에게 복수를 하고 그가 훔쳐간 것을 되찾기 위해서지요."

그리고 갈라드리엘은 멜리안에게 실마릴에 대해서, 또 핀웨 왕이 포르메노스에서 살해당한 것에 대해서 이야기해 주었다. 하지만 페아노르의 맹세나 동족 살해, 로스가르에서 배를 불태운 것 등에 대해서는 말하지 않았다. 그러자 멜리안이 말했다. "이제 많은 이야기를 내게 들려주었지만, 내 눈에는 더 많은 것이 보이는군요. 티리온을 빠져나오는 그 먼 길 위에 당신은 어둠을 덮어씌우려고 하지만, 난 거기서 악행을 봐요. 싱골 왕도 백성을 이끌자면 알아야 할 일이지요."

"그렇습니다만, 저는 말할 수 없습니다." 갈라드리엘이 대답했다.

그래서 멜리안은 이 문제에 대해 갈라드리엘과 더 이상 이야기하지는 않지만, 실마릴에 관한 모든 이야기를 싱골 왕에게 전해 주었다. "이건 엄청난 문제입니다. 사실 놀도르 자신들이 알고 있는 것보다 더 심각한 문제군요. 아만의 빛과 아르다의 운명은 이제 사라져 간 페아노르가 저질러 놓은 이 일과 맞물려 있습니다. 내 예감에 엘다르의 힘으로는 절대로 보석을 되찾지 못할 것입니다. 그리고 모르고스에게서 보석을 빼앗기 전에, 장차 벌어질 싸움으로 인해 세상이 먼저 파괴될 것입니다. 이제 보세요! 그들은 페아노르를 죽였고, 또 더 많은 이를 죽인 것으로 짐작됩니다. 그들이 지금까지 행했고, 또 앞으로 행할 모든 살인 중에서 맨 처음은 당신의 친구 핀웨의 죽음이었습니다. 모르고스가 아만을 빠져나오기 전에 그를 죽였어요."

그러자 싱골은 슬퍼하며 불길한 예감에 사로잡혀 침묵을 지키다가 마침내 입을 열었다. "지금까지 무척 궁금하였는데, 이제 드디어 놀도르가 서녘에서 돌아온 이유를 알겠어요. (우연히 그렇게 되긴 했지만) 우릴 도우러 온 것이 아니었군요. 발라들은 가운데땅에 남은 이들에 대해서는 극한 상황이 될 때까지는 그들 자신의 방식에 맡겨 두시지요. 놀도르는 복수를 하고 잃어버린 것을 되찾으러 왔단 말이군요. 하지만 더 분명한 건 그들이 모르고스에 맞서는 동맹군이 될 수 있을 거라는 점입니다. 현재로서는 그들이 모르고스와 화약(和約)을 맺을 것 같지는 않으니까요."

그러나 멜리안이 말했다. "그런 이유로 온 것은 분명합니다. 하지만 다른 이유도 있어요. 페아노르의 아들들을 조심하세요! 발라들의 진노의 그림자가 그들을 짓누르고 있어. 내 생각에 그들은 아만에서도 그렇고 자기 동족에게도 나쁜 짓을 저지른 것 같습니다. 일시적으로 잠잠하긴 하지만 놀도르 군주들 가운데엔 비탄의 씨앗이 숨어 있어요."

그러자 싱골이 대답했다. "그게 나하고 무슨 상관입니까? 페아노르에 대해서는 소문만 들었지만 과연 대단한 인물이더군요. 그 아들들 이야기는 그리 듣기 좋은 것이 없지만, 어쨌든 그들이 우리 적에게는 대단히 치명적인 적이 될 게 분명합니다."

"그들의 칼과 계획은 양날의 검이 될지 모르지요." 멜리안이 대답하였고, 그들은 이 문제에 대해 더는 이야기하지 않았다.


얼마 지나지 않아 신다르 사이에는 놀도르가 벨레리안드에 오기 전의 행적이 소문으로 떠돌기 시작했다. 소문이 어디서 시작되었는지는 의심의 여지가 없지만, 그 고약한 실상은 거짓말에 의해 과장되고 왜곡되었다. 하지만 신다르는 아직 경계하지 않고 소문을 잘 믿었고, (그러니 당연히) 모르고스는 이렇게 자신의 사악한 공격을 위한 첫 대상으로 그들을 선택했던 것이다. 신다르는 아직 그를 알지 못했기 때문이다. 키르단은 이 우울한 소문을 듣고 마음이 심란했다. 왜냐하면 그는 지혜로운 자였고, 사실이든 거짓이든 소문이 악의적으로 이 시점에 퍼뜨려졌다는 점을 재빨리 간파하였다. 다만 그는 그 악의를 가문들 사이의 질투에서 비롯된 놀도르 군주들의 것으로 판단하였다. 그리하여 그는 사자들을 싱골에게 파견하여 자신이 들은 이야기를 모두 알려 주었다.

이 당시에 우연히 피나르핀의 아들들이 누이 갈라드리엘을 만나기 위해 다시 싱골의 손님으로 머물고 있었다. 무척 흥분한 싱골은 화를 내며 핀로드에게 말했다. "족친, 그렇게 엄청난 사건을 감춘 것은 잘못이었네. 놀도르가 어떤 악행을 저질렀는지 모두 들었네."

그러자 핀로드가 대답했다. "대왕, 제가 무슨 잘못을 했습니까? 폐하의 온 땅에서 놀도르가 어떤 악행으로 폐하를 슬프게 했단 말입니까? 폐하의 왕권이나 백성들 어느 누구에 대해서도 그들은 악한 것을 생각한 적이 없고 행한 적도 없습니다."

"에아르웬의 아들, 자넨 놀랍군." 싱골이 말했다. "자네 모친의 일족을 죽이고 손에 피를 묻힌 채로 친족의 식탁에 나타나면서도, 해명 한마디도 하지 않고, 용서조차 구하지 않는단 말인가!"

핀로드는 무척 괴로웠지만 입을 다물었다. 그는 다른 놀도르 군주들을 비난하지 않고는 도저히 자신을 변호할 수 없었고, 싱골 앞에서는 그렇게 하고 싶지 않았기 때문이다. 하지만 앙그로드의 가슴속에 카란시르가 했던 말이 되살아나면서 분한 마음이 일었고, 그가 소리를 질렀다. "폐하, 폐하께서 무슨 거짓말을 어디서 들으셨는지 모르겠습니다만, 우리는 손에 피를 묻히고 오지는 않았습니다. 우리는 죄가 없습니다. 다만 어리석게도 사나운 페아노르의 말을 듣고 잠시 술에 취한 듯 정신을 잃었을 뿐입니다. 우리는 도중에 악행을 저지르지도 않았고, 오히려 우리 자신이 큰 피해를 입었습니다. 하지만 우리는 용서하였습니다. 이로 인해 우리는 당신께는 고자질쟁이가 되고, 놀도르에게는 반역자가 되고 마는군요. 지금 폐하께서 잘못 아시게 된 것은 우리가 신의를 지키느라 폐하 앞에서 입을 다물었기 때문이고, 그래서 폐하의 진노를 샀던 것입니다. 하

지만 이제 이런 비난은 참을 수 없습니다. 폐하께서는 진실을 아셔
야 합니다."

그러고 나서 앙그로드는 페아노르의 아들들에 대해 분개하며,
알콸론데에서 흘린 피와 만도스의 심판, 로스가르의 선박 방화 등
을 이야기했다. 그리고 "어째서 살을에는얼음을 견뎌 낸 우리가 동
족 살해자와 배신자라는 불명예를 달고 다녀야 합니까?" 하고 소리
를 질렀다.

멜리안이 대답했다. "하지만 만도스의 그림자가 당신도 따라다
니고 있소." 그러나 싱골은 오랫동안 침묵을 지키다가 입을 열었다.
"이제 떠나시오! 내 마음속은 뜨겁게 끓어오르고 있소. 훗날 원한
다면 돌아와도 좋소. 족친들께서는 악의 덫에 걸렸으나 가담하지는
않았으니, 당신들 앞에까지 영원히 문을 닫지는 않을 것이오. 핑골
핀과 그 백성들도 자신들이 저지른 악행에 대해 혹독한 대가를 치
렀다고 하니, 그들과도 친교를 유지하겠소. 이 모든 재앙을 초래한
그 '권능'에 대한 증오심으로 우리의 비통함을 잊도록 합시다. 다만
이 말은 들으시오! 이제 다시는 알콸론데에서 내 동족을 살해한 이
들의 말을 내 귀로 듣고 싶지는 않소! 내가 왕위에 있는 한 내 왕국
어디서도 그들의 말을 공공연히 할 수는 없소. 모든 신다르는 놀도
르의 언어로 말하거나 거기에 답하지 말라는 나의 명령을 새겨들어
야 할 것이오. 그 말을 쓰는 자는 누구나 후회할 줄 모르는, 동족의
살해자이며 배신자로 간주할 것이오."

그리하여 피나르핀의 아들들은 무거운 마음으로 메네그로스를
떠나며, 만도스의 예언이 어떻게 실현되는지를 깨달았고, 페아노르
를 따라온 놀도르는 누구나 그 가문에 내려앉은 어두운 그림자를
벗어날 수 없다는 것을 알았다. 그리고 상황은 싱골이 이야기한 대
로 전개되었다. 신다르는 그의 명을 받들었고, 이후로 그들은 벨레
리안드 어디서나 놀도르의 언어를 사용하지 않으려고 했으며, 큰소

리로 그 말을 쓰는 자를 피했다. 하지만 망명자들은 신다린을 그들의 모든 일상생활에서 사용하였고, 서녘의 '높은요정들의 언어'는 놀도르 군주들끼리 있을 때만 사용하게 되었다. 하지만 그 언어는 그들이 사는 곳 어디서나 학문을 위한 언어로는 계속 살아남았다.

나르고스론드가 완성되어 (하지만 투르곤은 아직 비냐마르 궁정에 살고 있었다) 피나르핀의 아들들이 이곳의 잔치 자리에 모이게 되었다. 갈라드리엘도 도리아스를 떠나 잠시 나르고스론드에 머물고 있었다. 그런데 핀로드 펠라군드 왕에게는 아내가 없었고, 갈라드리엘은 계속 그렇게 지낼 것이냐고 물었다. 그녀가 묻는 순간 펠라군드의 머릿속에 미래에 대한 예지가 떠올라 대답하였다. "나도 한 가지 맹세를 하게 될 것이다. 그 맹세를 지키자면 몸이 자유로워야 하고 어둠 속에 들어갈 각오가 있어야 해. 내 왕국의 어느 것도 아들이 물려받을 때까지 남아 있게 되지는 않을 거야."

하지만 그 순간까지도 그는 그런 냉정한 생각을 하지는 않았다고 한다. 사실 그가 사랑한 여인은 바냐르인 아마리에였고, 그녀는 그와 함께 망명을 떠나오지 않았기 때문이다.

## Chapter 16

# 마에글린

핑골핀의 딸인 '놀도르의 백색 숙녀' 아레델 아르페이니엘은 오라버니 투르곤과 함께 네브라스트에 살다가 그와 같이 '숨은왕국'으로 들어갔다. 그러나 그녀는 은둔의 도시 곤돌린에 싫증이 났고, 시간이 지날수록 더욱더 발리노르에서처럼 다시 넓은 대지에서 말을 달리고 숲속을 거닐고 싶었다. 그래서 곤돌린이 완성된 후 2백 년이 지났을 때, 그녀는 투르곤에게 밖에 나갈 수 있도록 해 달라고 했다. 투르곤은 이를 허락하고 싶지 않아서 오랫동안 거절했지만 결국은 포기하고 대답하였다. "원한다면 나가도 좋지만 현명한 선택 같지는 않구나. 게다가 이 때문에 너와 나 모두에게 좋지 않은 일이 생길 것 같은 예감이 든다. 다만 핑곤 형님을 만난다면 가도 좋다. 그리고 몇 사람을 같이 딸려 보낼 테니, 가급적 빨리 이들을 곤돌린으로 돌려보내도록 하거라."

그러자 아레델이 말했다. "나는 오라버니의 종이 아니라 동생이야. 내가 가고 싶은 곳이면 오라버니가 정해 놓은 경계라도 넘어갈 거야. 호위병을 내놓기 싫으면 나 혼자 가겠어."

그러자 투르곤이 대답했다. "네게는 내가 가진 그 무엇을 주어도 아깝지 않다. 하지만 이곳에 들어오는 길을 성 밖의 누군가가 알고 있다는 것이 나는 꺼림칙하구나. 동생인 너야 믿지만 다른 이들도 입조심해 줄지 걱정이거든."

그리고 투르곤은 일가 중에서 세 영주를 뽑아 아레델과 동행하게 하고, 가능한 한 그녀를 설득하여 핑곤이 있는 히슬룸으로 인도하도록 했다. "조심들 하게. 모르고스는 아직 북부에 갇혀 있지만, 가운데땅에는 동생이 들어 본 적이 없는 많은 위험이 도사리고 있네." 그리고 아레델은 곤돌린을 떠났고, 동생의 출발을 지켜보는 투르곤의 마음은 무거웠다.

시리온강의 브리시아크 여울에 이르렀을 때, 그녀가 동료들에게 말했다. "북쪽으로 가지 말고 남쪽으로 말 머리를 돌립시다. 히슬룸으로는 가지 않겠소. 옛 친구인 페아노르의 아들들을 만나고 싶거든." 그녀가 완강하게 고집을 피웠기 때문에, 그들은 시키는 대로 남쪽으로 방향을 바꾸어 도리아스에 들어가려고 했다. 하지만 변경 수비대는 그들의 출입을 허용하지 않았다. 싱골은 피나르핀가의 친족을 제외하고는 놀도르라면 어느 누구도 '장막' 통과를 허용하지 않았고, 페아노르의 아들들과 친구였던 자는 더욱더 불가능한 일이었다. 그래서 변경 수비대는 아레델에게 이렇게 말했다. "당신이 찾는 켈레고름의 땅으로 가기 위해 싱골 왕의 영토를 지나가는 것은 불가합니다. 남쪽이든 북쪽이든 멜리안의 장막 바깥으로 돌아가십시오. 가장 빠른 길은 브리시아크에서 동쪽으로 딤바르를 통과하여 이 왕국의 북쪽 경계를 따라가는 도로를 이용하는 것입니다. 그러면 결국 에스갈두인 다리와 아로스 여울을 만나게 되고, 그 다음에는 힘링 언덕 후방 지역에 이릅니다. 우리가 알기로는 켈레고름과 쿠루핀은 거기 살고 있으니 아마 거기서 만날 수 있을 것입니다. 하지만 길은 험합니다."

그리하여 아레델은 돌아서서 에레드 고르고로스의 유령 계곡과 도리아스의 북쪽 방벽 사이에 있는 위험한 길을 찾아들었다. 그리고 흉측한 난 둥고르세브 지대에 이르렀을 때, 기수(騎手)들은 어둠 속에 갇혀 버렸고 아레델은 일행과 떨어져 길을 잃고 말았다. 그들은 한참 동안 그녀를 찾았으나 소용이 없었고, 그녀가 함정에 빠지거나 그곳에서 독이 든 냇물을 마시지나 않았을까 걱정하였다. 하지만 골짜기에 살던 잔인한 웅골리안트 무리가 깨어나 그들을 쫓아왔기 때문에 그들은 가까스로 달아나 목숨을 건질 수 있었다. 그들이 마침내 돌아와 소식을 전하자 곤돌린은 큰 슬픔에 잠겼다. 투르곤은 오랫동안 홀로 앉아 침묵 속에서 슬픔과 분노를 삭였다.

한편 아레델은 동료들을 찾았으나 소용이 없자 계속 말을 달렸다. 핀웨의 자손들이 모두 그렇듯이 그녀도 두려움을 모르는 강인한 성격의 소유자였던 것이다. 그녀는 말을 계속 달려 에스갈두인과 아로스강을 넘어 아로스와 켈론강 사이에 있는 힘라드에 이르렀다. 그 당시 앙반드 공성이 붕괴되기 전까지 켈레고름과 쿠루핀이 살던 곳이었다. 이때 그들은 집을 떠나 동쪽의 사르겔리온에서 카란시르와 함께 말을 타고 있었다. 하지만 켈레고름의 백성들은 정중하게 그녀를 환영했고 그들의 군주가 돌아올 때까지 그들과 함께 지내도록 했다. 그리하여 그녀는 한동안 만족스러워하였고, 숲속을 자유롭게 산책하며 무척 즐거운 시간을 보냈다. 하지만 시간이 지나도 켈레고름이 돌아오지 않자 그녀는 다시 가만히 있을 수가 없었고, 홀로 말을 타고 더 멀리까지 나가 새로운 길과 낯선 숲속을 찾는 일에 빠져들었다. 그리하여 그해가 저물어 갈 즈음 우연히 아레델은 힘라드 남쪽으로 가서 켈론강을 건너게 되었고, 어느새 '난 엘모스' 숲 속에 갇히게 되었다.

먼 옛날 나무들이 아직 어리던 가운데땅의 여명기에 멜리안이 거닐던 숲이 바로 이 숲이었고, 여전히 그곳에는 마법이 남아 있었다. 하지만 이제 난 엘모스의 나무들은 벨레리안드 전체를 통틀어 가장 키가 크고 울창하여 햇볕조차 들어오지 않았다. 이곳에 '검은요정'이란 별명을 지닌 에올이 살고 있었다. 그는 예전에 싱골의 친척이었지만 떠돌아다니기를 좋아하여 도리아스에서는 만족할 수가 없었다. 그래서 그가 살던 레기온숲 둘레에 멜리안의 장막이 쳐지자 그는 거기서 난 엘모스로 달아났다. 그곳의 깊은 그늘 속에 살면서 그는 밤과 어스름 별빛을 사랑하였다. 그는 놀도르 때문에 모르고스가 돌아왔고, 이로 인해 벨레리안드의 평화가 깨어졌다고 생각하고 그들을 피했다. 하지만 난쟁이들에 대해서는 그 옛날의 어느 요정보다도 더 우호적이었다. 난쟁이들은 엘다르의 땅에서 벌어진 많은 소식을 그에게 들었다.

그런데 청색산맥에서 내려오는 난쟁이들의 왕래는 동벨레리안드를 횡단하는 두 도로를 따라 이루어졌다. 아로스 여울로 향하는 북쪽 길은 난 엘모스 근처를 지나갔고, 에올은 거기서 나우그림을 만나 교제하곤 했다. 우호 관계가 확대되면서 그는 이따금 노그로드나 벨레고스트의 땅속 저택으로 가서 손님 대접을 받곤 했다. 또한 거기서 금속 세공에 대해서 많은 것을 배웠고 상당한 기술을 습득했다. 그는 난쟁이들의 강철만큼 단단하면서도 전성(展性)이 뛰어난 금속을 고안해 냈고, 그것은 얇고 유연하게 제련이 가능하면서도 어떤 칼이나 화살도 막아 낼 수 있었다. 그것은 흑옥처럼 반짝이는 검은색이었기 때문에 그는 그것을 '갈보른'이라고 명명했고, 외출할 때는 항상 갈보른으로 만든 옷을 입었다. 에올은 세공 작업을 하느라 몸이 구부정해졌지만 난쟁이 정도는 아니었다. 그는 험상궂지만 고귀한 얼굴에 명문가의 혈통을 지닌 장신의 텔레리 요정으로, 그의 눈은 그늘과 어둠 속 깊은 곳까지 꿰뚫어 볼 수 있었다. 아레델 아르페이니엘이 난 엘모스 경계 근처의 키 큰 나무들 사이에서 길을 잃고 헤맬 때, 그는 어두운 대지에서 한 줄기 흰빛과도 같은 그녀를 발견했다. 그녀는 무척 아름다웠고, 그는 그녀가 탐이 났다. 에올은 아레델의 주변에 마법을 걸어 그녀가 출구를 찾지 못하고 숲속 깊숙이 그가 사는 곳으로 점점 가까이 오도록 유인하였다. 그곳에는 그의 대장간과 어둠침침한 저택, 주인만큼이나 과묵하고 비밀스러운 하인들이 있었다. 아레델이 방황에 지쳐 마침내 그의 문 앞에 나타났을 때 그는 모습을 드러냈고, 그녀를 기쁘게 맞이하여 집 안으로 인도하였다. 그리하여 그녀는 그곳에 머물게 되었고, 에올은 그녀를 아내로 삼았다. 그리고 오랜 세월이 지나서야 아레델의 친척들은 다시 그녀의 소식을 들을 수 있었다.

난 엘모스에서 보낸 아레델의 삶이 오랫동안 끔찍했다거나 그녀가 그곳 생활을 싫어하기만 했던 것 같지는 않다. 에올의 명에 따라 그녀는 햇빛을 피해 다녀야 했지만, 그들은 별빛이나 초승달 달빛 속에서 멀리까지 함께 산책을 다녔다. 페아노르의 아들들이나 다른 놀도르를 만나지 말라는 에올의 금령(禁令)만 제외하면, 그녀는 가고 싶은 곳에 혼자 갈 수도 있었다. 아레델은 난 엘모스 그늘 속에서 에올의 아들을 낳았는데, 그녀는 마음속으로 금지된 놀도르 말로 로미온이라는 이름을 그에게 지어 주었다. '황혼의 아이'라는 뜻이었다. 하지만 아이의 부친은 그가 열두 살이 될 때까지 이름을 지어 주지 않았고, 그때가 되어서야 그는 아들을 '예리한 눈길'이란 뜻의 마에글린이란 이름으로 불렀다. 그는 아들의 눈길이 자신보다 더 예리하며, 그의 생각은 언어의 안개 너머에 있는 가슴속 비밀까지 읽을 수 있다는 것을 간파하였던 것이다.

성인으로 자라나면서 마에글린은 얼굴과 체격은 놀도르 혈통을 닮았지만, 기질과 생각은 영락없는 아버지의 아들이었다. 그는 자신과 직접 관련된 문제가 아닐 경우에는 말수가 무척 적었고, 입을 열면 그의 음성에는 듣는 이의 마음을 움직이고 대적하는 자들을 압도하는 힘이 들어 있었다. 그는 큰 키에 검은 머리를 하고 있었고, 검은 눈은 놀도르의 눈처럼 반짝거리고 날카로웠으며, 피부는 흰색이었다. 그는 자주 에올과 함께 에레드 린돈 동쪽에 있는 난쟁이들의 도시로 가서 그들이 가르치는 것을 열심히 배웠고, 특히 산속에서 금속의 광석을 찾아내는 기술을 익혔다.

하지만 마에글린은 어머니를 더 사랑하였던 것으로 알려져 있고,

에올이 출타하면 어머니 옆에 오랫동안 앉아 어머니가 들려주는 모든 이야기들, 곧 모친의 일족과 그들의 엘다마르 행적, 핑골핀 가문 군주들의 힘과 무용(武勇)에 대해 귀를 기울이곤 했다. 이 모든 이야기를 그는 가슴에 새겼으며 무엇보다도 투르곤에 관한 이야기, 그리고 그에게 후계자가 없다는 사실을 기억하였다. 투르곤의 아내 엘렌웨는 헬카락세를 건너던 중에 목숨을 잃었고, 그에게는 딸 이드릴 켈레브린달이 유일한 자식이었다.

이런 이야기를 하는 중에 아레델은 가족들을 다시 만나고 싶은 마음이 간절해졌다. 그녀는 자신이 곤돌린의 밝은 햇빛과 햇살 속의 샘물들, 바람 부는 봄 하늘 밑 툼라덴의 푸른 풀밭에 싫증을 냈다는 것이 의아했다. 게다가 그녀는 아들과 남편이 집을 떠나 있을 때면 그늘 속에 혼자 있을 때가 많았다. 이런 이야기로 인해서 마에글린과 에올 사이에 처음으로 불화가 생겨났다. 왜냐하면 모친은 마에글린에게 투르곤이 어디 사는지, 어떻게 하면 그곳에 갈 수 있는지를 절대로 말해 주지 않았고, 그는 모친을 설득해서 비밀을 알아내거나 혹시 모친이 방심하고 있을 때 마음속을 들여다볼 수 있을 것으로 기대하며 때를 기다렸기 때문이다. 하지만 그 일이 성사되기 전에 그는 놀도르를 보고 싶었고, 그리 멀지 않은 곳에 사는 그의 친척 페아노르의 아들들과 이야기도 하고 싶었다. 그러나 마에글린이 에올에게 자신의 의중을 밝히자 부친은 노발대발하였다. "내 아들 마에글린아, 넌 에올 집안이지 골로드림(놀도르를 가리키는 신다린 표기—역자 주)이 아니다. 이 땅은 모두 텔레리의 영토이거니와, 나도 그렇지만 내 아들도 동족을 죽이고 우리 땅에 쳐들어와 땅을 빼앗은 자들과 교제하는 것을 나는 원치 않는다. 넌 이 말에 꼭 순종해야 한다. 만약 네가 따르지 않는다면 너를 가두어 둘 것이다." 마에글린은 냉담한 표정으로 입을 다문 채 대답하지 않았고, 다시는 에올과 외출을 하지 않았다. 에올 또한 아들을 믿지 않았다.

한여름쯤 되어 전례에 따라 난쟁이들이 노그로드의 잔치에 에올을 초대하여 에올은 길을 떠났다. 그리하여 마에글린과 모친은 한동안 자유롭게 그들이 원하는 곳으로 다닐 수 있게 되었고, 자주 햇빛을 찾아 숲의 가장자리까지 나갔다. 마에글린의 가슴속에 난 엘모스를 영원히 떠나고 싶은 욕망이 뜨겁게 달아올랐다. 그가 아레델에게 말했다. "어머니, 기회가 있을 때 달아납시다! 이 숲속에 있으면 어머니와 제게 무슨 희망이 있습니까? 여기서 이렇게 감금 상태로 있어 봤자 제겐 득이 될 게 아무것도 없어요. 아버지가 가르쳐주실 만한 것이나 나우그림이 일러 줄 만한 것들은 모두 배웠거든요. 곤돌린을 찾아보지 않으시겠어요? 어머니가 길 안내를 하시면 제가 지켜 드리지요!"

그 말을 듣고 아레델은 기뻐하였고 자랑스럽게 아들을 바라보았다. 그들은 에올의 하인들에게 페아노르의 아들들을 만나러 간다고 하고, 말을 타고 난 엘모스 북쪽 기슭으로 향했다. 거기서 그들은 강폭이 좁은 켈론강을 건너 힘라드 땅으로 들어갔고, 아로스 여울까지 계속 말을 달린 다음 도리아스 방벽을 따라 서쪽으로 향했다.

이때 에올은 마에글린이 예상했던 것보다 일찍 동부에서 돌아왔고, 아내와 아들이 겨우 이틀 전에 떠났다는 것을 알았다. 얼마나 화가 났던지 그는 햇빛 속에서도 그들의 뒤를 찾아 나섰다. 하지만 힘라드에 들어선 그는 그곳이 위험한 곳이라는 것을 알고 있었기에 화를 억누르고 조심스럽게 나아갔다. 켈레고름과 쿠루핀은 에올을 전혀 좋아하지 않는 대군주들이었고, 특히 쿠루핀은 무척 위험한 성격이었다. 아글론의 파수꾼들은 마에글린과 아레델이 아로스 여울로 달려가는 것을 목격하였고, 수상한 일이 벌어지고 있음을 알아챈 쿠루핀은 고개 남쪽으로 나와 여울 근처에 진지를 세웠다. 힘라드에 들어선 지 얼마 되지 않아 에올은 매복중인 쿠루핀의 기수들에게 붙잡혀 그들의 군주에게 끌려갔다.

쿠루핀이 에올에게 물었다. "검은요정, 무슨 일로 자네가 우리 땅에 들어왔는가? 그렇게 햇빛을 싫어하는 자네가 대낮에 나온 걸 보면 무척 심각한 문제인 모양이군?"

에올은 속으로는 심한 말을 하고 싶었지만 위험한 상황임을 알고 있었기에 참았다. "쿠루핀 공, 제가 출타한 사이에 제 아들과 아내 '곤돌린의 백색 숙녀'가 전하를 방문하러 떠났음을 알게 되었습니다. 이번에는 아무래도 제가 동행하는 것이 옳을 것 같았습니다."

그러자 쿠루핀이 에올을 향해 웃으며 말했다. "자네가 동행했더라면 그들은 여기서 기대했던 것보다 환영을 덜 받았을 걸세. 하지만 그건 중요한 문제가 아닐세, 그게 그녀들 용건이 아니었으니 말이야. 두 요정이 아롯시아크를 건너 서쪽으로 황급히 달려간 지 이틀이 안 됐네. 자넨 나를 속이고 있는 것 같군. 아니면 자네가 정말 속았는지도 모르고."

에올이 대답했다. "전하, 그렇다면 혹시 제가 가서 이 문제의 진상을 파악할 수 있도록 허락해 주시겠습니까?"

"허락은 하겠네만 기분은 좋지 않군." 쿠루핀이 대답했다. "자네가 우리 땅을 일찍 떠난다면 그보다 좋은 일은 없네."

그리하여 에올은 말에 올라타고 말했다. "쿠루핀 공, 어려울 때 정이 많은 친척을 만나 뵙게 되어 고마웠습니다. 돌아올 때 기억하도록 하겠습니다." 그러자 쿠루핀은 에올을 향해 험악한 표정을 지었다. "내 앞에서 아내를 내세워 친척 행세는 하지 말게. 놀도르의 딸을 훔쳐서 선물이나 허락도 없이 결혼을 했으니 친척이 될 수는 없네. 가도 좋다는 허락을 했으니 곱게 사라지게. 놀도르의 법도에 따라 이번에는 자네를 죽일 수 없지. 그리고 이 충고 한마디는 하겠네. 당장 난 엘모스의 어둠 속 자네 집으로 돌아가게. 내 직감에 자네를 더는 사랑하지 않는 이들을 지금 계속 추적한다면, 자네는 절대로 집에 돌아가지 못할 걸세."

그러자 에올은 급히 말을 타고 떠났고 모든 놀도르에 대한 증오심이 그의 온몸을 휘감았다. 이제 그는 마에글린과 아레델이 곤돌린으로 달아나고 있다는 것을 깨달은 것이다. 굴욕감으로 인해 분노와 수치심이 치밀어 오른 그는 아로스 여울을 건너 모자가 앞서 지나간 길로 힘차게 말을 달렸다. 그러나 마에글린과 아레델은 에올이 무척 빠른 말을 타고 쫓아오고 있다는 것을 알지 못하였다. 그럼에도 불구하고 에올은 그들이 브리시아크에 도착하여 말을 버릴 때까지는 그들을 발견할 수 없었으나, 바로 그 순간 그들은 불운하게도 발각되고 말았다. 그들의 말이 큰 소리로 히힝 하며 울자 에올의 말이 그 소리를 듣고 빠른 속력으로 그들을 향해 달려왔다. 에올은 멀리서 아레델의 흰옷을 보았고, 산속으로 들어가는 비밀 통로를 찾아 그녀가 어느 쪽으로 가는지를 확인하였다.

이제 아레델과 마에글린은 곤돌린의 외문(外門)과 산 밑의 '검은 경비대'에 도착하였다. 아레델은 거기서 환영을 받았고, 일곱 문을 지나 마에글린과 함께 아몬 과레스의 투르곤 앞으로 나아갔다. 이리하여 왕은 아레델이 털어놓아야 했던 모든 이야기를 흥미롭게 들었고, 또한 생질(甥姪)인 마에글린에게 놀도르 군주의 일원으로 손색이 없는 자질이 있는 것을 발견하고 흐뭇하게 바라보았다. 왕이 입을 열었다.

"아르페이니엘이 곤돌린에 돌아와서 참으로 기쁘구나. 이제 나의 도시는 동생을 영원히 잃어버렸다고 생각했을 때보다 더 아름다워지리라. 또한 마에글린도 이 나라에서 최고의 영예를 누리게 될 것이다."

그리하여 마에글린은 고개를 깊이 숙이고 투르곤을 주군이자 왕으로 모시고 그의 뜻을 따르기로 했다. 그리고 나서 그는 더 이상 입을 열지 않고 주의깊게 둘러보았다. 곤돌린의 지복과 광채는 모친의 이야기를 들으며 그가 상상했던 모든 것을 초월했기 때문이다.

그는 도시의 견고함과 많은 주민들, 그의 눈에 보이는 많은 신기하고 아름다운 것들에 놀라움을 금치 못했다. 하지만 다른 무엇보다 더 그의 눈길이 쏠렸던 것은 왕의 옆에 앉아 있는 왕의 딸 이드릴이었다. 그녀는 어머니의 핏줄인 바냐르를 닮아 금발이었고, 그의 눈에는 왕의 궁정에 빛을 가득 채우고 있는 태양과도 같은 존재였다.

한편 아레델을 추적하던 에올은 '마른강'과 비밀 통로를 발견하였고, 은밀하게 안으로 기어들어 가 경비대까지 이르렀으나 체포당하여 심문을 받았다. 경비대는 아레델이 자기 아내라는 에올의 주장을 듣고 깜짝 놀라 발 빠른 전령을 도시로 보냈다. 왕의 궁에 도착하자 전령이 소리쳤다.

"폐하, 검은 문으로 몰래 들어온 자를 경비대가 사로잡았습니다. 에올이라는 이름의 키 큰 요정인데, 얼굴이 검고 험상궂은 신다르 일족입니다. 그런데 아레델 님을 자기 아내라고 우기며, 폐하께 데려가 달라고 고집을 부리고 있습니다. 대단히 화가 나 있어서 제어하기가 어렵습니다. 다만 폐하의 명에 따라 죽이지는 않았습니다."

그러자 아레델이 말했다. "아! 걱정했던 대로 에올이 우릴 따라왔군요. 하지만 참 교묘하게 들어왔네요. '숨은 길'에 들어설 때만 해도 추격의 기미는 보이지도 들리지도 않았거든요." 그리고 그녀는 전령에게 지시했다. "그의 말이 옳다. 그는 에올이고, 나는 그의 아내며, 그는 내 아들의 아버지다. 그를 죽이지 말고 이리로 데려와서 왕이 원하신다면 왕의 재판을 받도록 하라."

일은 그렇게 되었고, 에올은 투르곤의 궁에 끌려와 그의 높은 옥좌 앞에 오만하고 불쾌한 표정을 지으며 섰다. 그 역시 아들 못지않게 눈에 보이는 모든 것에 놀라움을 금치 못했지만, 그의 가슴은 그보다는 놀도르에 대한 분노와 증오로 가득했다. 그러나 투르곤은 정중하게 그를 대우하며 자리에서 일어나 손을 잡으며 말했다. "잘 오셨소, 족친. 귀하를 족친으로 받아들이겠소. 이곳에서 편히 살도

록 하시지요. 다만 여기서만 살아야 하며 나의 왕국을 떠나서는 안
되오. 이곳에 들어오는 길을 발견한 자는 아무도 나갈 수 없다는 것
이 나의 법이기 때문이오."

그러나 에올은 손을 빼면서 말을 했다. "나는 당신의 법을 인정하
지 않소. 당신이나 이 땅에 있는 당신의 친족 누구도, 여기서든 저기
서든 땅을 차지하고 경계를 세울 권리가 없소. 여기는 텔레리의 땅
인데, 당신들은 항상 오만하고 부정한 행동을 하며 이 땅에 전쟁과
갖가지 불안거리를 만들었소. 나는 당신의 비밀에 대해 아무런 관
심이 없고, 당신을 염탐하러 온 것도 아니오. 다만, 나의 소유인 내
아내와 아들을 찾아가겠소. 혹시 당신의 누이 아레델에 대해 당
신이 소유권을 주장한다면, 아레델은 남아 있어도 좋소. 새는 새장
으로 가야할 테니까. 하지만 전에 그랬던 것처럼 그 속에서 곧 다시
싫증을 내고 말 거요. 하지만 마에글린은 그럴 수 없소. 내 아들을
내게서 빼앗아 갈 수는 없는 일이오. 자, 에올의 아들 마에글린! 부
친이 네게 명하노라. 부친의 친족을 죽인 적의 집을 떠나라. 그러지
않으면 저주가 임하리라." 그러나 마에글린은 아무 대답도 하지 않
았다.

그러자 투르곤은 높은 옥좌에 앉아 심판의 지팡이를 들고 엄중
한 목소리로 말했다. "검은요정, 너와 논쟁을 벌이지 않겠다. 오로지
놀도르의 검이 있기에 너의 그 음침한 숲도 건재한 것이다. 네가 자
유롭게 야생의 들판을 뛰어다닐 수 있는 것도 다 우리 일족의 덕택
이다. 우리가 없었더라면 너는 오래전에 앙반드의 토굴 속에서 노예
로 고생하였을 것이다. 이곳에서는 내가 왕이고, 네가 따르든 말든
나의 판결이 곧 법이다. 네게는 이제 여기서 계속 살든지, 아니면 여
기서 죽든지, 이 두 가지 길밖에 없다. 네 아들 역시 마찬가지다."

그러자 에올은 투르곤 왕의 눈을 들여다보았다. 그는 여전히 당
당한 태도로 한참 동안 말없이 꼼짝도 하지 않고 서 있었고, 방 안에

는 침묵이 감돌았다. 아레델은 그가 위험한 인물이란 것을 알고 있었기 때문에 걱정스러웠다. 갑자기 에올은 뱀처럼 날렵하게 외투 속에 숨기고 있던 짧은 창을 꺼내 마에글린을 향해 던지며 소리쳤다. "나와 내 아들은 후자를 선택하겠다! 나의 소유는 빼앗길 수가 없다!"

그러나 아레델이 창 앞으로 몸을 날렸고, 창은 그녀의 어깨에 꽂혔다. 에올은 여러 사람에게 붙잡혀 포박당한 채 끌려 나갔고 다른 이들은 아레델을 돌보았다. 하지만 마에글린은 부친을 바라보면서도 입을 다물었다.

에올은 다음 날 왕의 재판을 받도록 결정이 났고, 아레델과 이드릴은 투르곤에게 자비를 청했다. 한편 그리 심각해 보이지 않던 아레델의 상처는 저녁이 되면서 악화되어 급기야 그녀는 의식을 잃었고, 결국 밤중에 숨을 거두고 말았다. 창끝에 독이 발라져 있었던 것인데 너무 늦게야 그것을 알았던 것이다.

그리하여 에올은 투르곤 앞에 끌려 나왔지만 용서받을 수는 없었다. 그들은 곤돌린 언덕의 북쪽에 있는 검은 암벽 카라그두르로 그를 데리고 가서 깎아지른 도시의 성벽 아래로 던지도록 되어 있었다. 마에글린은 옆에 서 있었지만 아무 말도 하지 않았고, 에올은 마지막 순간에 소리를 질렀다. "부정하게 얻은 아들아, 네 부친과 일족을 네가 버리는구나! 여기서 네 모든 희망은 좌절될 것이며, 너는 여기서 나와 똑같은 죽음을 당할 것이다!"

그들은 카라그두르 너머로 에올을 던졌고, 그는 그렇게 생을 마감했다. 곤돌린의 모든 이들은 그것을 정당한 것으로 간주했으나, 이드릴은 괴로워하면서 그 이후로 동족을 신뢰하지 않았다. 그러나 마에글린은 잘 자라나 곤돌린드림(곤돌린 요정들을 가리킴—역자 주) 모두의 칭찬을 받는 훌륭한 인물이 되어 투르곤의 총애를 받았다. 그는 배울 수 있는 모든 것을 열심히 빨리 배우고자 했던 만큼, 가르쳐야 할 것도 많았던 것이다. 그는 주변에서 세공과 채굴에 재능이 뛰어난 이들을 모두 불러 모아 에코리아스, 곧 에워두른산맥을 탐사하였고, 여러 가지 금속의 광맥을 넉넉하게 발견하였다. 그는 에코리아스 북부 앙하바르 광산에서 나오는 단단한 쇠를 가장 귀하게 여겼고, 그곳에서 연마한 금속과 강철을 풍족하게 얻었다. 그리하여 곤돌린드림의 무기는 더욱 강력하고 예리해졌고, 그것은 장차 그들에게 큰 도움이 되었다. 마에글린은 지혜로우면서도 조심성이 있었고, 또 위급할 때는 강인하고 용맹스러웠는데, 이는 훗날 확인할 수 있었다. 니르나에스 아르노에디아드(벨레리안드 다섯째 전투인 '한없는 눈물의 전투'를 가리킴—역자 주)가 벌어진 그 끔찍스러운 해에 투르곤은 방어망을 풀고 핑곤을 돕기 위해 북부로 진군하는데, 마에글린은 왕의 섭정으로 곤돌린에 남아 있는 대신 전쟁에 나가 투르곤 옆에서 싸웠고, 전투에서 담대함과 용맹성을 보여 주었다.

그렇게 마에글린의 운명은 모든 것이 순조로워 보였다. 그는 놀도르 군주들 가운데서 막강한 인물로 성장하였고, 놀도르 최고의 왕국에서 두 번째로 높은 인물이 되어 있었던 것이다. 하지만 그는 속마음을 드러내 보이지 않았다. 모든 일이 뜻대로 풀려나간 것은 아니었지만 그는 말없이 견뎠고, 이드릴 켈레브린달이 아닌 한 아무도 그것을 알아차리지 못하도록 생각을 감추었다. 곤돌린에 온 첫날부터 그는 슬픔을 안게 되었고, 그것은 나날이 악화되어 그로부터 모든 기쁨을 앗아 갔다. 그는 이드릴의 아름다움을 사랑하고 그녀를 원했지만 희망이 없었다. 엘다르는 그처럼 가까운 인척간에는 혼인을 하지 않았고, 전에는 아무도 그런 생각을 품은 적이 없었다. 또한 그런 사정은 제쳐 두고라도 이드릴은 마에글린을 전혀 사랑하지 않았다. 그녀는 자신에 대한 그의 생각을 알고 나서부터는 그를 더욱 멀리하였다. 그녀가 보기에 그에게는 뭔가 낯설고 비뚤어진 무엇이 있었는데, 엘다르는 나중에 그 점을 이렇게 이해하게 되었다. 바로 동족 살해의 사악한 결과라는 것이다. 만도스의 저주의 그림자가 그렇게 놀도르의 마지막 희망을 뒤덮고 있었던 셈이다. 그러나 세월이 흘러도 마에글린은 여전히 이드릴을 지켜보며 기다렸고, 그의 사랑은 가슴속에서 암울함으로 변했다. 그럴수록 그는 다른 문제에서는 자신이 세력을 얻는 길이라면 어떤 수고나 고난도 회피하지 않고 자기 뜻을 관철하고자 했다.

곤돌린의 사정이 그러했다. 왕국의 영광이 계속되고 있는 그 모든 축복의 와중에 어두운 악의 씨앗이 뿌려졌던 것이다.

## Chapter 17
## 인간의 서부 출현

놀도르가 벨레리안드에 온 지 3백 년 넘게 지나고 '긴평화'의 시절이 이어지면서, 나르고스론드 왕 핀로드 펠라군드는 시리온강 동쪽으로 여행을 떠나 페아노르의 아들 마글로르, 마에드로스와 사냥을 나갔다. 그러나 사냥에 싫증이 난 그는 멀리서 반짝이는 에레드 린돈 산맥 쪽으로 혼자 들어갔다. 난쟁이길에 들어선 그는 사른 아스라드 여울에서 겔리온강을 건넜고, 아스카르강 상류를 건너 남쪽으로 방향을 바꾼 다음 옷시리안드 북부에 들어섰다.

저녁이 되었을 때 그는 살로스강의 발원지 아래쪽에 있는 산맥 기슭의 골짜기에서 불빛을 발견하였고 멀리서 들려오는 노랫소리도 들었다. 그 지방의 초록요정은 불도 피우지 않고 밤에는 노래도 하지 않았기 때문에, 그는 이를 무척 의아하게 여겼다. 처음에 그는 오르크 무리가 북부의 포위망을 빠져나온 것으로 생각하고 걱정했지만, 가까이 다가가 보니 그것이 아니었다. 노래를 부르는 자들은 그가 전에 들어 보지 못한 언어를 사용하고 있었다. 난쟁이의 말도 아니고 오르크의 말도 아니었다. 그래서 펠라군드는 나무 그늘이 드리운 밤의 어둠 속에서 숨을 죽이고 선 채 야영지를 내려다보았고 거기서 이상한 종족을 발견하였다.

이들이 후세에 베오르 영감이라고 불리는 한 인간 족장의 친족과 그를 따르는 이들이었다. 그는 동부를 떠나 오랜 세월 동안 방랑한 끝에 마침내 일족을 이끌고 청색산맥을 넘어 벨레리안드에 들어온 최초의 인간이었다. 그들은 기쁨에 겨워 노래를 불렀고, 자신들이 모든 위험을 피해 마침내 두려움 없는 땅에 도착하였다고 믿었다.

펠라군드는 한참 동안 그들을 지켜보았고, 가슴속에는 그들에 대한 사랑이 움텄다. 하지만 그들이 모두 잠들 때까지 그는 나무 사이에 숨어 있었다. 그런 다음 잠자는 사람들 사이로 들어가 아무도 지켜보지 않는 꺼져 가는 모닥불가에 앉았다. 그리고 베오르가 옆에 내려놓은 볼품없는 하프를 손에 들고, 인간의 귀로는 들어 보지 못한 음악을 연주하였다. 그들은 야생지대의 어둠의 요정들 말고는 그런 음악을 가르쳐 줄 선생을 만나지 못했던 것이다.

그때 인간들이 잠을 깨어 펠라군드가 하프를 켜며 노래하는 것을 들었고, 옆에 있는 동료들도 잠에서 깨어난 것을 발견하기까지 그들은 모두 자신이 무슨 감미로운 꿈을 꾸는 것으로 생각했다. 하지만 그들은 음악의 아름다움과 노래의 경이로움 때문에 펠라군드가 계속 연주하는 동안 입을 다물고 꼼짝도 하지 않았다. 요정왕의 노래 속에는 지혜가 들어 있었고, 노래를 듣는 이들의 마음은 더욱 지혜로워졌다. 아르다의 형성과 대해의 어둠 너머 아만의 축복에 대한 그의 노래는 인간들의 눈에 선명한 환상처럼 나타났고, 요정어로 된 그의 말은 그 운율에 따라 각자의 마음속에 번역되어 전해졌던 것이다.

그리하여 인간들은 모든 엘다르 중에서 그들이 가장 먼저 만난 펠라군드 왕을 그들의 언어로 '지혜'를 뜻하는 말인 '놈'으로 불렀고, 그의 이름을 따서 그의 종족도 '지혜로운 자'를 뜻하는 '노민'으로 불렀다. 사실 그들은 처음에는 펠라군드를 발라들 중의 하나로 믿었다. 서녘에 가면 발라들이 산다는 소문을 일찍이 들었던 것이다. 그들이 여행을 하게 된 것도 (일부의 얘기로는) 바로 그 소문 때문이었다. 펠라군드는 그들과 함께 살면서 그들에게 참지식을 가르쳐 주었고, 그들도 그를 사랑하고 왕으로 섬기면서 이후로 피나르핀 가문에 충성을 다했다.

그런데 엘다르는 다른 어떤 종족보다도 언어에 재능이 있었다. 펠라군드 또한 인간들의 마음속을 들여다보며 그들이 언어로 표현하고자 하는 생각을 읽을 수 있었기 때문에, 그들의 말을 쉽게 이해할 수 있었다. 인간은 또한 산맥 동쪽에 있는 어둠의 요정들과 오랫동안 교류하였고, 그들로부터 요정들의 언어를 상당 부분 배운 것으로 알려져 있다. 그런데 퀜디의 언어는 모두 한 뿌리에서 시작되기 때문에, 베오르와 그의 종족이 쓰는 말은 어휘와 구조에 있어서 요정어와 닮은 것이 많았다. 그리하여 얼마 지나지 않아 펠라군드는 베오르와 이야기를 나눌 수 있었고, 그들과 함께 지내면서 더욱 많은 대화를 하였다. 그러나 인간의 기원과 그들의 여행에 대해 질문하면 베오르는 말수가 적어졌다. 사실 그는 잘 알지도 못했다. 그들의 조상은 그들의 과거에 대해 많은 이야기를 들려주지 않았고, 또 그들의 기억에는 망각이 덧씌워져 있었기 때문이다. 베오르는 이렇게 대답했다. "우리 뒤에는 어둠이 있습니다. 우리는 그쪽에 등을 돌렸고, 그곳에 돌아가는 것은 생각도 하고 싶지 않습니다. 우리의 마음은 서쪽을 향해 왔고 거기서 '빛'을 찾을 수 있으리라고 믿습니다."

하지만 나중에 엘다르 사이에 떠도는 소문으로는, 태양이 떠오르고 인간이 힐도리엔에서 눈을 떴을 때, 모르고스의 첩자들이 감시하고 있었고 이 소식은 곧 그에게 전달되었다고 한다. 이를 매우 중대한 사건으로 생각한 모르고스는 전쟁의 지휘를 사우론에게 맡기고 어둠 속에 몰래 앙반드를 빠져나와 직접 가운데땅으로 들어갔다. 사실 엘다르는 모르고스와 인간들의 관계에 대해서는 그 당시 아무것도 알지 못했고 나중에도 거의 마찬가지였다. 다만 (동족 살해의 그림자와 만도스의 심판이 놀도르를 따라다니듯이) 인간들의 마음속에 어둠이 스며들어 있다는 것을 그들이 처음 만난 인간들인 '요정의 친구들'에게서도 분명히 감지하였다. 새로이 아름답게 생겨나는 것이면 무엇이든지 타락시키고 파괴하는 것이 모르고스의 가장 큰 목표였다. 따라서 그가 자신의 임무 중의 하나로 이 목표를 품고 있었다는 것은 의심의 여지가 없었다. 공포심과 거짓말로 인간을 엘다르의 적으로 만들어 벨레리안드와 맞서도록 동부에서 끌어내는 것이 그의 목표였다. 그러나 이 계획은 진척이 느렸고 제대로 성사되지도 못했다. 왜냐하면 (들리는 바로는) 인간들이 처음에는 수효가 적었던 데다, 한편으로 엘다르의 세력이 커지고 단합이 강화되는 것이 두려워, 그는 그 시점에서 힘과 지략이 미흡한 부하 몇 명만 남기고 앙반드로 돌아와야 했기 때문이었다.

한편 펠라군드는 베오르로부터 함께 서쪽을 향해 길을 떠나온, 같은 생각을 지닌 다른 인간들이 많이 있다는 이야기를 들었다. "우리 일족 중에 다른 이들은 산맥을 넘어와 멀지 않은 곳에서 방랑하고 있습니다. 그리고 우리와 말이 갈라진 할라딘 사람들은 아직 산맥 동쪽 기슭의 골짜기에서 여행을 계속해야 할지 몰라 소식을 기다리고 있습니다. 그리고 우리와 말이 좀 더 가까운 다른 인간들도 있는데, 그들과는 가끔 교류하기도 했습니다. 그들은 우리보다 앞서 서행(西行)에 나섰는데 우리가 앞질렀습니다. 그들은 수가 많은 데다 잘 뭉쳐 다녀서 이동이 느리기 때문인데, 마라크라고 하는 족장이 이끌고 있습니다."

옷시리안드의 초록요정들은 이때 인간의 출현에 골머리를 앓고 있었다. 그들은 바다를 건너온 엘다르 왕이 인간들과 함께 있다는 소식을 듣고 펠라군드에게 사자를 보냈다. "폐하, 새로 나타난 이자들에게 명령을 하실 수 있다면, 이들이 온 길로 되돌아가거나 아니면 계속 전진하게 해 주십시오. 우리 땅에 낯선 자들이 들어와 평화를 깨뜨리는 것을 우린 원치 않습니다. 게다가 이들은 나무를 베고 짐승을 사냥하는 자들이라서, 우리는 그들의 친구가 될 수 없습니다. 만약 그들이 떠나지 않는다면 가능한 모든 방법을 써서 괴롭힐 작정입니다."

그리하여 펠라군드의 충고에 따라 베오르는 방랑하고 있던 그의 친족과 일족을 모두 불러 모아 겔리온강을 건넜고, 암로드와 암라스의 땅에 그들의 거처를 정했다. 난 엘모스 남쪽, 켈론강 동쪽 강변의 그 땅은 도리아스 경계와 가까웠고, 그 뒤로 '야영지'란 뜻의 에스톨라드로 불리게 되었다. 그러나 1년 뒤 펠라군드가 자기 나라로 돌아가려고 했을 때 베오르는 그와 함께 가기를 청했고, 그리하여 남은 생애를 나르고스론드 왕을 섬기며 살았다. 이렇게 하여 원래 발란이라는 이름으로 불리던 그는 베오르란 이름을 얻게 되는데, 베오르는 그들의 말로는 '가신'(家臣)이란 뜻이었다. 그는 자기 종족의 통치는 큰아들 바란에게 맡기고 다시는 에스톨라드로 돌아가지 않았다.

펠라군드가 떠난 직후 베오르가 말한 다른 인간들 역시 벨레리안드로 들어왔다. 먼저 할라딘 일족이 건너왔지만 초록요정들로부터 냉대를 받자 북쪽으로 향해 페아노르의 아들 카란시르의 나라 사르겔리온에 정착하였다. 그들은 그곳에서 오랫동안 평화롭게 살았고, 카란시르 주민들은 그들을 크게 신경 쓰지 않았다. 이듬해는 마라크가 일족을 이끌고 산맥을 넘었다. 그들은 키가 크고 호전적인 종족으로 질서 정연하게 행군하였고, 옷시리안드의 요정들은 몸을 숨긴 채 그들을 공격하지도 못했다. 그러나 마라크는 베오르 일족이 비옥하고 푸른 땅에 살고 있다는 이야기를 듣고, 난쟁이길로 내려와 베오르의 아들 바란의 거주지 동쪽과 남쪽 지역에 정착하였다. 그들은 서로 대단히 우호적이었다.

펠라군드는 자주 인간들을 보러 직접 돌아왔다. 그리고 놀도르와 신다르를 포함한 서부의 다른 많은 요정들이, 오래전에 출현이 예고된 에다인에 대한 호기심 때문에 에스톨라드로 찾아왔다. 발리노르에서는 인간의 출현을 예고하는 전승에 아타니, 곧 '둘째민족'이 인간의 이름으로 주어져 있었다. 하지만 벨레리안드 말로는 그들을 에다인이라 했고, 이는 오직 '요정의 친구들'인 세 가문에만 사용되었다.

핑골핀은 놀도르 전체의 대왕 자격으로 그들에게 환영의 사자를 파견하였고, 적극적인 많은 에다인 청년들이 집을 떠나 엘다르 왕과 군주들에게 봉사하였다. 그중에 마라크의 아들 말라크가 있었는데, 그는 14년 동안 히슬룸에 살면서 요정어를 배우고 아라단이란 이름까지 얻었다.

에다인은 에스톨라드에 오랫동안 머물면서 만족스러워하지는 않았다. 많은 에다인이 서쪽으로 더 가기를 원했기 때문이었다. 하지만 그들은 길을 알지 못했다. 그들 앞에는 도리아스의 방벽이 있었고 남쪽에는 시리온강과 통행이 힘든 늪지대가 있었던 것이다. 그리하여 놀도르 세 가문의 왕들은 인간의 후손들이 강인해질 것이라는 기대를 하고, 원하는 에다인은 누구나 고향을 떠나 요정들과 함께 살아도 좋다는 전갈을 보냈다. 이렇게 하여 에다인의 이주가 시작되었다. 그들은 처음에는 조금씩 시작하다가 나중에는 집안과 일족 단위로 일어나 에스톨라드를 떠났고, 약 50년 뒤에는 요정왕들의 땅으로 이주한 숫자가 수천 명에 달했다. 이들은 대개 북쪽으로 가는 먼 길을 택했고, 그들은 그 길에 무척 익숙하게 되었다. 베오르 일족은 도르소니온으로 가서 피나르핀 가문이 통치하는 땅에서 살았다. 아라단 일족 (그의 부친 마라크는 죽을 때까지 에스톨라드에 남았기 때문에 그들은 이 이름으로 불린다) 대다수는 서쪽으로 계속 가서 일부는 히슬룸으로 들어갔지만, 아라단의 아들 마고르와 많은 이들은 시리온강을 내려가 벨레리안드로 들어갔고, 에레드 웨스린 남쪽 비탈의 골짜기에 잠시 거주하였다.

이 모든 문제에 있어서 핀로드 펠라군드를 제외하고는 아무도 싱골 왕과 의논하지 않았는데, 그 점도 그렇지만 싱골은 인간들의 소식을 처음으로 듣기 전에 그들의 출현에 관해 꾸었던 꿈 때문에 심기가 불편했다고 한다. 그래서 그는 엄명을 내려 북부 외에는 어느 곳도 인간들이 거주지로 취하지 못하도록 하고, 그들이 행한 모든 일에 대해 그들이 섬기는 군주가 책임을 지도록 했다. 그러면서 그는 말했다. "내 왕국이 지속되는 한 어느 인간도 도리아스에 들어올 수 없고, 친애하는 핀로드를 섬기는 베오르 가문의 인간들도 마찬가지지." 멜리안은 이때 아무 말도 하지 않았지만, 나중에 갈라드리엘에게 이렇게 말했다. "세상은 이제 엄청난 사건을 향해 빠르게 달려가고 있어요. 다름 아닌 베오르 가문에서 한 인간이 찾아올 것이며, 멜리안의 장막도 그를 막아 내지 못할 것입니다. 내 힘보다 더 거대한 운명이 그를 보낼 테니까요. 그리고 그의 등장과 함께 솟아나는 노래들은 가운데땅이 모두 변할 때도 살아남을 겁니다."

그러나 다수의 인간들은 에스톨라드에 잔류하였고, 그래서 오랜 세월이 흐른 뒤에도 그곳에는 여러 종족이 섞여 살았는데, 이들은 훗날 벨레리안드가 파괴될 때 매몰되거나 동쪽으로 다시 달아났다. 방랑의 세월이 끝났다고 생각하는 노인층과는 달리 자신의 길을 가고자 하는 이들이 적지 않았고, 그들은 엘다르와 엘다르의 눈빛을 두려워하였다. 그리하여 에다인 가운데서 불화가 발생하게 되는데, 거기에는 모르고스의 그림자도 감지할 수 있었다. 왜냐하면 벨레리안드에 온 인간들이 요정들과 친교를 쌓아 가고 있다는 것을 그가 알고 있었음이 확실하기 때문이다.

불만 세력의 우두머리는 베오르 가문의 베레그와 마라크의 손자들 중의 하나인 암라크였다. 그들은 공공연히 말했다. "우리는 가운데땅의 위험과 그곳에 사는 어둠의 존재들로부터 벗어나기 위해 먼 길을 걸어왔소. 서부에는 빛이 있다고 들었기 때문이오. 하지만 이제 우리는 빛이 바다 건너에 있다는 것을 알게 되었소. 그곳은 신들이 지복 속에 살고 있는 곳이고, 우리는 그곳에 갈 수가 없소. 여기는 신들 중 하나만이 우리 앞에 있으나 그는 암흑의 군주요. 또한 그에 맞서 끝없는 전쟁을 벌이는 지혜롭지만 사나운 엘다르도 함께 있소. 그자는 북부에 살고 있다고 하며, 그곳에는 우리가 도망쳐 나온 고통과 죽음이 있소. 우리는 그쪽으로 가지는 않을 것이오.”

그리하여 인간들의 집회와 회의가 열렸고, 많은 인간들이 참석하였다. ‘요정의 친구들’이 베레그에게 대답하였다. “우리가 도망쳐 나온 모든 악이 암흑의 왕에게서 비롯된다는 것은 분명하오. 하지만 그는 가운데땅 전역에 대한 지배를 획책하고 있으니, 이제 어디로 가야 그가 우리를 쫓아오지 않겠는가? 여기서 그를 이기거나, 아니면 적어도 포위망 속에 가둬 놓지 않는다면 말이오. 오직 용맹스러운 엘다르만이 그를 저지할 수 있고, 어쩌면 우리가 이곳에 오게 된 것도 바로 그 목적, 곧 그들이 어려울 때 돕기 위해서일 수도 있소.”

베레그가 이 말에 응수했다. “그건 엘다르가 신경 쓰게 둡시다. 우리의 인생은 짧아요.” 그런데 사람들의 눈에 임라크의 아들 암라크로 보이는 인물이 일어나 청중 모두의 마음을 격동시키는 무시무시한 이야기를 했다. “이건 모두 요정들이 가르친 이야기이고, 아무것도 모르는 새로운 종족을 기만하기 위한 것일 뿐이오. 바다 건너에는 해변이 없소. 서녘에는 빛도 없소. 여러분들은 요정들의 ‘기만의 불빛’을 따라 세상의 끝까지 온 겁니다! 여러분 중에 누가 신들의 옷자락이라도 본 적이 있소? 누가 북부에서 암흑의 왕을 보았소? 가운데땅의 패권을 노리는 것은 엘다르요. 재물에 욕심이 난 그들은 신비한 것을 찾아 땅속을 파고들었고, 그 속에 있는 것들을 뒤흔들어 진노하게 만들었소. 옛날에도 그랬고 또 앞으로도 항상 그럴 것이오. 오르크들은 오르크 땅을 갖게 하고, 우리는 우리 땅에 살면 됩니다. 엘다르만 우릴 내버려 두면 세상에는 살 곳이 많아요!”

이야기를 듣고 있던 이들은 무척 놀라서 한참 동안 가만히 앉아 있었고, 공포의 그림자가 그들의 가슴을 뒤덮었다. 그들은 엘다르의 땅에서 멀리 떠나기로 결심하였다. 그러나 나중에 암라크가 그들 가운데로 돌아와, 자신은 토론장에 있지 않았으며 그들이 들었다는 이야기를 자신이 하지 않았다고 부인하였다. 인간들은 당혹스러워하며 의심스러워했다. 그러자 요정의 친구들이 말했다. "여러분, 적어도 이건 믿어야 합니다. 암흑의 군주는 있습니다. 그리고 그의 첩자와 밀정들이 우리 가운데도 있습니다. 왜냐하면 그는 우리를 두려워하고, 또 우리가 그의 적에게 제공할지도 모르는 힘을 두려워하기 때문입니다."

그러나 일부에서는 여전히 이의를 제기했다. "두려워하는 게 아니라 우리를 싫어하는 거요. 우리가 여기 남아서 아무런 이득도 없이 엘다르 왕들과 그의 싸움에 끼어들수록 더더욱 싫어할 겁니다." 그리하여 아직 에스톨라드에 남아 있던 많은 이들이 떠날 준비를 했다. 베레그는 베오르 가문의 1천 명을 이끌고 남쪽으로 떠났고, 그들은 그 시절의 노래 속에서 사라졌다. 그러나 암라크는 후회하며 말했다. "이제 내 앞에는 '거짓말의 왕'(멜코르를 가리킴—역자 주)과의 싸움이 남아 있고, 그 싸움은 내 인생이 끝날 때까지 계속될 겁니다." 그리고 그는 북쪽으로 떠나 마에드로스를 섬기기 시작했다. 그러나 베레그와 같은 생각을 했던 암라크의 일족은 새로운 지도자를 뽑았고, 산맥을 넘어 에리아도르로 돌아간 뒤 기억 속에서 사라졌다.

이 시기에 할라딘 일족은 사르겔리온에서 만족스러운 생활을 하고 있었다. 하지만 모르고스는 거짓말이나 속임수로 요정과 인간을 완전히 갈라놓을 수는 없다는 것을 깨닫자 화가 났고, 인간들에게 자신이 줄 수 있는 모든 고통을 주기로 마음먹었다. 그리하여 그는 오르크 무리를 파견하였고, 그들은 동쪽으로 포위망을 피한 다음 난쟁이길 고개로 에레드 린돈을 몰래 넘어, 카란시르의 땅 남쪽 숲에 살던 할라딘 일족을 습격하였다.

이 당시에 할라딘 일족은 족장들이 통치를 하거나 많은 이들이 함께 모여 살지 않고, 각 가구가 따로 떨어져 개별적으로 움직이고 있었기 때문에 단합이 늦었다. 하지만 그들 중에는 할다드라는 용감하고 지도력이 출중한 인물이 있었다. 그는 소집이 가능한 용감한 남자들을 모두 모아 아스카르와 겔리온강 사이의 모퉁이 지대로 후퇴했다. 그러고는 그들은 모퉁이 맨 안쪽에 강에서 강까지 방책을 둘러치고, 구할 수 있는 모든 여자와 어린이를 그 안쪽으로 데리고 들어갔다. 그곳에서 그들은 식량이 떨어질 때까지 포위되어 있었다.

할다드에게는 쌍둥이 자식이 있었다. 할레스가 딸이고 할다르가 아들인데, 할레스가 대단한 기백과 힘을 지닌 여인이어서 두 사람 모두 용맹스럽게 적을 막아 냈다. 하지만 할다드는 결국 오르크들에 맞서 싸움에 나갔다가 목숨을 잃었고, 적의 난도질로부터 부친의 시신을 구하기 위해 뛰쳐나갔던 할다르 역시 부친 옆에서 목숨을 잃었다. 그리하여 할레스가 백성들을 끌어모았지만, 그들에게는 희망이 없었다. 그래서 일부는 강에 몸을 던져 죽기도 하였다. 하지만 7일 후, 오르크들이 최후의 공격을 개시하여 방책을 이미 돌파하고 났을 때, 갑자기 나팔 소리가 들리며 카란시르가 군대를 이끌고 북쪽에서 내려와 오르크들을 강물 속으로 몰아넣었다.

그리고 나서 카란시르는 인간들을 호의적으로 바라보았고 할레스에게 경의를 표했다. 그리고 그는 할레스의 부친과 동생의 죽음에 대해서도 보상을 해 주었다. 상당히 늦었지만 그는 에다인에게서 적으나마 용기를 발견하고 그녀에게 말했다. "당신이 좀 더 북쪽으로 올라와서 살겠다면, 엘다르와 이웃이 되어 보호받을 수 있을 것이며, 당신들 마음대로 쓸 수 있는 땅도 주겠소."

그러나 할레스는 자존심이 강하여 남의 지시를 받거나 밑에 들어갈 생각이 없었고, 할라딘의 백성들 대다수도 같은 생각이었다. 그리하여 그녀는 카란시르에게 감사를 표하고 대답하였다. "전하, 제 마음은 이제 산맥의 그늘을 떠나 우리 동족이 떠난 서쪽으로 가기로 결정하였습니다." 그리하여 할라딘 일족은 오르크들이 왔을 때 숲속으로 급히 달아났다가 살아남은 이들을 있는 대로 모두 결집하고, 불타 버린 주거지에서 남은 물건들을 챙긴 다음 할레스를 우두머리로 뽑았다. 그리고 그녀는 마침내 일족을 이끌고 에스톨라드로 가서 한동안 그곳에 살았다.

그러나 그들은 계속 그들끼리만 따로 모여 살았고, 그래서 이후로 요정과 인간들에게는 '할레스 사람들'로 알려졌다. 할레스는 살아 있는 동안은 내내 그들의 족장이었지만, 결혼을 하지 않은 까닭에 일족의 지배권은 나중에 동생인 할다르의 아들 할단에게 넘어갔다. 할레스는 곧 다시 서쪽으로 가기를 원했다. 백성들 대다수가 이 계획에 반대하였지만, 그녀는 다시 그들을 이끌고 출발하였다. 그들은 엘다르의 도움이나 안내를 받지 않고 길을 떠나 켈론과 아로스강을 건넜고, 공포산맥과 멜리안의 장막 사이의 위험 지대로 여행을 하였다. 그때만 해도 이 길은 훗날처럼 위험하지는 않았지만, 누구의 도움도 없이 유한한 생명의 인간들이 지나갈 만한 길은 아니었다. 하지만 오직 할레스만이 고난과 손실을 감내하며 백성들을 인도하였고 의지력으로 그들의 행군을 밀어붙였다. 그들은 마침내 브리시아크를 건넜고, 많은 이들이 한탄하며 여행을 후회하였지만, 이제는 돌아갈 수도 없었다. 그리하여 그들은 새로운 땅에서 가능한 자신들의 옛날 생활 방식으로 돌아갔다. 그들은 테이글린강 너머 탈라스 디르넨숲의 자유 거주지에 살았고, 일부는 멀리 나르고스론드 왕국까지 들어갔다. 그러나 여장부 할레스를 사랑하여 그녀가 원하는 곳이면 어디든지 따라가서 그녀의 통치를 받기를 원하는 이들이 많았다. 그녀는 이들을 이끌고 테이글린과 시리온강 사이의 브레실숲으로 들어갔다. 그 이후 재앙의 시절에는 흩어져 살던 그녀의 많은 일족이 이곳으로 돌아왔다.

그런데 브레실은 멜리안의 장막 안에 있지는 않았지만, 싱골 왕이 자기 영토의 일부로 주장하는 곳이었고, 그래서 할레스에게 그곳을 허용하지 않을 수도 있었다. 하지만 싱골과 교분이 있던 펠라군드가 '할레스 일족'의 처지를 모두 전해 듣고, 그녀에게 다음과 같은 은전(恩典)을 얻어 주었다. 즉, 그녀의 백성이 브레실에 자유로이 거주할 수는 있으나, 다만 엘다르의 모든 적에 맞서 테이글린 건널목을 지켜야 하며, 오르크가 절대로 그들의 숲에 들어오도록 허용해서는 안 된다는 것이었다. 이에 할레스가 대답하였다. "나의 부친할다드와 동생 할다르가 지금 어디 있습니까? 할레스 일족을 유린한 이들과 할레스 사이에 혹시 무슨 교분이 있을까 도리아스의 왕이 두려워한다면, 인간들은 엘다르의 생각을 이해할 수 없군요." 그리고 할레스는 죽을 때까지 브레실에 살았고, 그녀가 죽자 백성들은 숲의 높은 곳에 그녀를 묻고 그 위에 푸른 봉분을 세웠다. 무덤은 '여장부릉'이란 뜻의 투르 하레사라고 했고, 신다린으로는 하우드 엔아르웬이었다.

이렇게 하여 에다인은 엘다르의 땅에 살게 되었다. 일부는 여기, 일부는 저기, 또 일부는 유랑 생활을 하고, 다른 일부는 친척들끼리 살거나 작은 무리를 지어 정착하였다. 그들 대다수는 곧 회색요정의 언어를 배우는데, 그것이 공용어이기도 했고 또 많은 이들이 요정들의 지식을 배우고자 갈망하기 때문이었다. 얼마 후에 요정왕들은 요정과 인간이 무질서하게 섞여 사는 것이 좋지 않다는 것과 또 인간들에게 그들의 왕이 필요하다는 것을 깨닫고, 인간들끼리 살 수 있는 지역을 따로 마련해 주고 이 땅을 자유롭게 유지할 수 있도록 족장을 정해 주었다. 그들은 전시에는 엘다르의 동맹군이었지만 그들 자신의 지휘관의 지배를 받았다. 하지만 많은 에다인은 요정들과의 교류를 기뻐하였고, 할 수만 있다면 오랫동안 그들과 함께 살았다. 또 젊은이들이 요정왕의 군대에 일시적으로 복무하는 일도 흔했다.

말라크 아라단의 아들은 마고르였고, 그의 아들은 하솔, 또 그의 아들은 하도르 로린돌이었는데, 하도르는 젊은 시절에 핑골핀가에 들어가 왕의 총애를 받았다. 그래서 핑골핀은 그에게 도르로민의 통치권을 주었고, 그는 자신의 일족 대부분을 그 땅에 불러 모아 에다인 족장들 중에서 가장 강성한 자가 되었다. 그의 집에서는 오직 요정어만 사용되었다. 하지만 그들의 원래 언어는 잊어버리지 않았고, 거기서 누메노르의 공용어가 유래하였다. 그러나 도르소니온에서는 베오르의 백성과 라드로스 지방에 대한 통치권이 베오르 영감의 손자인 보론의 아들 보로미르에게 주어졌다.

하도르의 아들은 갈도르와 군도르였고, 갈도르의 아들은 후린과 후오르였으며, 후린의 아들은 '글라우룽의 재앙' 투린이었고, 후오르의 아들은 '축복받은 자' 에아렌딜의 아버지 투오르였다. 보로미르의 아들은 브레고르였고, 그의 아들은 브레골라스와 바라히르였으며, 브레골라스의 아들은 바라군드와 벨레군드였다. 바라군드의 딸은 투린의 어머니 모르웬이었고, 벨레군드의 딸은 투오르의 어머니 리안이었다. 또한 바라히르의 아들은 '외손잡이' 베렌으로, 그는 싱골의 딸 루시엔의 사랑을 얻었고, 사자(死者)의 세계에서 돌아온 인물이었다. 이들로부터 에아렌딜의 아내 엘윙이 나왔고, 훗날 누메노르의 모든 왕이 거기서 배출되었다.

이들은 모두 '놀도르의 심판'이라는 올가미에 걸려 있었다. 그리고 그들은 엘다르가 고대 왕들의 역사를 통해 아직도 기억하고 있는 위대한 일들을 수행하였다. 이 시기에 인간의 힘이 놀도르의 힘에 가세하면서 놀도르는 희망에 부풀어 올랐다. 하도르의 백성들은 춥고 긴 방랑을 견딜 만큼 강인했기 때문에 때때로 북쪽 깊숙이 들어가서 대적의 동태를 감시하는 일을 두려워하지 않았고, 그 때문에 모르고스는 꼼짝없이 갇혀 있게 되었다. 세 가문의 인간들은 번성하고 인구가 늘었지만, 그중에서 가장 뛰어난 것은 요정 군주들과 동등한 지위를 누린 '황금머리' 하도르 가문이었다. 그의 백성들은 당당한 체격에 강한 힘, 재빠른 판단력을 갖추었고, 담대하면서도 확고하고, 쉽게 화를 내고 또 웃는 성격으로, 인류가 처음 나타난 시기의 일루바타르의 자손들 중에서 강자였다. 그들은 대개 금발에 푸른 눈을 하고 있었는데, 베오르가 출신 모르웬을 모친으로 둔 투린은 그렇지 않았다. 베오르가의 사람들은 검은색이나 갈색 머리에 회색 눈동자를 지녔는데, 인간들 중에서는 이들이 놀도르와 가장 닮았고 또 그들로부터 가장 많은 사랑을 받았다. 그들은 적극적인 성격에 날렵한 손재주, 재빠른 이해력, 그리고 훌륭한 기억력을 갖추었고, 웃음보다는 연민에 더 쉽게 이끌렸다. 그들과 닮은 이들이 할레스의 삼림 종족이었는데, 다만 이들은 체격이 좀 더 작고 지식에 대한 열정이 부족했다. 할레스 사람들은 말을 거의 하지 않았고, 인간들의 거대한 집회도 좋아하지 않았다. 그들 중의 많은 이들은 고독을 즐기면서, 엘다르의 경이로운 대지가 그들 앞에 새롭게 펼쳐져 있는 동안 푸른 숲을 자유로이 방랑하였다. 그러나 서부 왕국에서 그들의 시대는 짧았고 그들의 세월 또한 불행하였다.

인간들의 계산에 따르면, 그들이 벨레리안드에 들어온 뒤로 수명이 길어졌다고 한다. 베오르 영감은 결국 93세를 일기로 세상을 떠났고, 그중에서 44년 동안 펠라군드 왕을 섬겼다. 그가 상처나 슬픔이 아니라 노령으로 쇠약해져 숨을 거두자, 엘다르는 인간의 생명이 빠르게 소멸한다는 것을 그때 처음으로 깨달았다. 그들로서는 도저히 이해할 수 없는 소진(消盡)에서 오는 죽음이었고, 그들은 친구들을 잃는 것에 무척 서운해하였다. 베오르는 기꺼이 숨을 놓고서 평화롭게 떠났고, 엘다르는 인간들의 희한한 운명에 놀라움을 감추지 못했다. 그들의 지식으로는 이를 도저히 설명할 수 없었고, 그 까닭도 알 수 없었기 때문이다.

그럼에도 불구하고 옛날의 에다인은 그들이 얻을 수 있는 모든 기술과 지식을 엘다르로부터 빠르게 전수받았고, 그들의 후손은 지혜와 기술이 날로 늘어나, 아직 산맥 동쪽에 살면서 엘다르도 보지 못하고 또 발리노르의 빛을 목격한 얼굴도 만나지 못한 다른 모든 인간들을 훨씬 능가하게 되었다.

## Chapter 18
# 벨레리안드의 파괴와 핑골핀의 최후

이즈음 북부의 왕이자 놀도르 대왕인 핑골핀은 자기 백성이 수가 늘고 강성해졌으며, 그들과 동맹을 맺은 인간들 역시 수가 많고 용맹스러운 것을 깨닫고, 다시 한번 앙반드 공략을 도모하였다. 그는 앙반드 포위망이 완전하지 못하고, 또 모르고스가 깊은 토굴 속에서 악행을 꾸미고 있는 한 불안하게 지낼 수밖에 없다고 생각했던 것이다. 모르고스의 사악함은 그가 드러내기까지는 아무도 예견할수 없는 일이었다. 이 계획은 그가 알고 있는 한에서는 옳은 생각이었다. 놀도르는 모르고스의 무력의 전모를 아직 파악하지 못했고, 서두르든 늦추든 그들만의 독자적인 전쟁을 벌여서는 결코 이길가망이 없다는 것을 깨닫지 못했던 것이다. 한편 대다수의 놀도르는 대지는 아름답고 그들의 왕국은 넓었기 때문에, 있는 그대로의 현실에 만족하며 그것이 지속될 것으로 믿고, 이기든 지든 필시 많은 이들이 목숨을 잃게 될 공격에 좀체 나서지 않으려고 했다. 그래서 그들은 핑골핀의 이야기에 도무지 귀를 기울이지 않았고, 이때는 페아노르의 아들들이 특히 그런 생각이었다. 놀도르 족장들 가운데 앙그로드와 아에그노르만이 대왕과 같은 생각이었다. 그들은 상고로드림이 어렴풋이 보이는 곳에 살았기 때문에 모르고스의 위협을 현실로 받아들이고 있었던 것이다. 그리하여 핑골핀의 구상은 허사로 돌아가고 대지는 한동안 평화를 누렸다.

그러나 베오르와 마라크 이후 여섯째 세대의 인간들이 아직 완전한 성인에 이르지 못했을 즈음, 즉 핑골핀이 바다를 건너온 뒤로

455년 되던 해에, 그가 오랫동안 두려워했던, 게다가 그가 최악으로 예상했던 공포보다 더 무시무시하고 갑작스러운 악이 엄습하였다. 모르고스는 오랫동안 은밀하게 자신의 군대를 훈련시켰고, 그 동안 그의 마음속 원한은 더 커지고 놀도르에 대한 증오는 더 독해졌던 것이다. 그는 적을 파멸시킬 뿐만 아니라, 그들이 차지하여 아름답게 꾸며 놓은 대지 또한 파괴하고 오염시키고자 했다. 하지만 그의 계획보다 증오심이 너무 앞서 버리고 말았는데, 만약 그가 자신의 구상이 완성될 때까지 참고 기다렸다면 놀도르는 완전히 몰살당하고 말았을 것이다. 그는 요정들의 무용(武勇)을 너무 약하게 보았고, 인간들은 아직 고려 대상에 넣지도 않았던 것이다.

밤하늘에 달도 뜨지 않은 캄캄한 겨울날이었다. 놀도르의 언덕 요새에서부터 상고로드림 기슭까지 광막한 아르드갈렌 평원이 차가운 별빛 속에 희미하게 펼쳐져 있었다. 모닥불은 가물거리고 있었고 파수꾼들도 거의 보이지 않았다. 들판 위의 히슬룸 기마대의 진지에는 깨어 있는 자가 거의 없었다. 이때 갑자기 모르고스가 거대한 화염의 강을 상고로드림에서 발원시켜 온 들판 위에 쏟아부었고 그 후미에는 발로그들이 달려왔다. 강철산맥은 갖가지 유독성 색깔의 불꽃을 내뿜었고, 허공 중에 악취를 퍼뜨리는 이 화염은 치명적인 것이었다. 그리하여 아르드갈렌은 사라지고 초원은 불꽃에 삼켜지고 말았다. 들판은 불에 타 버린 황량한 폐허가 되어, 숨 막힐 듯한 먼지로 가득 차 생명을 잃은 불모의 땅이 되었다. 이후로 들판은 이름이 바뀌어 안파우글리스, 곧 '숨막히는먼지'가 되었다. 검게 그을린 수많은 해골들이 그곳을 지붕 없는 무덤으로 삼았다. 밀려오는 화염에 휩싸여 언덕 위로 달아나지 못한 많은 놀도르가 그 화재에서 목숨을 잃었던 것이다. 도르소니온고원과 에레드 웨스린이 그 화염의 격류를 막아 냈지만, 앙반드 쪽의 산비탈에 서 있던 나무는 모두 불타 버렸고, 그 연기는 수비대를 혼란에 빠뜨렸다. 이렇게 하여 네 번째 대전투인 다고르 브라골라크, 곧 '돌발화염의 전투'가 시작되었다.

화염의 선봉에는 용들의 아버지인 황금빛 글라우룽이 완전 무장을 하고 서 있었다. 발로그들이 그를 수행하고 있었고, 그들 뒤로 시커먼 오르크 부대가 놀도르가 이전에는 보지도 못하고 상상도 못 했던 무리를 지어 몰려왔다. 그들은 놀도르 요새를 기습하고 앙반드 포위망을 파괴하였으며, 놀도르와 그들의 동맹군인 회색요정과 인간들을 보이는 대로 살육하였다. 모르고스의 적들 중에서 가장 용맹스러운 많은 이들이 당황하여 뿔뿔이 흩어지면서 힘을 낼 수 없게 되어 전쟁 초기의 며칠 동안에 전사하였다. 이후로 벨레리안드에서 전쟁이 완전히 멈춘 적은 없었다. 하지만 '돌발화염의 전투'는 모르고스의 맹공격이 뜸해지던 봄이 되면서 끝난 것으로 간주된다.

그렇게 하여 앙반드 공성은 끝이 났고, 모르고스의 적들은 흩어져 서로 분리되고 말았다. 회색요정들은 대부분 북부의 전쟁을 피해 남쪽으로 달아났고, 많은 이들은 도리아스에 받아들여졌다. 이 시기에는 여왕 멜리안의 힘이 왕국의 경계에 둘러쳐져 있어서 아직은 이 은둔의 왕국에 악이 들어올 수 없었고, 그래서 싱골의 왕국과 세력은 점점 더 거대해졌다. 다른 이들은 해안 지방의 요새나 나르고스론드로 피신하였고, 또 일부는 북부에서 달아나 옷시리안드에 숨거나 산맥을 넘어 야생지대를 정처 없이 떠돌았다. 그리고 전쟁의 발발과 공성의 붕괴에 대한 소문이 가운데땅 동부에 있던 인간들의 귀에 들어왔다.

피나르핀의 아들들이 공격의 예봉에 가장 강력하게 맞섰고, 앙그로드와 아에그노르가 목숨을 잃었다. 그들 옆에서 베오르 가문의 영주 브레골라스와 그 종족의 용사들 상당수가 쓰러졌다. 그러나 브레골라스의 동생 바라히르는 좀 더 서쪽으로 시리온 통로 근처에서 싸우고 있었다. 핀로드 펠라군드 왕은 남쪽에서 급히 올라오다 가 이곳에서 부하들과 떨어졌고, 세레크습지에서 작은 무리와 함께 포위당하고 말았다. 그는 목숨을 잃거나 붙잡힐 수도 있었지만, 바라히르가 용감무쌍한 자신의 부하들을 이끌고 나타나 그를 구출하였고, 그의 주변에 창으로 방어벽을 만들었다. 그들은 엄청난 피해를 입고 싸움터를 빠져나왔다. 펠라군드는 그렇게 탈출하였고 나르고스론드의 깊은 성채로 돌아갔다. 그는 바라히르와 그의 일족 모두에게 어려울 때는 언제나 항구적인 친선과 원조를 제공하겠다고 맹세했고, 그 맹세의 징표로 바라히르에게 자신의 반지를 주었다. 바라히르는 이제 당당히 베오르가의 영주가 되어 도르소니온으로 돌아갔지만, 그의 백성들은 대부분 집을 떠나 히슬룸의 성채로 피난하였다.

모르고스의 공격이 너무 막강했기 때문에 핑골핀과 핑곤은 피나르핀의 아들들을 지원하러 갈 수가 없었다. 히슬룸 군대는 막대한 손실을 입고 에레드 웨스린 요새들로 후퇴하였고, 간신히 오르크들에 맞서 요새들을 지켜냈다. 에이셀 시리온 성벽 앞에서 자신의 주군 핑골핀의 후위(後衛)를 지키던 '황금머리' 하도르가 목숨을 잃었다. 하도르는 당시 66세의 나이였는데, 그의 둘째 아들 군도르도 많은 화살을 맞고 그의 옆에서 쓰러졌고, 요정들은 두 사람의 죽음을 애도하였다. 그리하여 '장신의 갈도르'가 부친의 왕권을 물려받았다. 화염의 격류를 막아 낸 어둠산맥의 위용과 높이로 인해, 또 오르크와 발로그 들도 이길 수 없었던 북부의 요정과 인간 들의 용맹스러움 덕분에, 히슬룸은 정복당하지 않고 살아남아 모르고스의 공격 시 측면 위협이 될 수 있었다. 하지만 핑골핀은 무수한 적군으로 인해 자신의 동족들로부터 떨어지게 되었다.

전황이 페아노르의 아들들에게는 불리하여, 동부의 거의 모든 변경은 공격을 받아 빼앗기고 말았다. 그들은 모르고스의 군대에 막대한 피해를 입히기는 했지만 아글론 고개를 탈취당하고 말았다. 패배를 당한 켈레고름과 쿠루핀은 서남쪽으로 도리아스 경계까지 달아났다가, 결국 나르고스론드까지 가서 핀로드 펠라군드에게 은신을 부탁했다. 그래서 그들의 백성이 나르고스론드의 성채를 가득 채우게 되었다. 그러나 나중에서야 알았지만, 그들은 자신의 동족과 함께 동부에 남아 있는 것이 더 좋을 뻔했다. 마에드로스는 탁월한 무용을 발휘하였고 오르크들은 그의 면전에서 줄행랑쳤기 때문이다. 상고로드림에서 받은 고통 이후로 마에드로스의 영혼은 하얀 불꽃처럼 타올랐고, 마치 사자(死者)의 세계에서 돌아온 자 같았다. 그리하여 힘링 언덕 위의 거대한 요새는 빼앗기지 않았고, 도르소니온과 동부 변경의 백성들을 포함하여 살아남은 많은 용맹스런 이들이 그곳의 마에드로스에게 모여들었다. 그는 다시 아글론 고개를 잠시나마 봉쇄하였고, 그래서 오르크들은 그 길로는 벨레리안드에 들어올 수 없었다. 그러나 그들은 로슬란에서는 페아노르가의 기마대를 압도했는데, 글라우룽이 그쪽으로 와서 마글로르의 들판을 지나가며 겔리온강이 발원하는 두 지류 사이의 땅을 유린하였기 때문이다. 그리고 오르크들은 레리르산 서쪽 비탈의 요새를 점령하고, 카란시르의 땅 사르겔리온 전역을 약탈한 다음 헬레보른 호수를 오염시켰다. 거기서부터 그들은 화염과 공포를 몰고 겔리온강을 건너 동벨레리안드 깊숙이 쳐들어왔다. 마글로르는 힘링에서 마에드로스와 합세하였으나, 카란시르는 도주하여 남아 있는 그의 백성들을 사냥꾼 암로드와 암라스의 흩어진 부하들과 합친 다음 후퇴하여 남부의 람달을 통과하였다. 그들은 아몬 에레브 위에 파수대와 약간의 병력을 주둔시켰고 초록요정들의 도움을 받았다. 하지만 오르크들은 옷시리안드나 타우르임두이나스, 남부의 야생지대에는 들어오지 않았다.

도르소니온이 무너지고 피나르핀의 아들들이 죽었으며, 페아노르의 아들들도 자기 땅에서 쫓겨났다는 소식이 히슬룸에 전해졌다. 그리하여 핑골핀은 (그가 보기에는) 놀도르가 완전히 몰락하여 모든 가문이 다시 일어설 수 없을 지경으로 패배한 것으로 판단하였다. 분노와 절망에 사로잡힌 그는 자신의 준마 로칼로르에 올라타고 홀로 뛰쳐나왔고, 아무도 그를 제지할 수 없었다. 그는 흙먼지를 일으키며 바람처럼 도르누파우글리스(아르드갈렌 평원을 가리킴—역자 주)를 달려갔고, 그의 출격을 목격한 자들은 모두 오로메가 나타난 것으로 생각하고 몹시 겁에 질려 달아났다. 그의 분노에는 엄청난 광기가 담겨 있었고, 그의 두 눈은 발라들의 눈처럼 빛을 발하였던 것이다. 그리하여 그는 홀로 앙반드 입구에 도착하여 나팔을 불었고, 놋쇠로 만든 대문을 다시 내려치면서 모르고스에게 결투를 신청하였다. 그러자 모르고스가 나타났다.

　모르고스가 그 전쟁에서 성채 입구를 나선 것이 그때가 마지막이었고, 그는 도전을 선뜻 받아들이지 않았던 것으로 전해진다. 그의 힘은 세상의 어느 것보다 더 강했지만, 발라들 중에서는 그만이 유일하게 두려움을 알고 있었기 때문이다. 그러나 그는 자신의 지휘관들 면전에서 도전을 피할 수도 없었다. 핑골핀의 날카로운 나팔 소리가 바위를 울리고, 그의 목소리는 뚜렷하고도 날카롭게 앙반드 깊숙한 곳까지 내려왔기 때문이다. 더욱이 핑골핀은 그를 까마귀니 노예들의 왕이니 하며 욕설을 퍼붓고 있었다. 그리하여 모르고스가 자신의 지하 왕좌에서 느릿느릿 올라왔고, 그의 발소리는 땅속의 천둥소리 같았다. 그는 검은 갑옷을 입고 강철 왕관을 쓰고 나타나 놀도르 왕 앞에 탑처럼 우뚝 섰고, 문장(紋章)이 없는 그의 거대한 검은색 방패는 마치 먹구름처럼 둘레에 어둠을 드리웠다. 하지만 핑골핀은 그 밑에서 별처럼 빛을 발했다. 그의 갑옷에는 은이 입혀져 있었고 그의 푸른 방패에는 수정이 박혀 있었다. 그는 얼음처럼 빛을 발하는 자신의 검 링길을 뽑아 들었다.

그러자 모르고스가 지하 세계의 쇠망치 그론드를 높이 들어 올려 벼락처럼 내리쳤다. 그러나 핑골핀은 옆으로 재빨리 피했고, 그론드는 땅바닥에 커다란 구덩이를 만들어 거기서 연기와 불이 뿜어져 나왔다. 모르고스는 몇 번이나 그를 내리치려고 했지만, 그때마다 핑골핀은 검은 구름 속에서 뻗어 나오는 번개처럼 옆으로 튀어 올랐다. 그는 모르고스에게 일곱 군데나 상처를 입혀 모르고스는 일곱 번 고통스러운 비명을 질렀고 그 소리를 들은 앙반드의 무리들은 깜짝 놀라 땅바닥에 엎어졌으며, 비명 소리는 북부의 온 땅에 울려 퍼졌다.

그러나 왕은 마침내 피로를 느끼기 시작했고, 모르고스는 자신의 방패로 그를 내리쳤다. 왕은 세 번이나 무릎을 꿇고 쓰러질 뻔했지만, 세 번 모두 다시 일어나 부서진 방패와 찌그러진 투구를 추슬렀다. 그러나 그의 주변의 땅이 모두 갈라지고 구덩이가 생겨나면서 그는 발을 헛디뎌 모르고스의 발 앞에서 뒤로 넘어지고 말았다. 모르고스가 그의 목을 왼발로 밟자 그 무게는 마치 언덕이 내리누르는 것 같았다. 하지만 핑골핀은 마지막으로 필사의 힘을 다해 링길로 그의 발을 벴고, 검은 피가 연기와 함께 솟구쳐 나와 그론드가 파놓은 구덩이를 메웠다.

이렇게 하여 옛날 요정왕들 중에서 가장 당당하고 용감무쌍한 놀도르 대왕 핑골핀이 숨을 거두었다. 오르크들은 그 정문 앞에서의 결투를 자랑하지 않았고, 요정들도 그 슬픔이 너무 깊어 이를 노래로 부르지 않는다. 하지만 독수리들의 왕 소론도르가 그 소식을 곤돌린과 멀리 히슬룸에까지 전했기 때문에, 그 이야기는 아직도 기억 속에 전해지고 있다. 모르고스는 요정왕의 시신을 들고 가서 갈가리 찢어 자신의 늑대들에게 던져 줄 참이었다. 하지만 소론도르가 크릿사에그림 첨봉들 가운데 있는 자신의 둥지에서 쏜살같이 내려와 모르고스를 덮쳤고 그의 얼굴에 상처를 냈다. 돌진하는 소론도르의 날개에서는 만웨의 바람과 같은 소리가 났고, 독수리는 자신의 튼튼한 발톱으로 시신을 낚아채어 순식간에 오르크들의 화살이 닿지 않도록 솟아올라 왕을 데리고 떠나 버렸다. 그는 숨은 골짜기 곤돌린이 북쪽에서 내려다보이는 산꼭대기에 그를 내려놓았고, 투르곤이 와서 부친의 시신 위에 높은 석총(石塚)을 쌓았다. 이후로 곤돌린에 종말이 닥쳐 그의 동족들 사이에 배신이 일어날 때까지, 어떤 오르크도 감히 핑골핀의 산을 넘거나 그의 무덤 가까이 지나가려고 하지 않았다. 모르고스는 그날 이후로 평생 동안 한쪽 발을 절었고, 상처의 통증은 치유가 불가능했으며, 얼굴에는 소론도르가 낸 흉터가 남아 있었다.

핑골핀의 죽음이 알려지자 히슬룸의 비탄은 이루 말로 다할 수 없었고, 핑곤은 슬픔 속에 핑골핀 가문과 놀도르 왕국의 왕권을 승계하였다. 그러나 그는 (훗날 길갈라드로 불린) 어린 아들 에레이니온은 해안 지방의 항구 도시로 보냈다.

이제 모르고스의 세력은 북부를 압도하였다. 하지만 바라히르는 도르소니온을 떠나지 않고 남아 한치의 양보도 없이 적군과 영토 싸움을 벌였다. 그러자 모르고스는 바라히르의 군대를 끝까지 몰아붙여 극소수만 남게 되었다. 그리하여 이 땅의 북쪽 비탈의 모든 삼림은 조금씩 흉악한 마법과 공포의 땅으로 변했고, 심지어 오르크들도 위급한 경우가 아니면 들어오려고 하지 않아, 이곳은 델두와스 혹은 타우르누푸인, 곧 '밤그늘의 숲'으로 불렸다. 화재 후 이곳에서 자라는 나무들은 시커멓고 흉측하게 변했고, 나무뿌리는 집게발처럼 캄캄한 속을 허우적거리며 뒤엉켰다. 그 속에서 헤매던 이들은 눈이 멀고 길을 잃었으며, 무시무시한 유령에게 목이 졸려 죽거나 쫓기다가 미쳐 버리기도 했다. 마침내 바라히르의 상황이 너무 절망스러워지자, 그의 아내인 '여장부' 에멜디르(그녀 자신은 달아나지 않고 아들과 남편 곁에서 싸우고 싶었지만)는 남아 있는 여자와 아이들을 모두 소집하여 무기를 들 수 있는 이들에겐 무기를 들게 한 다음 후방의 산맥 속으로 들어갔다. 고통스럽고 피해도 막심했지만 그들은 위태로운 길을 지나 마침내 브레실에 도착했다. 그들 중의 일부는 거기서 할라딘 일족에 합류하였지만, 일부는 계속하여 도르로민을 향해 산맥을 넘어 하도르의 아들 갈도르의 백성들 속으로 들어갔다. 이들 중에 벨레군드의 딸 리안과 바라군드의 딸 모르웬이 있었고, 모르웬은 엘레드웬, 곧 '요정의 광채'란 이름을 지니고 있었다. 하지만 아무도 그들이 두고 떠나온 남자들을 다시 보지 못했다. 그들은 하나씩 목숨을 잃어 마침내 바라히르에게는 열두 명의 남자만 남게 되었던 것이다. 바라히르의 아들 베렌과, 조카이자 브레골라스의 아들들인 바라군드와 벨레군드, 그리고 그의 집안의 충성스러운 아홉 명의 하인들이 있었는데, 놀도르의 노래에는 그들의 이름이 오랜 세월 동안 기억되고 있다. 하인들의 이름은 라드루인과 다이루인, 다그니르와 라그노르, 길도르와 '불행한' 고를림, 아르사드와 우르셀, 그리고 '청년' 하살디르였다. 집이 파괴되고 아내와 아이들이 잡혀가고 죽고 달아났기 때문에, 도망칠 수도 항복할 수도 없는 절망적인 무리가 된 그들은 희망을 잃은 무법자들이었다. 히슬룸에서는 아무런 소식도 원군도 오지 않았고, 바라히르와 그의 부하들은 산짐승처럼 쫓겨 다녔다. 그들은 숲 위쪽의 황량한 고원으로 후퇴하여, 모르고스의 첩자나 마법에서 멀리 떨어진 호수와 바위투성이 황무지 사이를 헤매고 다녔다. 그들은 헤더 덤불을 침대로 삼고 구름 덮인 하늘을 천장으로 삼았다.

다고르 브라골라크 이후 거의 2년 동안 놀도르는 여전히 시리온 강 발원지 근처의 서부로 가는 통로를 지켜 냈다. 울모의 힘이 여전히 강물 속을 흐르고 있었고, 미나스 티리스는 오르크들을 막아 내고 있었기 때문이다. 그러나 핑골핀이 죽은 뒤, 모르고스의 부하들 중에서 가장 뛰어나고 또 가장 사나운 사우론이 마침내 오로드레스가 지키고 있는 톨 시리온섬의 요새를 공격하였다. 그는 신다린으로 고르사우르라고 하는 자였다. 사우론은 이제 무서운 힘을 지닌 강령술사로 망령과 유령의 지배자가 되어 있었고, 사악한 지혜와 잔인한 힘으로 그가 손대는 것마다 기형으로 만들고 그가 지배하는 것마다 왜곡시켜 버리는 늑대인간의 군주였다. 그의 장기는 고문이었다. 시커먼 공포의 구름이 성을 수비하던 이들을 엄습하면서 그는 기습 공격으로 미나스 티리스를 탈취하였다. 결국 오로드레스는 쫓겨나 나르고스론드로 도망갔다. 사우론은 성을 모르고스의 감시탑으로 만들었고, 그곳은 악의 성채이자 위협적인 존재가 되었다. 그리하여 아름다운 톨 시리온섬은 저주받은 곳이 되었고, 톨인가우르호스, 곧 '늑대인간의 섬'으로 불리게 되었다. 어느 누구도 성채 위에 앉아 내려다보는 사우론에게 발각되지 않고 그 골짜기를 지나갈 수는 없었다. 모르고스는 이제 서부로 향하는 통로를 장악하였고, 그에 대한 두려움이 벨레리안드의 들판과 숲속으로 퍼져 나갔다. 그는 히슬룸 너머까지 무자비하게 적을 뒤쫓았고, 그들의 은신처를 수색하고 그들의 요새를 하나씩 탈취하였다. 점점 대담해진 오르크들은 서쪽에서는 시리온, 동쪽에서는 켈론강을 따라 내려오면서 곳곳에 나타나 도리아스를 포위하였다. 그들은 대지를 유린하여 짐승과 새 들은 그들을 보면 달아났고, 북부에서부터 대지는 적막에 잠기며 황폐해졌다. 그들은 많은 놀도르와 신다르를 포로로 잡아 앙반드로 끌고 갔고, 그들을 노예로 삼아 그들의 기술과 지식을 모르고스를 위해 바치도록 협박하였다. 모르고스는 염탐꾼들을 내보냈는데, 그들은 거짓 외양을 하고 나타났으며 그들의 말에는 기만이 가득했다. 그들은 후사하겠다는 거짓 약속을 하고, 간교한 언사로 여러 종족 사이에 공포심과 시기심을 부추겼으며, 왕과 족장 들의 탐욕과 상호 배신을 비난하였다. 알콸론데의 동족 살해로 인한 저주 때문에 이 같은 거짓말은 자주 먹혀들었다. 사실 어두운 시절이 되면서 그 거짓말에는 한 가닥 진실마저 있었는데, 벨레리안드 요정들의 마음과 생각이 절망과 두려움에 휩싸여 버렸기 때문이다. 그러나 놀도르가 언제나 가장 두려워했던 것은 앙반드에 노예로 붙잡혀 있는 그들 동족의 배신이었다. 모르고스가 이들 중의 일부를 자신의 사악한 목적에 이용하였기 때문인데, 그는 자유를 주는 척하며 그들을 밖으로 내보냈지만 그들의 의지는 자신에게 묶어 놓았고, 그래서 그들은 밖을 떠돌다가도 결국 모르고스에게 다시 돌아가고 말았다. 또 포로들 중에서 정말로 탈출하여 동족들에게 돌아가는 이가 있어도, 거의 환영받지 못하고 홀로 자포자기의 심경이 되어 무법자로 방황하였다.

모르고스는 혹시 자신의 이야기에 귀를 기울이는 인간이 있으면, 그들을 동정하는 척하며 그들의 고난이 반역자 놀도르를 주인으로 모시기 때문이라고 말하였다. 그리고 그들이 반역자를 버리고 떠난다면, 가운데땅의 합당한 군주로부터 영광도 누리고 용맹에 대한 응분의 보답도 받을 수 있을 것이라고 했다. 그러나 에다인 세 가문에서는 그의 말에 귀 기울이는 자가 거의 없었고, 심지어 앙반드에 끌려가 고문을 당해도 마찬가지였다. 그리하여 모르고스는 증오하며 그들을 뒤쫓았고 자신의 전령들을 산맥 너머로 파견하였다.

이즈음에 '어둑사람들'이 벨레리안드에 처음 들어온 것으로 전해진다. 그들 중의 일부는 이미 비밀리에 모르고스의 휘하에 들어가 그의 지시에 따라 나타났지만 모두 다 그런 것은 아니었다. 벨레리안드의 땅과 강, 전쟁과 풍요에 관한 소문이 이제는 사방에 퍼졌고, 유랑하는 인간들의 발걸음이 그 당시에는 늘 서쪽으로 향했기 때문이다. 이 종족은 키가 작고 어깨가 벌어졌으며 팔이 길고 튼튼했다. 그들의 살갗은 가무잡잡하거나 누르께했고, 머리는 눈동자와 마찬가지로 검은색이었다. 그들은 여러 가문으로 구성되어 있었고, 일부는 요정들보다 산속의 난쟁이들에게 더 호감을 가지고 있었다. 마에드로스는 앙반드의 토굴의 비축 전력이 무진장이고 또 항상 새로 보충되지만 놀도르와 에다인은 미약하다는 것을 알고 있었기 때문에, 새로 나타난 이 인간들과 동맹을 맺고 그들의 족장 중에서 우두머리인 보르 및 울팡과 교분을 쌓았다. 모르고스는 자신의 계획대로 일이 진행되는 것을 보고 상당히 만족스러웠다. 보르의 아들은 보를라드와 보를라크, 보르산드로, 이들은 모르고스의 기대를 저버리고 마에드로스와 마글로르를 추종하면서 그들에게 충성을 바쳤다. '검은' 울팡의 아들은 울파스트와 울와르스, 그리고 '저주받은' 울도르로, 그들은 카란시르를 따르며 그에게 충성을 맹세했으나 배신하고 말았다.

에다인과 동부인은 서로 크게 좋아하지 않았고 거의 만나지도 않았다. 새로 온 이들은 동벨레리안드에 오랫동안 머물렀지만, 하도르의 백성은 히슬룸에 갇혀 있었고, 베오르 가문은 거의 멸망하고 말았기 때문이다. 할레스의 백성들은 남쪽의 브레실숲에 살았기 때문에 처음에는 북쪽의 전쟁에 영향을 받지 않았다. 하지만 이제 침략자 오르크들과 그들 사이에 전투가 벌어지는데, 그들은 담대한 종족이어서 그들이 사랑하는 숲을 쉽게 내어 주지 않으려고 했던 것이다. 그리하여 그 당시의 패전담 중에 할라딘 일족의 무용이 명예롭게 전해지고 있다. 오르크들은 미나스 티리스를 차지한 후 서부 통로로 내려왔고 시리온하구까지 유린할 수도 있었다. 하지만 할라딘 일족의 군주 할미르는 도리아스 경계를 지키던 요정들과 친교를 맺고 있었기 때문에 싱골에게 급한 전갈을 보냈다. 그리하여 싱골의 변경 수비대 대장인 '센활' 벨레그가 도끼로 무장한 엄청난 신다르 병력을 이끌고 브레실로 들어왔고, 깊은 숲속에서 쏟아져 나온 할미르와 벨레그는 오르크 군단을 급습하여 그들을 궤멸시켰다. 그 후로 북부에서 내려오던 어둠의 기운은 그 지역에서 저지당했고, 오르크들은 여러 해 동안 테이글린강을 넘을 엄두를 내지 못했다. 할레스 일족은 브레실숲에서 여전히 불안한 평화 속에 살았고, 그들의 방어선 뒤에서 나르고스론드 왕국은 휴식을 취하며 병력을 소집하였다.

이 당시에 '도르로민의 갈도르'의 아들 후린과 후오르가 할라딘 일족과 함께 살고 있었는데, 그들은 친척 간이었다. 다고르 브라골라크가 있기 전에 이 두 에다인 가문은 성대한 잔치를 함께하게 되었고, 이 잔치에서 '황금머리' 하도르의 자식들인 갈도르와 글로레델이 할라딘 군주 할미르의 자식들인 하레스, 할디르와 혼인을 하였던 것이다. 그래서 갈도르의 아들들은 당시 인간들의 관습에 따라 브레실에 있는 외삼촌 할디르가 양육하고 있었다. 그들은 오르크들과의 전투에도 함께했는데, 겨우 열세 살에 불과한 후오르까지도 고집을 부려 싸움터에 나갔다. 하지만 다른 부대와 연락이 두절된 무리와 함께 있던 형제는 브리시아크 여울까지 추격당했고, 그때까지 시리온강에서 큰 힘을 발휘하던 울모의 힘이 없었더라면 붙잡히거나 죽임을 당했을 것이다. 강에서 안개가 일어나더니 그들을 적으로부터 숨겨 주었고, 그들은 브리시아크를 건너 딤바르로 피신하였다. 가파른 크릿사에그림 절벽 아래의 언덕들 사이를 헤매던 그들은 혼란스러운 지형에 당황하여 앞으로 갈 수도 뒤로 돌아갈 수도 없었다. 거기서 소론도르가 그들을 발견하고는 그들을 돕기 위해 휘하의 독수리 두 마리를 내려보냈다. 독수리들은 그들을 데리고 에워두른산맥을 넘어 비밀의 골짜기 툼라덴과 숨은 도시 곤돌린으로 날아갔다. 인간은 아직 아무도 가 보지 못한 곳이었다.

그곳의 투르곤 왕은 그들의 혈통에 대해 전해 듣고는 두 사람을 반가이 맞이하였다. 물의 군주 울모가 시리온강을 통해 바다에서 보내온 꿈과 전언에는 그에게 다가올 재앙을 경고하면서 하도르 가문의 아들들을 잘 대접하라는 권고가 들어 있었다. 어려운 시기에 그들에게 도움을 받게 되리라는 것이었다. 후린과 후오르는 왕의 저택에서 거의 한 해 동안 손님으로 지냈고, 이때 후린은 요정들의 지식에 대해 많은 것을 배우고 또 왕의 계획과 목적에 대해서도 적잖이 이해할 수 있게 되었다고 한다. 투르곤은 갈도르의 아들들을 무척 좋아하여 그들과 많은 이야기를 나누었기 때문이다. 그는 정말로 그들을 사랑하였기에 그들을 곤돌린에 데리고 있고 싶었다. 그것은 요정이든 인간이든 숨은왕국으로 향하는 길을 발견하여 도시를 목격한 이방인은 누구든지, 왕이 방어막을 열어 숨어 있던 자들을 내보낼 때까지는 다시 떠날 수가 없다는 왕의 법률 때문만은 아니었다.

그러나 후린과 후오르는 자기 백성들에게로 돌아가 이제 그들을 에워싸고 있는 전쟁과 고난을 함께하고 싶었다. 그래서 후린은 투르곤에게 말했다. "폐하, 우리는 엘다르와 달리 유한한 생명의 인간에 불과합니다. 요정들은 먼 훗날에 있을 적과의 싸움을 기다리며 오랫동안 참을 수 있지만, 우리에겐 시간이 짧고 우리의 희망과 힘도 곧 쇠약해집니다. 더욱이 우리는 곤돌린으로 들어오는 길을 발견하지도 못했고, 사실 이 도시가 어디 있는지도 확실히 알지 못합니다. 우리는 두려움과 경이로움 속에 높은 하늘길을 따라왔고, 자비롭게도 우리의 눈은 가려져 있었기 때문입니다." 그러자 투르곤은 그의 간청을 들어주며 이렇게 대답했다. "소론도르가 동의한다면 자네들이 왔던 그 길로 돌아가도록 허락하겠노라. 이 작별은 슬픈 일이지만 엘다르의 생각으로는 머지않아 우리는 다시 만나게 될 것이다."

한편 곤돌린의 유력자가 되어 있던 왕의 생질 마에글린은 그들이 떠나는 것을 슬퍼하지 않았다. 그는 인간들을 좋아하지 않았기 때문에 그들에 대한 왕의 총애를 못마땅해하였고, 그래서 후린에게 말했다. "왕의 은총은 당신이 알고 있는 것보다 더 크네. 법이 옛날보다 덜 엄격해졌으니 말이야. 그렇지 않았더라면 당신들은 죽을 때까지 여기 사는 수밖에 없었을 것이네."

이에 후린이 대답하였다. "왕의 은총은 참으로 위대합니다. 혹시 저희가 드리는 말씀으로 충분하지 않다면, 당신께 맹세를 하도록 하겠습니다." 그리고 형제는 투르곤의 계획을 아무에게도 발설하지 않을 것이며, 그의 왕국에서 본 모든 일을 비밀로 하겠다는 맹세를 하였다. 그런 다음 그들은 작별을 고하였고, 독수리들이 밤에 나타나 그들을 데리고 가서 새벽이 되기 전에 도르로민에 내려놓았다. 브레실에서 보낸 전령들로부터 그들의 실종을 전해 들었던 형제의 친척들은 두 사람을 보고 기뻐하였다. 하지만 후린과 후오르는 황야에서 그들을 집으로 데려온 독수리들에게 구조되었다는 이야기 말고는, 그들이 있었던 곳을 부친에게도 밝히지 않으려고 했다. 그러자 갈도르가 물었다. "그렇다면 황야에서 한 해를 보냈다는 말이냐? 아니면 독수리들이 자기 둥지에 재워 주기라도 했다는 말이냐? 그런데도 음식과 좋은 옷을 잘 챙겨서, 숲속의 방랑자가 아니라 젊은 왕자처럼 돌아왔구나." 이에 후린이 대답했다. "저희가 돌아온 것에 만족하소서. 저희는 침묵을 지키겠다는 맹세를 하고 나서야 돌아올 수 있었습니다." 갈도르는 더 이상 묻지 않았지만, 그와 다른 많은 이들은 진상을 여러 가지로 추측하곤 했다. 그리고 시간이 흘러 후린과 후오르의 신기한 행적은 모르고스의 부하들의 귀에도 들어갔다.

앙반드 포위망이 붕괴되었다는 소식을 듣자 투르곤은 부하들 누구에게도 전쟁을 하러 나가는 것을 허용하지 않으려 했다. 곤돌린은 튼튼하고, 아직은 모습을 드러낼 때가 아니라고 생각했던 것이다. 하지만 그는 외부의 지원이 없다면 공성의 끝이 곧 놀도르 몰락의 시작이라는 것 또한 예감하고 있었다. 그래서 그는 곤돌린드림

무리를 은밀하게 시리온하구와 발라르섬으로 보냈다. 거기서 그들은 투르곤의 지시에 따라 배를 만들어 아득한 서녘으로 항해를 시작하였다. 이는 발리노르를 찾아가서 발라들의 용서를 구하고 지원을 요청하기 위해서였고, 그들은 항해를 인도할 바닷새들을 찾았다. 하지만 바다는 거칠고 광대하고 어둠과 마법에 뒤덮여 있었고, 발리노르는 보이지 않았다. 그리하여 투르곤의 사자들은 아무도 서녘으로 가지 못했고, 실종되어 돌아오지 못한 이가 많았다. 곤돌린의 종말이 가까워지고 있었다.

이런 소문이 모르고스의 귀에 들어가자 그는 승리를 거두면서도 불안해졌고, 그래서 펠라군드와 투르곤의 소식을 알고 싶어서 무척 안달하였다. 그들은 감쪽같이 사라졌지만 아직 죽지는 않았으므로, 어떻게 자신과 맞서 싸워 올지 두려웠기 때문이다. 그는 사실 나르고스론드란 이름은 알고 있었으나, 그 위치나 규모에 대해서는 알지 못했다. 또 곤돌린에 대해서는 아무것도 몰랐기 때문에 투르곤을 생각하면 더 골치가 아팠다. 그래서 그는 벨레리안드에 더 많은 첩자들을 내보냈다. 하지만 오르크 부대의 본진은 앙반드로 불러들였다. 왜냐하면 새로 병력을 충원하기 전에는 전투에서 결국 승리를 거둘 수 없다는 것을 그는 알고 있었고, 또 놀도르의 무용과 그들과 한편이 된 인간들의 무력을 제대로 판단하지 못하였다는 것을 깨달았기 때문이다. 브라골라크와 이후의 몇 년 동안 그는 엄청난 승리를 거두었고 또 적에게 끼친 피해도 대단했으나, 자신의 손실 또한 이에 못지않았다. 그는 도르소니온과 시리온 통로를 장악하였으나, 처음에 허둥지둥하던 엘다르는 이제는 기세를 회복하여 잃어버렸던 것을 되찾기 시작하였다. 그리하여 남부 벨레리안드는 짧은 몇 년 동안 다시 평화로워 보이는 시기를 누리게 되는데, 반면에 앙반드의 대장간은 노역으로 분주했다.

넷째 전투가 끝나고 7년이 흘렀을 때, 모르고스는 공격을 재개하여 히슬룸을 향해 엄청난 군대를 쏟아부었다. 어둠산맥의 통로에 대한 그들의 공격은 혹독했고, 에이셀 시리온 공성에서는 도르로민의 군주인 장신의 갈도르가 화살에 맞아 전사하였다. 그는 핑곤 대왕 대신에 그 요새를 지키고 있었는데, 그곳은 불과 얼마 전 그의 부친 하도르 로린돌이 목숨을 잃은 곳과 같은 장소였다. 그의 아들 후린은 그때 막 성인이 되었지만 몸과 정신이 모두 강인하였고, 오르크들을 많이 죽여 에레드 웨스린에서 몰아내고, 안파우글리스 모래벌판 너머까지 그들을 추격하였다.

그러나 핑곤 왕은 북쪽에서 내려온 앙반드 군대를 격퇴하는 데 어려움을 겪고 있었고, 전투는 바로 히슬룸 평원에서 벌어졌다. 핑곤은 수적으로 열세였지만, 키르단의 함선이 엄청난 병력과 함께 드렝기스트하구로 올라왔고, 위급한 시기에 팔라스의 요정들이 서쪽에서 모르고스의 군대를 공격하였다. 그리하여 오르크들은 흩어져 달아나고 엘다르는 승리를 거두었으며, 그들의 기마 궁사들은 강철산맥 안쪽까지 그들을 추격하였다.

이후로 갈도르의 아들 후린은 도르로민의 하도르 가문을 다스리며 핑곤을 섬겼다. 후린은 그의 조상들이나 그의 아들보다도 체격이 작았지만, 지칠 줄 모르는 체력에 인내심이 대단했고, 모친인 할라딘가의 하레스처럼 날렵하고 유연했다. 그의 아내는 베오르 가문인 바라군드의 딸 모르웬 엘레드웬으로, 모르웬은 벨레군드의 딸 리안, 베렌의 어머니 에멜디르와 함께 도르소니온을 탈출하였던 인물이다.

나중에 언급하겠지만 이즈음에 도르소니온의 무법자들 또한 궤멸되어, 바라히르의 아들 베렌만이 겨우 도리아스로 탈출하였다.

## Chapter 19

# 베렌과 루시엔

그 캄캄한 시절로부터 우리에게 전해 오는 슬픔과 몰락의 이야기들 중에는, 통곡 속에 환희가 있고 죽음의 그림자 속에 영원의 빛을 볼 수 있는 이야기들이 있다. 이 역사들 중에 요정들의 귀에 아직도 가장 아름답게 들려오는 이야기는 베렌과 루시엔의 이야기이다. 그들의 일생을 소재로 하여 「레이시안의 노래」, 곧 '구속으로부터의 해방'이 만들어졌고, 이 노래는 그 옛날 세상에 관한 노래들 중에서 단 하나를 제외하고는 가장 길이가 긴 것이다. 하지만 여기서는 내용을 줄이고 노래를 생략하여 싣는다.

앞서 이야기한 대로 바라히르는 도르소니온을 포기하지 않으려 했고, 그래서 모르고스는 그를 끝까지 추적하는데, 결국 그에게는 열두 명의 동료만 남게 되었다. 그런데 도르소니온숲은 남쪽으로 가면서 점점 높아져 산악형 황무지가 되었고, 이 고원의 동쪽에는 히스 황야로 둘러싸인 아엘루인 못이라는 작은 호수가 있었다. 이 땅은 길이라곤 전혀 없이 야생 그대로였고, '긴평화'의 시절에도 이곳에는 아무도 살지 않았다. 하지만 아엘루인 호수는 낮에는 맑고 푸른빛을 띠고 밤에는 별들의 거울이 되는 외경스러운 존재로, 전해 오는 이야기로는 먼 옛날에 멜리안이 몸소 그 물을 축성하였다고 한다. 바라히르와 그의 무법자들은 그곳에 숨어들어 은신하고 있었고, 모르고스는 그곳을 찾아낼 수 없었다. 하지만 바라히르와 동료들의 무용담은 온 세상에 널리 퍼졌고, 모르고스는 사우론에게 그들을 찾아 죽이라는 명령을 내렸다.

그런데 바라히르의 동료들 중에 앙그림의 아들 고를림이 있었다. 그의 아내는 에일리넬이라고 했고, 악의 무리가 쳐들어오기 전까지 그들의 사랑은 대단했다. 하지만 변경의 전쟁에서 돌아온 고를림은 자기 집이 약탈당해 텅 비고, 아내마저 사라진 것을 발견했다. 아내가 살해당한 것인지 포로로 붙잡힌 것인지 그는 알 수 없었다. 그래서 그는 바라히르와 합류했고, 무리 중에서 가장 사납고 끈기 있는 용사가 되었다. 하지만 혹시 에일리넬이 죽지 않았을지도 모른다는 생각이 들자 그는 마음속에 의심이 일었다. 그래서 이따금 혼자 몰래 길을 떠나 한때 자신이 소유하였던 들판과 숲속에 여전히 서 있는 고향 집을 찾아가곤 했다. 이것이 모르고스의 졸개들에게 알려지게 되었다.

어느 가을날, 그는 저녁 어스름 속에 집을 향해 가다가 창문에 어른거리는 불빛을 발견하였고, 조심스럽게 다가가 집 안을 들여다보았다. 거기서 그는 에일리넬을 보았다. 그녀의 얼굴은 비탄과 굶주림으로 초췌했고, 자신이 아내를 버렸다고 한탄하는 그녀의 목소리가 들리는 것 같았다. 그가 고함을 치려는 순간 바람이 불어 창문의 불이 꺼지면서 늑대가 으르렁거렸고, 그는 갑자기 사우론의 사냥꾼들의 묵직한 손을 어깨에서 느꼈다. 고를림은 그렇게 함정에 빠졌고, 그들은 바라히르의 은신처와 그의 계획을 모두 알아내기 위해 그를 야영지로 끌고 가서 고문하였다. 하지만 고를림은 아무것도 자백하지 않을 각오가 되어 있었다. 그러자 그들은 그가 항복한다면 그를 풀어 주고 에일리넬을 데려다주겠다고 약속했고, 마침내 그는 고통에 견디다 못해, 또 아내에 대한 그리움 때문에 무너지고 말았다. 그리하여 그들은 즉시 그를 무시무시한 사우론 앞으로 데려갔고 사우론이 물었다. "자네가 나와 거래하고 싶다는 얘기를 들었는데, 자네가 원하는 게 뭔가?"

고를림은 에일리넬을 다시 찾아서 그녀와 함께 풀려나고 싶다고 대답했다. 그는 에일리넬도 붙잡혀 있다고 생각했던 것이다.

그러자 사우론은 웃으며 말했다. "그렇게 엄청난 배신치고는 원하는 게 소박하군. 틀림없이 그렇게 하도록 하지. 계속해서 말해봐!"

그때라도 고를림은 물러설 수 있었다. 하지만 사우론의 눈초리에 압도당한 그는 결국 사우론이 알고 싶어 하는 모든 것을 털어놓고 말았다. 그러자 사우론은 웃음을 터뜨리며 그를 조롱하였고, 고를림이 본 것은 그를 유인하기 위하여 마법으로 꾸며 놓은 환영이라고 털어놓았다. 에일리넬은 죽고 없었던 것이다. 사우론이 말했다. "그럼에도 불구하고 자네의 소원은 들어주지. 에일리넬에게 가게. 그리고 이젠 나를 섬기지 않아도 좋아." 그러면서 그는 고를림을 잔인하게 죽였다.

이렇게 하여 바라히르의 은신처가 드러났고, 모르고스는 그 주변을 포위하였다. 오르크들은 동트기 전의 고요한 시간에 도르소니온의 무리를 급습하였고, 한 사람을 제외하고는 모두 목숨을 잃었다. 바라히르의 아들 베렌만이 부친의 명에 따라 적의 동태를 감시하라는 위험한 임무를 띠고 떠나 있었던 것이다. 은신처가 기습당했을 때 그는 그곳에서 멀리 떨어져 있었다. 숲속에서 날이 저물어 잠이 들었던 그는 호숫가의 헐벗은 나무 위에 썩은 고기를 먹는 새들이 나뭇잎처럼 빽빽하게 앉아 있고, 그들의 부리에서 피가 뚝뚝 떨어지는 꿈을 꾸었다. 꿈속에서 그는 어떤 형체가 물을 건너 그를 향해 다가오는 것을 보는데, 그것은 고를림의 유령이었다. 유령은 자신의 배신과 죽음을 그에게 털어놓으며 부친이 피할 수 있도록 급히 돌아가라고 했다.

그래서 베렌은 잠에서 깨어났고, 어둠 속을 달려가 둘째 날 아침 무법자들의 은신처로 돌아왔다. 그가 가까이 다가가자 썩은 고기를 먹는 새들이 땅에서 날아올라 아엘루인 호수 옆에 있는 오리나무들 위에 내려앉았고, 조롱하듯 까악까악하고 울어 댔다.

베렌은 그곳에 부친의 유골을 묻은 다음, 그 위에 둥근 돌들로 돌무덤을 쌓았고, 무덤에 대고 복수를 맹세하였다. 그래서 그는 먼저 부친과 동료들을 살해한 오르크들을 뒤쫓아 가서 한밤중에 세레크 습지 위쪽에 있는 리빌 샘터에서 그들의 야영지를 발견하였고, 숲에 익숙하였기 때문에 들키지 않고 그들의 모닥불 근처에 다가갔다. 거기서 그들의 우두머리는 자신의 공적을 자랑하고 있었고, 임무를 완수했다는 표시로 사우론에게 바치기 위해 잘라 낸 바라히르의 손을 높이 들어 올렸다. 펠라군드의 반지가 그 손에 있었다. 그때 베렌은 바위 뒤에서 뛰어내리며 우두머리를 찔러 죽였고, 운명의 도움을 받아 손과 반지를 들고 달아났다. 오르크들이 당황하여 화살들이 빗나갔던 것이다.

그 후로 4년 동안 베렌은 여전히 외로운 무법자로 도르소니온을 떠돌았다. 하지만 그는 날짐승과 들짐승의 친구가 되었고, 그들은 그를 도와주고 또 배반하지 않았다. 그때부터 그는 고기를 먹지 않았고, 모르고스를 따르는 것이 아니면 살아 있는 어느 것도 죽이지 않았다. 그는 포로로 잡히는 것을 두려워했을 뿐 죽음을 두려워하지 않았고, 담대하고 필사적이었기 때문에 잡히지도 않고 죽음도 피할 수 있었다. 그의 대담한 기개를 확인할 수 있는 무용담은 벨레리안드 곳곳에 널리 퍼졌고, 그 이야기는 심지어 도리아스에도 전해졌다. 모르고스는 마침내 놀도르 대왕 핑곤의 머리에 버금가는 현상금을 그의 머리에 걸었다. 하지만 오르크들은 그를 찾아 나서기는커녕 그가 나타났다는 소문만 듣고도 줄행랑쳤다. 그리하여 사우론의 지휘하에 그를 사로잡기 위한 군대가 출동하였고 사우론은 늑대인간들을 데리고 나타났다. 이 사나운 짐승들의 몸속에는 사우론이 불어넣어 놓은 끔찍한 영(靈)들이 살고 있었다.

이 땅은 이제 모두 악의 무리로 채워졌고, 정결한 것은 모두 그곳을 떠나고 없었다. 베렌도 너무 힘들었기 때문에 마침내 도르소니온을 떠날 수밖에 없었다. 눈 내리는 어느 겨울날, 그는 그 땅과 부친의 무덤을 버리고 공포산맥 고르고로스의 높은 곳에 올라 멀리 도리아스 땅을 어렴풋이 바라보았다. 유한한 생명의 인간은 아무도 밟아 본 적이 없다는 은둔의 왕국으로 들어가고 싶은 생각이 떠오른 것이다.

그의 남행(南行)은 끔찍스러운 여정이었다. 깎아지른 에레드 고르고로스의 절벽이 거기 있었고, 그 바닥에는 달이 생겨나기 전부터 어둠이 터를 잡고 있었다. 그 너머에는 사우론의 마법과 멜리안의 힘이 공존하는 난 둥고르세브 삼림이 있어 그 속에는 공포와 광기가 횡행하였다. 웅골리안트의 무시무시한 거미 종족이 그곳에 살면서, 살아 있는 모든 것이 걸려들게 마련인 보이지 않는 거미줄을 잣고 있었다. 또한 태양이 처음 떠오르기 전의 오랜 어둠 속에서 생겨난 괴물들이 여러 개의 눈으로 소리 없이 사냥을 하며 배회하고 있었다. 그 유령의 땅에는 요정이나 인간이 먹을 수 있는 음식은 아무 것도 없고 오로지 죽음밖에 없었다. 그 여행은 베렌의 위대한 행적 중에서 결코 미미한 것이 아니었지만, 그는 그 공포를 다시 떠올리고 싶지 않아 그 후로 누구에게도 그 이야기를 하지 않았다. 그래서 그가 어떻게 길을 찾아냈는지, 또 어떻게 요정이나 인간은 밟아 볼 엄두도 내지 못한 길을 따라 도리아스 경계에 이르렀는지에 대해서는 아는 이가 없다. 그리하여 그는 멜리안이 예견한 대로 싱골 왕국 둘레에 멜리안이 펼쳐 놓은 미궁을 통과하게 되는데, 이는 그에게 위대한 운명이 기다리고 있었기 때문이다.

「레이시안의 노래」에는 베렌이 여러 해 동안 고난을 겪은 듯 희끗희끗한 머리에 등이 굽은 채 비틀거리며 도리아스에 들어온 것으로 전해진다. 노상의 고난이 그토록 극심했던 것이다. 어느 여름날

넬도레스숲 속을 헤매던 그는 싱골과 멜리안의 딸 루시엔을 우연히 만나게 되었다. 달이 막 떠오르던 저녁 무렵, 루시엔은 에스갈두인 강가의 빈터에서 시들지 않는 풀을 밟으며 춤을 추고 있었다. 그 순간 베렌은 모든 고통의 기억이 사라지면서 황홀경을 경험하였다. 루시엔은 일루바타르의 자손 중에서 가장 아름다웠기 때문이다. 그녀의 옷은 구름 한 점 없는 하늘처럼 푸른빛이었지만, 그녀의 두 눈은 별이 빛나는 저녁의 회색빛을 띠고 있었다. 또한 그녀의 외투에는 금빛 꽃무늬가 수놓아져 있었지만, 그녀의 머리는 황혼 녘의 어둠처럼 검은빛이었다. 나뭇잎에 떨어지는 햇살, 맑은 냇물이 흐르는 소리, 세상의 안개 위에 떠 있는 별빛, 루시엔의 영광과 아름다움은 그와 같았고, 그녀의 얼굴에는 찬란한 빛이 서려 있었다.

그러나 그녀는 곧 베렌의 시야에서 사라졌다. 마치 마법에 걸린 사람처럼 그는 입을 열 수 없었고, 그래서 오랫동안 숲속을 돌아다니며 짐승처럼 사납고 또 예민하게 그녀를 찾아 헤맸다. 마음속으로 그는 그녀를 티누비엘이라고 불렀다. 회색요정의 언어로 이는 황혼의 딸, 곧 나이팅게일을 가리키는 말로서, 그는 그녀의 다른 이름을 알지 못했기 때문이었다. 그리고 그는 가을에는 바람에 날리는 나뭇잎처럼, 또 겨울에는 언덕 위의 별처럼 그녀를 멀리서 바라보았지만, 그의 두 다리는 쇠사슬에 매인 듯 꼼짝도 하지 않았다.

새봄의 문턱에 들어선 어느 날 새벽 무렵, 푸른 언덕 위에서 춤을 추고 있었던 루시엔은 갑자기 노래를 부르기 시작했다. 그녀의 노래는 세상의 벽 너머로 태양을 바라보며 밤의 문을 열고 날아올라, 사라져 가는 별빛 사이로 음성을 쏟아붓는 종달새의 노래처럼 강렬하면서도 가슴을 에는 듯했다. 루시엔의 노래가 겨울의 족쇄를 풀어놓자 얼어붙은 시냇물이 노래를 했고, 그녀의 발길이 닿는 차가운 대지에서는 꽃이 피어났다.

그때 베렌의 입에서 침묵의 마법이 풀리면서 "티누비엘" 하고 소리치며 그녀를 불렀다. 온 숲에 그 이름이 울려 퍼졌다. 그러자 그녀는 놀라워하며 걸음을 멈춘 채 달아나지 않았고, 베렌이 그녀에게 다가갔다. 그를 보는 순간 루시엔은 운명처럼 그를 사랑하게 되었다. 하지만 먼동이 틀 무렵 그녀는 그의 품에서 빠져나와 그가 볼 수 없는 곳으로 사라졌다. 그러자 베렌은 지극한 기쁨과 슬픔의 공격을 동시에 받은 사람처럼 기절하면서 땅바닥에 쓰러지고 말았다. 그는 어둠의 심연 속으로 빠져들듯 잠이 들었고, 잠에서 깨어난 그의 몸은 돌처럼 차갑고 가슴은 황량하고 쓸쓸했다. 그는 마음속으로 이런저런 생각을 하며 마치 갑자기 시력을 잃은 사람이 사라진 빛을 잡으려 하듯이 손으로 더듬거렸다. 그리하여 그는 자신에게 임한 운명을 따라 고통스러운 대가를 치르기 시작했다. 그의 운명에 루시엔도 얽히게 되면서 불사의 존재였던 그녀는 베렌과 유한한 생명도 함께 나누게 되었으며, 자유의 존재이면서도 그에게 씌어진 운명의 사슬을 받아들였다. 이리하여 그녀는 엘달리에 가운데 그 누구보다 더 큰 고통을 겪어야만 했다.

그가 모든 희망을 버렸을 때 그녀는 그가 앉아 있는 어둠 속으로 돌아와, 그 먼 옛날 은둔의 왕국에서 그의 손 위에 자신의 손을 얹었다. 그 뒤로 그녀는 그를 자주 찾아왔고, 그들은 봄부터 여름까지 은밀하게 숲속을 함께 거닐었다. 비록 짧은 기간이었지만 일루바타르의 자손 중 어느 누구도 그와 같은 기쁨을 맛보지는 못하였다.

그러나 음유시인 다에론 또한 루시엔을 사랑하고 있었고, 그는 그녀와 베렌이 만나는 것을 발견하고 싱골에게 고해바쳤다. 그러자 싱골은 화가 머리끝까지 치밀었다. 그는 자신의 딸 루시엔을 세상의 어느 요정 왕자보다 더 귀하게 여기며 지극히 사랑하였기 때문이다. 그는 또한 유한한 생명의 인간은 자신의 시중조차 들지 못하게 하고 있었다. 왕은 슬픔과 놀라움을 감추지 못하고 루시엔에게 물었다. 하지만 그녀는 왕이 베렌을 죽이거나 옥에 가두지 않겠나고 약속할 때까지는 아무 말도 하지 않았다. 왕은 부하들에게 그를 범죄자로 체포하여 메네그로스에 데려오도록 명령을 내렸고, 루시엔은 직접 그들을 앞질러 가서 마치 귀한 손님인 양 그를 싱골 왕의 옥좌 앞에 데리고 나왔다.

싱골은 그때 멸시와 분노의 눈으로 베렌을 바라보았다. 하지만 멜리안은 말이 없었다. 왕이 물었다. "너는 누구이기에 부르지도 않았는데 도둑처럼 이곳에 나타나 감히 내 옥좌 앞에 다가오는 것이냐?"

메네그로스의 광휘와 싱골의 위엄은 너무 엄청났기 때문에 베렌은 두려움에 사로잡혀 아무 말도 하지 못했다. 그러자 루시엔이 입을 열었다. "그는 인간들의 군주 바라히르의 아들 베렌으로, 모르고스의 대적이며, 요정들조차도 그의 무훈을 노래로 부르고 있습니다."

"베렌이 직접 답하게 하라!" 싱골이 말했다. "불운의 인간, 너는 어떻게 이곳에 왔으며, 무슨 이유로 살던 곳을 떠나 너 같은 자에게는 금지된 이 나라에 들어왔느냐? 너의 그 오만과 우매함에 대해 내가 엄벌을 내리지 않아야 될 이유가 있느냐?"

그러자 베렌은 고개를 들어 루시엔의 눈을 들여다보았고, 그의 눈길은 또한 멜리안의 얼굴에도 머물렀다. 그는 이제 말을 할 수 있을 것 같았다. 두려움이 사라지고 인간들 가운데서 가장 유서 깊은 가문의 자존심이 되살아났다. 그가 입을 열었다. "오, 왕이시여, 저는 요정들조차 감당하기 힘든 어려움을 헤치고 운명의 인도를 받아 이곳에 왔습니다. 이곳에서 저는 사실 생각지도 못했던 것을 발견하였고, 그것을 영원히 얻고자 합니다. 그것은 금이나 은보다도 낫고, 어떤 보석보다도 귀한 것이기 때문입니다. 바위나 강철이나, 모르고스의 불이나, 아니 요정 왕국의 모든 군사로도 제가 갈망하는 그 보물을 제게서 떼어 놓을 수 없을 것입니다. 폐하의 따님 루시엔은 세상의 모든 자손들 가운데서 가장 아름답기 때문입니다."

그러자 방 안은 침묵에 휩싸였다. 거기 서 있던 이들은 놀라움과 두려움에 사로잡혔고, 베렌이 목숨을 잃을 것이라고 생각했다. 그러나 싱골은 천천히 입을 열어 말했다. "너는 말로써 죽음을 자초하는구나. 내가 성급하게 맹세하지만 않았더라면, 너는 순식간에 죽음을 맞이하였을 터인데 유감이로구나. 모르고스의 나라에서 밀정이나 노예처럼 몰래 기어다니는 것이나 배웠을 비천한 인간이로고."

그러자 베렌이 대답했다. "자초했든 자초하지 않았든 간에 왕께서는 제게 죽음을 내릴 수 있습니다만, 비천하다거나 밀정이라거나 노예라고 하는 말은 인정할 수가 없습니다. 펠라군드 님께서 북부의 전장에서 저의 선친 바라히르께 내린 그 반지로 인해, 우리 가문은 왕이든 아니든 어느 요정으로부터도 그런 말을 들은 바가 없습니다."

그의 말은 당당했고, 모든 이들의 시선은 그 반지로 향했다. 이제 그는 반지를 높이 들고 있었고, 놀도르가 발리노르에서 만든 그 초록의 보석은 거기서 은은한 빛을 발하였기 때문이다. 이 반지는 쌍둥이 뱀 모양이었는데, 뱀의 눈은 에메랄드였고, 머리는 금빛 꽃으로 장식한 왕관 밑에서 마주보고 있었는데, 하나가 왕관을 떠받치고 다른 하나는 그것을 삼키는 형상이었다. 그것은 피나르핀과 그의 가문을 상징하는 문양이었다. 그때 멜리안이 싱골 쪽으로 몸을 기울이며 나지막한 소리로 분노를 누그러뜨리라고 달랬다. "베렌은 당신 손에 죽지 않아요. 그는 운명이 이끄는 대로 결국 자유롭게 먼 곳으로 떠날 텐데, 다만 당신의 운명과 관련이 있어요. 조심하세요!"

그러나 싱골은 말없이 루시엔을 바라보면서 마음속으로 생각에 잠겼다. '불쌍한 인간들, 보잘것없는 군주와 단명한 왕 들의 자손들, 이런 자들이 네게 손을 대고도 살아남아야 한단 말인가?' 그는 침묵을 깨며 말했다. "바라히르의 아들, 너의 그 반지를 보니 네가 얼마나 자존심이 센지 또 스스로를 얼마나 대단하게 여기는지 알겠구나. 하지만 부친의 공적은 설령 그것이 나를 도와주기 위한 일이었다 할지라도, 싱골과 멜리안의 딸을 얻기에는 부족하다. 잘 듣거라! 나 역시 얻기 힘든 보석 하나를 간절히 원하고 있다. 요정 왕국들의 모든 세력에 맞서 바위와 강철과 모르고스의 불이 내가 갖고자 하는 보석을 지키고 있다. 너는 이와 같은 굴레를 두려워하지 않는다고 호언장담하였다. 그러니 이제 네 길을 가라! 가서 네 손으로 모르고스의 왕관에서 실마릴 하나를 떼어 오너라. 그런 다음에 루시엔 본인이 동의한다면 그 아이가 너의 손을 잡게 될 것이고, 그러면 너는 나의 보석을 얻는 셈이다. 실마릴에 아르다의 운명이 걸려 있는 것이 사실이지만, 너는 나를 관대하다고 여겨야 할 것이다."

이리하여 그는 도리아스의 파멸을 초래하였고 만도스의 저주에 걸려들고 말았다. 이 이야기를 들은 이들은 싱골이 약속을 지키지 않고도 베렌을 사지로 몰아넣을 수 있으리라고 생각했다. 포위망이 붕괴되기 전 놀도르의 힘을 모두 합친다고 해도 페아노르의 찬란한 실마릴을 멀리서 보는 것조차 어려웠기 때문이다. 보석은 강철 왕관에 박혀 있었고, 그것은 앙반드에서는 어떤 재물보다도 귀한 것이었다. 그 주변에는 발로그들을 비롯하여 무수한 검과 강력한 방책, 난공불락의 성벽, 그리고 암흑의 왕 모르고스가 있었다.

그러나 베렌은 웃음을 터뜨리며 말했다. "요정왕들께서는 헐값에 따님을 내놓으시는군요. 보석이나 손재주로 만들어 낸 물건 정도에 말입니다. 하지만 싱골 대왕, 이게 폐하의 뜻이라면 제가 따르겠습니다. 우리가 다시 만날 때는 강철 왕관에서 떼어 낸 실마릴 하나가 제 손에 들려 있을 것입니다. 왕께서는 바라히르의 아들 베렌을 마지막으로 보고 계신 것이 아닙니다."

그리고 그는 멜리안의 눈을 응시하였으나 그녀는 아무 말도 하지 않았다. 그는 루시엔 티누비엘과 작별 인사를 나누고 싱골과 멜리안에게도 절을 한 다음, 옆에 서 있던 경비병들을 밀치고 홀로 메네그로스를 나섰다.

그러자 마침내 멜리안이 입을 열어 싱골에게 말했다. "오, 왕이시여, 왕께서는 교묘한 수를 쓰셨군요. 하지만 내 눈에 아직 통찰력이 남아 있다면, 베렌이 이 임무를 실패하든 성공하든 이번 일은 왕께는 불길합니다. 왕께서는 딸의 운명이나 당신의 운명에 어둠을 선고하신 것입니다. 그리고 이제 도리아스는 더 큰 세상의 운명 속으로 들어섰습니다."

그러나 싱골이 대답하였다. "나는 내가 모든 보물보다 더 소중하게 아끼고 사랑하는 것을 요정이나 인간들에게 팔아먹지는 않습니다. 다행히 혹은 불행히 베렌이 살아서 메네그로스에 돌아온다면, 나의 맹세에도 불구하고 그는 다시는 하늘의 빛을 보지 못하게 될 것입니다."

그러나 루시엔은 잠자코 있었고 그때부터 그녀는 도리아스에서 노래를 부르지 않았다. 음울한 적막이 숲을 짓눌렀고 싱골 왕국은 점점 어둠에 빠져들었다.

「레이시안의 노래」에 따르면 베렌은 크게 어렵지 않게 도리아스를 빠져나와 마침내 황혼의 호수와 시리온습지대에 이르렀다고 한다. 싱골의 영토를 떠난 그는 시리온강이 큰 소리를 내며 지하로 들어가는 시리온폭포 위쪽의 언덕 위로 올라갔다. 그곳에서 그는 서쪽을 바라보았고, 언덕 위에 깔린 안개와 빗속으로 시리온강과 나로그강 사이에 펼쳐져 있는 탈라스 디르넨, 곧 '파수(把守)평원'을 지켜보았다. 그 너머로 멀리 그는 나르고스론드 위에 높이 솟아 있는 타우르엔파로스 고지대를 발견하였다. 희망도 계획도 아무것도 없는 그는 그쪽으로 발길을 돌렸다.

나르고스론드의 요정들은 그 평원 곳곳에 항상 경비병을 세워

두고 있었다. 변경의 모든 언덕 위에는 비밀 요새가 서 있었고, 숲과 들판에는 뛰어난 솜씨를 지닌 궁수들이 은밀하게 돌아다녔다. 그들의 화살은 정확하고 치명적이었으며, 그들의 허락 없이는 아무도 그곳에 들어갈 수 없었다. 그리하여 베렌이 들어선 지 얼마 되지 않아 그들은 그의 존재를 알아차렸고 그는 곧 목숨을 잃을 수도 있었다. 하지만 자신의 위험을 감지한 베렌은 펠라군드의 반지를 계속해서 높이 들어 올렸다. 수색대원들의 은밀한 몸놀림 때문에 살아 있는 것이라고는 아무것도 보이지 않았지만, 그는 자신이 감시당하고 있다는 것을 느꼈고, 그래서 가끔씩 크게 소리를 질러 댔다. "나는 바라히르의 아들 베렌이며 펠라군드의 친구요. 나를 왕에게 데려다 주시오!"

그리하여 수색대원들은 그를 죽이지 않고, 함께 모여 매복을 하였다가 그를 멈춰 세웠다. 그러나 베렌이 여행에 지친, 야생 그대로의 볼품없는 처지임에도 불구하고, 반지를 본 그들은 그에게 절을 하였고, 그들의 길을 알지 못하도록 밤을 이용하여 그를 서북쪽으로 인도하였다. 그 당시에는 아직 나르고스론드 입구에 있는 나로그강의 격류를 건널 수 있는 다리나 여울목이 없었기 때문이었다. 북쪽으로 더 올라가서 깅글리스강과 나로그강이 합류하는 곳은 물살이 약했고, 그래서 요정들은 베렌을 데리고 이곳을 건넌 다음 다시 남쪽으로 내려와서 그들의 비밀 궁정이 있는 어두운 입구까지 달빛 속에서 그를 인도하였다.

이리하여 베렌은 핀로드 펠라군드 왕 앞에 서게 되었고, 펠라군드는 베오르와 바라히르의 친족임을 확인시켜 주는 반지 없이도 그를 알아보았다. 그들은 문을 닫고 자리에 앉았고, 베렌은 바라히르의 죽음과 도리아스에서 그가 겪은 일들을 모두 이야기하고는, 루시엔과 그들이 함께 나눈 즐거운 추억들을 떠올리며 울었다. 그러나 펠라군드는 놀라움과 불안 속에서 그의 이야기를 들었다. 오래전에 자신이 갈라드리엘과 대화하며 예견했던 맹세, 곧 자신의 죽음을 두고 했던 맹세가 드디어 찾아왔다는 것을 알았던 것이다. 그리하여 그는 무거운 마음으로 베렌에게 말했다. "싱골이 자네의 죽음을 원하는 것은 확실하네. 하지만 이 운명에는 그의 생각을 넘어 페아노르의 맹세가 다시 움직이는 것으로 보이네. 실마릴에는 증오의 맹세가 저주처럼 붙어 있고, 심지어 그것을 갖고 싶다는 말만으로도 엄청난 힘이 잠에서 깨어나 움직이게 되기 때문이지. 페아노르의 아들들은 그 맹세에 따라 움직이기 때문에, 그들 외에 타인이 실마릴 하나라도 빼앗거나 소유하도록 내버려 두기보다는, 차라리 요정 왕국 전체를 잿더미로 만들 걸세. 켈레고름과 쿠루핀이 지금 내 궁정에 머물고 있네. 피나르핀의 아들인 내가 국왕이긴 하지만, 그들은 이곳에 막강한 세력을 구축하였고 자신들의 백성을 많이 이끌고 있지. 그들은 내가 어려울 때마다 우정을 베풀었지만, 자네의 목표를 알고 나면 절대로 사랑이고 자비고 베풀지 않을 걸세. 하지만 내가 했던 맹세는 유효하니, 이렇게 하여 우리는 모두 덫에 걸리고 말았네."

그러고 나서 펠라군드 왕은 자기 신하들 앞에 나가 바라히르의 무훈과 자신의 맹세를 이야기하였다. 그리고 바라히르의 아들이 어려울 때 자신이 돕는 것이 의무라고 천명하고 족장들의 도움을 요청하였다. 그러자 켈레고름이 무리 가운데서 일어나 칼을 빼 들며 소리쳤다. "친구든 적이든, 모르고스의 악마든 요정이든 인간의 자손이든, 아니 아르다에 살고 있는 어느 누구든 간에 실마릴을 발견하거나 그것을 빼앗아 소유하려고 한다면, 법이든 사랑이든 지옥의 동맹이든 발라들의 힘이든, 아니 어떤 마법의 힘으로도 페아노르의 아들들의 영원한 증오로부터 자신을 지켜 낼 수 없을 것이오. 왜냐하면 세상 끝 날까지 실마릴에 대한 소유권은 우리만이 주장할 수 있기 때문이오."

그는 그 밖의 많은 이야기를 했고, 그것은 먼 옛날 티리온에서 처음으로 놀도르의 반역을 선동하던 그의 부친의 웅변만큼이나 힘이 있었다. 켈레고름의 뒤를 이어 쿠루핀이, 좀 더 부드러우면서도 그에 못지않게 힘차게, 요정들의 마음속에 전쟁의 광경과 나르고스론드의 파괴를 떠올리게 했다. 요정들의 마음속에 그가 불어넣은 두려움이 엄청났기 때문에, 투린의 시대가 오기까지 그곳의 요정들은 아무도 공개적으로 전투에 나가려고 하지 않았다. 그 대신 은밀하게 움직이거나 매복을 하고, 또 마법이나 독화살을 써서 모든 이방인들을 쫓아냈고, 동족 간의 연대마저 잊어버렸다. 그리하여 그들은 옛 요정들의 용맹과 자유로움에서 멀어졌고 그들의 땅은 어둠에 잠겼다.

이제 그들은 피나르핀의 아들이 발라처럼 자신들에게 명령을 내릴 수는 없다고 불평하면서 그에게 등을 돌렸다. 하지만 만도스의 저주가 두 형제를 찾아와 그들의 마음속에 음흉한 생각이 일어났다. 펠라군드만 사지(死地)로 보내고 나면 혹여 나르고스론드의 왕좌를 차지할 수 있을지도 모른다는 생각이었다. 자기들이 놀도르 군주들 중에서 장자(長子) 집안이라는 이유에서였다.

펠라군드는 자신이 지지를 얻지 못함을 깨닫고, 머리에서 나르고스론드의 은빛 왕관을 벗어 발 앞에 던지며 말했다. "당신들은 나에 대한 충성의 맹세를 파기할지 몰라도, 나는 나의 맹세를 지킬 것이오. 하지만 혹시 우리에게 닥친 저주의 그림자가 아직 임하지 않은 자가 있다면, 적어도 몇이라도 나를 따라 줄 것이오. 그러면 문 앞에서 쫓겨나는 거지처럼 떠나게 되지는 않을 테니까." 그러자 그와 함께 일어선 자가 열 명이었다. 그들 중의 우두머리인 에드라힐이라는 요정이 허리를 굽혀 왕관을 집어 들고, 펠라군드가 돌아올 때까지 섭정에게 왕관을 맡겨 둘 것을 청했다. "어떤 일이 닥치더라도 폐하는 저의 왕이시며 저희들의 왕이시기 때문입니다."

　그래서 펠라군드는 나르고스론드의 왕관을 동생 오로드레스에게 주며 자기 대신 나라를 다스리도록 했다. 켈레고름과 쿠루핀은 아무 말도 하지 않았지만 웃으며 왕궁을 빠져나갔다.

　어느 가을날 저녁, 펠라군드와 베렌은 열 명의 일행과 함께 나르고스론드를 출발하였다. 그들은 나로그강을 따라 올라가 이브린 폭포 근처에 있는 강의 발원지에 이르렀다. 어둠산맥 밑에서 그들은 오르크 무리를 만났으나, 야음을 틈타 그들의 야영지를 습격하여 그들을 모두 베어 죽이고 그들의 복장과 무기를 탈취하였다. 펠라군드의 솜씨로 그들은 외양과 얼굴을 오르크들처럼 변장하였다. 이렇게 변장을 한 그들은 북쪽 길을 따라 한참 올라간 다음, 에레드 웨스린과 타우르누푸인 산지 사이의 서부 통로로 대담하게 들어갔다. 성채에 있던 사우론이 그들을 목격하고 수상하게 여겼다. 왜냐하면 그들은 서둘러 행군을 하고 있었던 데다, 그 길을 지나는 모르고스의 모든 부하들은 반드시 보고를 해야 하지만 그들은 그렇게 하지 않았기 때문이다. 그래서 그는 그들을 붙잡아서 자기 앞에 데려오도록 했다.

　그리하여 저 유명한 사우론과 펠라군드의 싸움이 벌어졌다. 펠라군드는 힘의 노래들로 사우론과 겨루었고, 왕의 힘은 대단했다. 하지만 결국 사우론이 승리를 거두었고, 그 이야기는 「레이시안의 노래」에 전해진다.

> 　그는 불렀네, 마법의 노래
> 　찌르고 터뜨리는 노래, 배반의 노래
> 　드러내고, 파헤치는 노래, 배신의 노래
> 　그러자 펠라군드가 돌연 몸을 일으켜
> 　대항의 답가 불렀네

권력에 맞서 저항하고 싸우는 노래,
감추어진 비밀, 성채 같은 무력,
한결같은 믿음, 자유와 탈출의 노래
바꾸고 또 바뀌는 형상,
덫은 피하고, 함정은 부수고,
감옥문이 열리고, 쇠사슬이 끊어지는 노래.
　　일진일퇴, 그들의 노래가 벌이는 공방.
비틀거리고 넘어지면서도 더욱더 세차게
노랫소리 우렁차게 펠라군드는 싸웠네,
그가 노래 속에 불러들인 것은
요정 나라의 모든 마법과 힘.
어둠 속 희미하게 그들은 들었네
멀리 나르고스론드, 새들의 노랫소리,
그 너머 대해의 한숨 소리,
서부 그 너머의 바다, 모래밭에서,
요정의 고장, 진주 모래밭에서.
　　그리고 어둠이 밀려들었네. 발리노르에
암흑이 깊어지고, 바닷가에는
붉은 피가 흐르네. 그 바닷가에서
놀도르는 죽였네, 파도 타는 요정들을.
등불 반짝이는 항구에서 그들은 훔쳐 갔네,
흰 돛이 달린 하얀 배들을. 바람이 통곡하고,
늑대가 울부짖고, 까마귀가 나는구나.
바다의 어귀에선 얼음이 쩡쩡하고,
앙반드에서는 포로들이 구슬피 애도하네.
천둥이 우르릉 쾅쾅, 불꽃이 타오르고 —
마침내 핀로드는 권좌 앞에 쓰러졌도다.

그리하여 사우론은 그들의 변장한 옷을 벗겼고, 그들은 발가벗긴 채 두려워하며 그의 앞에 섰다. 그러나 사우론은 그들이 어떤 종족인지는 알아냈으나, 이름이나 목적을 알 수는 없었다.

그래서 그는 캄캄하고 막막한 깊은 지하 감옥에 그들을 가두고, 누구 하나라도 사실대로 털어놓지 않으면 모두 잔인하게 죽여 버리겠다고 협박하였다. 이따금 그들은 어둠 속에서 두 개의 눈이 반짝거리는 것을 발견하였고, 늑대인간이 일행 중 하나를 잡아먹었지만 아무도 자신의 군주를 배신하지 않았다.

사우론이 베렌을 지하 감옥에 던져 넣었을 때, 루시엔은 가슴속에서 뭔가 섬뜩한 느낌이 들었다. 그리고 멜리안의 조언을 구하러 가서 베렌이 톨인가우르호스의 지하 감옥에 갇혀 구출될 가망이 없다는 것을 알았다. 루시엔은 세상의 어느 누구도 도와줄 수 없으리라는 것을 알고, 자신이 직접 도리아스를 빠져나가 베렌을 구해야겠다고 마음먹었다. 하지만 그녀는 다에론에게 도움을 요청했고, 그는 루시엔의 계획을 왕에게 고자질하고 말았다. 왕은 한편으로 화가 나면서도 놀라웠다. 그는 루시엔에게서 하늘의 빛을 빼앗아 그녀가 쇠약해지는 것을 원치 않았지만, 그녀를 붙잡아 두어야겠다고 결심하고는 그녀가 달아날 수 없는 집을 짓도록 했다. 메네그로스 입구에서 멀지 않은 곳에, 넬도레스숲의 나무들 중에서 가장 키가 큰 나무가 있었다. 이 숲은 너도밤나무숲으로 왕국의 북쪽 절반을 차지하는 곳이었다. 이 거대한 너도밤나무는 히릴로른이라고 했는데, 둘레 길이가 같은 세 개의 몸통으로 이루어져 있었고, 외피가 매끄럽고, 높이도 엄청났다. 지상에서 아주 높은 곳에 이르기까지는 나뭇가지도 나오지 않았다. 히릴로른 가지 사이로 매우 높은 곳에 나무로 집을 지었고 루시엔은 그곳에 살게 되었다. 싱골의 부하들이 그녀에게 필요한 것을 가져다줄 때를 제외하고는 사다리도 치워 버리고 감시가 이루어졌다.

「레이시안의 노래」에는 그녀가 히릴로른 위의 집을 탈출한 이야기가 전해진다. 그녀는 마법을 써서 자신의 머리카락을 엄청나게 자라도록 했고, 그것으로 그림자처럼 그녀의 아름다움을 감싸는 검은 옷을 짓는데, 거기에는 잠의 주문(呪文)이 걸려 있었다. 남은 가닥으로 그녀는 밧줄을 만들어 창문 밖으로 내려뜨렸다. 밧줄 끝자락이 나무 밑에 앉아 있던 경비병들 머리 위에서 흔들리자 그들은 깊은 잠에 빠져들었다. 그리하여 루시엔은 자신의 감옥을 빠져 내려왔고, 그 검은 외투로 모든 이들의 눈을 속이고 도리아스를 빠져나갔다.

그때 우연하게도 켈레고름과 쿠루핀이 '파수평원'에 사냥을 나가 있었는데, 그것은 의심이 많아진 사우론이 많은 늑대들을 요정들의 땅에 내보냈기 때문이었다. 그래서 그들은 사냥개들을 데리고 말을 달려 나갔고, 또한 돌아가기 전에 펠라군드 왕에 관한 소식도 들을 수 있을지 모른다고 생각했다. 그런데 켈레고름을 따르는 늑대 사냥개들 중에 후안이라는 이름을 지닌 대장이 있었다. 후안은 가운데땅에서 태어난 것이 아니라 '축복의 땅' 출신으로, 먼 옛날 발리노르에서 오로메가 켈레고름에게 선사하였던 것인데, 악이 닥쳐오기 전까지는 거기서 주인의 나팔을 따라다녔다. 그러고는 켈레고름을 따라 그 역시 망명을 떠나왔고 충성을 바쳐 왔다. 그리하여 그 역시 놀도르에게 내린 고난의 운명 아래 있었기에 죽을 수밖에 없는 운명이었다. 하지만 세상을 활보하는 최강의 늑대를 만나기까지는 아직 죽을 때가 아니었다.

루시엔이 햇빛에 놀란 그림자처럼 나무 밑으로 달아나는 것을 목격한 것은 후안이었고, 켈레고름과 쿠루핀은 이때 도리아스 서쪽 기슭 근처에서 잠시 휴식을 취하고 있었다. 누구도 후안의 시각과 후각을 피할 수 없었고, 어떤 마법도 그를 막아 낼 수 없었다. 또한 후안은 밤이든 낮이든 잠을 자지 않았다. 그는 루시엔을 켈레고

름에게 데려왔고, 그녀는 켈레고름이 놀도르 군주이며 모르고스의
적이라는 사실을 알고 기뻐하였다. 루시엔은 자신의 정체를 밝히며
외투를 벗어 던졌다. 햇빛 아래 순식간에 드러난 그녀의 아름다움
은 너무나 찬란하여 켈레고름은 그녀에게 매료되고 말았다. 하지만
그는 그녀를 정중하게 대하며, 지금 자신과 함께 나르고스론드로
돌아가면 어려울 때 도움을 주겠다고 약속했다. 켈레고름은 베렌과
그의 모험에 대해 그녀가 말한 내용을 이미 알고 있다는 사실이나,
그것이 자신에겐 무척 민감한 문제라는 것을 밝히지는 않았다.

  이리하여 그들은 사냥을 중단하고 나르고스론드로 돌아왔고 루
시엔은 그들에게 속아 넘어가고 말았다. 그들은 그녀를 꼼짝 못 하
게 붙잡은 다음 외투를 벗겨 버렸고, 그래서 그녀는 문을 열고 나갈
수도 없고, 켈레고름과 쿠루핀 형제 외에는 누구와도 이야기를 나
눌 수가 없었다. 이제 베렌과 펠라군드가 누구의 도움도 받지 못하
는 포로 신세라고 여긴 두 형제는 펠라군드 왕이 죽도록 내버려 두
고 루시엔을 데리고 있다가, 딸을 켈레고름에게 넘겨주도록 싱골에
게 강요할 심산이었다. 그들은 그렇게 힘을 키워 자기네들이 최강의
놀도르 군주가 되려고 했던 것이다. 그들은 또한 요정 왕국들의 힘
을 모두 장악하기 전까지는 술책을 쓰거나 전쟁을 벌여 실마릴을 빼
앗으려 하지 않았고, 또 다른 이들이 그렇게 하려는 것도 허용하지
않았다. 그들이 나르고스론드 주민들의 마음을 움직이고 있었기 때
문에, 오로드레스는 그들을 막아 낼 힘이 없었다. 그리고 켈레고름
은 싱골에게 자신의 청혼을 강요하기 위해 사자들을 보냈다.

  그러나 사냥개 후안은 신실한 마음씨를 지녔고, 루시엔과 처음
만나던 순간 그녀에 대한 사랑이 그를 찾아왔다. 후안은 그녀의 감
금을 슬퍼하여 자주 그녀의 방을 찾아왔고 밤에는 그녀의 문 앞을
지켰다. 그는 나르고스론드에 악이 찾아왔음을 감지하였던 것이다.
루시엔은 외로움 속에서 후안과 자주 이야기를 나누었고, 모르고

스를 추종하지 않는 모든 새와 짐승 들의 친구였던 베렌에 대해 이야기해 주었다. 후안은 그녀가 한 말을 모두 알아들었다. 그는 목소리를 가진 모든 것들의 말을 알아들었기 때문이다. 다만 후안이 말을 하는 것은 죽기 전까지 오직 세 번만 허용되었다.

이제 후안은 루시엔을 돕기 위한 계획을 세웠다. 밤중에 나타난 그는 그녀의 외투를 가져왔고, 처음으로 말로써 그녀에게 조언을 해 주었다. 후안은 그녀가 비밀 통로를 통해 나르고스론드를 빠져나가도록 인도한 다음 함께 북쪽으로 달아났다. 그는 겸손하게 그녀가 말을 타듯 자기 등에 올라타게 했는데, 마치 오르크들이 이따금 커다란 늑대 위에 올라탄 것과 같은 모습이었다. 후안은 날렵하고 지칠 줄 몰랐기 때문에 그들은 엄청난 속도로 질주하였다.

베렌과 펠라군드는 사우론의 지하 감옥에 갇혀 있었고, 그들의 동료들은 이제 모두 죽고 없었다. 그러나 사우론은 펠라군드를 끝까지 살려 둘 작정이었다. 그가 막강한 힘과 지혜를 지닌 놀도르 군주이므로, 그들의 임무가 무엇인지는 그에게서만 알아낼 수 있다고 판단했기 때문이었다. 늑대가 베렌을 잡아먹기 위해 나타나자 펠라군드는 죽을힘을 다해 자신의 쇠사슬을 끊었고, 늑대인간과 격투를 벌여 자신의 손과 이를 써서 그를 죽였다. 하지만 그 역시 치명적인 상처를 입고 말았다. 그는 베렌에게 말했다. "나는 이제 바다를 건너 아만산맥을 넘어 영원의 궁정에서 긴 휴식을 취하러 가네. 내가 다시 놀도르 가운데 나타나려면 오랜 시간이 흘러야 할 걸세. 또 우리 종족의 운명이 서로 다르기 때문에, 살아서든 죽어서든 우리는 아마 다시는 만나지 못할 것 같네. 잘 있게!" 그리고 그는 자신이 직접 건설한 거대한 요새 톨인가우르호스의 어둠 속에서 숨을 거두었다. 그렇게 하여 핀웨가에서 가장 아름답고 가장 사랑스러웠던 왕 핀로드 펠라군드는 자신의 맹세를 지켰다. 하지만 베렌은 그 옆에서 절망의 눈물을 흘릴 뿐이었다.

그때 루시엔이 나타났다. 그녀는 사우론의 섬으로 들어가는 다리 위에 서서 어떤 석벽(石壁)도 가로막을 수 없는 노래를 불렀다. 그노래를 들은 베렌은 자신이 꿈을 꾸고 있다고 생각했다. 머리 위에서는 별이 빛나고 나무들 사이에서는 나이팅게일이 노래하고 있었기 때문이다. 그래서 그는 이에 답하여 '발라의 낫'으로 불리는 일곱별을 찬양하기 위하여 자신이 만든 도전의 노래를 불렀다. 이 별들은 모르고스의 몰락을 나타내는 징표로, 바르다가 북부의 하늘 위에 달아 놓은 낫 모양의 별무리였다. 그러자 그에게서 모든 힘이 빠져나가면서 베렌은 어둠 속에 빠져들었다.

그러나 루시엔은 응답하는 그의 목소리를 들었고, 그래서 더 큰힘이 실린 노래를 불렀다. 늑대들이 울부짖으며 섬이 요동쳤다. 사우론은 높은 탑 위에 서서 음흉한 생각에 잠겨 있었다. 그녀의 목소리를 들은 그는 그것이 멜리안의 딸이라는 것을 알고 미소를 지었다. 루시엔의 미모와 그녀의 신비로운 노래에 대한 명성은 오래전부터 도리아스 밖에도 퍼져 있었다. 그는 그녀를 사로잡아 모르고스에게 넘겨주면 큼직한 보상이 있을 것이라고 생각했다.

그리하여 그는 늑대 한 마리를 다리 위로 내보냈다. 그러나 후안은 늑대를 소리 없이 죽여 버렸다. 그래도 사우론은 다른 늑대들을 한 마리씩 내보냈고, 후안도 한 마리씩 목덜미를 붙잡아 목숨을 빼앗았다. 그러자 사우론은 오랜 악의 존재이며 앙반드 늑대인간들의 군주이자 시조인, 맹수 드라우글루인을 내보냈다. 그의 힘은 대단하여 후안과 드라우글루인의 싸움은 오랫동안 격렬하게 이어졌다. 하지만 결국 드라우글루인은 달아나고 말았고, 성채 안으로 되돌아간 그는 사우론의 발 앞에서 죽고 말았다. 그는 숨을 거두면서 주군에게 "후안이 저기 있습니다!" 하고 말했다. 그 땅에 사는 모든 이들과 마찬가지로 사우론은 '발리노르의 사냥개'에게 정해진 운명을 잘 알고 있었고, 자기 자신이 그 일을 완성해야겠다는 생각이 들었다. 그래서 그는 직접 늑대인간의 형상을 하고 세상에서 가장 힘센 자의 모습으로 다리의 통행로를 장악하기 위해 나타났다.

그의 출현이 얼마나 무시무시하였던지 후안은 옆으로 몸을 피했다. 그러자 사우론은 루시엔에게 덤벼들었고, 그녀는 그의 눈에 담긴 잔인한 영의 위협과 그의 호흡에서 뿜어져 나오는 악취 앞에서 기절하고 말았다. 그러나 그가 접근하던 바로 그 순간, 그녀는 쓰러지면서도 그의 눈앞에 자신의 검은 외투의 한 자락을 펼쳤다. 졸음이 살짝 사우론을 덮치면서 그가 멈칫하였다. 그때 후안이 덤벼들었다. 그곳에서 후안과 늑대 사우론의 싸움이 벌어지면서 고함과 울부짖는 소리가 산속을 진동시켰고, 계곡 건너 에레드 웨스린 장벽 위의 감시병들은 멀리서 그 소리를 듣고 공포에 휩싸였다.

그러나 어떤 마법이나 주문(呪文)도, 어떤 송곳니와 독(毒)으로도, 어떤 악마의 술책이나 맹수 같은 힘도 발리노르의 후안을 쓰러뜨릴 수는 없었다. 그는 적의 목덜미를 움켜잡고 꼼짝 못 하게 내리눌렀다. 그러자 사우론은 늑대에서 뱀으로, 다시 괴물에서 자신의 평소 모습으로 변신하였다. 그러나 자신의 몸을 완전히 버리지 않고는 후안의 손아귀를 빠져나갈 수 없었다. 그의 더러운 영혼이 어두운 육체의 집을 떠나기 직전에 루시엔이 그에게 다가가서, 그가 입은 육체의 옷을 벗길 것이며, 그의 영은 떨며 모르고스에게 돌아가야 할 것이라고 말했다. 그리고 그녀는 "만약 그대의 요새의 통치권을 내게 넘겨주지 않는다면, 그대의 벌거벗은 몸은 영원토록 그곳에서 모르고스의 눈길에 시달리며 그로부터 조롱의 고문을 받아야 할 것이다."라고 말했다.

그리하여 사우론이 항복을 하고 루시엔은 섬과 그곳에 있는 모든 것의 통치권을 확보하였으며 후안은 그를 놓아주었다. 그는 즉시 달을 스쳐 지나가는 검은 구름처럼 거대한 흡혈귀의 형체를 취하여 달아났고, 나무들 위로 그의 목에서 나온 피가 떨어졌다. 사우론은 타우르누푸인으로 가서 그곳을 공포로 가득 채우고 살았다.

그리하여 루시엔은 다리 위에 올라서서 자신의 지배를 선포하였다. 돌과 돌을 동여매고 있던 주문이 풀리고, 대문이 떨어져 나가고, 성채가 열리며 지하 토굴이 드러났다. 많은 노예와 포로들이 놀라움과 당혹감을 감추지 못하고 나타났다. 그들은 오랫동안 사우론의 어둠 속에 갇혀 있었기 때문에 희미한 달빛에도 눈을 가리고 있었다. 그러나 베렌은 나오지 않았다. 그래서 후안과 루시엔은 섬을 샅샅이 뒤졌고, 루시엔은 펠라군드 옆에서 슬퍼하고 있는 그를 발견하였다. 극심한 괴로움에 베렌은 꼼짝도 하지 않고 누워 있었고, 그녀의 발소리도 듣지 못하였다. 그가 이미 죽은 것으로 생각한 그녀는 두 팔로 그를 껴안고 암울한 망각 속으로 빠져들었다. 그러나 베렌은 절망의 감옥에서 빛의 세계로 돌아오자 그녀를 일으켜 세웠고, 그들은 서로를 다시 바라보았다. 어두운 언덕 위로 솟아오르는 환한 빛이 그들을 비추었다.

그들은 펠라군드의 시신을 그가 다스리던 섬의 언덕 꼭대기에 장사지냈고, 섬은 다시 깨끗이 정화되었다. 모든 요정 군주들 가운데서 가장 아름다웠던 피나르핀의 아들 핀로드, 그의 푸른 무덤은 대지가 변동이 일어나 무너지고 파멸의 바닷속으로 침몰할 때까지 신성하게 지켜졌다. 이제 핀로드는 엘다마르의 나무 아래에서 부친 피나르핀과 함께 걸어 다니고 있다.

베렌과 루시엔 티누비엘은 자유를 되찾아 함께 숲속을 거닐며 한동안 새로이 기쁨을 맛보았다. 추운 겨울이 다가왔으나 그들은 아무렇지도 않았다. 루시엔이 가는 곳이면 어디나 꽃이 피었고, 눈 덮인 언덕 밑에서는 새들이 노래를 불렀던 것이다. 충성스러운 후안은 주인인 켈레고름에게 돌아갔지만, 그들의 사이는 예전보다 못했다.

나르고스론드에는 소란이 벌어졌다. 사우론의 섬에 포로로 잡혀 있던 많은 요정들이 이제 그곳으로 돌아왔기 때문이었다. 켈레고름의 달변으로도 잠재울 수 없는 아우성이 일었다. 그들은 페아노르의 아들들이 감히 하지 못한 일을 한 처녀가 해냈다고 말하며 그들의 왕 펠라군드의 죽음을 몹시 슬퍼하였다. 하지만 켈레고름과 쿠루핀을 움직였던 것은 두려움이 아니라 배신이라는 것을 많은 이들은 깨닫고 있었다. 그리하여 나르고스론드 백성들의 마음은 그들의 지배에서 벗어나 다시 피나르핀 가문으로 향했고, 오로드레스에게 복종했다. 하지만 오로드레스는 일부의 요청에도 불구하고 그들을 죽이도록 내버려 둘 수는 없었다. 친족의 손으로 친족의 피를 흘리는 것은 만도스의 저주에 더 깊숙이 빠져드는 것이기 때문이었다. 그렇지만 그는 켈레고름과 쿠루핀에게 자신의 영토 내에서 먹을 것과 쉴 곳을 내줄 수는 없었고, 향후로 나르고스론드와 페아노르의 아들들 사이에는 우정을 거의 찾을 수 없을 것이라고 맹세하였다.

"그렇게 하라지!" 켈레고름은 두 눈에 협박의 빛을 번득이며 말했다. 하지만 쿠루핀은 미소를 지었다. 그리고 그들은 말에 올라타고 혹시 동부의 친척을 찾을까 하여 번개같이 달려갔다. 하지만 아무도 그들과 동행하려 하지 않았고, 심지어 그들의 백성이었던 자들도 그러하였다. 저주의 그림자가 두 형제 위에 무겁게 내리누르고 있고, 악이 그들을 좇아다니고 있다는 것을 모두들 감지하였던 것이다. 쿠루핀의 아들 켈레브림보르는 이때 부친과의 인연을 끊고 나르고스론드에 잔류하였다. 하지만 후안은 여전히 주인인 켈레고름의 말을 뒤좇았다.

그들은 신속하게 딤바르를 통과하여 도리아스 북부 변경을 따라갈 생각이었기 때문에 북쪽으로 향했다. 그들의 형인 마에드로스가 살고 있는 힘링으로 가는 가장 빠른 길을 찾기 위해서였다. 그들은 그 길 또한 빨리 지나가고 싶었다. 이 도로는 난 둥고르세브와 멀리 위압적인 공포산맥을 피하려고 도리아스 경계 부근으로 나 있었기 때문이다.

한편 베렌과 루시엔은 방랑 끝에 브레실숲으로 들어가 마침내 도리아스 경계 가까이 이르렀던 것으로 전해진다. 그리고 베렌은 자신의 맹세를 생각해 냈다. 그는 루시엔이 다시 고향 땅의 안전지대에 들어서자, 가슴이 아프지만 다시 떠나야겠다고 결심하였다. 하지만 그녀는 다시 그와 헤어지는 것을 거부하며 이렇게 말했다. "베렌, 다음 두 가지 중에서 선택을 해요. 모험과 맹세를 포기하고 대지를 떠도는 방랑 생활을 하든지, 아니면 맹세를 지켜 권좌에 앉아 있는 어둠의 권능에 도전하든지. 단, 어느 길을 가든 나는 당신과 함께 갈 것이고, 우리의 운명은 떨어질 수가 없어요."

그들이 막 이런 이야기를 하며 주변에 아무 신경도 쓰지 않고 걷고 있을 때, 켈레고름과 쿠루핀이 말을 타고 황급히 숲속을 지나가고 있었다. 형제는 멀리서 그들을 목격하고 그들이 누구인지 알아차렸다. 켈레고름은 말발굽으로 그를 깔아뭉갤 작정으로 말 머리를 돌려 베렌을 향해 박차를 가해 달려왔다. 또한 옆으로 돌아온 쿠루핀은 루시엔을 낚아채어 자신의 안장에 앉혔다. 그는 힘이 세고 노련한 기수(騎手)였던 것이다. 그러자 베렌은 있는 힘을 다해 켈레고름 앞에서 몸을 솟구쳐 자기 옆을 전속력으로 질주하는 쿠루핀의 말에 뛰어올랐고, 그래서 '베렌의 도약'은 인간과 요정 사이에서 전설적인 이야기가 되었다. 그는 쿠루핀의 목덜미를 뒤에서 움켜잡아 그를 뒤로 내동댕이쳤고, 그들은 함께 땅바닥에 떨어졌다. 말도 뒷걸음질을 하며 주저앉았고 루시엔은 옆으로 튕겨 나가 풀밭에 쓰러지고 말았다.

그리고 베렌은 쿠루핀의 목을 졸랐다. 하지만 오히려 베렌이 더 위태로운 순간이었다. 켈레고름이 창을 들고 그를 향해 말을 달려오고 있었던 것이다. 그 순간 후안이 켈레고름에 대한 충성을 포기하고 그에게 덤벼들었고, 그래서 켈레고름의 말은 옆으로 비켜나면서 그 거대한 사냥개가 무서워 베렌에게 가까이 오려고 하지 않았다. 켈레고름이 사냥개와 말을 향해 욕설을 퍼부어 댔지만 후안은 꼼짝도 하지 않았다. 그러자 루시엔이 일어나 쿠루핀을 죽이지 말라고 했다. 그래서 베렌은 갑옷과 무기를 빼앗고 그의 검 앙그리스트를 취했다. 그 칼은 노그로드의 텔카르가 만든 것으로 칼집도 없이 그의 옆구리에 달려 있었다. 그 칼은 마치 생나무를 자르듯 강철을 자를 수도 있었다. 그런 다음 베렌은 쿠루핀을 번쩍 들어 저쪽으로 던져 버리고는, 친척들이 그의 용기를 좀 더 훌륭한 일에 쓰도록 가르쳐 줄 수 있을 테니, 이제는 걸어서 자신의 고매하신 친족들에게 돌아가라고 했다. "너의 말은 루시엔이 탈 수 있도록 내가 맡아 두겠다. 말도 그런 주인에게서 벗어나 좋아할 것이다."

그때 쿠루핀은 구름과 하늘에 대고 베렌에게 저주를 하였다. "어서 빨리 끔찍한 죽음을 맛보거라." 켈레고름은 그를 자신의 말 위에 태웠고, 형제는 출발하는 듯한 자세를 취했다. 베렌은 돌아서서 그들이 하는 말에는 주의를 기울이지 않았다. 그러나 수치심과 앙심으로 가득 찬 쿠루핀은 떠나는 순간 켈레고름의 활을 집어 들고 뒤를 향해 시위를 당겼다. 화살은 루시엔을 겨냥하고 있었다. 후안이 뛰어올라 화살을 입으로 물었다. 하지만 쿠루핀은 다시 활을 쏘았고, 이번에는 베렌이 루시엔 앞으로 몸을 날리면서 화살이 그의 가슴에 박혔다.

전하는 이야기로는 후안이 페아노르의 아들들을 뒤쫓자 그들은 겁에 질려 달아났으며, 후안은 돌아오는 길에 숲속에서 한 가지 약초를 루시엔에게 가져왔다고 한다. 그 잎으로 그녀는 베렌의 상처에서 출혈을 멈추게 하였고, 자신의 의술과 사랑으로 그를 치료하여 마침내 그들은 도리아스로 돌아가게 되었다. 그곳에서 자신의 맹세와 사랑 사이에서 고통스러워하던 베렌은 이제는 루시엔이 안전한 곳에 있게 되었다고 생각하고, 어느 날 아침 해가 뜨기 전에 일어나 후안에게 그녀를 지켜 주도록 부탁했다. 그리고 그녀가 아직 풀밭 위에서 잠을 자고 있는 동안 무척 괴로운 심정으로 그곳을 떠났다.

그는 다시 북쪽으로 시리온 통로를 향해 전속력으로 말을 달렸고, 타우르누푸인 외곽에 이르러 안파우글리스 황야 너머로 멀리 상고로드림 첨봉들을 바라보았다. 거기서 그는 쿠루핀의 말에서 내려 말에게 지워진 두려움과 구속의 짐을 벗겨 주고 시리온 땅의 푸른 풀밭에서 마음껏 뛰놀게 하였다. 이제 홀로 마지막 모험의 문턱에 들어선 그는 루시엔과 하늘의 빛을 찬미하는 '이별의 노래'를 지었다. 이제는 사랑과 빛 모두를 향해 작별 인사를 해야 한다고 믿었기 때문이었다. 그 노래의 한 구절은 다음과 같다.

> 달콤한 대지와 북부의 하늘이여 안녕,
> 이곳은 영원한 축복의 땅,
> 인간의 입으로는 형용할 수 없는 아름다운 여인
> 루시엔 티누비엘이
> 여기 눕고 여길 달렸지, 날렵한 팔다리로
> 달빛 속, 햇빛 아래서.
> 온 세상이 무너지고,
> 온 세상이 스러져
> 고대의 심연으로 되돌아간다 하더라도,
> 그 탄생은 유익하였으니, 바로 이들,
> 곧 황혼과 새벽과 대지와 대양이
> 한때 루시엔의 모습이었기에.

그는 도망칠 생각도 없었기 때문에 필사적인 심정으로, 누가 엿듣는 것도 상관하지 않고 큰 소리로 노래를 불렀다.

그러나 루시엔이 그의 노래를 듣고 말았고, 그녀는 응답의 노래를 부르며 낯선 숲속을 달려왔다. 후안이 다시 한번 그녀의 말이 되어 그녀를 싣고 빠른 속력으로 베렌의 흔적을 뒤좇아 달렸던 것이다. 후안은 자신이 사랑하는 두 남녀의 위험을 덜어 주기 위해 어떤 도움을 줄 수 있을지 마음속으로 오랫동안 생각하고 있었다. 그래서 그는 다시 북쪽으로 달려가던 도중에 사우론의 섬으로 향하여 거기서 드라우글루인의 소름끼치는 늑대 가죽과 수링궤실의 박쥐 외피를 가지고 나왔다. 수링궤실은 사우론의 전령으로, 흡혈귀의 형체를 하고 앙반드까지 익숙하게 날아다니곤 했다. 손가락이 달린 박쥐의 거대한 날개는 각 마디의 끝에 강철의 갈고리발톱이 가시처럼 달려 있었다. 이렇게 무시무시한 복장으로 변장을 한 후안과 루시엔은 타우르누푸인을 가로질러 달려갔고, 그들 앞에서는 모든 것들이 달아났다.

그들이 다가오는 것을 본 베렌은 겁에 질렸다. 하지만 그는 티누비엘의 목소리를 들었기 때문에 의아스럽기도 하였고, 그래서 이제는 그것이 자신을 함정에 빠뜨리려는 허깨비라고 생각하였다. 그러나 그들은 질주를 멈추고 변장한 탈을 벗어던졌고 루시엔이 그를 향해 달려왔다. 이리하여 베렌과 루시엔은 사막과 숲 사이에서 다시 만났다. 잠시 동안 그는 말이 없었고 기쁨에 넘쳤다. 하지만 잠시 후 그는 다시 한번 루시엔에게 모험을 그만두도록 설득하였다.

"이제 나는 세 번째로 싱골 왕께 했던 맹세를 저주합니다. 이렇게 당신을 모르고스의 어둠 속에 데려올 바에는 차라리 메네그로스에서 왕께서 나를 죽였으면 좋았을 것입니다."

그때 후안이 두 번째로 말을 하였다. 그가 베렌에게 한 조언은 이러했다. "당신은 더 이상 죽음의 그림자로부터 루시엔을 구할 수 없소. 그녀는 이제 자신의 사랑으로 인해 죽음에 종속되어 있기 때문이오. 당신은 운명을 거부하고 유랑의 길로 그녀를 데리고 떠날 수 있소. 목숨을 부지하는 동안 쉴 곳을 찾아 나서겠지만 부질없는 일이오. 하지만 당신이 운명을 부인하지 않는다면, 루시엔의 선택은 홀로 남아 어김없이 외로운 죽음을 맞이하거나, 아니면 당신 앞에 놓인 운명과 맞서 싸울 때 당신과 함께하는 일이오. 희망은 없어 보이지만 확실하지는 않소. 나는 더 이상의 충고는 할 수가 없고, 또 당신의 길에 더 이상 동행할 수도 없소. 하지만 내 마음속 예감으로는 당신이 앙반드 입구에서 목격하는 것을 나도 보게 될 것 같소. 그 밖의 것은 나도 알 수 없소. 다만 우리 셋의 길은 다시 도리아스로 이어져 있고, 종말이 오기 전에 우리는 다시 만나게 될지도 모르오.”

그리하여 베렌은 그들 앞에 놓인 운명으로부터 루시엔을 떼어 놓을 수 없다는 것을 깨닫고, 더 이상 설득하려 하지 않았다. 후안의 충고와 루시엔의 솜씨로 그는 이제 드라우글루인의 가죽으로 변장을 하였고, 그녀는 날개 달린 수링궤실의 외피로 모습을 감추었다. 베렌의 외모는 어느 모로 보나 늑대인간의 형상이었다. 다만 그의 눈 속에는 참으로 엄격하면서도 맑은 영혼이 빛나고 있었고, 주름 접힌 날개를 단 박쥐 형상의 짐승이 옆에 달라붙어 있는 것을 본 그의 눈길에는 공포가 서려 있었다. 달빛 아래로 울부짖으며 그는 언덕을 뛰어 내려갔고, 박쥐는 그의 머리 위를 선회하며 훨훨 날고 있었다.

그들은 위험 지대를 모두 통과하여 마침내 길고 지친 여정으로 흙먼지를 뒤집어쓴 채 앙반드 입구에 있는 황량한 골짜기에 당도하였다. 길옆에는 검고 깊은 구렁이 입을 벌렸고, 몸부림치는 뱀의 형상을 한 것들이 거기서 나오고 있었다. 양쪽의 절벽은 총안(銃眼)과 흉장(胸墻)을 갖춘 성벽처럼 서 있었고, 그 위에는 썩은 고기를 먹는 새들이 흉측한 목소리로 울어 대며 앉아 있었다. 그들 앞에는 난공불락의 정문이 넓고 어두운 아치형으로 산기슭에 서 있었고, 그 위로는 3백 미터 높이의 절벽이 솟아 있었다.

거기서 그들은 경악하고 말았다. 입구에는 지금까지 듣도 보도 못한 문지기가 지키고 있었기 때문이다. 요정 군주들 사이에 뭔지 알 수는 없으나 어떤 계획이 진행 중이라는 소문이 모르고스의 귀에 들어가 있었고, 또한 숲속 통로에 먼 옛날 발라들이 풀어놓은 위대한 전쟁 사냥개 후안이 짖는 소리가 들려왔던 것이다. 그래서 모르고스는 후안의 운명을 기억해 내고 드라우글루인 종족의 새끼들 중에서 한 마리를 골라 직접 산 짐승을 먹이로 주어 키우며 자신의 힘을 전수하였다. 늑대는 빠르게 자라났고, 마침내 어떤 굴에도 기어 들어갈 수 없을 정도로 커져서 모르고스의 발밑에 굶주린 거대한 몸집을 누이고 있었다. 지옥의 화기(火氣)와 고통이 그의 몸속으로 들어갔고, 늑대는 고뇌에 찬 끔찍스럽고 난폭한 아귀(餓鬼)의 영으로 가득 찼다. 당시의 이야기를 보면 그는 카르카로스, 곧 '붉은 목구멍'이라고 불렸고, '갈증의 턱'이란 뜻으로 안파우글리르라고 하기도 했다. 그리고 모르고스는 후안이 들어오지 못하도록 그를 앙반드 정문 앞에서 잠도 자지 않고 지키게 하였다.

이때 카르카로스는 멀리서 그들을 발견하고 무척 수상쩍게 여겼다. 앙반드에는 드라우글루인이 죽었다는 소식이 오래전에 전해져 있었기 때문이었다. 그리하여 그들이 다가오자 그는 그들이 들어가지 못하도록 가로막고 멈추게 했다. 그들을 둘러싼 공기 속에서 뭔가 이상한 냄새를 맡은 카르카로스는 위협적으로 가까이 다가갔다. 그러나 갑자기 먼 옛날 신들의 종족으로부터 전해 내려온 어떤 힘이 루시엔을 사로잡았고, 루시엔은 그 악취 나는 외투를 벗어던지고 앞으로 나섰다. 카르카로스의 힘 앞에서 그녀는 왜소한 모습이었지만, 찬란하면서도 두려운 존재였다. 한 손을 들어 올린 그녀는 그에게 잠을 자라고 명했다. "오, 재앙에서 태어난 영이여! 이제 어두운 망각 속으로 빠져들어 잠시 생의 두려운 운명을 잊으라." 그러자 카르카로스는 마치 벼락에 맞은 듯 쓰러지고 말았다.

그리하여 베렌과 루시엔은 입구를 통과하여 미궁과도 같은 층계를 내려갔고, 둘이서 함께 어떤 요정이나 인간도 감히 행하지 못한 가장 위대한 공적을 이루어 냈다. 그들은 최하층의 궁정에 있는 모르고스의 권좌로 나아갔던 것이다. 그곳은 공포의 기운이 감돌았고 타오르는 불꽃이 사방을 비추며 살상과 고문의 무기들이 가득했다. 베렌은 그곳에서 늑대의 형상을 한 채 그의 보좌 밑으로 살금살금 기어 들어갔다. 하지만 모르고스의 염력(念力)에 의해 루시엔의 변장이 벗겨졌고 모르고스의 시선은 그녀를 향했다. 그녀는 그의 눈길에도 위축되지 않았다. 자신의 이름을 당당하게 밝힌 그녀는 음유시인 풍으로 그에게 바치는 노래를 부르겠다고 했다. 그러자 그녀의 아름다움을 바라보면서 모르고스는 마음속에 사악한 욕망이 이는 것을 느꼈고, 그것은 발리노르를 떠난 뒤로 그의 마음속에 찾아온 어떤 것보다 더 음흉한 생각이었다. 그리하여 그는 자신의 악의에 기만당하고 말았다. 그녀를 잠시 동안 그대로 내버려 둔 채 바라보면서 그는 마음속으로 은밀한 쾌락을 맛보고 있었던 것이다. 그때 갑자기 그녀가 그의 시야를 벗어났고, 어둠 속에서 이루 다 말할 수 없이 아름답고 눈부시게 힘찬 노래가 시작되었다. 그는 노래를 억지로 들을 수밖에 없었다. 그의 시야는 가려졌고 그의 눈길은 그녀를 찾아 여기저기를 헤맸다.

그의 궁정은 온통 잠에 빠져들었고 불꽃은 모두 빛을 잃고 사그라졌다. 그러나 모르고스 머리의 왕관에 박힌 세 개의 실마릴은 갑자기 하얀 불꽃의 광채를 발하며 빛을 내뿜었다. 그리고 마치 그 모든 근심과 공포와 욕망의 무게로 괴로워하는 온 세상이 모르고스의 머리를 내리누르는 듯, 왕관과 보석의 무게가 그의 머리를 내리눌렀고, 모르고스의 의지로도 그것을 지탱해 낼 수가 없었다. 그러자 루시엔이 자신의 날개 달린 옷을 움켜잡고 허공 중에 뛰어올랐고, 그녀의 목소리는 연못 위에 떨어지는 빗소리처럼 깊고 어둡게 내려왔다. 그녀는 그의 눈앞에 자신의 외투를 던졌고, 모르고스가 옛날에 홀로 거닐었던 '바깥의 공허'처럼 캄캄한 꿈을 그에게 덮어씌웠다. 그는 갑자기 산사태로 무너지는 산처럼 쓰러지더니, 자신의 권좌에서부터 순식간에 지옥의 바닥 위로 고꾸라져 버렸다. 강철 왕관이 덜그럭거리며 그의 머리에서 굴러떨어졌고 주변은 적막에 잠겼다.

베렌은 죽은 짐승처럼 바닥에 누워 있었으나 루시엔의 손길이 닿자 잠에서 깨어나 늑대 가죽을 벗어던졌다. 그리고 앙그리스트 검을 뽑아 실마릴 하나를 강철 받침쇠에서 뽑아냈다.

그가 한 손으로 그것을 감싸 쥐자 손 전체에서 광채가 뿜어져 나왔고, 그의 손은 환한 등불처럼 빛이 났다. 그러나 보석은 그의 손길을 견디면서도 그에게 아무런 해를 입히지 않았다. 그때 베렌은 마음속으로 자신이 맹세했던 것 이상으로 페아노르의 보석 세 개 모두를 앙반드에서 가지고 나가야겠다는 생각이 들었다. 하지만 그것은 실마릴의 운명이 아니었다. 앙그리스트 검이 부러졌고, 부러진 칼날 한 조각이 날아가서 모르고스의 뺨을 치고 말았다. 그는 신음소리를 내며 몸을 움찔했고, 잠을 자던 앙반드의 무리 전체가 몸을 움직였다.

그리하여 베렌과 루시엔은 두려움을 느끼기 시작했고, 그들은 오로지 햇빛이라도 다시 볼 수 있기를 기대하며 변장도 하지 못하고 황급하게 달아났다. 그들의 앞을 방해하거나 뒤를 좇아오는 자는 아무도 없었지만, 그들의 탈출은 정문에서 저지당하고 말았다. 이제 잠에서 깨어나 격노한 카르카로스가 앙반드의 입구를 지키고 서 있었기 때문이다. 그들이 그를 발견하기도 전에 그가 먼저 알아보았고, 달려오는 베렌과 루시엔을 향해 덤벼들었다.

루시엔은 기진맥진하여 늑대를 제압할 시간도, 힘도 없었다. 그러자 베렌이 그녀 앞으로 성큼 나서면서 오른손으로 실마릴을 높이

쳐들었다. 카르카로스는 걸음을 멈추고 잠시 두려움에 떨었다. 베렌
이 소리쳤다. "꺼져라, 사라지거라! 여기 너를 삼키고 또 사악한 모
든 것들을 삼킬 불이 있노라." 그리고 그는 늑대의 눈앞에 실마릴을
내밀었다.

그러나 카르카로스는 그 신성한 보석을 대하면서도 움츠러들지
않았고, 그의 내면에 있는 아귀의 영이 갑자기 불꽃처럼 일어났다.
그리하여 그는 갑자기 입을 벌려 베렌의 손을 아가리에 집어넣고 손
목을 물어뜯었다. 그러자 늑대의 모든 내장은 순식간에 고통스러운
화염으로 가득 찼고, 실마릴은 그의 저주받은 육체를 태우기 시작
했다. 그는 비명을 질러 대며 그들 앞에서 달아났고, 정문 골짜기의
절벽에는 고통에 찬 늑대의 비명이 메아리처럼 울려 퍼졌다. 광기에
사로잡힌 그의 모습이 너무 끔찍했기 때문에 그 골짜기에 살거나
그쪽으로 향하는 길 위에 있던 모르고스의 짐승들은 모두 멀리 달
아나고 말았다. 그는 자기 앞에 있는 것이면 무엇이든지 목숨을 앗
았고, 북부에서 뛰쳐나와 온 세상을 뒤집어 놓으려 했던 것이다. 앙
반드의 몰락이 있기 전까지 벨레리안드를 엄습한 모든 공포 중에서
카르카로스의 광기가 가장 끔찍스러웠는데, 그것은 실마릴이 그의
몸속에 들어 있었기 때문이다.

한편 베렌은 그 위험스러운 정문 안쪽에 기절해 누워 있었다. 늑
대의 송곳니에는 독이 있었기 때문에 그는 죽음을 목전에 두고 있
었다. 루시엔은 입으로 독을 빨아내고, 그 끔찍한 상처로 인한 출혈
을 막기 위해 쇠약해진 자신의 힘을 불어넣었다. 그녀의 등 뒤 앙반
드의 지하에서는 엄청난 분노가 실린 소음이 점점 커지고 있었다.
모르고스의 부하들이 깨어난 것이었다.

이렇게 실마릴을 향한 모험은 실패와 절망으로 끝나는 것 같았
다. 하지만 그 순간 골짜기의 절벽 위로, 바람보다 더 빠른 날개로 북
쪽을 향해 날아가는 세 마리 커다란 새가 나타났다. 베렌의 유랑과

곤경은 모든 새와 짐승 사이에 알려져 있었고, 후안은 그들이 베렌을 도와줄 수 있도록 모든 상황을 감시해 달라고 요청해 두었던 것이다. 소론도르와 그의 부하들이 모르고스의 땅 위로 높이 날아올랐고, 늑대의 광기와 베렌의 패배를 목격한 그들은 앙반드의 군대가 잠의 올가미에서 풀려나자마자 신속하게 하강하였다.

그들은 루시엔과 베렌을 땅에서 들어 올려 구름 속으로 높이 데려갔다. 그들 밑에서는 갑자기 꿍음과 함께 천둥이 치고 번개가 위로 솟구치며 산맥이 요동하였다. 상고로드림은 불과 연기를 토해 내고, 불벼락이 멀리까지 날아가 대지를 폐허로 만들었으며, 히슬룸의 놀도르는 공포에 떨었다. 하지만 소론도르는 땅 위에서 아득히 높은 곳으로 하늘의 큰길을 찾아 행로를 택했고, 그 길은 하루 종일 태양이 찬란하게 빛나고, 달이 구름 한 점 없는 별들 사이로 걸어 다니는 곳이었다. 그리하여 그들은 신속하게 도르누파우글리스를 지나고 타우르누푸인을 넘어 숨은 골짜기 툼라덴 위로 날아왔다. 그곳에는 구름도 연기도 없었다. 밑을 내려다보던 루시엔은 저 아래쪽에서, 투르곤이 살고 있는 아름다운 곤돌린의 광채가 초록 보석에서 발하는 하얀빛처럼 반짝이는 것을 발견하였다. 하지만 그녀는 베렌이 죽음을 피할 수 없을 것이라고 생각하며 슬피 울었다. 그는 말도 하지 않았고, 눈도 뜨지 않았으며, 그 후로도 자신이 하늘을 날아왔던 것에 대해서는 아무것도 몰랐다. 마침내 독수리들은 그들을 도리아스 변경에 내려놓았다. 잠자는 루시엔을 버려두고 베렌이 절망 속에 몰래 떠난 바로 그 골짜기로 돌아온 것이었다.

거기서 독수리들은 루시엔을 베렌 옆에 내려놓고 크릿사에그림의 첨봉과 그들의 높은 둥지로 돌아갔다. 그러나 후안이 그녀를 찾아왔고, 쿠루핀이 입힌 베렌의 상처를 그녀가 치료했을 때처럼 그들은 함께 베렌을 돌보았다. 그러나 이번 상처는 치명적이었고 또 독성이 강했다. 베렌은 오랫동안 누워 있었고, 그의 영혼은 캄캄한 죽음의 경계를 방황하며 끝없이 그의 꿈속을 좇아다니는 고뇌에 시달렸다. 그녀에게 희망이라곤 거의 남아 있지 않은 어느 순간, 갑자기 그가 다시 눈을 떴고, 고개를 들어 하늘을 가리는 나뭇잎을 바라보았다. 그리고 그는 나뭇잎 아래 그의 옆에서 루시엔 티누비엘이 부르는 조용하면서도 느릿한 노랫소리를 들었다. 다시 봄이 온 것이었다.

그때부터 베렌은 에르카미온, 곧 '외손잡이'란 이름을 얻었고, 그의 얼굴에는 고통이 각인되어 남았다. 하지만 결국 그는 루시엔의 사랑으로 생명을 되찾았고, 일어나 그녀와 함께 다시 숲속을 거닐었다. 그 숲은 아름다워 보였기 때문에 그들은 그곳을 서둘러 떠나지 않았다. 루시엔은 사실 가문과 백성과 요정 왕국의 모든 영광을 잊고 숲속을 방랑하며 돌아가지 않으려 했고, 베렌 역시 한동안은 만족스러워했다. 하지만 베렌은 메네그로스에 돌아가겠다는 맹세를 무한정 잊을 수는 없었고, 루시엔을 싱골로부터 영원히 떼어 놓을 생각도 없었다. 그는 인간들의 법도를 충실히 따라, 최후의 순간이 아니라면 부친의 뜻을 무시하는 것은 위험스럽다고 여겼다. 또한 루시엔처럼 지체 높고 아름다운 여인이 집을 떠나 명예를 버리고, 또 엘달리에 왕비들이 좋아하는 아름다운 것들까지 버리고 인간들 사이에서 미천한 사냥꾼처럼 늘 숲속에서 지낸다는 것은 온당하게 보이지 않았다. 이에 따라 얼마 후 베렌의 설득에 따라 그들의 발걸음은 집 한 채 없는 숲속을 떠났고, 도리아스로 들어간 그는 루시엔을 집으로 데리고 갔다. 그것이 그들의 운명이었다.

한편 도리아스는 흉흉한 시절을 맞고 있었다. 루시엔이 사라지자 모든 백성에게는 슬픔과 침묵이 찾아들었다. 그들은 오랫동안 그녀를 찾아 헤맸으나 아무 소용이 없었다. 또한 그 시기에 싱골의 음유시인 다에론이 그곳에서 종적을 감추어 더 이상 보이지 않았던 것으로 전해진다. 베렌이 도리아스에 오기 전까지 루시엔의 춤과 노래를 위해 음악을 지어 준 인물이 바로 그였다. 그는 그녀를 사랑했고, 그녀에 대한 자신의 생각을 모두 그의 음악에 담아 두었다. 그는 바다 동쪽의 모든 요정 음유시인 중에서 가장 위대한 자가 되었고, 심지어 페아노르의 아들 마글로르보다 먼저 거명되기도 하였다. 하지만 절망 속에 루시엔을 찾아 헤매던 그는 낯선 길을 유랑하던 끝에 산맥을 넘어 가운데땅 동부로 들어갔고, 그곳의 어두운 호숫가에서 오랜 세월 동안 살아 있는 모든 피조물 중에서 가장 아름다운, 싱골의 딸 루시엔을 위하여 애가(哀歌)를 지었다.

이때쯤 싱골은 멜리안에게 도움을 청했다. 그러나 그녀는 이제 그가 초래한 운명은 그 정해진 결말까지 진행되어야 하므로 지금으로서는 그때까지 기다리는 수밖에 없다며 조언을 거절하였다. 하지만 싱골은 루시엔이 도리아스를 벗어나 먼 곳으로 떠났다는 것은 알고 있었다. 앞서 얘기한 대로 켈레고름이 은밀히 전갈을 보내어 펠라군드와 베렌은 죽었고, 루시엔은 나르고스론드에 살아 있으며, 자신이 그녀와 결혼할 것이라고 말했던 것이다. 이에 싱골은 격노하여 나르고스론드와 전쟁을 벌일 작정으로 정탐꾼을 내보냈는데, 루시엔이 다시 달아났고 켈레고름과 쿠루핀은 나르고스론드에서 쫓겨났다는 것을 그래서 알게 되었다. 또한 그는 페아노르의 일곱 아들들과 맞서 싸울 만한 힘은 없었기 때문에 그의 계획도 어정쩡해졌다. 하지만 그는 켈레고름이 루시엔을 아버지의 집에 돌려보내지도 않고 또 안전하게 보호하지도 못하였기 때문에, 힘링에 사자를 보내어 루시엔을 찾는 일에 도움을 줄 것을 요청하였다.

그러나 그의 왕국 북쪽에서 그의 사자들은 갑자기 뜻하지 않은 곤경에 빠졌다. 앙반드의 늑대 카르카로스의 공격 때문이었다. 광기에 사로잡힌 늑대는 약탈을 일삼으며 북쪽에서부터 빠르게 내려왔고, 마침내 타우르누푸인 동쪽을 지나 에스갈두인강의 발원지에서부터 파멸의 화염처럼 쳐내려왔다. 아무도 그를 막지 못했고 왕국의 경계에서는 멜리안의 힘도 그를 저지할 수 없었다. 운명이 그의 등을 떼밀고 있었고, 또한 몸속에 있는 실마릴의 힘 때문에 그도 고통스러웠기 때문이었다. 그리하여 카르카로스는 순결한 도리아스의 삼림 속으로 쳐들어왔고, 모두가 공포에 사로잡혀 달아났다. 사자들 중에서는 유일하게 왕의 수석 부관인 마블룽이 피신하여 그 무시무시한 소식을 싱골에게 전했다.

바로 그 암울한 순간에 베렌과 루시엔은 서쪽에서부터 빠른 걸음으로 돌아오고 있었고, 그들의 귀환 소식은 모두 침통한 가운데 앉아 있는 어두운 집집마다 바람결에 실려 온 음악처럼 전해졌다. 그들은 마침내 메네그로스 입구에 당도했고 큰 무리가 그들의 뒤를 따르고 있었다. 베렌은 루시엔을 이끌고 그녀의 부친 싱골의 옥좌 앞으로 나아갔다. 왕은 죽은 줄만 알았던 베렌을 놀라워하며 바라보았다. 하지만 그로 인해 도리아스가 겪은 고난 때문에 왕은 그를 좋아하지 않았다. 하지만 베렌이 무릎을 꿇고 말했다. "저는 약속한 대로 돌아왔습니다. 이제 저의 소유권을 주장하고자 합니다."

싱골이 대답했다. "너의 모험은 어떻게 되었는가, 너의 맹세는?"

그러자 베렌이 말했다. "완수하였습니다. 바로 지금 실마릴은 제 손 안에 있습니다."

그러자 싱골이 말했다. "내놓아 보거라!"

베렌이 자신의 왼손을 내밀어 천천히 손가락을 폈다. 하지만 거기엔 아무것도 없었다. 그리고 그는 오른팔을 들어 올렸다. 그 순간부터 그는 스스로를 캄로스트, 곧 '빈손'이라는 이름으로 불렀다.

그러자 싱골의 마음도 누그러졌다. 베렌은 그의 옥좌 앞 왼쪽에, 루시엔은 오른쪽에 앉아서 그들이 겪은 모험담을 모두 들려주었고, 그곳에 있던 모든 이들은 이야기를 듣고 놀라움을 금치 못했다. 싱골은 이 인간이 다른 유한한 생명의 인간들과는 다른, 아르다의 위대한 인물 중의 하나이며, 루시엔의 사랑도 신기하고 새로운 무엇이라는 느낌이 들었다. 아울러 그들의 운명은 세상의 어떤 힘으로도 막을 수 없으리라는 것을 깨달았다. 그리하여 마침내 그는 자신의 뜻을 굽혔고, 베렌은 부친의 옥좌 앞에서 루시엔의 손을 잡았다.

그러나 아름다운 루시엔이 돌아와 기뻐하고 있는 도리아스에 이제 어둠이 밀려들고 있었다. 카르카로스가 미쳐 버린 이유를 알게 된 주민들은 더욱더 두려움에 떨었고, 그 신성한 보석으로 인해 그의 위협은 더욱 무시무시한 힘을 더해 도저히 막아 낼 수 없다는 것을 깨달았던 것이다. 늑대가 쳐들어온다는 소식을 전해 들은 베렌은 자신의 모험이 아직 완료되지 않았음을 알았다.

그리하여 카르카로스가 날마다 메네그로스에 가까이 다가오자 그들은 '늑대 사냥'을 준비하였다. 이야기 속에 전해 오는 모든 짐승 사냥 중에서 가장 위험스러운 일이었다. 이 사냥에는 '발리노르의 사냥개' 후안과 '묵직한손' 마블룽, '센활' 벨레그, 베렌 에르카미온, 그리고 도리아스의 왕 싱골이 나섰다. 그들은 아침에 말을 타고 나가 에스갈두인강을 건넜고, 루시엔은 메네그로스 출입문 안에 남아 있었다. 검은 그림자가 머리 위를 뒤덮으면서 그녀는 해가 빛을 잃고 세상이 캄캄해지는 듯한 느낌이 들었다.

사냥꾼들은 동북쪽으로 강을 따라 올라갔고, 에스갈두인강이 가파른 폭포 위로 격류를 이루며 떨어지는 북쪽 멀리 어두운 골짜기에서 마침내 늑대 카르카로스와 맞닥뜨렸다. 카르카로스는 폭포 밑에서 타는 듯한 갈증을 달래기 위해 물을 마시며 포효하였고, 그래서 그들은 늑대가 거기 있다는 것을 알아차렸다. 하지만 늑대는 그들이 접근하는 것을 알면서도 갑자기 그들을 공격하지는 않았다. 달콤한 에스갈두인 강물로 잠시 고통을 달랠 수 있었기 때문에 그의 마음속에 있던 악마의 교활함이 되살아난 모양이었다. 그들이 그를 향해 말을 달려가고 있을 때 그는 우거진 수풀 속에 몰래 들어가 그 속에 숨어 있었다. 하지만 일행은 그 주변에 경비병을 세우고 기다렸고 숲속의 어둠은 점점 깊어지고 있었다.

베렌은 싱골 옆에 서 있었는데, 그들은 문득 후안이 그들 곁을 떠났다는 것을 알아차렸다. 그때 잡목 숲 속에서 엄청나게 짖어 대는 소리가 들려왔다. 기다림을 참지 못한 후안이 늑대를 발견할 수 있으리라 여기고 혼자 늑대와 싸우러 나선 것이었다. 그러나 늑대는 그의 공격을 피하면서 가시덤불 속에서 뛰쳐나와 갑자기 싱골에게 덤벼들었다. 베렌이 재빨리 창을 들고 싱골 앞을 막아섰지만, 카르카로스는 창을 획 뿌리치고 베렌을 쓰러뜨린 다음 그의 가슴을 물어뜯었다. 그 순간 후안이 수풀 속에서 뛰어나와 늑대의 등 뒤로 덤벼들었고, 그들은 함께 엉켜 격렬하게 싸우기 시작했다. 늑대와 사냥개가 벌인 그 어떤 싸움도 그들의 싸움에는 미치지 못하였다. 후안의 포효에서는 오로메의 나팔 소리와 발라의 분노를 들을 수 있었고, 카르카로스의 울부짖음에서는 모르고스의 증오와 강철 이빨보다 더 잔인한 사악함이 담겨 있었기 때문이다. 그들의 고함 소리에 바위가 갈라지면서 높은 곳에서 떨어져 에스갈두인폭포를 메워버렸다. 그들은 거기서 필사적인 싸움을 벌였다. 하지만 싱골은 베렌의 상처가 위중한 것을 알고 그 옆에 무릎을 꿇고 있었기 때문에, 그들을 돌아볼 틈이 없었다.

후안은 그 순간 카르카로스의 목숨을 빼앗았다. 하지만 오래전에 예고된 그 자신의 운명도 우거진 도리아스숲 속에서 완성되는데, 그 역시 치명적인 부상을 당하여 모르고스의 독이 그의 몸속에 들어왔던 것이다. 그는 베렌 곁으로 다가와 쓰러지면서 세 번째로 말을 하였다. 숨을 거두기 직전에 베렌에게 작별 인사를 한 것이다. 베렌은 말을 하지는 못하였으나 사냥개의 머리 위에 그의 손을 얹었고, 그들은 그렇게 작별하였다.

마블룽과 벨레그가 황급히 왕을 돕기 위해 달려왔으나, 상황을 파악한 그들은 창을 내던지고 슬피 울었다. 그러고 나서 마블룽은 칼을 가지고 늑대의 배를 갈랐다. 늑대의 뱃속은 불에 탄 듯 온통 시커멓게 변해 있었으나, 보석을 붙잡은 베렌의 손은 그대로였다. 그러나 마블룽이 그것을 만지려고 팔을 뻗자, 손은 사라지고 실마릴이 거기 선명하게 모습을 드러냈고, 보석의 빛은 그들 주변의 어두운 숲을 환히 밝혔다. 그러자 마블룽은 두려워하면서도 재빨리 보석을 집어 들어 베렌의 살아 있는 손에 올려놓았다. 베렌은 실마릴의 감촉에 정신을 차렸고 그것을 높이 들어 싱골에게 바쳤다. 그는 "이제 모험은 완성되었고, 나의 운명도 완전히 종료되었습니다."라고 말하고 더 이상 아무 말도 하지 못하였다.

그들은 바라히르의 아들 베렌 캄로스트를 나뭇가지로 엮은 관에 싣고, 그 옆에는 늑대사냥개 후안을 눕혀 돌아왔고, 그들이 메네그로스에 당도하기 전에 날은 어두워졌다. 거대한 너도밤나무 히릴로른 밑에서 루시엔은 천천히 걸어오는 그들을 만났고, 누군가가 관 옆으로 횃불을 가져왔다. 그곳에서 그녀는 베렌을 두 팔로 끌어안고 입을 맞추며 서쪽바다 너머에서 자신을 기다리도록 당부하였고, 베렌은 자신의 영혼이 떠날 때까지 그녀의 눈을 바라보았다. 그리고 루시엔 티누비엘에게도 별빛이 사라지고 어둠이 엄습해왔다. 이렇게 하여 실마릴을 찾는 모험은 종료되었다. 하지만 '구속으로부터의 해방', 곧 「레이시안의 노래」는 끝나지 않았다.

죽은 인간들이 다시 돌아오지 못할 곳으로 떠나는 바깥바다의 어둑어둑한 해안에 루시엔이 마지막 작별 인사를 하러 올 때까지, 베렌의 영혼은 그녀가 당부한 대로 세상을 떠나지 못하고 만도스의 궁정에 머무르고 있었던 것이다. 그리하여 루시엔의 영혼은 어둠 속으로 잠겨 들어 마침내 몸을 떠났고, 그녀의 육신은 불현듯 꺾인 꽃송이가 시들지도 못하고 풀밭 위에 놓여 있듯 그렇게 누워 있었다.

그런 다음, 말하자면 유한한 생명의 인간들에게는 백발과도 같은 시절인 겨울이 싱골을 덮쳤다. 그러나 루시엔은 세상의 경계에 있는 서녘의 저택들 저쪽, 엘달리에를 위해 예정된 곳 만도스의 궁정으로 왔다. 기다리는 이들은 그곳에서 자신의 생각의 그늘 속에 앉아 있도록 되어 있다. 하지만 그녀의 아름다움은 그들의 아름다움보다 뛰어났고, 그녀의 슬픔 또한 그들의 슬픔보다 깊었다. 그녀는 만도스 앞에 무릎을 꿇고 노래를 불렀다.

만도스 앞에서 루시엔이 부른 노래는 지금까지 불리워진 노래 중 가장 아름다운 노래였고, 세상 모든 이들이 들을 노래 중에서 가장 슬픈 노래였다. 세상에는 들리지 않지만 영원토록 변함없이, 발리노르에서는 아직도 그 노래가 불리고 있으며, 발라들은 노래를 들으며 눈물짓는다. 루시엔이 두 가지 주제, 곧 엘다르의 슬픔과 인간의 비탄을 함께 엮어 내었기 때문이다. 그들은 일루바타르에 의해 무수한 별들 가운데에 있는 땅의 왕국 아르다에 살도록 만들어진 두 종족이었던 것이다. 그녀가 만도스 앞에 무릎 꿇고 있는 동안 그녀의 눈물은 바위 위에 떨어지는 빗물처럼 그의 두 발에 쏟아졌다. 만도스의 마음에 연민의 정이 일었고, 이는 실로 전무후무한 일이었다.

그리하여 그는 베렌을 불렀고, 그가 숨을 거두던 순간 루시엔이 말했던 바로 그대로 그들은 서쪽바다 건너에서 다시 만났다. 그러나 만도스는 세상의 경계 안에서 죽은 인간의 영혼을 기다림의 시간이 지난 뒤에도 붙잡아 둘 수 있는 힘은 없었고, 또한 일루바타르의 자손들의 운명을 바꾼다는 것도 불가능한 일이었다. 그래서 그는 일루바타르의 이름으로 세상을 다스리는 발라들의 군주 만웨를 찾아갔다. 만웨는 일루바타르의 뜻을 읽을 수 있는, 자기 마음속 깊은 생각에 자문을 구했다.

그는 루시엔에게 다음과 같은 선택권을 주었다. 먼저 그녀가 겪은 수고와 슬픔으로 인해 루시엔은 만도스에게서 풀려나 발리마르로 갈 수 있고, 거기서 일생 동안 겪은 모든 슬픔을 잊고 발라들과 함께 세상 끝 날까지 사는 것이었다. 하지만 베렌은 그곳에 갈 수 없었다. 죽음은 인간에게 내린 일루바타르의 선물이기 때문에, 베렌에게 죽음을 유보할 수 있는 권한은 발라들에게 허용되지 않았던 것이다. 다른 하나는 이것이었다. 루시엔이 베렌과 함께 가운데땅으로 돌아갈 수 있는데, 거기서 다시 살 수는 있으나 수명이나 행복에 대해서는 확언해 줄 수 없다는 것이었다. 그녀는 거기서 베렌과 마찬가지로 유한한 생명이 되어 두 번째 죽음을 맞이할 수밖에 없으며, 얼마 지나지 않아 영원히 세상을 떠나고 그녀의 아름다움도 노래 속의 추억으로만 남게 될 뿐이었다.

그녀는 후자를 선택하였고, 축복의 땅을 버림으로서 그곳에 사는 이들과 맺을 수 있는 혈족 관계의 권리마저 모두 포기하였다. 그리하여 장차 어떤 슬픔을 맞이한다 할지라도 베렌과 루시엔의 운명은 하나가 되어, 그들의 행로는 함께 세상의 경계 너머까지 이어지게 되었다. 그리하여 엘달리에 중 유일하게 그녀는 진정으로 죽음을 맞았고 오래전에 세상을 떠났다. 하지만 그녀의 선택을 통해 두 종족은 하나가 되었고, 루시엔은 비록 세상은 변해도 엘다르가 그들이 잃어버린 사랑스러운 루시엔과 닮은 모습을 엿볼 수 있는 많은 인물들의 선조가 되었다.

*Chapter 20*

# 다섯째 전투: 니르나에스 아르노에디아드

베렌과 루시엔은 가운데땅 북부로 돌아가 한동안 살아 있는 부부로 함께 살았으며, 도리아스에서 다시 유한한 생명의 인간으로서의 형체를 취했다고 한다. 그들을 만난 이들은 한편으로 기뻐하면서도 두려워하였고, 루시엔은 메네그로스로 들어가 자신의 손길로 싱골의 겨울을 치유하였다. 그러나 멜리안은 그녀의 눈 속을 들여다보고는, 거기에 새겨진 운명을 읽어 내고 고개를 돌렸다. 세상 끝 날 이후까지 영원히 그들이 헤어져야 한다는 것을 알게 되었던 것이다. 어떤 상실의 슬픔도 마이아 멜리안이 그 순간 느낀 슬픔보다 더 크지는 않았다. 그런 뒤에 베렌과 루시엔은 목마름도 굶주림도 두려워하지 않고 단둘이 떠나갔다. 그들은 겔리온강을 건너 옷시리안드로 들어갔고, 그들에 대한 소식이 들리지 않을 때까지 그곳 아두란트 강 가운데에 있는 초록섬 톨 갈렌에서 살았다. 훗날 엘다르는 그 고장을 도르 피른이구이나르, 곧 '살아 있는 죽은 자들의 땅'으로 불렀고, 그곳에서 나중에 디오르 엘루킬, 곧 '싱골의 후계자'로 불리는 아름다운 디오르 아라넬이 태어났다. 유한한 생명의 인간은 이후로 아무도 바라히르의 아들 베렌과 이야기를 나누지 못하였다. 베렌과 루시엔이 세상을 떠나는 것을 본 이도 없었고, 그들의 시신이 마지막에 묻힌 곳을 아는 이도 없었다.

그때쯤 페아노르의 아들 마에드로스는 모르고스가 불가항력의 존재가 아니라는 것을 알고 용기를 냈다. 베렌과 루시엔의 무용담이 많은 노래로 벨레리안드 곳곳에 불려졌기 때문이었다. 그리고 만약 그들이 다시 뭉쳐 새로운 동맹을 만들고 공동의 전쟁 회의를 구성하지 못한다면, 모르고스가 그들을 하나씩 멸망에 이르게 할 것이 분명했기 때문이다. 그리하여 그는 엘다르의 자원을 모으기 위하여 '마에드로스 연합'이라는 회의를 추진하였다.

하지만 페아노르의 맹세와 그로 인해 빚어진 악행은 마에드로스의 계획에 손상을 입혀 그는 필요한 만큼의 지원을 받지 못하였다. 오로드레스는 켈레고름과 쿠루핀의 악행으로 인해 페아노르의 아들이라면 누가 말해도 나설 생각이 없었다. 또한 나르고스론드의 요정들은 여전히 자신들의 은밀한 성채를 눈에 띄지 않게 지킬 수 있을 것으로 믿었다. 그래서 매우 용맹스러운 군주인, 구일린의 아들 귄도르를 따르는 소수의 군대만 전쟁에 참여하였다. 그가 오로드레스의 뜻에 반해 북부의 전쟁에 참여한 것은 다고르 브라골라크에서 그의 형 겔미르를 잃은 슬픔 때문이었다. 그들은 핑골핀 가문의 견장을 달고 핑곤의 기치 아래 행군하였고, 한 사람을 제외하고는 돌아오지 못하였다.

도리아스에서는 거의 도움을 주지 않았다. 마에드로스와 형제들은 자신들의 맹세에 집착하여, 일찍이 싱골에게 전갈을 보내어 오만한 어투로 자신들의 권리를 상기시키며, 실마릴을 내놓든지 그들의 적이 되든지 선택하라고 다그쳤다. 멜리안은 보석을 내어 주라고 충고했다. 하지만 싱골은 페아노르의 아들들의 오만불손하고 협박하는 듯한 말투와, 켈레고름과 쿠루핀의 행악으로 인해 보석을 얻기까지 베렌이 흘린 피와 루시엔이 겪은 고난을 생각하고는 무척 화가 났다. 게다가 매일 실마릴을 바라볼수록 그는 더욱더 그것을 영원히 소유하고 싶어졌다. 그것이 바로 그 보석의 마력이었던 것이다. 그래서 싱골은 경멸조의 대꾸로 사자들을 돌려보냈다. 마에드로스는 요정들의 동맹과 연합을 막 구축하기 시작했으므로 아무 대응을 하지 않았다. 하지만 켈레고름과 쿠루핀은 그들이 전쟁에 이기고 돌아온 뒤에도 싱골이 선선히 보석을 내놓지 않는다면 싱골을 죽이고 그의 왕국을 멸망시키겠다고 공공연히 선언하였다. 그러자 싱골은 왕국의 변경 수비를 강화하고 전쟁에 나가지 않았다. 이런 거사에 아무 역할도 못 하는 점이 불만이었던 마블룽과 벨레그를 제외하고 도리아스에서는 아무도 참전하지 않았다. 싱골은 그들에게 페아노르의 아들들 밑으로 들어가지만 않는다면 나가도 좋다고 허락하였고, 그들은 핑곤의 군대에 가담하였다.

한편 마에드로스는 무장한 군대와 막대한 양의 무기를 포함하여 나우그림의 도움을 받았고, 그래서 노그로드와 벨레고스트의 대장장이들은 그 당시 무척 바빠졌다. 그리고 그는 다시 자신의 형제들과 그들을 따르던 인간들을 모두 함께 소집하였다. 보르와 울팡을 따르던 인간들도 전쟁을 치르기 위해 소집되어 훈련을 받았고, 동부에서 자신들의 종족을 더 많이 불러들였다. 더욱이 서부에서는 마에드로스의 영원한 친구 핑곤이 힘링과 협력하였고, 히슬룸에서는 놀도르와 하도르의 인간들이 전쟁 준비를 하였다. 브레실 숲에서는 할레스 일족의 군주인 할미르가 부하들을 소집하였고, 그들은 자신들의 도끼날을 갈았다. 하지만 할미르는 전쟁이 시작되기 전에 죽었고, 그의 아들 할디르가 백성을 통치하였다. 그리고 은둔의 왕 투르곤이 살고 있는 곤돌린에도 전갈이 도착했다.

하지만 마에드로스는 계획이 완전히 틀을 갖추기 전에 너무 일찍 자신의 힘을 시험하고 말았다. 오르크들이 벨레리안드 북부에서 쫓겨나고 도르소니온마저 일시적으로 넘겨주기는 했지만, 모르고스는 엘다르와 요정의 친구들의 봉기를 알게 되었고 그들과 맞설 계책을 세웠다. 그와 비밀리에 동맹을 맺은 반역의 인간들이 페아노르 아들들의 비밀을 잘 알고 있었기 때문에, 그는 적군 속으로 많은 첩자와 반역자 들을 파견하였다.

　마침내 마에드로스는 소집 가능한 요정과 인간, 난쟁이 병력을 모두 집결시켜 동서 양쪽에서 앙반드를 공략하기로 결심하고, 안파우글리스 위로 공공연히 군기를 휘날리며 행군하기로 작정하였다. 그리고 그의 희망대로 모르고스 군대를 끌어낼 수 있다면, 그때 핑곤이 히슬룸 고개 위에서 쳐내려갈 참이었다. 그렇게 되면 모르고스의 군대는 망치와 모루 사이에 낀 형국이 되어 궤멸시킬 수 있을 것으로 그들은 생각하였다. 이 작전의 신호는 도르소니온에 커다란 봉화(烽火)를 올리는 것이었다.

　약속한 대로 하짓날 아침, 엘다르의 나팔수들은 솟아오르는 태양을 반가이 맞이하였다. 동부에서는 페아노르의 아들들의 군기가, 서부에서는 놀도르 대왕 핑곤의 군기가 솟아올랐다. 그때 핑곤은 에이셀 시리온의 성벽 위에서 내려다보고 있었고, 그의 군대는 에레드 웨스린 동쪽 기슭의 숲과 골짜기에 정렬하여 대적의 눈에 띄지 않도록 꼭꼭 숨어 있었다. 하지만 그의 군대가 막강하다는 것을 적은 이미 알고 있었다. 그곳에는 팔라스의 요정들과 나르고스론드에서 올라온 귄도르의 군대를 비롯하여 히슬룸의 놀도르가 모두 모여 있었고, 인간들로 이루어진 대부대도 거기 있었기 때문이다. 그 오른쪽에는 도르로민의 군대와 후린과 그의 동생 후오르가 이끄는 용감한 부대가 대기 중이었고, 숲속의 많은 무리를 이끌고 온 브레실의 할디르가 그들과 합세해 있었다.

　그때 핑곤은 상고로드림을 바라보았고, 상고로드림 주변에 검은 구름이 일면서 시커먼 연기가 피어올랐다. 그는 모르고스의 분노가 폭발하였고 그들의 도전이 받아들여졌다는 것을 알았다. 그런데 핑곤의 마음속에 의심이 일었다. 그는 요정의 눈이라면 혹시 마에드로스 군대의 발굽 아래 안파우글리스의 흙먼지가 일어나는 것을 볼 수 있을지도 모른다는 생각에 동쪽을 바라보았다. 그는 마에드로스가 '저주받은' 울도르의 교활한 꾀에 넘어가 출발이 지체되고 있다는 것을 모르고 있었다. 울도르는 앙반드에서 쳐들어온다는 거짓 경고로 마에드로스를 속였던 것이다.

그런데 그때 남쪽에서부터 바람을 따라 한줄기 함성이 일어나 이 골짝 저 골짝으로 전해졌고, 요정들과 인간들은 놀라움과 기쁨에 사로잡혀 큰 소리로 고함을 질러 댔다. 부르지도 않았고 기대하지도 않았던 투르곤이 곤돌린의 방어망을 열고 1만에 이르는 병력을 이끌고 나타났던 것이다. 그들은 모두 반짝이는 사슬갑옷을 입었고 수많은 장검과 창은 마치 숲을 방불케 했다. 멀리서 들려오는 동생 투르곤의 웅장한 나팔 소리를 듣는 순간, 핑곤은 의심의 그림자를 버리고 격앙하여 큰 소리로 외쳤다. "우툴리엔 아우레! 아이야 엘달리에 아르 아타나타리, 우툴리엔 아우레! 그날이 왔다! 보라, 엘다르 백성과 인간의 조상들이여, 그날이 왔다!" 이 고함 소리가 언덕마다 메아리로 퍼져 나가는 것을 들은 이들은 모두 화답하여 소리를 질렀다. "아우타 이 로메! 밤은 지나가고 있다!"

그런데 모르고스는 적군의 성과와 계획을 상당히 많이 알고 있었기 때문에 결단의 시간을 기다리고 있었다. 그는 배반자인 그의 부하들이 마에드로스의 길을 막아 적의 연합을 훼방할 것이라고 믿고, 엄청난 규모로 보이는 군대를 (실은 그가 준비해 놓은 군대의 일부에 불과했지만) 히슬룸으로 출정시켰다. 그들은 모두 회갈색 군복을 입고 칼은 모두 칼집에 넣어 두고 있었기 때문에, 안파우글리스 모래 지대를 한참 넘어온 뒤에야 요정들은 그들이 접근하고 있다는 것을 알아차릴 수 있었다.

그러자 놀도르의 전의가 불타오르면서 지휘관들은 들판으로 나가 적을 공격하기를 원했다. 그러나 후린은 이를 반대하고 모르고스의 간계를 조심하도록 했다. 모르고스의 힘은 항상 보기보다 강하고, 그의 목표는 밖으로 드러나지 않은 다른 곳에 있다는 것이었다. 마에드로스의 진격을 알리는 신호가 오지 않아 군사들은 조바

심을 내고 있었지만, 후린은 군사들을 계속 기다리도록 하여 오르크들쪽에서 산 위로 공격해 오도록 했다.

하지만 서부를 맡은 모르고스의 대장은 무슨 수를 써서라도 핑곤을 산 위에서 빨리 끌어내라는 명령을 받고 있었다. 그래서 그는 계속 행군을 하여 에이셀 시리온 요새의 성벽에서부터 리빌강이 세레크늪지로 유입되는 지점에 이르기까지 시리온강 앞에 전선이 형성되도록 하였고, 핑곤의 전초 기지에서는 적군의 눈 속까지 들여다볼 수 있었다. 하지만 그의 도전에 대해 요정들은 아무런 반응도 보이지 않았고, 산속의 소리 없는 성벽과 숨어 있는 위험을 바라보면서 오르크들의 조롱도 주춤해졌다. 그러자 모르고스의 대장은 협상 신호와 함께 기수(騎手)들을 내보내어 바라드 에이셀 외루(外壘) 앞에까지 올려 보냈다. 그들은 브라골라크에서 사로잡은 나르고스론드의 영주, 구일린의 아들 겔미르를 데리고 있었는데 그는 이미 그들에 의해 눈이 멀어 있었다. 앙반드의 전령은 그를 내보이면서 말했다. "우리 진지에 가면 이런 이들이 더 많이 있으니 그들을 보고 싶으면 너희들도 서두르도록 하라. 우리가 돌아가면 그들을 바로 이렇게 처치할 것이다." 그러고 나서 그들은 요정들이 보는 앞에서 겔미르의 두 손과 두 발, 그리고 마지막으로 머리를 자르고는 그를 거기 내버려 두었다.

불운하게도 바로 그 외루에 겔미르의 동생 귄도르가 있었다. 그는 분노에 사로잡혀 미친 듯이 말에 뛰어올라 뛰쳐나갔고 많은 기마병이 그를 뒤따랐다. 그들은 전령들을 쫓아가 그들의 목을 베고 적진 깊숙이 뛰어들었다. 이를 바라본 놀도르의 본진이 모두 전의에 불타오르자 핑곤은 자신의 흰 투구를 쓰고 나팔을 불었고, 히슬룸의 전군은 산에서 뛰쳐나가 기습적으로 맹공격을 가했다. 놀도르가 휘두르는 검의 광채는 갈대밭의 불빛과 같고, 그들의 공격은 무척 신속하고 치명적이었기 때문에, 모르고스의 계획은 거의 실패하고 말았다. 그가 서부로 파견한 군대는 원군이 오기도 전에 궤멸당했고, 핑곤의 깃발은 안파우글리스를 넘어 앙반드의 성벽 앞에 높이 세워졌다. 이 전투의 선봉에는 늘 곤도르와 나르고스론드의 요정들이 있었고, 그들은 분노를 억제할 수 없었다. 그들은 정문을 돌파하여 앙반드의 층계를 지키던 경비병들을 죽였고, 모르고스는 자신의 깊숙한 옥좌에서 그들이 문을 부수는 소리를 듣고 몸을 떨었다. 하지만 그들은 거기서 함정에 빠졌고, 산 채로 사로잡힌 곤도르를 제외하고 모두 목숨을 잃고 마는데, 핑곤이 도우러 올 수 없었기 때문이었다. 상고로드림의 많은 비밀의 문을 통해 모르고스는 대기시켜 놓았던 자신의 본진을 내보냈고, 핑곤은 엄청난 피해를 입고 성벽에서 물러나고 말았다.

그리하여 전쟁 넷째 날, 안파우글리스의 들판 위에서 니르나에스 아르노에디아드, 곧 '한없는 눈물의 전투'가 시작되었다. 그 슬픔은 어떤 노래나 어떤 이야기로도 전할 수 없을 만큼 처참하였다. 핑곤의 군대는 모래 지대를 넘어 퇴각을 거듭했고, 후위를 지키던 할라딘 군주 할디르는 목숨을 잃었다. 그와 함께 브레실의 인간들도 대부분 쓰러져 다시는 그들의 숲으로 돌아가지 못했다. 다섯째 날 밤이 되었을 때, 그들은 여전히 에레드 웨스린과는 멀리 떨어져 있었고, 오르크들은 히슬룸 군대를 포위하고 날이 샐 때까지 점점 더 격렬하게 싸움을 걸어왔다. 그러나 아침이 되자 희망이 살아났다. 곤돌린의 본진을 이끌고 올라온 투르곤의 나팔 소리가 울려 퍼졌기 때문이다. 그들은 남쪽에 주둔한 채 시리온 통로를 지키면서 투르곤의 통제 아래 성급한 공격을 자제하고 있었는데, 이제 그가 형을 돕기 위해 서둘러 나타난 것이었다. 곤돌린드림은 사슬갑옷으로 강력하게 무장하고 있었고, 그들의 행렬은 강철로 된 강줄기처럼 햇빛 속에서 반짝거렸다.

밀집한 투르곤 왕의 호위대는 오르크 군대를 돌파하였고, 투르곤은 적군 사이로 길을 내어 형의 옆으로 다가갔다. 전투를 하던 중에 투르곤은 핑곤 옆에 있던 후린을 만나 기뻐하였다는 이야기가 전해진다. 그리하여 요정들의 가슴속에는 다시 희망이 싹터 올랐다. 바로 그 순간, 아침 제3시경에 드디어 동쪽에서 진격하던 마에드로스의 나팔 소리가 들려왔고, 페아노르의 아들들의 기치가 적의 후방을 공격하였다. 이때라도 모든 군대가 충성을 다했다면 엘다르가 그날 승리할 수 있었을 것이라고 말하는 이들이 있었다. 오르크들이 동요하면서 그들의 공격이 지체되었고, 일부는 이미 달아나고 있었기 때문이다. 그러나 마에드로스의 선봉대가 오르크들을 급습하는 그 순간, 모르고스는 앙반드를 지키고 있던 자신의 마지막 군대를 출전시켰다. 늑대들과 늑대 기수들, 발로그들과 용, 그리고 용들의 아버지 글라우룽이 나타났다. 사실 이 거대한 파충류의 힘과 공포는 이제 엄청나게 커져 있었고, 요정과 인간은 그 앞에서 상대가 되지 않았다. 용은 마에드로스와 핑곤의 군사들 사이로 들어와 그들을 사방으로 쫓아 버렸다.

하지만 인간의 배신이 없었더라면, 늑대나 발로그나 용이나 그 누구의 도움으로도 모르고스는 자신의 목표를 이룰 수 없었을 것이다. 바로 이 순간에 울팡의 음모가 드러났던 것이다. 많은 동부인들의 마음속에 거짓과 두려움이 가득 차면서, 등을 돌려 달아나기 시작했다. 울팡의 아들들은 갑자기 모르고스 쪽으로 넘어가 페아노르의 아들들의 후위(後衛)를 공격하였고, 그로 인한 혼란 속에서 그들은 마에드로스의 군기 가까이 접근하였다. 그러나 그들은 모르고스가 약속한 보수를 받지는 못하였다. 마글로르가 반군의 우두머리인 '저주받은' 울도르를 죽였고, 보르의 아들들은 죽기 전에 울파스트와 울와르스의 목을 베었기 때문이다. 그러나 울도르가 불러들여 동쪽의 산속에 은밀하게 숨겨 둔 사악한 인간들의 군대가 새로 등장하면서 마에드로스의 군대는 이제 세 방향에서 적의 공격을 받았고, 붕괴되어 사방으로 뿔뿔이 흩어지고 말았다. 하지만 다행히 페아노르의 아들들은 함께 뭉쳐 있었기 때문에 부상을 입기는 했으나 목숨을 잃지는 않았다. 그들은 살아남은 놀도르와 주변의 나우그림을 끌어모아 겨우 전쟁터를 빠져나올 수 있었고 멀리 동부의 돌메드산까지 달아났다.

동부 출신의 군대 중에서 끝까지 용감하게 맞선 자들은 벨레고스트의 난쟁이들이었고, 그들은 이로 인해 명성을 얻었다. 왜냐하면 나우그림은 요정이나 인간보다 더 용감하게 화염과 맞설 수 있었기 때문인데, 이는 무엇보다도 그들이 무시무시하게 생긴 큼직한 탈을 전투시에 착용하는 관습 때문이었다. 이 탈이 용들과 맞서는 데 큰 도움이 되었다. 탈이 없었다면 글라우룽과 그의 종족은 남아 있는 놀도르를 모두 태워 죽였을 것이다. 글라우룽이 공격해 오자 나우그림은 그를 둥그렇게 에워쌌고, 그들이 휘두르는 커다란 도끼 앞에서는 막강한 갑옷과도 같은 글라우룽의 비늘도 온전하게 견딜 수가 없었다. 화가 난 글라우룽이 몸을 돌려 벨레고스트의 왕 아자그할을 내려치고 그를 덮쳐 오자, 아자그할은 최후의 일격으로 용의 뱃속 깊숙이 칼을 찔러 넣어 그에게 부상을 입혔다. 이로 인해 용이 싸움터를 빠져나가자 당황한 앙반드의 짐승들은 그를 따라 달아났다. 그제야 난쟁이들은 아자그할의 시신을 높이 들어 올려 바깥으로 운반하였고, 고향에서의 장례 의식에 따라 굵고 낮은 목소리로 장송가를 부르며 그 뒤를 느린 걸음으로 따라갔다. 그들은 이제 적의 존재에 개의치 않았고 아무도 그들의 앞길을 막지 않았다.

그때 서부의 전장에서는 핑곤과 투르곤이 그들의 잔존 병력보다 세 배나 많은 적군으로부터 집중 공격을 받고 있었다. 발로그들의 군주이자 앙반드의 대수령인 고스모그가 나타난 것이었다. 그는 요정 군대 사이로 검은 쐐기형의 진을 몰아붙여 핑곤 왕을 에워싼 다음, 투르곤과 후린을 세레크습지 쪽으로 밀어냈다. 그리고 그는 핑곤에게 덤벼들었고, 그리하여 무시무시한 결투가 벌어졌다. 자신을 지키던 호위병이 모두 죽자 핑곤은 결국 홀로 고스모그와 싸움을 벌였으나, 다른 발로그가 뒤로 돌아와서 그에게 화염채찍을 휘둘렀다. 그러자 고스모그는 자신의 검은 도끼를 핑곤에게 휘둘렀고, 왕의 투구가 쪼개지면서 하얀 빛이 솟아나왔다. 이렇게 놀도르의 대왕은 쓰러졌다. 그들은 철퇴로 그의 시신을 내리쳐 진흙탕에 처박았고, 그의 청색과 은색 군기를 피로 범벅이 되도록 짓밟았다.

전쟁은 패배였다. 하지만 후린과 후오르 및 하도르가의 잔여 병력은 여전히 곤돌린의 투르곤과 함께 용감하게 버티고 있었고, 모르고스의 군대는 아직 시리온 통로를 확보하지 못하고 있었다. 그때 후린이 투르곤에게 말했다. "폐하, 아직 시간이 있을 때 떠나십시오! 폐하의 운명에 엘다르의 마지막 희망이 달려 있고, 곤돌린이 건재하는 한 모르고스는 언제나 마음속으로 두려워할 것입니다."

그러자 투르곤이 대답했다. "이제 곤돌린은 그 비밀을 오랫동안 유지할 수가 없네. 발각된 이상 무너지게 되어 있어."

그러자 후오르가 입을 열어 말했다. "하지만 잠깐 동안이라도 왕국이 지탱된다면, 폐하의 가문에서 요정과 인간의 희망이 솟아날 것입니다. 폐하, 죽음을 앞두고 이 점을 말씀드리고자 합니다. 우리는 여기서 영원히 헤어지고, 저는 다시 폐하의 흰 성을 보지 못하겠지만, 폐하와 저로부터 새로운 별이 솟아날 것입니다. 안녕히 가십시오!"

투르곤의 생질 마에글린이 옆에 서 있다가 이 말을 듣고 마음속에 새겨 두었지만 무슨 말을 하지는 않았다.

그리하여 투르곤은 후린과 후오르의 충고를 받아들여 남아 있는 곤돌린 군대와 집결 가능한 핑곤의 군대를 모두 모은 다음 시리온 통로를 향해 퇴각하였다. 그의 지휘관 글로르핀델과 엑셀리온이 좌우의 측면을 방어하고 있어서 적군은 아무도 그들 옆을 지나

갈 수 없었다. 도르로민의 인간들은 후린과 후오르가 원한 대로 후위를 맡았다. 그들은 북부를 떠나는 것을 정말로 원하지 않았고, 승리하여 고향에 돌아갈 수 없다면 그곳에서 끝까지 저항할 작정이었다. 울도르의 배신은 이렇게 하여 보상이 된 셈인데, 인간의 조상들이 엘다르를 위하여 행한 모든 전공(戰功) 중에서 도르로민의 인간들이 수행한 최후의 저항은 가장 유명한 것이 되었다.

이렇게 하여 투르곤은 어렵사리 남쪽으로 퇴로를 찾았고, 마침내 후린과 후오르를 뒤에 남겨 두고 시리온강을 타고 탈출하였다. 그는 산맥 속으로 숨어들어 모르고스의 눈에 보이지 않도록 종적을 감추었다. 그러나 두 형제는 하도르 가문의 남은 인간들을 그들 주변에 집결시켜 조금씩 후퇴하였고, 마침내 세레크습지 후방에 이르러 리빌강을 앞에 두게 되었다. 거기서 그들은 걸음을 멈추고 더 이상 물러서지 않았다.

그러자 앙반드의 전군(全軍)이 그들을 향해 몰려들었다. 적은 그들의 죽은 병사들을 이용하여 강에 다리를 놓았고, 밀물이 바위를 둘러싸듯 히슬룸 잔병을 에워쌌다. 여섯째 날, 해가 서쪽으로 기울고 에레드 웨스린의 그림자가 점점 어두워져 갈 즈음, 후오르는 독화살을 눈에 맞고 쓰러졌고, 하도르가의 용맹스러운 인간들도 모두 그의 곁에서 함께 목숨을 잃었다. 오르크들은 그들의 목을 베었고, 쌓아 올린 머리는 석양 속 황금빛 언덕과 같았다.

마지막으로 홀로 남은 자는 후린이었다. 그는 방패를 집어 던지고 두 손으로 잡는 도끼를 휘둘렀다. 전해 오는 노래에 의하면 도끼는 날이 무디어질 때까지 고스모그를 호위하는 트롤들의 검은 피를 연기처럼 뿜어냈고, 적을 베어 넘길 때마다 후린은 "아우레 엔툴루바! 날은 다시 밝아 올 것이다!" 하고 소리쳤다고 한다. 그는 일흔 번이나 그 고함을 질렀지만 결국 모르고스의 명령을 받은 적들에게 생포당하고 말았다. 오르크들이 그를 손으로 붙잡으면 그는 그들의 팔을 잘랐는데, 그래도 손은 여전히 그를 붙잡고 있었다. 적들의 숫자는 끝없이 늘어났고 마침내 후린은 그들의 발밑에 쓰러지고 말았다. 그러자 고스모그는 그를 결박하여 조롱하며 앙반드로 끌고 갔다.

이렇게 하여 해가 바다 저쪽으로 가라앉을 때쯤 니르나에스 아르노에디아드는 끝이 났다. 히슬룸에 밤이 찾아들었고 서녘에서부터 엄청난 폭풍이 불어 왔다.

모르고스는 대단한 승리를 거두었고, 그의 계략은 마음속에서 계획한 대로 성사되었다. 인간이 인간의 목숨을 빼앗고 엘다르를 배신하였으며, 모르고스를 대적하여 연합해야 했던 자들 사이에 두려움과 반목이 생겨났기 때문이다. 그날부터 요정들의 마음은 에다인 세 가문을 제외한 모든 인간들로부터 멀어졌다.

핑곤의 나라는 사라졌고, 페아노르의 아들들은 바람 앞의 낙엽처럼 유랑의 길을 떠났다. 그들의 군대는 흩어지고 동맹은 붕괴되었다. 그들은 에레드 린돈 기슭에서 야생의 숲속 생활로 접어들었고, 과거의 힘과 영광을 상실한 채 옷시리안드의 초록요정들과 어울려 살았다. 브레실에는 극소수의 할라딘만이 숲의 보호를 받으며 살고 있었고, 할디르의 아들 한디르가 그들의 영주가 되었다. 그러나 히슬룸에는 핑곤 군대의 어느 누구도 다시 돌아가지 못했고, 하도르가의 인간들도 마찬가지였다. 더욱이 전쟁과 군주들의 운명에 관한 기별도 그곳엔 전해지지 않았다. 모르고스는 자신을 도와준 동부인들에게 그들이 탐낸 비옥한 벨레리안드 땅을 주지 않고 히슬룸을 내주었다. 그는 그들이 그 안에서만 살고 다른 곳으로 떠나지 못하게 했다. 하도르가의 노인들과 부녀자, 아이들을 약탈하고 괴롭히는 것, 그것이 마에드로스를 배신한 동부인들에게 모르고스가 내린 보상이었다. 히슬룸의 엘다르 중에서 살아남은 자들은 북부의 광산으로 끌려가 노예처럼 노역을 하였고, 다만 몇몇은 그의 눈을 피해 야생의 숲이나 산속으로 달아났다.

　오르크와 늑대 들은 북부 전역을 유유히 활보하면서 점점 더 남쪽으로 벨레리안드 깊숙이 들어오는데, 심지어는 버드나무땅 난타스렌과 옷시리안드 경계까지 내려와 이제는 아무도 들판이나 숲속을 안전하게 다닐 수가 없었다. 도리아스는 사실 이전과 달라진 것이 없었고, 나르고스론드의 궁정도 은밀히 보존되었다. 하지만 모르고스는 그들에 대해서는 그리 주목하지 않았다. 그들에 대해 잘 모르기도 했거니와, 자신의 흉측하고 사악한 목표 속에서는 아직 그들의 최후의 때가 이르지 않았기 때문이었다. 많은 이들이 이때 해안의 항구들로 달아나 키르단의 성벽 안에 은신하였고, 선원들은 해안을 오르내리며 신속하게 상륙하여 적을 괴롭혔다. 하지만 다음 해 겨울이 오기 전에 모르고스는 엄청난 병력을 히슬룸과 네브라스트에 출진시켰고, 그들은 브리손강과 넨닝강을 따라 내려가면서 팔라스 전역을 초토화시키고 브리솜바르와 에글라레스트 성을 포위하여 공격하였다. 그들은 대장장이와 광부, 화공(火攻) 전문가를 대동하고 와서 거대한 병기를 제작하였고, 완강하게 저항하는 두 성을 결국 함락시켰다. 그리하여 항구들은 폐허가 되고 바라드 님라스 탑은 쓰러졌으며, 키르단 무리의 대다수는 목숨을 잃거나 노예가 되었다. 하지만 일부는 배를 타고 바다로 탈출하는데, 그들 중에는 핑곤의 아들 에레이니온 길갈라드가 있었다. 다고르 브라골라크 이후 부친이 그를 항구에 보낸 것이었다. 이렇게 살아남은 자들은 키르단과 함께 남쪽으로 항해하여 발라르섬에 이르렀고, 그곳으로 찾아오는 모든 이들을 위해 피난처를 만들었다. 그들은 또한 시리온강 하구에 피난처를 마련해 두었는데, 그곳에는 가볍고 빠른 선박들이 갈대가 숲처럼 우거진 작은 만과 강물 사이에 여러 척 숨어 있었다.

　이 소식을 들은 투르곤은 시리온하구로 사자를 보내어 조선공 키르단에게 도움을 청했다. 투르곤의 요청에 따라 키르단은 빠른 배 일곱 척을 건조하였고 그들은 서녘을 향해 항해를 떠났다. 하지만 마지막으로 떠난 한 척을 제외하고는 어느 배도 발라르섬에 다시 소식을 전해 오지 못했다. 그 배의 선원들은 오랜 세월 동안 바다를 헤맸으나 결국 절망 속에 돌아오게 되는데, 가운데땅 해안선이 보이는 곳에서 거대한 폭풍우를 만나 침몰하고 말았다. 선원 가운데 한 사람만 울모의 도움으로 옷세의 진노를 피할 수 있었고, 그는 파도에 실려 네브라스트 해안까지 밀려왔다. 그의 이름은 보론웨였고 투르곤이 곤돌린에서 사자로 파견한 자들 중의 하나였다.

이제 모르고스의 생각은 온통 투르곤에게 집중되었다. 투르곤은 그의 손아귀를 빠져나갔을 뿐 아니라, 그의 모든 적들 중에서 가장 사로잡고 싶고 죽이고 싶은 자였다. 그 생각이 그를 괴롭히면서 그의 승리에 흠집을 냈다. 막강한 핑골핀가 출신의 투르곤이 이제 당당하게 놀도르 전체의 대왕이 되었기 때문이었다. 모르고스가 핑골핀가를 두려워하고 증오한 것은 그들이 그의 적 울모와 친교를 맺고 있었고, 또 핑골핀의 칼로 그가 상처를 입었기 때문이었다. 핑골핀의 일족 중에서 모르고스는 투르곤을 가장 두려워하였다. 왜냐하면 먼 옛날 발리노르에서 그는 우연히 투르곤과 마주친 적이 있었는데, 그가 가까이 있을 때마다 마음속에 어두운 그림자가 스며들며 장차 투르곤을 통해 그에게 파멸이 닥쳐오리라는 불길한 예감이 들었기 때문이었다.

그리하여 후린이 모르고스 앞에 끌려 나왔다. 그가 곤돌린의 왕과 친교를 맺고 있다는 것을 모르고스는 알고 있었기 때문이다. 하지만 후린은 그에게 저항하고 그를 조롱하였다. 그러자 모르고스는 후린과 모르웬, 그리고 그들의 자손에게 저주를 내리고, 그들에게 어둠과 슬픔의 운명을 덮어씌웠다. 그리고 후린을 감옥에서 끌어내어 상고로드림 높은 봉우리의 돌의자 위에 앉혔다. 거기서 후린은 모르고스의 힘에 결박당해 꼼짝도 하지 못했고, 모르고스는 그의 옆에 서서 다시 저주를 퍼부었다. "이제 거기 앉아서 네가 사랑하는 자들에게 악행과 절망이 닥쳐오는 대지를 바라보라. 너는 감히 아르다의 운명의 주재자인 나 멜코르를 조롱하고 또 그 힘을 의심하였다. 그러니 너는 이제 나의 눈으로 보아야 하며 나의 귀로 들어야 할 것이다. 그리고 만물이 그 고통스러운 종말로 완성될 때까지 이곳을 떠날 수 없을 것이다."

그리고 그 저주는 그대로 실행되었다. 후린이 혹시 자신이나 자신의 어느 친족을 위해 자비나 죽음을 모르고스에게 간청하였는지는 알려져 있지 않다.

모르고스의 명에 따라 오르크들은 엄청난 노동 끝에 그 방대한 전장에 쓰러져 있던 자들의 시체와 갑옷, 무기를 모두 모으고, 그것을 안파우글리스 한가운데에 커다란 둔덕처럼 쌓아 올렸다. 그것은 멀리서 보면 언덕처럼 보였다. 요정들은 이를 하우드엔은뎅긴, 곧 '사자(死者)의 언덕' 혹은 하우드엔니르나에스, 곧 '눈물의 언덕'으로 불렀다. 하지만 모르고스가 만든 모든 사막 중에서 유일하게 그곳에만 풀이 싹을 틔워 언덕 위로 높고 푸르게 자라났다. 이후로 모르고스의 짐승들은 어느 누구도 엘다르와 에다인의 검이 스러져 녹이 슬어 가고 있는 그 땅을 밟지 않았다.

## Chapter 21

# 투린 투람바르

벨레군드의 딸 리안은 갈도르의 아들 후오르의 아내였다. 리안은 후오르가 형 후린과 함께 니르나에스 아르노에디아드에 출전하기 두 달 전에 그와 혼인하였다. 남편에게서 오랫동안 아무런 소식이 없자 그녀는 황무지로 달려 나갔다. 하지만 남편을 만나지 못한 그녀는 미스림의 회색요정들로부터 도움을 받게 되는데, 아들 투오르가 태어나자 요정들은 기꺼이 그녀의 아들을 키워 주었다. 그러자 리안은 히슬룸을 떠나 하우드엔은뎅긴으로 나아갔고 그곳에 쓰러져 숨을 거두었다.

바라군드의 딸 모르웬은 도르로민의 왕 후린의 아내였다. 그들의 아들이 투린으로, 베렌 에르카미온이 넬도레스숲에서 루시엔을 우연히 만나던 바로 그해에 태어났다. 그들에게는 또 랄라이스라는 딸이 있었는데, 랄라이스는 '웃음'이란 뜻이었고 오라버니인 투린에게 무척 귀여움을 받았다. 하지만 랄라이스가 세 살 나던 해에 히슬룸에는 앙반드에서 불어 온 유독한 바람 때문에 역병이 돌았고, 이때 그녀는 목숨을 잃었다.

니르나에스 아르노에디아드가 끝난 뒤에도 모르웬은 여전히 도르로민에 살고 있었다. 투린이 겨우 여덟 살인 데다 그녀의 뱃속에는 또 한 아이가 자라고 있었기 때문이었다. 흉흉한 시절이었다. 히슬룸에 들어온 동부인들은 살아남은 하도르 일족을 천대하고 핍박하였으며, 그들의 땅과 재물을 빼앗고 그들의 자식을 노예로 삼았다. 하지만 도르로민 왕비의 아름다움과 위엄은 과연 대단한 것이었기 때문에, 동부인들은 그녀와 그 가족을 두려워하며 감히 손을 대려고 하지 않았다. 그들은 그녀가 위험한 인물이며, 마법에 능통하고 요정들과 내통하는 마녀라고 하며 저희들끼리 수군거렸다. 하지만 이제 모르웬은 궁핍한 생활을 하며 주변에서 아무런 도움도 받지 못하고 지내고 있었다. 다만 아에린이라고 하는 후린의 일가 여인이 몰래 그녀를 도와주고 있었는데, 그녀는 브롯다라고 하는 동부인이 데려가 아내로 삼은 여인이었다. 모르웬이 가장 두려워한 것은 동부인들이 투린을 빼앗아 가서 노예로 삼을지도 모른다는 생각이었다. 그녀는 아들을 몰래 떠나보내야겠다고 생각하고, 싱골 왕에게 투린을 숨겨달라고 부탁하려고 했다. 바라히르의 아들 베렌은 그녀의 부친과는 친척 간이었고, 무엇보다도 재앙이 닥치기 전에는 후린의 친구이기도 했기 때문이었다. 그리하여 모르웬은 '비탄의 해' 가을에 두 명의 늙은 하인과 함께 투린을 떠나보내며, 그들에게 필사적으로 도리아스 왕국으로 들어가는 입구를 찾아보라고 당부했다. 투린의 운명은 그렇게 엮어졌고, 그 이야기는 그 시절을 다룬 모든 노래 중에서 가장 긴 「나른 이 힌 후린」, 곧 '후린의 아이들 이야기'라는 노래에 고스란히 실려 있다. 여기에 그 이야기를 요약하여 싣는 것은 그것이 실마릴 및 요정들의 운명과 함께 얽혀 있기 때문이다. 이것은 '슬픔의 이야기'로 불리는데, 내용이 슬프기도 하거니와 거기서 모르고스 바우글리르의 가장 지독한 만행이 드러나기 때문이다.

그해가 막 시작되었을 때 모르웬은 자신의 아이, 곧 후린의 딸을 출산하였고, 이름을 '애도'(哀悼)라는 뜻의 니에노르로 지었다. 한편 투린과 그 일행은 천신만고 끝에 마침내 도리아스 경계에 이르렀다. 거기서 그들은 싱골 왕의 변경 수비대 대장인 '센활' 벨레그에게 발견되었고, 그는 그들을 메네그로스로 인도하였다. 그리하여 싱골은 투린을 받아들였고, '불굴의' 후린에 대한 경의로 자신이 직접 그의 양육을 맡았다. '요정의 친구' 가문들에 대한 싱골의 생각이 바뀌어 있었던 것이다. 그 후 북쪽으로 히슬룸에 사자들이 파견되었고, 그들은 모르웬에게 도르로민을 떠나 도리아스로 갈 것을 권유하였다. 하지만 그녀는 후린과 함께 살던 그 집을 아직 떠날 생각이 없었다. 요정들이 떠날 때 그녀는 하도르가의 가장 귀한 가보(家寶)인 '도르로민의 용투구'를 주어 보냈다.

투린은 도리아스에서 아름답고 튼튼하게 자라났지만, 그에게는 슬픔이 배어 있었다. 그는 싱골의 궁정에서 9년간을 지냈고, 그동안 그의 슬픔은 다소 줄어들었다. 이따금 사자들이 히슬룸을 향해 떠났고, 돌아올 때는 모르웬과 니에노르에 관한 더 좋은 소식을 가지고 왔던 것이다. 그러나 드디어 북쪽으로 떠난 사자들이 돌아오지 않는 날이 다가왔고, 싱골은 더 이상 사자를 보내지 않았다. 그러자 투린은 어머니와 누이에 대한 걱정에 휩싸였고, 마음속으로 단단히 각오를 한 다음, 왕에게 나아가 갑옷과 검을 요청하였다. 그리하여 그는 '도르로민의 용투구'를 쓰고 도리아스 변경의 싸움터로 나갔고, 벨레그 쿠살리온의 군대의 일원이 되었다.

3년이 지나 투린은 다시 메네그로스로 돌아왔다. 야생지대에서 돌아오면서 그는 행동이 거칠어져 있었고, 무구(武具)와 복장이 낡고 해진 모습이었다. 이때 도리아스에는 난도르 요정 출신으로 왕의 자문단 가운데서 높은 자리에 있던 사에로스라는 인물이 있었다. 그는 투린이 싱골의 양자로 누리는 영예를 오랫동안 시기하고 있었다. 식탁에서 투린의 건너편에 앉아 있던 그가 투린을 조롱하였다. "히슬룸의 남자들이 그렇게 거칠고 사납다면, 그곳 여자들은 어느 정도인가? 발가벗은 채 털만 날리며 사슴처럼 뛰어다니는가?" 그러자 화가 머리끝까지 치민 투린은 술잔을 집어 들어 사에로스에게 던졌고 그는 심한 부상을 입었다.

다음날 투린이 메네그로스를 떠나 변경으로 돌아가려고 할 때,

사에로스가 기다리고 있다가 그를 덮쳤다. 하지만 투린이 싸움에서 이겼고, 투린은 그를 발가벗겨 쫓기는 사냥감처럼 숲속으로 달아나게 만들었다. 겁에 질린 채 투린을 피해 달아나던 사에로스는 어느 개울에서 깊은 구렁에 빠졌고, 물속의 큰 바위에 몸이 부딪혀 죽고 말았다. 다른 이들이 지나가다 그것을 보았고, 그중에는 마블룽이 있었다. 그는 투린에게 메네그로스로 돌아가서 왕의 재판을 받고 용서를 구하라고 했다. 하지만 이제 스스로를 무법자로 여기며 체포를 두려워한 투린은 마블룽의 명령을 거부하고 황급히 달아나고 말았다. 멜리안의 장막을 통과한 그는 시리온강 서쪽의 숲속으로 들어갔다. 그곳에서 그는 그 불운의 시대에 야생의 삼림 지대에 숨어 집도 없이 절망적인 삶을 살고 있던 무리와 한패가 되었다. 이들은 요정이든 인간이든 오르크든 그들의 앞길을 가로막는 자는 누구든지 적으로 간주하는 자들이었다.

한편 싱골 왕은 진상을 모두 파악하고 조사를 마친 다음 투린이 부당한 핍박을 받은 것으로 판정하고 그를 용서하였다. 이즈음 '센활' 벨레그가 북부의 변경에서 메네그로스로 돌아와 왕을 찾았고, 싱골이 그에게 말했다. "쿠살리온, 나는 비통한 심경이오. 후린의 아들을 내 아들로 삼고, 만약 후린 자신이 어둠 속에서 돌아와 아들을 찾지만 않는다면, 영원히 이곳에 있게 할 참이오. 난 누구의 입에서든 투린이 부당하게 쫓겨났다는 말을 듣고 싶지 않고, 또 그가 돌아오기만 한다면 반가이 맞이하겠소. 내가 그를 참으로 사랑했기 때문이오."

그러자 벨레그가 대답했다. "소신이 있는 힘을 다해 투린을 찾겠나이다. 그리고 가능하다면 메네그로스로 다시 데려오도록 하지요. 소신도 그를 좋아했습니다."

그리하여 벨레그는 메네그로스를 떠나 숱한 위험을 무릅쓰고 투린의 소식을 찾아 벨레리안드 이곳저곳을 헤맸으나 소용이 없었다.

투린은 무법자들 사이에서 오랫동안 지내면서 그들의 수령이 되어 있었고, 자신의 이름을 네이산, 곧 '박해받은 자'로 불렀다. 그들은 테이글린강 남쪽의 삼림 지대에 매우 교묘하게 은신하고 있었는데, 투린이 도리아스를 떠난 지 1년이 지났을 즈음 벨레그가 밤중에 그들의 은신처를 찾아왔다. 공교롭게도 그때 투린은 자신의 야영지에 없었고, 벨레그를 붙잡은 무법자들은 그를 도리아스 왕이 보낸 첩자로 판단하고 그를 결박하여 잔인하게 다루었다. 바깥에서 돌아와 경위를 전해 들은 투린은 부하들이 행한 못된 짓에 대해 양심의 가책을 느끼며 그를 풀어 주었고, 그들의 우정은 회복되었다. 그리고 투린은 앞으로 앙반드의 부하들을 제외한 어느 누구와도 전쟁을 하거나 약탈을 하는 일이 없을 것이라고 약속하였다.

그러자 벨레그는 투린에게 싱골 왕의 용서를 전했고, 그를 도리아스에 데려가기 위해 갖은 수를 다 써서 설득하였다. 그는 왕국의 북부 변경에 투린의 무용과 기백이 무척 필요하다고 말했다. "최근 들어 오르크들이 타우르누푸인을 내려오는 길을 발견했네. 아나크 고개를 넘는 도로를 만든 걸세."

"거긴 기억이 나지 않습니다." 투린이 대답했다.

"우린 변경에서 그렇게 멀리까지 나간 적은 없네. 하지만 자네도 크릿사에그림 첨봉들을 멀리서 본 적은 있을 것이고, 동쪽으로는 어두운 고르고로스 산맥을 봤을 걸세. 아나크는 그 사이에 있네. 민데브강의 높은 수원지보다 더 위에 있는 험하고 위험한 도로지. 하지만 그 길로 요즘에는 많은 놈들이 내려오고 있고, 전에는 평화로운 땅이던 딤바르가 '검은 손'의 수중에 들어갔고, 브레실의 인간들도 고통받고 있네. 그곳에 우리의 도움이 필요하네."

그러나 자존심이 강한 투린은 왕의 관용을 거부하였고, 벨레그의 화술도 그의 생각을 바꿔 놓는 데는 소용이 없었다. 오히려 그는 벨레그에게 자신과 함께 시리온강 서쪽에 남아 있으라고 권했다. 하지만 벨레그는 그렇게 할 수는 없었다. "투린, 자네는 참으로 완고하고 독한 사람이군. 허나 이젠 내 차례일세. 만약 진정으로 '센활'을 자네 곁에 두고 싶으면 딤바르에서 나를 찾게. 나는 그곳으로 돌아갈 것이니."

다음 날 벨레그는 출발하였고, 투린은 야영지에서 화살이 미치는 거리만큼 그를 배웅하러 나갔다. 하지만 그는 아무 말도 하지 않았다. "후린의 아들, 그럼 이제 작별인가?" 벨레그가 입을 열었다. 그러자 투린은 서쪽을 바라보았고, 아득히 먼 곳에서 그는 아몬 루드의 높은 언덕을 바라보았다. 자기 앞에 닥칠 일을 알지도 못한 채 그는 대답했다. "당신은 '딤바르에서 나를 찾게'라고 했습니다만, 나는 이렇게 말하겠습니다. '아몬 루드에서 나를 찾으십시오!' 그러지 않는다면 이것이 우리의 마지막 인사가 될 것입니다." 그리고 그들은 헤어졌다. 여전히 친구였지만 그들의 심정은 슬프기 그지없었다.

벨레그는 '천의 동굴'로 돌아와 싱골과 멜리안 앞에 섰고, 투린의 부하들이 저지른 못된 짓만 제외하고 그간 있었던 모든 일을 고했다. 그러자 싱골은 한숨을 쉬며 말했다. "투린은 내가 더 이상 어떻게 하기를 바라는가?"

"폐하, 허락해 주신다면 제가 힘 닿는 대로 그를 지키고 보호하겠나이다. 어느 누구도 감히 요정의 약속을 가벼이 여기지 못하도록 할 것입니다. 저도 그렇게 훌륭한 인물이 황야에서 미천하게 지내는 것을 보고 싶지 않습니다."

그리하여 싱골은 벨레그에게 원하는 대로 해도 좋다는 허락을 내렸다. "벨레그 쿠살리온! 자네가 이룬 공적에 대해 내가 여러 번 고마움을 표하였네만, 내 양아들을 찾은 일도 작은 일이 아닐세. 이제 떠나가는 마당에 원하는 선물이 있으면 말해 보게. 기꺼이 내어 주겠네."

"그렇다면 좋은 칼을 하나 내어 주십시오. 요즘은 오르크들이 떼

를 지어 몰려오고 또 너무 가까이 다가와서 활만 가지고는 감당할
수가 없는 데다, 소신이 가진 칼은 그들의 갑옷을 당해 낼 수가 없습
니다."

"내게 있는 것들 중에서 골라 보게. 단, 내가 쓰는 아란루스만은
안 되네."

그래서 벨레그는 앙글라켈을 택했다. 그것은 대단히 귀한 검으
로, 그런 이름이 붙은 것은 유성처럼 하늘에서 떨어진 쇠로 만들어
졌기 때문이다. 그래서 그 검은 땅속에서 파낸 쇠로 만든 것은 무엇
이든지 갈라놓을 수 있었다. 가운데땅에서 그와 필적할 만한 검은
오직 하나뿐이었다. 그 검은 같은 대장장이가 같은 광석을 써서 만
든 것이지만, 이 이야기에는 등장하지 않는다. 그 대장장이가 바로
투르곤의 누이 아레델을 아내로 맞은 검은요정 에올이었다. 그는
난 엘모스에 거주 허락을 받기 위해 싱골에게 앙글라켈을 주었지
만, 그것을 몹시 아까워하였다. 한편 그것과 짝을 이루는 앙구이렐
은 자신이 가지고 있었으나 아들인 마에글린이 훔쳐가고 말았다.

싱골이 앙글라켈의 칼자루를 벨레그를 향해 돌려 놓으려 하자,
멜리안이 칼날을 내려보고 말했다. "이 칼에는 악의가 있습니다. 그
요정의 흉칙한 생각이 그 속에 아직 남아 있어요. 이 칼은 주인의 손
을 사랑하지 않을 것이며, 당신과 오랫동안 함께하지도 않을 것입니
다."

"그래도 제 수중에 있을 때까지는 써 보겠습니다." 벨레그가 말
했다.

"다른 선물을 하나 더 드리지요, 쿠살리온." 멜리안이 말했다. "황
야에 나가면 그건 당신한테 도움이 될 것이고, 또 당신이 선택한 이
들에게도 도움이 될 겁니다." 그러면서 그녀는 은빛 나뭇잎에 싸인
요정들의 여행식 렘바스 꾸러미를 그에게 주었다. 꾸러미를 묶은 줄
매듭은 여왕의 인장으로 봉인되어 있었는데, 그것은 흰색의 얇은

봉랍으로 된 한 송이 텔페리온 꽃의 형상이었다. 엘달리에의 관습에 따르면 렘바스를 소지하고 선사하는 것은 오로지 여왕의 권한이기 때문이었다. 다른 무엇보다도 바로 이 선물에서 멜리안이 투린을 얼마나 아끼는지 나타난 셈이었다. 엘다르는 이전에는 인간이 이 여행식을 이용하도록 허용한 적이 없었고, 그 이후로도 허용하는 일이 극히 드물었기 때문이다.

그리하여 벨레그는 선물을 가지고 메네그로스를 떠나, 자신의 숙영지와 많은 친구들이 있는 북부의 변경으로 돌아갔다. 그리고 딤바르의 오르크들을 격퇴하였는데, 앙글라켈 검은 햇빛을 보자 기뻐하였다. 하지만 겨울이 오고 전투가 소강상태에 빠지자, 벨레그는 별안간 동료들의 시야에서 사라졌고 다시는 그들에게 돌아오지 않았다.

벨레그가 무법자들을 떠나 도리아스로 돌아간 뒤, 투린은 그들을 이끌고 시리온강 유역을 떠나 서쪽으로 향하였다. 그들은 휴식도 취하지 못하고 항상 쫓기는 공포 속에서 긴장하며 살아야 하는 생활에 지쳐 있었고, 그래서 좀 더 안전한 은신처를 찾으려 했던 것이다. 어느 날 저녁, 그들은 우연히 난쟁이 셋을 만나는데, 난쟁이들은 그들을 보자 달아나려고 했다. 그러나 뒤에서 꾸물거리던 하나가 붙잡혀 내동댕이쳐졌고, 일행 중의 한 사람이 활을 뽑아 들고 어둠 속으로 사라져 가는 다른 둘을 향해 시위를 당겼다. 그들이 사로잡은 난쟁이는 이름을 밈이라고 했다. 그는 투린 앞에서 목숨을 살려달라고 애걸하면서, 몸값 대신에 자신이 도와주지 않으면 아무도 찾을 수 없는 자신의 은밀한 집에 그들을 데려다주겠다고 하였다. 그리하여 투린은 밈을 불쌍히 여겨 풀어 주고 물었다. "너의 집이 어디냐?"

밈이 대답했다. "아주 높은 곳에 밈의 집이 있어요. 큰 언덕 위에 말입니다. 지금은 그 언덕을 아몬 루드라고 하지요. 요정들이 이름을 모두 바꿔 버렸거든요."

그러자 투린은 말없이 난쟁이를 한참 동안 내려다보았고, 마침내 입을 열었다. "그곳으로 우리를 인도하라."

그들은 다음 날 밈을 따라 아몬 루드를 향해 출발하였다. 언덕은 시리온강과 나로그강 유역 사이에 솟은 황무지의 변두리에 있었고, 돌투성이 히스 황야 위로 언덕 꼭대기가 높이 솟아 있었다. 하지만 가파른 회색의 정상에는 바위를 뒤덮은 붉은 세레곤을 제외하고는 아무것도 없었다. 투린 일행이 가까이 다가가자 서쪽으로 넘어가던 태양이 구름을 뚫고 나타나 언덕 꼭대기를 비추었다. 세레곤 꽃이 만발해 있었다. 그러자 동료들 중의 하나가 말했다. "언덕 꼭대기가 피범벅이군요."

밈은 비밀 통로를 따라 가파른 아몬 루드의 비탈 위로 그들을 데리고 갔다. 자신의 동굴 입구에서 그는 투린에게 고개 숙여 절을 하고 말했다. "바르엔단웨드, 곧 '몸값의 집'에 들어가십시오. 앞으로 이곳은 그렇게 불릴 것입니다."

이때 다른 난쟁이가 등불을 들고 그를 맞이하러 나왔고, 그들은 함께 이야기를 나눈 뒤 재빨리 동굴의 어둠 속으로 사라졌다. 투린은 그들의 뒤를 따라갔고 마침내 안쪽 깊은 곳에 있는 어떤 방에 들어섰다. 줄에 매달린 희미한 등불이 방 안을 밝히고 있었다. 거기서 그는 벽에 붙은 돌침상 앞에 무릎을 꿇고 있는 밈을 발견했다. 그는 자신의 수염을 쥐어뜯고 통곡하면서 끊임없이 어떤 이름을 외치고 있었다. 침상 위에는 셋째 난쟁이가 누워 있었다. 방 안에 들어선 투린은 밈의 옆에 서서 그를 도와주고 싶다고 했다. 그러자 밈이 고개를 들어 그를 쳐다보며 말했다. "당신도 어쩔 수 없는 일입니다. 이 아이는 내 아들 크힘이고, 화살에 맞아 죽었습니다. 해 질 무렵에 죽었답니다. 내 아들 이분이 그렇게 얘기하는군요."

그러자 마음속에 연민의 정이 솟아난 투린이 밈에게 말했다. "아아! 할 수만 있다면 그 화살을 되돌리고 싶구나. 이 집은 이제 정말로 바르엔단웨드로 불리게 될 것이다. 네게 마음의 위로가 되지는 않겠지만, 혹시 내가 조금이라도 재산을 모으게 되면, 이 슬픔의 표시로 아들의 몸값을 황금으로 치르겠다."

그러자 밈이 일어나 투린을 오랫동안 쳐다보더니 입을 열었다. "알겠습니다. 당신은 저 옛날의 난쟁이 왕처럼 말씀하시는군요. 참으로 놀라운 일입니다. 제 마음은 이제 기쁘다고 할 수는 없으나 위안이 됩니다. 원하신다면 이 집에 거하십시오. 그러면 제 몸값을 갚는 셈이 될 테니까요."

그리하여 투린은 아몬 루드 위에 있는 밈의 비밀 저택에 거주하기 시작했다. 그는 동굴 입구에 있는 풀밭을 걸으며 동쪽과 서쪽, 북쪽을 바라보았다. 북쪽을 바라보던 그는 가운데에 있는 아몬 오벨 주변으로 짙푸르게 우거진 브레실숲을 알아보았고, 그의 눈길은 계속해서 그쪽으로 향했다. 하지만 그 이유를 알 수는 없었다. 왜냐하면 그의 마음은 오히려 서북쪽으로 향하고 있었기 때문이었다. 까마득히 멀리 그곳의 하늘 끝 언저리에서 그는 고향의 방벽인 어둠산맥이 보이는 것 같았다. 그러나 저녁이 되면 투린은 서쪽 하늘의 일몰을 응시하였다. 태양은 먼 해안선 위의 희뿌연 대기를 새빨갛게 물들였고, 그 중간에 있는 나로그강 유역은 깊은 어둠 속에 잠겨 있었다.

그 후로 투린은 밈과 많은 이야기를 나누었고, 그와 단둘이 앉아 그의 학식을 경청하며 그가 살아온 이야기를 들었다. 밈은 먼 옛날에 동부의 큰 난쟁이 도시들로부터 추방되어 모르고스가 돌아오기 훨씬 전에 서행(西行)하여 벨레리안드로 흘러들어 온 난쟁이 출신이었다. 하지만 이들은 체격과 세공술 모두 위축되어 활처럼 굽은 어깨와 은밀한 발걸음으로 남의 눈에 띄지 않고 살아가는 생활을 하게 되었다. 노그로드와 벨레고스트의 난쟁이들이 산맥을 넘어 서쪽으로 오기 전까지 벨레리안드의 요정들은 이들이 누군지 알지 못했고, 그래서 그들을 사냥하여 죽이기도 했다. 하지만 나중에는 내버려 두었고, 그리하여 그들은 신다린으로 노에귀스 니빈, 곧 '작은 난쟁이'족으로 불리게 되었다. 그들은 오로지 그들 자신만을 사랑하였으며, 오르크들을 두려워하고 싫어했던 만큼이나 엘다르도 싫어하였고, 특히 서녘에서 돌아온 망명자들을 싫어하였다. 그들의 주장으로는 놀도르가 그들의 땅과 집을 빼앗았다는 것이다. 핀로드 펠라군드가 바다를 건너오기 훨씬 전에 그들은 나르고스론드의 동굴들을 발견하였고, 굴 파기도 그들이 시작하였다는 것이었다. 그리고 그들은 숲속의 회색요정들에게 방해받지 않고 그곳에 사는 오랜 세월 동안 '대머리산' 아몬 루드의 꼭대기 밑에 굼뜬 손으로 깊은 동굴을 파 들어갔다. 하지만 결국 그 수가 점점 줄어들어 이제는 밈과 두 아들 외에는 모두 가운데땅에서 사라지고 없었다. 밈은 난쟁이들의 계산으로도 늙고 망각된 존재였다. 그의 저택의 대장간은 할 일이 없어지고 도끼는 녹이 슬었으며, 그들의 이름은 도리아스와 나르고스론드의 옛이야기에만 겨우 전해지는 정도였다.

한겨울이 되자 투린 일행이 예전에 강가에서 보았던 것보다 훨씬 심한 눈이 북쪽에서 밀려 내려왔고, 아몬 루드는 그 속에 파묻히고 말았다. 앙반드의 세력이 확장되면서 벨레리안드의 겨울도 더 추워졌다는 이야기가 있었다. 아주 강인한 이들만 밖으로 나갔고, 일부는 병에 걸리기도 했으며, 모두들 굶주림으로 고통받았다. 그러던 어느 겨울날 저녁 어스름 속에 그들 눈앞으로 몸집이 엄청나 보이는 한 인물이 나타났다. 흰옷에 흰 두건까지 눌러쓴 인물은 말 한마디 없이 모닥불 앞으로 성큼성큼 걸어왔다. 사나이들이 겁에 질려 벌떡 일어서자 그는 웃음을 터뜨리며 두건을 벗어젖혔고, 큼직한 외투 밑에 그는 커다란 꾸러미를 들고 있었다. 그렇게 불빛 속에서 투린은 벨레그 쿠살리온의 얼굴을 다시 볼 수 있었다.

벨레그는 다시 투린에게 돌아왔고 그들은 반갑게 재회하였다. 그는 오는 길에 딤바르에서 '도르로민의 용투구'를 가져왔고, 이는 혹시 투린이 그것을 보면 미천한 무리의 수령으로 지내는 야생의 생활을 그만둘지도 모른다는 생각에서였다. 하지만 투린은 여전히 도리아스에 돌아가지 않겠다고 했고, 벨레그는 그를 좋아하였기 때문에 내키지는 않았으나 떠나지 않고 그곳에 남았다. 그곳에 있는 동안 그는 투린의 무리를 위하여 좋은 일을 많이 하였다. 그는 다치거나 병든 이들을 치료하였고 그들에게 멜리안의 렘바스를 주었다. 그들의 병은 빨리 치료되었는데, 그 까닭은 비록 회색요정들이 발리노르의 망명자들에 비해 기술이나 지식이 부족하기는 하나, 가운데땅에서의 생활 방식에 대해서는 인간들로서는 따를 수 없는 지혜를 지니고 있었기 때문이었다. 또한 벨레그는 힘이 세고 참을성이 강하며 눈뿐만 아니라 마음으로도 멀리 내다볼 줄 알았기 때문에 무법자들 사이에서도 존경을 받게 되었다. 하지만 바르엔단웨드에 새로 들어온 요정에 대한 밈의 증오는 점점 더 심해지고 있었고, 그는 아들 이분과 함께 자신의 저택 가장 깊은 어둠 속에 앉아서 어느 누구와도 이야기를 하지 않았다. 투린은 이제 난쟁이에게 거의 관심을 보이지 않았고, 겨울이 지나 봄이 오면서 그들은 더 힘든 일을 해야만 했다.

이제 누가 모르고스의 계략을 알겠는가? 저 위대한 노래를 부른 아이누들 중에서도 강자였던 멜코르―이제는 북부의 검은 권좌에 암흑의 군주로 앉아 있는 자, 자신에게 전해지는 모든 소식을 악의 저울로 재는 자, 여왕 멜리안을 제외하고는 적의 가장 지혜로운 자가 염려했던 것보다 더 깊이 상대의 동태와 의중을 간파하는 자―그의 생각의 폭을 누가 측량할 수 있겠는가? 다만 멜리안은 모르고스의 의도를 자주 간파하였고, 그리하여 미연에 위험을 방지할 수가 있었다.

그런데 이제 다시 앙반드의 병력이 움직였다. 더듬어 오는 긴 손가락처럼 적군의 선발대는 벨레리안드로 들어가는 도로를 면밀히 시험하였다. 그리고 아나크 고개를 넘어 딤바르와 도리아스 북부의 변경 모든 곳을 점령하였다. 그들은 '옛길'로도 내려왔다. 이 길은 시리온강의 좁고 긴 골짜기를 통과하여 핀로드의 미나스 티리스가 있는 작은 섬을 지난 다음, 말두인강과 시리온강 사이의 땅을 지나 브레실숲의 외곽을 따라 계속하여 테이글린 건널목에까지 이르는 도로였다. 거기서 길은 계속해서 '파수평원' 속으로 이어져 있었다. 하지만 오르크들은 아직 거기까지 내려오지는 않았다. 이 야생지대에 이제 공포의 존재가 숨어 있고, 붉은 언덕 위에는 그들이 전에 알지 못한 감시의 눈이 있었기 때문이었다. 투린은 다시 하도르의 투구를 썼고 그 소문은 벨레리안드 곳곳으로 퍼져 나갔다. 숲속으로, 강물 위로, 산을 넘는 고개마다 딤바르에 나타났던 투구와 활이 절망속에서 다시 일어났다는 이야기가 전해졌다. 그러자 지도자도 없이 쫓겨났으나 포기하지 않고 있던 많은 이들이 다시 용기를 내어 두 지도자를 찾아왔다. 도르쿠아르솔, 곧 '활과 투구의 땅'이 그 당시에 도리아스 서부 변경과 테이글린강 사이의 지역을 가리키던 이름이었다. 투린은 다시 스스로를 고르솔, 곧 '공포의 투구'로 이름 지었고 그의 기백 또한 살아났다. 메네그로스와 나르고스룬드의 깊은 궁정, 그리고 심지어 숨은왕국 곤돌린에도 두 지도자의 무용담이 전해졌고, 그들은 앙반드에도 알려지게 되었다. 모르고스는 용투구로 인해 후린의 아들의 소재를 확인하게 되자 웃음을 터뜨렸고, 오래지 않아 아몬 루드는 적의 염탐꾼들로 둘러싸이게 되었다.

그해가 저물어 갈 즈음 난쟁이 밈과 아들 이분은 겨울 양식 저장을 위해 들판에서 근채류를 구하려고 바르엔단웨드를 나왔다가 오르크들에게 붙잡혔다. 그리하여 밈은 두 번째로 자신의 적에게 아몬 루드의 집으로 들어가는 비밀 통로를 가르쳐 주기로 약속하였다. 하지만 그는 약속 이행에 늑장을 부리며 고르솔을 죽이지는 말 것을 요구하였다. 그러자 오르크 대장은 웃으며 밈에게 대답했다. "물론이지. 후린의 아들 투린은 죽지 않아."

그렇게 하여 바르엔단웨드는 발각되었다. 밈의 인도를 받은 오르크들이 밤중에 몰래 그곳에 쳐들어왔던 것이다. 잠을 자던 투린의 무리 중에서 많은 자들이 살해되었다. 하지만 내부의 통로로 달아난 일부는 언덕 꼭대기로 빠져나와 거기서 쓰러질 때까지 싸웠고, 그들의 피는 바위를 뒤덮은 세레곤 위에 흘러내렸다. 그러나 싸움을 벌이던 투린에게는 그물이 던져졌고, 그는 생포되어 꼼짝달싹 못 한 채 끌려가게 되었다.

사방이 다시 조용해지자 밈은 자신의 집 어둠 속에서 기어 나왔고, 시리온강의 안개 위로 태양이 떠오르자 언덕 꼭대기의 죽은 자들 옆에 일어섰다. 하지만 그곳에 쓰러져 있는 자들이 모두 죽지는 않았다는 것을 알아차렸다. 그와 눈길이 마주치는 눈동자가 있었고, 그는 요정 벨레그를 정면으로 노려보게 되었다. 밈은 오랫동안 쌓인 증오심을 품은 채 벨레그에게 다가갔고, 그의 옆에 쓰러진 자의 몸 밑에 깔려 있던 앙글라켈 검을 빼 들었다. 하지만 벨레그는 비틀거리면서도 칼을 다시 빼앗아 난쟁이를 향해 찔렀고, 공포에 사로잡힌 밈은 울부짖으며 언덕 위에서 뛰어 내려갔다. 달아나는 그를 향해 벨레그가 소리쳤다. "언젠가는 하도르가의 복수가 너를 찾아갈 것이다!"

부상이 심하기는 하나 벨레그는 가운데땅 요정들 가운데서도 뛰어난 인물이었고 더욱이 의술(醫術)의 대가였다. 그리하여 그는 목숨을 건져 서서히 원기를 회복하였다. 벨레그는 투린을 장사 지내기 위해 죽은 자들 사이에서 그의 시체를 찾았으나 발견하지 못하였고, 그래서 후린의 아들이 죽지 않고 앙반드에 끌려갔다는 것을 알았다.

큰 희망은 없었지만 벨레그는 아몬 루드를 떠났고, 오르크들의 발자취를 쫓아 북쪽으로 테이글린 건널목을 향했다. 그는 브리시아크를 건너 딤바르를 통과한 다음 아나크 고개로 향했다. 그는 한잠도 자지 않고 추격하였기 때문에 이제 그들을 거의 따라잡고 있었다. 북행하던 적은 추격을 전혀 의심하지 않았고, 들판에서 사냥도 하며 늑장을 부리고 있었다. 그러나 벨레그는 공포의 타우르누푸인 숲 속에서조차 추격의 고삐를 늦추지 않았다. 그의 솜씨는 가운데땅 어느 누구보다 뛰어났던 것이다. 한밤중에 그 악의 땅을 지나가던 그는 죽어 있는 큰 나무의 발치에 누가 누워 잠을 자고 있다는 것을 알았다. 잠자는 이 옆에서 발을 멈춘 벨레그는 그가 요정이라는 것을 알았다. 그는 그 요정에게 말을 걸고 렘바스를 준 다음, 무슨 까닭에 이 무시무시한 곳까지 오게 되었느냐고 물었다. 그는 자신이 구일린의 아들 귄도르라고 대답했다.

벨레그는 슬픈 얼굴로 그를 바라보았다. 니르나에스 아르노에디아드에서 앙반드의 문 앞까지 용감하지만 경솔하게 달려들었다가 사로잡힌 나르고스론드의 군주, 그 귄도르가 과거의 웅자와 기백을 잃은 채 등이 굽고 보기에도 흉한 몰골을 하고 있었던 것이다. 모르고스가 사로잡은 놀도르는 금속과 보석을 연마하고 채굴하는 기술 때문에 목숨을 잃은 자가 거의 없었다. 귄도르 역시 목숨을 건져 북부의 광산에서 중노동을 해야 했다. 광산의 요정들은 그들만이 알 수 있는 비밀 터널을 통해 가끔 탈출하기도 하였다. 그리하여 벨레그는 타우르누푸인의 미로 속에서 기진맥진한 채 방황하던 그를 발견하게 되었던 것이다.

귄도르는 나무 밑에 누워서 숨어 있을 때 엄청난 오르크 떼가 북쪽으로 가는 것을 보았고, 늑대들이 동행하고 있었다고 그에게 알려 주었다. 그들 가운데 두 손을 결박당한 인간이 하나 있었는데, 오르크들이 채찍질을 하며 끌고 갔다고 했다. "키가 무척 크더군요. 안개 덮인 히슬룸 언덕에 사는 인간들만큼 컸습니다." 그리하여 벨레그는 자기가 타우르누푸인에 나타난 까닭을 설명하였다. 그러자 귄도르는 추격을 그만두라고 하면서, 따라가 봤자 투린을 기다리고 있는 고통을 함께 맛볼 뿐이라고 했다. 그러나 벨레그는 투린을 포기할 생각이 없었고, 절망 속에서도 귄도르의 가슴속에 다시 희망을 불러일으켰다. 그들은 함께 오르크를 쫓아 추격을 계속했고, 마침내 삼림 지대를 빠져나와 안파우글리스의 황량한 모래 언덕으로 내려가는 높은 경사지에 이르렀다. 해거름이 되자 상고로드림의 첨봉들이 보이는 그곳에서 오르크들은 사방이 노출된 골짜기에 야영지를 만들었고, 주변에 늑대들을 보초로 세운 다음 술판을 벌였다. 벨레그와 귄도르가 골짜기를 향해 기어가고 있을 때, 서쪽에서부터 엄청난 폭풍우가 몰려왔고, 멀리 어둠산맥 위에 번개가 번쩍거렸다.

야영을 하던 자들이 모두 잠에 곯아떨어지자 벨레그는 활을 잡았고, 어둠 속에서 늑대 보초병들을 향해 소리 없이 하나씩 화살을 날렸다. 그리고 그들은 엄청난 위험을 무릅쓰고 야영지에 잠입하였고, 투린이 손발에 차꼬를 찬 채 말라죽은 나무에 묶여 있는 것을 발견했다. 그의 주변에는 그를 향해 던진 칼들이 나무 둥치에 박혀 있었고, 투린은 엄청난 피로를 이기지 못하고 잠이 들어 의식이 없었다. 벨레그와 귄도르는 그를 묶은 줄을 자른 다음, 그를 안아 올린 채 골짜기를 빠져나왔으나 겨우 조금 위쪽에 있는 가시나무 덤불까지밖에 갈 수가 없었다. 그들은 거기에 투린을 내려놓았고, 그 순간은 폭풍우가 무척 가까이 다가와 있었다. 벨레그는 자신의 칼 앙글라켈을 뽑아 투린을 결박하고 있는 차꼬를 잘랐다. 하지만 운명은 그날 좀 더 가혹했다. 그가 차꼬를 잘라 내는 순간 칼날이 미끄러지면서 투린의 발을 찌르고 말았던 것이다. 그러자 투린은 분노와 공포 속에서 갑자기 잠을 깼고, 누군가가 칼을 빼어 들고 그의 위에 웅크리고 있는 것을 보고는 벽력같이 소리를 지르며 뛰어올랐다. 오르크들이 다시 자신을 고문하러 왔다고 생각한 것이었다. 어둠 속에서 벨레그 쿠살리온을 붙잡은 그는 앙글라켈을 집어 들었고, 그를 적으로 여기고 칼로 찔렀다.

그렇게 일어선 투린은 몸이 자유로워진 것을 발견하였고, 그 알 수 없는 적들에 맞서 용감하게 싸워야겠다는 각오를 하는 찰나, 그들의 머리 위로 커다란 번갯불이 번득거렸다. 그 불빛 속에서 투린은 벨레그의 얼굴을 내려다보았다. 그 끔찍스러운 죽음을 바라보며 그제야 그는 자신이 무슨 짓을 저질렀는지 깨달았고, 망연자실하여 아무 말도 하지 못하고 서 있었다. 사방에서 번쩍거리는 번갯불에 비친 그의 얼굴은 너무나 섬뜩하였기 때문에 귄도르는 땅바닥에 엎드린 채 감히 눈을 들지도 못했다.

이때쯤 아래쪽 골짜기에서는 오르크들이 모두 잠에서 깨어났고 야영지는 온통 난리였다. 그들은 서쪽에서 날아온 폭풍우를 바다 건너 그들의 무서운 적이 보낸 것으로 믿고 겁에 질려 있었다. 그때 일진광풍이 일어나 폭우가 쏟아졌고, 타우르누푸인 고지에서는 격류가 콸콸 흘러내렸다. 귄도르가 투린을 향해 소리를 지르며 자신들이 극도로 위험한 상태에 빠져 있다고 경고했지만 그는 아무 대답도 하지 않았다. 폭풍우 속에서 투린은 꼼짝도 하지 않고 눈물도 흘리지 않으며 벨레그 쿠살리온의 시신 옆에 앉아 있었다.

아침이 되자 폭풍우는 동쪽 멀리 로슬란 평원 너머로 사라지고 가을의 태양이 뜨겁고 환하게 솟아올랐다. 하지만 오르크들은 투린이 그곳에서 멀리 달아나 흔적조차 없어졌을 것으로 여기고 더 오랫동안 찾아보지 않고 서둘러 떠났다. 귄도르는 멀리 김이 솟아나는 안파우글리스의 모래 지대 위로 그들이 줄지어 사라지는 것을 보았다. 오르크들은 그리하여 후린의 아들을 뒤에 내버려 둔 채 빈손으로 모르고스에게 돌아가게 되었다. 투린은 오르크들의 차꼬보다 더 무거운 짐을 진 채 아무 의식도 없이 넋이 나간 사람처럼 타우르누푸인의 비탈 위에 앉아 있었다.

그때 귄도르가 벨레그를 매장할 수 있도록 도와 달라고 투린을 깨웠고, 그는 마치 몽유병자처럼 몸을 일으켰다. 그들은 함께 야트막한 무덤을 만들어 벨레그를 눕히고 그 옆에 검은 주목으로 만든 그의 커다란 활 벨스론딩도 묻었다. 그러나 귄도르는 그 무서운 칼 앙글라켈을 집어 들면서, 칼을 흙 속에 버리기보다는 모르고스의 부하들에게 복수를 하도록 하는 것이 낫겠다고 말했다. 그리고 그는 야생지대를 지나갈 때 힘을 낼 수 있도록 멜리안의 렘바스도 집어 넣었다.

이리하여 상고대 벨레리안드의 숲속에 거했던 자들 중에서 가장 신실한 친구이자 가장 솜씨가 뛰어났던 인물인 '센활' 벨레그는 자신이 가장 사랑했던 자의 손으로 생을 마감했다. 투린의 얼굴에는 그 비통함이 각인되어 다시는 사라지지 않았다. 하지만 나르고스론드의 요정은 다시 용기와 힘을 내어 투린을 데리고 타우르누푸인을 내려와 먼 곳을 향해 떠났다. 참담한 심정의 투린은 먼 길을 유랑하는 동안 한마디도 하지 않았고, 마치 아무런 희망이나 계획조차 없는 사람처럼 길을 걸었다. 그러는 동안 해가 저물고 북부에는 겨울이 찾아왔다. 하지만 귄도르는 항상 그의 곁에서 그를 지켜 주고 인도하였으며, 이리하여 그들은 서쪽으로 시리온강을 넘어 마침내 어둠산맥 밑의 나로그강 발원지 에이셀 이브린에 당도하였다. 그곳에서 귄도르가 입을 열어 투린에게 말했다. "깨어나시오, 후린 살리온의 아들 투린이여! 이브린 호수 위에는 한없는 웃음이 있소. 호수는 결코 고갈되지 않는 수정의 샘으로 채워져 있고, 먼 옛날 호수의 아름다움을 만든 물의 군주 울모가 더럽혀지지 않도록 지키고 있소." 그러자 투린은 무릎을 꿇고 그 물을 마셨다. 그리고 갑자기 땅바닥에 쓰러지면서 마침내 그의 눈에서 눈물이 흘러내렸고, 그는 자신의 광기를 치유하였다.

그곳에서 투린은 벨레그를 위한 노래를 만들고 이를 「라에르 쿠 벨레그」, 곧 '위대한 활의 노래'로 명명한 다음 위험에도 아랑곳하지 않고 큰 소리로 노래를 불렀다. 귄도르가 앙글라켈 검을 그의 손에 쥐어 주었고, 투린은 그 칼이 무겁고 강하며 엄청난 힘을 지녔다는 것을 알았다. 하지만 그 칼날은 광택 없는 검은색에 날끝이 뭉툭했 다. 그러자 귄도르가 말했다. "이건 이상한 칼이오. 내가 가운데땅 에서 보았던 어느 칼과도 다르오. 당신과 마찬가지로 이 칼도 벨레 그를 애도하고 있소. 하지만 힘을 내시오. 난 피나르핀가의 나르고 스론드로 돌아가고 있으니 당신도 나와 함께 가서 치료를 받고 원기 를 회복하도록 하시오."

"당신은 누구십니까?" 투린이 물었다.

"방랑하는 요정이며 도망한 노예요. 벨레그를 만나 위로를 받았 지요. 하지만 나도 옛날에는 나르고스론드의 영주였고 구일린의 아 들 귄도르라고 했소. 니르나에스 아르노에디아드에 나갔다가 앙반 드에 붙잡히기까지 말이오."

"그러면 도르로민의 전사 갈도르의 아들 후린을 보셨습니까?"

"그를 보지는 못했소. 하지만 앙반드에는 아직도 그가 모르고스 를 대적하여 싸운다는 소문이 있소. 모르고스가 그와 그의 후손들 에게 저주를 내렸다고 하더이다."

"저도 그렇게 생각합니다." 투린이 대답했다.

그리고 그들은 일어나 에이셀 이브린을 떠나 나로그 강변을 따라 남쪽으로 여정을 시작하였고, 마침내 요정 척후대에 목격되어 비밀 의 성채에 붙잡혀 가게 되었다. 그렇게 하여 투린은 나르고스론드 에 들어가게 되었다.

나르고스론드 요정들은 처음에 귄도르를 알아보지 못하였다. 건장한 청년으로 떠났던 자가 고문과 노역으로 인해 이제 유한한 생명의 인간들에게나 볼 수 있는 노인 행색으로 돌아왔던 것이다. 하지만 오로드레스 왕의 딸 핀두일라스는 그를 알아보고 반가이 맞이하였다. 그녀는 니르나에스 이전부터 그를 사랑했었고 권도르 역시 자신의 연인이 너무 사랑스러워 그녀에게 파엘리브린, 곧 '이브린호수에 반짝이는 햇빛'이란 이름을 지어 주었던 것이다. 권도르 덕분에 투린은 나르고스론드에 들어갈 수 있었고, 그곳에서 환대를 받으며 머물게 되었다. 그러나 권도르가 그의 이름을 말하려 하자 투린은 그를 가로막으며 말했다. "나는 우마르스의 아들 아가르와엔 (불운의 아들, 피투성이)으로 숲속의 사냥꾼이오." 그리하여 나르고스론드의 요정들은 그에게 더 이상 묻지 않았다.

그 뒤로 투린은 오로드레스의 총애를 받게 되었고, 나르고스론드의 거의 모든 요정들의 마음이 그에게로 쏠렸다. 투린은 나이가 젊고 이제 겨우 완전한 성년에 이르러 있었으며, 사실 얼굴만 보아도 모르웬 엘레드웬의 아들임을 알 수 있었다. 검은 머리에 창백한 피부, 잿빛 눈동자의 소유자인 그는 상고대 유한한 생명의 인간들 중에서 어느 누구보다 아름다운 얼굴이었다. 그의 화술과 몸가짐은 유서 깊은 도리아스 왕국에서 물려받은 것이었고, 심지어 요정들 가운데서도 그는 놀도르 명문가의 일원으로 간주될 정도였다. 그리하여 많은 이들이 투린을 아다네델, 곧 '요정인간'으로 불렀다. 나르고스론드의 솜씨 좋은 대장장이들이 그를 위해 앙글라켈 검을 다시 연마하여, 그 칼날은 항상 검은빛을 띠면서도 희미한 불빛을 머금었고, 그는 그것을 구르상, 곧 '죽음의 쇠'로 명명하였다. '파수평원'의 경계 안에서 벌어진 전투에서 그가 보인 무용과 재능은 너무나 놀라워서 그는 '검은검(劍)' 모르메길로 알려지게 되었다. 요정들은 이렇게 말했다. "불운의 운명이거나 멀리서 날아온 악의 화살이 아닌 한, 모르메길은 죽지 않는다." 그리고 그들은 그를 보호하기 위해 난쟁이들의 갑옷을 주었다. 투린 또한 비장한 자세가 되어 병기고에서 온통 금도금을 한 난쟁이탈을 발견하여 전투에 나가서는 그것을 썼고, 적군은 그의 얼굴을 보기만 해도 달아났다.

그런데 핀두일라스의 마음이 자기도 모르게 귄도르를 떠나 투린을 향하게 되었다. 하지만 투린은 그 사실을 모르고 있었다. 가슴이 찢어지듯 괴로운 핀두일라스는 슬픔에 잠겼고, 점점 안색이 창백해지며 말수가 적어졌다. 귄도르는 우울한 생각에 잠겼고, 때가 되자 핀두일라스에게 이야기했다. "피나르핀 가문의 딸이여, 우리 사이에 슬픔이 남아 있게 하지는 맙시다. 모르고스가 내 인생을 망쳐 놓았지만 난 아직도 당신을 사랑하오. 당신의 사랑이 이끄는 대로 따르시오. 하지만 조심할 것은, 일루바타르의 첫째자손이 둘째자손과 혼인하는 것은 합당하지 않다는 것이오. 또 그것은 현명한 일도 아니오. 그들은 생명이 유한하여 곧 떠날 것이며, 그래서 세상 끝 날까지 우리를 외로이 남겨둘 것이기 때문이오. 운명도 그것을 허용하지 않을 것이오. 한두 번이라면 우리가 알지 못하는 어떤 높은 대의를 위해 가능할지 모르지만 말이오. 더욱이 이 인간은 베렌이 아니오. 보는 눈이 있는 자라면 누구나 운명이 그를 기다리고 있음을 그의 얼굴에서 충분히 알아차릴 것이오. 하지만 그것은 어두운 운명이오. 그 속으로 들어가지 마시오! 그래도 고집한다면 당신의 사랑은 당신을 비탄과 죽음으로 몰고 갈 것이오. 내 말을 잘 들으시오! 그는 스스로 우마르스의 아들 아가르와엔이라고 하나 원래 후린의 아들 투린이란 자로, 모르고스가 그 아비를 앙반드에 붙잡아 두고 그의 일가에 저주를 내렸소. 모르고스 바우글리르의 힘을 무시하지 마시오! 내 얼굴을 보면 알 수 있지 않소?"

그러자 핀두일라스는 오랫동안 생각에 잠겨 앉아 있다가 마침내 입을 열어 이렇게만 말했다. "후린의 아들 투린은 나를 사랑하지 않아요. 앞으로도 그럴 거고요."

그런데 핀두일라스로부터 그 이야기를 전해 들은 투린은 크게 화를 내며 권도르에게 말했다. "나의 목숨을 구해 주고 안전하게 보호해 준 당신을 나는 사랑으로 대해 왔소. 그런데 이제 당신은 내 정체를 밝히고 또 내가 피하고자 하는 운명을 불러들여 친구인 나에게 잘못을 저질렀소."

그러자 권도르가 대답했다. "운명은 당신 이름이 아니라 당신 자신에게서 비롯된 것이오."

오로드레스는 모르메길이 실제로 후린 살리온의 아들이라는 사실을 알고 더욱 융숭하게 그를 대접했고, 투린은 나르고스론드 주민들 사이에서 유력자가 되었다. 하지만 그는 매복이나 잠행, 혹은 몰래 활쏘기와 같은 그들의 전투 방식을 좋아하지 않았고, 훤히 트인 야외에서 용감하게 접전을 벌이는 전투를 하고 싶었다. 날이 갈수록 그의 조언은 왕의 신임을 얻게 되었다. 이에 따라 그 시절의 나르고스론드 요정들은 자신들의 은밀한 방식을 버리고 공공연한 전투 형태를 취했고, 막대한 양의 병기를 만들었다. 또한 투린의 조언에 따라 놀도르는 무기를 신속하게 운반할 수 있도록 펠라군드의 문 앞에 나로그강을 건너는 큰 다리를 건설하였다. 그리하여 나로그강과 시리온강 사이의 전역에서 앙반드의 하수인들이 동쪽으로 쫓겨났고, 서쪽으로는 넨닝강과 황량한 팔라스까지 밀려났다. 권도르는 투린의 구상을 잘못된 정책으로 판단하고 자문 회의에서 항상 반대하였지만, 그는 수모를 당했고 아무도 그의 말에 귀를 기울이지 않았다. 권도르의 세력은 미미한 데다 그는 더 이상 전쟁의 선봉에 서지 못했기 때문이었다. 그리하여 나르고스론드는 모르고스의 분노와 증오에 노출되고 말았다. 하지만 투린의 간곡한 요청에 따라 아직 그의 본명은 알려지지 않았고, 도리아스와 싱골의 귀에 그의 놀라운 무용담이 전해졌지만 오직 '나르고스론드의 검은검'이란 소문으로만 알려졌다.

모르메길의 공으로 인해 모르고스의 세력이 시리온강 서쪽에서 저지당하고 있던 그 휴식과 희망의 시기에, 모르웬은 결국 딸 니에노르와 함께 도르로민을 빠져나와 싱골의 궁정을 향해 긴 여정을 감행하였다.

그곳에는 새로운 슬픔이 그녀를 기다리고 있었다. 투린은 사라지고 없었고, 용투구가 시리온강 서쪽 땅에서 종적을 감춘 뒤로는 아무 소식도 도리아스에 전해지지 않았기 때문이다. 하지만 모르웬은 니에노르와 함께 싱골과 멜리안의 손님으로 머물면서 후한 대접을 받았다.

그런데 달이 떠오른 지 495년이 되던 해 봄에 겔미르와 아르미나스라고 하는 두 명의 요정이 나르고스론드를 찾아온 일이 있었다. 그들은 앙그로드의 백성이었는데 다고르 브라골라크 이후로 남부에서 조선공 키르단과 함께 살고 있었다. 먼 여행길을 거쳐 그들이 가져온 소식은 에레드 웨스린 기슭과 시리온 통로에 엄청난 규모의 오르크와 사악한 짐승 들이 모여 있다는 것이었다. 그들은 또한 울모가 키르단을 찾아와 나르고스론드에 커다란 위험이 닥쳐올 것이라는 경고를 하였다고 했다.

"물의 군주께서 하신 말씀을 들으십시오." 그들은 왕에게 말했다. "그는 조선공 키르단께 이렇게 말씀하셨습니다. '북부의 악이 시리온의 샘물을 더럽혔고, 나의 힘은 흐르는 강물의 지류들로부터 떠나고 있노라. 하지만 더 끔찍한 일이 기다리고 있도다. 그러니 나르고스론드의 왕을 찾아가서, 요새의 문을 걸어 잠그고 밖으로 나가지 말라고 하라. 오만으로 세운 돌다리를 요란한 강물 속에 던져 넣고, 은밀히 다가오는 악의 무리가 입구를 발견하지 못하게 하라.'"

오로드레스는 사자들의 음산한 전언에 곤혹스러웠지만 투린은 도무지 그들의 충고에 귀를 기울이려 하지 않았고, 특히 큰 다리를 파괴할 수는 없다고 했다. 이제 그는 교만하고 고집스러워져서 모든 일을 자기 마음대로 처리하려고 했다.

얼마 지나지 않아 브레실의 군주 한디르가 목숨을 잃었다. 오르크들이 그 땅에 쳐들어오자 한디르는 그들과 싸움을 벌였으나, 브레실의 인간들은 패배하여 숲속으로 쫓겨 들어갔던 것이다. 그해 가을, 모르고스가 때를 기다리며 오랫동안 준비해 둔 대군이 나로그강 주변의 종족들을 향해 쳐들어갔다. 우룰로키 글라우룽이 안파우글리스를 넘어 시리온강 북부 유역으로 들어와 만행을 저질렀다. 용은 에레드 웨스린 그늘 아래서 에이셀 이브린을 오염시켰고, 거기서 나르고스론드 땅으로 내려와 나로그강과 테이글린강 사이에 있는 탈라스 디르넨, 곧 '파수평원'을 불태웠다.

그리하여 나르고스론드의 전사들도 출전하게 되었고, 그날 투린은 당당하면서도 무시무시한 모습이었다. 오로드레스 오른쪽에서 그가 말을 달리는 동안 용사들의 가슴은 한껏 부풀어 올랐다. 하지만 모르고스의 군대는 척후병들이 보고했던 것보다 훨씬 규모가 컸고, 난쟁이탈로 무장한 투린 외에는 아무도 글라우룽의 공격에 견뎌 낼 수 없었다. 그리하여 요정들은 오르크들에게 쫓겨 깅글리스강과 나로그강 사이의 툼할라드 들판으로 밀려나 그곳에 갇히는 형국이 되었다. 그날 나르고스론드의 군대와 그들의 긍지는 모두 무너지고 말았다. 오로드레스는 전선의 최선봉에서 죽음을 맞았고, 구일린의 아들 귄도르는 치명적인 부상을 입었다. 그러나 투린이 그를 도우러 다가오자 적은 모두 달아나고 말았다. 그는 아수라장 속에서 귄도르를 데리고 나와 숲속의 풀밭에 내려놓았다.

그러자 귄도르가 투린에게 말했다. "이것으로 은혜를 갚은 걸로 하세! 하지만 내가 자네를 구해 준 것은 불행의 시작이었지만, 자네가 나를 구해 준 것은 소용없는 일이 되었네. 난 치유가 불가능한 중상을 입었고, 가운데땅을 떠날 수밖에 없네. 후린의 아들, 내가 자네를 사랑하지만, 오르크들 가운데서 자네를 구해 준 그날이 나는 통탄스럽네. 자네의 무용과 오만이 아니었더라면 난 여전히 연인과 함께 있을 것이고 목숨도 건졌을 걸세. 나르고스론드도 좀 더 지탱할 수 있었겠지. 자, 나를 사랑한다면 떠나게! 급히 나르고스론드로 달려가 핀두일라스를 구하게! 이게 마지막 부탁일세. 오로지 그녀만이 자네와 자네의 운명 사이를 막아설 수 있네. 그녀를 놓친다면 운명은 기필코 자네를 찾아올 걸세. 잘 가게!"

　그리하여 투린은 도중에 만난 패잔병들을 모아 나르고스론드로 황급히 되돌아갔다. 계절은 가을에서 혹독한 겨울로 접어들고 있었기 때문에, 그들이 돌아가는 동안 세찬 바람이 불어 나무들마다 낙엽이 떨어졌다. 그러나 오르크 무리와 용 글라우룽이 그들을 앞서 가고 있었으므로 남아서 수비하고 있던 이들은 툼할라드 들판 소식을 듣기도 전에 적군의 기습 공격을 받았다. 그날에야 비로소 나로그강을 건너는 다리는 재앙이었음이 밝혀졌다. 그 거대하고 튼튼한 다리는 쉽게 허물 수가 없었고, 적은 순식간에 깊은 강을 건너왔다. 글라우룽은 전력을 다해 펠라군드의 문에 화염을 토해 냈고 정문이 무너지자 안으로 진입했다.

　투린이 나르고스론드에 막 도착하였을 때는 그 끔찍스러운 약탈이 거의 끝나 있었다. 오르크들은 무장을 하고 기다리던 병력을 모두 쫓아내거나 살해했고, 거대한 건물과 석실들을 샅샅이 돌아다니며 약탈하고 파괴하였다. 그들은 불에 타 죽거나 살해되지 않은 부녀자들을 정문 앞뜰에 모아 모르고스의 노예로 삼기 위해 데려갈 참이었다. 이 파멸과 비탄의 순간에 투린이 나타났고, 적들은 아무도 그를 제지할 수 없었고 또 그럴 엄두도 내지 못했다. 그는 앞길을 막는 자들을 모두 물리치고 다리를 건너 포로들이 있는 곳으로 길을 헤쳐 나갔다.

　그리하여 그를 따르던 몇 안 되는 자들은 모두 달아나고 투린 홀로 우뚝 서게 되었다. 하지만 바로 그때 벌어진 문 안쪽에서 글라우

룡이 나타나 투린과 다리 사이에 자리를 잡았다. 그러자 글라우룽
속에 있던 악의 영이 입을 열었다. "어서 오게, 후린의 아들. 잘 만났
군!"

그러자 투린이 뛰쳐나가 그를 향해 성큼성큼 걸어갔고, 구르상의
칼날이 불꽃처럼 빛을 발했다. 그러나 글라우룽은 화염을 멈춘 다
음 뱀 같은 눈을 크게 뜨고 투린을 노려보았다. 투린은 두려워하지
않고 칼을 높이 쳐들고 그 눈 속을 들여다보았다. 하지만 그는 곧 눈
꺼풀이 없는 용의 눈에서 나오는 강한 마법에 걸려 꼼짝도 하지 못
하고 멈춰 서고 말았다. 투린은 한참 동안 바위에 새겨 놓은 사람처
럼 서 있었고, 그들은 나르고스론드 정문 앞에서 소리 없이 서로를
마주 보고 있었다. 글라우룽이 다시 투린을 조롱하며 입을 열었다.
"후린의 아들, 네가 가는 모든 길에는 사악함뿐이로구나. 너는 배은
망덕한 양아들이며, 무법자이며, 친구를 죽인 자이며, 사랑을 도둑
질한 자이며, 나르고스론드의 찬탈자이며, 무모한 지휘관이며, 일
족을 버린 자로다. 너의 모친과 누이는 지금 노예로 궁핍하고 비참
하게 도르로민에 살고 있다. 너는 왕자처럼 차려입었으나 그들은 누
더기를 걸치고 있고, 그들은 너를 애타게 찾으나 너는 전혀 상관치
않는구나. 그런 아들을 둔 것을 네 아비가 알면 참으로 기뻐하겠구
나. 곧 알게 되겠지만 말이다." 투린은 글라우룽의 마법에 걸려 있었
기 때문에 그의 말을 들을 수밖에 없었고, 그는 거울을 보듯 악의로
인해 일그러진 자신의 모습을 보았는데, 그 모습이 몹시 역겨웠다.

그렇게 용의 눈길에 사로잡힌 투린이 마음속으로 고통스러워하
며 꼼짝도 못 하는 동안, 오르크들은 포로 무리를 끌고 나갔고 그들
은 투린 옆을 지나 다리를 건너갔다. 그들 가운데는 핀두일라스가
있었고 그녀는 떠나가며 투린을 향해 소리를 질렀다. 하지만 그녀의
고함과 포로들의 통곡 소리가 북쪽으로 향하는 길 위에서 사라질
때까지 글라우룽은 투린을 풀어 주지 않았고, 투린은 귓가에 맴도

는 그 아우성을 듣지 않으려고 애를 썼지만 소용이 없었다.

그때 갑자기 글라우룽이 눈길을 거두고 기다렸고, 투린은 소름 끼치는 꿈에서 깨어난 사람처럼 서서히 몸을 움직였다. 제정신이 들 자 그는 고함을 지르며 용을 향하여 덤벼들었다. 그러나 글라우룽 은 웃으며 말했다. "네가 죽기를 원한다면 기꺼이 죽여 주겠다. 하지 만 그것은 모르웬이나 니에노르에게 조금도 도움이 되지 않을 것이 다. 너는 그 요정 여인이 외치는 소리도 모른 척하였다. 혈연마저 부 인할 셈이냐?"

그러나 투린은 칼을 빼어 들고 용의 눈을 향해 찔러 들어갔다. 용 은 재빨리 몸을 뒤로 뺐다가 그의 머리 위로 높이 솟구치면서 말했 다. "안 되지! 적어도 네가 용감하다는 것은 인정해 주겠다. 내가 상 대한 그 누구보다 낫군. 우리 편이 적의 용기를 제대로 평가하지 못 한다고 하는 자들이 있지만 그건 거짓말이야. 잘 듣거라! 이제 네게 자유를 주겠다. 가능하다면 가족들에게로 돌아가라. 사라지란 말 이다! 네가 이 선물을 거절한다면, 혹시 요정이나 인간이 살아남아 오늘의 이야기를 전할 때면 어김없이 너의 이름을 조롱할 것이다."

투린은 여전히 용의 눈길에 미혹되어 마치 연민을 이해하는 적을 상대하듯 글라우룽의 말을 믿었고, 몸을 돌려 재빨리 다리를 건넜 다. 사라지는 그의 등에 대고 글라우룽이 사나운 목소리로 말을 했 다. "후린의 아들, 이제 서둘러 도르로민으로 가라! 그러지 않으면 아마도 오르크들이 다시 또 너를 앞서갈 것이다. 네가 핀두일라스 때문에 늑장을 부린다면 다시는 모르웬을 만나지 못할 것이고, 누 이동생 니에노르도 보지 못하게 될 것이며, 그리하여 그들은 너를 저주할 것이다."

투린은 북쪽으로 향하는 길로 황급히 떠나갔고, 글라우룽은 주 군이 맡긴 임무를 완수하였기 때문에 다시 한번 웃음을 터뜨렸다. 이제 용은 자기만의 쾌락을 찾아 화염 돌풍을 뿜어 주변의 모든 것을 불태워 버렸다. 그리고 약탈하느라 분주하던 오르크들을 모두 끌어내어 쫓아내고, 쓸 만한 것은 마지막 하나까지 약탈하려는 그들의 요구를 들어주지 않았다. 그런 다음 그는 다리를 파괴하여 나로그강의 물거품 속으로 집어 던졌다. 그제야 안심이 된 글라우룽은 펠라군드 왕의 재물과 보물을 모두 끌어모은 다음, 그것을 가장 안쪽 방에 쌓아 두고 그 위에 누워 오랫동안 휴식을 취했다.

한편 투린은 북쪽을 향해 계속 길을 달렸다. 그는 이제 황량해진 나로그강과 테이글린강 사이 지역을 지났고, '혹한의 겨울'이 그를 맞이하러 내려왔다. 그해는 가을이 끝나기도 전에 눈이 내렸고, 봄은 늦게야 찾아왔고 또 추웠던 것이다. 달리는 동안 그는 숲속이나 언덕 위에서 항상 그를 부르는 핀두일라스의 비명이 들리는 것 같아서 무척 괴로웠다. 하지만 그의 가슴은 글라우룽의 감언이설로 달아올라 있었고, 머릿속에는 줄곧 오르크들이 후린의 집을 불태우고 모르웬과 니에노르를 고문하는 모습이 떠올랐기 때문에 옆도 돌아보지 않고 계속 달렸다.

성급하게 먼 길(그는 거의 2백 킬로미터를 쉬지 않고 달렸다.)을 달려와 녹초가 된 몸으로 투린은 마침내 겨울의 첫얼음이 얼 때쯤 이브린 호수에 도착하였다. 그곳은 이전에 그가 병을 고친 곳이었다. 하지만 이제 호수는 얼어붙은 수렁에 불과하여 그는 그 물을 마실 수 없었다.

그리하여 그는 북쪽에서 내려오는 혹독한 눈발 속으로 천신만고 끝에 도르로민 고개를 넘어 어린 시절에 살던 땅을 다시 찾았다. 고향은 황량하고 쓸쓸했으며 모르웬도 떠나고 없었다. 어머니가 살던 집은 텅 빈 채 무너져 내려 냉기만 감돌았다. 부근에는 살아 있는 것이라고는 아무것도 없었다. 투린은 할 수 없이 그곳을 떠나 동부인 브롯다의 집으로 갔다. 그는 후린의 친척인 아에린을 아내로 취한

자였다. 거기서 투린은 어떤 늙은 하인으로부터 모르웬이 오래전에 집을 떠났다는 것과, 니에노르와 함께 도르로민을 빠져나갔지만 아에린 외에는 아무도 어디로 갔는지 모른다는 것을 알았다.

그리하여 투린은 브롯다의 식탁으로 성큼성큼 걸어갔다. 브롯다를 움켜잡고 칼을 빼 든 그는 어머니가 어디로 갔는지 말하라고 다그쳤고, 아에린은 그녀가 아들을 찾아 도리아스로 갔다고 분명하게 대답했다. "왜냐하면 그때는 그 사이의 땅들이 남부의 검은검에 의해 악에서 해방되었다고 했거든요. 그분도 지금은 쓰러졌다고 하지만요." 그때 투린의 눈이 활짝 열리며 마지막 한 가닥 남은 글라우룽의 마법이 풀렸다. 투린은 자신을 속인 거짓말에 대한 분노와 고통으로 인해, 또 어머니를 학대한 자들에 대한 증오로 인해 불같이 화가 치밀어 브롯다와 그의 손님이었던 동부인 모두를 그 방 안에서 베어 죽였다. 그러고 나서 그는 혹한의 겨울 속으로 달아나 쫓기는 몸이 되었다. 하지만 야생지대의 길을 알고 있는 하도르 가문 사람들 몇몇의 도움을 받았고, 그들과 함께 쏟아지는 눈 속을 탈출하여 도르로민 남쪽의 산악 지대에 있는 무법자들의 은신처로 들어갔다. 거기서 그는 다시 어린 시절의 고향 마을을 떠나 시리온강 유역으로 향했다. 참담한 심경이었다. 도르로민에 돌아왔지만 그는 남은 이들에게 더 무서운 재앙을 가져왔을 뿐이었고, 그들은 그가 떠나기를 원했다. 다만 한 가지 위안은 있었다. 즉, 검은검의 위력으로 인해 모르웬에게 도리아스로 가는 길이 열렸다는 사실이었다. 그는 혼자 생각에 잠겼다. "그렇다면 그동안 한 일이 모두 잘못된 것만은 아니었군. 좀 더 일찍 왔더라도 어머니와 누이를 그보다 더 좋은 데 모실 수는 없었겠지. 만약 멜리안의 장막이 무너진다면 그때는 마지막 희망마저 끝나는 걸 테니까. 그래, 그냥 이대로가 낫겠어. 내가 가는 곳은 어디든지 어둠이 찾아오니까 말이야. 어머니와 누이는 멜리안의 손에 맡겨야겠어! 잠시라도 어둠의 기미 없이 평화롭게 살도록 내버려 둬야지."

그리하여 투린은 에레드 웨스린을 내려와 핀두일라스를 찾아 나섰다. 산맥 아래 숲속을 그는 짐승처럼 사나우면서도 조심스럽게 헤매고 다녔지만 소용이 없었다. 북쪽으로 시리온 통로로 향하는 모든 길목을 감시하기도 했지만 때는 너무 늦었다. 통행이 있었던 자국은 모두 닳아 없어지거나 겨울의 눈으로 씻겨 나가고 없었던 것이다. 하지만 이렇게 테이글린강을 따라 남쪽으로 내려오던 투린은 오르크들에게 포위당한 몇 명의 브레실 인간을 우연히 만나게 되었다. 투린을 만난 덕에 그들은 목숨을 건질 수 있었다. 오르크들이 구르상을 보자마자 달아났던 것이다. 그는 자신을 '숲속의 야생인'으로 소개했고, 그들은 자신들과 함께 가서 살 것을 청했다. 하지만 그는 아직 완수하지 못한 자신의 임무, 곧 나르고스론드 왕 오로드레스의 딸 핀두일라스를 찾는 일을 마쳐야 한다고 했다. 그러자 숲속 인간들의 우두머리인 도를라스는 그녀가 죽었다는 슬픈 소식을 전했다. 브레실 사람들이 나르고스론드의 포로들을 구출하기 위해 그들을 끌고 가는 오르크들을 테이글린 건널목에서 기습하였는데, 오르크들은 잔인하게도 즉시 포로들을 살해하고, 핀두일라스는 나무 앞에 세워 창으로 찔러 죽였다는 것이었다. 그렇게 죽음을 맞이하며 그녀는 "모르메길에게 핀두일라스가 여기 있다고 전해 주세요."라는 마지막 말을 남겼다. 그래서 그들은 근방의 작은 언덕에 그녀를 묻고 그곳을 하우드엔엘레스, 곧 '요정 처녀의 무덤'이라고 이름 지었다고 했다.

투린은 그곳으로 자신을 안내해 줄 것을 부탁했고, 거기서 죽음과도 같은 깊은 슬픔에 빠져들었다. 그리하여 도를라스는 브레실 깊은 곳까지 명성이 전해진 그의 검은 칼과, 왕의 딸을 찾아 나섰다는 그의 모험 여정으로 미루어 보아 이 야생인이 바로 나르고스론드의 모르메길, 곧 떠도는 소문으로는 도르로민의 후린의 아들이라고 하는 인물임을 알았다. 그리하여 숲속의 사람들은 그를 부축하여 집으로 데려갔다. 이 당시 그들의 본거지는 숲속 높은 곳의 방책, 곧 아몬 오벨산 위의 에펠 브란디르에 있었다. 할레스 일족은 전쟁으로 수효가 줄어들어 있었고, 그들을 통치하던 한디르의 아들 브란디르는 온순한 성격에다 어려서부터 다리를 절었기 때문에 북부의 세력으로부터 백성을 구하기 위해서는 전쟁을 벌이는 것보다 은밀한 곳에 숨는 것이 낫다고 여겼던 것이다. 그렇기 때문에 도를라스가 전해 온 소식을 그는 두려워했고, 들것 위에 누워 있는 투린의 얼굴을 보자 한줄기 불길한 예감이 그의 마음속을 스쳐 갔다. 그럼에도 불구하고 괴로워하는 투린의 모습을 불쌍히 여긴 브란디르는 집 안으로 그를 데리고 들어가 치료해 주었다. 그에게는 치유의 능력이 있었던 것이다. 봄이 오자 투린은 어둠을 떨치고 원기를 되찾기 시작했다. 다시 일어선 그는 브레실에 숨어 지내며 과거를 잊고 어둠의 그림자를 떨쳐 내야겠다고 생각했다. 그리하여 그는 투람바르란 새 이름을 지었고, 이는 '높은요정'들의 언어로 '운명의 주인'이란 뜻이었다. 그는 숲속 사람들에게 자신이 외부에서 들어왔다는 것과, 또 다른 이름이 있었다는 사실을 잊어 줄 것을 부탁했다. 그럼에도 불구하고 그는 전쟁터를 완전히 떠날 수는 없었다. 오르크들이 테이글린 건널목을 건너거나 하우드엔엘레스 근처에 접근하는 것을 용납할 수 없었기 때문이었다. 그는 그곳을 공포의 장소로 만들었고 오르크들은 그곳을 피해 다녔다. 하지만 그는 자신의 검은 칼은 치워 두고 활과 창만 무기로 사용하였다.

이즈음 나르고스론드에 관한 새소식이 도리아스에 전해졌다. 전쟁의 패배와 약탈을 피해 달아난 생존자들 몇 명이 야생의 들판에서 '혹한의 겨울'을 견뎌 낸 뒤 결국 피난처를 찾아 싱골에게 왔던 것이다. 변경 수비대가 그들을 왕에게 데려왔다. 그들 중 일부는 적이 모두 북쪽으로 물러갔다고 했고, 일부는 펠라군드의 궁정 속에 아직 글라우룽이 살고 있다고 했고, 또 일부는 모르메길이 죽었다고 했으며, 또 일부는 그가 용의 마법에 걸려 아직도 거기 있으나 바위로 변해 버렸다고도 했다. 하지만 모두가 확실하게 대답한 것은 멸망하기 전 나르고스론드의 주민들은 모두 모르메길이 바로 도르로민의 후린의 아들, 투린이라는 것을 알고 있었다는 사실이었다.

그 소식을 들은 모르웬은 제정신이 아니었다. 멜리안의 충고도 물리친 채 그녀는 아들을 찾아서, 아니 확실한 아들의 소식을 듣기 위해 혼자서 들판으로 말을 달려 나갔다. 그래서 싱골은 여러 명의 용감한 변경 수비대원과 함께 마블룽을 파견하여 그녀를 찾아서 보호하고, 무슨 소식이든 알아 오라고 하였다. 니에노르는 남아 있으라는 명을 받았지만 그녀에게도 두려움을 모르는 가문의 피가 흐르고 있었다. 불행하게도, 딸이 자신과 함께 위험을 무릅쓰고 달려가는 것을 보면 어머니가 돌아올지도 모른다는 생각에, 니에노르는 싱골의 백성들처럼 변장하고 비운의 여행을 떠났다.

병사들은 시리온 강변에서 모르웬을 만났고, 마블룽은 그녀에게 메네그로스로 돌아갈 것을 간절히 청했다. 하지만 그녀는 무엇에 홀리기라도 한 듯 그 간청에도 전혀 움직이지 않았다. 그때 니에노르도 나타난 것이 확인되었지만, 모르웬의 명령에도 불구하고 니에노르는 돌아가려고 하지 않았다. 마블룽은 어쩔 수 없이 그들을 황혼의 호수에 숨겨 놓은 나룻배로 데리고 갔고 거기서 시리온강을 건넜다. 그들은 사흘간의 여행 끝에 아몬 에시르, 곧 '첩자들의 언덕'에 이르는데, 나르고스론드 정문에서 5킬로미터 거리에 있는 이곳은 먼 옛날 펠라군드가 엄청난 공을 들여 축조한 곳이었다. 그곳에서 마블룽은 모르웬 모녀가 더 이상 나아가지 못하도록 기마병 몇을 시켜 감시하게 하였다. 하지만 자신은 적의 기미가 보이지 않는 것을 언덕 위에서 확인한 다음, 척후병들과 함께 최대한 은밀하게 나로그강으로 내려갔다.

그러나 글라우룽은 그들의 동정을 모두 파악하고 있었고, 분노의 열기로 몸이 달아오른 그는 강물로 뛰어들었다. 엄청난 증기와 역겨운 악취가 솟아올랐고, 마블룽과 부하들은 그 속에서 아무것도 보이지 않아 길을 잃고 말았다. 그 틈에 글라우룽은 나로그강을 건너 동쪽으로 향했다.

용이 다가오는 것을 목격한 아몬 에시르의 감시병들은 모르웬과 니에노르를 데리고 있는 힘을 다해 동쪽으로 달아나려고 했다. 하지만 바람에 실려 온 짙은 안개가 그들을 덮쳤고, 용의 악취에 거의 발광할 지경에 이른 그들의 말은 통제 불능이 되어 사방팔방으로 마구 날뛰었다. 그리하여 어떤 병사는 나무에 부딪혀 목숨을 잃었고, 또 어떤 병사는 말에 실려 먼 곳으로 떠나고 없었다. 그리하여 두 여인은 사라지고 말았고, 사실 모르웬에 대해서는 그 후로 아무런 소식도 도리아스에 확실하게 전해진 것이 없었다. 다만 말에서 떨어졌지만 다치지는 않은 니에노르는 마블룽을 기다리기 위해 아몬 에시르로 다시 올라갔고, 악취를 벗어나 햇빛 속에 몸을 드러냈다. 서쪽을 바라보던 그녀의 눈길은 언덕 위에 머리를 내려놓고 있던 글라우룽의 눈과 정면으로 마주치고 말았다.

그녀의 의지력은 잠시 동안 그와 맞서 버텼지만, 용이 힘을 발산하기 시작하였다. 그녀가 누군지 알아차린 용은 그녀로 하여금 자신의 눈 속을 들여다보도록 압박하였고, 그녀에게 칠흑 같은 어둠과 망각의 마법을 걸었다. 그리하여 니에노르는 자신에게 벌어진 일뿐만 아니라 자신의 이름과 다른 것들의 이름마저도 기억할 수 없게 되었다. 여러 날 동안 그녀는 들을 수도 볼 수도 없었고, 자신의 의지로 움직일 수도 없었다. 글라우룽은 그렇게 그녀를 아몬 에시르 위에 홀로 세워 두고 나르고스론드로 돌아갔다.

한편 마블룽은 글라우룽이 떠난 뒤 무척 대담하게 펠라군드의 궁정을 샅샅이 뒤졌고, 용이 돌아오자 그곳을 떠나 아몬 에시르로 되돌아갔다. 그가 언덕을 올라가고 있을 때 해는 지고 어둠이 몰려왔다. 그는 그곳에서 석상처럼 별빛 속에 홀로 서 있는 니에노르 말고는 아무도 발견할 수 없었다. 그녀는 말을 하지도 듣지도 못했지만, 그가 손을 잡아 주자 따라나서려고 했다. 그리하여 마블룽은 무척 상심한 채 그녀를 이끌고 길을 나서는데, 하지만 희망이라고는 보이지 않았다. 도움의 손길이라곤 아무것도 없는 황야에서 둘 다 살아남지 못할 것 같았기 때문이다.

하지만 마블룽의 동료 셋이 그들을 발견하였다. 그들은 천천히 동북 방향으로 시리온강 너머 도리아스 경계를 향해 여행을 하였고, 에스갈두인강이 유입되는 지점 근방의 경비 초소가 설치된 다리에 이르렀다. 도리아스에 가까워지면서 니에노르의 힘은 서서히 되살아났지만, 아직 그녀는 말을 하지도 듣지도 못한 채 장님처럼 이끄는 대로만 따랐다. 그러나 마침내 그들이 도리아스 경계에 이르렀을 때 그녀는 뜨고 있던 눈을 감고 잠을 청했다. 그래서 그들은 그녀를 눕히고 아무 생각 없이 자신들도 역시 휴식을 취했다. 너무나 피곤했던 까닭이었다. 그런데 거기서 그들은 오르크 떼의 기습 공격을 받고 마는데, 이들은 대담하게 도리아스 경계까지 자주 배회하는 무리였다. 바로 그 순간 니에노르는 청각과 시각을 회복하였고, 오르크들의 왁자지껄하는 소리에 정신이 들자 겁을 먹고 벌떡 일어나 그들에게 붙잡히지 않으려고 달아났다.

그러자 오르크들은 추격을 시작했고, 그 뒤를 요정들이 쫓았다. 요정들은 오르크들이 그녀를 해치기 전에 그들을 붙잡아 처치하였지만 니에노르는 사라지고 없었다. 그녀는 미칠 듯한 두려움에 사로잡혀 사슴보다 더 빨리 달려갔고, 달아나면서 옷을 마구 찢는 바람에 급기야 발가벗은 몸이 되고 말았다. 북쪽으로 달려간 그녀는 급기야 그들의 시야에서 사라졌고, 그들은 오랫동안 그녀를 찾았으나 아무런 흔적조차 발견하지 못했다. 낙심한 마블룽은 결국 메네그로스로 돌아와 소식을 전했다. 싱골과 멜리안은 슬픔에 사로잡혔고, 마블룽은 다시 나가서 오랜 시간 동안 모르웬과 니에노르의 소식을 찾아 헤맸지만 소용없었다.

니에노르는 기진맥진할 때까지 계속 숲속을 달리다가 마침내 쓰러졌고, 잠이 들었다가 다시 깨어났다. 햇빛이 찬란한 아침이었다. 그녀는 햇빛을 받으며 마치 새로운 것을 발견한 듯 기뻐하였고, 눈에 들어오는 그 밖의 모든 것도 새롭고 신기하게 보였다. 그 모든 것의 이름을 알 수 없기 때문이었다. 니에노르는 공포의 그림자와 자신의 뒤에 숨어 있는 어둠을 제외하고는 아무것도 기억나지 않았다. 쫓기는 짐승처럼 용의주도하게 달아났지만, 먹을 것이 없고 또 어떻게 구해야 할지도 몰라서 굶주림으로 죽을 지경이었다. 마침내 테이글린 건널목에 이른 그녀는 강을 건너 브레실의 거목들 사이에서 은신처를 찾아 나섰다. 그녀는 아직 겁에 질려 있었고, 자신이 빠져나온 어둠이 다시 자신을 덮칠 것 같은 느낌마저 들었던 것이다.

하지만 남쪽에서 올라온 것은 천둥을 동반한 엄청난 폭풍우였고, 공포에 사로잡힌 그녀는 천둥소리에 귀를 막은 채 하우드엔엘레스의 봉분 위에 쓰러지고 말았다. 쏟아지는 비를 맞아 고스란히 젖어 버린 그녀는 죽어가는 들짐승처럼 누워 있었다. 근처에 오르크들이 출몰한다는 소문을 듣고 테이글린 건널목으로 가던 투람바르가 거기서 그녀를 발견하였다. 번쩍이는 번갯불 속에서 핀두일라스의 무덤 위에 쓰러져 죽은 것처럼 보이는 여인의 몸을 발견한 그는 가슴이 찢어지는 듯했다. 브레실숲 사람들이 그녀를 일으켜 세우자 투람바르는 그녀에게 자신의 외투를 덮어 주었고, 인근의 오두막으로 데리고 가서 몸을 따뜻하게 해 주고 먹을 것을 주었다. 투람바르의 얼굴을 보자마자 그녀는 안심하였다. 자신이 어둠 속에서 찾던 무엇을 드디어 발견하였다는 생각을 하면서 그녀는 그의 곁을 떠나

려고 하지 않았다. 하지만 그녀의 이름과 친척, 불행 등에 대해 물어
보면, 그녀는 무슨 질문을 받기는 하나 그게 무슨 뜻인지 알지 못하
는 어린아이처럼 곤혹스러운 표정을 지으며 울고 말았다. 그리하여
투람바르가 말했다. "걱정하지 마시오. 이야기는 나중에 듣겠소. 다
만 당신한테 이름을 하나 지어 줄 텐데, 이제부터는 당신을 '눈물의
여인'이란 뜻으로 니니엘로 부르겠소." 그 이름을 듣고 그녀는 고개
를 끄덕이며 "니니엘" 하고 따라 말했다. 그것이 어둠을 경험한 뒤
그녀가 처음으로 한 말이었고, 이후로 숲속 사람들 사이에서는 그
것이 그녀의 이름이 되었다.

다음 날 그들은 니에노르를 데리고 에펠 브란디르로 향했다. 그
들은 딤로스트, 곧 '비 내리는 층계'에 당도하였고, 그곳은 켈레브
로스 시냇물이 요란하게 테이글린강을 향해 떨어지는 곳이었다. 바
로 그곳에서 그녀는 갑자기 몸서리치듯 몸을 떨기 시작했고, 이후
로 그곳은 넨 기리스, 곧 '몸서리치는 물'로 불렸다. 아몬 오벨에 있
는 숲속 사람들의 집에 도착하기도 전에 그녀는 열병에 걸려 브레실
여인들의 간호를 받으며 오랫동안 누워 있었고, 그들은 어린아이 가
르치듯 그녀에게 말을 가르쳤다. 가을이 오기 전에 그녀는 브란디
르의 솜씨로 병이 나았고 말을 할 수 있게 되었으나, 하우드엔엘레
스의 봉분 위에서 투람바르에게 발견되기 전까지 있었던 일은 아무
것도 기억하지 못했다. 브란디르가 그녀를 사랑했지만 그녀의 마음
은 오로지 투람바르 쪽으로 쏠려 있었다.

그 당시에 숲속 사람들은 오르크에게 시달리지 않아서 투람바르
도 전쟁에 나가지 않았고, 브레실은 평화를 누리고 있었다. 투린의
마음은 니니엘을 향해 있었고 그는 그녀에게 청혼하였다. 하지만 그
때 그녀는 그를 사랑함에도 불구하고 대답을 주저하였다. 브란디르
가 뭔지 알 수 없는 불길한 예감을 전하며 그녀를 제지하려고 했기
때문이었다. 그것은 그 자신이나 투람바르와의 경쟁심 때문이라기

보다는 오히려 그녀를 위해서였다. 그러면서 그는 투람바르가 후린의 아들 투린이라는 것을 알려 주었고, 그녀는 그 이름을 알지는 못했으나 어두운 그림자가 그녀의 마음속으로 스며들었다.

나르고스론드가 강탈당한 지 3년이 지났을 때 투람바르는 다시 니니엘에게 청혼하였고, 이제 그녀와 혼인하지 못한다면 차라리 황야의 전쟁터로 돌아가겠다고 단언하였다. 니니엘은 기쁜 마음으로 청혼을 받아들여 두 사람은 한여름에 결혼식을 올렸고 브레실의 숲속 사람들은 성대한 잔치를 열었다. 그러나 그해가 저물기도 전에 글라우룽은 브레실을 공격하기 위해 자기 휘하의 오르크 무리를 파견하였다. 투람바르는 오직 그들의 집이 공격받는 경우에만 싸움터에 나가겠다고 니니엘에게 약속했기 때문에 집에 가만히 머물러 있었다. 하지만 숲속 사람들은 전투에서 패배하였고, 도를라스는 투람바르가 스스로 동족으로 택한 사람들을 돕지 않는다고 비난하였다. 그리하여 투람바르는 일어나 검은검을 다시 빼 들었고, 브레실 사람들로 큰 군대를 만들어 오르크 무리를 크게 무찔렀다. 그러나 검은검이 브레실에 있다는 소식이 글라우룽의 귀에 들어가게 되었고, 용은 새로운 악행을 궁리하며 곰곰이 생각에 잠겼다.

이듬해 봄에 니니엘은 임신을 하게 되어 안색이 창백하고 어두워졌다. 그와 거의 같은 시기에 글라우룽이 나르고스론드를 출발하였다는 소문이 처음으로 에펠 브란디르에 전해졌고, 투람바르는 척후병을 들판 멀리까지 파견하였다. 이제는 아무도 브란디르의 말을 듣지 않았기 때문에 투린은 자신이 원하는 대로 명령을 내릴 수 있었던 것이다. 여름 초입에 들어설 때쯤 글라우룽은 브레실 경계에 이르러 테이글린강 서안(西岸) 근처에 자리를 잡았다. 그러자 숲속 사람들은 엄청난 공포에 사로잡혔다. 그 거대한 파충류가 그들의 희망대로 그냥 지나쳐 앙반드로 돌아가는 것이 아니라 그들을 공격하여 그들이 사는 곳을 결딴낼 것이 분명해졌기 때문이었다. 그리하여 그들은 투람바르의 계획을 물어 보았고, 그는 그들이 전력을 다한다고 해도 글라우룽과 맞서는 것은 소용없는 일이라고 대답했다. 오직 교묘한 속임수나 큰 행운이 따라야 용을 이길 수 있다는 것이었다. 그는 직접 변경 근처에 있는 용을 찾아가겠다고 나서면서, 다른 사람들은 에펠 브란디르에 남아 있되 달아날 준비를 하도록 했다. 만약에 글라우룽이 이기면 용은 먼저 숲속 사람들의 집으로 쳐들어와 그들을 죽이려 할 텐데 그들로서는 용을 감당할 수 없다는 것이었다. 따라서 그들이 사방으로 흩어지게 되면 글라우룽은 브레실에 머물지 않고 곧 나르고스론드로 되돌아갈 것이므로 많은 사람들이 도망칠 수 있을 것이라고 했다.

그런 다음에 투람바르는 위험을 각오하고 나서는 그를 기꺼이 도와줄 동료를 원했지만, 도를라스 말고는 아무도 나서지 않았다. 그래서 도를라스는 사람들을 꾸짖었고, 할레스 가문의 후계자 역할을 제대로 하지 못한다고 브란디르를 모욕하였다. 브란디르는 백성들 앞에서 수모를 당하자 심경이 몹시 괴로웠다. 하지만 브란디르의 친족인 훈소르가 자신이 대신 가겠다고 하며 왕의 허락을 구했다. 투람바르는 니니엘과 작별 인사를 하였고, 그녀가 두려움과 불안감에 사로잡혀 있어서 그들은 눈물의 이별을 하였다. 그리고 그는 두 명의 동료와 함께 넨 기리스로 향했다.

그런데 두려움을 이기지 못한 니니엘은 도저히 투람바르의 운명에 대한 소식을 기다리며 에펠에 남아 있을 수가 없어서 그를 뒤쫓았고, 많은 사람들이 그녀를 따라나섰다. 이를 보고 브란디르는 더욱 두려움에 사로잡혀 그녀와 그녀를 따르는 이들이 성급하게 행동하지 않도록 설득하려고 애를 썼지만 아무도 그의 말을 듣지 않았다. 그는 영주로서 자신의 권한과 함께 자신을 경멸한 백성들에 대한 사랑마저 모두 포기하였고, 니니엘에 대한 사랑 외에는 아무것도 남지 않게 되자 허리에 칼을 차고 그녀를 따라나섰다. 하지만 그는 절름발이였기 때문에 뒤로 많이 처지고 말았다.

한편 투람바르는 해 질 녘에 넨 기리스에 이르렀고, 글라우룽이 테이글린 강변의 높은 강기슭 언저리에 있으며 어두워지면 움직일 것 같다는 보고를 받았다. 그는 그 소식을 다행이라고 판단했다. 용은 사냥꾼에 쫓기는 사슴도 건너뛸 수 있는 깊고 좁은 협곡 사이로 강이 지나가는 카베드엔아라스에 있어서, 자신은 더 올라가지 말고 협곡을 건너는 것이 낫겠다고 생각했기 때문이었다. 그의 계획은 땅거미 속으로 기어 내려가서 밤중에 협곡 안으로 들어간 다음 사나운 강물을 건너고, 그런 다음 건너편 절벽을 기어 올라가서 용에게 들키지 않고 접근하는 것이었다.

투린이 이 계획을 결정했지만, 어둠 속에 테이글린강의 급류에 이르자 도를라스가 겁을 먹고 말았다. 그는 그 위험천만한 도강(渡江)을 감히 엄두를 내지 못하고 뒤로 물러서더니 수치심으로 괴로워하며 숲속에 숨어 버렸다. 하지만 투람바르와 훈소르는 무사히 강을 건넜다. 요란한 물소리가 다른 소리를 모두 집어삼키고 용은 잠들어 있었기 때문이었다. 하지만 용은 한밤중이 되기 전에 몸을 일으켜 엄청난 괴성과 화염 돌풍을 내뿜으며 협곡 건너편으로 앞머리를 내밀었고, 뒤따라 그 큰 덩치를 움직이기 시작했다. 투람바르와 훈소르는 글라우룽에게 접근할 수 있는 길을 서둘러 찾아가는 동안 용의 열기와 악취에 거의 숨이 막힐 지경이었다. 게다가 훈소르는 용이 지나가면서 높은 곳에서 떨어뜨린 커다란 돌에 머리를 맞아 강물 속으로 떨어져 목숨을 잃었다. 누구 못지않게 용맹스러웠던 할레스가의 훈소르는 그렇게 일생을 마치고 말았다.

그리하여 투람바르는 필사적으로 대담하게 절벽을 혼자 기어올라 용의 배 밑으로 들어갔다. 그리고 구르상을 꺼낸 다음 자신의 완력과 증오를 최대한으로 담아 파충류의 연한 배를 칼자루가 닿을 때까지 찔렀다. 글라우룽은 죽음의 고통을 느끼며 비명을 질렀고,

격심한 통증 속에 거대한 몸통을 들어 올려 협곡 저쪽으로 건너뛴 다음 고통스럽게 꼬리를 철썩거리며 온몸을 비틀어 댔다. 또한 주변을 온통 불바다로 만들어 모든 것을 초토화시켰고, 그리고 나서야 비로소 불길이 멎으며 꼼짝도 하지 못하고 뻗어 버렸다.

그런데 용이 고통을 이기지 못하고 몸부림치느라 구르상이 투람바르의 손을 빠져나와 용의 배에 꽂혀 있었다. 그래서 투람바르는 칼을 되찾고 적의 모습을 지켜보기 위해 다시 강을 건넜다. 용은 한쪽으로 구른 채 길게 뻗어 있었고 구르상의 칼자루는 용의 배에 박혀 있었다. 투람바르는 칼자루를 잡고 용의 배에다 한 발을 올려놓은 채 나르고스론드에서 용이 했던 말을 흉내 내어 용을 조롱하였다. "어서 오게, 모르고스의 파충류! 다시 만났군! 이제 죽어서 어둠 속으로 사라지거라! 후린의 아들 투린은 이렇게 복수를 하노라."

그리고 그는 칼을 비틀어 뽑았다. 하지만 그 자리에서 검은 피가 콸콸 솟구치면서 그의 손에 떨어졌고, 그 독액은 그의 손을 불태웠다. 그때 글라우룽이 눈을 떴고, 그의 눈빛에 서린 악의가 얼마나 지독했던지 투린은 마치 한 대 얻어맞기라도 한 것 같았다. 그 사나운 눈길과 고통스러운 독 기운 때문에 투린은 앞이 캄캄해지면서 쓰러져 실신하였고, 칼을 바닥에 깐 채 죽은 사람처럼 누워 버렸다.

글라우룽의 비명은 숲속에 울려 퍼졌고, 넨 기리스에서 기다리고 있던 사람들도 그 소리를 들었다. 앞을 바라보던 이들은 그 소리를 듣고 또 멀리서 용이 파괴하고 불태운 것을 보면서, 용이 싸움에서 이겨 자신을 공격한 자들을 죽이고 있다고 생각했다. 니니엘은 떨어져 내리는 강물 옆에 주저앉아 몸을 떨었고, 글라우룽의 목소리를 듣자 어둠이 그녀를 다시 엄습하여 스스로의 힘으로는 도저히 그곳을 벗어날 수가 없었다.

바로 그때 브란디르가 그녀를 발견하였다. 그는 다리를 절며 힘들게 온 까닭에 이제야 넨 기리스에 도착한 것이었다. 용이 강을 건너 자신의 적을 물리쳤다는 소식을 듣자 그의 가슴은 니니엘에 대한 연민으로 가득했다. 하지만 또한 이런 생각도 들었다. '투람바르는 죽었지만 니니엘은 살아 있다. 혹시 그녀가 나와 함께 갈지도 모를 테니, 그녀를 데리고 멀리 떠나야지. 그러면 함께 용을 피해 달아날 수 있을 거야.' 그래서 잠시 후 그는 니니엘 곁에 가서 이렇게 말했다. "갑시다! 갈 때가 되었소. 당신이 원한다면 내가 인도하겠소." 그는 그녀의 손을 잡았고, 그녀는 말없이 일어나 그를 따랐다. 그들이 어둠 속으로 사라지는 것을 아무도 보지 못하였다.

그러나 두 사람이 테이글린 건널목으로 향하는 길을 내려가고 있을 때, 달이 솟아올라 대지를 희미하게 비추었고, 니니엘이 물었다. "이게 그 길인가요?" 브란디르는 자신은 글라우룽을 피해 황야로 달아나는 길밖에는 알지 못한다고 대답했다. 그러자 니니엘이 말했다. "검은검은 나의 연인이며 남편입니다. 나는 오로지 남편을 찾으러만 갈 것입니다. 어찌 다른 길을 생각하십니까?" 그리고 그녀는 그를 버려두고 빠른 걸음으로 떠나갔다. 그녀가 향한 곳은 테이글린 건널목이었고, 하얀 달빛 속에서 하우드엔엘레스를 보자 그녀는 극도의 공포감에 사로잡혔다. 그리하여 그녀는 비명을 지르며 돌아서서 외투를 벗어던진 채 강을 따라 남쪽으로 달아났고, 그녀의 흰옷이 달빛 속에 빛났다.

브란디르는 언덕 중턱에서 그녀를 바라보다가 몸을 돌려 그녀가 가는 길을 가로질러 가기로 했다. 하지만 그녀는 여전히 그를 앞서가고 있었고, 드디어 카베드엔아라스 가장자리 근처의 글라우룽이 쓰러져 있는 곳에 이르렀다. 거기서 그녀는 용이 누워 있는 것을 보았지만 눈길을 주지 않았다. 한 남자가 그 옆에 누워 있었던 것이다. 그녀는 투람바르에게 달려가 그의 이름을 불러 보았으나 소용이 없었다. 그러다가 그의 손이 독에 탄 것을 발견하고는 자신의 눈물로 손을 씻고 옷자락을 찢어 싸맨 다음, 그에게 입을 맞추고 그가 정신을 차리도록 다시 큰 소리로 불렀다. 그 소리를 들은 글라우룽이 죽기 전에 마지막으로 몸을 꿈틀거리더니 마지막 가쁜 숨을 몰아쉬며 말했다. "잘 왔군, 후린의 딸 니에노르. 죽기 전에 우리가 다시 만나는 구나. 마침내 네 오라버니를 찾는 기쁨을 주겠노라. 이제 너는 오라 버니를 확인하게 될 것이다. 어둠 속의 암살자이며, 적에겐 위험천 만한 자요, 친구에겐 신의를 저버린 자며, 일족에겐 저주가 된 자, 그 가 바로 후린의 아들 투린이로다. 그러나 그의 모든 행적 중에서 최 악의 행위는 네 스스로 느낄 것이다."

그리고 글라우룽은 숨이 끊어졌고, 그가 드리운 악의 장막도 그 녀에게서 걷히게 되어 그녀는 자신의 지나간 나날을 모두 기억해 냈 다. 투린을 내려다보며 그녀는 통곡하였다. "안녕, 두 번이나 사랑했 던 사람이여! '아, 투린 투람바르 투룬 암바르타넨', 운명에 지배당 한 운명의 지배자여! 아, 죽음이 행복이로다!" 용의 시체 저쪽 끝에 서서 아픈 마음으로 그 모든 이야기를 듣고 있던 브란디르가 황급 히 그녀에게 달려왔다. 하지만 그녀는 공포와 고뇌로 미칠 듯한 지 경이 되어 그에게서 달아났고, 카베드엔아라스 끝머리에 이르자 몸 을 던져 거친 물살 속으로 사라져 버렸다.

브란디르가 다가와 밑을 내려다보고는 겁에 질려 돌아섰다. 그는 더 이상 목숨을 부지하기를 원하지는 않았으나 노호하는 물속에서 죽음을 찾을 수는 없었다. 그 후로 카베드엔아라스에는 어떤 사람 도 찾아오지 않았고, 어떤 짐승이나 새 들도 가려고 하지 않았으며, 어떤 나무도 자라나려고 하지 않았다. 이리하여 그곳은 카베드 나 에라마르스, 곧 '끔찍스러운 운명의 추락'으로 불리게 되었다.

브란디르는 그 소식을 사람들에게 전하기 위해 넨 기리스로 돌아 가다가 숲속에서 도를라스를 만나자 그를 살해하였다. 그로서는 처 음이자 마지막으로 사람의 피를 흘린 사건이었다. 그는 넨 기리스에 돌아왔고 사람들이 그에게 큰 소리로 물었다. "그녀를 보았습니까?

니니엘이 사라졌어요."

그는 대답했다. "니니엘은 영원히 사라졌소. 용은 죽었고 투람바르도 죽었소. 둘 다 좋은 소식이오." 사람들은 그 말을 듣고 수군거리며 그가 미쳤다고 했다. 하지만 브란디르가 대답했다. "내 말을 끝까지 들으시오! 사랑스러운 니니엘 역시 죽었소. 더 이상 살고 싶지 않다며 테이글린강으로 뛰어들었소. 그녀는 기억을 상실하기 전의 자신이 다름 아닌 도르로민의 후린의 딸 니에노르였다는 것과, 투람바르가 그녀의 오라버니, 곧 후린의 아들 투린이란 것을 알았던 것이오."

하지만 그가 말을 멈추고 사람들이 눈물을 흘리고 있는 바로 그때 투린이 그들 앞으로 나타났다. 용이 숨을 거두는 순간 그는 실신 상태에서 깨어났고, 다시 탈진한 상태에서 깊은 잠에 골아떨어졌던 것이다. 하지만 차가운 밤공기에 시달리면서 구르상의 손잡이가 옆구리를 찌르는 바람에 그는 잠에서 깨어났다. 그리고 누군가가 자기 손을 치료했다는 것을 발견했고, 그럼에도 불구하고 자신이 차가운 땅바닥에 누워 있다는 사실이 무척 의아했다. 그는 사람을 불러 보았으나 아무 대답이 없었고, 지치기도 하고 몸도 아파서 도움을 청하러 나섰던 것이다.

그를 보자 사람들은 잠들지 못한 투린의 유령으로 생각하고 겁에 질려 뒤로 물러섰다. "아니오, 기뻐하시오. 용은 죽었고 나는 살았소. 그런데 어째서 내 충고를 무시하고 이렇게 위험한 곳까지 온 거요? 니니엘은 어디 있소? 그녀를 보고 싶소. 분명히 그녀를 여기 데려오지는 않았겠지?"

그러자 브란디르가 아니라고 대답하며 니니엘은 죽었다고 말했다. 그러자 도를라스의 아내가 소리쳤다. "아닙니다. 브란디르는 미쳤어요. 여기 돌아와서 당신이 죽었다고 하면서 좋은 소식이라고 했답니다. 하지만 당신은 살아 있군요."

그리하여 투람바르는 화가 머리끝까지 치솟았고, 브란디르가 한 말이나 행동은 모두 자신과 니니엘의 사랑을 시기하는 못된 심사에서 나온 것으로 믿었다. 그는 브란디르를 안짱다리라고 부르며 그에게 악담을 퍼부었다. 그러자 브란디르는 니니엘이 후린의 딸 니에노르였다고 밝히며 그가 들은 모든 사실을 폭로하였다. 그리고 글라우룽이 남긴 마지막 말, 곧 투린은 그의 일족과 그를 보호해 준 모든 이들에게 저주였다고 그를 향해 소리쳤다.

투람바르는 분노를 참을 수가 없었다. 브란디르의 말 속에서 그는 운명의 발걸음이 자기를 쫓아오는 소리를 들었던 것이다. 그리하여 그는 브란디르가 니니엘을 죽음으로 몰아가고, 또 직접 꾸민 얘기는 아니지만 글라우룽이 한 거짓말을 좋아라고 떠들어 댄 것을 이유로 그를 비난하였다. 그리고 그에게 저주를 퍼부은 다음 목숨을 빼앗고는 사람들을 피해 숲속으로 달아났다. 그러나 잠시 후 광기가 사라지자 그는 하우드엔엘레스를 찾아가 그곳에 앉아 자신의 모든 행위를 돌이켜 보았다. 그는 핀두일라스의 이름을 부르며 자신에게 갈 길을 일러 줄 것을 간청했다. 가족을 찾으러 도리아스로 가야 할지, 아니면 가족을 영원히 버리고 전쟁터에서 죽음을 맞아야 할지, 그중 어떤 것이 더 나쁜 일인지 알 수 없었던 것이다.

그렇게 막 앉아 있을 때 한 무리의 회색요정을 거느린 마블룽이 테이글린 건널목을 건너와 투린을 알아보았고, 그에게 인사를 한 다음 아직 살아 있는 모습을 보게 되어 정말 반갑다고 했다. 마블룽은 글라우룽이 굴에서 나와 브레실로 향했으며, 브레실에는 지금 나르고스론드의 검은검이 살고 있다는 보고를 받았기 때문이었다. 그래서 그는 투린에게 경고해 주고 또 필요하다면 도움까지 주려고 온 것이었다. 하지만 투린이 대답했다. "너무 늦었소. 용은 죽었습니다."

그러자 그들은 놀라워하며 그에게 엄청난 찬사를 보냈다. 하지만 투린은 이를 전혀 달가워하지 않으며 말했다. "이것 하나만 묻고 싶습니다. 나의 가족 소식을 들려주십시오. 도르로민에 갔다가 가족들이 '은둔의 왕국'으로 떠났다는 얘기를 들었습니다."

마블룽은 당혹스러웠지만 투린에게 모든 것을 알려 주어야 했다. 모르웬이 어떻게 실종되었는지, 니에노르가 어떻게 말도 하지 못하는 망각의 마법에 걸려들었는지, 또 그녀가 어떻게 도리아스 경계에서 도망쳐 북쪽으로 달아났는지를 들려주었다. 그리하여 마침내 투린은 운명이 자신을 덮쳤고, 자신이 브란디르를 부당하게 죽였다는 것을 깨달았다. 결국 그에 대한 글라우룽의 예언은 완성된 셈이었다. 그는 넋이 나간 사람처럼 웃음을 터뜨리며 소리를 질렀다. "이건 장난치곤 정말 지독한 장난이군요!" 그는 마블룽에게 떠나라고 했다. 도리아스에 대한 저주를 퍼부으며 그곳으로 돌아가라고 소리를 질렀다. "당신의 임무에도 저주를! 남은 일은 이것밖에 없습니다. 이제 밤이 다가오는군요."

그리고 투린은 바람처럼 그들로부터 사라졌고, 그들은 놀라워하며 그가 어떠한 광기에 사로잡혔는지 의아스러워 그의 뒤를 따라갔다. 그러나 투린은 그들보다 훨씬 걸음이 빨랐다. 그는 카베드엔아라스에 당도하여 노호하는 물소리를 들었고, 마치 겨울이 온 것처럼 나뭇잎들이 모두 시들어 떨어지는 것을 바라보았다. 그는 자신의 검을 빼 들었다. 그것은 이제 그의 모든 소유물 중에서 유일하게 남은 것이었다. "오라, 구르상! 너는 너를 휘둘렀던 손 외에는 어떤 군주도 어떤 충성스러운 신하도 알아보지 못하는구나. 어떤 피 앞에서도 너는 두려워하지 않는구나. 그렇다면 투린 투람바르도 받아주겠느냐, 나를 즉시 죽여 주겠느냐?"

그러자 칼날에서부터 싸늘하게 울리는 목소리가 대답을 하였다. "그렇습니다. 기꺼이 당신의 피를 마시겠습니다. 그래야 나는 내 주인 벨레그의 피와 부당하게 죽은 브란디르의 피를 잊을 수 있을 것입니다. 당신의 목숨을 즉시 거두겠습니다."

그러자 투린은 칼자루를 땅바닥에 꽂고, 구르상의 칼끝 위로 몸을 던졌다. 검은 칼날이 그의 목숨을 거두었다. 마블룽과 요정들이 나타나 숨이 끊어져 누워 있는 글라우룽의 모습과 투린의 시신을 바라보았고 투린의 죽음을 슬퍼하였다. 브레실의 인간들이 그곳에 도착하였고, 그들은 투린의 광기와 자살의 이유를 알고 나서는 경악을 금치 못하였다. 마블룽이 씁쓸하게 말했다. "나 역시 후린의 자식들의 운명에 얽혀 들어 있었군요. 내가 전한 소식 때문에 내가 사랑하는 사람을 죽인 셈이 되었소."

그리고 그들은 투린을 들어 올렸고, 구르상이 산산조각이 난 것을 발견했다. 요정과 인간 들은 그곳에 나무를 많이 모아서 큰 불을 피웠고, 용의 시체는 잿더미로 변했다. 그들은 투린이 쓰러진 곳에 봉분을 높이 만들었는데, 그 안에 그를 눕히고 구르상 조각들을 옆에 모아 놓았다. 모든 것이 끝나자 요정들은 후린의 아이들을 위한 만가(輓歌)를 불렀고, 봉분 위에는 잿빛의 커다란 바위를 세우고 도리아스의 문자로 다음과 같이 새겼다.

투린 투람바르 다그니르 글라우룽가

그리고 그 밑에는 이렇게 썼다.

니에노르 니니엘

하지만 그녀는 거기 있지 않았다. 차가운 테이글린 강물이 그녀를 어디로 데려갔는지는 아무도 알지 못했다.

## Chapter 22

# 도리아스의 몰락

투린 투람바르의 이야기는 그렇게 끝이 났다. 하지만 모르고스는 잠을 자는 것도 악행을 멈춘 것도 아니었고, 하도르가에 대한 그의 처리도 아직 끝난 것이 아니었다. 후린이 그의 감시하에 있었고 모르웬이 미친 듯이 황야를 헤매고 있었지만, 그들을 향한 그의 원한은 사그라들지 않았다.

후린의 운명은 불행하였다. 모르고스가 자신의 악행에 대해 알고 있는 모든 것을 후린도 알고 있었으나, 거기에는 거짓과 진실이 섞여 있었고 선한 것은 모두 감춰져 있거나 왜곡되어 있었다. 모르고스는 싱골과 멜리안을 싫어하고 두려워하였으므로 그들이 해 놓은 일에 악의 빛을 비추기 위해 갖은 방법으로 애를 썼다. 그리하여 때가 무르익었다고 판단되자 그는 후린을 속박에서 풀어 주고 어디든지 가도 좋다고 허락하였다. 그렇게 함으로써 자신이 처참하게 패배한 적에 대한 연민의 정에 흔들리고 있음을 보여 주려는 것이었다. 하지만 그것은 거짓이었다. 그의 목적은 요정과 인간 들에 대한 자신의 증오를 더 확실히 보여주기 위해 후린이 죽기 전에 그를 이용하려는 것일 뿐이었다.

후린은 모르고스에게 실제로 연민의 정이 없다는 것을 알기 때문에 그의 말을 거의 믿지 않았지만, 이제 자유의 몸이 되어 암흑의 군주의 말에 더욱 분개하면서 비통 속에 길을 떠났다. 그의 아들 투린이 죽은 지 1년이 지났을 때였다. 그는 앙반드에 28년간 포로로 잡혀 있었던 탓에 이제는 보기만 해도 험상궂은 인물이 되어 있었다. 그의 머리카락과 수염은 백발로 변하고 길게 자라났지만, 그는 큼지막한 검은 지팡이를 짚은 채 꼿꼿이 걸음을 옮겼고, 허리에는 칼을 차고 있었다. 그렇게 그는 히슬룸에 들어섰다. 앙반드의 수많은 대장과 검은 병사들이 말을 타고 안파우글리스를 넘어오고 있으며, 그들과 함께 상당히 존경받는 인물로 보이는 어떤 노인이 오고 있다는 소식이 동부인 족장들에게 전해졌다. 그래서 그들은 후린에게 손을 대지 않고 마음대로 그 땅을 돌아다니게 했다. 그들에게 있어 그것은 현명한 조치였다. 왜냐하면 남아 있던 후린의 일족이 그를 경원시했기 때문인데, 그들은 후린이 모르고스와 결탁하여 대우를 받으며 앙반드에서 나온 것으로 판단하였던 것이다.

그리하여 후린은 몸은 자유를 얻었으나 가슴의 비통함은 더욱 극심해졌고, 결국 히슬룸 땅을 떠나 산속으로 들어갔다. 그곳에서 그는 멀리 구름 사이로 크릿사에그림 첨봉들을 보고 투르곤을 기억해 냈다. 그는 숨은왕국 곤돌린에 다시 가고 싶었다. 그리하여 후린은 에레드 웨스린을 내려가게 되는데, 모르고스의 부하들이 자신의 일거수일투족을 감시하고 있다는 것은 알지 못했다. 브리시아크 여울을 건넌 그는 딤바르에 들어서서 에코리아스 산맥의 어두운 기슭에 이르렀다. 대지는 온통 냉랭하고 황량했다. 그는 깎아지른 암벽 밑에 있는 거대한 낙석 더미 발치에 서서 아무런 희망도 없이 주변을 둘러보았다. 그는 자신의 눈에 보이는 이것이 옛날의 '탈출로' 중에서 남아 있는 전부라는 사실을 알지 못했다. '마른강'은 막혀 있었고 둥근 문은 매몰되어 있었다. 그때 후린은 먼 옛날 젊은 시절에 그랬던 것처럼 다시 한번 독수리를 만나게 될지도 모른다는 생각을 하며 잿빛 하늘을 쳐다보았다. 하지만 그의 눈에는 동쪽에서 밀려오는 어둠과 까마득한 산봉우리 주변에 떠도는 구름만 보이고, 바위벽을 스쳐 가는 바람 소리만이 귓가에 들려올 뿐이었다.

그러나 큰독수리들의 감시는 이제 두 배로 강화되어 있었고, 그들은 아득한 저 아래쪽, 저물어 가는 햇빛 속에 외로이 서 있는 후린을 쉽게 알아보았다. 뭔가 심상찮은 조짐으로 판단한 소론도르는 자신이 직접 투르곤에게 소식을 전했다. 그러자 투르곤이 말했다. "모르고스가 잠자고 있단 말인가? 그대가 잘못 봤겠지."

"그렇지 않소." 소론도르가 대답했다. "만약 만웨의 독수리들이 그렇게 쉽게 실수한다면, 왕이시여, 당신의 은신은 오래전에 발각되고 말았을 것이오."

"그렇다면 참으로 불길한 소식이군. 해석할 길이 단 한 가지뿐이거든. 후린 살리온조차 모르고스의 뜻에 굴복했단 뜻이지. 마음을 단단히 먹어야겠군."

소론도르가 사라지자 투르곤은 자리에 앉은 채 한참 동안 생각에 잠겼다. 도르로민의 용사 후린의 무공을 기억하며 그는 가슴이 아팠다. 그는 마음의 문을 열고 독수리들을 내보내어 후린을 찾도록 했고 가능하다면 곤돌린으로 데려오도록 했다. 하지만 이미 때는 너무 늦고 말았다. 그들은 햇빛 속에서든 어둠 속에서든 어디서도 그를 다시 발견할 수 없었다.

후린은 에코리아스의 말없는 절벽 앞에 자포자기의 심경으로 서 있었다. 석양이 구름 사이로 그의 백발을 붉게 물들이고 있었다. 그 순간 그는 야생의 숲을 향해 누구의 귀도 의식하지 않고 큰 소리로 고함을 질렀고, 무정한 대지를 향해 저주를 퍼부었다. 그는 마침내 높다란 바위 위에 올라서서 곤돌린을 바라보며 있는 힘을 다해 소리쳤다. "투르곤, 투르곤, 세레크습지를 기억하시오! 아, 투르곤, 당신의 숨은 궁정에선 이 소리가 들리지 않는가?" 하지만 마른 풀을 스치는 바람 소리 외에는 아무 소리도 들리지 않았다. "그랬었지. 세레크에서도 석양이 질 때 저 소리가 나를 비웃었지." 그가 중얼거리는 동안 석양은 어둠산맥 너머로 사라지고 사위는 어둠에 잠겼다. 바람이 잦아들고 황무지는 침묵에 젖어 들었다.

하지만 후린의 외침을 새겨들은 귀가 있었고, 그 내용은 모두 북쪽에 있는 암흑의 권좌에 곧 전달되었다. 모르고스는 미소를 지었다. 독수리들 때문에 그의 첩자들은 아무도 에워두른산맥 너머에 있는 나라를 보지는 못했지만, 모르고스는 투르곤이 어디에 살고 있는지 분명히 알 수 있었다. 이것이 후린이 풀려나면서 빚어진 최초의 재앙이었다.

어둠이 내려앉자 후린은 바위에서 비틀거리며 내려왔고, 슬픔 속에서 깊은 잠에 빠져들었다. 하지만 잠결에 그는 비탄에 잠긴 모르웬의 음성을 들었고, 그녀는 여러 번 그의 이름을 불렀다. 그녀의 음성은 브레실에서 들려오는 것 같았다. 그리하여 날이 새자 몸을 일으킨 그는 브리시아크로 되돌아갔다. 브레실 외곽을 따라 내려간 그는 밤중에 테이글린 건널목에 이르렀다. 야간 파수병들이 그를 발견하기는 하였으나 모두 두려움에 떨었다. 그들의 눈에 비친 그의 모습은 고대의 전투 언덕에서 걸어 나온 유령 형상이었고 그 둘레로 어둠이 따라다니고 있었던 것이다. 그리하여 후린은 아무런 제지도 받지 않았고, 마침내 글라우룽이 불에 타 죽은 곳에 이르러 카베드 나에라마르스 벼랑 끝에 서 있는 커다란 바위를 발견하였다.

하지만 후린은 바위를 살펴보지 않았다. 거기에 무엇이 쓰여 있는지 이미 알고 있었다. 그리고 그는 자신이 혼자가 아니란 것도 알았다. 바위 그늘 속에 한 여인이 무릎을 끌어안고 웅크리고 있었던 것이다. 후린이 소리 없이 그 옆에 서자 여인은 누더기가 된 두건을 뒤로 젖히고 고개를 들었다. 희끗희끗한 머리의 노파였다. 여인은 갑자기 그의 눈을 바라보았고, 그도 그녀를 알아보았다. 야생에 길든 여인의 두 눈에는 두려움이 가득했지만, 그 눈 속에는 먼 옛날 그녀에게 엘레드웬이란 이름을 얻게 해 주었던 눈빛이 여전히 어렴풋이 빛나고 있었다. 아득한 옛날 유한한 생명의 여인들 중에서 가장 당당하고 가장 아름다웠던 여인이었다. 그녀가 입을 열었다.

"드디어 오셨군요. 너무나 오랫동안 기다렸습니다."

"어두운 길이었소. 있는 힘을 다해 달려왔다오." 그가 대답했다.

"하지만 너무 늦었어요. 모두 가고 없습니다."

"알고 있소. 하지만 당신은 살아남았잖소."

그러자 모르웬이 대답했다. "거의 끝났어요. 너무 지쳤거든요. 저는 저 태양과 함께 떠나려고 합니다. 이제 시간이 거의 없군요. 혹시 알고 있으면 말해 주세요! 그 아이가 오라버니를 어떻게 만났을까요?"

그러나 후린은 대답하지 않았고, 그들은 바위 옆에 앉아 다시 아무 말도 하지 않았다. 해가 지자 모르웬은 한숨을 내쉬며 그의 손을 꼭 잡았고, 곧 미동도 하지 않았다. 후린은 그녀가 숨을 거두었다는 것을 알았다. 그는 어스름 황혼 속에서 그녀를 내려다보았고, 혹독한 고난과 비탄으로 생겨난 그녀의 주름살이 고르게 펴지는 것 같은 느낌이 들었다. "모르웬은 굴복하지 않았어." 후린은 그렇게 말하며 그녀의 눈을 감겨 주고 밤이 이슥할 때까지 그 옆에 가만히 앉아 있었다. 카베드 나에라마르스의 강물 소리가 요란했지만, 그에게는 아무 소리도 들리지 않았고, 아무것도 보이지 않았고, 아무것도 느껴지지 않았다. 그의 가슴은 돌처럼 딱딱하게 굳어 있었던 것이다. 하지만 차가운 바람이 밀려오면서 살을 에는 듯한 빗방울이 얼굴을 때리자 그는 정신이 들었고, 서서히 마음속에 분노가 차올라 이성을 압도하였다. 그는 자신과 가족이 당한 부당한 처사를 고통스럽게 저주하였고, 누구든지 이와 관련된 자라면 반드시 복수하고 말겠다는 일념만 남았다. 그리고 그는 일어나 카베드 나에라마르스 위쪽의 바위 서쪽에 모르웬을 위한 무덤을 만들고 그 위에 이렇게 새겼다. '모르웬 엘레드웬 역시 이곳에 잠들다.'

전하는 바로는 글리르후인이라는 이름을 지닌 브레실의 예언자이자 하프 연주자가 노래를 만들었는데, 그 노래에서 그는 이 '비운의 바위'가 모르고스에 의해 훼손되지 않을 것이며, 바다가 온 땅을 삼키더라도 절대로 쓰러지지 않을 것이라고 예언하였다. 실제로 지금도 톨 모르웬섬은 발라들의 분노의 시대에 만들어진 새로운 해안선 너머 바다 위에 여전히 홀로 솟아 있다. 하지만 후린은 지금 거기 누워 있지 않다. 운명은 그를 재촉하였고 어둠은 여전히 그의 뒤를 쫓아다녔다.

후린은 테이글린강을 넘어 남쪽으로 나르고스론드까지 이어지는 '옛길'에 접어들었다. 그는 멀리 동쪽에서 외로운 산 아몬 루드를 발견하였고, 거기서 벌어진 일도 알고 있었다. 그는 드디어 나로그 강변에 이르러 이전에 도리아스의 마블룽이 그랬던 것처럼 무너져 내린 돌다리를 밟고 용감하게 그 사나운 강을 건너갔다. 지팡이에 의지한 채 그는 무너진 펠라군드의 문 앞에 섰다.

글라우룽이 떠난 뒤 작은난쟁이 밈이 나르고스론드로 들어가는 길을 발견하고 폐허가 된 궁정에 기어들어 갔다는 이야기를 여기서 미리 할 필요가 있다. 그는 궁정을 차지하고 앉아서 황금과 보석 더미에 손을 집어넣어 한 움큼 들어 올렸다가 주르륵 떨어뜨리곤 했다. 글라우룽의 영에 대한 두려움과 그에 대한 기억 때문에 아무도 그의 보물을 빼앗으러 가까이 오지 않았던 것이다. 그런데 이제 한 인물이 나타나 문 앞에 선 것이었다. 밈이 나아가서 무슨 일로 왔느냐고 물었다. 그러자 후린이 되물었다. "너는 누구기에 내가 핀로드 펠라군드의 집에 들어가는 것을 막으려 하느냐?"

그러자 난쟁이가 대답했다. "내 이름은 밈이다. 오만한 자들이 바다를 건너오기 전에, 난쟁이들은 눌룩키즈딘 궁정을 파 놓았다. 나는 우리 종족의 마지막 생존자로, 다만 나의 소유를 취하러 돌아왔을 뿐이다."

"그렇다면 너는 이제 더는 네 유산을 향유하지 못할 것이다." 후린이 대답하였다. "나는 앙반드에서 돌아온, 갈도르의 아들 후린으로 내 아들이 투린 투람바르이다. 너는 잊었을 리 없을 것이다. 네가 지금 앉아 있는 이 궁정을 폐허로 만든 용 글라우룽을 죽인 자가 투린 이었고, 도르로민의 용투구가 누구에게 배신을 당했는지 나 또한 모르는 바가 아니다."

그러자 밈은 대경실색하며 후린에게 원하는 것은 모두 가지되 목숨만은 살려 달라고 애걸하였다. 하지만 후린은 그의 간청을 들어주지 않고 그곳 나르고스론드 정문 앞에서 그의 목숨을 앗았다. 그리고 안으로 들어가서 그 섬뜩한 곳에 한참 동안 머물렀다. 폐허가 된 어둠 속의 마룻바닥에는 발리노르의 보물들이 여기저기 흩어져 있었다. 하지만 후린이 나르고스론드의 폐허를 빠져나와 다시 하늘 아래 섰을 때, 그의 손에는 그 엄청난 보화 중에서 오직 한 가지만 들려 있었다고 한다.

후린은 동쪽으로 여행을 하여 시리온폭포 위쪽에 있는 황혼의 호수에 당도하였다. 거기서 그는 도리아스 서부 변경을 지키는 요정들에게 붙잡혔고, 그들은 천의 동굴에 있는 싱골 왕 앞으로 그를 데리고 갔다. 그를 바라본 싱골은 놀라움과 비탄에 사로잡혔고, 그 험상궂은 노인이 모르고스의 포로가 되었던 후린 살리온이라는 것을 알았다. 왕은 그를 반가이 맞이하고 정중하게 예우하였다. 후린은 왕에게 아무 대답도 하지 않고 자신의 외투 속에서 나르고스론드에서 유일하게 가지고 나온 물건을 꺼냈다. 그것은 바로 진귀한 보물인 '난쟁이들의 목걸이' 나우글라미르였다. 이 목걸이는 오래전에 노그로드와 벨레고스트의 장인들이 핀로드 펠라군드를 위해 만든 것으로, 그들이 상고대에 남긴 작품들 중에서 가장 유명한 것이었고, 생전의 핀로드가 나르고스론드의 보물 중에서 가장 귀하게 여긴 것이었다. 후린은 목걸이를 싱골의 발 앞에 던지며 거칠고 신랄한 어투로 소리쳤다.

"수고비를 받으시오. 내 자식들과 아내를 잘 지켜 준 데 대한 보답이오! 이 목걸이는 요정과 인간이라면 누구나 잘 알고 있는 나우글라미르로, 당신께 드리기 위해 나르고스론드의 어둠 속에서 가지고 나왔소. 당신의 친족 핀로드는 도리아스의 싱골, 당신이 맡긴 임무를 수행하러 떠나는 바라히르의 아들 베렌과 함께 출발하면서 이것을 그곳에 남겨 두고 갔던 것이오!"

그리하여 싱골은 그 지고(至高)의 보물을 바라보았고, 그것이 나우글라미르인 것을 알아보았다. 그는 후린의 의도를 충분히 알아차렸으나, 연민의 정이 일어 화를 억누르고 후린의 냉소를 견뎠다. 마침내 멜리안이 입을 열었다. "후린 살리온, 당신은 모르고스의 마법에 걸려 있었소. 원하든 원하지 않든 모르고스의 눈을 통해 사물을 바라보는 자는 만물을 왜곡하여 보게 마련이오. 당신의 아들 투린은 오랫동안 메네그로스 궁정에서 양육되었고, 왕의 양자로 사랑과 존경을 받았소. 그가 다시 도리아스에 돌아오지 않은 것은 왕의 뜻도 아니고 내 뜻도 아니었소. 나중에는 당신의 아내와 딸도 이곳에서 환대를 받았고, 우리는 최선을 다해 모르웬이 나르고스론드로 떠나지 못하도록 말리기까지 했소. 그런데 이제 당신은 모르고스의 목소리로 당신의 친구들을 꾸짖고 있는 것이오."

멜리안의 이야기를 들으며 후린은 꼼짝도 하지 않고 서 있었고, 한참 동안 여왕의 눈 속을 들여다보았다. 멜리안의 장막에 의해 여전히 적의 어둠을 막아 내고 있는 그곳 메네그로스에서, 그는 그동안 벌어진 사건의 진실을 깨달았고, 마침내 모르고스 바우글리르가 그에게 예고해 둔 재앙의 마지막 한 방울까지 맛보게 되었다. 그는 더 이상 지나간 일에 대해서는 아무 말도 하지 않고, 허리를 굽혀 싱골의 옥좌 앞에 떨어져 있던 나우글라미르를 집어 들고 왕에게 바치며 말했다. "왕이시여, 이제 아무것도 가진 것이 없는 자의 선물로, 도르로민의 후린의 기념물로 이 난쟁이들의 목걸이를 받으시옵

소서. 이제 나의 운명은 완성되었고, 모르고스의 목적은 달성되었습니다. 하지만 이제 나는 그의 노예가 아닙니다."

그리고 그는 돌아서서 천의 동굴을 빠져나갔고, 그의 얼굴을 목격한 자는 누구나 황급히 뒤로 물러섰다. 아무도 그가 떠나는 것을 막으려 하지 않았고, 아무도 그가 어디로 가는지 알 수 없었다. 이후로 후린은 목표와 소원을 모두 상실하였기 때문에 더 이상 목숨을 부지하기를 원하지 않았고, 결국 서쪽바다 속으로 몸을 던져 숨을 거두었다는 이야기가 전해 온다. 이렇게 하여 유한한 생명의 인간들 중에서 가장 위대했던 용사의 일생은 끝을 맺었다.

한편 후린이 메네그로스를 떠나자 싱골은 오랫동안 말없이 앉아 자신의 무릎 위에 놓인 지고의 보물을 응시하였다. 그의 마음속에 실마릴을 그 속에 박아 넣어 보물을 다시 만들어야겠다는 생각이 들었다. 세월이 흐를수록 싱골의 생각은 점점 더 페아노르의 보석으로 향하면서 거기에 묶이게 되었고, 심지어 자신의 가장 깊숙한 보물 창고 속에 넣어 두는 것조차 꺼리게 되었던 것이다. 이제 그는 잠잘 때나 깨어 있을 때나 항상 그것을 몸에 지녀야겠다는 생각까지 들었다.

그 당시에도 난쟁이들은 여전히 벨레리안드로 여행을 하고 있었는데, 에레드 린돈에 있는 그들의 저택을 떠나 사른 아스라드, 곧 '돌여울'에서 겔리온강을 건넌 다음 옛길을 따라 도리아스에 들어왔다. 금속과 석재 가공에 관한 한 그들의 기술은 대단했기 때문에, 메네그로스 궁정에서는 그들의 기술에 대한 수요가 많았다. 하지만 그들은 이제는 예전처럼 소규모로 돌아다니지 않고, 아로스강과 겔리온강 사이의 위험 지대를 무사히 통과하기 위하여 튼튼하게 무장을 하고 크게 무리를 지어 다녔다. 그리고 체류 기간 동안 메네그로스에서 그들끼리 살 수 있도록 따로 마련해 준 방이나 대장간에

서 지냈다. 바로 그즈음에 노그로드의 뛰어난 대장장이들이 도리아
스에 막 들어와 있었다. 그래서 왕은 그들을 불러들여 자신의 소원
을 밝혔다. 그들이 그렇게 뛰어난 기술을 가지고 있다면, 실마릴을
박아 넣어 나우글라미르를 다시 만들어 보라는 것이었다. 그리하여
난쟁이들은 조상들의 작품을 보게 되었고, 경이로운 눈으로 페아노
르의 찬란한 보석을 목격하였다. 그들은 그것들을 멀리 산속에 있
는 집으로 가져가서 자신들의 것으로 만들고 싶은 강한 욕망에 사
로잡혔다. 하지만 그들은 속마음을 감추고 그 일을 맡기로 합의하
였다.

작업은 오랜 시간이 소요되었다. 싱골은 깊숙한 곳에 있는 그들
의 대장간으로 홀로 내려가 그들이 일하는 내내 그들 사이에 앉아
있었다. 시간이 지난 뒤 그의 소원은 성취되었다. 요정과 난쟁이들
이 만든 최고의 걸작이 결합되어 하나가 된 것이었다. 그 아름다움
은 실로 놀라웠다. 이제 나우글라미르의 수많은 보석은 중앙에 있
는 실마릴의 빛을 받아 경이로운 빛을 사방에 반사하고 있었다. 그
리하여 난쟁이들 가운데 홀로 앉아 있던 싱골은 그것을 집어 들고
자신의 목에 걸치려고 했다. 그 순간 난쟁이들이 그를 제지하면서
자기들에게 그것을 넘겨줄 것을 요구했다. "요정왕께서 무슨 권한
으로 나우글라미르를 차지하려 하십니까? 그건 우리 조상들이 돌
아가신 핀로드 펠라군드를 위해 만들었을 뿐입니다. 왕은 도르로민
의 인간 후린에게서 그것을 받았을 뿐, 후린은 나르고스론드의 어
둠 속에서 그것을 훔친 자입니다." 싱골은 그들의 속셈을 알아차렸
다. 그들은 실마릴이 탐이 나자 자신들의 속마음을 감추기 위해 그
럴듯한 핑계와 구실을 찾고 있다는 것을 알아차린 것이다. 오만한
싱골은 화가 치밀어 올라 자신이 처한 위험을 깨닫지 못하고 경멸하
듯 대답했다. "너희같이 미천한 종족이 어떻게 벨레리안드의 왕 엘
루 싱골에게 감히 무엇을 요구한단 말인가? 나는 너희 왜소한 종족

의 조상들이 깨어나기 오래전부터 쿠이비에넨 호숫가에 살기 시작했거늘." 그리고 그는 그들 사이에 오만하게 우뚝 서서 치욕적인 언사를 퍼부으며 보수도 줄 수 없으니 도리아스를 떠나라는 명령을 내렸다.

왕의 모욕은 난쟁이들의 탐욕에 기름을 끼얹은 격이 되었다. 그들은 일어나서 그를 에워싸고 붙잡은 다음, 세워 둔 채로 그의 목숨을 빼앗았다. 도리아스의 왕 엘웨 싱골로는 이렇게 메네그로스 깊은 곳에서 숨을 거두었다. 일루바타르의 모든 자손들 중에서 유일하게 아이누와 혼인한 인물인 싱골은 '버림받은 요정들' 중에서 유일하게 '발리노르의 두 나무'의 빛을 보았으며, 죽기 전까지 실마릴을 눈으로 본 인물이었다.

나우글라미르를 탈취한 난쟁이들은 메네그로스를 빠져나와 레기온숲을 통해 동쪽으로 달아났다. 그러나 그 소식은 순식간에 숲속에 전해졌고, 그들 중에서 아로스강을 건너간 이들은 거의 없었다. 동쪽으로 가는 길을 찾는 동안 그들은 추격을 당해 목숨을 잃고 말았던 것이다. 되찾은 나우글라미르는 극도의 비탄 속에 여왕 멜리안에게 전해졌다. 그러나 싱골의 살해범들 중에 동쪽 변경에서 추격을 피해 달아난 난쟁이가 두 명 있었는데, 이들은 결국 멀리 청색산맥에 있는 그들의 도시로 돌아갔다. 노그로드에 돌아간 그들은 도리아스의 난쟁이들이 요정왕의 명령에 따라 죽임을 당했고, 왕은 그들을 속여 보수를 주지 않으려 했다고 하며 그간 있었던 일을 일부만 전하였다.

친족과 뛰어난 장인들을 잃어버린 노그로드 난쟁이들의 분노와 비탄은 이루 말로 다 할 수 없었고, 그들은 자신들의 수염을 쥐어뜯으며 통곡하였다. 그리고 그들은 그 자리에 오랫동안 앉아서 복수를 계획하였다. 그들은 벨레고스트에 지원을 요청하였으나 거절당했고, 오히려 벨레고스트의 난쟁이들은 그들의 결심을 포기하도록 설득했다고 한다. 하지만 충고도 소용없이 얼마 지나지 않아 엄청난 군대가 노그로드에서 쏟아져 나왔고, 그들은 겔리온강을 넘어 서쪽으로 벨레리안드를 향해 진군하였다.

도리아스에는 엄청난 변화가 있었다. 멜리안은 오랫동안 싱골 왕의 시신 옆에 말없이 앉아 있었고, 그녀의 생각은 별빛의 시대로 거슬러 올라가 먼 옛날 난 엘모스의 나이팅게일들 사이에서 그들이 처음 만났던 때로 돌아갔다. 그녀는 싱골과의 이별은 더 큰 이별의 전조(前兆)이며, 이제 도리아스의 종말이 임박하였다는 것을 깨닫고 있었다. 멜리안은 발라와 같은 신들의 반열에 속해 있었고, 그녀는 엄청난 능력과 지혜를 소유한 마이아였기 때문이다. 그녀는 엘웨 싱골로에 대한 사랑 때문에 몸소 일루바타르의 첫째자손인 요정의 형체를 취하였고, 그 혼인으로 인해 아르다의 육체의 사슬과 속박에 얽매이게 되었다. 그녀는 그 형체를 취하여 싱골에게 루시엔 티누비엘을 낳아 주었고, 그 형체로 인해 아르다의 물질들에 대해 힘을 행사할 수 있었으며, 도리아스는 멜리안의 장막에 의해 오랜 세월 동안 외부의 악으로부터 스스로를 지켰던 것이다. 하지만 이제 싱골은 죽어서 누워 있고, 그의 영은 만도스의 궁정으로 날아가고 없었다. 그의 죽음과 함께 멜리안에게도 변화가 나타났다. 그때부터 넬도레스숲과 레기온숲에서 그녀의 마법은 힘을 잃었고, 마법의 강 에스갈두인은 새로운 목소리를 내었으며, 도리아스는 적들 앞에 노출되고 말았다.

그 후로 멜리안은 마블룽을 제외한 어느 누구와도 이야기를 나누지 않았는데, 그에게 실마릴을 잘 지키도록 명령을 내린 그녀는 옷시리안드에 있는 베렌과 루시엔에게 빨리 소식을 전하도록 했다. 그리고 멜리안은 가운데땅에서 사라졌고, 서쪽바다 건너 발라들의 땅으로 돌아간 그녀는 고향인 로리엔의 정원에서 여전히 슬픔에 잠겨 있으나, 이 이야기에는 더 이상 언급되지 않는다.

한편 나우그림 군대는 아로스강을 넘어 아무 저항도 받지 않고 도리아스숲으로 들어왔다. 그들은 수효도 많고 몹시 사나웠기 때문에 아무도 그들과 대적할 수 없었고, 회색요정의 장수들은 의심이 들고 절망에 사로잡혀 우왕좌왕 헤매기만 할 뿐이었다. 난쟁이들은 진군을 계속한 다음 대교를 건너 메네그로스에 입성하였다. 그리고 상고대의 슬픈 사건들 중에서도 가장 통탄할 만한 사건이 벌어졌다. 천의 동굴에서 전투가 벌어졌고, 수많은 요정과 난쟁이들이 목숨을 잃었던 것이다. 누구도 잊을 수 없는 전투였다. 결국 난쟁이들이 승리를 거두었고, 싱골의 궁정은 철저하게 약탈당하고 말았다. 나우글라미르가 숨겨져 있던 보물 창고의 문 앞에서 '묵직한 손' 마블룽이 쓰러졌고, 실마릴은 강탈당하고 말았다.

이 당시에 베렌과 루시엔은 아직 아두란트강의 초록섬 톨 갈렌에 살고 있었다. 이 강은 에레드 린돈에서 겔리온강으로 쏟아져 내려가는 여러 지류 중에서 가장 남쪽에 있는 강이었다. 그들의 아들 디오르 엘루킬은 님로스를 아내로 맞이하였는데, 그녀는 갈라드리엘과 결혼한 도리아스의 영주 켈레보른과 인척간이었다. 디오르와 님로스의 아들로는 엘루레드와 엘루린이 있었고, 또한 엘윙이란 이름의 외동딸도 태어났다. 엘윙은 '별보라'란 뜻이었는데, 그것은 그녀가 부친의 집 옆에 있는 란트히르 라마스폭포의 물보라 속에서 별빛이 화려하게 빛나던 밤에 태어났기 때문이었다.

한편 전쟁 준비를 마친 난쟁이 대군이 산을 내려와 돌여울에서 겔리온강을 건넜다는 소식은 순식간에 옷시리안드 요정들 사이에 퍼졌다. 이 전갈은 베렌과 루시엔에게도 곧 전해졌는데, 그때는 또한 도리아스에서 보낸 사자도 그곳에서 일어난 사건을 전하기 위해 그들을 방문하던 중이었다. 그리하여 베렌은 일어나 톨 갈렌을 떠

낳고, 아들 디오르를 불러 함께 북쪽의 아스카르강으로 올라갔다. 옷시리안드의 많은 초록요정들이 그들과 동행하였다.

그리하여 숫자가 줄어든 채 메네그로스에서 돌아오던 노그로드의 난쟁이들이 다시 사른 아스라드에 이르렀을 때, 그들은 보이지 않는 적의 공격을 받게 되었다. 도리아스의 전리품을 등에 지고 난쟁이들이 힘겹게 겔리온 강둑을 올라가고 있을 때, 갑자기 온 숲에 요정들의 뿔나팔 소리가 진동하면서 화살이 사방에서 그들을 향해 날아들었다. 그 1차 공격에서 수많은 난쟁이들이 목숨을 잃었지만, 매복 공격을 피해 살아난 일부는 다시 결집하여 동쪽으로 산맥을 향해 달아났다. 그들이 돌메드산 밑의 긴 비탈을 올라갈 때 '나무목자'들이 나타났고, 그들은 난쟁이들을 에레드 린돈의 어두운 삼림 속으로 몰아넣었다. 들리는 소문으로는 그곳을 빠져나와 그들의 집으로 향하는 높은 고개 위에 올라선 난쟁이는 하나도 없었다고 한다.

사른 아스라드 전투에서 베렌은 자신의 마지막 전투를 치렀고, 직접 노그로드 왕의 목을 베고 그에게서 '난쟁이들의 목걸이'를 빼앗았다. 그리고 난쟁이 왕은 죽으면서 모든 보물에 자신의 저주를 퍼부었다. 베렌은 모르고스의 강철 왕관에서 자신이 빼내 온 바로 그 페아노르의 보석을 경이로운 눈길로 응시하였다. 실마릴은 난쟁이들의 정교한 솜씨로 황금과 다른 보석들 사이에 박혀 빛을 발하고 있었다. 그는 보석에 묻은 피를 강물로 깨끗이 씻어 냈다. 모든 일이 마무리되자 도리아스의 보물들은 모두 아스카르 강물 속으로 던져졌고, 그때부터 이 강은 라슬로리엘, 곧 '황금바닥'이란 새 이름을 얻었다. 베렌은 나우글라미르를 가지고 톨 갈렌으로 돌아갔다. 노그로드의 왕과 많은 난쟁이들이 죽었다는 소식도 루시엔의 슬픔을 크게 달래 주지는 못했다. 하지만 전해 오는 이야기와 노래에는 그 목걸이와 불멸의 보석으로 꾸민 루시엔은 발리노르 밖에서 볼 수 있는 가장 아름답고 영광스러운 모습이었다고 한다. 잠시 동안이지만 베렌과 루시엔이 살던 '살아 있는 죽은 자들의 땅'은 발라들의 나라의 풍경을 닮아 있었고, 그 후로 그렇게 아름답고 그렇게 풍성하고 그렇게 환한 땅은 없었다.

한편 싱골의 후계자 디오르는 베렌과 루시엔에게 작별을 고하고, 아내 님로스를 데리고 란트히르 라마스를 떠나 메네그로스로 가서 살았다. 그들의 어린 아들 엘루레드와 엘루린, 딸 엘웡도 함께 따라갔다. 신다르 요정들은 그들을 기쁘게 맞이하면서 몰락한 동족과 왕의 죽음, 그리고 멜리안과의 이별로 인한 어두운 슬픔을 떨치고 일어났다. 디오르 엘루킬은 도리아스 왕국의 영광을 재현하기 위해 힘을 다했다.

어느 가을날, 밤늦게 한 사나이가 찾아와 메네그로스 정문을 두드리며 왕을 뵙게 해달라고 했다. 그는 옷시리안드에서 급히 달려온 초록요정의 한 영주였고, 경비병은 그를 디오르가 홀로 앉아 있는 방으로 안내했다. 거기서 그는 왕에게 아무 말 없이 상자 하나를 건네주고 떠나갔다. 상자에는 실마릴이 박힌 난쟁이들의 목걸이가 들어 있었다. 디오르는 이를 보고 베렌 에르카미온과 루시엔 티누비엘이 정말로 죽음을 맞았으며, 인간들이 세상 밖의 운명을 향해 가는 곳으로 그들도 떠났다는 것을 알았다.

디오르는 오랫동안 실마릴을 응시하였다. 그의 부친과 모친이 모르고스에 대한 공포를 무릅쓰고 무척 힘들게 얻어 온 것이었다. 그들에게 죽음이 그렇게 일찍 찾아왔다는 것은 그에게 엄청난 슬픔이었다. 그런데 현자들은 실마릴이 그들의 운명을 재촉하였다고 말했다. 실마릴을 걸고 있는 루시엔의 불꽃 같은 아름다움은 유한한 생명의 땅에 어울리기에는 너무나 밝은 것이었기 때문이다.

그리하여 디오르는 일어나서 자신의 목에 나우글라미르를 걸었다. 에다인과 엘다르, 그리고 '축복의 땅' 마이아에 이르는 세 종족

의 혈통을 함께 물려받은 디오르는 이제 세상의 모든 자손들 중에
서 가장 아름다운 모습을 하고 있었다.

싱골의 후계자 디오르가 나우글라미르를 목에 걸고 있다는 소문
이 벨레리안드에 흩어진 요정들 사이에 퍼져 나가자 그들은 "페아
노르의 실마릴이 도리아스숲에서 다시 불타오르고 있군."이라고 말
했다. 그리하여 잠자고 있던 페아노르의 아들들의 맹세가 다시 살
아나게 되었다. 루시엔이 난쟁이들의 목걸이를 하고 있던 동안에는
어떤 요정도 감히 그녀를 공격할 엄두를 내지 못했다. 하지만 도리
아스가 되살아나고 디오르에게 목걸이가 넘어갔다는 소식을 전해
들은 페아노르의 일곱 아들들은 유랑을 멈추고 다시 모였고, 디오
르에게 자신들의 보물을 내놓으라고 요구했다.

하지만 디오르는 페아노르의 아들들에게 아무 대답도 하지 않았
다. 그러자 켈레고름은 형제들을 부추겨 도리아스를 공격할 준비를
했다. 그들은 한겨울에 불시에 쳐들어왔고, 천의 동굴에서 디오르
와 싸움을 벌였다. 그리하여 두 번째로 요정에 의한 요정 살해가 벌
어지고 말았다. 여기서 켈레고름이 디오르의 손에 죽임을 당했고,
쿠루핀과 검은 얼굴의 카란시르도 쓰러졌다. 하지만 디오르와 그의
아내 님로스 역시 목숨을 잃어버렸고, 켈레고름의 잔인한 부하들
은 그의 어린 아들들을 붙잡아 숲속에서 굶어 죽도록 내버려 두었
다. 마에드로스는 사실 이런 처사를 무척 후회하면서 오랫동안 도
리아스 숲 속에서 그들을 찾았다. 하지만 그의 수색은 소용이 없었
고, 엘루레드와 엘루린의 운명에 대해서는 아무런 이야기도 전해 오
지 않는다.

도리아스는 이렇게 멸망하였고 다시 일어서지 못했다. 하지만 페
아노르의 아들들은 그들이 찾던 것을 얻지 못하였다. 살아남은 몇
몇 요정이 그들이 오기 전에 디오르의 딸 엘윙을 데리고 탈출하였

고, 엘윙과 요정들은 실마릴을 가지고 바다가 보이는 시리온강 하
구에 알맞은 때에 도착했던 것이다.

## Chapter 23
## 투오르와 곤돌린의 몰락

앞서 말한 대로 후린의 동생 후오르는 한없는 눈물의 전투에서 목숨을 잃었고, 그해 겨울 그의 아내 리안은 미스림의 야생지대에서 아이를 낳았다. 아이의 이름은 투오르였고, 그때까지 그곳의 언덕에 살고 있던 회색요정 안나엘의 손에서 양육되었다. 투오르가 열여섯 살이 되었을 때, 요정들은 그들이 거주하고 있던 안드로스 동굴을 나와 멀리 남쪽에 있는 시리온강의 항구를 향해 비밀리에 떠나기로 하였다. 그러나 그들은 오르크와 동부인 들의 공격을 받아 탈출에 실패하였고, 투오르는 포로로 붙잡혀 히슬룸 동부인들의 족장인 로르간의 노예가 되었다. 3년 동안 그는 노예 생활을 참고 견뎠고, 그런 뒤에야 탈출할 수 있었다. 그는 다시 안드로스 동굴로 돌아가 그곳에서 혼자 살았고, 또 동부인들에게 막대한 피해를 입혔기 때문에 로르간은 그의 목에 현상금까지 걸었다.

투오르가 이렇게 무법자로 홀로 4년 동안 살고 있을 때, 울모가 그로 하여금 조상들의 땅을 떠나야겠다는 생각을 하도록 만들었다. 그는 투오르를 자신의 구상을 실현할 도구로 선택하였던 것이다. 다시 한번 안드로스 동굴을 떠난 그는 도르로민을 횡단하여 서쪽으로 향했고, 안논인겔뤼드, 곧 '놀도르의 문'을 발견하였다. 그 문은 투르곤의 백성들이 오래전에 네브라스트에 살 때 세운 것이었다. 문에서부터 캄캄한 터널이 산맥 밑으로 이어져서 키리스 닌니아크, 곧 '무지개 틈'으로 나왔고, 이 틈을 통해 격류가 서쪽바다를 향해 달려갔다. 그리하여 인간이나 오르크 어느 누구도 투오르가 히슬룸을 탈출한 것을 알지 못했고, 모르고스에게도 이에 대해 전해진 바가 없었다.

투오르는 네브라스트에 당도하여 대해 벨레가에르를 보고 거기에 매료되었다. 바다의 소리와 바다에 대한 갈망이 항상 그의 귀와 마음속에 남아 있었고, 그에게 깃든 설렘은 마침내 깊고 깊은 울모의 영역으로 그를 이끌었다. 그래서 그는 네브라스트에 혼자 살았고, 그해 여름이 지나면서 나르고스론드의 종말도 임박해 있었다. 가을이 다가오자 투오르는 일곱 마리 큰 백조가 남쪽으로 날아가는 것을 보았고, 이를 자신이 너무 오래 지체하고 있다는 징표로 받아들였다. 그는 해변을 따라 날아가는 백조들을 뒤따랐다. 그리하여 마침내 타라스산 밑의 버려진 궁정 비냐마르에 이르렀고, 왕궁에 들어간 그는 거기서 오래전에 울모의 명에 따라 투르곤이 남겨둔 방패와 사슬갑옷, 칼과 투구를 발견하였다. 그는 이 병기들로 무장을 하고 바닷가로 내려갔다. 서쪽에서부터 거대한 폭풍이 일면서, 그 폭풍 속에서 물의 군주 울모가 위풍당당하게 솟아올라 바닷가에 서 있는 투오르에게 말했다. 울모는 그에게 그곳을 떠나 숨은 왕국 곤돌린을 찾아가라고 명하면서, 그를 어둠으로 감싸 적의 눈으로부터 지켜 줄 수 있는 커다란 외투를 선사하였다.

폭풍이 지나가고 아침이 밝아 왔을 때, 투오르는 어떤 요정이 비냐마르 성벽 옆에 서 있는 것을 발견하였다. 그는 아란웨의 아들인 곤돌린의 보론웨로, 투르곤이 서녘으로 보낸 마지막 배를 탄 인물이었다. 배는 결국 깊은 바다에서 되돌아오던 중에 가운데땅 해안을 눈앞에 두고 큰 폭풍을 만나 침몰하게 되는데, 울모가 모든 선원들 중에서 유일하게 그만을 끌어 올려서 비냐마르 근처 육지에 내려놓았던 것이다. 물의 군주가 투오르에게 내린 명령을 전해 들은 보론웨는 놀라워하면서 기꺼이 곤돌린의 숨은문까지 그를 인도하겠다고 했다. 그리하여 그들은 함께 그곳을 떠났고, 그해에 북쪽에서 밀려온 '혹한의 겨울'이 그들을 덮쳐 오는 가운데서도, 어둠산맥 기슭을 따라 조심스럽게 동쪽으로 향했다.

그들은 여행 중에 마침내 이브린 호수에 이르렀고, 거기서 용 글라우룽이 지나가면서 더럽혀 놓은 현장을 씁쓸하게 바라보았다. 그렇게 응시하다가 그들은 북쪽으로 서둘러 달려가는 한 인물을 목격하는데, 그는 검은 옷에 검은 칼을 소지한 키가 큰 인간이었다. 하지만 그들은 그가 누군지, 남쪽에서 무슨 일이 있었는지 알지 못했다. 그는 그들을 스쳐 지나갔고 그들은 아무 말도 하지 않았다.

울모가 그들에게 불어넣은 힘 덕분에 그들은 마침내 곤돌린의 숨은 문에 이르렀고, 터널을 통과해서 안쪽 문 앞에 당도하여 경비병들에게 사로잡혔다. 그들은 일곱 문이 가로막고 있는 거대한 협곡 오르팔크 에코르로 올라가서 오르막길 끝에 있는 정문의 경비대장 '샘물의 엑셀리온' 앞에 섰다. 그곳에서 투오르는 자신의 외투를 벗어던졌고, 비냐마르에서 가져온 무기들을 통해 그가 울모가 보낸 사자라는 사실이 확실히 밝혀졌다. 그리하여 투오르는 에워두른산맥 한가운데에 초록의 보석처럼 박혀 있는 아름다운 골짜기 툼라덴을 내려다보게 되었다. 멀리 저쪽에는 바위로 뒤덮인 아몬 과레스언덕 위에 '일곱 이름의 도시', 위대한 곤돌린이 있었고, 그 명성과 영광은 이쪽땅 요정들이 살고 있던 어느 곳보다 더 위대했던 것으로 노래 속에 전해 온다. 엑셀리온의 지시에 따라 정문의 망루 위에서 나팔소리가 울렸고 언덕마다 메아리가 퍼져 나갔다. 들판에 찾아든 새벽의 장밋빛으로 물든 도시의 하얀 성벽 위에는 화답의 나팔 소리가 멀리서도 선명하게 들려왔다.

그리하여 후오르의 아들은 툼라덴을 가로질러 곤돌린 문 앞에 이르렀고, 도시의 널찍한 계단을 오른 다음 마침내 왕의 탑에 이르러 '발리노르의 나무들'의 형상을 바라보았다. 그리고 투오르는 놀도르 대왕 핑골핀의 아들 투르곤 앞에 섰다. 왕의 오른쪽에는 누이의 아들인 마에글린이 서 있었지만, 왼쪽에는 왕의 딸 이드릴 켈레브린달이 앉아 있었다. 투오르의 목소리를 듣는 이들은 모두 놀라움을 금치 못했다. 그들의 앞에 선 자는 유한한 생명의 인간이 분명했으나, 그가 하는 말은 그 순간 그를 찾아온 물의 군주의 말이었기 때문이다. 그는 투르곤에게 만도스의 저주가 이제 종착점을 향해 치닫고 있으며, 놀도르가 이룩한 모든 것들이 사라지게 될 것이라고 경고하였다. 그는 왕에게 그가 건설한 그 아름답고 웅장한 도시를 버리고 시리온강을 따라 바다로 내려가라고 말했다.

투르곤은 울모의 충고를 오랫동안 곰곰이 생각하였고, 그의 마음속에 비냐마르에서 들었던 말이 떠올랐다. "자네의 손으로 만든 것과 마음속의 계획을 너무 사랑하지 말고, 놀도르의 참희망은 서녘에 있으며 바다에서 온다는 것을 기억하게." 그러나 투르곤은 교만해져 있었고 곤돌린은 요정들의 도시 티리온을 회상시킬 만큼 아름다웠다. 발라 울모의 경고에도 불구하고 그는 여전히 곤돌린의 비밀스러운 난공불락의 위세를 믿었다. 니르나에스 아르노에디아드 이후 이 도시의 주민들은 다시는 외부의 요정이나 인간들의 재앙에 휩쓸리기를 원치 않았고, 또한 두려움과 위험을 무릅쓰고 서녘으로 돌아가는 것도 원치 않았다. 그들은 길도 없는 마법의 산속에 꼭꼭 숨어 살면서, 모르고스의 미움을 사서 쫓기는 자라 할지라도 입장을 허용하지 않았다. 바깥세상의 소식은 멀리서 어렴풋이 들려왔으나 그들은 그런 것에 신경 쓰지 않았다. 앙반드의 염탐꾼들이 그들을 찾아 헤맸으나 허사였고, 그들이 사는 곳은 풍문으로만 떠돌 뿐 아무도 찾아낼 수 없는 비밀이었다. 마에글린은 왕의 자문 회의에서 항상 투오르와 대립하였고, 그의 발언은 투르곤의 의중이 실린 말이었기 때문에 더 무게가 있었다. 왕은 마침내 울모의 명령을 거부하고 그의 충고를 받아들이지 않았다. 하지만 발라 울모의 경고에서 그는 먼 옛날 놀도르가 아라만 해안을 떠나기 전에 들었던 말이 다시 생각났고, 배신의 두려움이 그의 마음속에 찾아들었다. 그리하여 이때 에워두른산맥의 숨은 문으로 들어가는 출입구는 봉쇄되고 말았고, 이후로 도시가 건재하는 동안 아무도 전쟁이든 평화든 어떤 용건으로도 곤돌린을 빠져나갈 수 없었다. 독수리들의 왕 소론도르는 나르고스론드가 몰락했다는 소식을 전해 주었고, 뒤이어 싱골과 그의 후계자 디오르의 죽음, 그리고 도리아스의 멸망까지 알려 주었다. 하지만 투르곤은 외부의 재앙을 전하는 소식에는 귀를 막아 버리고, 다시는 페아노르의 어느 아들과도 한편이 되어 행군하지 않겠다고 맹세하였다. 또한 그는 백성들이 산의 경계를 넘는 것도 엄격하게 금하였다.

한편 투오르는 곤돌린에 남아 있었다. 도시의 한없는 행복과 아름다움, 백성들의 지혜로움이 그를 사로잡았던 것이다. 그는 몸과 마음이 성장하였고 망명 요정들의 지식을 깊이 있게 배웠다. 이때 이드릴의 마음이 그에게 기울어졌고 그 또한 그녀를 좋아하였다. 하지만 마에글린의 은밀한 증오심은 날이 갈수록 심해졌다. 무엇보다도 그는 곤돌린 왕의 유일한 후계자인 이드릴을 소유하고 싶었던 것이다. 하지만 투오르에 대한 왕의 총애는 대단한 것이어서, 그가 그곳에 머문 지 7년이 지났을 때 투르곤은 그가 딸과 혼인하는 것도 거부하지 않게 되었다. 비록 울모의 명령을 거부하고 있기는 했으나, 놀도르의 운명은 울모가 보낸 사자와 깊이 얽혀 있다는 것을 그는 깨닫고 있었던 것이다. 투르곤은 또한 곤돌린 군대가 한없는 눈물의 전투에서 빠져나오기 전에 후오르가 그에게 했던 말도 잊을 수가 없었다.

그리하여 성대한 축하 잔치가 열렸다. 투오르는 마에글린과 그를 비밀리에 추종하는 무리를 제외한 모든 백성의 마음을 얻었고, 마침내 요정과 인간의 두 번째 혼인이 이루어지게 되었던 것이다.

이듬해 봄, 곤돌린에는 투오르와 이드릴 켈레브린달의 아들인 반
요정 에아렌딜이 태어났다. 놀도르가 가운데땅에 온 지 503년이 되
던 해였다. 에아렌딜의 아름다움은 비길 데가 없었다. 그의 얼굴에
는 하늘의 빛에 필적할 만한 빛이 있었고, 엘다르의 아름다움과 지
혜, 고대 인간의 힘과 용맹스러움을 그는 갖추고 있었던 것이다. 그
의 부친 투오르와 마찬가지로 그의 귀와 마음속에는 바다의 소리
가 들려왔다.

그 당시 곤돌린의 나날은 아직 기쁨과 평화로 넘쳐흘렀다. 그런데
후린이 에워두른산맥 너머 황야에서 곤돌린으로 들어가는 입구를
찾지 못하고 절망 속에서 투르곤을 불렀을 때, 그 고함 때문에 숨은
왕국의 위치가 마침내 모르고스에게 발각되었다는 것은 아무도 모
르고 있었다. 모르고스의 생각은 그 후로 아나크와 시리온강 상류
사이의 산악 지역을 끊임없이 맴돌고 있었다. 그의 부하들은 한 번
도 가 보지 못한 곳이었다. 독수리들의 감시 때문에 앙반드의 첩자
나 앞잡이들은 누구도 그곳에 접근할 수 없었고, 모르고스의 계획
은 쉽게 성사되지 않았다. 그런데 이드릴 켈레브린달은 지혜롭고 선
견지명이 있는 인물이었다. 그녀는 마음속으로 근심이 일면서 구름
처럼 밀려오는 불길한 예감에 사로잡혔다. 그리하여 그녀는 비밀 통
로를 준비하도록 명령을 내렸다. 곤돌린을 빠져나와 아몬 과레스
북쪽의 성벽 너머로 들판 밑을 지나가는 통로였다. 그녀는 이 공사
를 극히 소수에게만 알리고 절대로 마에글린의 귀에는 들어가지 못
하게 했다.

그런데 에아렌딜의 나이가 아직 어리던 어느 날 마에글린이 사
라졌다. 앞서 이야기한 대로 그는 다른 어떤 기술보다도 금속을 탐
사하고 채굴하는 일을 좋아했다. 그는 도시에서 멀리 떨어진 산속
에서 전시나 평상시에 사용할 물건을 주조하기 위해 금속을 찾아다
니던 요정들의 우두머리였고 그 기술의 대가였다. 마에글린은 부

하 몇몇을 이끌고 자주 산의 경계를 넘기도 했는데, 왕은 그가 자신의 명을 어기고 있다는 것을 알지 못했다. 그리하여 결국 운명이 정해 놓은 대로 마에글린은 오르크들에게 사로잡혀 앙반드에 끌려가게 되었다. 마에글린은 약골이나 겁쟁이가 아니었으나 그에게 가해진 고문에 굴복하고 말았고, 결국 모르고스에게 곤돌린의 정확한 위치와 그곳을 찾아 공격할 수 있는 방법을 털어놓고서야 자신의 목숨과 자유를 구할 수 있었다. 모르고스의 기쁨은 이루 말로 다 할 수 없었고, 그는 마에글린에게 곤돌린이 함락되면 그를 자신의 봉신(封臣)으로 삼아 그곳의 통치권과 켈레브린달의 소유권도 차지하게 해 주겠다고 약속했다. 사실 켈레브린달에 대한 욕심과 투오르에 대한 미움 때문에 마에글린은 더욱 쉽게 배신할 수 있었고, 이는 상고대의 역사에서 가장 치욕적인 사건이었다. 모르고스는 그를 곤돌린으로 돌려보내 아무도 그의 배신을 눈치채지 못하도록 했고, 때가 되면 그가 내부에서부터 공격을 돕도록 했다. 그리하여 마에글린은 얼굴에는 웃음을 띠고 가슴속에는 사악을 감춘 채 왕의 궁정에서 살았고, 어둠은 더욱 짙게 이드릴을 향해 몰려들고 있었다.

마침내 에아렌딜이 일곱 살이 되던 해에, 준비를 마친 모르고스는 발로그와 오르크, 늑대 들을 출전시켜 곤돌린을 공격하였다. 글라우룽의 새끼 용들이 그들과 함께 나타났는데, 그들은 이제 수효도 많고 끔찍스러운 존재가 되어 있었다. 모르고스의 군대는 지세가 가장 높고 경계가 제일 취약한 북부의 산을 넘어왔는데, 그들이 야습한 날은 곤돌린 백성이 모두 성벽 위에서 떠오르는 해를 기다리며 일출의 순간에 함께 노래를 부르는 축제일이었다. 그 이튿날이 그들이 '여름의 문'이라고 부르는 중요한 축제가 열리는 날이었던 것이다. 그러나 붉은빛은 동쪽이 아니라 북쪽의 산을 타고 넘어왔다. 적군은 곤돌린 성벽 밑에 이르기까지 아무런 제지도 받지 않고 진군하였고, 도시는 포위당해 절망적인 상태가 되고 말았다. 투오르를 비롯하여 곤돌린 명문가의 지도자들과 용사들은 필사적인 용기로 저항하였고, 이에 대해서는 「곤돌린의 몰락」에 많은 이야기가 전해지고 있다. '샘물의 엑셀리온'은 바로 왕의 광장에서 발로그들의 왕인 고스모그와 싸움을 벌였고, 거기서 둘 다 목숨을 잃고 말았다. 투르곤 가문의 백성들은 투르곤의 탑을 수비하였으나 결국 탑은 무너졌고, 장엄한 탑의 붕괴와 함께 투르곤도 그 폐허 속에 쓰러졌다.

투오르는 도시가 약탈당하는 와중에 이드릴을 구하려고 했지만, 마에글린이 이미 그녀와 에아렌딜을 붙잡아 두고 있었다. 그래서 투오르는 성벽 위에서 마에글린과 싸움을 벌여 그를 멀리 집어던졌고, 마에글린의 몸뚱이는 아몬 과레스의 가파른 암벽에 세 번이나 부딪친 다음 아래쪽의 화염 속으로 곧장 떨어졌다. 그리고 투오르와 이드릴은 아비규환의 불바다 속에서 남아 있는 곤돌린 백성을 있는 대로 불러 모아 그들을 이끌고 이드릴이 마련해 둔 비밀통로로 내려갔다. 앙반드의 수령들은 이 통로에 대해서는 전혀 알지 못했고, 더욱이 탈출자들이 산이 가장 높고 앙반드와 제일 가까운 북쪽을 향해 가리라고는 상상조차 하지 못했다. 터널의 출구에서 산맥 기슭까지는 훤히 트인 길이 한참 남아 있었으나, 북부의 용들이 뿜는 화염으로 곤돌린의 아름다운 샘들이 말라붙으면서 내는 증기와 화재에서 나오는 연기가 구슬픈 안개처럼 툼라덴 골짜기에 내려앉았고, 덕분에 투오르와 그 일행은 탈출할 수 있었다. 마침내 산 밑에 도달한 그들은 희망이 보이지 않지만 비참하고 고통스럽게 산을 올랐다. 고지대는 춥고 위험했으며, 그들 가운데는 부상자와 아녀자들도 많았다.

그곳에는 키리스 소로나스, 곧 '독수리의 틈'이라는 무시무시한 고개가 있었는데, 아득히 높은 산봉우리의 그림자 밑으로 좁은 길이 그곳을 돌아가고 있었다. 고개 오른쪽에는 깎아지른 절벽이 서 있고 왼쪽에는 허공 속으로 아찔한 낭떠러지가 뻗어 있었다. 그들은 그 좁은 길을 따라 줄지어 행군하던 중에 오르크들의 기습 공격을 받았다. 모르고스가 에워두른산맥 곳곳에 감시병들을 세워 두었던 것인데, 발로그도 그들과 함께 있었다. 그들은 그야말로 사면 초가의 처지였다. 곤돌린의 '황금꽃' 가문의 영수 글로르핀델이 노란 머리를 휘날리며 용맹스럽게 싸우기는 했으나, 만약 소론도르가 제때에 도와주러 오지 않았더라면 그들은 아무도 살아남지 못했을 것이다.

글로르핀델은 그 고지의 바위산 꼭대기에서 발로그와 결투를 벌였고, 결국 둘 다 낭떠러지 밑으로 떨어져 죽는데, 이 결투는 많은 노래 속에 전해지고 있다. 독수리들이 내려와 오르크들을 습격하였고, 그들은 비명을 지르며 달아났다. 결국 오르크들은 모두 죽거나 깊은 낭떠러지 밑으로 떨어졌고, 곤돌린 탈출 소식은 먼 훗날에야 모르고스의 귀에 전해지게 되었다. 소론도르는 글로르핀델의 시신을 아득한 바닥 밑에서 건져 올렸고 곤돌린의 생존자들은 그를 고개 옆에 묻고 돌무덤을 쌓아 주었다. 그 후로 그곳에는 푸른 잔디가 솟아났고, '세상의 대변동'이 있을 때까지 그 황량한 돌무더기 사이로 노란 꽃이 피어났다.

이리하여 곤돌린의 생존자들은 후오르의 아들 투오르의 영도 하에 산맥을 넘어 시리온강 유역으로 내려갔다. 그리고 천신만고의 여정 끝에 남쪽으로 달아난 그들은 마침내 버드나무땅 난타스렌에 도착하였다. 울모의 힘이 아직은 큰 강을 따라 흐르면서 그들 곁을 떠나지 않았던 것이다. 거기서 그들은 잠시 휴식을 취하면서 상처를 치료하고 피로를 씻어 냈으나 슬픔은 치유가 불가능했다. 그들은 곤돌린과 거기서 숨을 거둔 요정들, 그곳의 처녀들과 부인들, 왕의 용사들을 추념하기 위한 추모제를 열었고, 그해가 저물어 갈 무렵 난타스렌의 버드나무 아래서 사랑하는 글로르핀델을 위하여 많은 노래를 지어 불렀다. 투오르는 그곳에서 아들 에아렌딜을 위한 노래 한 편을 지었는데, 오래전 물의 군주 울모가 네브라스트 바닷가에 나타난 이야기였다. 바다에 대한 동경이 그의 마음속에 일어났고, 아들 역시 그러했다. 그리하여 이드릴과 투오르는 난타스렌을 떠나 바다를 향해 강을 따라 남쪽으로 내려갔다. 그들은 시리온강 하구에 정착하였고, 얼마 전에 그곳으로 이주한 디오르의 딸 엘윙의 무리와 합류하였다. 곤돌린이 함락되고 투르곤이 죽었다는 소식이 발라르에 전해지자, 핑곤의 아들 에레이니온 길갈라드가 가운데땅 놀도르 대왕의 자리에 올랐다.

한편 모르고스는 페아노르의 아들들과 그들의 맹세에 대해 전혀 개의치 않고 자신이 승리했다고 생각하였다. 페아노르의 아들들은 그에게 피해를 끼친 적이 없었고 언제나 커다란 도움을 준 셈이었던 것이다. 잃어버린 실마릴 하나를 아쉬워하지도 않고 그는 사악한 생각을 하며 웃음을 터뜨렸다. 그 하나의 실마릴로 인해 마지막 남은 엘다르도 가운데땅에서 사라져 더 이상 그곳을 어지럽히지 않을 것이라고 생각했던 것이다. 그는 시리온 강변에 요정들이 살고 있다는 것을 알고 있었지만, 아무 내색도 하지 않고 맹세와 거짓이 계속 활동할 때까지 때를 기다리고 있었다. 하지만 시리온 강변과 바닷가에는 도리아스와 곤돌린에서 살아남은 요정들이 점점 더 많이 모여들었다. 발라르섬에서 키르단의 선원들이 그들을 찾아왔고, 그들은 울모의 보호를 받으며 아르베르니엔 해안 가까이에 살면서 바다로 나가거나 배를 건조하는 일에 몰두했다.

그때 깊은 바다에서 나온 울모가 발리노르를 찾아 요정들의 어려운 처지를 발라들에게 전했다고 한다. 그는 발라들에게 요정들을 용서하고 온 땅을 휘어잡은 모르고스의 위세로부터 그들을 구출할 것과 실마릴을 되찾을 것을 요청하였다. '발리노르의 두 나무'가 아직 빛을 발하던 '축복의 시대'의 빛은 이제는 실마릴에만 남아 있었던 것이다. 그러나 만웨는 움직이지 않았다. 그의 마음속 의중을 어떤 이야기에서 알 수 있겠는가? 현자들의 이야기에 따르면, 때가 아직 이르지 않았으며, 요정과 인간들을 위해 한 인물이 직접 발리노르를 찾아와 자신들의 악행에 대한 용서와 고통에 대한 연민을 간곡히 청한다면 권능들의 생각을 움직일 수 있을지도 모른다는 것이었다. 또한 페아노르의 맹세는 종국에 이를 때까지 만웨조차도 멈출 수 없는 것이었지만, 그때가 되면 페아노르의 아들들도 가차 없는 소유권을 주장하던 실마릴을 포기해야만 했다. 왜냐하면 실마릴을 밝히는 빛은 바로 발라들이 직접 만든 것이었기 때문이다.

그즈음 투오르는 자신이 차츰 늙어 가고 있으며 마음속으로 깊은 바다에 대한 동경이 점점 강렬해진다는 것을 느꼈다. 그리하여 그는 큰 배를 건조하여 이름을 에아라메, 곧 '바다날개'라고 했다. 그리고 이드릴 켈레브린달과 함께 해 질 녘에 돛을 올려 서녘으로 항해를 떠났고, 더 이상 이야기나 노래 속에 등장하지 않는다. 하지만 훗날 투오르는 유한한 생명의 인간들 중에서는 유일하게 요정의 일원으로 인정을 받고 그가 사랑한 놀도르와 하나가 되었다는 노래가 전해 온다. 그의 운명은 인간의 운명과 분리되었던 것이다.

## Chapter 24

## 에아렌딜의 항해와 분노의 전쟁

'빛나는 에아렌딜'이 그때부터 시리온강 하구 인근의 백성들을 이끌게 되었다. 그는 아름다운 여인 엘윙을 아내로 삼았고, 그녀는 그에게 반요정으로 불리는 엘론드와 엘로스를 낳아 주었다. 하지만 에아렌딜은 편하게 휴식을 취할 수 없었고, 이쪽땅 해안가를 항해하는 것으로는 불안감을 씻을 수 없었다. 그의 마음속에는 두 가지 목표가 자라고 있었고, 그 두 목표는 넓은 바다를 향한 갈망에서 하나로 모아졌다. 하나는 바다로 나가서 돌아오지 않는 투오르와 이드릴을 찾는 것이었고, 다른 하나는 가능하다면 마지막 해안을 찾아서 목숨을 걸고서라도 요정과 인간 들의 호소를 서녘의 발라들에게 전하여 가운데땅의 고난에 대한 그들의 동정심을 불러일으키는 것이었다.

한편 에아렌딜은 조선공 키르단과 두터운 우정을 쌓아 갔는데, 키르단은 브리솜바르와 에글라레스트 항구의 약탈을 피해 도망쳐 온 자신의 백성들과 함께 발라르섬에 살고 있었다. 키르단의 도움으로 에아렌딜은 빙길롯, 곧 '거품꽃'이란 배를 건조하였고, 이 배는 노래 속에 전해 오는 가장 아름다운 배였다. 배의 노(櫓)는 황금빛이었고, 님브레실의 자작나무숲에서 베어 온 선재(船材)는 흰빛이었으며, 돛은 은빛의 달 모양이었다. 「에아렌딜의 노래」에는 깊고 먼 바다와 아무도 가 본 적이 없는 먼 땅, 여러 바다와 섬에서 벌인 그의 모험이 수없이 많이 나온다. 하지만 엘윙은 그와 동행하지 않고 슬픔에 잠겨 시리온하구에 앉아 있었다.

에아렌딜은 그 항해를 통해 투오르나 이드릴을 찾지 못했고 발리노르 해안에 닿지도 못했다. 그는 어둠과 마법을 뛰어넘지 못하고 맞바람에 밀렸고, 결국 엘윙에 대한 그리움 때문에 벨레리안드 해안을 향해 뱃머리를 돌려야 했다. 꿈속에서 갑작스레 맞닥뜨린 공포심은 그로 하여금 항해를 서두르게 했다. 하지만 이전에 그의 항해를 막았던 바람이 이제는 그가 바라는 만큼 빠르게 뒤를 밀어 주지는 않았다.

마에드로스는 엘윙이 아직 살아 있으며 더욱이 실마릴을 가지고 시리온하구에 거한다는 소식을 처음 듣고는, 도리아스에서 있었던 일을 후회하며 움직이지 않았다. 하지만 시간이 흐르며 자신들의 맹세를 지키지 못했다는 생각이 그와 형제들을 괴롭혔고, 떠돌던 사냥터를 떠나 함께 모인 그들은 우호적이지만 단호한 요구를 담은 전갈을 항구에 보내왔다. 엘윙과 시리온의 백성들은 베렌이 빼앗아 오고 루시엔이 지니고 있었으며, 아름다운 디오르가 바로 그 때문에 목숨을 잃었던 보석을 내놓으려고 하지 않았다. 무엇보다도 그들의 영주인 에아렌딜이 바다에 나가 있는 동안은 절대로 그럴 수 없었다. 그들이 보기에 그들의 가문과 선박을 찾아온 치유와 축복은 바로 실마릴에서 비롯되는 것 같았기 때문이다. 그리하여 요정이 요정을 죽이는 최후의 가장 잔인한 살육이 벌어지게 되었고, 그것은 저주받은 맹세가 초래한 세 번째의 엄청난 재앙이었다.

아직 살아 있던 페아노르의 아들들은 곤돌린의 망명자들과 도리아스의 생존자들을 기습적으로 공격하여 몰살시켰다. 이 전투에서 페아노르 일족 중의 일부는 싸움에서 뒤로 물러서 있기도 했고, 또 일부는 자신들의 주군을 배신하고 반대편에 서서 엘윙을 돕다가 목숨을 잃기도 하였다(그 시절 엘다르의 가슴속 슬픔과 혼란은 그토록 극심하였던 것이다). 마에드로스와 마글로르는 승리를 거두었지만 암로드와 암라스가 목숨을 잃었기 때문에 이제 페아노르의 아들들

중에서는 그들 둘만 남게 되었다. 키르단과 길갈라드 대왕의 선단
이 시리온의 요정들을 돕기 위해 황급히 달려왔지만 너무 늦고 말
았다. 엘윙과 그의 아들들은 사라지고 없었던 것이다. 그리하여 그
공격에서 죽지 않고 살아남은 극히 소수의 인원은 길갈라드의 휘하
로 들어가 그와 함께 발라르섬으로 건너갔다. 그들은 엘론드와 엘
로스가 포로로 잡혀갔으며, 엘윙은 실마릴을 가슴에 안고 바다로
뛰어들었다고 했다.

이렇게 하여 마에드로스와 마글로르는 보석을 손에 넣지 못했
다. 하지만 그것은 사라진 것이 아니었다. 울모가 엘윙을 파도 속에
서 건져 내어 그녀를 커다란 흰 새의 형상으로 만들어 주었기 때문
이다. 사랑하는 에아렌딜을 찾아 바다 위를 날아가는 그녀의 가슴
위에는 실마릴이 별처럼 빛나고 있었다. 어느 날 밤, 배의 키를 잡고
있던 에아렌딜은 새 한 마리가 자신을 향해 날아오는 것을 보았다.
그것은 마치 엄청난 속도로 달 밑을 지나가는 흰 구름과 같았고, 이
상한 행로를 따라 바다 위를 떠다니는 별을 닮았으며, 폭풍의 날개
에 이는 흰 불꽃과도 흡사했다. 전해 오는 노래에 따르면 새는 기절
한 채 하늘에서부터 빙길롯 위로 떨어졌다고 하는데, 얼마나 급하
게 떨어졌던지 거의 숨이 끊어질 지경이었다고 한다. 그렇게 하여 에
아렌딜은 그 새를 가슴에 끌어안았다. 그리고 아침이 되어 그는 원
래의 모습으로 돌아온 아내가 머리카락을 그의 얼굴에 드리운 채
옆에 누워 있는 것을 놀라운 눈으로 바라보았다. 그녀는 그렇게 잠
들어 있었다.

시리온 항구의 파괴와 사로잡힌 두 아들로 인해 에아렌딜과 엘윙
은 무척 상심하였고, 아들들이 살해당할지도 모른다는 두려움에
사로잡혔다. 하지만 그렇지는 않았다. 왜냐하면 마글로르가 엘로스
와 엘론드를 불쌍히 여겨 그들을 소중하게 길렀고, 믿기지 않는 일
이지만 나중에 그들 사이에는 친애의 감정까지 생겨났기 때문이다.

그렇지만 마글로르는 그 끔찍스러운 맹세의 무게에 짓눌려 괴롭고 지쳐 있었다.

하지만 에아렌딜은 가운데땅에는 아무런 희망도 남아 있지 않다는 것을 알고 절망 속에 다시 방향을 바꾸었다. 그는 집으로 돌아가지 않고 엘윙을 옆에 앉힌 채 다시 한번 발리노르를 찾아 떠났다. 그는 이제 늘 빙길롯의 뱃머리에 올라서 있었고, 그의 이마에는 실마릴이 달려 있었으며, 서녘에 가까워질수록 실마릴은 더욱 환한 빛을 뿜었다. 현자들의 이야기에 의하면 텔레리의 배를 제외하고는 누구의 배도 알지 못했던 그 바다에 그들이 마침내 들어설 수 있었던 것은 바로 그 성스러운 보석의 힘 때문이었다고 한다. 그들은 '마법의 열도(列島)'에 들어섰으나 마법을 피해 나왔고, '그늘의 바다'에 들어서서도 그 그늘을 빠져나왔다. 그들은 외로운섬 톨 에렛세아를 눈으로 확인하고도 지체하지 않았고, 마침내 엘다마르만에 닻을 내렸다. 텔레리 요정들은 동쪽에서 배가 나타난 것을 발견하였고, 멀리서 실마릴의 빛을 보고 깜짝 놀랐다. 무척이나 찬란한 빛이었던 것이다. 그리하여 에아렌딜은 살아 있는 인간으로서는 처음으로 불사의 해안에 발을 내디뎠다. 그곳에서 에아렌딜은 엘윙을 비롯하여 그와 항해를 함께한 이들에게 말했다. 항해 내내 그의 옆을 지켰던 세 명의 선원으로, 팔라사르, 에렐론트, 아에란디르가 그들의 이름이었다. "당신들이 발라들의 진노를 사지 않도록 이곳에는 나 혼자만 상륙하겠소. 두 종족을 위해서 감수해야 하는 위험은 나 혼자면 족하오."

그러나 엘윙이 대답했다. "그러면 우리의 행로는 영원히 갈라지고 말아요. 당신이 처한 모든 위험을 나도 감수하겠어요." 그리고 그녀는 흰 파도 속으로 뛰어내려 그를 향해 달려갔다. 하지만 에아렌딜은 슬픔에 잠겼다. 아만의 경계를 감히 넘어서려는 가운데땅의 존재에 대한 서녘 군주들의 진노가 두려웠기 때문이었다. 에아렌딜과 엘윙은 거기서 함께 항해한 동료들에게 작별 인사를 하였고, 영원히 그들과 헤어지게 되었다.

에아렌딜이 엘윙에게 말했다. "여기서 나를 기다려요. 한 사람만이 전갈을 가지고 갈 수 있고, 그것을 전하는 것이 나의 운명이에요." 그리고 그는 홀로 땅 위로 올라서서 칼라키랴로 들어서는데, 그곳은 고요하고 텅 빈 듯한 느낌이 들었다. 아득한 먼 옛날 모르고스와 웅골리안트가 그랬던 것처럼 에아렌딜도 지금 축제의 시간에 이곳에 당도한 것이었다. 거의 모든 요정들이 발리마르로 떠났거나 타니퀘틸 산정에 있는 만웨의 궁정에 모여 있었고, 소수의 인원만이 남아 티리온 성벽을 지키고 있었다.

하지만 멀리서부터 에아렌딜의 모습과 그가 지닌 위대한 빛을 목격한 이들이 있었고, 그들은 황급히 발리마르로 달려갔다. 그리고 에아렌딜은 푸른 언덕 투나로 올라가서 그곳이 텅 빈 것을 발견했다. 또한 티리온 시가지에 들어섰으나 그곳 역시 비어 있었다. 그는 축복의 땅에도 악의 힘이 찾아들었을지도 모른다는 두려움 때문에 마음이 무거웠다. 에아렌딜은 인적이 끊어진 티리온의 도로를 걸었다. 그의 옷과 신발에 묻은 먼지는 금강석 가루였고 기다란 흰 층계를 올라가는 그의 모습은 반짝반짝 빛을 발했다. 그는 요정과 인간 양쪽의 여러 언어로 크게 소리쳐 보았지만 아무 대답도 없었다. 그리하여 결국 바다 쪽으로 돌아섰다. 하지만 그가 해안으로 향하는 길에 접어드는 순간 언덕 위에 어떤 인물이 올라서서 큰 소리로 그를 불렀다.

"어서 오라, 에아렌딜, 뱃사람 가운데서 가장 명성이 있는 자요, 기다렸으나 예기치 않게 나타난 자요, 애타게 찾았으나 절망하였을 때 나타난 자여! 어서 오라, 에아렌딜, 해와 달 이전의 빛을 가진 자여! 땅의 자손들의 영광이며, 어둠 속의 별이며, 황혼의 보석이며, 아침의 찬란한 빛이여!"

목소리는 만웨의 전령 에온웨의 것으로, 그는 에아렌딜을 아르다의 권능들 앞에 소환하기 위해 발리마르에서 달려온 것이었다. 그리하여 에아렌딜은 발리노르로 들어가 발리마르의 궁정에 입장하였고, 그 후로 다시는 인간들의 땅에 발을 들여놓지 않았다. 발라들은 곧 회의를 소집하였고 깊은 바닷속에서 울모를 불러내었다. 에아렌딜은 그들의 얼굴을 마주하고 서서 두 종족의 처지를 설명하였다. 그는 놀도르에 대한 용서를 구하고 그들의 크나큰 슬픔에 대해서는 연민을 청했으며, 인간과 요정 들에게는 자비를 베풀어 그들이 곤경에서 벗어날 수 있도록 도와줄 것을 부탁했다. 그의 간청은 받아들여졌다.

요정들의 이야기에 따르면 에아렌딜이 아내 엘윙을 찾아 떠난 뒤 만도스가 그의 운명에 대해 언급을 했던 것으로 전해진다. "유한한 생명의 인간이 살아서 불사의 땅에 들어와 여전히 살아 있을 수 있습니까?" 그러자 울모가 대답했다. "그는 이 일을 위해 세상에 태어난 인물입니다. 이 질문은 어떻습니까. 에아렌딜은 하도르가(家) 투오르의 아들입니까, 아니면 요정 가문인 핀웨가 투르곤의 딸 이드릴의 아들입니까?" 이에 만도스가 대답했다. "놀도르도 마찬가집니다. 제 발로 망명의 길을 떠났던 자는 어느 누구도 이곳에 돌아올 수 없습니다."

모두의 이야기가 끝나자 만웨가 판결을 내렸다. "이 문제에 있어서 최후의 심판을 내릴 권한은 내게 있소. 요정과 인간, 두 종족을 사랑하여 에아렌딜이 감행한 모험 때문에 그에게 죄를 물을 수는 수는 없소. 또한 그에 대한 사랑 때문에 위험에 빠져든 그의 아내 엘윙에게도 마찬가지요. 하지만 그들은 다시 '바깥땅'의 요정이나 인간들 사이를 걸어 다닐 수는 없소. 그들에 대한 나의 선고는 다음과 같소. 에아렌딜과 엘윙, 그리고 그들의 두 아들은 자신의 운명이 어떤 종족과 하나가 될지 각자 자유로이 선택할 수가 있으며, 그 종족의 이름으로 심판을 받게 될 것이오."

에아렌딜이 한참 동안 사라져 보이지 않자 엘윙은 외롭고 두려운 생각이 들었다. 바닷가를 거닐던 그녀는 텔레리 요정들의 선단이 있는 알콸론데 근처로 갔다. 거기서 텔레리는 그녀를 반갑게 맞이하였고, 그녀가 들려주는 도리아스와 곤돌린 이야기와 벨레리안드의 재난에 대해 듣고는 연민과 놀라움을 함께 보였다. 그곳에 돌아온 에아렌딜은 백조의 항구에서 그녀를 발견했다. 하지만 그들은 곧 발리마르로 소환되었고, 거기서 노왕(老王)의 선고가 내려졌다.

에아렌딜이 엘윙에게 말했다. "난 이제 세상에 지쳤으니, 당신이 원하는 대로 선택해요." 그리하여 엘윙은 루시엔 때문에 일루바타르의 첫째자손으로 심판받기로 결정하였고, 에아렌딜은 인간들과 아버지의 백성에게로 마음이 끌리기는 했지만 아내를 위해 똑같은 선택을 하였다. 그리고 발라들의 명에 따라 에온웨는 에아렌딜의 동료들이 아직 소식을 기다리며 남아 있는 아만 바닷가로 갔다. 그는 작은 배를 끌고 가서 세 명의 선원을 거기 태웠고, 발라들은 강한 바람을 일으켜 그들을 동쪽 멀리 밀어 보냈다. 그리고 발라들은 빙길롯을 취하여 그 배를 축성(祝聖)한 다음 발리노르를 거쳐 세상의 끝자락까지 끌고 갔다. 배는 거기서 '밤의 문'을 통과하여 마침내 가없는 창공으로 솟아올랐다.

그 배는 아름답고 경이로운 모습을 하고 있었고, 맑고 찬란하게 너울거리는 불꽃으로 가득 차 있었다. 수부(水夫) 에아렌딜은 요정들의 보석 가루로 찬란한 빛을 발하며 키를 잡고 있었고, 그의 이마에는 실마릴이 달려 있었다. 그는 그 배를 타고 멀리 별조차 보이지 않는 허공까지 여행을 하였다. 하지만 대개 아침이나 저녁에 그의 모습이 눈에 띄는데, 세상의 영역을 벗어나는 여행을 마치고 발리노르로 돌아오다가 동틀 무렵이나 해 질 녘에 희미한 모습을 드러냈다.

엘윙은 그 여행에 동행하지 않았다. 그녀는 길도 없는 허공과 추위를 견디지 못할 터였고, 또한 바다와 언덕 위로 불어 오는 달콤한 바람과 대지를 더 사랑하기 때문이었다. 그리하여 북쪽으로 '분리의 바다'(대해 벨레가에르를 가리킴―역자 주) 가장자리에 그녀를 위하여 하얀 탑이 세워졌고, 그곳으로 지상의 모든 바닷새들이 이따금 날아왔다. 엘윙 자신이 한때 새의 모습을 취했듯이 그녀는 새들의 말을 배웠다고 하는데, 새들은 그녀에게 비상(飛翔)의 기술을 가르쳤고, 그녀의 날개는 흰색과 은백색을 띠고 있었다고 한다. 여행에서 돌아오는 에아렌딜이 다시 아르다 가까이 다가오면, 그녀는 이따금 오래전에 바다에서 구출될 때 날아올랐던 것처럼 그를 맞이하러 날아오르곤 했다. 그럴 때면 외로운섬에 살던 요정들 가운데서 눈이 좋은 이들은, 항구로 돌아오는 빙길롯을 맞이하러 기쁨에 겨워 날아오르는 그녀의 모습에서 석양 속에 장밋빛으로 물든 빛나는 하얀 새 한 마리를 발견하곤 하였다.

처음으로 가없는 창공에 돛을 띄웠을 때 빙길롯은 환한 빛을 발하며 갑자기 위로 솟아올랐다. 가운데땅에 살던 이들은 멀리서 그것을 보고 경이로움을 느꼈고, 이를 하나의 징조로 생각하고는 길에스텔, 곧 '드높은 희망의 별'이란 이름을 붙였다. 이 새 별이 저녁 무렵에 나타났을 때 마에드로스가 동생 마글로르에게 말했다. "지금 서녘에서 빛나는 저 별은 실마릴이 틀림없겠지?"

마글로르가 대답했다. "바닷속으로 떨어지는 것을 우리가 분명히 보았던 그 실마릴이 발라들의 힘으로 다시 솟아오른 것이라면 기뻐해야겠군요. 그 영광을 이제 많은 이들이 바라볼 수 있고, 또 악의 손아귀를 벗어난 셈이니까요." 그리하여 요정들은 고개를 들어 하늘을 바라보고 더 이상 절망하지 않았다. 하지만 모르고스는 의혹에 휩싸였다.

모르고스는 서녘에서부터 그를 공격하러 오리라고는 예상하지 못했던 것으로 보인다. 자만심이 너무 세진 탓에 그는 다시는 아무도 그에게 공개적으로 싸움을 걸어오지 않을 것이라고 판단했던 것이다. 더욱이 그는 자신이 놀도르와 서녘의 군주들을 영원히 떼어놓았으며, 발라들은 축복의 땅에 만족한 채 바깥세상에 있는 자신의 왕국에 더는 관심을 기울이지 않을 것이라고 생각했다. 연민이라고는 모르는 그로서는 연민에서 비롯된 행위는 늘 낯설고 의외일 수밖에 없었다. 하지만 발라들의 군대는 전쟁을 준비하고 있었다. 잉궤의 백성인 바냐르는 그들의 흰 깃발 아래 모여들었고, 발리노르를 떠나지 않았던 놀도르도 핀웨의 아들 피나르핀을 지도자로 삼아 모여들었다. 텔레리는 백조항구에서 벌어진 살육과 그들의 배를 강탈당했던 일을 기억하고 있었기 때문에 선뜻 전쟁에 나서려는 이들이 거의 없었다. 하지만 그들은 디오르 엘루킬의 딸이며 그들과 같은 혈통에 속하는 엘윙의 호소에 귀를 기울였고, 충분히 많은 선원을 내보내어 발리노르의 대군이 배를 타고 바다를 건너 동쪽에 갈 수 있도록 하였다. 하지만 아무도 이쪽땅 해안에 발을 내딛지 않고 배 위에 머물러 있었다.

가운데땅 북쪽으로 진군한 발라들의 군대에 대해서는 어느 이야기에도 언급이 많지 않다. 이쪽땅에 살면서 고난을 당했고, 또 지금까지 남아 있는 당시의 역사를 기록한 요정들 중에는 그 대군에 들어간 이들이 아무도 없었기 때문이다. 그리고 그들은 이 소식도 오랜 세월이 흐른 뒤에 아만의 동족들로부터 전해 들었을 뿐이다. 이윽고 서녘을 빠져나온 발리노르 군대가 모습을 나타냈고, 개전을 알리는 에온웨의 나팔 소리가 천지를 진동시켰다. 벨레리안드는 발리노르 군대의 위용으로 찬란하게 이글거렸고, 이는 그들의 군대가 젊고 아름답고 또 무시무시한 모습을 갖추고 있고 온 산이 그들의 발밑에서 요동치기 때문이었다.

서녘의 군대와 북부 세력의 회전(會戰)은 대전투 혹은 '분노의 전쟁'으로 명명되었다. 모르고스 휘하의 모든 군대가 참전하였고, 그들의 수는 셀 수조차 없이 많아서 안파우글리스를 덮고도 남을 정도였으며, 북부의 온 땅이 전화에 휩싸였다.

그러나 그래도 아무 소용이 없었다. 발로그들은 궤멸되었고 극소수만이 달아나 접근이 불가능한 지하의 깊은 동굴 속에 숨었다. 무수한 오르크 군단은 거대한 화염 속의 밀짚처럼 사라졌고, 불바람 앞에 오그라드는 낙엽처럼 흩날렸다. 먼 훗날까지 살아남아 세상을 괴롭힌 오르크는 얼마 되지 않았다. 인간의 조상인 '요정의 친구들'에 속하는 세 가문 중에서 살아남아 있던 소수의 인간들은 발라들 편에 서서 전쟁을 하였다. 그때서야 그들은 바라군드와 바라히르, 갈도르와 군도르, 후오르와 후린 및 그들의 다른 많은 군주들의 원수를 갚았다. 하지만 울도르 부족이나 동부에서 새로 건너온 수많은 인간들은 적의 편이 되어 싸웠고, 요정들은 이를 잊지 않았다.

모르고스는 그의 군대가 쓰러지고 자신의 힘이 흩어져 가는 것을 보고는 위축되어 직접 나서려고 하지 않았다. 그 대신 적을 향해 자신이 준비해 둔 최후의 필사적인 공격을 퍼부었다. 그리하여 앙반드의 지하 토굴 속에서 이전에는 한 번도 본 적이 없는 날개 달린 용들이 쏟아져 나왔고, 불시에 잔인하게 들이닥친 그 사나운 군단의 기습을 받아 발라들의 군대는 뒤로 물러서고 말았다. 용들의 출현은 엄청난 천둥과 번개, 맹렬한 불바람을 동반하고 있었던 것이다.

그러나 하얀 불꽃을 휘날리며 에아렌딜이 나타났고, 빙길롯 둘레에 하늘의 거대한 새들이 모두 모여들었는데, 소론도르가 그들의 대장이었다. 하늘 위에서 하루 종일 싸움이 벌어졌고, 그 싸움은 승패를 알 수 없는 캄캄한 밤중까지 이어졌다. 아침 해가 떠오르기 전에 에아렌딜은 용들 중에서 최강자인 흑룡 앙칼라곤의 목숨을 빼앗아 아래로 내던졌다. 용은 상고로드림 봉우리 위에 떨어졌고, 용이 떨어지면서 그 봉우리들도 함께 무너졌다. 그때 태양이 솟아올랐고, 발라들의 군대는 승리를 거두어 거의 모든 용들이 목숨을 잃었다. 모르고스의 모든 토굴은 덮개가 벗겨지면서 파괴되었고, 발라들의 군대는 땅속 깊은 곳까지 내려갔다. 거기서 모르고스는 마침내 궁지에 몰렸으나 용감하게 나서지는 않았다. 그는 자신의 갱도(坑道) 가장 깊은 곳으로 달아나 화친과 용서를 청했다. 하지만 그는 발이 잘려 나가고 얼굴이 땅에 처박혔다. 그들은 예전에 그를 묶었던 쇠사슬 앙가이노르로 모르고스를 다시 결박하였고, 그의 강철 왕관을 부수어 목을 죄는 고리를 만든 다음 그의 머리를 굽혀 무릎에 닿게 했다. 모르고스에게 남아 있던 두 개의 실마릴은 그의 왕관에서 분리되어 하늘 아래서 티 없이 맑게 빛났고, 에온웨가 그것들을 가져가서 보호하였다.

이렇게 북부 앙반드의 권능은 종말을 맞이하였고, 악의 왕국은 무(無)로 돌아가고 말았다. 깊은 감옥에 갇혀 있던 수많은 노예들이 절망 속에서 밝은 세계로 나왔고, 그들은 변동이 이루어진 세상을 목격하였다. 발라들의 분노가 엄청났기 때문에 서부 세계의 북부 지역은 땅이 갈라지면서 그 갈라진 틈 사이로 바다가 들어와 엄청난 굉음과 함께 혼란이 발생했던 것이다. 강들은 사라지거나 새로운 물길을 찾았고, 계곡이 융기하고 언덕이 내려앉았다. 시리온강은 이제 사라지고 없었다.

그때 만웨의 전령 에온웨가 벨레리안드의 요정들을 불러 모아 가운데땅을 떠나라는 명령을 내렸다. 하지만 마에드로스와 마글로르는 명을 따르지 않으려 했다. 그들은 이제 지친 몸에 내키지도 않았지만, 절망 속에서도 자신들의 맹세를 지키기 위한 준비를 하고 있었다. 그들은 실마릴을 취하고자 하는 자신들을 가로막는다면, 홀로 온 세상에 맞서야 할지라도 승리자 발리노르 군대와도 싸움을 벌였을 것이다. 그래서 그들은 먼 옛날 그들의 아버지 페아노르가 만들었고 모르고스가 훔쳐 갔던 보석을 이제는 돌려달라고 요구하는 전갈을 에온웨에게 보냈다.

그러나 에온웨는 페아노르의 아들들이 이전에는 부친의 작품에 대한 소유권이 있었으나 이제는 상실하였다고 대답했다. 그들은 자신들의 맹세에 눈이 어두워 잔인한 짓을 많이 저질렀고, 특히 디오르를 죽이고 항구를 공격하였기 때문이라는 것이었다. 이제 실마릴의 빛은 애당초 그 기원이 되었던 서녘으로 돌아가야 하며, 마에드로스와 마글로르도 발리노르로 돌아가 발라들의 심판을 기다려야만 한다고 했다. 에온웨는 오직 발라들의 명에 의해서만 보석을 자기 손에서 내놓을 수 있었다. 마글로르는 사실 슬픈 마음이 가득하여 그 명령에 복종할 생각이 있었다. 그래서 그는 이렇게 말했다. "우리가 맹세할 때 때가 오기를 기다려서는 안 된다는 이야기는 없습니다. 혹시 발리노르에 가면 모든 것을 용서받고 잊힐 수도 있는데, 그렇게 되면 우리는 평화로이 원래대로 돌아갈 수 있습니다."

하지만 마에드로스는 아만으로 돌아간다 하더라도 발라들의 호의가 중단되고 나면 맹세는 맹세대로 남은 채 맹세를 이행할 가능성은 거의 없다고 주장하였다. "만약 우리가 권능들의 땅에서 그들을 거역하거나 그 신성한 땅에서 다시 전쟁이라도 일으키려고 했을 때, 우리에게 얼마나 끔찍한 운명이 닥쳐올지 누가 알겠느냐?"

하지만 마글로르는 여전히 망설이며 대답했다. "만약 우리가 증인으로 삼은 만웨와 바르다가 스스로 맹세를 부정해 준다면, 우리의 맹세도 무효가 되지 않을까요?"

마에드로스가 대답했다. "하지만 세상의 영역 바깥에 있는 일루바타르에게 우리 목소리를 어떻게 전하겠느냐? 우리는 일루바타르의 이름으로 광기 속에 맹세를 했고, 그 맹세를 지키지 못하면 영원한 어둠이 우리에게 임할 것이라고 약속했다. 누가 우리를 해방시켜 주겠느냐?"

"만약 아무도 우리를 해방시켜 줄 수 없다면, 사실 우리가 우리 맹세를 지키든 깨뜨리든 영원한 어둠이 우리의 운명이 될 겁니다. 하지만 맹세를 깨뜨리면 해악은 더 줄어들 수 있지요."

하지만 그는 결국 마에드로스의 뜻에 굴복하였고, 그들은 어떻게 하면 실마릴을 손에 넣을 수 있을지 함께 궁리하였다. 그리하여 그들은 변장을 하고 밤중에 에온웨의 숙영지로 찾아갔고, 실마릴을 지키고 있는 곳으로 기어들어 가서 경비병을 죽이고 보석을 탈취하였다. 그러자 그들을 잡기 위해 온 숙영지가 발칵 뒤집혔고, 그들은 죽을 각오를 하고 끝까지 싸우기로 하였다. 하지만 에온웨는 페아노르의 아들들을 죽이는 것을 허락하지 않았고, 그들은 싸움도 없이 달아나 멀리 떠나갔다. 마에드로스와 마글로르는 각각 실마릴을 하나씩 든 채 이렇게 말했다. "보석이 하나는 없어지고 둘만 남았고, 또 형제들 중에 우리 둘만 남은 걸 보면, 우리가 아버님의 가보를 나눠 가질 운명인 것이 분명하다."

하지만 보석은 마에드로스의 손을 불태우며 참을 수 없는 고통을 그에게 안겨 주었다. 그는 그제야 에온웨가 말한 대로 실마릴에 대한 그의 소유권은 상실되었고 맹세도 아무 소용 없다는 것을 깨달았다. 고통과 절망에 사로잡힌 그는 불길이 가득한 깊은 구렁에 몸을 던져 일생을 마감했고, 그가 지니고 있던 실마릴도 대지의 품속으로 들어갔다.

마글로르는 실마릴이 주는 고통을 견디다 못해 결국 보석을 바다에 던져 버리고, 그 자신은 이후로 바닷가를 떠돌면서 파도를 바라보며 고통과 회한 속에 노래를 불렀다고 전해진다. 마글로르는 고대의 가수들 중에서는 도리아스의 다에론 다음으로 뛰어난 인물이었다. 하지만 그는 결코 요정들 속으로 되돌아가지 않았다. 이리하여 실마릴은 오랫동안 머물 수 있는 거처를 발견하여, 하나는 하늘의 대기 속에, 또 하나는 땅의 중심에 있는 불 속에, 나머지 하나는 깊은 물속에 자리 잡게 되었다.

그즈음에 서쪽바다의 해안에는 엄청난 선박 건조 작업이 이루어 졌다. 엘다르는 그곳에서 여러 척의 배를 타고 서녘을 향해 돛을 올린 다음, 다시는 눈물과 전쟁의 땅으로 돌아오지 않았다. 바냐르는 그들의 흰 깃발 아래 다시 모여 의기양양하게 발리노르로 돌아갔다. 하지만 승리에도 불구하고 그들의 기쁨은 미미했는데, 그것은 모르고스의 왕관에서 떼어 낸 실마릴을 가지고 돌아가지 못했기 때문이다. 세상이 파괴되어 다시 만들어지지 않는 한 그 보석을 다시 찾거나 한자리에 모을 수 없다는 것을 그들은 알고 있었다.

서녘에 온 벨레리안드 요정들은 동쪽과 서쪽이 모두 보이는 외로운섬 톨 에렛세아에 정착하였고, 거기서 그들은 발리노르에 갈 수도 있었다. 그들은 다시 만웨의 사랑과 발라들의 용서를 받을 수 있었고, 텔레리도 과거의 통탄스러운 사건을 용서하여 저주는 마침내 잠잠해졌다.

하지만 엘달리에 요정들 모두가 오랫동안 고통을 겪으며 살아온 이쪽땅을 기꺼이 버리고 떠난 것은 아니고, 일부는 오랜 세월 동안 가운데땅에 남아 있었다. 이들 중에는 조선공 키르단과 도리아스의 켈레보른, 그리고 그의 아내 갈라드리엘이 있었는데, 그녀는 놀도르를 이끌고 벨레리안드로 망명한 이들 중에서 유일하게 남은 요정이었다. 길갈라드 대왕도 가운데땅에 남았고, 반요정 엘론드 역시 그와 함께 있었다. 엘론드는 자신에게 부여된 기회에 따라 엘다르가 되기를 선택하였고, 그의 동생 엘로스는 인간이 되기를 선택하였던 것이다. 오로지 이들 형제를 통해 인간들 사이에 '첫째자손'의 혈통과 아르다 이전에 있었던 신성한 영들의 혈통이 전해지게 되었다. 왜냐하면 그들은 싱골과 멜리안의 딸인 루시엔, 루시엔의 아들인 디오르, 디오르의 딸인 엘윙의 아들들이었고, 그들의 아버지인 에아렌딜은 곤돌린 왕 투르곤의 딸 이드릴 켈레브린달의 아들이었던 것이다.

한편 발라들은 '밤의 문'을 통해 '세상의 벽' 너머에 있는 '영겁의 공허'에 모르고스를 집어 던졌다. 벽 앞에는 늘 파수꾼이 서 있고, 창공의 누벽 위에서는 에아렌딜이 감시하고 있다. 하지만 멜코르, 강한 힘과 저주를 함께 받은 자, 모르고스 바우글리르, 공포와 증오의 권능인 그가 요정과 인간의 마음속에 심어 놓은 거짓말은 죽지도 않고 파괴할 수도 없는 씨앗이 되었다. 그리고 그것은 이따금 새로운 싹을 틔워 먼 훗날까지도 검은 열매를 맺게 될 것이다.

『실마릴리온』은 여기서 끝을 맺는다. 고귀하고 아름다운 것에서 시작하여 어둡고 파괴적인 모습으로 끝을 맺는 것은, 먼 옛날 '훼손된 아르다'의 운명이 바로 그러했기 때문이다. 혹시 무슨 변화가 일어나 '훼손'된 것이 바로잡아진다면 만웨와 바르다는 알고 있을 것이다. 하지만 그들은 그것을 밝히지 않았고, 만도스의 심판에도 그것은 명시되어 있지 않다.

# 아칼라베스

## AKALLABÊTH

# 아칼라베스

## 누메노르의 몰락

엘다르에 의하면 인간은 '모르고스의 어둠'이 지배하던 시기에 세상에 들어와서 순식간에 그의 지배하에 들어간 것으로 알려져 있다. 모르고스는 인간들 속에 사자를 파견하였고, 그들은 그의 사악하고 교활한 말을 듣고 어둠을 숭배하면서도 또한 두려워하였다. 하지만 악에 등을 돌리고 동족들이 살던 땅을 떠나 서쪽으로 유랑의 길을 떠난 이들이 있었다. 이들은 서녘에 가면 모르고스의 어둠으로 가릴 수 없는 빛이 있다는 풍문을 전해 들었기 때문이다. 모르고스의 부하들은 그들을 증오하며 뒤쫓았고 그들의 행로는 멀고도 험했다. 하지만 그들은 결국 바다가 보이는 땅에 당도하였고, 보석 전쟁의 시기에 벨레리안드에 들어섰다. 이들은 신다린으로 에다인이란 이름을 얻었고, 요정들의 친구이자 동맹이 되어 모르고스와 맞선 전쟁에서 대단한 무용을 보여 주었다.

부계(父系)로 이들 가운데서 '빛나는 에아렌딜'이 태어났다. 「에아렌딜의 노래」에는 모르고스의 승리가 거의 확정된 마지막 순간에 에아렌딜이 인간들은 로신질이라고 부르는 자신의 배 빙길롯을 만들어 어떤 배도 가 보지 못한 바다를 건너 발리노르를 찾아간 이야기가 나온다. 그는 두 종족을 대신하여 권능들 앞에 가서, 지극히 위급한 처지에 빠진 그들에게 발라들이 자비를 베풀어 도와줄 것을 간청하고자 했던 것이다. 이로 인해서 그는 요정과 인간 모두로부터 '축복받은 자' 에아렌딜이라는 추앙을 받게 되는데, 천신만고 끝에 그의 모험은 성공을 거두어 발리노르에서 서녘 군주들의 대군이 출정하였던 것이다. 하지만 에아렌딜은 자신이 사랑했던 그 땅에 다시 돌아오지는 않았다.

모르고스가 쓰러지고 상고로드림이 무너진 '대전투'에서, 인간의 제 종족 가운데 에다인만이 홀로 발라들의 편이 되어 싸웠고, 나머지는 모두 모르고스 편이었다. 서녘의 군주들이 승리한 뒤 죽지 않고 살아남은 사악한 인간들은 동쪽으로 달아나는데, 그곳에는 그들의 많은 동족이 발라들과 모르고스의 부름을 모두 거절하고 경작도 하지 않은 땅에서 아직도 야생의 무법 상태로 유랑 생활을 하고 있었다. 사악한 인간들은 그들 사이로 들어가 공포의 그림자를 씌웠고, 그들은 사악한 인간들을 왕으로 택했다. 그래서 발라들은 자신들의 부름을 거절하고 모르고스의 친구들을 주인으로 섬기는 가운데땅의 인간들을 한동안 버리고 돌보지 않았다. 그리하여 인간은 어둠 속에 살면서 모르고스가 자신이 지배하던 시절에 만들어 놓은 숱한 악의 존재들, 곧 악마와 용과 기형의 짐승, 그리고 일루바타르의 자손들을 흉내 낸 더러운 오르크 들에게 시달렸다. 인간의 운명은 불행하였다.

한편 만웨는 모르고스를 붙잡아 세상 바깥의 공허에 던져 넣고 가두어 버렸고, 서녘의 군주들이 옥좌에 있는 한 모르고스 자신은 가시(可視)의 존재로 세상 속에 들어올 수 없었다. 하지만 그가 뿌려 놓은 씨앗은 자라나 싹을 틔웠고, 누군가 가꾸어 준다면 악의 열매마저 맺을 참이었다. 그의 의지는 여전히 남아서 하수인들로 하여금 발라들의 뜻을 훼방하고, 또 발라들에게 순종하는 이들을 파멸시키도록 조종하고 있었던 것이다. 서녘의 군주들은 이 점을 충분히 잘 알고 있었다. 그리하여 모르고스가 쫓겨난 뒤 그들은 앞으로 다가올 시대를 위한 회의를 열었다. 그들은 엘다르에게 서녘으로 돌아와 살도록 하였고, 부름에 응한 이들은 에렛세아섬에 와서 살았다. 이 섬에는 아발로네라는 항구가 있었는데, 여러 도시들 중에서 이 도시가 발리노르에 가장 가까워서 그런 이름이 붙어 있었던 것이다(아발로네는 '바깥 섬'이란 뜻—역자 주). 그리고 아발로네 탑은 뱃사람들이 바다의 경계를 넘어 마침내 불사의 땅에 가까이 다가갈 때 가장 먼저 눈에 들어오는 곳이었다. 충성스러운 세 가문의 인간의 조상들에 대해서도 후한 보상이 주어졌다. 에온웨가 그들 속으로 들어가서 가르침을 베풀었던 것이다. 그래서 그들은 지혜와 힘을 얻었고, 다른 어떤 유한한 생명의 종족들보다도 긴 수명을 선사받았다. 그리고 에다인이 살 수 있도록 새 땅이 만들어지는데, 그곳은 가운데땅이나 발리노르의 일부가 아니라 그 두 곳에서 떨어져 바다 한가운데에 있는 섬이었다. 다만 발리노르가 좀 더 가깝기는 했다. 대해의 깊은 바닷속에서 옷세가 이 땅을 끌어올리자 아울레가 고정시켰고 야반나가 풍성하게 다듬었으며 엘다르는 톨 에렛세아에서 꽃과 샘을 이곳에 가져왔다. 발라들은 이 땅을 안도르, 곧 '선물의 땅'으로 불렀다. 에아렌딜의 별은 모든 준비가 끝났음을 알리는 신호로 서녘 하늘에서 찬란하게 빛을 발했고, 그 빛은 바다를 건널 수 있게 해 줄 길잡이였다. 인간들은 태양이 다니는 길에서 은빛 불꽃을 발견하고 놀라움을 감추지 못하였다.

마침내 에다인은 별빛을 따라 깊은 바다 위로 항해를 시작하였다. 발라들은 여러 날 동안 바다를 잠잠하게 하고 햇빛과 순풍을 보내어, 에다인의 눈에는 바닷물이 마치 찰랑거리는 유리처럼 반짝거렸고 뱃머리의 물거품은 눈송이처럼 흩날렸다. 그리고 로신질이 얼마나 찬란하던지 인간들은 아침에도 서녘에서 희미한 별빛을 볼 수 있었고, 구름 한 점 없는 밤에는 다른 별이 곁에 있을 수가 없었기 때문에 홀로 빛나는 것을 보았다. 별을 따라 항해를 계속한 에다인은 마침내 멀고 먼 바다를 건너, 그들을 위해 준비된 땅, 곧 황금빛 안개 속에 어렴풋이 떠오르는 '선물의 땅' 안도르를 바라보았다. 그들은 바다에서 뭍으로 올라섰고, 아름답고 풍성한 대지를 바라보면서 기뻐하였다. 그들은 이 땅을 엘렌나로 불렀는데, 이는 '별빛 쪽으로' 란 뜻이었다. 또 아나두네, 곧 '서쪽나라'로 칭하기도 했는데, 높은요 정들의 언어로는 누메노레라고 했다.

이것이 회색요정들의 언어로 두네다인이라고 하는 사람들, 곧 인 간들의 왕, 누메노르인들의 시작이었다. 하지만 그렇다고 해서 그들 이 일루바타르가 모든 인류에게 걸어 놓은 죽음의 운명에서 벗어난 것은 아니었고, 여전히 유한한 생명의 존재였다. 어둠의 시대가 오 기 전까지 그들은 긴 수명을 누렸고 질병을 알지 못하였다. 이리하 여 그들의 지혜와 영광은 날로 늘어갔고, 여러 면에서 다른 인간 종 족보다는 첫째자손들과 더 가까웠다. 또한 키도 무척 커서 가운데 땅에서 가장 큰 인간들보다도 더 컸고, 눈빛은 찬란한 별빛과 같았 다. 그 땅의 인구는 아주 서서히 증가하는데, 그들보다 더 아름다운 딸들과 아들들이 태어나기는 했지만 숫자가 매우 적었기 때문이다.

예로부터 누메노르의 중심 도시이자 항구는 섬의 서쪽 해안 가 운데에 있었고, 이 항구는 해가 지는 쪽을 바라보고 있었기 때문에 안두니에라고 불렀다. 또한 이 섬의 중앙에는 높고 가파른 산이 있 었는데, 메넬타르마, 곧 '하늘의 기둥'이란 이름을 지니고 있었고, 산 정 높은 곳에는 에루 일루바타르를 위한 성소(聖所)가 있었다. 이곳 은 지붕이 없이 사방이 틔어 있었고, 누메노르인들의 땅에 그 밖의 다른 사원이나 신전은 없었다. 산기슭에는 왕들의 무덤이 세워져 있었고, 바로 옆 언덕 위에 세상에서 가장 아름다운 도시 아르메넬 로스가 있었다. 이곳에 발라들로부터 두네다인 인간들 최초의 왕 으로 지명된, 에아렌딜의 아들 엘로스가 세운 성탑과 성채가 서 있 었다.

엘로스와 그의 형 엘론드는 에다인 세 가문의 혈통을 물려받았 지만, 엘다르와 마이아의 피도 일부 섞여 있었다. 그들의 조상 중에는 곤돌린의 이드릴과 멜리안의 딸 루시엔이 있었기 때문이다. 발라들은 원래 죽음이라는 선물을 거두어들일 수가 없게 되어 있었다. 그것은 일루바타르가 인간에게 선사한 것이기 때문이다. 하지만 반요정의 경우에 일루바타르는 발라들에게 결정권을 주었고, 발라들은 에아렌딜의 아들들이 자신의 운명을 선택할 수 있도록 허용하였다. 그래서 엘론드는 첫째자손으로 남기를 원했고, 그에게는 첫째자손의 운명이 주어졌다. 하지만 엘로스는 인간들의 왕이 되기를 원했기 때문에, 가운데땅 인간들보다 몇 배나 긴 엄청난 수명이 부여되었다. 그리하여 왕과 군주 들이 된 그의 왕실 후손들은 누메노르인들의 기준에 따르더라도 긴 수명을 누렸다. 엘로스는 오백 살이 될 때까지 살았고, 410년 동안 누메노르인들을 통치하였다.

그렇게 세월이 흘렀다. 가운데땅이 퇴보를 거듭하며 빛과 지혜가 사라지는 동안 두네다인 사람들은 발라들의 보호 속에 엘다르와 친교를 나누며 살았고, 생각과 몸이 모두 날로 커졌다. 이들 백성은 그들의 원래 말을 여전히 사용하였지만, 왕과 군주 들은 요정들의 말도 알아듣고 말할 수 있었다. 그들은 요정들과 동맹을 맺고 있던 시절에 그 말을 배워 두었고, 그래서 에렛세아나 가운데땅 서부의 엘다르와 대화를 나누기도 하였다. 그들 가운데는 전승 연구자들도 있어서 이들은 축복의 땅 높은요정들의 언어도 익히고 있었으며, 세상이 시작될 때부터 전해 내려온 많은 이야기와 노래는 그 언어로 되어 있었다. 그들은 문자와 두루마리와 책을 만들고, 그 땅의 전성기에 누린 지혜와 경이를 담은 이야기를 많이 수록하였지만 지금은 모두 잊혔다. 누메노르의 군주들은 모두 자신들의 원래 이름 외에 엘다르식 이름을 지니고 있었고, 그들이 누메노르와 이쪽땅 해안에 세운 도시와 아름다운 장소들도 모두 그러하였다.

두네다인 사람들은 기술이 탁월한 경지에 이르렀고, 마음만 먹는다면 전쟁을 치르거나 무기를 제작하는 일에 있어서 가운데땅의 악한 왕들을 능가할 수 있었다. 하지만 그들은 평화를 사랑하는 인간들이었다. 그들은 모든 기술 중에서 특히 조선술과 항해술을 육성하였는데, 세상의 크기가 작아진 뒤로는 그들과 닮은 뱃사람들은 다시 만날 수 없을 것이다. 드넓은 바다를 항해하는 것은 용감한 두네다인 청년들이 혈기 방장한 시절에 행하는 주된 모험이자 공적이었다.

하지만 발리노르의 군주들은 인간들에게 서쪽으로 항해는 하되 누메노르 해안이 보이지 않을 만큼 멀리 가지는 못하게 했다. 이 금제(禁制)의 목적을 충분히 이해하지는 못했으나 두네다인은 오랫동안 만족하고 살았다. 만웨의 의도는 누메노르인들이 발라들과 엘다르의 영생(永生)과 모든 것이 영원히 존재하는 그 땅에 매혹되어, '축복의 땅'을 찾아가려는 유혹을 받거나 그들에게 주어진 축복의 한계를 넘어서려는 욕심을 내지 않게 하려는 것이었다.

그 당시에 발리노르는 아직 눈에 보이는 세상으로 존재하고 있었고, 일루바타르는 모르고스가 세상에 어둠을 드리우지 않았더라면 세상이 어떻게 변했을지 알 수 있는 기념물에 해당하는 영구적인 장소를 발라들이 땅 위에 유지하는 것을 허락하였던 것이다. 누메노르인들은 이를 잘 알고 있었다. 그들은 이따금 사방의 대기가 청명하고 태양이 동쪽에 있는 동안 멀리 서쪽 끝을 바라보다가 아득한 해안선 위로 하얗게 빛나는 도시와 거대한 항구, 탑을 목격하곤 하였다. 그 시절의 누메노르인들은 멀리까지 볼 수 있는 시력을 가지고 있었다. 하지만 그들 가운데서 눈이 아주 좋은 사람만이 메넬타르마 위나 혹은 그들에게 허용된 한계 내에서 서쪽으로 항해를 한 높은 배 위에서 그 광경을 볼 수 있었다. 그들은 감히 서녘 군주들의 금제를 깨뜨리려고 하지는 않았지만 그들 중에서 똑똑한 자들은 멀리 보이는 그 땅이 사실 축복의 땅 발리노르가 아니라, 불사의 땅 동쪽 끝 에렛세아에 있는 엘다르의 항구 아발로네라는 것을 알고 있었다. 그리고 그곳에서 첫째자손들은 이따금 해가 지는 곳에서 날아오르는 하얀 새처럼 노 없는 배를 타고 누메노르를 향해 항해하여 오곤 했다. 그들은 노래하는 새와 향기로운 꽃, 그리고 대단한 효능을 지닌 식물 등의 많은 선물을 누메노르에 가져왔다. 그들은 에렛세아 한가운데서 자라는 백색성수 켈레보른의 묘목도 가져왔다. 사실 그것은 투나의 나무 갈라실리온의 묘목을 키운 것인데, 갈라실리온은 축복의 땅의 엘다르에게 야반나가 선사한, 텔페리온을 닮은 나무였다. 나무는 아르메넬로스 왕궁에서 자라나 꽃을 피웠다. 님로스라는 이름의 그 나무는 저녁에 꽃을 피우고, 밤의 어둠을 꽃의 향기로 가득 채웠다.

발라의 금제로 인해 그 당시 두네다인의 항해는 항상 서쪽이 아니라 동쪽을 향했고, 북부의 어둠에서부터 남부의 열기까지, 남부를 넘어 더 아래쪽의 어둠에까지 이르렀다. 그들은 내해 깊숙한 곳까지 들어가거나, 가운데땅 외곽을 항해하다가 자신들의 높다란 뱃머리에서 동쪽에 있는 '아침의 문'을 바라보기도 했다. 두네다인은 가끔 '큰땅'(가운데땅을 뜻함—역자 주) 해안을 찾아와 그 버려진 대륙을 불쌍히 여기기도 하였다. 누메노르의 군주들은 인간들의 '암흑의 시대'(사우론이 지배하던 제2시대 후반의 다른 이름—역자 주)에 다시 가운데땅 서해안에 상륙하였고, 그때는 어느 누구도 감히 그들을 막아서려고 하지 않았다. 어둠 속에 남아 있던 그 시대의 인간들은 이제 대부분 나약해지고 두려움에 사로잡혀 있었기 때문이다. 그들을 찾아온 누메노르인들은 많은 것을 가르쳤다. 그들은 밀과 포도주를 가져왔고, 인간들에게 씨를 뿌리고 곡식을 빻는 법, 나무를 베고 돌을 다듬는 법을 비롯하여 수명도 짧고 행복이라곤 없는 땅에 있어야 할 생활의 질서를 가르쳤다.

그렇게 하여 가운데땅의 인간들은 그들에게서 도움을 받았다. 서해안 이곳저곳의 사람이 살지 않는 숲도 줄어들었고, 인간들은 모르고스의 후예들에게 당하던 속박도 떨쳐 버리고 어둠의 공포도 잊어버렸다. 그들은 키가 큰 해양왕들에 대한 기억을 숭상하였고, 그들이 떠나고 나면 그들을 신이라고 부르면서 그들이 돌아오기를 갈망했다. 그 당시의 누메노르인들은 가운데땅에 오래 머물지 않았고, 아직 자신들의 거류지를 그곳에 마련하지도 않았다. 항해는 동쪽으로 하였지만 그들의 마음은 늘 서쪽으로 향했기 때문이다.

세월이 흐르면서 이런 갈망은 점점 더 커졌다. 누메노르인들은 멀리서 바라본 불사의 도시를 간절히 원하기 시작했고, 쾌락의 종말과 죽음을 피해 영원한 생명을 누리고자 하는 그들의 욕구는 점점 거세졌다. 힘과 영광이 나날이 커질수록 그들의 동요도 더욱 심해졌다. 발라들은 두네다인에게 긴 수명을 허용해 주었지만, 언젠가는 닥치고야 마는 노화를 그들에게서 물리칠 수는 없었고, 에아렌딜의 후예인 그들의 왕조차도 죽음을 피할 수는 없었다. 엘다르가 보기에 그들의 수명은 짧았다. 그리하여 어둠이 그들을 엄습하였고, 그 속에는 그때까지 세상을 떠돌던 모르고스의 의지가 암약하고 있는지도 모를 일이었다. 누메노르인들은 처음에는 마음속으로 투덜거리다가 나중에는 공공연히 인간들의 운명에 대해, 특히 서녘으로 항해를 하지 못하게 하는 금제에 대해 불평하기 시작했다.

그들은 서로 이야기하였다. "서녘의 군주들은 한없이 평화롭게 그곳에 앉아 있는데, 우리는 죽어서 우리 집과 우리가 만든 모든 것을 버리고 알지도 못하는 곳으로 가야 하는가? 엘다르는 죽지 않고, 심지어 군주들에게 반역을 일으킨 자들도 죽지 않는다. 우리는 모든 바다를 정복했고, 어떤 바다도 우리 배가 갈 수 없을 만큼 거칠거나 넓지도 않은데, 왜 우리는 아발로네에 가서 우리 친구들을 만나지 못한단 말인가?"

혹자는 이렇게까지 이야기했다. "왜 하루만이라도 아만에 가서 권능들의 축복을 맛볼 수 없단 말인가? 우린 아르다의 종족들 가운데서 강성해지지 않았는가?"

엘다르는 이 소식을 발라들에게 전했고, 만웨는 누메노르의 전성기 위에 암운이 드리우는 것을 알고 슬퍼하였다. 그는 사자(使者)들을 두네다인에게 보냈고, 그들은 누메노르 왕을 비롯하여 귀를 기울이는 모든 이들에게 세상의 운명과 형성에 대해 간곡하게 설명하였다.

"세상의 운명은 오직 그것을 만든 한 분만이 바꿀 수 있습니다. 당신들이 온갖 속임수와 함정을 피해 축복의 땅 아만으로 항해를 할 수 있다 하더라도 아무런 득이 될 게 없어요. 그곳에 있는 이들이 불사의 존재가 된 것은 그곳이 만웨의 땅이기 때문이 아닙니다. 불사의 존재들이 그곳에 살기 때문에 그곳이 신성한 곳이 된 것입니다. 그곳에 가면 당신들은 너무 강렬하고 환한 빛 속에 들어선 나방처럼 더 빨리 지치고 쇠약해질 겁니다."

그러자 왕이 물었다. "선대(先代)의 에아렌딜께서는 살아 계시지 않습니까? 혹시 그분은 아만 땅에 계시지 않으신가요?"

이에 그들이 대답하였다. "그는 죽음을 모르는 첫째자손으로 판정을 받았고, 그래서 당신들과 다른 운명을 얻게 되었다는 것을 아실 테지요. 하지만 그도 유한한 생명의 땅에는 다시 돌아올 수 없습니다. 당신과 당신의 백성은 일루바타르의 뜻에 따라 첫째자손이 아니라 유한한 생명의 인간으로 창조되었습니다. 당신들은 이제 두 종족의 좋은 점만을 취하려 하고 있어요. 자신이 원할 때면 배를 타고 발리노르로 들어가고, 또 어떤 때는 고향으로 돌아가고 싶어 한단 말이지요. 그럴 수는 없어요. 더욱이 발라들로서는 일루바타르가 내린 선물을 빼앗을 수도 없습니다. 엘다르는 벌을 받지 않고 심지어 반역을 일으킨 자도 죽지 않는다고 하지만, 그건 그들에겐 포상도 아니고 처벌도 아닌 존재의 실현일 뿐이랍니다. 그들은 이 세상을 벗어날 수도 없고, 또 이 세상에 묶여 있어서 세상이 존재하는 한 떠날 수가 없어요. 세상에서의 삶이 그들의 삶이기 때문이지요. 당신들은 큰 역할도 하지 않은 인간들의 반역 때문에 당신들이 벌을 받았고 그래서 죽게 되었다고 말하지만, 애당초 그건 벌이 아니었습니다. 죽음이 있기 때문에 당신들은 세상을 버리고 떠날 수 있고, 그래서 희망 속에서든 죽음 앞에서든 세상에 구속되지 않는 거지요. 그러니 누가 누구를 부러워해야 될까요?"

그러자 누메노르인들이 대답했다. "우리가 왜 발라들이나 아니면 불사의 존재들의 말석이라도 부러워하면 안 됩니까? 우리는 잠시 후에 무슨 일이 벌어질지도 모른 채 맹목적인 믿음과 확증 없는 소망을 요구받고 있을 뿐입니다. 하지만 우리도 이 세상을 사랑하고 있고 또 잃어버리고 싶지 않습니다."

사자들이 말했다. "사실 당신들에 관한 일루바타르의 생각이 어떤지는 발라들도 알지 못하며, 일루바타르는 장차 일어날 일을 모두 보여 주지도 않았습니다. 하지만 이 점은 분명합니다. 당신들의 본향은 이곳도 아니고 아만 땅도 아니며 세상의 영역 안에 있는 어느 곳도 아닙니다. 이곳을 떠나야 한다는 인간의 운명은 원래 일루바타르의 선물입니다. 이 선물이 슬픔이 된 것은 당신들이 모르고스의 어둠 속에 빠져들면서 스스로 그 두렵기 짝이 없는 거대한 어둠에 에워싸여 있다고 생각했기 때문입니다. 그래서 어떤 이들은 생명이 그들을 떠날 때까지 고집을 부리며 오만해지고 순종하지 않게 된 것입니다. 세월이라는 끝없이 늘어나는 짐을 진 우리 요정들은 이 점을 이해할 수가 없어요. 당신들의 말대로 그 슬픔이 다시 돌아와 당신들을 괴롭히는 것을 보면, 어둠이 다시 일어나 당신들의 마음속에서 커지는 것 같아 우리는 걱정스럽습니다. 그런즉, 당신들 두네다인은 그 옛날 어둠과 용맹스럽게 맞서 싸우고 또 그것을 피해 달아난, 인간들 중에서 가장 아름다운 자들이지만, 분명히 경고

합니다. 조심하십시오! 에루의 뜻은 거역할 수 없습니다. 당신들이 요구받은 믿음을 철회하지 않기를 발라들은 진심으로 권고합니다. 그렇지 않으면 그것은 다시 당신들을 옥죄는 구속이 될 겁니다. 당신들의 지극히 작은 소망이라도 종국에는 결실을 맺을 것이라는 희망을 가지세요. 일루바타르는 당신들 마음속에 아르다에 대한 사랑을 심어 놓았고, 그는 아무 목적 없이 씨를 뿌리는 분이 아닙니다. 그럼에도 불구하고 그 목적이 드러나기까지는 앞으로 많은 세월이 흘러야 할 것이며, 또 그것은 발라들이 아니라 당신들에게 밝혀질 것입니다."

이 사건이 일어난 것은 조선왕(造船王) 타르키랴탄과 그의 아들 타르아타나미르 시대였다. 그들은 재물을 탐하는 오만한 왕들이었고, 그래서 가운데땅 사람들에게 조공을 바치게 하여 이제 그들은 선사하는 쪽이 아니라 빼앗는 쪽이 되어 있었다. 사자들은 타르아타나미르를 찾아온 것이었다. 그는 누메노르의 제13대 왕으로 그의 재위 시에 왕국은 2천 년 넘게 지속되어 오던 중이었고, 힘에 있어서는 몰라도 지복에 있어서는 절정기를 구가하고 있었다. 하지만 아타나미르는 사자들의 충고를 불쾌히 여기며 관심을 두지 않았고 백성들도 대부분 그의 생각을 따랐다. 그들은 희망을 품고 기다리기보다 자신들의 시대에 죽음을 벗어나기를 갈망했던 것이다. 아타나미르는 엄청난 장수를 누렸고, 모든 기쁨이 끝난 뒤에도 삶에 집착하였다. 그는 누메노르의 왕들 중에서 분별력을 잃고 남자다움을 상실할 때까지 삶을 포기하지 않은 채, 장성한 아들에게 왕권을 넘겨주는 것을 거부한 최초의 왕이었다. 본래 누메노르의 왕들은 오랜 수명을 누리며 만혼(晚婚)을 하는 관습이 있어 아들들이 정신적으로나 육체적으로 장성하면 세상을 떠나며 왕위를 물려주곤 했던 것이다.

아타나미르 다음으로 그의 아들 타르앙칼리몬이 왕위에 올랐는데, 그도 부친과 같은 생각이었다. 그의 재위 동안 누메노르인들은 두 부류로 나뉘었다. 다수파인 한쪽은 '왕의 사람들'로 불렸는데, 이들은 오만한 자들이 되어 엘다르와 발라들로부터 멀어진 자들이었다. 다른 한쪽은 소수파로 엘렌딜리, 곧 '요정의 친구들'이란 이름을 가지고 있었다. 그들은 사실 국왕과 엘로스가에 충성하는 동시에 엘다르와 친교를 유지하고 서녘 군주들의 충고에도 귀를 기울이려고 했다. 그렇지만 스스로 '충직한자들'이라고 칭했던 그들조차도 그들의 동족이 겪는 고통으로부터 완전히 자유로운 것은 아니었고, 역시 죽음의 문제로 괴로움을 겪었다.

이렇게 하여 '서쪽나라'의 지복도 점차 줄어들었다. 하지만 그들의 위세와 영광은 여전히 커지고 있었다. 그것은 왕과 백성들이 아직 지혜를 버리지 않았고, 또 발라들을 더 이상 사랑하지는 않았지만 적어도 두려워하고는 있었기 때문이다. 그들은 금제를 공공연히 위반하거나 정해진 경계 너머까지 항해할 엄두는 아직 내지 못했지만, 동쪽으로는 여전히 그들의 높은 배를 띄워 보냈다. 하지만 죽음의 공포는 점점 더 그들을 압박하였고, 그들은 가능한 모든 방법을 써서 죽음을 미루었다. 그래서 죽은 자들을 위한 거대한 집을 건축하기 시작했고, 한편으로 현자들은 혹시 생명을 다시 불러오거나 아니면 적어도 인간의 수명을 연장할 수 있는 무슨 비결이라도 있는지를 발견하기 위해 쉼없이 연구하였다. 하지만 그들이 발견한 것은 겨우 인간의 시체를 썩지 않게 보존하는 기술뿐이었다. 그들의 온 땅은 소리 없는 무덤으로 가득 차게 되었고, 그 무덤의 어둠 속에는 죽음에 대한 생각이 안치되어 있었다. 하지만 살아 있는 자들은 더 많은 재물과 부를 탐하면서 더욱 열심히 쾌락과 환락에 탐닉하였다. 타르앙칼리몬의 시대가 끝나면서 첫 열매를 에루에게 바치던 풍습도 흐지부지되었고, 사람들은 그 땅의 가운데에 있는 메넬타르마 산정의 성소에 더 이상 올라가지 않았다.

이즈음에 누메노르인들은 처음으로 옛 땅의 서쪽 해안에 거대한 정착지를 만들게 되었다. 그들의 땅은 쪼그라든 것 같아서 거기서는 휴식을 취할 수도 만족할 수도 없었고, 또 서녘은 접근이 금지되어 있었기 때문에 가운데땅에서 재물과 영토를 추구하였던 것이다. 그들은 큰 항구와 튼튼한 망루를 세웠고 많은 이들이 그곳을 거주지로 삼았다. 하지만 이제 그들은 조력자나 선생이 아니라 군주와 지배자, 공물 수거자로 그곳에 나타났다. 누메노르인들의 거대한 함선은 바람을 받고 동쪽으로 달려가 항상 물건을 실은 채 돌아왔고, 왕들의 위력과 위엄은 더욱 막강해졌다. 그들은 술을 마시고 잔치를 벌였고 금과 은으로 몸을 치장하였다.

이 모든 일에 '요정의 친구들'은 별다른 역할을 하지 않았다. 이제 그들은 따로 북쪽에 있는 길갈라드의 땅에 가서 그곳 요정들과 교류하며 그들이 사우론에 맞설 수 있도록 도와주었다. 그들의 항구는 대하 안두인의 하구 위쪽에 있는 펠라르기르였다. 하지만 '왕의 사람들'은 훨씬 멀리 남쪽으로 내려갔고, 그들이 세운 영지와 성채는 인간들의 전설 속에 숱한 풍문을 남겼다.

다른 곳에서 이야기한 대로 이 시기에 가운데땅에서는 사우론이 다시 일어나 준동하기 시작했고, 모르고스에게 배운 그대로 악행으로 돌아가 점점 세력을 불려 나갔다. 누메노르 제11대 왕인 타르미나스티르 시절에 이미 그는 모르도르 지역을 요새로 만들어 바랏두르 성채를 세웠고, 이후로 항상 가운데땅의 지배를 꿈꾸며 왕 중의 왕에 올라 인간들의 신이 되고자 획책하였다. 사우론은 누메노르인 조상들의 행적이나 그들이 옛날 요정들과 맺은 동맹, 그리고 발라들에 대한 충성 때문에 그들을 미워하였다. 더욱이 절대반지가 만들어지면서 사우론과 에리아도르 요정들 사이에 전쟁이 벌어졌던 그 옛날, 타르미나스티르가 길갈라드에게 도움을 주었다는 것도 사우론은 잊지 않고 있었다. 이제 그는 누메노르 왕들의 위력과 위세가 날로 커지는 것을 알고 더욱 그들을 증오하였다. 사우론은 그들이 자신의 영토를 침범하여 동부의 지배권을 빼앗아 갈 수도 있다고 두려워하였다. 하지만 오랫동안 바다의 왕들에게 감히 도전하지 않았고, 해안 지역에서 안쪽으로 물러나 있었다.

하지만 사우론은 항상 간교하였고, 그가 아홉 개의 반지로 올가미에 잡아넣은 인간들 중에서 셋은 누메노르 혈통의 막강한 군주들이었다고 한다. 사우론의 부하이자 반지악령으로 알려진 울라이리가 나타나고, 인간들에 대한 그의 위협과 지배가 엄청나게 커지자, 사우론은 해안에 있는 누메노르인들의 거점들을 공략하기 시작했다.

이즈음 누메노르의 어둠은 더욱 깊어져 갔다. 엘로스 가문의 왕들은 자신들의 배신으로 인해 수명은 줄었지만, 발라들에 대한 적개심은 더욱 키워 나갔다. 제20대 왕이 왕위를 물려받았고, 그는 아두나코르, 곧 '서녘의 왕'이란 이름으로 권좌에 오르면서 요정들의 언어를 버리고 자기 앞에서 그들의 말을 사용하지 못하도록 하였다. 하지만 '왕들의 두루마리'에는 그의 이름이 과거의 관례에 따라 높은요정들의 언어로 헤루누멘이라고 기록되어 있는데, 그것은 재앙이 두려워 왕들이 관습의 완전한 파기를 꺼려하였기 때문이다. 그런데 충직한자들이 보기에 이 칭호는 발라들을 칭하는 이름으로 지나치게 오만한 것이었다. 그들은 엘로스 가문에 대한 충성과 신성한 명을 받은 권능들에 대한 존경심 사이에서 가슴이 찢어지는 듯했다. 하지만 상황은 더 악화되었다. 제23대 왕 아르기밀조르는 충직한자들의 가장 큰 적이었다. 그의 재위 동안 '백색성수'가 보살핌을 받지 못해 시들기 시작했다. 그는 요정어의 사용을 완전히 금지했고, 그때까지 비밀리에 서해안으로 들어오던 에렛세아의 배를 환영하는 이들을 처벌하였다.

이 당시에 엘렌딜리는 대부분 누메노르 서부 지방에 거주하고 있었다. 그런데 아르기밀조르는 이들 무리에 속하는 이들은 누구든지 서부를 떠나 동부 지역에 살도록 명령을 내렸고, 거기서 그들은 감시를 받으며 살았다. 그래서 훗날 충직한자들의 주요 거주지는 로멘나 항구에 가까운 곳이 되었다. 많은 인간들이 거기서 가운데땅으로 항해를 떠나 길갈라드 왕국의 엘다르와 이야기를 나누기 위해 북부 해안을 찾아갔다. 왕들은 이 사실을 알고 있었으나, 엘렌딜리가 그들의 땅을 떠나 돌아오지 않는 한 이를 방해하지는 않았다. 왕들은 자신들의 행위와 계획을 서녘의 군주들이 알지 못하게 하려고, 그들이 '발라들의 첩자'로 단정한 에렛세아의 엘다르와 그들 백성들 사이의 모든 교류를 단절하려고만 했던 것이다. 하지만 그들이 행한 모든 일을 만웨는 알고 있었고, 발라들은 누메노르의 왕들에게 크게 화가 나서 그들에게 더 이상 충고하거나 보호하려고 하지 않았다. 에렛세아의 선박들은 해가 지는 쪽에서부터 다시 나타나지 않았고 안두니에 항구는 쓸쓸하게 버려지고 말았다.

왕실 다음으로 높은 존경을 받은 이들이 안두니에 영주들이었다. 이들은 엘로스의 후예로, 누메노르 제4대 왕이었던 타르엘렌딜의 딸 실마리엔의 후손이었다. 이 가문의 영주들은 역대의 왕들에게 충성을 바치고 그들을 존경하였으며, 안두니에 영주는 언제나 주요 왕실 자문관에 포함되어 있었다. 하지만 처음부터 그들은 엘다르에 대한 특별한 사랑과 발라들에 대한 존경심도 간직하고 있었다. 어둠이 밀려들면서 그들은 힘닿는 대로 충직한자들을 도와주었다. 하지만 오랫동안 공공연히 나서지는 못하였고, 오히려 좀 더 지혜로운 권고로 왕들의 마음을 돌려 보려고 애를 썼다.

아르기밀조르의 부친 아르사칼소르의 시대에 미모로 명성이 높았던 인질베스란 여인이 있었다. 그 어머니는 안두니에 영주 에아렌두르의 누이인 린도리에였다. 기밀조르는 인질베스를 아내로 삼았고, 그녀는 이를 전혀 좋아하지 않았다. 어머니의 가르침을 통해 인질베스는 마음속으로 충직한자들 중의 한 사람이 되어 있었던 것이다. 하지만 왕과 왕자들은 오만해져서 그들이 원하는 것이면 아무도 막을 수 없었다. 아르기밀조르와 왕비 사이에는 사랑이 전혀 없었고, 그들의 아들 사이에서도 마찬가지였다. 장자인 인질라둔은 생김새뿐만 아니라 마음씨까지 모친을 닮았지만, 동생 기밀카드는 오만이나 고집이 부친보다 심하다는 것을 빼면 부친과 성격이 비슷했다. 법적으로 허용이 되었더라면 아르기밀조르는 첫째가 아니라 둘째 아들에게 왕위를 물려주었을 것이다.

인질라둔은 왕위에 오른 뒤에 다시 옛날에 쓰던 요정어로 칭호를 바꾸어 자신을 타르팔란티르라고 했다. 그것은 그가 육체의 눈이나 마음의 눈 어느 것으로도 멀리 내다볼 수 있는 안목이 있었기 때문인데, 그를 싫어하는 사람들조차 그의 말을 선견자의 말로 여기고 두려워하였다. 그는 충직한자들에게 잠시 평화를 주었고, 아르기밀조르가 버려두었던 메넬타르마 산정의 '에루의 성소'를 때에 맞추어 다시 참배하였다. 그는 백색성수를 다시 정성 들여 돌보았고, 그 나무가 죽으면 왕실도 종말을 맞이할 것이라고 예언하였다. 하지만 조상들의 오만으로 인한 발라들의 진노를 누그러뜨리기에 그의 참회는 너무 늦은 것이었고, 대다수 백성들은 여전히 회개하지 않고 있었다. 기밀카드는 힘이 좋고 성격이 거친 인물로 '왕의 사람들'로 불리는 무리의 우두머리가 되어 공공연히 형의 뜻에 반하는 행동을 하였고, 은밀히 더 많은 일을 저질렀다. 그리하여 타르팔란티르의 시대는 슬픔으로 뒤덮이게 되었다. 왕은 대부분의 시간을 서쪽에서 보내곤 했고, 안두니에 근처 오로멧 언덕 위에 있는 미나스티르 왕의 옛 성탑 위에 자주 올라갔다. 그곳에서 그는 바다 위로 배가 나타나는 것을 보고 싶은 애타는 마음으로 서쪽을 바라보았다. 하지만 이제 누메노르로 오는 서녘의 배는 한 척도 없었고, 아발로네는 구름 속에 덮여 있었다.

그런데 기밀카드가 이백 세를 2년 앞둔 나이에 죽음을 맞는데(쇠퇴기임을 감안하더라도 엘로스의 혈통으로서는 때 이른 죽음이었다.), 그렇다고 팔란티르 왕이 안심하게 된 것은 아니었다. 기밀카드의 아들 파라존은 아버지보다 더 재물과 권력을 탐하는 성급한 인물이었기 때문이다. 그는 누메노르인들이 인간들에 대한 지배권을 확장하기 위해 그 당시에 가운데땅 해안에서 벌인 전쟁에 자주 지휘관으로 출전하였고, 이로 인해 그는 육지와 바다 양쪽에서 지휘관으로 널리 명성을 얻고 있었다. 부친이 임종했다는 소식을 듣고 그가 누메노르로 돌아오자 백성들의 마음은 그를 향해 기울었다. 그가 엄청난 재물을 가지고 왔고, 또 그 당시에는 아낌없이 나누어 주었기 때문이다. 결국 타르팔란티르는 고통에 시달린 끝에 죽음을 맞게 되었다. 그는 아들이 없이 딸만 하나 있었는데, 그는 그 딸에게 미리엘이라는 요정어 이름을 지어 주었다. 왕위가 그 딸에게 계승되는 것은 당연한 귀결이었고 또 누메노르의 법에도 합당했다. 그러나 파라존은 그녀의 의사를 무시하고 그녀를 아내로 삼고 말았다. 본인의 의사에 반한 것도 잘못이었지만 그보다도 6촌 이내의 사람들끼리는 왕실에서조차 결혼을 금지하는 누메노르의 법률을 위반했다는 점에서도 이는 잘못이었다. 두 사람이 결혼하면서 그는 왕권을 장악하였고, 아르파라존(요정어로는 타르칼리온)이란 칭호도 취했다. 그는 왕비의 이름을 아르짐라펠로 고쳤다.

'황금왕 아르파라존'은 누메노르 건국 이후 역대 해양왕들 중에서 가장 강력하고 오만한 자였다. 이전까지는 모두 스물네명의 왕과 여왕이 누메노르를 통치했고, 그들은 이제 메넬타르마산 밑 깊은 무덤 속의 황금 침상에서 잠들어 있었다.

자신의 권력이 전성기에 달했을 때 왕은 조각을 새겨 놓은 아르메넬로스의 옥좌에 앉아 어두운 생각에 잠겨 전쟁을 궁리하고 있었다. 그는 가운데땅에 있는 사우론 왕국의 위세와 '서쪽나라'에 대한 사우론의 증오에 대해 알고 있기 때문이었다. 이때 동쪽에서부터 함대의 선장들과 대장들이 돌아와 보고를 하였다. 아르파라존이 가운데땅을 떠난 이후 사우론이 군대를 출정시켜 해안 도시들을 공격하고 있다는 것이었다. 사우론은 이제 '인간들의 왕'을 자처하며 누메노르인들을 바닷속으로 몰아내고 가능하다면 누메노르까지 멸망시키는 것이 자신의 목적이라고 공언한다는 것이었다.

이 소식을 들은 아르파라존의 분노는 하늘을 찔렀고, 오랫동안몰래 생각에 잠겨 있던 그의 마음속으로 무한한 권력에 대한 욕망과 오로지 자신의 의지만으로 지배하고자 하는 욕망이 넘쳐흘렀다. 그는 발라들의 충고도 없이, 또 다른 어느 누구의 지혜도 빌리지 않고, 인간들의 왕이란 칭호를 자신의 것으로 삼아 사우론을 자신의신하이자 종으로 만들 작정이었다. 그의 오만은 어느 왕도 에아렌딜의 후계자와 다툴 만큼 강해져서는 안 된다는 생각에까지 이르러있었다. 그리하여 그는 그때 엄청난 양의 무기를 제작하기 시작했고, 많은 전함을 건조하여 무기로 배를 가득 채웠다. 모든 준비가 완료되자 그는 직접 군대를 이끌고 동쪽을 향해 출항하였다.

그의 함선들이 진홍색 물을 들인 듯 붉은빛과 황금빛을 번쩍이며 해 지는 곳에서 나타나는 것을 인간들은 보았고, 해안에 살고 있던 자들은 두려움에 사로잡혀 멀리 달아나 버렸다. 함대는 마침내움바르라는 곳에 당도하였고, 그곳에는 어떤 인간도 만들지 못한누메노르인들의 웅장한 항구가 있었다. 해양왕이 가운데땅에 상륙하자 주변의 온 땅은 텅 빈 채 적막이 감돌았다. 7일 동안 그는 깃발을 휘날리고 나팔을 불며 행군을 계속하였고, 언덕이 하나 나타나자 그곳에 올라가 큰 천막과 옥좌를 세우도록 했다. 그는 그 땅의 한가운데에 자리를 잡았고, 그의 군대의 천막은 마치 키 큰 꽃이 만개한 들판처럼 청, 황, 백의 빛깔로 정렬되어 있었다. 그리고 왕은 사우론에게 사자를 파견하여 자기 앞으로 와서 충성을 맹세하라는 명령을 내렸다.

사우론이 나타났다. 자신의 그 막강한 바랏두르 성채를 내려온 그는 전혀 싸우려는 자세를 취하지 않았다. 그는 해양왕들의 위세와 위엄은 그들에 관한 모든 소문을 능가하며, 자신의 가장 뛰어난 부하조차도 그들과 맞서 싸울 수는 없다는 것을 깨달았던 것이다. 또한 두네다인과 맞서 자신의 뜻을 펼치기에는 아직 때가 이르지 않았다는 것도 알고 있었다. 그는 힘으로 되지 않을 때는 교묘하게 자신이 원하는 바를 얻어 낼 만큼 교활한 재주를 지니고 있었다. 그리하여 사우론은 아르파라존 앞에 몸을 숙이고 감언이설을 늘어놓았다. 그가 하는 말이 모두 올바르고 지혜롭게 보여 사람들은 놀라움을 금치 못했다.

하지만 아르파라존은 아직은 속아 넘어가지 않았다. 왕은 사우론과 그의 충성 서약을 좀 더 확실하게 보장하기 위하여, 그를 누메노르로 데리고 가서 그 자신과 가운데땅의 그의 모든 하수인들 대신에 인질로 삼아야겠다고 생각하였다. 사우론은 부득이 이에 동의할 수밖에 없는 것처럼 보였지만, 그것은 사실 그가 바라던 것이었기 때문에 내심 이를 반기고 있었다. 그리하여 사우론은 바다를 건너 누메노르 땅을 보게 되었고, 전성기를 구가하는 아르메넬로스시의 광경에 놀라움을 금치 못하였다. 하지만 그의 마음속은 더욱 시기와 증오로 가득 찼다.

사우론의 계략과 언변, 그의 숨겨진 의지력은 대단하였기 때문에, 3년이 지나지 않아 그는 왕의 측근 자문단과 매우 가까워졌다. 그의 입에서는 늘 꿀처럼 달콤한 아첨이 흘러나왔고, 그가 알고 있는 방대한 지식은 인간들로서는 알지 못하는 것들이 많았다. 사우론이 왕의 총애를 받는 것을 보고 자문관들이 모두 그에게 아첨하기 시작하였다. 다만 안두니에 영주 아만딜은 예외였다. 그리하여 그 땅에 서서히 변화가 일어나면서 요정의 친구들은 마음속으로 심한 고통에 시달렸고, 많은 이들이 두려움으로 인해 변절하고 말았다. 남아 있는 이들은 여전히 스스로를 충직한자들이라고 불렀지만, 적은 그들을 반역자라고 불렀다. 이제 사람들이 자신의 말에 귀를 기울이기 시작하자 사우론은 갖은 요설을 늘어놓으며 발라들의 가르침을 부정하였다. 그는 사람들로 하여금 이 세상에는 동쪽뿐만 아니라 서쪽에도 그들이 차지할 수 있는 바다와 땅이 많으며, 그곳에는 무수한 보물이 널려 있는 것으로 생각하게 만들었다. 그들이 마침내 그 땅과 바다의 끝에 이르면 그 너머에는 '고대의 암흑'이 기다리고 있다고 했다. "거기서 세상이 만들어졌습니다. 왜냐하면 암흑만이 숭배할 만하기 때문입니다. 그곳의 군주는 자신을 섬기는 이들에게 다른 세상을 선물로 줄 수도 있고, 그러면 그들의 힘은 한없이 커질 것입니다."

그러자 아르파라존이 물었다. "암흑의 군주는 누구인가?"

그러자 잠긴 문 뒤에서 사우론이 왕에게 거짓으로 대답하였다. "지금은 아무도 그분의 이름을 부르지 않습니다. 왜냐하면 발라들이 에루라는 이름을 앞세우며 그분에 대해서 당신들에게 거짓말을 했기 때문입니다. 에루는 발라들이 인간을 자신들에게 예속시키기 위해 그들의 어리석은 마음속에 만들어 놓은 유령에 불과합니다. 발라들은 에루의 사자들이라고 합니다만, 에루는 발라들이 원하는 대로 이야기할 뿐입니다. 하지만 그들의 주인인 분이 결국 승리를 거둘 것이며, 그분이 이 유령에게서 당신들을 구해 줄 것입니다. 그분의 이름은 멜코르이며 만인의 왕이자 자유의 시혜자입니다. 그분은 당신들을 그들보다 더 강하게 만들어 줄 것입니다."

그리하여 아르파라존 왕은 암흑과 암흑의 군주 멜코르에 대한 숭배로 돌아섰다. 처음에는 은밀하게 시작하였으나 곧 공공연히 백성들 앞에서도 그러하였고, 백성들도 대부분 왕을 따랐다. 하지만 앞서 언급한 대로 로멘나와 인근 지역에는 남아 있는 충직한자들이 살고 있었고, 그 밖에 누메노르 이곳저곳에 소수가 흩어져 있었다. 그 어려운 시절에 그들을 인도하고 용기를 준 중심인물은 왕의 자문관인 아만딜과 그의 아들 엘렌딜이었다. 엘렌딜에게는 이실두르와 아나리온 두 아들이 있었는데, 그들은 누메노르의 나이로는 아직 청년에 해당했다. 아만딜과 엘렌딜은 위대한 선장들이었고, 왕관과 옥좌를 계승하는 아르메넬로스시의 왕실은 아니었지만, 엘로스 타르미냐투르의 후손이었다. 젊은 시절에 아만딜은 파라존과 친하게 지냈고, 요정의 친구들에 속해 있으면서도 그는 사우론이 오기까지는 왕의 자문단에 남아 있었다. 하지만 이제 사우론이 그를 누메노르의 어느 누구보다 더 미워하였기 때문에 그 자리에서 밀려나고 말았다. 그러나 그는 무척 고결한 인품의 소유자이며 탁월한 바다의 지휘관이었기 때문에 많은 백성들로부터 여전히 존경받고 있었고, 왕이나 사우론도 아직은 그에게 감히 손을 대지 못하였다.

그리하여 아만딜은 로멘나로 물러났고, 거기서 여전히 충직하고 믿을 만한 이들을 비밀리에 모두 불러 모았다. 악의 세력이 빠른 속도로 확산하고 있으며, 모든 요정의 친구들이 위험에 처해 있다는 것을 알고 그는 두려워하고 있었다. 위험은 곧 들이닥쳤다. 메넬타르마산은 그 당시 완전히 버려진 상태였다. 사우론조차 그 높은 곳을 감히 훼손시키려 하지 못했지만, 왕은 죽음을 감수하지 않는 한 아무도 산에 오르지 못하도록 엄명을 내렸다. 마음 깊숙이 일루바타르를 섬기는 충직한자들도 마찬가지였다. 사우론은 왕에게 궁정에서 자라는 백색성수, 곧 아름다운 님로스를 베어 내라고 부추겼다. 그 나무는 발리노르의 빛과 엘다르를 떠올리게 하기 때문이었다.

왕은 처음에는 이 요구를 들어주지 않았다. 일찍이 타르팔란티르가 말한 대로 왕실의 운명은 그 나무와 불가분의 관계에 있다고 믿었기 때문이다. 그래서 이제는 엘다르와 발라들을 증오하는 그였지만, 어리석은 가운데서도 누메노르의 옛 충절의 그림자에 헛되이 매달리고 있었다. 사우론의 사악한 목표를 전해 들은 아만딜은 사우론이 결국에는 자기 뜻대로 하리라고 생각하고 무척 가슴이 아팠다. 그리하여 그는 엘렌딜과 그의 아들들에게 발리노르의 나무 이야기를 들려주었다. 이실두르는 아무 말도 하지 않은 채 한밤중에 집을 나가서 그 후로 그의 명성을 드높여 준 무용담을 남겼다. 그는 변장을 하고 홀로 아르메넬로스로 가서 충직한자들에게는 당시에 출입이 금지되어 있던 왕궁으로 잠입하였다. 그리고 나무가 있는 곳을 찾아갔다. 그곳은 사우론의 엄명에 의해 아무도 접근할 수 없었고, 사우론 휘하의 경비병들이 밤낮으로 나무를 지키고 있었다. 때가 늦가을이고 겨울이 멀지 않았기 때문에 님로스는 검은색을 띤 채 꽃을 피우지 않고 있었다. 이실두르는 경비병들 사이를 지나 나무로 다가가서 나무에 달려 있는 열매를 하나 따서 돌아섰다. 하지만 잠에서 깬 경비병들이 그에게 덤벼들었고, 그는 빠져나오기 위해 싸움을 하다가 많은 상처를 입고 말았다. 결국 그는 탈출에 성공하였고 또 변장을 하고 있었기 때문에 누가 나무에 손을 댔는지는 아무도 알지 못했다. 이실두르는 간신히 로멘나에 돌아왔고, 아만딜의 손에 열매를 넘겨주고는 기진맥진하여 쓰러지고 말았다. 그리하여 열매는 비밀리에 땅에 심어졌고 아만딜의 축복을 받았다. 봄이 되자 거기서 싹이 나와 자라기 시작했고 첫 번째 나뭇잎이 나오기 시작했을 때, 오랫동안 병상에 누워 죽음을 기다리던 이실두르가 일어나 부상으로 인한 고통에서 벗어났다.

그 모험은 결코 이른 것이 아니었다. 그 습격이 있은 뒤 왕은 사우론에게 굴복하여 백색성수를 베어 내고 조상들의 충절로부터 완전히 등을 돌렸다. 사우론은 누메노르인들의 도시, 황금의 아르메넬로스 중심부의 언덕 위에 거대한 신전을 세우게 하였다. 바닥이 원형으로 이루어진 이 신전은 성벽의 두께가 약 15미터, 바닥의 지름은 약 150미터로, 지상에서 약 150미터 높이까지 솟아 있었고 꼭대기는 커다란 둥근 지붕이 덮고 있었다. 둥근 지붕은 온통 은으로 장식되어 있었고 햇빛 속에 찬란하게 솟아 있어서 그 빛을 멀리서도 볼 수 있었다. 하지만 그 빛은 곧 어두워지고 은빛은 검게 변했다. 신전 한가운데에 불의 제단이 있었고, 둥근 지붕 꼭대기에는 창이 있어서 그곳에서 엄청난 양의 연기가 뿜어져 나왔던 것이다. 사우론은 제단의 첫 불을 베어 낸 님로스로 지폈고 불은 딱딱 소리를 내며 타올랐다. 하지만 사람들은 거기서 나오는 악취에 경악을 금치 못했고, 7일 동안이나 구름이 온 땅을 뒤덮다가 서서히 서쪽으로 물러갔다.

그 후에도 불과 연기는 쉬지 않고 피어올랐다. 사우론의 힘은 날로 커졌고, 사람들은 그 신전에서 피를 흘리고 고문을 하고 엄청난 악행을 저지르며 자신들을 죽음에서 해방시켜 주도록 멜코르에게 제물을 바쳤던 것이다. 그들은 자주 충직한자들 중에서 제물로 바칠 사람을 골랐다. 하지만 자유의 시혜자 멜코르를 숭배하지 않기 때문이라는 노골적인 이유를 댄 것은 아니었다. 그들에게 씌워진 죄목은 그들이 왕을 증오하고 반역을 하였다거나, 거짓말과 유언비어를 유포하여 동족을 배신하는 음모를 꾸민다는 것이었다. 이러한 비난은 모두 거짓이었지만, 때는 어려운 시절이었고 증오는 증오를 낳았다.

하지만 이 모든 노력에도 불구하고 죽음은 그 땅을 떠나지 않았다. 오히려 죽음은 갖가지 무시무시한 변장을 한 채 더 일찍 더 자주 찾아왔다. 예전에는 사람들이 서서히 늙어 가서 마침내 세상에 지쳤을 때 잠을 자듯이 눈을 감았지만, 이제는 광기와 질병이 그들을 엄습하였다. 그들은 죽음이 두려웠고, 그들이 구세주로 모신 자의 세계인 어둠 속으로 들어가는 것이 두려웠다. 그들은 고통 속에서 스스로를 저주하였다. 그 시절의 인간들은 손에 무기를 들고 사소한 이유로도 서로 목숨을 빼앗았다. 그들은 쉽게 화를 냈고, 사우론이나 그와 한패거리가 된 자들은 온 땅을 돌아다니며 사람들이 서로 싸우게 만들었다. 그리하여 백성들은 왕과 군주들에 대해서, 또 자신들이 갖지 못한 것을 가진 사람들에 대해서 불만을 터뜨렸고, 권력을 가진 자들은 잔인한 복수를 일삼았다.

그럼에도 불구하고 오랫동안 누메노르인들은 자신들이 번영을 누리고 있다고 생각하였고, 혹시 더 행복해지지는 않았더라도 더 강해졌으며, 부자들은 더 부유해졌다는 느낌을 가졌다. 그들은 사우론의 도움과 조언으로 재산을 더 늘렸고, 기관(機關)을 고안하여 훨씬 더 큰 함선을 만들었던 것이다. 그래서 그들은 이제 힘을 과시하며 병기를 싣고 가운데땅으로 항해를 떠났다. 그들은 더 이상 선물을 주는 자나 통치자가 아니라, 전쟁에 미친 사나운 인간들일 뿐이었다. 그들은 가운데땅의 인간들을 사냥하여 가진 것을 빼앗고 노예로 삼았으며, 많은 이들을 자신들의 제단 위에서 잔인하게 살해하였다. 그 당시에 그들은 자신들의 요새 안에 신전과 함께 커다란 무덤을 만들어 두었던 것이다. 인간들은 그들을 두려워하였고, 옛날의 자상한 왕들에 대한 기억은 세상에서 차츰 희미해지면서 가공스러운 많은 이야기에 묻혀 버렸다.

그리하여 사우론이 사실상 옥좌 뒤에서 모든 권력을 휘두르기는 했지만, '별의 땅'의 왕 아르파리조온 모르고스의 통치 이후 세상에서 가장 강력한 폭군이 되었다. 하지만 세월이 흘러 나이가 들면서 왕은 죽음의 그림자가 다가오는 것을 느꼈다. 그는 공포와 분노에 휩싸였다. 이제 사우론이 오랫동안 준비하며 기다렸던 시간이 다가온 것이었다. 사우론은 이제 왕의 힘이 대단히 강해졌으니 모든 일을 자신의 뜻대로 할 수 있으며 누구의 명령이나 금제에 구애받을 필요가 없다고 왕에게 말했다.

"발라들은 불사의 땅을 차지하고 있으면서도, 그것에 대해 당신들에게 거짓말을 하며 가능한 한 숨기려 하고 있습니다. 탐욕 때문이지요. 또한 인간의 왕들이 그들로부터 불사의 땅을 빼앗아 세상을 대신 지배하는 것을 두려워하고 있습니다. 의심의 여지 없이 확실한 것은 무한한 생명이란 선물은 누구에게나 주어지는 것이 아니라 오직 힘과 긍지와 위대한 혈통을 지닌 훌륭한 이들만이 누릴 수 있다는 것입니다. 그런데도 당신이 누려야 할 이 선물이, 왕 중의 왕이며 땅의 아들들 중에서 가장 위대한 자이며 오로지 만웨 정도나 감히 비견될 수 있는 아르파라존 왕 당신에게 거부되었다는 것은 참으로 부당한 일입니다. 위대한 왕은 부당한 처사를 참고 견디지 않습니다. 자신의 몫을 쟁취해야 합니다."

이제 수명이 다해 죽음의 그림자 속을 거닐고 있던 아르파라존은 거의 제정신이 아니었기 때문에 사우론의 말에 솔깃해졌다. 그는 발라들에 맞서 어떻게 전쟁을 벌여야 할지 마음속으로 궁리하기 시작했다. 그는 이 계획을 오랫동안 준비하면서 아무에게도 발설하지 않았지만 모든 사람들에게 숨길 수는 없었다. 왕의 의도를 알아차린 아만딜은 낙심하여 엄청난 두려움에 사로잡혔다. 인간은 발라들과의 전쟁에서 이길 수 없으며, 이 전쟁을 막지 않으면 필경 세상은 종말에 이를 것임을 그는 알고 있었던 것이다. 그리하여 아만딜은 아들 엘렌딜을 불러 말하였다.

"세월이 흉흉하고, 이제 충직한자들도 거의 남아 있지 않아 인간들에게는 희망이 없구나. 그래서 나는 우리 선조 에아렌딜이 먼 옛날 했던 것처럼, '금제'가 있든 없든 서녘으로 배를 타고 가서 발라들께, 아니 가능하다면 직접 만웨를 만나 모든 것이 사라지기 전에 그분의 도움을 청해 보겠다."

"그렇다면 왕에 대한 반역이 됩니다." 엘렌딜이 말했다. "그들이 지금까지도 역적이니 첩자니 하면서 우리들에게 터무니없는 누명을 덮어씌우려는 것을 잘 알고 계시지 않습니까?"

"만웨에게 그와 같은 심부름꾼이 필요하다면, 나는 왕이라도 배반할 각오가 되어 있다. 모든 인간이 이유를 불문하고 진실로 충성을 바쳐야 할 곳은 단 한 곳뿐이다. 내가 간청하려는 것은 인간을 위해서이며, 기만자 사우론으로부터 인간을 구원하기 원해서이다. 아직도 충직한자들로 남아 있는 자들이 적어도 몇 명은 있기 때문이다. 그리고 금제에 대해서는, 나를 따르는 모든 이들이 죄인이 되지 않도록 나 혼자서 그 처벌을 감수할 작정이다."

"하지만 아버님, 아버님의 행방이 알려지고 나면 뒤에 남은 우리 집안 사람들에게 어떤 일이 닥칠지 생각해 보셨습니까?"

"알려져서는 안 될 것이다." 아만딜이 대답했다. "나는 비밀리에 항해를 준비하여 동쪽으로 출발할 것이다. 그 항구에서는 날마다 우리 선박들이 출항하기 때문이다. 그러고 나서 바람이 맞고 운이 닿으면 남쪽이나 북쪽으로 선회를 한 다음 서쪽으로 돌아가서 무엇이 보이는지 찾아볼 계획이다. 하지만 아들아, 너와 너를 따르는 이들을 위해서는 다른 선박들을 준비하도록 하고, 도저히 놓아두고 떠날 수 없는 것들은 모두 싣도록 하거라. 그리고 배가 준비되면 로멘나항에서 기다리면서 사람들에게는 때가 이르면 나를 따라 동쪽으로 간다고 알려 두거라. 왕좌에 앉아 있는 우리 친족에게 아만딜은 더 이상 소중한 이름이 아니므로, 우리가 잠시 혹은 영원히 떠난다고 하더라도 그는 크게 슬퍼하지 않을 것이다. 하지만 많은 사람을 데리고 떠난다는 인상을 주지는 않도록 해야 한다. 자신이 꾸미고 있는 전쟁 때문에 왕은 가능한 한 많은 병력을 필요로 할 터이므로 그의 우려를 사서는 안 된다. 충직한자들 가운데서 여전히 믿을 수 있는 이들만 찾아서, 그들이 너와 함께하고 너의 계획에 동참할 의사가 있을 때만 은밀히 합류시키도록 하거라."

"계획을 무엇이라고 하지요?" 엘렌딜이 물었다.

"전쟁에 끼어들지 않고 지켜보는 것이라고 하거라. 돌아오기 전까지는 나도 더 이상 말할 수가 없다. 하지만 너는 아마도 '별의 땅'을 황급히 떠나야 할 것이다. 이 땅은 부정해졌으니, 너를 인도해 줄 별도 없을 것이다. 그리고 너는 사랑했던 모든 것들을 잃게 될 것이며, 삶 속에서 죽음을 미리 맛보고 다른 곳에서 망명지를 찾아야 할 것이다. 하지만 그것이 동쪽이 될지 서쪽이 될지는 발라들만이 알고 있을 뿐이다."

그리하여 아만딜은 마치 임종을 앞둔 사람처럼 모든 가족과 작별 인사를 나누었다. "너희들은 나를 다시 만나지 못할 것이며, 나는 먼 옛날 에아렌딜이 보여 준 것 같은 징표를 너희들에게 보여 주지도 못할 것이다. 우리가 살아온 세상의 종말이 이제 임박했으니 항상 준비해 두도록 하거라."

아만딜은 밤중에 작은 배를 타고 출항하여 처음에는 동쪽으로, 다음에는 방향을 돌려 서쪽으로 건너갔다고 전해진다. 그는 진심으로 아끼는 세 명의 하인을 데리고 떠났으나, 그 후로 세상에는 말로든 징표로든 그들에 관한 소식은 아무것도 남아 있지 않으며, 그들의 운명에 대한 이야기나 추측도 전혀 없었다. 인간은 그와 같은 사자(使者)에 의해 두 번 구원받을 수는 없었고, 누메노르의 반역은 그리 쉽게 용서받을 만한 일이 아니었다.

하지만 엘렌딜은 부친이 시킨 대로 모두 행했고, 자신의 선박들을 누메노르 동해안에 정박시켜 두었다. 충직한자들은 아내와 자식들, 조상 전래의 가보와 막대한 양의 물건들을 배에 실었다. 그릇과 보석, 진홍색과 검은색으로 기록한 전승의 두루마리 등 누메노르인들의 지혜가 절정에 이르렀을 때 만들어진 아름답고 힘을 지닌 많은 것들이 거기 있었다. 그들은 또한 엘다르가 선물한 일곱 돌('천리안의 돌' 팔란티르를 가리킴—역자 주)도 가지고 있었다. 이실두르의 배에는 아름다운 님로스의 후손인 어린나무가 안전하게 실려 있었다. 엘렌딜은 그렇게 준비를 한 채 당시의 사악한 행동에는 끼어들지 않았고, 항상 어떤 징조를 기다리고 있었으나 그것은 나타나지 않았다. 그래서 그는 슬픔과 그리움이 밀려올 때면 비밀리에 서해안으로 가서 바다 저편을 바라보았다. 그는 부친을 무척 사랑했던 것이다. 하지만 서해안의 항구에는 집결 중인 아르파라존의 함대 외에는 아무것도 보이지 않았다.

본래 누메노르섬의 날씨는 항상 인간들의 필요와 기호에 맞추어 알맞았다. 비는 늘 제철에 알맞은 양으로 내렸고, 햇빛은 때로는 따스하고 때로는 시원했으며, 바다에서는 바람이 불어 왔다. 서쪽에서 바람이 불어올 때면 사람들은 바람 속에서 일순간이지만 달콤하면서도 가슴을 울렁거리게 만드는 향기를 맡을 수 있었다. 유한한 생명의 땅에서는 이름도 알 수 없는, 불사의 땅에서만 영원히 피어나는 꽃에서 날아온 듯한 향기였다. 하지만 이 모든 것이 이제는 변했다. 하늘이 어두워지면서 폭풍우와 우박이 쏟아졌고 광풍이 일어났다. 이따금 누메노르인들의 큰 배가 좌초하여 항구로 돌아오지 못하곤 했는데, 에아렌딜의 별이 떠오른 뒤로 그때까지 그 같은 불행이 닥친 적은 한 번도 없었다. 저녁에는 가끔 서쪽에서부터 독수리 모양의 거대한 구름이 날아오곤 했다. 날개 끝을 남쪽과 북쪽으로 펼친 구름은 서서히 떠오르면서 석양을 가리곤 했고, 그럴 때면 누메노르는 칠흑 같은 어둠에 잠겼다. 어떤 독수리들은 날개 속에 벼락을 품고 있어서 바다와 구름 사이에 천둥소리기 울러 퍼졌다.

사람들은 두려움에 사로잡혀 소리쳤다. "서녘 군주들의 독수리들을 보아라! 만웨의 독수리들이 누메노르로 쳐들어온다!" 그리고 그들은 땅바닥에 엎드렸다.

그들 중의 일부는 그때 잠시 동안 회개하기도 하였지만, 다른 이들은 마음을 더욱 완악하게 먹고 하늘에 대고 주먹질을 하며 소리를 질렀다. "서녘의 군주들이 우리를 적으로 삼아 음모를 꾸몄다. 그들이 먼저 공격했다. 다음은 우리가 반격할 차례다!" 이런 말은 왕이 했지만 실은 사우론이 꾸민 것이었다.

이제는 벼락이 점점 심해지면서 사람들이 언덕 위에서, 들판에서, 도시의 거리에서 쓰러져 목숨을 잃었다. 번갯불이 신전의 둥근 지붕을 내리쳐 지붕이 갈라지면서 온통 불길에 휩싸였다. 하지만 신전 자체는 흔들리지 않았고, 사우론은 그 첨탑 위에 올라서서 벼락에 맞서 대항하였지만 아무런 해를 입지 않았다. 그때 사람들은 그를 신이라고 부르며 무슨 일이든지 그가 시키는 대로 행했다. 그리하여 최후의 징조가 나타났을 때도 사람들은 전혀 주목하지 않았다. 발밑의 땅이 흔들리고, 지하에서 나는 천둥과도 같은 굉음이 바다의 노호하는 소리와 뒤섞였고, 메넬타르마 산정에서는 연기가 솟아올랐다. 하지만 그럴수록 아르파라존은 자신의 무력으로 밀어붙였다.

그때쯤 누메노르인들의 함대는 누메노르 서쪽 해안을 새카맣게 뒤덮고 있어서 마치 1천 개의 섬으로 이루어진 군도(群島)와 같았다. 돛대는 산 위의 숲처럼 솟아 있었고, 펼쳐진 돛은 내리덮은 구름 같았으며, 군기(軍旗)는 황금색과 검은색이었다. 모든 것이 아르파라존의 명령에 달려 있었다. 사우론은 신전의 가장 깊숙한 둥근 방으로 들어갔고, 사람들은 그에게 불에 태울 희생 제물을 갖다 바쳤다.

그때 해 지는 곳에서부터 서녘 군주들의 독수리들이 나타났다. 그들은 전투 대형으로 정렬한 채 일렬로 전진하고 있었고, 그 끝은 까마득하여 보이지도 않았다. 가까이 다가올수록 그들은 하늘을 움켜잡듯 날개를 더 넓게 펼쳤다. 독수리들 뒤로 서녘은 붉게 타오르고 있었고, 그들은 엄청난 분노의 불길로 아래쪽을 벌겋게 물들였다. 그리하여 누메노르 전역은 이글거리는 불길에 휩싸인 듯 환하게 밝혀졌다. 사람들은 옆 사람의 얼굴을 바라보았고, 그 얼굴은 분노로 시뻘겋게 달아오른 것 같았다.

아르파라존은 마음을 강하게 먹고 알카론다스, 곧 '바다의 성'으

로 명명한 자신의 거대한 함선에 올랐다. 배에는 많은 노가 달려 있
었고 황금색과 검은색의 많은 돛대가 솟아 있었으며, 그 위에 아르
파라존의 옥좌가 놓여 있었다. 그는 갑옷을 입고 왕관을 쓴 다음 자
신의 군기를 올리도록 하였고, 닻을 올리라는 신호를 하였다. 그 순
간 누메노르의 나팔 소리는 천지를 진동하였다.

이리하여 누메노르인들의 함대는 서녘의 위협에 맞서 진군하였
다. 바람은 거의 없었지만 그들에게는 많은 노가 있었고, 채찍을 맞
아가며 노를 젓는 건장한 노예들이 많았다. 해가 지자 사위는 적막
에 잠겼다. 온 세상이 장차 벌어질 일을 기다리는 동안 대지는 어둠
에 덮이고 바다는 침묵 속에 빠져들었다. 항구를 떠난 함대는 서서
히 지켜보는 이들의 시야에서 멀어졌고, 그들의 빛이 희미해지면서
밤의 어둠 속으로 들어갔다. 아침이 되자 그들은 사라지고 없었다.
동쪽에서 한 줄기 바람이 일어나 그들을 멀리 옮겨 놓았던 것이다.
그들은 발라들의 금제를 어기고 금지된 바다에 들어섰다. 불사의
존재들에게서 영원한 생명을 빼앗아 세상의 영역에 가져오기 위해
전쟁을 하러 나선 것이었다.


아르파라존의 함대는 바다 한가운데에서 나와 아발로네와 에렛
세아섬 전체를 에워쌌고, 구름 떼처럼 에워싼 누메노르 함대 때문
에 석양빛이 차단되사 엘다르는 슬픔에 잠겼다. 아르파라존은 마침
내 축복의 땅 아만, 발리노르의 해안에 당도하였다. 여전히 사방은
적막에 잠겨 있었고, 운명은 절체절명의 위태로운 순간이었다. 아르
파라존은 마지막 순간에 마음이 흔들려 거의 돌아설 뻔하였다. 적
막에 잠긴 해안과 찬란한 타니퀘틸을 보자 그는 더럭 의심이 들었
다. 타니퀘틸은 눈(雪)보다 더 희고 죽음보다 더 차가우며, 일루바타
르의 빛이 만들어 낸 그림자처럼 고요하고 변함없는 두려운 모습이
었다. 하지만 이제는 오만이 그를 지배하고 있었다. 그는 마침내 배

에서 내려 해변에 내려섰고 아무도 싸움을 걸어오지 않는다면 그 땅은 자신의 것이라고 외쳤다. 누메노르의 군대는 기세 좋게 투나에 야영지를 세웠다. 엘다르는 모두 달아나고 없었다.

그러자 타니퀘틸 산정의 만웨는 일루바타르를 찾았고, 발라들은 그때 아르다에 대한 그들의 통치를 내려놓았다. 그리고 일루바타르는 자신의 힘을 분출시켜 세상의 모습을 바꾸어 버렸다. 누메노르와 불사의 땅 사이의 바다에 거대한 구렁이 벌어지더니 그 속으로 바닷물이 쏟아져 들어갔고, 억수처럼 쏟아지는 물소리와 연기는 하늘로 올라가면서 세상을 뒤흔들었다. 누메노르의 함대는 모두 그 심연 속으로 빨려 들어가서 그 속에 영원히 삼켜지고 말았다. 아만 땅에 발을 디딘 아르파라존과 유한한 생명의 전사들은 무너지는 언덕들 밑에 깔리고 말았다. 그들은 '최후의 전투'와 '심판의 날'까지 '망각된 자들의 동굴'에 갇혀 있는 것으로 알려져 있다.

결국 아만 땅과 엘다르의 에렛세아는 인간의 손이 영원히 닿을 수 없는 곳으로 옮겨지고 말았다. 그리고 선물의 땅 안도르, 에아렌딜의 별의 엘렌나, 곧 왕들의 누메노르는 완전히 파괴되었다. 누메노르는 그 거대한 구렁의 동쪽 끝에 가까이 있었고, 그래서 그 기초가 흔들리면서 무너져 어둠 속으로 가라앉아 사라져 버린 것이다. 그리하여 이제 땅 위에는 악이 존재하지 않던 시절의 기억을 간직한 곳이 하나도 없게 되었다. 일루바타르가 가운데땅 서쪽의 대해를 더욱 서쪽으로, 그 동쪽의 아무도 살지 않는 땅을 더욱 동쪽으로 밀어 내고 새로운 땅과 바다를 만들었기 때문이다. 하지만 발리노르와 에렛세아가 떨어져 나가 숨겨진 영역으로 들어갔기 때문에 세상은 더 작아진 셈이었다.

이 심판은 인간들로서는 전혀 예상치 못한 순간에 일어났다. 함대가 출발한 지 39일이 되는 날이었다. 갑자기 메넬타르마 산정에서 불꽃이 솟구치며 지상에 강풍과 함께 혼란이 엄습했고, 하늘이 흔들거리고 언덕이 쏟아져 내리며 누메노르는 그 모든 자식과 아내, 처녀와 오만한 귀부인 들과 함께 바닷속으로 빨려 들어갔다. 그 모든 정원과 궁정과 성탑과 무덤과 재물과 보석과 피륙과 채색하고 조각한 물건 들과 웃음과 환락과 음악과 지혜와 전승에 이르기까지 모두 영원히 사라졌다. 그리고 마지막으로 거품으로 깃털 장식을 한 차고 푸른 거대한 파도가 넘실거리며 육지로 올라가, 은보다 상아보다 진주보다 더 아름다운 타르미리엘 왕비를 가슴에 안았다. 왕비는 성소를 향해 메넬타르마의 가파른 산길을 올라가려 했으나 이미 너무 늦고 말았다. 파도가 그녀를 덮쳤고, 그녀의 비명은 노호하는 바람 소리에 묻히고 말았다.

아만딜이 정말로 발리노르에 도착하여 만웨가 그의 기도를 들었는지는 모를 일이지만, 엘렌딜과 두 아들, 그리고 그들을 따르는 자들은 발라들의 은총에 의해 그날의 재앙을 면할 수 있었다. 엘렌딜은 왕이 전쟁에 나설 때 그의 부름을 거부하고 로멘나에 남아 있었던 것이다. 사우론의 병사들이 그를 붙잡아 신전의 불 속에 던져 넣으려고 찾아왔을 때, 그는 병사들을 피하여 배에 올랐고 해안에서 떨어진 곳에 멈춘 채 때를 기다렸다. 육지에 가로막혀 있었기 때문에 그는 만물을 심연 속으로 끌고 들어가는 바다의 광풍을 피할 수 있었고, 나중에는 최초의 격렬한 폭풍우로부터도 목숨을 건질 수 있었다. 하지만 모든 것을 집어삼키는 파도가 누메노르를 덮쳐 누메노르가 흔들리자 그는 차라리 바닷속으로 들어가 사라지는 것이 고통이 덜하지나 않을까 하는 생각까지 들 정도였다. 왜냐하면 어떤 죽음의 고통도 그날의 상실감이나 괴로움보다 더 심하지는 않을 것 같았기 때문이었다. 하지만 인간이 지금까지 경험한 어떤 바람보다 더 사나운 강풍이 서쪽에서 불어오더니 그의 선단을 멀리 휩쓸어가 버렸다. 그 엄청난 바람에 그들의 돛은 찢어지고 돛대는 부러졌으며, 불운한 사람들은 밀짚처럼 바닷속에 떨어지고 말았다.

배는 모두 아홉 척이었다. 엘렌딜의 배가 네 척, 이실두르가 세 척, 아나리온이 두 척이었다. 그들은 검은 광풍에 쫓겨 순식간에 죽음의 황혼에서 세상의 어둠 속으로 밀려갔다. 그들의 발밑에서는 분노에 치를 떨듯 바다가 솟아올랐고, 용트림하는 눈보라를 덮어쓴 산만 한 파도가 달려들어 그들을 찢어진 구름 속으로 들어 올렸다. 여러 날이 지난 후 그들은 가운데땅 해안에 내동댕이쳐져 있었다. 가운데땅 서부의 해안선과 해안 지역은 이 당시에 모두 엄청난 변동이 일어나고 파괴를 겪었다. 바다가 육지 속으로 깊숙이 들어오고 해안이 가라앉았으며, 옛 섬들이 침몰하고 새로운 섬들이 솟아올랐다. 산맥은 무너져 내리고 강물은 낯선 길을 찾아들었다.

엘렌딜과 아들들은 훗날 가운데땅에 왕국들을 세웠다. 그들의 학문과 기술은 사우론이 누메노르에 오기 전에 비하면 그 메아리에 불과했지만, 야생의 상태로 살고 있던 세상 사람들에게는 무척 위대한 것으로 여겨졌다. 그 다음 시대에 엘렌딜의 후예들이 이룩한 행적과, 여전히 끝나지 않은 사우론과 그들의 전쟁에 대해서는 다른 많은 이야기가 전해 온다.

사우론은 발라들의 분노와 바다와 육지에 내린 에루의 심판으로 인해 엄청난 공포에 사로잡혔다. 그것은 오로지 누메노르인들의 죽음과 그들의 오만한 왕의 패배만을 바랐던 그의 예상보다 훨씬 엄청난 것이었다. 신전 중앙의 검은 옥좌에 앉아 있던 사우론은 개전을 알리는 아르파라존의 나팔 소리를 듣고 웃음을 터트렸다. 폭풍우를 예고하는 천둥소리를 들으며 그는 다시 한번 웃었다. 그리고 에다인이 영원히 사라진 세상에서 이제 무엇을 해야 할까 하며 혼자 생각에 잠겨 세 번째로 웃었을 때, 바로 그 환희의 순간에 파도가 그를 덮쳐 와 그의 옥좌와 신전은 심연 속으로 떨어졌다. 하지만 사우론은 유한한 생명의 존재가 아니었다. 그는 그토록 엄청난 악행을 저질렀던 형체를 이제 박탈당하여 다시는 인간들의 눈앞에 매혹적인 모습으로 나타날 수가 없었다. 하지만 사우론의 영은 바닷속에서 솟아올라 그림자처럼 또 검은 바람처럼 바다를 건너 그의 고향, 곧 가운데땅의 모르도르로 돌아왔다. 그곳 바랏두르에서 그는 다시 위대한 반지를 끼고 새로운 외양, 곧 악의와 증오가 가시화된 모습을 갖출 때까지 어둠 속에 조용히 머물러 있었다. 그 새로운 외양인 끔찍스러운 사우론의 눈(眼)을 견뎌 낼 수 있는 사람은 아무도 없었다.

하지만 이 내용은 지금 막 끝난 누메노르의 침몰 이야기에는 포함되지 않는다. 심지어 그 땅의 이름조차 사라져 사람들은 그 후로 엘렌나나 빼앗긴 선물 안도르, 또는 세상의 경계에 있던 누메노레에 대해서 이야기하지 않았다. 하지만 바닷가에 내린 망명자들은 서녘을 향해 그들의 마음이 기울어질 때면 파도 속에 가라앉은 마르누팔마르, 침몰한 아칼라베스, 그리고 엘다르의 말로 아탈란테라고 하는 땅에 대해 이야기를 하였다.

망명자들 중에서 많은 이들은 하늘의 기둥 메넬타르마의 꼭대기는 영영 물속에 잠긴 것이 아니라 다시 파도 위로 솟아올라 망망대해 속에서 찾을 길 없는 외로운 섬이 되었다고 믿었다. 그곳은 신성한 장소이며 심지어 사우론의 시대에도 아무도 그곳을 더럽히지 못했기 때문이다. 에아렌딜의 후손 중에는 나중에 그곳을 찾아 나선 이들도 있었다. 전승의 대가들 사이에, 저 옛날 메넬타르마에서는 눈이 좋은 사람들은 희미하게나마 불사의 땅을 볼 수도 있었다는 이야기가 떠돌았기 때문이다. 누메노르의 멸망 뒤에도 두네다인의 마음은 늘 서쪽을 향하고 있었다. 사실 세상이 변했다는 것을 알면서도 그들은 이렇게 말했다. "아발로네는 지상에서 사라졌고 아만 땅도 없어졌기 때문에 지금 같은 암흑의 세상에서는 찾아볼 수 없다. 하지만 그곳은 옛날에는 실제로 존재하였고, 따라서 지금도 실재하며 처음에 만들어지던 그때와 똑같은 온전한 세상의 모습으로 존재하고 있다."

두네다인은 유한한 생명의 인간이라도 그렇게 축복을 받는다면 자기 육체의 삶에 허용된 시간 이외의 시간을 볼 수 있을지도 모른다고 생각했다. 그래서 그들은 항상 자신들의 망명의 그림자를 벗어나 어떤 형태로든 사라지지 않는 그 빛을 보기를 갈망하였다. 죽음을 생각할 때 뒤따르는 슬픔이 깊은 바다 위로 항상 그들을 쫓아다녔던 것이다. 그리하여 그들 가운데서 뛰어난 뱃사람들은 메넬타르마섬을 찾아 거기서 옛날의 환상을 보기 위하여 여전히 망망대해를 찾아 헤매곤 하였다. 하지만 허사였다. 멀리까지 배를 타고 나간 이들은 새로운 땅을 발견하기는 하였으나 그 땅이 옛 땅과 마찬가지로 죽음에 종속되어 있다는 것을 깨달았다. 아득히 멀리 나간 이들은 땅을 한 바퀴 돌아서 결국은 지친 몸으로 처음에 출발했던 곳으로 돌아왔다. 그리고 그들은 말했다. "이제 모든 길은 굽어 있다."

그리하여 세월이 흐른 후 인간의 왕들은 배로 항해를 하거나 학문을 통해서 혹은 별을 연구한 끝에 세상이 정말로 둥글게 만들어져 있다는 것을 알아냈다. 하지만 엘다르는 여전히 옛날의 서녘과 아발로네까지 원한다면 오고 갈 수가 있었고, 그래서 인간들 중에서 전승의 대가들은 허락받은 이들만 발견할 수 있는 '직항로'가 틀림없이 있을 것이라고 말했다. 그리고 그들은 새로운 세상이 가라앉더라도 서녘의 기억으로 향하는 옛길과 통로는 여전히 이어져 있을 것이라고 가르쳤다. 그 길은 마치 보이지 않는 거대한 다리처럼 우리가 숨을 쉬고 날아다니는 대기를 가로지르고(그곳도 이제는 세상처럼 휘어져 있는데), 인간의 육체로는 도움을 받지 않고는 견딜 수 없는 일멘을 횡단하여, 외로운섬 톨 에렛세아에 이르고 심지어 그 너머, 발라들이 여전히 머무르며 세상의 이야기가 전개되는 것을 지켜보고 있는 발리노르에까지 이른다는 것이었다. 바닷가에는 배를 타고 떠나는 쓸쓸한 뱃사람들과 다른 인간들에 대한 이야기와 풍문이 떠돌았다. 그들은 어떤 운명에 따라 혹은 발라들의 은총이나 사랑을 받아 직항로로 들어서서 세상의 표면이 그들의 발밑으로 가라앉는 것을 바라보았고, 그리하여 등불이 환한 아발로네의 부두나 아만 땅 가장자리의 마지막 해안에 정말로 당도하였으며, 죽기 전에는 그곳에서 무서우면서도 아름다운 '흰산'을 보았다고 한다.

# 힘의 반지와 제3시대

## OF THE RINGS OF POWER
## AND THE THIRD AGE

# 힘의 반지와 제3시대

---

## 마지막 이야기

옛날에 마이아 사우론이 있었고 벨레리안드의 신다르 요정들은 그를 고르사우르라고 불렀다. 아르다 초기에 멜코르는 그를 유혹하여 자신에게 충성을 바치도록 만들었고, 그는 대적 멜코르의 가장 뛰어나고 믿을 만하며 가장 위험한 부하가 되었다. 그는 여러 가지 형체를 취할 수 있었고, 또 원한다면 오랫동안 위엄 있고 아름다운 외양으로 나타나 지극히 경계심이 많은 자를 제외하고는 모두 속여 넘길 수 있었다.

상고로드림이 파괴되고 모르고스가 거꾸러졌을 때, 사우론은 다시 아름다운 모습으로 나타나 만웨의 전령 에온웨 앞에 무릎을 꿇은 채 모든 악행을 그만두겠다고 맹세하였다. 비록 그가 모르고스의 몰락과 서녘 군주들의 엄청난 분노에 당황하여 겁을 먹고 한 맹세였지만, 어떤 이들은 이 맹세에 대해 처음에는 거짓이 아닌 진실한 후회로 간주하였다. 하지만 에온웨로서는 자신과 같은 등급의 존재를 용서할 자격이 없었기 때문에 사우론에게 아만으로 돌아가 만웨의 심판을 받을 것을 명했다. 사우론은 이를 수치스러워했다. 치욕을 참고 돌아가면 아마도 자신의 진심을 입증할 수 있는 장기간의 노역(奴役)이라는 심판을 발라들에게 받을 것이므로 돌아가고 싶지가 않았다. 모르고스 휘하에서 그의 힘은 대단했기 때문이었다. 그리하여 에온웨가 떠나자 그는 가운데땅에 몸을 숨겼고 다시 악행에 빠져들었다. 모르고스가 심어 놓은 악의 뿌리는 너무나 튼

틈했던 까닭이다.

대전투와 상고로드림의 붕괴로 인한 혼란 속에 지상에는 거대한 지각 변동이 일어났고, 벨레리안드는 파괴되어 폐허가 되었다. 북쪽과 서쪽으로는 많은 땅이 대해의 바닷물 속으로 가라앉아 버렸다. 동쪽으로 옷시리안드에서는 에레드 루인 장벽이 파괴되어 그 가운데로 남쪽을 향해 커다란 틈이 만들어졌고, 바닷물이 밀려 들어와 만(灣)을 이루었다. 이 만 속으로 룬강이 새로운 길을 따라 흘러들었고, 그래서 그곳은 룬만이라고 불리게 되었다. 이 땅은 옛날에 놀도르가 린돈이라고 불렀던 곳이고, 그 후로도 그 이름을 유지하였다. 많은 엘다르가 여전히 그곳에 살면서 자신들이 오랫동안 힘들여 일하며 싸워 왔던 벨레리안드를 버리고 싶지 않아서 머뭇거리고 있었다. 핑곤의 아들 길갈라드가 그들의 왕이었고, 뱃사람 에아렌딜의 아들이자 누메노르의 초대 왕 엘로스의 형제인 반요정 엘론드가 그와 함께 거하고 있었다.

요정들은 룬만의 해안에 그들의 항구를 건설하고 미슬론드(회색항구의 요정어 이름—역자 주)라고 이름 지었고, 훌륭한 정박장으로 인해 그곳에는 많은 선박이 정박해 있었다. 엘다르는 지상의 어두운 시절을 피해 때로 회색항구에서 항해를 떠났다. 발라들의 자비심 덕분에 첫째자손들은 원한다면 '직항로'에 올라 에워두른바다 너머에 있는 에렛세아와 발리노르의 동족을 찾아갈 수 있었던 것이다.

그 당시에 에레드 루인산맥을 넘어 내륙으로 들어간 다른 엘다르도 있었다. 이 중의 많은 이들이 도리아스와 옷시리안드에서 살아남은 텔레리 요정들이었다. 그들은 바다에서 멀리 떨어진 숲속과 산속의 숲요정들 사이에 왕국을 세웠지만, 마음속으로는 항상 바다를 그리워하였다. 놀도르 요정들이 에레드 루인 너머에 영구적인 왕국을 세운 것은 인간들이 호랑가시나무땅이라고 부른 에레기온이 유일하였다. 에레기온은 난쟁이들의 거대한 저택 크하잣둠과 가까웠고, 이 저택을 요정들은 하도드론드로 부르다가 나중에는 모리아라고 했다. 요정들의 도시 오스트인에딜에서 크하잣둠 서문까지는 큰 도로가 나 있었는데, 이는 난쟁이와 요정 사이에 이전에 볼 수 없던 친교가 형성되었기 때문이고, 이를 통해 두 종족 모두 풍요를 누리게 되었다. 에레기온에서 보석 세공을 하던 장인들, 곧 과이스이미르다인의 기술은 페아노르를 제외하고는 이전의 어느 누구보다도 숙련도가 뛰어났다. 사실 그들 중에서 기술이 가장 뛰어난 자는 쿠루핀의 아들 켈레브림보르였는데, 그는 「퀜타 실마릴리온」에서 이야기한 대로 켈레고름과 쿠루핀이 나르고스론드에서 쫓겨날 때 부친과 떨어져 그곳에 계속 머물러 있었다.

　가운데땅 다른 곳은 어디나 오랜 세월 동안 평화가 지속되었다. 벨레리안드 요정들이 찾아온 곳을 제외하고는 온 땅이 대부분 황량하고 미개한 상태였기 때문이다. 사실 그곳에는 많은 요정들이 수많은 세월 동안 살아온 그대로 바다에서 멀리 떨어져 넓은 대지를 자유로이 방랑하며 살고 있었다. 그들은 아바리라고 불렸고, 벨레리안드의 사건들을 풍문으로만 전해 듣고 발리노르는 아득한 이름으로만 알고 있을 뿐이었다. 남부와 동부 멀리에서 인간들은 수가 늘어났으나, 사우론이 암약하고 있었기 때문에 그들은 대부분 악의 편이 되고 말았다.

　세상이 황폐해진 것을 목격한 사우론은 발라들이 모르고스를 무너뜨린 후 다시 가운데땅을 잊었다고 내심 판단하였고, 그는 빠른 속도로 오만해졌다. 그는 증오심을 품고 엘다르를 바라보았고, 누메노르의 인간들이 이따금 그들의 배를 타고 가운데땅 해안에 상륙하는 것을 두려운 눈으로 지켜보았다. 하지만 그는 오랫동안 자신의 본심을 숨기고 가슴속의 음흉한 계교를 은폐하였다.

　사우론은 지상의 모든 종족 가운데서 인간들이 가장 조종하기 쉬운 존재라는 것을 알았다. 하지만 첫째자손이 더 강한 힘을 지니고 있다는 것을 알고 있었기 때문에 그들을 설득하여 자기 수하에 두려고 애를 썼다. 그는 멀리까지 그들을 찾아다녔고, 그의 외양은 여전히 아름답고 지혜로운 자의 모습을 하고 있었다. 그는 오직 린돈에만 가지 않았다. 길갈라드와 엘론드는 그와 그의 아름다운 외모를 의심하였고, 그가 실제로 누군지는 알지 못했지만 자신들의 땅에 들어오지 못하게 했기 때문이었다. 하지만 다른 곳의 요정들은 그를 반갑게 맞아들였고, 그를 조심하라는 린돈 사자들의 이야기에 귀를 기울이는 이들은 거의 없었다. 왜냐하면 사우론은 스스로 안나타르, 곧 '선물의 군주'란 이름을 취하고 있었고, 그들은 처음에는 그와의 친교를 통해 많은 이익을 보았기 때문이다. 사우론이 그들에게 말했다. "아아, 위대한 자의 약점이란! 길갈라드는 위대한 군주이고 엘론드 공은 모든 전승에 정통한 분이지만, 내가 하는 일을 도와주지는 않는군요. 다른 곳이 그분들 계신 곳처럼 축복의 땅이 되기를 원치 않는 걸까요? 요정들은 가운데땅을 에렛세아만큼, 아니 발리노르만큼 가꿀 수 있는데도 왜 이토록 황량하고 어둡게 내버려 두고 있을까요? 그곳에 갈 수 있으면서도 돌아가지 않는 것으로 보아, 당신들은 나만큼이나 가운데땅을 사랑한다는 것을 알 수 있어요. 그렇다면 무지의 상태로 방랑하는 모든 요정의 후손들을 바다 건너 동족들의 힘과 지식의 수준에 이르도록 양육하고, 또 이 가운데땅을 풍요롭게 만들 수 있도록 함께 노력하는 것이 우리의 의무가 아닐까요?"

　사우론의 제안이 가장 기꺼이 수용된 곳은 에레기온이었다. 그 땅의 놀도르는 항상 자신들의 작품을 만들기 위한 기술과 정교성을 향상하려고 애를 썼기 때문이다. 더욱이 그들은 서녘으로 돌아가기를 거부하였기 때문에 마음이 편치 않았다. 그래서 자신들이 진실로 사랑한 가운데땅에 남아서 떠난 자들이 맛볼 축복까지 누리기를 원했던 것이다. 그리하여 그들은 사우론의 말에 귀를 기울였고, 그의 방대한 지식을 통해 많은 것을 배울 수 있었다. 그 당시에 오스트인에딜의 장인들은 그들이 이전에 만들던 모든 수준을 능가하고 있었다. 그들은 생각에 생각을 거듭하여 '힘의 반지들'을 만들어 냈다. 하지만 사우론이 그들의 작업을 인도하였기 때문에 그들이 하는 일을 속속들이 알고 있었다. 그의 목표는 요정들을 구속하여 자신의 감시하에 두는 것이었다.

　요정들은 많은 반지를 만들고 있었다. 그러나 사우론은 다른 모든 반지를 지배할 수 있는 '절대반지'를 비밀리에 만들었다. 다른 반지의 힘은 모두 절대반지와 밀접한 연관을 맺고 거기에 완전히 종속되었으며, 그 반지가 지속하는 동안만 존재할 수가 있었다. 또한 사우론의 힘과 의지도 상당 부분 절대반지 속으로 들어갔다. 요정의 반지들이 매우 큰 힘을 지니고 있었기 때문에 그것들을 지배하는 반지는 엄청난 힘을 지니고 있어야 했던 것이다. 사우론은 그 반지를 어둠의 땅 '불의 산'에서 담금질하였다. 절대반지를 끼고 있는 동안 그는 하위의 반지들을 통해 이뤄지는 모든 일을 알 수 있었고, 그것을 끼고 있는 이들의 생각까지도 꿰뚫어 보고 지배할 수 있었다.

　그러나 요정들은 그렇게 쉽게 속지 않았다. 사우론이 절대반지를 끼자마자 그들은 그의 정체를 알아차렸다. 그가 누구인지를 알았고, 그가 그들의 지배자이자 그들이 이룬 모든 것의 지배자가 되려 한다는 것을 깨달았다. 그리하여 분노와 공포 속에 그들은 반지를 빼어 내던졌다. 사우론은 자신의 정체가 발각되고 요정들이 속지 않았다는 것을 알자 화가 머리끝까지 치밀었다. 그는 요정들에게 공공연히 전쟁을 선포하고, 자신의 지식과 조언이 없었더라면 요정 장인들은 반지를 만들 수 없었을 것이므로 모든 반지를 자신에게 넘겨줄 것을 요구하였다. 그러나 요정들은 그를 피해 달아났다. 그들은 그중에서 세 개의 반지를 구해 냈고, 그것을 가지고 멀리 달아나 감쳐 버렸다.

이 세 개의 반지는 맨 나중에 만들어진 것이었고, 가장 강한 힘을 지니고 있었다. 나랴, 네냐, 빌랴라는 이름의 이 반지들은 각각 불의 반지, 물의 반지, 공기의 반지에 해당했고, 각각 루비와 금강석과 사파이어가 박혀 있었다. 모든 요정의 반지들 중에서 사우론은 특히 그 세 반지를 가지고 싶어 했다. 그 셋을 가진 자는 시간의 침식(浸蝕)을 물리치고, 세상의 권태로움을 연기할 수 있기 때문이었다. 하지만 그 반지들은 '현자들'의 손에 넘어갔기 때문에 사우론은 반지를 발견할 수 없었고, 현자들은 그것을 숨겨 두고 사우론이 '지배의 반지'(절대반지를 가리킴—역자 주)를 가지고 있는 한 다시는 드러내 놓고 반지를 사용하지 않았다. 따라서 그 반지들은 순결한 상태를 유지할 수 있었는데, 켈레브림보르 혼자서 그것을 만들었고 사우론은 한 번도 만져 본 적이 없기 때문이었다. 하지만 이들 역시 절대반지에 종속되어 있는 것은 사실이었다.

그때부터 사우론과 요정들 사이에는 전쟁이 끊이지 않았다. 에레기온은 폐허로 변하고 켈레브림보르는 목숨을 잃었으며 모리아의 입구는 막혀 버렸다. 이즈음에 임라드리스, 곧 인간들이 '깊은골'이라고 부르는 요새이자 피난처가 반요정 엘론드에 의해 세워져 오랫동안 유지되었다. 한편 사우론은 남아 있는 힘의 반지를 모두 손에 넣었다. 그리고 그것들을 가운데땅의 다른 종족들에게 나누어 주고, 자기 종족의 한계 이상의 비밀스러운 힘을 원하는 이들을 자신의 지배하에 두려고 했다. 그는 난쟁이들에게는 일곱 개의 반지를 주었다. 하지만 인간들에게는 아홉 개의 반지를 주게 되는데, 다른 경우와 마찬가지로 인간들은 이때도 가장 쉽게 그의 뜻을 따랐던 것이다. 그는 그 반지들의 제작 과정에 참여하였기 때문에, 자신이 지배하는 모든 반지를 더욱 쉽게 악용할 수 있었다. 그리하여 반지는 저주받은 존재가 되었고 종국에는 반지를 사용하는 모든 이들을 배반하였다. 난쟁이들은 사실 가장 길들이기 힘들고 거친 종족이었다. 그들은 타인의 지배를 참지 못하고 자신의 마음속 생각을 함부로 보여 주지 않았으며 어둠의 세계를 향해 쉽사리 돌아서지도 않았다. 그들은 반지를 오로지 재물을 얻는 데만 사용하였다. 하지만 분노와 황금에 대한 집요한 탐욕이 그들의 마음속에 불타고 있었고, 그와 같은 욕심은 사우론에게 도움을 주기에 충분했다. 옛날 난쟁이 왕들의 일곱 보물 창고의 기초는 각각 하나의 황금 반지였던 것으로 알려져 있다. 하지만 그 보물들은 오래전에 모두 약탈당해 용들이 삼키고 말았고, 일곱 반지는 일부는 불에 타고, 또 일부는 사우론이 되찾아가고 말았다.

인간은 훨씬 쉽게 유혹에 걸려들었다. 아홉 반지를 사용한 자들은 그들 당대에 막강한 존재가 되어 왕이나 마법사, 용사가 되었다. 그들은 명예와 함께 막대한 부를 축적했지만 그것이 그들을 파멸로 몰아갔다. 그들은 영원한 삶을 누리는 것처럼 보였지만, 그 삶은 견딜 수 없는 것이 되고 말았다. 그들은 원한다면 밝은 대낮에도 세상 사람들의 눈에 띄지 않고 걸어 다닐 수 있었고, 유한한 생명의 인간은 볼 수 없는 세상의 것들을 볼 수 있었지만 사우론의 유령과 환상들만을 보게 되는 일이 너무 잦아졌다. 그리하여 한 사람씩 서서히 자신이 타고난 힘에 따라, 또 애당초 그들이 지니고 있던 의지의 선하고 악함에 따라, 그들이 소유한 반지의 노예가 되어 사우론이 지닌 절대반지의 지배하에 들어갔다. 그리고 절대반지를 지닌 자 외에는 영원히 아무에게도 보이지 않게 되어 어둠의 세계로 들어가고 말았다. 그들이 나즈굴, 곧 '반지악령'이며 대적의 가장 무시무시한 부하였다. 어둠이 그들과 함께 다녔고, 그들은 죽음의 음성으로 울부짖었다.

한편 사우론의 탐욕과 오만은 날로 늘어나서 그 끝을 알 수 없을 지경이 되었고, 그는 가운데땅 모든 종족의 지배자가 되어야겠다고 마음을 먹었다. 나아가 요정들을 몰살하고, 할 수만 있다면 누메노르까지 쓰러뜨려야겠다고 결심하였다. 그는 자유로운 행동이나 어떤 형태의 도전도 용납하지 않고 스스로 '지상의 왕'이라 칭했다. 그는 여전히 가면을 쓸 수 있었기 때문에 원한다면 인간들의 눈에 지혜롭고 아름답게 보이도록 속일 수도 있었다. 하지만 무력과 공포가 통할 때는 그쪽을 더 선호하였다. 그의 어둠이 온 세상으로 퍼져 나가는 것을 목격한 이들은 그를 '암흑의 군주'라고 부르며 그를 '대적(大敵)'으로 명명했다. 그는 아직 지상이나 지하에 남아 있던 모르고스 시절의 사악한 존재들을 모두 자신의 휘하에 불러 모았고, 오르크들은 그의 지휘를 받으며 파리 떼처럼 늘어났다. 그렇게 '암흑의 시대'가 시작되었고, 요정들은 이를 '탈출의 시대'라고 부르고 있다. 그 당시 가운데땅의 많은 요정들은 린돈으로 달아났으며 거기서 바다를 건너 다시 돌아오지 않았고, 또 많은 이들이 사우론과 그의 부하들에게 목숨을 잃었다. 하지만 린돈에서는 길갈라드가 여전히 자신의 세력을 유지하고 있었고, 사우론도 아직은 감히 에레드 루인 산맥을 넘거나 항구를 공격할 엄두를 내지 못했다. 또한 길갈라드는 누메노르인들의 지원도 받고 있었다. 그 밖의 다른 곳은 사우론의 지배하에 들어갔고, 자유를 원하는 이들은 숲이나 산속의 성채에 은신하였지만 늘 공포에 시달렸다. 동부와 남부의 거의 모든 인간은 그의 지배를 받았고, 그 당시에 그들의 세력은 점점 강해졌다. 그들은 많은 도시를 건설하고 석재로 성벽을 쌓았으며, 전쟁 시에는 숫자도 많고 흉포하였으며 철제 무기로 무장하였다. 사우론은 그들에게 왕이자 신이었다. 사우론은 자신의 거처를 불로 에워싸고 있었기 때문에 그들은 그를 극도로 두려워하였다.

하지만 드디어 서부 지역에 대한 사우론의 공격에 제동이 걸렸다. 「아칼라베스」에서 이야기한 대로 누메노르 군대의 도전을 받게 되었던 것이다. 절정기에 있던 누메노르인들의 무력과 위용은 대단했기 때문에 사우론의 부하들은 대적할 생각도 하지 못했다. 힘으로 얻을 수 없는 것을 술수로 얻어야겠다고 생각한 사우론은 잠시 가운데땅을 떠나 타르칼리온 왕의 볼모로 누메노르에 들어갔다. 그는 그곳에 머물면서 마침내 간교한 책략으로 대부분의 사람들의 마음을 오염시켰고, 오랫동안 꿈꾸어 온 대로 발라들과의 전쟁을 사주하여 그들의 몰락을 획책하였다. 하지만 그들의 몰락은 사우론이 예상했던 것보다 더 끔찍했다. 분노한 서녘 군주들의 힘이 얼마나 무서운지 그는 잊고 있었던 것이다. 세상이 파괴되어 땅이 밑으로 꺼지고 바다가 그 위로 올라왔고 사우론의 몸도 심연 속으로 떨어졌다. 하지만 그의 영은 검은 바람을 타고 고향을 찾아 가운데땅으로 날아왔다. 사우론은 자신이 없는 사이에 길갈라드의 세력이 크게 성장하였다는 것을 알게 되었다. 요정의 세력은 북부와 서부의 광대한 지역으로 확산되어 있었고, 안개산맥과 안두인대하를 넘어 초록큰숲의 경계에까지 이르렀으며, 한때 사우론이 살았던 성채에까지 근접하고 있었다. 그리하여 사우론은 '암흑의 땅'에 있는 자신의 요새로 물러나서 전쟁을 도모하였다.

　「아칼라베스」에서 이야기한 대로 이 시기에 대파괴에서 살아남은 누메노르인들 역시 동쪽을 찾아왔다. 이들의 우두머리는 '장신의 엘렌딜'과 그의 두 아들 이실두르, 아나리온이었다. 그들은 누메노르 왕의 친족이며 엘로스의 후손이었으나 사우론의 말을 듣지 않았고, 서녘 군주들과의 전쟁을 거부하였다. 그들은 여전히 충직한 모든 이들을 그들의 배에 태우고 파멸이 닥치기 전 누메노르 땅을 빠져나왔다. 그들은 용맹스러운 사람들이었고 그들의 배는 튼튼하고 거대했지만 폭풍우를 피할 수는 없었다. 그들은 집채만 한 파도에 실려 심지어 구름 속에까지 올라갔고, 결국 폭풍에 실려 온 새처럼 가운데땅에 떨어졌다.

　엘렌딜은 파도에 실려 린돈 땅에 던져졌고, 그 후 길갈라드와 친구가 되었다. 거기서 그는 룬강을 건너 에레드 루인 너머에 자신의 왕국을 세웠고, 그의 백성들은 룬강과 바란두인강 줄기를 따라 에리아도르 여러 곳에 거주하였다. 하지만 그의 중심 도시는 네누이알 호수 옆에 있는 안누미나스였다. '북구릉'의 포르노스트에도 누메노르인들이 살았고, 카르돌란과 루다우르 언덕에도 거주하였다. 그들은 에뮌 베라이드(『반지의 제왕』의 탑언덕을 가리킴—역자 주)와 아몬 술에 탑을 세워 지금도 그곳에는 많은 고분과 폐허가 된 보루가 남아 있고, 에뮌 베라이드의 탑들은 아직도 바다 쪽을 바라보고 있다.

이실두르와 아나리온은 남쪽으로 실려 갔지만, 나중에 안두인대하를 올라가던 중에 배를 정박시켰다. 이 강은 로바니온을 흘러나와 벨팔라스만에서 서해로 들어가는 강으로, 그들은 훗날 곤도르로 불리는 이 땅에 왕국을 세웠고, 북쪽의 왕국은 아르노르라고 했다. 동쪽으로 인접해 있는 암흑의 땅에 사우론이 있었지만, 누메노르의 뱃사람들은 그들의 전성기에 이르기 훨씬 전에 안두인강 하구에 항구와 강력한 요새들을 세워 두고 있었다. 훗날 이 항구에는 누메노르의 충직한자들만 찾아왔고, 따라서 해안선을 따라 이 지역에 살고 있는 많은 이들은 많건 적건 간에 요정의 친구들이나 엘렌딜을 따르는 자들과 가까웠다. 그래서 그들은 엘렌딜의 두 아들을 환영하였다. 이 남왕국의 중심 도시는 오스길리아스였고 도시 한가운데로 안두인대하가 지나갔다. 누메노르인들은 그곳에 큰 다리를 놓고 다리 위에는 보기에 아름다운 탑과 석조 주택들을 세웠으며, 큰 선박들이 바다에서부터 이 도시의 부두까지 올라왔다. 그들은 강 양쪽에도 튼튼한 요새를 세웠는데, 동쪽으로 모르도르에 대한 견제용으로 '어둠산맥' 산마루에 세워진 것이 '떠오르는 달의 탑' 미나스 이실이었다. 서쪽으로는 '지는 태양의 탑' 미나스 아노르가 민돌루인산 기슭에 세워져 강 유역에 야생으로 살고 있던 인간들에 대한 방패 역할을 하였다. 미나스 이실에는 이실두르의 저택이, 미나스 아노르에는 아나리온의 저택이 있었지만, 그들은 왕국을 공동으로 통치하였고 옥좌는 오스길리아스의 왕궁에 나란히 놓여 있었다. 이상이 곤도르에 정착한 누메노르인들의 주요 거주지였지만, 그들은 전성기 동안에는 아르고나스와 아글라론드, 에레크에도 놀랍고 튼튼한 건조물들을 건설하였다. 인간들이 아이센가드라고 부른 앙그레노스트의 원형 구조물에 그들은 파괴가 불가능한 석재 첨탑 오르상크를 세웠다.

망명자들은 많은 보물과 함께 상당한 힘을 지닌 놀라운 전래의 가보들을 누메노르에서 가져왔는데, 이 중에서 가장 유명한 것이 '일곱 돌'과 '백색성수'였다. 백색성수는 누메노르의 아르메넬로스 왕궁에서 자라던 아름다운 님로스 나무에서, 사우론이 나무를 불태우기 전에 그 열매를 따와서 키운 나무였다. 님로스는 원래 티리온의 백색성수의 후손으로, 티리온의 백색성수는 야반나가 발라들의 땅에 심은 가장 오래된 나무, 곧 백색성수 텔페리온의 형상을 따서 만든 나무였다. 엘다르와 발리노르의 빛을 기념하는 이 나무는 미나스 이실에 있는 이실두르의 저택 앞에 심어졌다. 나무가 불타기 전에 열매를 건져 낸 인물이 바로 이실두르였기 때문이었다. 하지만 일곱 돌은 나누어졌다.

엘렌딜이 세 개를 가졌고 두 아들이 두 개씩 나눠 가졌다. 엘렌딜의 것은 에뮌 베라이드와 아몬 술, 그리고 안누미나스시에 자리를 잡았고, 두 아들의 돌은 미나스 이실과 미나스 아노르, 그리고 오르상크와 오스길리아스에 보관되었다. 그런데 이 돌들은 그 속을 들여다보는 사람들에게 시간적이나 공간적으로 멀리 떨어진 것을 볼 수 있게 해 주는 능력을 지니고 있었다. 각각의 돌은 서로를 불러낼 수 있었는데, 대개는 상대 돌 근처에 있는 것들만 보여 주었다. 하지만 강인한 의지력과 정신력을 지닌 인물은 자신이 원하는 쪽으로 시야를 돌려놓을 수도 있었다. 그래서 누메노르인들은 그들의 적이 감추고자 하는 많은 것을 알고 있었고, 그들의 힘이 한창일 때는 아무도 그들의 감시의 눈길을 피할 수 없었다.

에륀 베라이드의 탑들은 사실 누메노르의 망명자들이 세운 것이 아니라 길갈라드가 친구 엘렌딜을 위해 세운 것이라고 알려져 있다. 에륀 베라이드의 '천리안의 돌'은 가장 높은 탑인 엘로스티리온에 보관되어 있었다. 엘렌딜은 망명객으로서의 그리움에 젖어들 때면 이곳에 자주 들러서 '분리의 바다' 저쪽을 응시하곤 했다. 그렇게 하여 그는 이따금 아득히 멀리 에렛세아에 있는 아발로네 탑까지 바라보곤 했던 것으로 여겨진다. 그곳은 천리안의 돌 모두를 지배하는 돌이 옛날 거기에 있었고 지금도 있는 곳이다. 이 돌들은 엘렌딜의 아버지 아만딜에게 엘다르가 준 선물로, 그 어두운 시절 사우론의 어둠으로 인해 요정들이 누메노르에 더 이상 가지 못하게 되자 누메노르의 충직한자들을 위로하기 위해 주었던 것이다. 그 돌들은 '천리안'이란 뜻의 팔란티르란 이름을 지니고 있었지만, 가운데땅으로 넘어온 뒤에는 모두 오래전에 사라져 버렸다.

그렇게 누메노르의 망명자들은 아르노르와 곤도르에 그들의 왕국을 세웠다. 하지만 얼마 지나지 않아 그들의 적 사우론도 돌아와 있다는 것이 분명해졌다. 이미 밝힌 대로 그는 비밀리에 에펠 두아스, 곧 어둠산맥을 넘어 자신의 옛 왕국 모르도르에 들어왔고, 그곳은 곤도르 동부와 접경을 이루고 있었다. 이곳 고르고로스 골짜기 위에 거대하고 강력한 그의 성채 바랏두르, 곧 '암흑의 탑'이 세워졌고, 요정들이 오로드루인이라고 명명한 불의 산도 거기 있었다. 사우론이 오래전에 그곳을 자신의 거처로 삼은 것은 사실 그 때문인데, 그 땅속 깊은 곳에서 솟아올라 오는 불이 그의 마법과 무기 주조에 이용되었던 것이다. 그 모르도르 땅 한가운데에서 그는 지배의 반지를 만들었다. 이제 그곳에서 자신의 새로운 형체를 만들어 낼 때까지 사우론은 어둠 속에서 곰곰이 생각에 잠겨 있었다. 누메노르가 침몰하면서 그 심연 속에 빠졌을 때 그의 아름다운 외양도 영원히 사라져 버렸기 때문에 새로운 외양은 끔찍스러운 모습이었다. 그는 다시 위대한 반지를 끼고 힘을 되찾았다. 사우론의 눈에서 나오는 사악함은 요정과 인간 중에서 뛰어난 자들조차 견뎌 낼 수 없는 것이었다.

이제 사우론은 엘다르 및 서쪽나라 인간들과의 전쟁을 준비하였고, 불의 산의 화염도 되살려 냈다. 그리하여 멀리서 오로드루인에 연기가 피어오르는 것을 보고 사우론이 돌아온 것을 알고 있던 누메노르인들은 그 산을 새로이 아몬 아마르스, 곧 '운명의 산'이라고 명명하였다. 사우론은 동부와 남부에서 엄청난 숫자의 부하들을 불러 모았는데, 그들 중에는 누메노르의 명문가 출신도 적지 않았다. 사우론이 그곳에 머무는 동안 거의 모든 누메노르인들의 마음이 어둠 쪽으로 돌아서 있었기 때문이다. 그리하여 그 당시에 동쪽으로 배를 타고 가서 해안 지방에 성채와 거주지를 세운 이들 중의 상당수는 이미 사우론의 뜻에 굴복하였고, 여전히 가운데땅에서 흔쾌히 그를 섬기고 있었다. 그러나 길갈라드의 위력 때문에 강력하고도 악한 영주였던 이들 배반자들은 대부분 멀리 남쪽 지방에 거주하였다. 하지만 그중에서 헤루모르와 푸이누르란 두 인물은 하라드림 가운데서 높은 지위에 오르기도 했는데, 하라드림은 안두인 하구 너머 모르도르 남쪽의 광대한 지역에 크게 무리지어 살고 있던 잔인한 인간들이었다.

사우론은 때가 되었다고 판단하자 엄청난 대군을 이끌고 새 왕국 곤도르를 향해 진격하여 미나스 이실을 점령하였고, 그곳에 자라고 있던 이실두르의 백색성수를 죽여 버렸다. 하지만 이실두르는 탈출에 성공하여 나무의 묘목과 함께 아내와 아들들을 데리고 배를 타고 안두인강을 내려갔고, 안두인하구에서 바닷길로 엘렌딜을 찾아 갔다. 한편 아나리온은 적에 맞서 오스길리아스를 지켜 냈고 한때 는 그를 산맥까지 밀어붙이기도 했다. 하지만 사우론은 다시 병력을 소집했고, 아나리온은 원군이 오지 않는다면 자신의 왕국도 오래 버틸 수 없다는 것을 알았다.

한편 엘렌딜과 길갈라드는 함께 머리를 맞댔다. 그들이 연합하여 사우론에 맞서지 않는다면 사우론의 힘이 너무 강해져서 결국 모 든 적을 차례대로 제압하고 말 것이란 판단을 내렸기 때문이다. 그 리하여 그들은 '최후의 동맹'이라 불리는 연합을 결성하고, 요정과 인간의 대군을 결집하여 가운데땅 동부를 향해 쳐들어갔다. 그들 은 임라드리스에 잠시 머물렀는데, 전하는 바에 의하면 그곳에 모인 대군은 이후로 가운데땅에서 볼 수 있었던 어떤 군대보다 더 완벽 하고 웅장하였으며, 발라들의 군대가 상고로드림을 공격한 이후로 그보다 더 큰 군대가 소집된 적은 없었다고 한다.

그들은 임라드리스에서 많은 고갯길을 이용하여 안개산맥을 넘 고 안두인강을 따라 내려갔으며, 암흑의 땅 정문 앞에 있던 전투평 원 다고를라드에서 마침내 사우론의 군대와 맞닥뜨렸다. 살아 있 는 모든 것들은 그날, 요정들만 제외하고, 심지어 짐승과 새 들까지 도 모든 종족이 두 편으로 나뉘어 싸움을 벌였다. 요정들은 모두 한 편이 되어 길갈라드를 따랐다. 어느 쪽이나 난쟁이들은 많지 않았지 만, 모리아의 두린 일족은 사우론의 적이 되어 싸웠다.

길갈라드와 엘렌딜의 군대가 승리를 거두었다. 그 당시 요정들의 위력은 여전히 막강하였고, 누메노르인들은 강인하면서도 키가 크 고 또 분노가 하늘을 찌를 듯하였기 때문이었다. 길갈라드의 창 아 에글로스에는 어느 누구도 맞설 수가 없었다. 엘렌딜의 검(劍)은 해 와 달의 빛을 번뜩였기 때문에 오르크들과 인간들은 공포에 사로 잡혔고, 그리하여 그 검은 나르실이란 이름을 얻었다('나르'와 '실'은 각각 해와 달을 가리킴—역자 주).

길갈라드와 엘렌딜은 모르도르로 들어가서 사우론의 성채를 에워쌌다. 그들은 7년 동안 성채를 포위하여 공격하면서 적의 화염과 창, 화살로 인해 상당한 피해를 입었고, 사우론은 여러 번 돌격대를 내보내어 그들을 괴롭혔다. 고르고로스 골짜기에서 엘렌딜의 아들 아나리온을 비롯하여 많은 이들이 죽었다. 하지만 마침내 포위망이 좁혀지자 사우론이 직접 나타났고, 그는 길갈라드, 엘렌딜과 맞붙어 싸웠다. 두 장수는 모두 목숨을 잃었고, 엘렌딜의 검은 쓰러지는 주인의 몸에 깔려 부러졌다. 하지만 사우론 역시 쓰러졌고, 이실두르는 부러진 나르실의 칼자루를 집어 들고 지배의 반지가 끼워져 있던 손가락을 잘라 내어 자신이 반지를 차지하였다. 그리하여 사우론은 그때는 패배를 감수할 수밖에 없었고, 그의 영은 육체를 버리고 멀리 달아나 황야에 숨어 들었다. 이후로 오랜 세월 동안 그는 다시 눈에 보이는 형체를 취하지 못하였다.

그리하여 상고대와 '암흑의 시대'가 지나고 세상의 제3시대가 시작되었다. 이 당시에는 아직 희망과 함께 행복했던 기억이 남아 있었고, 엘다르의 백색성수는 오랫동안 인간 왕들의 궁정에서 꽃을 피우고 있었다. 이실두르가 곤도르를 떠나기 전에 동생을 추모하기 위해 자신이 구해 낸 묘목을 아노르 요새에 심어 두었던 것이다. 패배한 사우론의 부하들은 뿔뿔이 흩어졌으나 완전히 궤멸된 것은 아니었다. 많은 인간들이 이제 악에 등을 돌리고 돌아서서 엘렌딜의 후계자들에게 복종하였지만, 많은 이들은 여전히 사우론을 마음속으로 기억하며 서부의 왕국들을 증오하였다. 암흑의 탑은 땅에 쓰러졌지만 그 기초는 남아 있었고 망각되지도 않았다. 누메노르인들은 모르도르 땅에 경비병을 세워 두기는 했지만, 사우론에 대한 무시무시한 기억과 바랏두르에 인접한 불의 산 때문에 그곳에 살려고 하는 이는 아무도 없었다. 또한 고르고로스 골짜기는 재로 가득 덮여 있었다. 많은 요정과 누메노르인, 그리고 그들과 동맹을 맺은 인간들이 그 전투와 포위 공격 중에 목숨을 잃었다. 장신의 엘렌딜과 길갈라드 대왕도 죽고 없었다. 그와 같은 대군이 다시 모인 적도 없었고, 요정과 인간은 다시 그런 동맹을 맺지도 않았다. 엘렌딜의 시대가 끝나면서 두 종족은 서로 멀어지고 말았던 것이다.

지배의 반지는 그 시절에 현자들조차 알 수 없도록 모습을 감추었지만 파괴된 것은 아니었다. 이실두르가 곁에 있던 엘론드와 키르단에게 반지를 넘겨주지 않으려 했기 때문이다. 그들은 이실두르에게 옆에 있는 오로드루인의 불 속에 반지를 던져 넣으라고 충고하였다. 반지가 거기서 만들어졌기 때문에 거기서 소멸될 수가 있고, 그렇게 해야 사우론의 힘도 영원히 위축되어 황야를 떠도는 악의 그림자로만 남게 될 것이라고 설득했다. 하지만 이실두르는 충고를 받아들이지 않았다. "부친과 동생의 죽음에 대한 보상으로 내가 이것을 가지겠습니다. 적에게 치명타를 가한 것은 나였잖습니까?" 들고 있는 반지는 너무나 아름답게 보였고, 이실두르는 도저히 그것을 없앨 수 없었다. 그래서 이실두르는 반지를 가지고 먼저 미나스 아노르로 가서 동생 아나리온을 추모하기 위해 백색성수를 거기 심었다. 하지만 그는 곧 다시 떠났다. 동생의 아들 메넬딜에게 조언을 하고 남쪽 왕국을 맡긴 이실두르는 가문의 가보로 삼기 위해 반지를 소지하고 곤도르를 떠나 엘렌딜이 내려온 길을 따라 북쪽을 향했다. 그렇게 이실두르는 남왕국을 버렸다. 어둠에 덮인 암흑의 땅에서 멀리 떨어진 에리아도르의 부친의 왕국을 차지하려는 심산이었다.

하지만 그는 안개산맥에서 기다리고 있던 오르크 군대와 맞닥뜨리게 되었다. 초록숲과 안두인대하 사이에 있는 로에그 닝글로론, 곧 창포벌판 근처의 야영지에서 불시에 적의 공격을 받았던 것이다. 적이 모두 궤멸되었다고 생각하여 방심하고 경비병을 세우지 않은 까닭이었다. 거기서 그를 따르던 이들 대부분이 목숨을 잃었고, 그 중에는 그의 세 아들 엘렌두르, 아라탄, 키룐도 포함되어 있었다. 하지만 그는 전쟁을 떠나면서 아내와 막내아들 발란딜은 임라드리스에 남겨 두고 갔었다. 이실두르 자신은 절대반지를 이용하여 달아났다. 반지를 끼면 사람들의 눈에 보이지 않았기 때문이다. 하지만 오르크들은 냄새와 발자국으로 그를 추격하였고, 결국 그는 대하에 이르러 물속에 뛰어들었다. 여기서 반지는 그를 배신하고 반지제작자의 복수를 하였다. 그가 헤엄치는 동안 반지는 그의 손가락을 빠져나와 강물 속으로 사라졌던 것이다. 그러자 오르크들은 강물 속에서 고투를 벌이고 있는 그를 발견하고 엄청난 화살을 퍼부었고, 이실두르는 그렇게 최후를 맞았다. 그의 일행 중 오직 세 사람만이 오랜 방랑 끝에 산맥을 넘어 돌아갈 수 있었고 이들 중의 하나가 그의 시종이었던 오흐타르였다. 그는 이실두르로부터 엘렌딜의 부러진 검을 맡아 간직하던 인물이었다.

이렇게 하여 나르실은 마침내 임라드리스에 머물고 있던 이실두르의 후계자 발란딜의 손에 전해졌다. 하지만 칼날은 부러지고 그 빛은 사라진 채였으며, 칼은 다시 만들어지지 않았다. 엘론드 공은 지배의 반지가 다시 발견되고 사우론이 나타날 때까지는 그대로 두어야 할 것이라고 예언하였다. 하지만 요정과 인간 들은 그런 일이 절대로 일어나지 않기를 희망했다.

발란딜은 안누미나스에 거처를 정하였지만 그의 백성은 줄어들어 있었다. 그 땅에 흩어져 살거나 엘렌딜이 건설한 모든 곳을 유지하기에는 누메노르와 에리아도르의 인간들 중에 살아남은 자들이 너무 적었다. 다고를라드와 모르도르, 창포벌판에서 쓰러진 자들이 너무 많았던 것이다. 발란딜 이후 일곱 번째 왕인 에아렌두르 시대 이후로 북부의 두네다인, 곧 서쪽나라 사람들은 작은 영토와 영지로 나누어지게 되었고, 그들의 적은 하나씩 그들을 삼켜 버렸다.

세월이 흐를수록 그들은 점점 위축되어 갔고, 초원 위에 푸른 무덤 몇 기만을 남기고 그들의 영화는 사라지고 말았다. 마침내 황야를 신비스럽게 떠도는 이상한 사람들 외에는 그들 중에서 아무도 남지 않게 되었고, 사람들은 그들의 고향이 어딘지 그들이 왜 떠돌아다니는지 알지 못했으며, 엘론드의 저택 임라드리스 바깥 어디서도 그들의 조상이 누군지 알지 못했다. 하지만 부러진 칼은 인간들의 세대가 이어지는 동안 이실두르의 후손에 의해 소중히 보관되었고, 아버지에서 아들로 그들의 혈통은 끊어지지 않고 이어졌다.

남쪽에서는 곤도르 왕국이 명맥을 이어 가고 있었고, 한때 왕국의 영광은 몰락하기 전 누메노르의 부와 위엄을 연상시킬 만큼 찬란하였다. 곤도르인들은 높은 탑과 튼튼한 요새, 많은 배가 정박할 수 있는 항구를 건설하였다. 인간의 왕들이 쓰던 날개 달린 왕관은 여러 땅에서 다른 언어를 쓰던 종족들을 두려움에 떨게 만들었다. 오랜 세월 동안 백색성수는 미나스 아노르의 왕궁 앞에서 자라났고, 그 씨앗은 바로 깊은 바다 건너 누메노르에서 이실두르가 가져온 것이었다. 그 조상은 아발로네에 있었고, 또 그 조상은 세상이 막 시작되던 그날 발리노르에 있던 것이었다.

하지만 가운데땅의 쏜살같은 세월에 지친 끝에 곤도르도 마침내 쇠락하였고, 아나리온의 아들 메넬딜의 혈통도 끊어지고 말았다. 누메노르인들의 혈통이 다른 부족의 혈통과 많이 섞이게 되면서 그들의 힘과 지혜는 물론 수명도 줄어들었고, 모르도르에 대한 감시도 소홀해졌다. 메넬딜 이후 23대가 되는 텔렘나르의 시절에 동쪽에서 검은 바람이 불어오면서 역병이 번졌고, 왕과 왕의 자식들을 비롯하여 많은 곤도르 백성들이 목숨을 잃었다. 그리하여 모르도르 경계의 요새도 방치되어 돌보지 않게 되고 미나스 이실에도 사람이 살지 않게 되었다. 암흑의 땅에는 다시 은밀하게 악이 스며들었고, 고르고로스의 재들이 찬바람을 맞은 듯 일어났다. 검은 형체들이 그곳에 모여들고 있었던 것이다. 이들이 바로 울라이리, 곧 사우론이 나즈굴이라고 불렀던 아홉 반지악령이었다. 오랜 세월 동안 숨어 지내던 그들은 이제 다시 일어나기 시작한 그들의 주인을 맞이하기 위한 준비를 하러 돌아온 것이었다.

에아르닐의 시대에 그들은 첫 타격을 감행하였다. 한밤중에 어둠산맥의 고개를 넘어 모르도르를 빠져나온 그들은 미나스 이실을 본거지로 삼았고, 그곳을 아무도 감히 넘볼 수 없는 끔찍한 곳으로 바꾸어 버렸다. 이후로 이곳은 미나스 모르굴, 곧 '마법의 탑'으로 불리게 되었고, 항상 서쪽의 미나스 아노르와 전쟁을 벌였다. 그리고 백성들의 수가 줄어들면서 오랫동안 방치 상태에 있던 오스길리아스는 폐허로 변하면서 유령의 도시가 되었다. 그러나 미나스 아노르는 계속 살아남아 '감시의 탑'이란 뜻의 미나스 티리스란 새 이름을 얻었다. 그것은 왕들이 이 요새에 매우 높고 아름다운 흰색의 탑을 세우도록 했기 때문인데, 이 탑에서는 사방의 모든 곳을 바라볼 수 있었다. 이 도시는 여전히 당당하고 강성했으며, 왕궁 앞에는 백색성수가 계속하여 꽃을 피우고 있었다. 살아남은 누메노르인들은 미나스 모르굴의 공포에 맞서, 또한 서녘에 대항하는 모든 적들인 오르크, 괴물, 사악한 인간 들에 맞서 대하의 통행을 계속 지켜 냈다. 이리하여 그들 뒤쪽의 안두인강 서편은 전쟁과 파괴로부터 보호받을 수 있었다.

에아르닐의 아들이자 곤도르의 마지막 왕인 에아르누르의 시대 이후에도 미나스 티리스는 여전히 명맥을 유지하였다. 홀로 말을 타고 미나스 모르굴 문 앞으로 달려가서 모르굴 군주의 도전에 응한 왕이 바로 그였다. 왕은 그와 1대1의 승부를 벌였지만, 나즈굴은 왕을 속이고 그를 사로잡아 '고통의 도시'로 끌고 갔고, 그 후로 왕을 본 사람은 아무도 없었다. 에아르누르는 후사(後嗣)가 없었지만 왕통이 단절되자 충직한자 마르딜 가문의 섭정이 도시와 날로 쇠락해

가는 나라를 다스렸다. 북부의 기마인들인 로히림이 내려와서 짙푸른 로한 땅에 정착하는데, 이곳은 원래 칼레나르돈이라고 했던 곳으로 곤도르 왕국의 일부였다. 그들은 미나스 티리스의 군주들이 전쟁을 벌일 때 도와주기도 하였다. 북쪽으로 라우로스폭포와 아르고나스 관문 너머에는 다른 방책(防柵)도 있었는데, 이는 인간들은 거의 알지 못하는 고래(古來)의 힘이었다. 악의 세력들도 때가 무르익어 암흑의 군주 사우론이 다시 나타나기까지는 그곳에 감히 접근할 엄두도 내지 못했다. 에아르닐의 시대 이후로 그때가 오기까지 나즈굴은 다시 대하를 건넌다거나 인간들이 볼 수 있는 형체로 그들의 도시에서 나오는 법이 없었다.

길갈라드의 죽음 이후 제3시대 내내 엘론드 공은 임라드리스에 거주하였고, 많은 요정을 비롯하여 가운데땅의 종족들 가운데서 지혜와 힘을 지닌 이들을 그곳에 불러 모았다. 그는 또한 인간의 수명으로 여러 세대를 거치는 동안 아름다웠던 모든 이들의 기억을 간직하였다. 그리하여 엘론드의 저택은 지치고 억눌린 이들의 피난처가 되었고, 훌륭한 조언과 지혜로운 학식의 보고가 되었다. 그 집은 또한 이실두르의 후계자들이 어린 시절과 노후에 기거하는 곳이었다. 그것은 엘론드 자신이 그들과 친족 관계이기도 했거니와, 그 시대의 마지막 큰 사건에서 중요한 역할을 맡을 인물이 그들의 혈통에서 나올 것이라는 예지에서 비롯되었다. 그때가 올 때까지 엘렌딜의 부러진 검은 엘론드가 간직하도록 맡겨졌고, 그동안 두네다인의 세월은 어두워져 그들은 방랑의 종족이 되었다.

에리아도르에서는 임라드리스가 높은요정들의 주요 거주지였다. 하지만 린돈의 회색항구에도 요정 왕 길갈라드의 남은 백성들이 살고 있었다. 그들은 이따금 에리아도르 땅까지 훌쩍 찾아오기도 했지만, 대개는 바닷가에 살면서 세상에 지친 첫째자손들이 저 멀리

서녘으로 돌아갈 때 타는 요정들의 배를 건조하고 손질하였다. 항구의 군주는 조선공 키르단이었고, 그는 현자들 가운데서도 뛰어난 자였다.

요정들이 고이 간직한 세 개의 반지에 대해서는 현자들 사이에서도 공개적으로 논의된 바가 없었고, 엘다르도 그것들이 어디 있는지 아는 자는 거의 없었다. 하지만 사우론이 쓰러진 뒤로 반지들의 힘은 늘 작용하고 있었고, 반지가 있는 곳은 기쁨도 함께했으며 모든 것이 시간의 재앙에 오염되지 않았다. 그리하여 제3시대가 끝나기 전에 요정들은 사파이어 반지가 깊은골의 아름다운 골짜기에 엘론드와 함께 있으며, 그의 집 머리 위로 하늘의 별들이 가장 환하게 비친다는 것을 알게 되었다. 한편 금강석 반지는 갈라드리엘 부인이 살고 있는 로리엔 땅에 있었다. 그녀는 숲요정들의 여왕으로, 도리아스에 살던 켈레보른의 아내였다. 하지만 그녀 자신은 놀도르 출신으로 발리노르에서 세상이 시작되던 때를 기억하고 있었고, 가운데땅에 남은 모든 요정들 가운데서 가장 위대하고 아름다운 인물이었다. 하지만 붉은 반지는 끝까지 숨어 있었고, 엘론드와 갈라드리엘, 키르단을 제외하고는 아무도 그것이 누구에게 맡겨졌는지 알지 못했다.

그리하여 제3시대가 계속되는 동안 요정들의 지복과 아름다움이 줄어들지 않고 유지되는 곳이 두 곳 있었는데, 임라드리스와 로스로리엔이 그곳이었다. 로슬로리엔은 켈레브란트강과 안두인강 사이의 비밀스러운 땅으로, 황금빛 꽃이 피는 나무가 있고 오르크나 악의 존재는 감히 들어가지 못하는 곳이었다. 요정들 가운데는 만약 사우론이 다시 나타나면 그가 잃어버린 지배의 반지를 찾아내거나 혹은 다행히 그의 적들이 그것을 찾아 파괴할지도 모른다는 예언이 소문으로 나돌았다. 하지만 어느 경우에나 세 반지의 힘은 틀림없이 약화되어 그 힘으로 지탱하는 모든 것들은 차츰 사라질 것이며, 그리하여 요정들은 황혼 속으로 사라지고 인간의 지배가 시작되리라는 것이었다.

실제로 일은 그렇게 진행되었다. 절대반지와 일곱 반지, 아홉 반지는 파괴되었고 세 개의 반지는 종적을 감추면서, 이와 함께 제3시대는 끝이 나고 가운데땅 요정들의 이야기도 마침표를 찍었다. 요정들에게 제3시대는 조락(凋落)의 시대였고, 바다 동쪽 요정들의 마지막 찬란한 개화는 이 시기에 겨울로 접어들었다. 세상의 자손들 중에서 가장 막강하고 가장 아름다운 놀도르는 이 시기에도 여전히 이쪽땅을 거닐고 있었고, 유한한 생명의 인간들은 아직 그들의 말을 알아들을 수 있었다. 그 당시에는 아름답고 경이로운 많은 것들이 지상에 남아 있었으나, 사악하고 두려운 것들도 역시 남아 있었다. 오르크와 트롤, 용과 사나운 짐승 들이 있었고, 숲속에는 이름조차 잊힌 고대의 지혜롭고 희한한 종족이 살고 있었다. 난쟁이들은 여전히 산속에서 열심히 작업을 하면서 변함없는 솜씨로 아무도 경쟁할 수 없는 금속 제품과 돌로 만든 작품을 만들어 냈다. 하지만 마침내 암흑의 군주가 어둠숲에서 다시 일어나기까지 인간들의 지배를 위한 준비가 이루어졌고 모든 상황이 변하고 있었다.

옛날 이 숲은 '초록큰숲'이란 이름을 가지고 있었고, 그 넓은 마당과 샛길은 많은 짐승과 맑은 노래를 부르는 새들이 즐겨 찾던 곳이었다. 그리고 참나무와 너도밤나무 밑에는 스란두일 왕의 요정 왕국이 있었다. 하지만 오랜 세월이 지나 그 시대의 3분의 1이 흘렀을 즈음, 어둠이 남쪽에서부터 슬그머니 숲속으로 밀려들면서 그늘진 숲속의 빈터에는 공포의 기운이 감돌았다. 또 사나운 짐승들이 쫓아다니고 잔인하고 사악한 것들이 올가미를 놓았다.

그리하여 숲은 이름이 변해 '어둠숲'이 되었다. 밤의 그림자가 숲에 깊이 내려앉으면서, 스란두일의 백성들이 적을 여전히 저지하고 있는 북쪽을 제외하고는 숲속에 들어서려는 이가 없었던 것이다.

어둠의 출처가 어딘지 아는 사람이 없었고, 현자들마저 오랜 세월이 지나서야 알게 되었다. 그것은 사우론의 그림자였고 그가 돌아왔다는 징표였다. 동부의 황야를 빠져나온 사우론은 숲의 남쪽에 거처를 정하였고, 그곳에서 서서히 힘을 키워 다시 가시적인 형체를 취하였다. 어두운 언덕 위에 자신의 본거지를 정한 그는 거기서 자신의 마법을 만들어 냈고, 사람들은 모두 돌 굴두르의 강령술사를 두려워하였다. 하지만 자신들이 얼마나 큰 위험에 처해 있는지 그들은 처음에는 알지 못했다.

어둠숲에 처음 어둠이 밀려들던 바로 그때, 가운데땅 서부에는 인간들이 마법사들이라고 부르는 이스타리가 나타났다. 그 당시에는 항구의 키르단을 제외하고는 아무도 그들이 어디서 왔는지 알지 못했고, 그는 엘론드와 갈라드리엘에게만 그들이 바다를 건너왔다는 사실을 밝혔다. 나중에 요정들 사이에 전하는 바로는, 그들은 사우론이 다시 일어날 경우에 그와 맞서 요정과 인간과, 선의를 지닌 살아 있는 모든 존재 들이 용감하게 싸울 수 있도록 서녘의 군주들이 파견한 사자들이었다고 한다. 인간의 외관을 한 그들은 나이는 들어 보였으나 강건하였고, 세월이 흘러도 변화가 거의 없었으며, 커다란 근심의 짐을 지고 있었으나 서서히 나이가 들어갈 뿐이었다. 그들은 대단한 지혜의 소유자였고 정신적으로나 육체적으로 많은 능력을 지니고 있었다. 그들은 오랫동안 요정과 인간 들을 찾아 두루 여행을 하였고, 짐승이나 새 들과도 대화를 나누었다. 그들이 자신의 본명을 밝히지 않았기 때문에 가운데땅의 사람들은 그들에게 여러 가지 이름을 붙여 주었다. 그들 중에서 중심적인 존재는 요정들이 미스란디르와 쿠루니르라 부르는 인물로, 북부의 인간들은 각각 간달프와 사루만이라고 불렀다. 쿠루니르가 이들 중의 연장자로 가장 먼저 건너왔고, 뒤를 이어 미스란디르와 라다가스트가 나타났다. 그리고 다른 이스타리도 있었는데 그들은 가운데땅 동부로 들어가 이 이야기에는 나오지 않는다. 라다가스트는 모든 짐승과 새들의 친구였다. 반면에 쿠루니르는 주로 인간들 사이를 돌아다녔고, 교묘한 말솜씨와 장인(匠人)으로서 뛰어난 기술을 지니고 있었다. 미스란디르는 엘론드 및 요정들과 조언을 주고받으며 친밀한 관계를 유지하였다. 그는 북부와 서부 멀리까지 돌아다니면서 절대로 한곳에 오랫동안 거주하지 않았다. 한편 쿠루니르는 동쪽으로 여행을 떠났다가 돌아와서는 누메노르인들이 전성기에 만들어 둔 원형의 아이센가드 안에 있는 오르상크에 살았다.

늘 경계심을 늦추지 않는 이는 미스란디르였고, 어둠숲의 어둠을 가장 의심했던 것도 그였다. 많은 이들은 그 어둠이 반지악령들 때문이라고 생각했지만, 그는 그것이 분명히 돌아온 사우론의 첫 그림자라고 판단하고 걱정하였다. 미스란디르가 돌 굴두르에 들어가자 강령술사는 그를 피해 달아났고, 한참 동안 불안한 평화가 유지되었다. 하지만 어둠은 다시 돌아왔고 그 힘은 날로 비대해졌다. 이즈음에 백색회의라고 불리는 현자들의 회의가 열리는데, 이 자리에는 엘론드와 갈라드리엘, 키르단 및 다른 요정 군주들이 있었고, 미스란디르와 쿠루니르가 참석하였다. 쿠루니르(즉, 백색의 사루만)가 옛날부터 사우론의 책략을 가장 깊이 공부하였으므로 의장으로 선출되었다. 갈라드리엘은 사실 미스란디르가 회의의 의장이 되기를 원했으나, 오만과 지배욕으로 한껏 부풀어 있던 사루만이 이를 못마땅하게 여겼다. 미스란디르 또한 그 자리를 거절했다. 그는 자신을 보낸 이들 외에 누구와 동맹이나 충성의 관계를 맺지 않으려 했고, 한곳에 정착하거나 어떤 명령에 종속되는 것을 싫어했다. 한편 사루만은 이제 힘의 반지들의 전승과 제작, 역사 등에 관한 연구를 시작하였다.

어둠은 점점 깊어지고 엘론드와 미스란디르의 가슴은 점점 무거워졌다. 그리하여 어느 날 미스란디르는 위험을 무릅쓰고 다시 돌 굴두르의 강령술사의 지하 토굴을 찾아가서 두려움의 진상을 파악하고 빠져나왔다. 돌아온 그는 엘론드에게 말했다.

"유감스럽게도 우리의 추측이 맞았습니다. 이자는 많은 이들이 오랫동안 짐작했던 그 울라이리 중의 하나가 아닙니다. 다시 가시적인 형체를 취하고 급속하게 힘을 키워 가고 있는 사우론 그자입니다. 그는 다시 모든 반지를 손에 넣으려 하고 있고, 절대반지에 관한 소식과 혹시 살아 있을지 모르는 이실두르의 후계자를 찾고 있습니다."

엘론드가 대답했다. "이실두르가 반지를 움켜잡고 내놓지 않으려 했을 때, 이미 사우론이 다시 돌아올 것이라는 운명이 결정된 셈이지요."

"하지만 절대반지는 사라졌습니다." 미스란디르가 말했다. "그리고 절대반지가 숨어 있는 동안 우리가 힘을 모으고 또 너무 오래 끌지만 않는다면 적을 제압할 수 있습니다."

그리하여 백색회의가 다시 소집되었다. 미스란디르는 신속한 대처를 촉구했지만 사루만이 이를 반대하였고, 기다리면서 지켜보자고 했다.

"절대반지가 다시 가운데땅에 나타날 것이라고 난 믿지 않습니다. 반지는 안두인강에 빠졌고, 오래전에 바다로 흘러 들어간 것으로 짐작됩니다. 그리고 온 세상이 무너지고 바다가 옮겨지는 세상 마지막 날까지 거기 있을 겁니다."

그리하여 그 시점에서는 아무 조치도 취하지 않았다. 하지만 엘론드는 마음 한구석이 불안해져 미스란디르에게 말했다. "내 예감으로는 절대반지가 발견되어 전쟁이 다시 일어나고, 그 전쟁과 함께 이 시대는 끝날 것으로 보입니다. 내 눈으로 볼 수는 없는 어떤 희한한 우연이 우리를 구해 주지 않는 한, 두 번째 어둠과 함께 세상은 분명 끝날 것입니다."

"세상에는 희한한 우연이 많습니다." 미스란디르가 말했다. "현자들이 떨고 있을 때는 약한 자들에게서 도움의 손길이 자주 오지요."

그리하여 현자들은 걱정에 잠겼지만, 아직은 아무도 쿠루니르가 어둠의 생각에 빠져들어 마음속으로는 이미 배신한 뒤라는 사실을 깨닫지 못했다. 그는 다른 누구도 아닌 자기 자신이 그 위대한 반지를 발견하기를 희망했고, 그 반지를 휘둘러 온 세상을 자기 뜻대로 호령하려고 했다. 쿠루니르는 사우론을 이기기 위하여 그의 방법들을 너무 오래 공부하였고, 이제는 사우론이 한 일을 증오하기보다는 그를 경쟁자로 여겨 시기하고 있었다. 그는 사우론이 다시 모습을 나타내면 원래 사우론의 소유였던 반지도 주인을 찾아 나설 것이며, 그가 다시 쫓겨나면 반지도 계속 숨어 있게 될 것이라고 여겼다. 그래서 그는 반지가 다시 나타나면 자신의 기술로 동지들과 대적 모두를 앞지를 수 있을 것으로 예상하고, 기꺼이 위험을 무릅쓰고 사우론을 잠시 내버려 두기로 마음먹었다.

그는 창포벌판을 감시하였고, 곧 돌 굴두르의 하수인들이 그 지역의 모든 강줄기를 샅샅이 뒤지고 있다는 것을 알아차렸다. 그는 사우론도 이실두르가 어떻게 죽었는지 알고 있다는 것을 그제야 깨달았다. 그는 점점 두려움에 사로잡혀 아이센가드로 들어가서 그곳의 수비를 강화하였다. 그리고 힘의 반지들에 관한 지식과 반지의 제작 기술 등에 대해 더욱 깊이 파고들었다. 그러나 그는 여전히 절대반지의 소식을 자신이 가장 먼저 확인할 수 있기를 바라며 백색회의에 이 사실을 전혀 알리지 않았다. 그는 엄청나게 많은 염탐꾼을 불러 모았고, 이 중의 상당수는 새들이었다. 라다가스트가 그에게 도움을 주었던 것인데, 쿠루니르가 배신했으리라고는 전혀 상상하지 못한 라다가스트는 이것이 다만 대적에 대한 감시의 일환이라고만 여겼던 것이다.

어둠숲의 어둠은 날로 더욱 깊어졌고, 세상의 모든 어둠의 땅에서 나온 악의 존재들이 돌 굴두르를 찾아왔다. 그들은 하나의 의지에 따라 다시 연합하였고, 그들의 적의는 요정들과 살아남은 누메노르인들을 겨냥하였다. 그리하여 마침내 백색회의가 다시 소집되어 반지의 여러 문제에 대한 토론이 이루어졌고, 미스란디르가 참석자들에게 말했다.

"절대반지를 반드시 찾아야 될 필요는 없습니다. 반지가 파괴되지 않고 땅 위에 남아 있는 한, 반지의 힘도 여전히 살아 있고 사우론도 힘을 키우고 희망을 가질 것입니다. 지금 요정과 요정의 친구들은 힘이 예전만 못합니다. 사우론은 위대한 반지가 없어도 곧 우리가 당할 수 없을 만큼 강해질 것입니다. 그는 아홉 반지를 지배하고 있고, 일곱 반지 중에서 셋을 회수하였기 때문입니다. 지금 공격해야 합니다."

쿠루니르가 이에 동의했다. 그로서는 사우론을 강과 가까운 돌 굴두르에서 쫓아내어 더 이상 마음 놓고 그곳을 뒤지지 못하도록 해야겠다고 생각했던 것이다. 그리하여 그는 마지막으로 백색회의를 지원하였고 그들은 힘을 합쳤다. 돌 굴두르를 공격한 그들은 사우론을 은신처에서 쫓아냈고, 어둠숲은 짧은 시간 동안이지만 다시 건강을 되찾았다.

그러나 그들의 공격은 너무 늦었다. 암흑의 군주는 공격을 예상하고 자신의 행동 계획을 모두 세워 두었던 것이다. 그의 아홉 시종인 울라이리는 먼저 떠나서 그의 귀환을 준비하고 있었다. 그가 패배해서 떠난 것은 속임수였고, 얼마 지나지 않아 그는 현자들이 손을 쓸 틈도 없이 모르도르의 자기 왕국에 재입성하여 암흑의 탑 바랏두르를 다시 일으켜 세웠다. 그해에 마지막으로 백색회의가 열렸고, 쿠루니르는 아이센가드로 들어가서 외부와의 연락을 끊었다.

오르크들이 모여들고 있었고, 동쪽과 남쪽 멀리에서는 야만의 종족들이 무장을 하고 있었다. 밀려드는 공포와 전쟁이 일어난다는 소문 속에 엘론드의 예언이 사실로 밝혀졌다. 정말로 절대반지가 다시 발견되었고, 그것도 미스란디르가 예견했던 것보다 훨씬 더 희한한 우연에 의해 나타난 것이었다. 쿠루니르와 사우론은 그것을 모르고 있었다. 반지는 그들이 찾기 훨씬 전에 안두인강을 벗어나 있었다. 곤도르의 왕들이 몰락하기 전에 안두인 강변에 살며 어업을 하던 키 작은 종족의 한 인물이 그것을 발견하였던 것이다. 발견자는 아무도 찾지 못하게 그것을 안개산맥 기슭의 어두운 은신처로 가지고 갔다. 반지는 그곳에 머물다가 돌 굴두르에 대한 공격이 있던 바로 그해에, 오르크들의 추격을 피해 땅속 깊이 도망을 가던 어떤 나그네에게 다시 발견되었다. 그래서 다시 아득히 먼 나라까지 이동하게 되는데, 결국은 에리아도르 서쪽에 살던 꼬마족, 혹은 반인족이라고 하는 페리안나스(반인족이란 뜻의 신다르 말—역자 주)의 땅까지 가게 되었다. 그날 이전까지 그들은 요정이나 인간 들로부터 별다른 주목을 받지 못했고, 사우론은 말할 것도 없이 미스란디르를 제외한 현자들 어느 누구도 논의하는 과정에서 고려 대상에 넣지 않은 종족이었다.

다행스럽게도, 그리고 경계를 늦추지 않은 덕에 미스란디르는 사우론에 앞서 반지 소식을 듣게 되었다. 하지만 그는 걱정과 의혹이 앞섰다. 쿠루니르처럼 자신이 압제자가 되고 암흑의 군주가 되기를 원하지 않는 한, 이 반지의 사악한 힘은 현자들 중의 하나가 휘두르기에는 너무 컸다. 하지만 영원히 사우론의 눈을 속일 수는 없었고, 요정들의 기술로는 반지를 파괴할 수도 없었다. 그리하여 미스란디르는 북부 두네다인의 도움을 받아 페리안나스의 땅에 경계를 서도록 하고 때가 오기를 기다렸다. 하지만 사우론은 많은 첩자를 두고 있었고, 이윽고 그토록 원하던 절대반지의 소식을 듣자 이를 빼앗기 위해 나즈굴을 파견하였다. 그렇게 전쟁은 발발하였고, 제3시대는 시작했던 때와 마찬가지로 사우론과의 전쟁으로 끝나고 말았다.

용감하고 경이로운 무훈을 비롯하여 그 당시에 있었던 일들을 목격한 이들은 다른 자리에서 반지전쟁을 이야기로 전했고, 그 속에 전쟁이 어떻게 예상치 못한 승리이자 오랫동안 예견했던 슬픔으로 끝나는지 밝혀 놓았다. 여기서는 그때 이실두르의 후계자가 북부에서 일어나 엘렌딜의 부러진 검을 잡았고, 임라드리스에서 다시 벼린 그 검을 가지고 인간들의 위대한 지휘관으로 전쟁에 나갔다는 점만 밝혀 두기로 한다. 그는 아라소른의 아들 아라고른으로 이실두르의 직계 39대 손이며, 이전의 어느 누구보다 더 엘렌딜을 닮은 인물이었다. 로한에서 전투가 벌어져 배신자 쿠루니르는 쓰러지고 아이센가드도 붕괴되었다. 곤도르시 앞의 거대한 평원도 전장이 되었고, 거기서 사우론 수하의 대장 모르굴 군주가 어둠 속으로 영원히 사라졌다. 그 후 이실두르의 후계자는 서부의 군대를 이끌고 모르도르의 암흑의 문에 들어섰다.

그 마지막 전투에는 미스란디르와 엘론드의 아들들, 로한의 왕, 곤도르의 영주들, 그리고 북부의 두네다인을 이끌고 온 이실두르의 후계자가 있었다. 거기서 결국 그들은 패배와 죽음에 맞닥뜨렸고, 그들의 온갖 무용도 소용이 없었다. 사우론은 너무 강했던 것이다. 하지만 그 순간 '현자들이 떨고 있을 때는 약한 자들에게서 도움의 손길이 온다'고 하던 미스란디르의 예언이 입증되었다. 그 후로 많은 노래에서 불려져 오듯이 산기슭과 풀밭에서 살던 꼬마족 페리안나스가 그들을 구해 낸 것이다.

알려진 대로 반인족 프로도는 미스란디르의 부탁에 따라 그 무거운 짐을 짊어졌고, 자신의 하인만 데리고 홀로 위험과 어둠 속을 지나 사우론의 위협에도 불구하고 마침내 운명의 산에 당도하였다. 그리고 반지는 그것을 만든 불 속으로 던져졌고 결국 파괴되어 그 모든 악도 소멸되었다.

그러자 사우론도 힘을 잃고 완전히 패망하였고, 악의 그림자처럼 사라져 버렸다. 바랏두르의 탑도 허물어져 폐허가 되었고, 탑이 붕괴되는 소리에 온 땅이 흔들거렸다. 그리하여 평화가 다시 찾아오고 지상에는 새봄이 시작되었다. 이실두르의 후계자는 정식으로 곤도르와 아르노르의 왕위에 올랐고, 두네다인의 힘이 되살아나 새로이 영광을 누렸다. 미나스 아노르 왕궁에는 백색성수가 다시 피어났는데, 곤도르시 뒤에 높이 솟은 설산 민돌루인의 눈 속에서 미스란디르가 묘목을 발견해 냈던 것이다. 나무가 거기서 자라는 한 왕들의 마음속에서 상고대의 기억들이 완전히 망각될 수는 없었다.

이 모든 일들은 대부분 분별력 있고 조심스러운 미스란디르가 성사시킨 것이었다. 전쟁이 끝나기 며칠 전에야 그는 대단한 존경을 받아야 할 군주임이 밝혀졌고, 흰옷을 입고 전장으로 나아갔다. 하지만 그가 붉은색 '불의 반지'를 오랫동안 간직하고 있었다는 사실은 그가 가운데땅을 떠날 때가 되어서야 알려졌다. 애당초 그 반지는 항구의 군주 키르단이 맡아 가지고 있던 것인데, 그는 미스란디르가 어디서 왔고 결국 어디로 돌아갈 것인지 알고 있었기 때문에 그에게 반지를 맡겼던 것이다. 키르단이 말했다.

"당신의 노고와 근심은 무척 무거울 터이니, 이제 이 반지를 받으십시오. 이 반지가 당신이 힘들지 않도록 지켜 주고 보호해 줄 것입니다. 이 반지는 불의 반지이며, 따라서 당신은 차갑게 식어 버린 세상에서 이것을 가지고 사람들의 마음속에 그 옛날의 용기를 다시 불붙일 수 있을 것입니다. 그러나 나의 마음은 바다와 함께 있고, 또 마지막 배가 떠날 때까지 나는 항구를 지키며 이 회색의 해안에 남아 있어야 합니다. 그때까지 당신을 기다리겠습니다."

그 배는 흰색이었고 건조하는 데 오랜 시간이 걸렸으며, 키르단이 말한 마지막까지 오랫동안 기다리고 있었다. 모든 일이 끝나고 이실두르의 후계자가 인간들의 왕이 되었고, 서부의 통치권은 그에게로 넘어갔다. 그와 함께 분명해진 것은 세 반지의 힘도 다했고, 첫째자손들도 세상이 늙고 쓸쓸하게 변했다는 것을 깨달았다는 사실이다. 그때 놀도르의 마지막 배가 항구를 출항하여 영원히 가운데땅을 떠났다. 세 반지를 가장 마지막까지 지니고 있던 이들이 바다로 떠났고, 엘론드 공도 그곳에서 키르단이 준비해 둔 배에 올랐다. 가을날의 황혼 속에 배는 미슬론드를 떠났고, 둥글어진 세상의 바다는 점차 그 밑에서 멀어져 갔다. 배는 둥근 하늘의 바람에 더 이상 시달리지 않고 세상의 안개 위로 높은 대기를 타고 올라 고대의 서녘으로 들어갔고, 이야기와 노래 속의 엘다르는 이렇게 모습을 감추었다.

# 부록: 가계도 및 요정 분파

GENEALOGIES
THE SUNDERING OF THE ELVES

# 1. 핀웨 가문과 엘론드, 엘로스의 놀도르 조상들

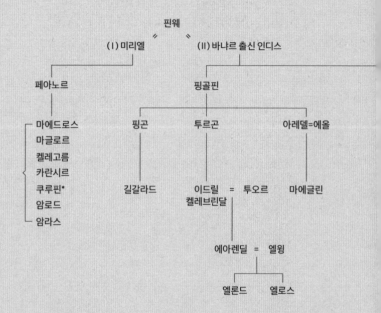

핀웨

(Ⅰ) 미리엘    (Ⅱ) 바냐르 출신 인디스

페아노르    핑골핀

핑곤    투르곤    아레델=에올

마에드로스
마글로르
켈레고름
카란시르
쿠루핀*
암로드
암라스

길갈라드    이드릴 = 투오르    마에글린
켈레브린달

에아렌딜 = 엘윙

엘론드    엘로스

*켈레브림보르의 아버지

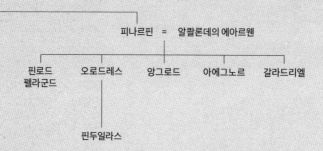

피나르핀 = 알콸론데의 에아르웬

핀로드    오로드레스    앙그로드    아에그노르    갈라드리엘
펠라군드

핀두일라스

## 2. 올웨와 엘웨의 후손들

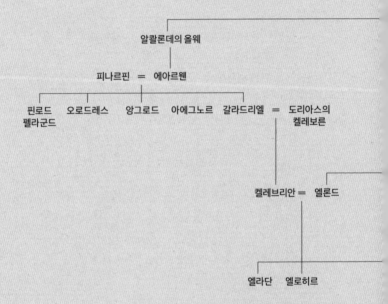

알콸론데의 올웨

피나르핀 = 에아르웬

핀로드      오로드레스    앙그로드    아에그노르    갈라드리엘 = 도리아스의
펠라군드                                                          켈레보른

켈레브리안 = 엘론드

엘라단    엘로히르

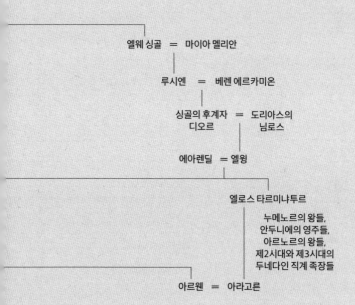

엘웨 싱골  =  마이아 멜리안

루시엔  =  베렌 에르카미온

싱골의 후계자  =  도리아스의
디오르          님로스

에아렌딜  = 엘윙

엘로스 타르미냐투르

누메노르의 왕들,
안두니에의 영주들,
아르노르의 왕들,
제2시대와 제3시대의
두네다인 직계 족장들

아르웬  =  아라고른

# 3. 베오르 가문과 엘론드, 엘로스의 인간 조상들

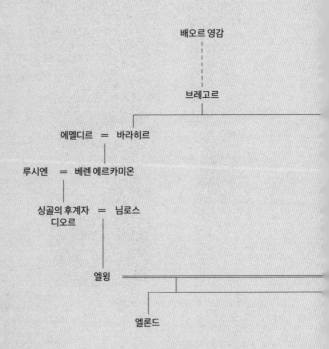

배오르 영감

브레고르

에멜디르 = 바라히르

루시엔 = 베렌 에르카미온

싱골의 후계자 = 님로스
디오르

엘윙

엘론드

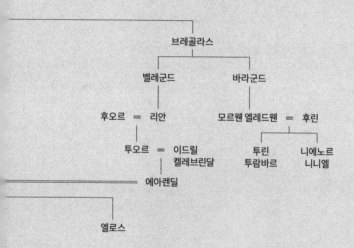

```
                              브레골라스
                  ┌───────────────┴───────────────┐
                벨레군드                          바라군드
                  │                                │
        후오르  =  리안              모르웬 엘레드웬  =  후린
                  │                            ┌────┴────┐
            투오르  =  이드릴                  투린      니에노르
                      켈레브린달             투람바르    니니엘
  ═══════════════════════════  에아렌딜
  ┌──────────────┘
             엘로스
```

# 4. 도르로민의 하도르 가문

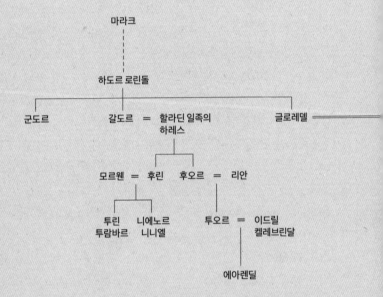

마라크

하도르 로린돌

군도르     갈도르  =  할라딘 일족의     글로레델 ━━━━━
                      하레스

        모르웬 = 후린    후오르 = 리안

            투린    니에노르    투오르 = 이드릴
            투람바르  니니엘              켈레브린달

                              에아렌딜

# 5. 할레스 사람들(브레실 숲의 할라딘 일족)

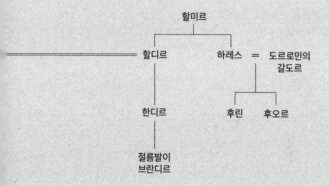

```
                        할미르
          ┌───────────────┴───────────────┐
══════════ 할디르            하레스  =  도르로민의
          │                              갈도르
          │                    ┌──────────┴──────────┐
        한디르                후린            후오르

      절름발이
      브란디르
```

# 요정들의 분리와 각 분파에 붙여진 이름

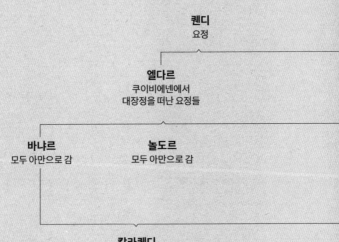

**퀜디**
요정

**엘다르**
쿠이비에넨에서
대장정을 떠난 요정들

**바냐르**
모두 아만으로 감

**놀도르**
모두 아만으로 감

**칼라퀜디**
빛의 요정(높은요정)
두 나무의 시대에
아만으로 간 이들

**아바리**
거절한 이들
대장정을 거부한 요정들

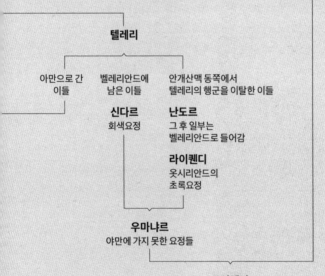

**텔레리**

아만으로 간
이들

벨레리안드에
남은 이들

안개산맥 동쪽에서
텔레리의 행군을 이탈한 이들

**신다르**
회색요정

**난도르**
그 후 일부는
벨레리안드로 들어감

**라이퀜디**
옷시리안드의
초록요정

**우마냐르**
야만에 가지 못한 요정들

**모리퀜디**
어둠의 요정
나무의 빛을 보지 못한 이들

# 부록: 발음에 관한 주석

NOTE ON PRONUNCIATION

다음 주석은 요정어 이름의 발음에 있어서 핵심적인 몇 가지 특징을 분명히 하려는 의도에서 만들어졌을 뿐, 모든 발음을 다 싣지는 않았다. 이 문제에 관해서 상세히 알고 싶으면 『반지의 제왕』 해설 E를 참조하라.

# 자음

**C**  항상 [s]가 아니라 [k]의 음가를 지닌다. 그래서 Celeborn은 셀레보른Seleborn이 아니라 켈레보른Keleborn으로 읽는다. 이 책에서 툴카스Tulkas나 케멘타리Kementári와 같은 몇몇 경우에는 [k] 철자가 사용되었다.

**CH**  항상 스코틀랜드어의 loch나 독일어의 buch에서와 같은 [ch]의 음가를 지니며, 영어 church의 [ch] 음가를 취하지 않는다. 예로는 카르카로스Carcharoth와 에르카미온Erchamion이 있다.

**DH**  항상 영어의 유성음(연음) [th]의 소리를 표현할 때 사용된다. 즉, thin의 [th]가 아니라 then의 [th]로 발음된다. 예로는 마에드로스Maedhros, 아레델Aredhel, 하우드엔아르웬Haudh-en-Arwen이 있다.

**G**  항상 영어 get의 [g] 소리를 낸다. 그래서 레기온Region과 에레기온Eregion은 영어의 region처럼 발음하지 않으며, 깅글리스Ginglith의 첫 음절도 영어의 gin이 아니라 begin처럼 발음한다.

두 번 겹쳐 쓴 자음은 길게 발음한다. 그래서 야반나Yavanna는 영어 unaimed, penny처럼 단음 [n]으로 발음하지 않고 unnamed, penknife처럼 장음 [n]으로 발음한다.

# 모음

**AI**    영어 eye와 같은 소리를 낸다. 그래서 에다인Edain의 둘째 음절은 영어의 Dane이 아니라 dine의 소리와 같다.

**AU**    영어 town의 [ow] 음가를 지닌다. 그래서 아울레Aulë의 음절은 영어 owl과 같은 소리를 내며, 사우론Sauron의 첫 음절도 영어로는 sore가 아니라 sour의 소리와 같다.

**EI**    테이글린Teiglin처럼 영어 grey의 발음을 취한다.

**IE**    영어의 piece처럼 발음하지 않고 모음 [i]와 [e]가 각각의 음가를 가지고 함께 결합하도록 해야 한다. 그래서 Nienna는 니나Neena가 아니라 니엔나Ni-enna로 읽는다.

**UI**    우이넨Uinen과 같이 영어 ruin의 소리로 읽는다.

**AE**    아에그노르Aegnor와 니르나에스Nirnaeth의 AE, 노에귀스 Noegyth와 로에그Loeg의 OE는 개별 모음의 결합체인 a-e, o-e이지만, ae 는 ai와 같이, oe는 영어의 toy와 같이 발음할 수 있을 있을 것이다.

  (모음 AE, OE의 경우 영어 모음 발음에서 AE를 '아에'로, OE를 '오에'로 읽 는 경우가 거의 없기 때문에, 영미인들을 위하여 이를 '아이', '오이'로 읽을 수도 있다고 한 것이다. 따라서 이 두 발음은 '아에', '오에'로 읽는 것이 옳으며, 이에 따 라 기존에 '아이', '오이'로 표기한 이름(고유명사)들을 이번에 모두 수정하였다. ─역자 주)

**EA와 EO**    결합하지 않고 두 개의 음절을 이룬다. 이 결합체는 ëa 와 ëo로 표기된다(혹은 이름의 머리에 쓰일 때는 Eä와 Eö 로 표기됨. 에아렌딜 Eäendil, 에온웨Eönwë).

Ú  후린 Húrin, 투린Túrin, 투나Túna 같은 이름에서처럼 [oo]로 발음한다. 그래서 Tyoorin이 아니라 Toorin으로 발음한다.

**ER, IR, UR**  자음 앞(네르다넬Nerdanel, 키르단Círdan, 구르상Gurthang)이나 단어의 끝(아이누르Ainur, 아이누Ainu의 복수형—역주)에서는 영어의 fern, fir, fur처럼 발음하지 않고 영어의 air, eer, oor처럼 발음한다.

**E**  단어의 끝에서는 항상 구별되는 모음으로 발음되며, 이 위치에서는 ë로 표기된다. 켈레보른Celeborn이나 메네그로스Menegroth처럼 단어의 중간에서도 마찬가지로 항상 발음된다.

신다린에서 강세가 들어가는 단음절에 붙은 곡절 액센트 부호(^)는 그런 단어에서 들을 수 있는 특별히 긴 모음을 나타낸다(힌Hîn 후린Húrin). 하지만 아둔어Adûnaic(누메노르어)와 크후즈둘Khuzdul(난쟁이어)에서 곡절 액센트는 단순히 장모음을 나타내기 위해 사용된다.

# 부록: 찾아보기

## INDEX OF NAMES

이 책에 나오는 고유 명사의 수는 매우 많기 때문에, 「찾아보기」에서는 쪽수 표시와 함께 각 인명과 지명에 대한 간략한 설명을 덧붙인다. 이 설명은 본문에서 언급된 내용 전체를 요약한 것이 아니며, 또 이 이야기의 핵심적인 인물들은 대부분 매우 짤막하게 서술되어 있다. 「찾아보기」를 상세히 하면 당연히 부피가 커지게 마련이다. 그래서 나는 여러 가지 방식으로 크기를 줄였다.

그중에서 주된 방법은 종종 요정어 이름의 영어 번역어가 독자적으로 사용되고 있다는 사실과 관련이 있다. 예컨대 싱골 왕이 사는 곳은 메네그로스나 '천의 동굴'로 (또는 함께 결합되어) 불린다. 그런 경우에 나는 대부분 요정어와 그 말의 번역된 의미를 같은 표제어 속에 함께 집어넣었고, 그 결과 쪽수의 표시가 표제어로 쓰인 단어에만 국한되어 있지는 않다(가령 에코리아스에 대한 쪽수 표시는 에워두른산맥에 대한 것도 포함한다). 영어 번역어도 독자적인 표제어로 주어져 있지만, 단순히 본격적인 설명이 덧붙여진 표제어로 인도만 할 뿐이며 그것도 독자적으로 사용될 때만 허용된다. 따옴표는 번역되었다는 것을 나타내는데, 이 중에서 상당수가 본문에 나오는 내용(가령, 톨 에렛세아 외로운섬)이지만 추가로 많은 번역을 덧붙이기도 했다. 번역되지 않은 몇몇 이름에 대한 사항은 「퀘냐와 신다린 이름의 구성 요소」에 포함되어 있다(이 역본에서는 표제어 다음의 번역어에 대해서는 편의상 따옴표를 생략하였음—역자 주).

'노왕'이나 '두 종족'과 같이 요정어 어원이 주어지지 않은 많은 직함이나 공식적 표현들에 대해서는 선별적으로 골랐으나 대다수는 목록에 올라 있다. 쪽수 표시는 벨레리안드나 발라 등과 같이 너무 자주 등장하는 몇몇 경우를 제외하고는 모두 표기하는 것을 원칙으로 하였다. (그래서 가끔은 표제어가 실제로 언급되어 있지는 않으나 그 내용이 전개되는 쪽도 포함하고 있다). '곳곳에 나옴'(passim)을 사용하긴 했지만, 중요한 대목에 대해서는 엄선된 쪽수를 표시하였다(이 역본에서는 '곳곳에 나옴'을 사용하지 않았음—역자 주). 몇몇 놀도르 군주들의 이름이 표제어로 나온 경우에는 여러 번 이름이 나오더라도 그들의 아들이나 가문과 관련된 사항이면 제외하였다.

**[편집자 주]**

1. 해외 최신판 원서(2021년판)의 알파벳 순서 A~Z 순서에 따라 한국어 명칭을 먼저 표기하고 원어를 표기했다.

2. 각 표제어 별로 쪽수를 표기하였고, 표제어에 해당되는 쪽수는 모두 표기하는 것을 원칙으로 하였다.

3. 『반지의 제왕』의 쪽수 표시는 권(BOOK) 수 및 장(chapter) 순서로 수록했다.

# A

**아다네델Adanedhel** 요정인간. 나르고스론드에 있을 당시의 투린에게 붙여진 이름. 340

**아두나코르Adûnakhôr** 서녘의 왕. 누메노르의 20대 왕이 취한 이름. 아 둔어(누메노르어)로 이름을 쓴 최초의 왕. 퀘냐로는 헤루누멘. 426

**아두란트Aduarant** 옷시리안드 겔리온강의 지류 중에서 여섯 번째이며 가장 남쪽에 있는 강. '두 갈래 강'이란 뜻인데 톨 갈렌섬에서 흐름이 두 갈래로 나눠진 것을 가리킨다. 206 306 379

**아에글로스Aeglos** 눈(雪)촉. 길갈라드의 창. 464

**아에그노르Aegnor** 피나르핀의 넷째 아들로 형인 앙그로드와 함께 도르 소니온 북쪽 비탈을 차지하였다. 다고르 브라골라크 때 피살. '사나운 불'이란 뜻. 111 146 201 247 249

**아엘린우이알Aelin-uial** 황혼의 호수. 아로스강과 시리온강이 만나는 곳. 192 204 274 352 373

**아에란디르Aerandir** 바다의 방랑자. 에아렌딜의 항해에 동행한 세 선원 중의 한 사람. 398

**아에린Aerin** 도르로민에 살던 후린의 친척 여인. 동부인 브롯다의 아내 가 되었고, 니르나에스 아르노에디아드 이후 모르웬을 도와주었다. 322 349

**뒤에 오는 이들Aftercomers** 일루바타르의 둘째자손, 인간. 힐도르의 번 역어. 145 170

**아가르와엔Agarwaen** 피투성이. 투린이 나르고스론드에 와서 스스로 붙 인 이름. 340~341

**아글라론드Aglarond** 찬란한 동굴. 에레드 님라이스의 헬름 협곡에 있음 (『반지의 제왕』 BOOK3 chapter 8 참조). 461

505

**암라크Amlach** 마라크의 아들인 임라크의 아들. 에스톨라드의 인간들 사이에 불화가 발생하였을 때의 지도자로, 나중에 후회하고 마에드로스를 섬겼다. 238~240

**아몬 아마르스Amon Amarth** 운명의 산. 사우론이 누메노르에서 돌아와 다시 오로드루인에 불꽃이 솟아오르자 그 산에 주어진 이름. 463 479

**아몬 에레브Amon Ereb** 외로운 언덕(간단하게 에레브라고도 함). 동벨레리안드의 람달과 겔리온강 사이에 있음. 166 204~205 251

**아몬 에시르Amon Ethir** 첩자들의 언덕. 나르고스론드 정문 동쪽 방향에 핀로드 펠라군드가 세웠음. 352~354

**아몬 과레스Amon Gwareth** 곤돌린이 건설된 툼라덴 평원 중앙의 언덕. 211 226 386 389 391

**아몬 오벨Amon Obel** 브레실숲 중앙의 언덕으로 그 위에 에펠 브란디르가 세워졌다. 330 351 356

**아몬 루드Amon Rûdh** 대머리산. 브레실 남쪽 땅에 있는 외딴 고지. 밈의 거주지이자 투린이 이끄는 무법자들의 소굴. 326 329~331 333~335 372

**아몬 술Amon Sûl** 아르노르 왕국의 '바람의 산'(『반지의 제왕』의 '바람마루'). 460~461

**아몬 우일로스Amon Uilos** 오이올롯세의 신다린 이름. 75

**암라스Amras** 암로드의 쌍둥이 형제로 페아노르의 막내아들. 시리온하구에서 에아렌딜의 백성들을 공격하던 중에 암로드와 함께 사망. 111 146 208 236 251 396

**암로드Amrod** 111 146 208 236 251 396 →암라스Amras

**아나크Anach** 에레드 고르고로스 서쪽 끝에 있는 타우르누푸인(도르소니온)을 빠져 내려오는 고개. 325 333 335 389

**아나두네Anadûnê** 서쪽나라. 아둔어(누메노르어)로 누메노르를 부르는 이름(→누메노르Númenor). 416

**아나르Anar** 태양을 가리키는 퀘냐 이름. 170~173

**아나리온Anárion** 엘렌딜의 둘째 아들. 부친과 형 이실두르와 함께 누

**앙글라켈Anglachel**  유성처럼 하늘에서 떨어진 쇠로 만든 칼로, 싱골이 에올에게서 받았다가 벨레그에게 주었다. 투린을 위해 다시 벼린 다음에는 구르상이란 이름을 얻었다. 327~328 334 336~340

**앙그레노스트Angrenost**  강철 요새. 곤도르 서쪽 변경에 누메노르인들이 세운 요새로 나중에 마법사 쿠루니르(사루만)가 거주함. 461 →아이센가드Isengard

**앙그림Angrim**  '불행한' 고를림의 부친. 265

**앙그리스트Angrist**  강철을 자르는 칼. 노그로드의 텔카르가 만든 칼로, 베렌이 쿠루핀에게서 빼앗아 모르고스의 왕관에서 실마릴을 떼어 낼 때 사용하였다. 289 295

**앙그로드Angrod**  피나르핀의 셋째 아들로 동생 아에그노르와 함께 도르소니온의 북쪽 경사지를 차지하였다. 다고르 브라골라크에서 전사. 111 146 188~189 201 215~216 247 249 343

**앙구이렐Anguirel**  앙글라켈과 같은 금속으로 만든 에올의 칼. 327

**안나엘Annael**  미스림의 회색요정으로 투오르의 양부(養父). 384

**안나타르Annatar**  선물의 군주. 사우론이 제2시대에 가운데땅에 남아 있던 엘다르 사이에 아름다운 외양을 하고 나타났을 때 스스로 붙인 이름. 454

**안논인겔뤼드Annon-in-Gelydh**  놀도르의 문. 도르로민 서쪽 산맥에 있는, 키리스 닌니아크로 향하는 지하 수로의 입구. 384

**안누미나스Annúminas**  서부의 탑. (여기서 서부는 서쪽나라, 곧 누메노르를 뜻함) 네누이알 호수 옆에 있는 아르노르 왕들의 도시. 460~461 467

**아노르Anor**  465 →미나스 아노르Minas Anor

**아파노나르Apanónar**  나중 난 이들. 인간을 가리키는 요정어. 176

**아라단Aradan**  마라크의 아들 말라크의 신다린 이름. 237 244

**아라고른Aragorn**  이실두르 직계 39대 후계자. 반지전쟁 이후 아르노르와 곤도르 재통합 왕국의 왕으로 엘론드의 딸 아르웬과 결혼함. 479 '이실두르의 후계자'로 불림. 479~481

**아라만Araman**  펠로리산맥과 바다 사이에 있는 아만 해안의 불모지. 북

로는 아단, 복수형은 에다인)은 특히 그들을 지칭하였고, 그래서 나중에 벨레리안드에 들어왔거나 산맥 저쪽에 살고 있는 것으로 알려진 다른 인간들에 대해서는 적용되지 않았다. 하지만 일루바타르의 말씀(81)에서는 '인간(일반)'을 가리킨다. 81 176~177 237 에다인 236~238 241 243~244 246 257~259 317 320 381 413~416 445

**아울레Aulë** 아라타르에 속하는 발라. 대장장이이자 장인인 그는 야반나의 배우자이다. 특히 60 77~78 참조. 난쟁이 만들기에 대해서는 83 이하 참조. 49 52 58 60~61 64~65 67 71~72 77~78 80 83~89 96~97 99 110 113 117 125 138 148 160 169 415

**아발로네Avallónë** 톨 에렛세아에 세워진 엘다르의 항구 도시. 「아칼라베스」에 의하면 "여러 도시들 중에서 이 도시가 발리노르에 가장 가까워서" 그런 이름이 붙었다. 415 418 420 428 442 446~448 462 468

**아바리Avari** 꺼리는 자들, 거절한 자들. 쿠이비에넨을 떠나 서쪽으로 향한 장정에 참여하기를 거부한 모든 요정들을 가리키는 이름. 99~100 162 170 453 →엘다르Eldar, 어둠의 요정Dark Elves

**아바사르Avathar** 어둠. 엘다마르만 남쪽, 펠로리산맥과 바다 사이에 있는 아만 해안의 버려진 땅으로 이곳에서 멜코르는 웅골리안트를 만났다. 130~132 140 173

**아자그할Azaghâl** 벨레고스트 난쟁이들의 왕. 니르나에스 아르노에디아드에서 글라우룽에게 상처를 입혔으나, 그에게 죽임을 당함. 314

# B

**발란Balan** 핀로드를 섬기기 전 베오르 영감의 이름. 236

**발라르Balar** 시리온강이 흘러드는 벨레리안드 남쪽의 큰 만. 97 101 106 201 또한 그 만에 있는 섬을 가리키기도 하는데, 이 섬은 톨 에렛세아 동쪽 돌출부가 떨어져 나온 것으로 알려졌으며, 니르나에스 아르노에디아드 이후 키르단과 길갈라드가 거주한 곳이다. 107 160 202 262 318~319 393 395 397

**발로그Balrog**　힘의 악마. 모르고스를 추종하는 불의 악마들의 신다린 이름(퀘냐로는 발라라우코). 67 90 142 182~183 203 248~250 273 313~315 390~392 404

**바랏두르Barad-dûr**　모르도르에 있는 사우론의 '암흑의 탑'. 425 431 446 462 465 477 480

**바라드 에이셀Barad Eithel**　수원지의 탑. 에이셀 시리온에 있는 놀도르의 요새. 311

**바라드 님라스Barad Nimras**　흰뿔탑. 에글라레스트 서쪽 곶 위에 핀로드 펠라군드가 세운 탑. 202 318

**바라군드Baragund**　후린의 아내인 모르웬의 부친. 바라히르의 조카인 동시에 도르소니온에서 그를 따르던 열두 명의 동료 중의 한 사람. 244 255 263 321 404

**바라히르Barahir**　베렌의 부친. 다고르 브라골라크에서 핀로드 펠라군드의 목숨을 구해 주고 그에게서 반지를 받았다. 도르소니온에서 살해됨. 이실두르가의 가보가 된 바라히르의 반지에 대한 이후의 이야기는 『반지의 제왕』 해설 A(I)를 참조할 것. 179 244 249~250 254~255 263~267 271~273 275~276 303 306 322 374 404

**바란Baran**　베오르 영감의 큰아들. 236

**바란두인Baranduin**　에리아도르의 갈색강. 청색산맥 남쪽에서 대해로 흘러든다. 『반지의 제왕』에 나오는 샤이어의 브랜디와인강. 460

**바르엔단웨드Bar-en-Danwedh**　몸값의 집. 난쟁이 밈이 아몬 루드에 있는 자신의 집을 투린에게 내어 줄 때 붙인 이름. . 329~330 332~334

**벨레리안드 전쟁Battles of Beleriand**　첫째 전투 166. 둘째 전투(별빛 속의 전투)→다고르누인길리아스Dagor-nuin-Giliath. 셋째 전투(영광의 전투)→다고르 아글라레브Dagor Aglareb. 넷째 전투(돌발화염의 전투)→다고르 브라골라크Dagor Bragollach. 다섯째 전투(한없는 눈물의 전투)→니르나에스 아르노에디아드Nirnaeth Arnoediad. 대전투 404~405 414 452

**바우글리르Bauglir**　모르고스의 다른 이름. '구속하는 자'. 178 322 341

374 409

**벨레그Beleg** 뛰어난 궁수이자 도리아스의 변경 수비대 대장. '센활'이란 뜻의 쿠살리온으로 불렸다. 투린의 친구이자 동료이면서 투린에게 살해된 인물. 258 301~302 308 322~328 332 334~339 366

**벨레가에르Belegaer** 가운데땅과 아만 사이에 있는 서부의 큰 바다. 벨레가에르로 명명되었지만(74 155 385 402) 종종 '대해', '바다', '서쪽바다', '큰 물' 등으로 불렸다.

**벨레고스트Belegost** 거대한 요새. 청색산맥에 있는 난쟁이들의 두 도시 중의 하나. 난쟁이어 가빌가트홀의 신다린 번역어. 159~160 162 191 221 308 314 331 373 377 → 철통요새Mickleburg

**벨레군드Belegund** 후오르의 아내인 리안의 부친. 바라히르의 조카이며 도르소니온에서 그를 따르던 열두 명의 동료 중의 한 사람. 244 255 263 321

**벨레리안드Beleriand** 이 이름은 '발라르 지역'이란 뜻으로 처음에는 발라르 섬과 마주하고 있는 시리온하구 주변 땅을 지칭했다고 한다. 후대로 오면서 확대되어 드렝기스트하구 남쪽의 가운데땅 서북부의 옛날 해안 전체와 히슬룸 남쪽의 내륙, 동쪽으로 청색산맥 발치에 이르는 온 땅을 포함하게 되었고, 시리온강을 중심으로 동, 서 벨레리안드로 나누어진다. 벨레리안드는 제1시대말의 소용돌이 속에 파괴되어 바닷물에 잠기게 되었고 그 결과로 옷시리안드(린돈)만 남아 있다. 특히 200~208 405 451~452 참조.

**벨팔라스Belfalas** 곤도르 남부의 해안 지역으로 동명의 거대한 만과 마주하고 있다. 벨팔라스만 460

**벨실Belthil** 신성한 광휘. 투르곤이 곤돌린에 세운 텔페리온의 형상. 211

**벨스론딩Belthronding** 벨레그 쿠살리온의 활. 주인과 함께 매장되었다. 338

**베오르Bëor** '베오르 영감'으로 불리는 인물. 벨레리안드에 처음으로 들어온 인간들의 지도자로 핀로드 펠라군드의 가신. 베오르 가문(별칭 최고(最古)의 인간 가문, 최초의 에다인 가문) 시조. 232~240 244~245 246

## C

**칼라키랴Calacirya** 빛의 통로. 펠로리산맥에 만들어진 고갯길로 이곳에 푸른 투나 언덕이 세워져 있다. 109 113 129 143 174 399

**칼라퀜디Calaquendi** 빛의 요정. 아만에 살았거나 살고 있는 요정들(높은 요정). 99~100 178 183 →모리퀜디Moriquendi, 어둠의 요정Dark Elves

**칼레나르돈Calenardhon** 푸른 땅. 곤도르 북부에 속해 있을 당시의 로한의 명칭. 아르드갈렌Ard-galen 참조. 470

**캄로스트Camlost** 빈손. 실마릴을 얻지 못하고 싱골 왕에게 돌아온 베렌에게 붙여진 이름. 300 303

**카라그두르Caragdûr** 아몬 과레스(곤돌린 언덕) 북쪽의 절벽으로, 에올이 떨어져 죽음을 당한 곳. 229

**카란시르Caranthir** 페아노르의 넷째 아들로 '검은 얼굴의 카란시르'로 불렸다. '형제들 가운데서 성질이 가장 사납고 화를 잘 내는' 인물로 사르겔리온을 통치하였으나 도리아스 공격 시에 목숨을 잃었다. 111 146 189~191 207 215 220 236 241~242 251 258 382

**카르카로스Carcharoth** 실마릴을 들고 있는 베렌의 손을 물어뜯은 앙반드의 거대한 늑대. 도리아스에서 후안에게 목숨을 잃었다. 본문에는 이 이름이 '붉은 목구멍'으로 번역되어 있음. 안파우글리르라고도 불린다. 293 295~296 299~302

**카르돌란Cardolan** 에리아도르 남부 지역으로 아르노르 왕국의 일부. 460

**카르닐Carnil** (붉은) 별의 이름. 92

**켈레보른Celeborn(1)** 은빛 나무. 갈라실리온의 묘목으로 톨 에렛세아에 심은 나무. 110 419

**켈레보른Celeborn(2)** 싱골의 친척인 도리아스의 요정. 갈라드리엘과 결혼하여 제1시대가 끝난 뒤에도 그녀와 함께 가운데땅에 남았다. 193 379 408 471

**켈레브란트Celebrant** 은물길강. 거울호수에서 로슬로리엔을 거쳐 안두인과 합류하는 강. 471

**켈레브림보르Celebrimbor** 은(銀)의 손. 쿠루핀의 아들로 부친이 나르고스론드에서 쫓겨났을 때 그곳에 그대로 남아 있었다. 제2시대에는 에레기온 최고의 장인으로 요정의 세 반지를 만들었으나 사우론에게 살해당한다. 287 453 456

**켈레브린달Celebrindal**  은의 발(足). 211 223 230 387 389~390 394 409 → 이드릴Idril

**켈레브로스Celebros**  은빛 거품, 은빛 비(雨). 테이글린 건널목 근처 브레실숲의 강인 테이글린강으로 떨어진다. 356

**켈레고름Celegorm**  페아노르의 셋째 아들로 '아름다운 켈레고름'으로 불린다. 다고르 브라골라크 이전까지 동생 쿠루핀과 함께 힘라드 지방의 군주였다. 나르고스론드에 살 때 루시엔을 감금하였으며, 늑대사냥개 후안의 주인이었지만 메네그로스에서 디오르에게 목숨을 잃었다. 111 113 146 181 207 219~220 224 251 276~278 281~282 286~289 299 307~308 382 453

**켈론Celon**  힘링 언덕에서 서남쪽으로 흐르는 강으로 아로스강의 지류. '고지에서 흘러내리는 개울'이란 뜻. 165 207 220 224 236 242 256

**일루바타르의 자손들Children of Ilúvatar**  '에루의 자손들'이라고도 함. 히니 일루바타로 혹은 에루히니의 번역어. 첫째자손과 뒤따르는 자들인 요정과 인간을 가리킴. 자손들, 땅의 자손들, 세상의 자손들로도 불림. 특히 48 80~82 참조.

**키르단Círdan**  조선공. 텔레리 요정으로 팔라스(서벨레리안드 해안 지방)의 군주. 니르나에스 아르노에디아드 이후 항구가 파괴되자 길갈라드와 함께 발라르섬으로 탈출. 제2시대, 제3시대 동안 룬만의 회색항구를 지킨 인물. 미스란디르가 나타나자 그에게 불의 반지 나랴를 맡김. 107 158 160 166 181 191 202 214 263 318~319 343 393 395 397 408 466 471 473~474 480~481

**키리스 닌니아크Cirith Ninniach**  무지개틈. 투오르가 서쪽 바다로 빠져나간 통로. 384 →안논인겔뤼드Annon-in-Gelydh

**키리스 소로나스Cirith Thoronath**  독수리의 틈. 곤돌린 북쪽의 산맥을 넘어가는 높은 고개로 글로르핀델이 발로그와 싸우다가 깊은 구렁

속으로 떨어진 곳. 391

**키르스Cirth** 룬 문자. 도리아스의 다에론이 처음 고안. 164.

**키룐Ciryon** 이실두르의 셋째 아들로 창포벌판에서 부친과 함께 피살. 467

**코롤라이레Corollairë** 발리노르의 두 나무가 서 있던 푸른 둔덕. 에젤로하르로도 불림. 75

**크릿사에그림Crissaegrim** 소론도르의 둥지가 있던 곤돌린 남쪽의 첨봉들. 203 253 259 297 325 368

**테이글린 건널목Crossings of Teiglin** 브레실숲 서남쪽, 시리온 통로에서 남쪽으로 향하는 옛길이 테이글린강을 건너가는 곳. 243 333 335 350~351 355 361 364 370

**쿠이비에넨Cuiviénen** 눈뜸의 호수. 최초의 요정들이 눈을 뜬 가운데땅의 호수로 오로메가 그들을 발견한 곳이 이곳이었다. 92~96 98 100 103 145 377

**쿨루리엔Culúrien** 라우렐린의 다른 이름. 76

**쿠루핀Curufin** '재주꾼'으로 불리는 페아노르의 다섯째 아들로 켈레브림보르의 부친. 이름의 기원에 대해서는 페아노르Fëanor 참조. 그의 운명에 대해서는 켈레고름Celegorm 참조. 111 146 207 219~220 224~225 251 276~278 281~282 287~290 297 299 307~308 382 453

**쿠루핀웨Curufinwë** 115 125 →페아노르Fëanor

**쿠루니르Curunír** 교활한 지혜의 인물. 이스타리(마법사들) 중의 하나인 사루만의 요정어 이름. 473~474 476~479

**쿠살리온Cúthalion** 센활. 323~324 326~327 332 337 →벨레그Beleg

# D

**다에론Daeron** 싱골 왕의 음유시인이자 학예관. 키르스(룬 문자)의 고안자. 루시엔을 사랑했으나 두 번이나 그녀를 배신하였다. 164 191 270 280 298 407

**다그니르Dagnir**  도르소니온에서 바라히르를 따르던 열두 명의 동료 중
의 한 사람. 255

**다그니르 글라우룽가Dagnir Glaurunga**  글라우룽의 재앙, 투린. 366

**다고르 아글라레브Dagor Aglareb**  영광의 전투. 벨레리안드 전쟁의 대전
투 중에서 셋째 전투. 194~195 198 209

**다고르 브라골라크Dagor Bragollach**  돌발화염의 전투(간단하게는 브라
골라크). 벨레리안드 전쟁의 대전투 중에서 넷째 전투. 249 255 259 307
318 343

**다고를라드Dagorlad**  전투평원. 모르도르 북부의 지명으로 제2시대 말
요정과 인간의 최후의 동맹과 사우론 사이에 엄청난 전투가 벌어진
곳. 464 467

**다고르누인길리아스Dagor-nuin-Giliath**  별빛 속의 전투. 벨레리안드 전
쟁 둘째 전투로 페아노르가 가운데땅에 온 뒤 미스림에서 벌어진 전
투. 181

**다이루인Dairuin**  도르소니온에서 바라히르를 따르던 열두 명의 동료 중
의 한 사람. 255

**어둠의 요정Dark Elves**  아만의 언어로 대해를 건너지 못한 요정들은 모
두 어둠의 요정들(모리퀜디)이었고, 가끔 그런 뜻으로 쓰인다. 178 189
카란시르가 싱골을 '어둠의 요정'이라고 했을 때 그 말에는 모욕의 의
도가 담겨 있는데, 싱골은 아만에 간 적이 있고 또 '모리퀜디로 간주되
지 않았기 때문에' 더욱 그러하다(105). 하지만 놀도르의 망명 기간 동
안 이 말은 놀도르나 신다르가 아닌 가운데땅의 요정들을 가리키는
뜻으로 종종 사용되었고, 따라서 실제로는 아바리와 같은 말이 되었
다(178 204 233~234). 또 다른 경우로는 신다르 요정 에올을 검은요정
이라고 부를 때가 있다. 220 225 327 하지만 228을 보면 투르곤은 에올
을 모리퀜디로 명백히 규정하고 있다.

**암흑의 군주Dark Lord, The**  이 말은 모르고스(131 165 239~240 332 367
432)와 사우론(458 470 472 477~478)에 대해 사용된다.

**탈출의 시대Days of Flight**  458

**불사의 땅Deathless Lands**   →불사의 땅Undying Lands

**델두와스Deldúwath**   도르소니온(타우르누푸인)의 후기 이름 중의 하나로, '밤그늘의 공포'란 뜻. 254

**데네소르Denethor**   렌웨의 아들. 마침내 청색산맥을 넘어와 옷시리안드에 정착한 난도르 요정들의 지도자. 첫 번째 벨레리안드 전투 중에 아몬 에레브에서 전사함. 101 163 166 205

**딤바르Dimbar**   시리온강과 민데브강 사이의 땅. 203 219 259 287 325~326 328 332~333 335 368

**딤로스트Dimrost**   브레실숲의 켈레브로스폭포. 본문에는 '비 내리는 층계'로 번역되어 있으며, 나중에는 넨 기리스로 불림. 356

**디오르Dior**   아라넬로 불리며, 엘루킬, 곧 '싱골의 후계자'로도 불림. 베렌과 루시엔의 아들이며, 엘론드의 모친인 엘윙의 부친. 싱골이 죽은 뒤 옷시리안드에서 도리아스로 왔고, 베렌과 루시엔의 죽음 뒤에는 실마릴을 받았다. 메네그로스에서 페아노르의 아들들에게 죽임을 당함. 306 379~382 388 393 396 403 406 408

**빼앗긴 자(들)Dispossessed, The**   페아노르 가문. 153 188

**돌 굴두르Dol Guldur**   마법의 산. 제3시대 어둠숲 남부에 세워진 강령술사(사우론)의 요새. 473~478

**돌메드Dolmed**   젖은 머리. 에레드 루인의 높은 산으로, 근처에 난쟁이들의 도시인 노그로드와 벨레고스트가 있음. 159 166 314 380

**도르 카란시르Dor Caranthir**   카란시르의 땅. 207 →사르겔리온 Thargelion

**도르쿠아르솔Dor-Cúarthol**   활과 투구의 땅. 벨레그와 투린이 아몬 루드 위의 그들의 소굴에서 지키던 땅의 이름. 333

**도르 다에델로스Dor Daedeloth**   공포의 그림자 땅. 북부에 있는 모르고스의 땅. 182 184 188

**도르 디넨Dor Dínen**   침묵의 땅. 에스갈두인강과 아로스강 상류 사이의 아무도 살지 않는 땅. 203

**도르 피른이구이나르Dor Firn-i-Guinar**   살아 있는 죽은 자들의 땅. 베렌

과 루시엔이 돌아온 뒤에 거주한 옷시리안드의 땅. 306

**도리아스Doriath**  방벽(防壁)의 땅(도르 야스). 멜리안의 장막을 가리키는 이름인데, 처음에는 에글라도르라고 했다. 넬도레스숲과 레기온숲 속에 있는 싱골과 멜리안의 왕국으로 에스갈두인 강변의 메네그로스에서 통치하였다. '은둔의 왕국'으로도 불림. 특히 167 203~204 참조.

**도를라스Dorlas**  브레실의 할라딘 일족의 인간. 투린 및 훈소르와 함께 글라우룽을 공격하러 갔으나 겁에 질려 달아났다. 절름발이 브란디르에게 목숨을 잃음. 350~351 357~359 362~363 도를라스의 아내(이름은 없음) 363

**도르로민Dor-lómin**  히슬룸 남부 지역. 핑곤의 영토로 하도르 가문에 영지(領地)로 준 곳. 후린과 모르웬의 고향. 159 199 201 244 255 259 261 263 309 316 321 323 332 339 343 346~349 351~352 363 365 369 373~374 376 384 도르로민 왕비(모르웬) 321

**도르누파우글리스Dor-nu-Fauglith**  숨 막히는 재 속의 땅. 252 297 →안파우글리스Anfauglith

**도르소니온Dorthonion**  소나무의 땅. 벨레리안드 북쪽 변경에 있는 숲이 우거진 거대한 고원 지대. 나중에 타우르누푸인으로 불림.『반지의 제왕』BOOK3 chapter 4 나무수염의 노래 참조. "겨울에 나는 도르소니온고원의 소나무숲을 올랐네." 97 165 181 189 194 196 200~201 203 206~207 237 244 248 250~251 254 262~264 266~268 308~309

**도르로민의 용투구Dragon-helm of Dor-lómin**  투린이 썼던 하도르 가문의 가보. 하도르의 투구로도 불림. 323 332~333 343 373

**용Dragons**  196 249 313~314 344~348 352~354 357~364 366 373 386 390~391 404~405 414 457 472

**드라우글루인Draugluin**  톨인가우르호스에서 후안에게 목숨을 잃은 거대한 늑대인간. 베렌은 이 늑대인간의 형체로 앙반드에 들어갔다. 284 291~293

**드렝기스트Drengist**  히슬룸의 서쪽 방벽인 에레드 로민을 뚫고 들어간 긴 하구. 101 140 156 167 180 195 199~200 263

**마른 강Dry River**  훗날 곤돌린의 들판 툼라덴 자리가 된 태고의 호수에서부터 에워두른산맥 아래로 흘러 나간 강. 227 368

**두일웬Duilwen**  옷시리안드 겔리온강의 다섯째 지류. 206

**두네다인Dúnedain**  서부의 에다인. 416~422 431 446~447 467 470 478~480 →누메노르인Númenórians

**둥고르세브Dungortheb**  →난 둥고르세브Nan Dungortheb

**두린Durin**  크하잣둠(모리아) 난쟁이들의 왕. 86 464

**난쟁이길Dwarf-road**  노그로드와 벨레고스트시에서 시작하여 사른 아스라드 여울에서 겔리온강을 건넌 다음 벨레리안드까지 이어지는 도로. 232 236 241

**난쟁이들의 저택Dwarrowdelf**  난쟁이들의 굴. 크하잣둠(하도드론드)의 번역어. 159

**난쟁이Dwarves**  83~86 158~163 190~191 193 207 221~222 224 232 258 309 314 328~334 341 372~377 379~382 452~453 456~457 464 472 작은난쟁이들에 대해서는 331 372. 난쟁이들의 일곱 조상 83 85~86 난쟁이들의 목걸이에 대해서는 나우글라미르Nauglamír 참조. 난쟁이들의 일곱 반지에 대해서는 힘의 반지Rings of Power 참조. 나우그림Naugrim도 참조할 것.

# E

**에아Eä**  세상, 물질 세계. 요정어로 '존재하다' 혹은 '존재하라'는 뜻의 에아는 세상이 존재하기 시작했을 때 일루바타르가 한 말이었다. 51~52 57~58 64 72 77 84 92~93 104 129 132 137 148 153 168~169

**독수리Eagles**  78 88~89 117 187 203 209 253~254 259 261 297 368~370 388~389 391~392 440~441

**에아렌딜Eärendil**  반요정, 축복받은 자, 빛나는 자, 수부 등으로 불리는 인물. 투오르와 투르곤의 딸 이드릴 사이에 태어난 아들. 곤돌린이 약탈당할 때 탈출하여 시리온하구에서 디오르의 딸 엘윙과 결혼함. 엘윙과 함께 아만으로 항해하여 모르고스와의 싸움을 도와줄 것을 간청함. 베렌과 루시엔이 앙반드에서 가져온 실마릴을 단 뒤, 자신의 배 빙길롯에 올라타고 하늘을 항해함. 이름은 '바다를 사랑하는 자'란 뜻. 179 244 389~391 393 395~402 404 408~409 413~417 420~421 430 437 439~440 443 446 452 「에아렌딜의 노래」 395 413

**에아렌두르Eärendur(1)**  누메노르섬 안두니에의 영주. 427

**에아렌두르Eärendur(2)**  아르노르의 제10대 왕. 467

**에아르닐Eärnil**  곤도르의 제32대 왕. 469~470

**에아누르Eärnur**  에아르닐의 아들. 곤도르의 마지막 왕으로 그에게서 아나리온의 혈통이 끊어짐. 469

**에아라메Eärrámë**  바다의 날개. 투오르의 배 이름. 394

**에아르웬Eärwen**  싱골의 동생인 알콸론데의 올웨의 딸. 놀도르인 피나르핀과 결혼. 핀로드와 오로드레스, 앙그로드, 아에그노르, 갈라드리엘 등은 에아르웬에게서 텔레리 혈통을 물려받았고, 그래서 도리아스에 들어갈 수 있도록 허용되었다. 111 188 215

**동부인Easterlings**  '어둑사람들'로도 불림. 다고르 브라골라크 이후에 동부에서 벨레리안드로 들어왔고, 니르나에스 아르노에디아드에서는 양쪽 편으로 갈라져서 싸움. 모르고스에게서 히슬룸을 거주지로 지정받았고, 그곳에서 남아 있는 하도르 가문의 사람들을 핍박함. 258 313 317 321~322 348~349 368 384

**메아리 산맥Echoing Mountains**  180 199 →에레드 로민Ered Lómin

**에코리아스Echoriath**  곤돌린 들판 주변의 에워두른산맥. 230 368~369

**엑셀리온Ecthelion**  곤돌린의 요정 군주. 도시가 약탈당할 때 발로그들의 왕 고스모그를 죽이고 또한 그에게 목숨을 빼앗김. 182 315 386 391

**에다인Edain**  236~238 241 243~244 246 257~259 317 320 381 413~416 445 →아타니Atani

**에드라힐Edrahil**  핀로드와 베렌의 모험에 동행한 나르고스론드 요정들의 우두머리. 톨인가우르호스의 지하 토굴에서 사망. 277

**에글라도르Eglador**  멜리안의 장막에 둘러싸이기 전 도리아스의 옛 이

름. 에글라스란 이름과 관련이 있는 듯. 167

**에글라레스트Eglarest** 벨레리안드 해안 팔라스의 남쪽 항구 도시.  107 166 183 202 204 318 395

**에글라스Eglath** 버림받은 민족. 텔레리 본진이 아만을 향해 떠날 때, 엘웨(싱골)를 찾기 위해 벨레리안드에 남은 텔레리 요정들이 스스로 붙인 이름. 108

**에일리넬Eilinel** '불행한' 고를림의 아내. 265~266

**에이셀 이브린Eithel Ivrin** 이브린의 샘. 에레드 웨스린 아래에 있는 나로그강의 발원지. 338~339 344

**에이셀 시리온Eithel Sirion** 시리온의 샘. 핑골핀과 핑곤의 거대한 요새가 있던 곳으로 에레드 웨스린의 동쪽 사면에 위치하였음(→바라드 에이셀Barad Eithel). 181~182 199 201 250 263 309 311

**엑카이아Ekkaia** 아르다를 둘러싼 바깥바다의 요정어 이름. 바깥큰바다, 에워두른바다로도 불림. 74

**엘베레스Elbereth** 신다린으로 바르다를 부르는 통칭으로 '별들의 여왕'이란 뜻. 엘렌타리Elentári 참조. 59 79

**엘달리에Eldalië** 요정족. 엘다르와 동등하게 쓰임. 99~100 106 120 210 270 298 304~305 310 328 408

**엘다마르Eldamar** 요정의 고장. 요정들이 살던 아만의 지방 이름. 같은 이름의 큰 만도 있음. 108~110 112~113 115 124~125 129~130 150 223 286 398

**엘다르Eldar** 요정들의 전설에 의하면 '별의 민족'이란 뜻의 엘다르는 발라 오로메가 모든 요정들에게 붙여 준 이름이었다(94). 하지만 그것은 (가운데땅 잔류 여부에 관계없이) 쿠이비에넨을 떠나 서쪽으로 장정을 시작한 세 종족(바냐르, 놀도르, 텔레리)의 요정들만 지칭하고, 아바리는 제외하게 되었다. 아만의 요정들과 아만에 산 적이 있는 모든 요정들은 높은요정(타렐다르)과 빛의 요정(칼라퀜디)으로 불렸다. →어둠의 요정Dark Elves, 우마냐르Úmanyar, 요정Elves.

**엘다르의Eldarin** 엘다르의. 엘다르의 언어를 가리킬 때 사용되는데, 실

제로 쓰일 때는 높은 엘다르어 혹은 높은요정어인 퀘냐를 가리킨다. 446 →퀘냐Quenya

**상고대Elder Days** 제1시대(그러나 실제로 제1시대를 포함한 이전 시대 전체를 가리키는 뜻으로 사용되기도 하므로 별도 용어인 상고대로 번역하였음—역자 주). Eldest Days라고도 함. 64 76 177 193 338 340 373 379 390 465 480

**노왕Elder King** 만웨. 401

**엘레드웬Eledhwen** 255 263 340 370~371 →모르웬Morwen

**엘렘미레Elemmírë(1)** 별 이름. 92

**엘렘미레Elemmírë(2)** 「알두데니에」, 곧 '두 나무에 대한 비가'를 지은 바냐르 요정. 135

**엘렌데Elendë** 엘다마르의 다른 이름. 112 149 188

**엘렌딜Elendil** '장신의 엘렌딜'로 불림. 아만딜의 아들이자 누메노르의 마지막 안두니에 영주. 에아렌딜과 엘윙의 후손이지만 왕가의 직계는 아님. 누메노르가 침몰할 때 두 아들 이실두르, 아나리온과 함께 탈출하여 가운데땅에 누메노르인들의 왕국을 세움. 제2시대말 사우론이 쓰러질 때 길갈라드와 함께 전사. 그의 이름은 '요정의 친구'(→엘렌딜리Elendili) 혹은 '별을 사랑하는 자'로 번역할 수 있음. 433~434 437~439 444~445 459~462 464~467 470 479 엘렌딜의 후계자 465

**엘렌딜리Elendili** 요정의 친구들. 타르앙칼리몬과 이후의 왕들의 시대에 엘다르와 거리가 멀어지지 않은 누메노르인들에게 붙여진 이름. 충직한 자들이라고도 함. 424 427

**엘렌두르Elendur** 이실두르의 장자. 부친과 함께 창포벌판에서 피살. 467

**엘렌나Elenna** 누메노르의 (퀘냐) 이름으로 '별빛 쪽으로'란 뜻. 제2시대 초 에아렌딜의 인도에 따라 에다인이 누메노르를 향해 항해한 데서 나온 이름. 416 443 446

**엘렌타리Elentári** 별들의 여왕. 별들의 창조자 바르다에게 붙여진 이름. 로리엔의 갈라드리엘이 부르는 애가(哀歌)에도 이 이름으로 불린다. 『반지의 제왕』 BOOK2 chapter 8. 엘베레스Elbereth, 틴탈레Tintallë 참조. 92

**엘렌웨Elenwë** 투르곤의 아내. 헬카락세를 건너던 중에 사망. 157 223

**엘레리나Elerrína** 별로 왕관을 씌운. 타니퀘틸의 다른 이름. 75

**요정의 친구들Elf-friends** 베오르, 할레스, 하도르 세 가문에 속한 에다인 인간들. 234 237 239~240 308 404 「아칼라베스」와 「힘의 반지와 제3시대」에는 엘다르와 멀어지지 않은 누메노르인들을 가리킬 때 사용된다. 424~425 432~433 460 →엘렌딜리 Elendili. 477의 언급은 틀림없이 곤도르의 인간들과 북부의 두네다인에 대한 것임.

**엘로스티리온Elostirion** 에뮌 베라이드의 가장 높은 탑. 그 속에 팔란티르가 놓여 있었다. 462

**엘론드Elrond** 에아렌딜과 엘윙의 아들. 제1시대 말에 첫째자손이 되기로 선택하였고, 제3시대가 끝날 때까지 가운데땅에 남아 있었다. 임라드리스(깊은골)의 영주로 길갈라드로부터 전해 받은 공기의 반지 빌랴의 소지자였다. 엘론드 공 및 반요정 엘론드로 불림. 이름은 '별 지붕'이란 뜻. 179 395 397 408 416~417 452 454 456 466~468 470~471 473~475 478 481 엘론드의 아들들 479

**엘로스Elros** 에아렌딜과 엘윙의 아들. 제1시대 말에 인간이 되기로 선택하여 누메노르의 초대 왕(타르미냐투르로 불림)이 되었고, 무척 긴 수명을 누렸다. 이름은 '별 거품'이란 뜻. 395 397 408 416~417 424 426~427 429 433 452 459

**엘루Elu** 엘웨의 신다린 표기. 104 158 183 376

**엘루킬Eluchíl** 엘루(싱골)의 후계자. 베렌과 루시엔의 아들인 디오르를 가리킴. 306 379 381 403 →디오르Dior

**엘루레드Eluréd** 디오르의 장자. 페아노르 아들들의 도리아스 침공 때 사망. 이름 뜻은 엘루킬과 같음. 379 381~382

**엘루린Elurín** 디오르의 둘째 아들. 형 엘루레드와 함께 사망. 이름은 '엘루(싱골)의 추억'이란 뜻. 379 381~382

**요정의 고장Elvenhome** 108 279 →엘다마르Eldamar

**요정Elves** 특히 80~82 91~94 98~100 151~154 177~179 420~423 참조. 일루바타르의 자손Children of Ilúvatar, 엘다르Eldar, 어둠의 요정Dark

Elves 참조. 빛의 요정(→칼라퀜디Calaquendi) 99 105

**엘웨Elwë**  싱골로, 곧 '회색망토'란 별칭을 가지고 있음. 동생 올웨와 함께 텔레리 무리를 이끌고 쿠이비에넨에서 서쪽으로 장정을 떠났으나, 난 엘모스에서 실종됨. 나중에 신다르 왕이 되어 멜리안과 함께 도리아스를 통치함. 베렌에게서 실마릴을 받았고, 메네그로스에서 난쟁이들에게 목숨을 잃음. 신다린으로 (엘루) 싱골로 불림. 98~99 102~104 107~109 158 377~378 →어둠의 요정Dark Elves, 싱골Thingol

**엘윙Elwing**  디오르의 딸. 실마릴을 가지고 도리아스를 탈출하여 시리온하구에서 에아렌딜과 결혼한 다음, 그와 함께 발리노르로 감. 엘론드와 엘로스의 모친. 이름 뜻은 '별보라'. 179 244 379 381~382 393 395~403 408 →란트히르 라마스Lanthir Lamath

**에멜디르Emeldir**  '여장부'로 불린 여인. 바라히르의 아내이며 베렌의 모친. 다고르 브라골라크 이후 베오르 가문의 여자들과 아이들을 데리고 도르소니온을 떠남. (그녀 자신이 베오르 영감의 후손이고, 부친의 이름이 베렌이었지만, 본문에는 언급되어 있지 않다.) 254 263

**에뮌 베라이드Emyn Beraid**  에리아도르 서부의 탑언덕. 460~462 →엘로스티리온Elostirion

**마법의 열도Enchanted Isles**  발리노르의 은폐 시기에 톨 에렛세아 동쪽 대해에 발라들이 세운 열도(列島). 174 398

**에워두른산맥Encircling Mountains**  194 211 230 259 370 386 388~389 392 →에코리아스Echoriath

**에워두른바다Encircling Sea**  71 155 452 →엑카이아Ekkaia

**엔도르Endor**  가운데땅. 154~155

**엥과르Engwar**  병약한 이들. 인간을 가리키는 요정어 이름 중 하나. 176

**에올Eöl**  검은요정으로 불리는 인물. 난 엘모스에 살고 있던 뛰어난 대장장이로 투르곤의 동생 아레델을 아내로 삼음. 난쟁이들의 친구이며 앙글라켈(구르상) 검을 만듦. 마에글린의 부친. 곤돌린에서 처형당함. 159 220~229 327

**에온웨Eönwë**  최고위급의 마이아 중의 하나. 만웨의 사자로 불림. 제1시대 말 모르고스를 공격한 발라들의 군대를 이끈 지휘관. 65 400~401 403 405~407 415 451

**에펠 브란디르Ephel Brandir**   브란디르의 에워두른 방벽. 아몬 오벨 위 브레실 인간들의 거주지. 에펠이라고도 불림. 351 356~358

**에펠 두아스Ephel Dúath**   어둠의 방벽. 곤도르와 모르도르 사이의 산맥. 어둠산맥으로도 불림. 462

**에르카미온Erchamion**   외손잡이. 앙반드를 탈출한 후의 베렌의 이름. 298 301 321 381

**에레크Erech**   이실두르의 바위가 있는 곤도르 서쪽의 언덕(→『반지의 제왕』 BOOK5 chapter 2). 461

**에레드 엥그린Ered Engrin**   북부 끝에 있는 강철산맥. 198

**에레드 고르고로스Ered Gorgoroth**   난 둥고르세브 북쪽의 공포산맥. 고르고로스로 불리기도 함. 142 165 203 219 268

**에레드 린돈Ered Lindon**   린돈산맥. 에레드 루인, 곧 청색산맥의 다른 이름. 206~208 222 232 241 317 375 379~380

**에레드 로민Ered Lómin**   메아리산맥. 히슬룸의 서쪽 방벽 역할을 함. 180 199~200

**에레드 루인Ered Luin**   청색산맥. 에레드 린돈으로도 불림. 제1시대 말의 파괴 후로 에레드 루인은 가운데땅 서북의 해안산맥을 이룸. 101~102 158~159 163 190 206 452 458 460

**에레드 님라이스Ered Nimrais**   백색산맥(님라이스 '흰뿔'). 안개산맥 남쪽에 동서로 뻗은 큰 산맥. 163

**에레드 웨스린Ered Wethrin**   어둠산맥. 도르누파우글리스(아르드갈렌) 서쪽과 경계를 이루고, 히슬룸과 서벨레리안드 사이의 장벽 역할을 하는 거대한 곡선의 산맥. 181~182 196 199~200 211 237 248 250 263 278 285 309 312 316 343~344 350 368

**에레기온Eregion**   호랑가시나무땅(인간들은 이렇게 부름). 제2시대 안개산맥 서쪽 기슭에 있는 놀도르 땅으로 요정의 반지들이 만들어진 곳. 452~454 456

# F

**팔라사르Falathar** 에아렌딜의 항해에 동행한 세 선원 중의 한 사람. 398

**팔라스림Falathrim** 키르단을 군주로 섬기던 팔라스의 텔레리 요정들. 107

**팔마리Falmari** 바다요정. 가운데땅을 떠나 서녘으로 간 텔레리를 가리키는 이름. 99

**페아노르Fëanor** 핀웨의 장자(핀웨와 미리엘 사이의 유일한 자식)로 핑골핀, 피나르핀과는 이복형제. 놀도르 중에서 가장 뛰어난 자로 반역의 지도자이며, 페아노르 문자의 창시자, 실마릴의 제작자였다. 다고르누인길리아스 때 미스림에서 피살. 그의 이름은 쿠루핀웨(쿠루 '기술')로, 그는 이 이름을 자신의 다섯째 아들 쿠루핀에게 물려주었다. 하지만 그 자신은 항상 모친이 부르던 페아나로('불의 영')로 알려졌고, 그 신다린 형태가 페아노르였다. 「퀜타 실마릴리온」 5~9, 13장. 특히 110~111 121~127 168~169 참조. 그 밖의 그의 이름은 주로 '페아노르의 아들들'에 나온다.

**페안투리Fëanturi** 영의 주재자. 발라 나모(만도스)와 이르모(로리엔)를 가리킴. 61~62

**펠라군드Felagund** 나르고스론드를 세운 뒤로 핀로드 왕을 칭한 이름. 이 말의 어원은 난쟁이어이다(펠락군두 '동굴을 파는 자', 193). 핀로드 Finrod도 참조할 것. 111 193 202 208 211 217 232~237 243 245 250~251 262 267 272 275~279 281~283 286~287 299 331 342 345 348 352 354 372~373 376

**피나르핀Finarfin** 핀웨의 셋째 아들로 페아노르의 이복형제 중 동생. 놀도르의 망명 이후 아만에 남아서 티리온에 남은 자기 백성들을 통치함. 놀도르 군주들 중에서는 그와 그의 후손들만 금발 머리였는데, 이는 바냐르 요정이었던 그의 모친 인디스에게서 물려받은 것이었다(→바냐르Vanyar). 111 118 124 126 146~149 154 174 185 188~190 201 215~217 219 233 237 249~251 272 276~277 286~287 339 341 403 피나르핀의 이름이 나오는 다른 많은 경우는 그의 아들들이나 그의 백성과 관련된 것들이다.

**핀두일라스Finduilas** 오로드레스의 딸로 귄도르의 사랑을 받은 인물. 나르고스론드 약탈 때 포로가 되어, 테이글린 건널목에서 오르크들에게 죽임을 당했다. 340~342 345~348 350 355 364

**핑골핀Fingolfin** 핀웨의 둘째 아들로 페아노르의 이복형제 중에서 형. 벨레리안드 놀도르의 대왕으로 히슬룸에 거하였고, 모르고스와의 결투에서 목숨을 잃었다. 110~112 118 124~127 134 146~149 151 154~157 171 180 184~188 190~192 194~195 199~200 202 210 216 218 223 237 244 247 250 252~254 256 307 319 386 핑골핀의 이름은 다른 경우에도 자주 등장하지만 그의 아들이나 백성들과 관련된 경우가 많다.

**핑곤Fingon** 핑골핀의 장자로 '용맹스러운' 핑곤으로 불림. 상고로드림에서 마에드로스를 구출함. 부친의 죽음 이후 놀도르의 대왕에 올랐으나 니르나에스 아르노에디아드에서 고스모그에게 목숨을 잃음. 111 146~147 149 151 154 156 186~187 196 199 202 218 230 250 254 263 267 307~315 317~318 393 452

**핀로드Finrod** 피나르핀의 장자로 '충성스러운' 핀로드 또는 '인간들의 친구'로 불림. 나르고스론드를 세워 왕이 되었고, 그의 이름 '펠라군드'도 거기서 유래함. 옷시리안드에서 청색산맥을 넘어온 최초의 인간을 만남. 다고르 브라골라크에서 바라히르 덕분에 목숨을 건짐. 모험을 떠나는 베렌을 동행함으로써 바라히르에 대한 약속을 이행하나, 톨인가우르호스의 지하 감옥에서 베렌을 지키다가 목숨을 잃음. 111 146 149 157 185 188 191~193 201~202 204 208 211 215 217 232 237~238 250~251 275 279 283 286 331 333 372~374 376

**핀웨Finwë** 쿠이비에넨에서 서쪽으로 장정을 떠난 놀도르의 지도자. 아만 땅 놀도르의 왕. 페아노르, 핑골핀, 피나르핀의 부친. 포르메노스에서 모르고스에게 목숨을 잃음. 98~99 102~103 107 109~110 112~113 115~118 120 124~127 129 133 137 139 144 148 151 186 188~189 213 220 283 400 403

**피리마르Fírimar** 유한한 생명의 존재들. 인간을 부르는 요정어 이름 중의 하나. 176

# G

리온에서 전사. 244 250 255 259~261 263 321 339 373 404

**갈보른galvorn** 에올이 고안해 낸 금속. 221

**간달프Gandalf** 인간들 사이에서 이스타리(마법사들) 중의 하나인 미스란디르를 부르는 이름. 473 →올로린Olórin

**여름의 문Gates of Summer** 곤돌린의 큰 축제. 그 전날 밤 도시는 모르고스 군대의 기습 공격을 받았다. 390

**겔리온Gelion** 동벨레리안드의 큰 강. 힘링과 레리르산에서 발원하며, 청색산맥에서 내려오는 옷시리안드의 강들이 이 강에 합류함. 102~103 158~159 165~166 190 202~207 232 236 241 251 306 375 378~380

**겔미르Gelmir(1)** 나르고스론드의 요정. 귄도르의 형으로 다고르 브라골라크에서 포로가 되었고, 니르나에스 아르노에디아드에 앞서 수비대를 도발하기 위해 에이셀 시리온 앞에서 처형당함. 307 311

**겔미르Gelmir(2)** 앙그로드의 백성인 요정. 아르미나스와 함께 나르고스론드로 가서 오로드레스에게 위험을 경고함. 343

**길도르Gildor** 도르소니온에서 바라히르를 따르던 열두 명의 동료 중의 한 사람. 255

**길에스텔Gil-Estel** 희망의 별. 실마릴을 달고 자신의 배 빙길롯을 탄 에아렌딜을 가리키는 신다린 이름. 402

**길갈라드Gil-galad** 빛나는 별. 훗날 핑곤의 아들 에레이니온을 부르던 이름. 투르곤의 사망 이후 그는 가운데땅 놀도르의 마지막 대왕이 되었고, 제1시대가 끝난 뒤에도 린돈에 남아 있었다. 엘렌딜과 함께 인간과 요정의 최후의 동맹을 이끈 지도자였고, 그와 함께 사우론과의 싸움에서 전사하였다. 254 318 393 397 408 425 427 452 454 458~459 462~466 470

**기밀카드Gimilkhâd** 아르기밀조르와 인질베스의 둘째 아들로, 누메노르의 마지막 왕 아르파라존의 부친. 428~429

**기밀조르Gimilzôr** 427 →아르기밀조르Ar-Gimilzôr

**깅글리스Ginglith** 나르고스론드 위쪽에서 나로그강으로 흘러들어가는 서벨레리안드의 강. 275 344

**창포벌판Gladden Fields** 로에그 닝글로론의 부분적 번역어. 갈대와 아이리스(창포)가 넓게 펼쳐진 안두인강 유역의 땅으로, 이실두르가 살해당하고 절대반지가 실종된 곳. 466~467 476

**글라우룽Glaurung** '용들의 아버지'라 불리는 모르고스의 최초의 용. 다고르 브라골라크, 니르나에스 아르노에디아드, 나르고스론드의 약탈 때 출현. 투린과 니에노르에게 마법을 씌웠으나 카베드엔아라스에서 투린에게 죽임을 당함. 거대한 용, 모르고스의 파충류라고도 불림. 196 244 249 251 313~314 344~349 352~354 357~362 364~366 370 372~373 386 390

**글링갈Glingal** 드리워진 불꽃. 투르곤이 곤돌린에서 만든 라우렐린의 형상. 211

**글리르후인Glirhuin** 브레실의 음유시인. 371

**글로레델Glóredhel** 도르로민의 하도르 로린돌의 딸이자 갈도르의 동생. 브레실의 할디르와 결혼. 259

**글로르핀델Glorfindel** 곤돌린의 요정. 도시가 약탈당할 때 탈출하여 키리스 소로나스에서 발로그와 싸우다가 목숨을 잃었음. 이름은 '금발'이란 뜻. 315 392

**골로드림Golodhrim** 놀도르. '골로드'는 퀘냐 '놀도'의 신다린 형태이고, '림'은 집단복수형 어미. 안논인겔뤼드(놀도르의 문)Annon-in-Gelydh 참조. 223

**곤돌린Gondolin** 숨은바위(→온돌린데Ondolindë). 에워두른산맥(에코리아스)에 둘러싸인 투르곤 왕의 비밀 도시. 111 182 210~211 218~220 223~226 229~231 253~254 259~262 297 308 310 312 315 319 333 368~369 385~393 396 401 409 417

**곤돌린드림Gondolindrim** 곤돌린 주민들. 229~230 261 312

**곤도르Gondor** 돌의 땅. 이실두르와 아나리온이 가운데땅에 세운 누메노르인들의 남왕국. 460~463 465~466 468~470 478~480 곤도르시(미나스 티리스) 479~480

**곤히림Gonnhirrim** 돌의 장인들. 난쟁이들을 가리키는 신다린 이름. 158

고르고로스Gorgoroth(1) 268 325 →에레드 고르고로스Ered Gorgoroth

고르고로스Gorgoroth(2) 모르도르의 고원. 어둠산맥과 잿빛산맥이 모여드는 사이에 있음. 462 465~466 468

고를림Gorlim '불행한' 고를림으로 불림. 도르소니온에서 바라히르를 따르던 열두 명의 동료 중의 한 사람. 아내 에일리넬의 허깨비를 보고 함정에 빠져 사우론에게 바라히르의 은신처를 누설함. 255 265~266

고르사우르Gorthaur 사우론의 신다린 이름. 67 256 451

고르솔Gorthol 공포의 투구. 투린이 도르쿠아르솔에서 두 지휘관 중의 한 사람으로 취한 이름. 333~334

고스모그Gothmog 발로그들의 왕이자 앙반드의 대수령으로 페아노르와 핑곤, 엑셀리온을 죽인 자. (제3시대 미나스 모르굴의 부관도 이 이름을 사용함.『반지의 제왕』BOOK5 chapter 6) 182 314~317 391

대겔리온Greater Gelion 겔리온강의 북쪽 두 지류 중의 하나로 레리르산에서 발원. 205

큰땅Great Lands 가운데땅. 419

대하Great River 163 425 467 469~470 →안두인Anduin

초록요정Green-elves 라이퀜디의 번역어. 옷시리안드의 난도르 요정. 그들의 기원에 대해서는 163~164, 그들의 이름에 대해서는 166 참조.

초록큰숲Greenwood the Great 안개산맥 동쪽의 거대한 삼림으로 나중에 어둠숲으로 불림. 459 472

회색요정어Grey-elven tongue →신다린Sindarin

회색요정Grey-elves 104 158 183 191 197 200 207 243 249 269 321 331~332 364 379 384 416 →신다르Sindar

회색항구Grey Havens 452 470 →항구Havens, 미슬론드Mithlond

회색망토Greymantle 99 104 158 →싱골로Singollo, 싱골Thingol

살을에는얼음Grinding Ice 106 130 140 184 195 216 →헬카락세Helcaraxë

그론드Grond 모르고스가 핑골핀과 싸울 때 휘두른 거대한 철퇴. '지하세계의 쇠망치'로 불림. 미나스 티리스 정문을 공격할 때 사용한 공성망치도 이 이름을 따서 지어졌음(『반지의 제왕』BOOK5 chapter 4). 253

**파수평원Guarded Plain** 281 333 340 344 →탈라스 디르넨Talath Dirnen

**보호받은 땅Guarded Realm** 132 152 →발리노르Valinor

**구일린Guilin** 겔미르와 귄도르의 부친, 나르고스론드의 요정. 307 311 335 339 344

**군도르Gundor** 하도르 로린돌의 둘째 아들, 도르로민의 군주. 다고르 브라골라크 중에 에이셀 시리온에서 부친과 함께 전사. 244 250 404

**구르상Gurthang** 죽음의 쇠. 벨레그의 검 앙글라켈이 나르고스론드에서 투린을 위해 다시 연마되었을 때의 이름. 거기서 모르메길이라는 이름이 기원했다. 340 346 350 359~360 363 365~366

**과이스이미르다인Gwaith-i-Mírdain** 보석 세공 장인들. 에레기온의 장인 조합. 그 중에서 가장 뛰어난 자는 쿠루핀의 아들 켈레브림보르였다. 453

**귄도르Gwindor** 나르고스론드의 요정, 겔미르의 동생. 앙반드에서 노예 생활을 하였지만, 탈출하여 투린을 구하는 벨레그를 도와줌. 투린을 나르고스론드에 데려옴. 오로드레스의 딸 핀두일라스를 사랑함. 툼할라드 전투에서 전사. 307 309 311~312 335~342 344

## H

**하도드론드Hadhodrond** 크하잣둠(모리아)의 신다린 이름. 159 453

**하도르Hador** '황금머리' 로린돌, '금발의' 하도르 등으로 불림. 도르로민의 왕, 핑골핀의 봉신. 후린의 부친인 갈도르의 부친. 다고르 브라골라크 중에 에이셀 시리온에서 전사. 하도르가는 '셋째 에다인 가문'으로 불렸다. 244 250 255 259 263 하도르가, 하도르 가문, 하도르의 백성들 245 259~260 263 308 315~317 323 334 349 367 400 '하도르의 투구'(→도르로민의 용투구Dragon-helm of Dor-lómin) 333

**할라딘Haladin** 벨레리안드에 두 번째로 들어온 인간 종족. 나중에 '할레스의 백성들'로 불리며 브레실숲에 거주함. '브레실 사람들'이라고도 함. 235~236 240~242 255 258~259 263 312 317

537

**할다드Haldad** 사르겔리온에서 오르크들이 쳐들어오자 맞서 싸우다가 사망한 할라딘 일족의 지도자. 여장부 할레스의 부친. 241 243

**할단Haldan** 할다르의 아들. 여장부 할레스가 죽은 후 할라딘 일족을 이끈 지도자. 242

**할다르Haldar** 할라딘 일족인 할다드의 아들. 여장부 할레스의 동생. 사르겔리온에 오르크들이 쳐들어왔을 때 부친과 함께 전사. 241~243

**할디르Haldir** 브레실의 할미르의 아들. 도르로민의 하도르의 딸 글로레델과 결혼. 니르나에스 아르노에디아드에서 전사. 259 308~309 312 317

**할레스Haleth** 여장부 할레스라 불림. 사르겔리온에서 시리온강 서쪽 땅까지 할라딘 일족(그녀로 인해 할레스의 백성들이란 이름을 얻음)을 이끈 지도자. 241~243 할레스가 359 할레스 가문 358 할레스의 백성 258 할레스 일족 243 259 308 351

**반요정Half-elven** 신다린 페레델의 번역어. 복수형은 페레딜이며, 엘론드와 엘로스에게 해당된다. 395 408 417 452 456 에아렌딜도 마찬가지. 389

**반인족Halflings** 페리안나스(호빗)의 번역어. 478~479

**기다림의 방Halls of Awaiting** 만도스의 궁정. 121

**할미르Halmir** 할라딘 일족의 왕, 할단의 아들. 다고르 브라골라크 이후 시리온 통로를 통해 남쪽으로 내려온 오르크들을 도리아스의 벨레그와 함께 물리침. 258~259 308

**한디르Handir** 할디르와 글로레델의 아들, 절름발이 브란디르의 부친. 할디르의 사망 이후 할라딘 일족의 지도자. 브레실에서 오르크와 싸움 중에 사망. 317 344 351

**하라드림Haradrim** 모르도르 남쪽 땅 하라드('남쪽'이란 뜻)의 사람들. 463

**하레스Hareth** 브레실의 할미르의 딸. 도르로민의 갈도르와 결혼. 후린, 후오르의 모친. 259 263

**하살디르Hathaldir** '청년' 하살디르라 불림. 도르소니온에서 바라히르

**높은요정어High-elven** 351 416~417 426 →퀘냐Quenya

**높은요정High Elves** 470 →엘다르Eldar

**높은 파로스High Faroth** 193 204 →타우르엔파로스Taur-en-Faroth

**힐도르Hildor** 뒤에 오는 이들, 뒤따르는 자들. 일루바타르의 둘째자손인 인간을 부르는 요정어 이름. 170 176

**힐도리엔Hildórien** 최초의 인간(힐도르)이 깨어난 가운데땅 동부의 땅. 176~177 234

**힘라드Himlad** 서늘한 들판. 켈레고름과 쿠루핀이 살던 아글론 고개 남쪽의 땅. 207 220 224

**힘링Himring** 마에드로스의 성채가 있던 마글로르의 들판 서쪽의 거대한 언덕. 본문에서는 '늘 추운 곳'으로 번역. 190 205 207 219 251 289 299 308

**히릴로른Hírilorn** 루시엔이 갇혀 있던, 몸통이 셋인 도리아스의 거대한 너도밤나무. '공주의 나무'란 뜻임. 280~281 303

**히실로메Hísilómë** 안개의 땅. 히슬룸의 퀘냐 이름. 199

**히사에글리르Hithaeglir** 안개연봉. 안개산맥을 가리킴. 101

**이쪽땅Hither Lands** 가운데땅('바깥땅'이라고도 함). 103 106~108 386 395 403 408 417 472

**히슬룸Hithlum** 안개의 땅(199 참조). 동쪽과 남쪽으로는 에레드 웨스린, 서쪽으로는 에레드 로민에 둘러싸인 지방(→히실로메Hísilómë). 97 142 180 184~185 196 199~200 202 205~206 218~219 237 248 250 252~256 258 263 297 308~312 316~318 321 323 336 368 384~385

**호랑가시나무땅Hollin** 452 →에레기온Eregion

**대동굴Hollowbold** 노그로드의 번역어. '우묵한 집'(고대 영어 bold는 동사 build와 관련된 명사). 159

**후안Huan** 오로메가 켈레고름에게 선사한 발리노르의 거대한 늑대사냥개. 베렌과 루시엔의 친구이며 조력자. 카르카로스를 죽이고 그에게 죽음. '큰 개, 사냥개'라는 뜻. 281~293 297 301~303

**훈소르Hunthor** 브레실의 할라딘 사람. 투린이 카베드엔아라스에서 글

라우룽과 싸우러 나갈 때 동행하였으나 거기서 낙석에 맞아 목숨을
잃음. 358~359

**후오르Huor** 도르로민의 갈도르의 아들로 리안의 남편이며 투오르의
부친. 형인 후린과 함께 곤돌린에 들어감. 니르나에스 아르노에디아드
에서 전사. 211 244 259~261 309 315~316 321 384 386 388 392 404

**후린Húrin** '불굴의' 살리온, '힘센' 살리온으로 불림. 도르로민의 갈도
르의 아들, 모르웬의 남편, 투린과 니에노르의 부친. 도르로민의 왕,
핑곤의 봉신. 동생 후오르와 곤돌린에 들어감. 니르나에스 아르노에
디아드에서 모르고스에 붙잡혀 오랫동안 상고로드림에 매달려 있었
음. 석방 후 나르고스론드에서 밈을 죽이고 나우글라미르를 싱골 왕
에게 가져다 줌. 211 244 259~261 263 309~311 313~317 319~324 326
333~334 337~339 341~342 344 346~349 351~352 357 360 362~364
366~376 384 389 404

**햐르멘티르Hyarmentir** 발리노르 남쪽 지역에서 가장 높은 산. 132

# I

**얀트 야우르Iant Iaur** 도리아스 북쪽 변경에서 에스갈두인강을 건너가는
'옛 다리'. 에스갈두인 다리라고도 함. 203

**이분Ibun** 작은난쟁이 밈의 아들 중의 하나. 329 332~333

**이드릴Idril** '은의 발(足)' 켈레브린달로 불림. 투르곤과 엘렌웨의 외동딸.
투오르의 아내이자 에아렌딜의 모친으로, 그들과 함께 곤돌린을 탈출
하여 시리온하구로 내려감. 그곳에서 투오르와 함께 서녘으로 떠남.
211 223 227 229~231 387~391 393~396 400 409 417

**일루인Illuin** 아울레가 만든 발라의 등불 중의 하나. 가운데땅 북부에 있
었고, 멜코르에 의해 그 산이 쓰러진 후에는 헬카르 내해가 그곳에 형
성됨. 72~73 93 106

**일마레Ilmarë** 바르다의 시녀인 마이아. 65

**일멘Ilmen** 별이 빛나는 대기 위의 공간. 169 172~173 447

추념하여 투린이 에이셀 이브린에서 만든 노래. 339

**라이퀜디Laiquendi** 옷시리안드의 초록요정. 166

**랄라이스Lalaith** 웃음. 어려서 죽은 후린과 모르웬의 딸. 321

**람모스Lammoth** 큰 메아리. 드렝기스트하구 북쪽 땅. 모르고스가 웅골리안트와 싸우다가 지른 비명 소리의 메아리에서 비롯된 이름. 141~142 180

**어둠의 땅Land of Shadow** 455 477 →모르도르Mordor

**살아 있는 죽은 자들의 땅Land of the Dead that Live** 306 381 →도르 피른 이구이나르Dor Firn-i-Guinar

**별의 땅Land of the Star** 누메노르. 436 439

**란트히르 라마스Lanthir Lamath** 울려 퍼지는 음성의 폭포. 디오르의 집이 있던 옷시리안드의 지명으로 이 이름을 따서 그의 딸 엘윙('별보라')의 이름을 지음. 379 381

**최후의 동맹Last Alliance** 제2시대 말 사우론을 무찌르기 위해 엘렌딜과 길갈라드 사이에 맺어진 동맹. 464

**라우렐린Laurelin** 금빛 노래. 발리노르의 두 나무 중에서 손아래 나무. 76~77 112 132 169~172 211

**「레이시안의 노래」 Lay of Leithian** 베렌과 루시엔의 생애를 노래한 장시로, 이 시가 『실마릴리온』의 산문체 이야기의 출전임. 레이시안은 '구속으로부터의 해방'으로 번역됨. 264 268 274 278 281 303

**레골린Legolin** 옷시리안드 겔리온강의 셋째 지류. 206

**렘바스lembas** 엘다르의 여행식을 가리키는 신다린 이름(고대어 lenn-mbass '여행 음식'에서 유래, 퀘냐 코이마스coimas '생명의 음식'). 327~328 332 335 338

**렌웨Lenwë** 쿠이비에넨을 떠나 서쪽으로 장정에 오른 텔레리 요정들 중 안개산맥을 넘기를 거부한 요정들(난도르)의 지도자. 데네소르의 부친. 101 163

**룬Lhûn** 룬만에서 바다로 흘러들어가는 에리아도르의 강. 452 460

**리나에웬Linaewen** 새들의 호수. 네브라스트에서 가장 큰 호수. 200

**린돈Lindon**  제1시대의 옷시리안드의 이름. 206 참조. 제1시대 말의 혼돈 이후로 린돈이란 이름은 청색산맥 서쪽 땅 중 아직 물 위에 남아 있는 곳을 가리키기 위해 남아 있었음. 452 454 458~459 470

**린도리에Lindórië**  인질베스의 모친. 427

**소겔리온Little Gelion**  겔리온강의 북부 두 지류 중의 하나. 힘링 언덕에서 발원. 205

**로에그 닝글로론Loeg Ningloron**  금빛 물꽃들의 연못. 466 →창포벌판 Gladden Fields

**로멜린데lómelindë**  '밤의 가수' 나이팅게일을 가리키는 퀘냐 단어(복수형 로멜린디lómelindi). 104

**로미온Lómion**  황혼의 아이. 아레델이 마에글린에게 지어 준 퀘냐 이름. 222

**외로운섬Lonely Isle**  109 112 175 398 402 408 447 →톨 에렛세아Tol Eressëa

**물의 군주Lord of Waters**  59 259 338 343 385 387 393 →울모Ulmo

**서녘의 군주들Lords of the West**  403 414 420 427 440 473 →발라Valar

**로렐린Lórellin**  발리노르의 로리엔에 있는 호수. 발라 에스테는 여기서 낮에 잠을 잠. 62

**로르간Lorgan**  니르나에스 아르노에디아드 이후 히슬룸 동부인들의 우두머리였던 자로, 투오르를 노예로 삼았음. 384

**로리엔Lórien(1)**  발라 이르모의 정원과 저택의 이름. 그래서 그는 대개 로리엔으로 불림. 58 61~62 65~66 103 116 161 171~172 378

**로리엔Lórien(2)**  켈레보른과 갈라드리엘이 다스린 켈레브란트강과 안두인강 사이의 땅. 아마도 이 땅의 원래 이름이 발리노르에 있는 발라 이르모의 정원을 가리키는 퀘냐 로리엔으로 바뀐 듯함. '로슬로리엔'은 신다린 접두어 '로스'(꽃)가 붙은 형태. 471

**로린돌Lórindol**  황금머리. 244 263 →하도르Hador

**로스가르Losgar**  드렝기스트하구 어귀에서 페아노르가 텔레리의 선박들을 불태운 곳. 156 167 180 185 199 213 216

# M

396~398 402 405~407

**마글로르의 들판Maglor's Gap**  북부에 대한 방어용 산악이 없는 겔리온강 북부의 두 지류 사이의 땅. 207 251

**마고르Magor**  말라크 아라단의 아들. 마라크를 따르던 무리 중에서 서벨레리안드로 들어간 이들의 지도자. 237 244

**마할Mahal**  난쟁이들이 아울레를 부르는 이름. 85

**마하낙사르Máhanaxar**  발마르 정문 밖에 있는 '심판의 원'으로 발라들이 회의할 때 앉는 옥좌들이 놓여 있음. 75

**마흐탄Mahtan**  놀도르의 뛰어난 장인. 페아노르의 아내 네르다넬의 부친. 117 125

**마이아(들)Maia(r)**  발라보다 낮은 등급의 아이누. 57 64~67 72 103 108 133 143 160 164 167 170 306 378 381 416 451

**말라크Malach**  마라크의 아들. 요정어로 아라단이란 이름을 받음. 237 244

**말두인Malduin**  테이글린강의 지류. 아마도 '노란 강'이란 뜻으로 보임. 333

**말리날다Malinalda**  금빛성수. 라우렐린의 이름. 76

**만도스Mandos**  정확하게 표현하면 나모라고 하는 심판관 발라가 거주하던 아만의 처소. 하지만 나모란 이름은 거의 쓰이지 않고, 대개는 만도스로 불렸다. 발라로서의 만도스 58 61 64 91 98 118~119 122 127~129 138 152~153 169 175 178 188 216 304 400 그가 사는 곳을 가리킬 때(만도스의 궁정, 기다림의 방, 사자의 집 등) 62 82 85 97 109 116 178 182 303~304 378 놀도르의 심판, 만도스의 저주와 관련하여 210 216 231 234 273 277 287 387 409

**만웨Manwë**  최고의 발라. 술리모, 노왕, 아르다의 지배자 등으로도 불림. 특히 52 58~59 78~79 118~119 186~187 참조.

**마라크Marach**  벨레리안드에 들어온 세 번째 인간 무리의 지도자. 하도르 로린돌의 조상. 235~238 247

**마에드로스 변경March of Maedhros**  겔리온강 수원지 북부의 광활한 땅.

동벨레리안드에 대한 침략에 맞서 마에드로스와 그의 형제들이 지키
던 곳. 동부 변경으로도 불림. 190 206

**마르딜Mardil** 충직한자 마르딜로 불림. 곤도르 최초의 통치 섭정. 469

**마르누팔마르Mar-nu-Falmar** 파도 속의 땅. 침몰 이후 누메노르의 이름.
446

**멜리안Melian** 발리노르를 떠나 가운데땅에 온 마이아. 후에 도리아
스의 싱골 왕의 왕비가 됨. 도리아스 둘레에 마법의 띠, 곧 '멜리안
의 장막'을 침. 루시엔의 모친이자 엘론드와 엘로스의 조상. 65~66
103~105 108 158 160~161 164~165 167 178 188 193 203~204 212~214
216 219~220 238 242~243 249 264 268~269 271~274 280 284 299~300
306~307 324 326~328 332 338 343 349~350 352 355 367 374 377~378
381 408 417

**멜코르Melkor** 대반역자 발라의 퀘냐 이름. 악의 기원이며 원래는 가장
강력한 아이누. 나중에 모르고스, 바우글리르, 암흑의 군주, 대적 등
의 이름을 얻음. 멜코르란 말은 '힘으로 일어선 자'라는 뜻. 신다린으
로는 벨레구르였지만, 교묘하게 변형된 형태인 벨레구르스('거대한
죽음'이란 뜻)를 제외하고는 전혀 사용되지 않았음. 실마릴을 강탈한
뒤로는 거의 모르고스로 불림. 특히 44~45 47~49 66~67 95 118~120
141~143 173~174 332~333 414 참조.

**인간Men** 특히 80~82 123 176~178 232~235 245~246 413~415 419~423
참조. →아타니Atani, 일루바타르의 자손들Children of Ilúvatar, 동부
인Easterlings.

**메네그로스Menegroth** 천(千)의 동굴. 도리아스의 에스갈두인 강변에 세
운 싱골과 멜리안의 은밀한 궁정. 특히 161 참조. 104 161 163 165~167
183 188 192~193 204 216 271 274 280 291 298 300~301 303 306
322~324 328 333 352 355 374~375 377 379~381

**메넬딜Meneldil** 아나리온의 아들, 곤도르의 왕. 466 468

**메넬마카르Menelmacar** 하늘의 검객. 오리온 자리. 92

**메넬타르마Meneltarma** 하늘의 기둥. 누메노르 중앙의 산으로 그 정상

에 에루 일루바타르의 성소가 있었음. 416 418 424 428~429 433 441 443~444 446~447

**황혼의 호수Meres of Twilight**   192 204 274 352 373 →아엘린우이알 Aelin-uial

**메레스 아데르사드Mereth Aderthad**   화해의 연회. 이브린호수 근처에서 핑골핀이 개최. 191

**철통요새Mickleburg**   벨레고스트의 번역어. '거대한 요새'. 159

**가운데땅Middle-earth**   대해 동쪽에 있는 땅. 이쪽땅, 바깥땅, 큰땅, 엔도르로도 불림.

**밈Mîm**   작은난쟁이. 아몬 루드에 있는 그의 집(바르엔단웨드)에 투린이 무법자 무리와 함께 기거하였고, 그로 인해 오르크들에게 그들의 소굴이 발각됨. 나르고스론드에서 후린에게 살해당함. 328~334 372~373

**미나스 아노르Minas Anor**   태양의 탑(간단하게는 아노르). 나중에는 미나스 티리스로 불림. 민돌루인산 기슭에 있는 아나리온의 도시. 460~461 466 468~469 480

**미나스 이실Minas Ithil**   달의 탑. 나중에는 미나스 모르굴로 불림. 에펠 두아스 등성이에 세운 이실두르의 도시. 460~461 463 468~469

**미나스 모르굴Minas Morgul**   마법의 탑(간단하게는 모르굴). 반지악령들에 점령당한 이후의 미나스 이실의 이름. 469

**미나스티르Minastir**   428 →타르미나스티르Tar-Minastir

**미나스 티리스Minas Tirith(1)**   감시탑. 핀로드 펠라군드가 톨 시리온에 세움. 201 255~256 258 333 →톨인가우르호스Tol-in-Gaurhoth

**미나스 티리스Minas Tirith(2)**   미나스 아노르의 나중 이름. 469~470 곤도르시로 불림.

**민데브Mindeb**   시리온강의 지류. 딤바르와 넬도레스숲 사이로 흐름. 203 325

**민돌루인Mindolluin**   솟아오른 푸른 머리. 미나스 아노르 뒤에 있는 높은 산. 460 480

**민돈 엘달리에바**Mindon Eldaliéva  엘달리에의 높은 탑. 티리온시에 있는 잉궤의 탑. 간단하게는 민돈. 109 149

**미리엘**Míriel(1)  핀웨의 첫 아내, 페아노르의 모친. 페아노르 출산 후 사망. '수놓는 여인' 세린데로 불림. 111 115~117 124

**미리엘**Míriel(2)  타르팔란티르의 딸. 아르파라존과 강제로 혼인하여 그의 왕비 아르짐라펠이 됨. 타르미리엘이라고도 함. 429

**어둠숲**Mirkwood  472~474 477 →초록큰숲Greenwood the Great

**안개산맥**Misty Mountains  102 159 163 459 464 466 478 →히사에글리르 Hithaeglir

**미슬론드**Mithlond  회색항구. 룬만에 있는 요정들의 항구. '항구'라고도 함. 452 481

**미스란디르**Mithrandir  회색의 순례자. 이스타리(마법사들)의 일원인 간달프(올로린)의 요정어 이름. 473~480

**미스림**Mithrim  히슬룸 동부에 있는 큰 호수의 이름. 그 주변의 땅, 그리고 미스림과 도르로민을 나눠 놓는 서쪽의 산맥도 같은 이름. 원래 그곳에 살던 신다르 요정들의 이름에서 비롯되었음. 180~185 187 189~190 199 321 384

**모르도르**Mordor  암흑의 땅. 어둠의 땅이라고도 함. 에펠 두아스산맥 동쪽의 사우론 영토. 425 446 460 462~463 465 467~469 477 479

**모르고스**Morgoth  검은 적. 실마릴을 강탈당한 후 페아노르가 그에게 처음 붙여 준 이름. 특히 66~67 120 139 참조. →멜코르Melkor

**모르굴**Morgul  469 479 →미나스 모르굴Minas Morgul

**모리아**Moria  어둠의 틈. 크하잣둠(하도드론드)의 나중 이름. 159 453 456 464

**모리퀜디**Moriquendi  어둠의 요정. 100 105 158 183 →어둠의 요정Dark Elves

**모르메길**Mormegil  검은검(劍). 나르고스론드 군대의 대장으로서의 투린에게 주어진 이름. 340~343 350~352 →구르상Gurthang

**모르웬**Morwen  바라군드(베렌의 부친인 바라히르의 조카)의 딸. 후린의 아

## N

**니에노르Nienor** 애도. 후린과 모르웬의 딸이며 투린의 누이. 나르고스론드에서 글라우룽의 마법에 걸려 자신의 과거를 알지 못한 채 브레실에서 니니엘이란 이름으로 투린과 결혼함. 테이글린강에 몸을 던져 자살함. 322~323 343 347~349 352~356 362~366

**님브레실Nimbrethil** 벨레리안드 남쪽 아르베르니엔의 자작나무 숲. 빌보가 깊은골에서 부른 노래 참조. "그는 배 한 척을 지었지, / 님브레실에서 베어 낸 나무로"(『반지의 제왕』BOOK2 chapter 1). 395

**님로스Nimloth(1)** 누메노르의 백색성수. 나무가 베어지기 전에 이실두르가 열매를 하나 땄고, 그것이 미나스 이실의 백색성수로 자라남. '흰꽃'이란 뜻의 님로스는 텔페리온의 여러 이름 중의 하나인 퀘냐 닝퀠로테의 신다린 형태. 110 419 433~435 439 461

**님로스Nimloth(2)** 도리아스의 요정. 싱골의 후계자인 디오르와 혼인하여 엘윙을 낳음. 페아노르의 아들들이 침공하였을 때 메네그로스에서 살해당함. 379 381~382

**님펠로스Nimphelos** 벨레고스트의 난쟁이 왕에게 싱골이 준 커다란 진주. 160

**니니엘Níniel** 눈물의 여인. 투린이 아직 서로의 관계를 모른 채 자기 누이에게 지어 준 이름. 356~358 360~361 363~364 366 →니에노르 Nienor

**닝퀠로테Ninquelótë** 흰꽃. 텔페리온의 다른 이름. 76 →님로스 Nimloth(1)

**니프레딜niphredil** 루시엔이 태어날 때 별빛 속의 도리아스에 피어난 흰 꽃. 로슬로리엔의 케린 암로스에도 피어남.(『반지의 제왕』BOOK2 chapter 6). 158

**니르나에스 아르노에디아드Nirnaeth Arnoediad** 한없는 눈물(간단하게는 니르나에스). 벨레리안드 전쟁 다섯 번째의, 파멸을 가져온 전투를 가리키는 말. 230 312 317 321 335 339~340 387

**니브림Nivrim** 시리온강 서쪽의 도리아스 땅. 204

**노에귀스 니빈Noegyth Nibin** 작은난쟁이들(→난쟁이Dwarves). 331

**노그로드Nogrod** 청색산맥에 있는 난쟁이들의 두 도시 중의 하나. 난쟁이어 투문자하르의 신다린 번역어. 159 162 191 221 224 289 308 331 373 376~378 380 →대동굴Hollowbold

**「놀돌란테」Noldolantë** 놀도르의 몰락. 페아노르의 아들 마글로르가 지은 애가. 152

**놀도르Noldor** 지식의 요정. 쿠이비에넨 호수에서 핀웨를 따라 서쪽으로 장정을 떠난 엘다르의 둘째 무리. 이름(퀘냐 '놀도', 신다린 '골로드')은 '지혜로운 자'란 뜻(하지만 지식을 가지고 있다는 의미에서의 '지혜'일 뿐, 현명함이나 건전한 판단력을 지니고 있다는 뜻은 아님). 특히 78 99 109~111 113~115 196~197 454~455 참조. 놀도르의 언어에 대해서는 퀘냐 Quenya 참조.

**놈, 노민Nóm, Nómin** 지혜, 지혜로운 자. 베오르를 따르던 인간들이 그들의 언어로 핀로드와 그의 백성들을 부른 이름. 233

**북구릉North Downs** 누메노르인들의 도시 포르노스트가 건설된 에리아도르의 지명. 460

**눌룩키즈딘Nulukkizdîn** 나르고스론드를 뜻하는 난쟁이어. 372

**누메노르Númenor** (완전한 퀘냐 형태는 누메노레 416 466) 서쪽나라, 서쪽 땅. 제1시대가 끝난 뒤, 에다인의 거주지로 발라들이 마련해 준 큰 섬. 아나두네, 안도르, 엘렌나, 별의 땅으로도 불림. 침몰 후에는 아칼라베스, 아탈란테, 마르누팔마르라고 함. 110 244 413 416 418~419 421 423 425~429 431 433~434 439~446 452~453 458~463 467~468

**누메노르인Númenórians** 누메노르 사람들. 두네다인이라고도 함. 65 416~420 422 424~426 429~430 434 436 439~442 445 458~466 468~469 474 477

**누르탈레 발리노레바Nurtalë Valinóreva** 발리노르의 은폐. 174

# O

**오흐타르Ohtar** '전사', 이실두르의 시종으로 부려진 엘렌딜의 검 조각

떠난 요정들의 지도자, 바나의 배우자. 이름의 뜻은 '나팔 불기' 혹은 '나팔 소리'. 발라로마Valaróma를 참조할 것. 『반지의 제왕』에는 신다린 형태인 아라우로 나옴. 특히 63 참조. 58 63~64 73 80 90~91 93~96 98 100~102 106 111 113 129~132 136 145 161 164 170~171 252 281 302

**오로멧Oromet**　누메노르 서부 안두니에 항구에 가까운 언덕. 타르미나스티르의 탑이 서 있는 곳. 428

**오르상크Orthanc**　갈라진 고지(高地). 원형의 아이센가드에 있는 누메노르인들의 탑. 461 474

**오스길리아스Osgiliath**　별들의 성채. 안두인강 양안에 걸쳐 있는 고대 곤도르의 중심 도시. 460~461 464 469

**옷세Ossë**　울모의 신하인 마이아. 울모와 함께 아르다 바다에 들어옴. 텔레리를 사랑하고 가르침을 베풂. 65 79 107~108 112 152 200 319 415

**옷시리안드Ossiriand**　일곱 강의 땅(겔리온강과 청색산맥에서 흘러 내려오는 지류를 가리킴). 초록요정의 땅. 163 166 191 203 205~206 208 232 235~236 249 251 306 317~318 378~381 452 『반지의 제왕』 BOOK3 chapter 4 나무수염의 노래 참조. "여름에 나는 옷시리안드의 느릅나무숲을 떠돌았네. 아, 옷시르의 일곱 강가에서의 여름날의 빛과 음악이여!" →린돈Lindon

**오스트인에딜Ost-in-Edhil**　엘다르의 요새. 에레기온 요정들의 도시. 453 455

**바깥땅Outer Lands**　가운데땅(이쪽땅이라고도 함). 400

**바깥바다Outer Sea**　→74 96 113 172~173 178 303 →엑카이아Ekkaia

# P

**팔란티르(들)Palantír(i)**　멀리서 바라보는 것. 엘렌딜과 두 아들이 누메노르에서 가져온 일곱 개의 천리안의 돌. 아만에서 페아노르가 만듦(→117, 그리고 『반지의 제왕』 BOOK3 chapter 11). 439 462

**펠라르기르Pelargir**　왕실 선박들의 안뜰. 안두인 삼각주 상류의 누메노

# Q

# R

**라드루인Radhruin** 도르소니온에서 바라히르를 따르던 열두 명의 동료 중의 한 사람. 255

**라그노르Ragnor** 도르소니온에서 바라히르를 따르던 열두 명의 동료 중의 한 사람. 255

**람달Ramdal** 성끝(→안드람Andram). 벨레리안드를 횡단하는 분수령이 끝나는 곳. 205 251

**라나Rána** 방랑자. 놀도르가 달을 부르는 이름. 170

**라슬로리엘Rathlóriel** 황금바닥. 도리아스의 보물들이 강 속에 잠긴 뒤에 아스카르강에 붙은 이름. 206 380

**라우로스Rauros** 포효하는 거품. 안두인강의 거대한 폭포. 470

**붉은 반지Red Ring, The** 471 →나랴Narya

**레기온Region** 도리아스 남쪽을 구성하는 울창한 삼림. 103 160~161 166~167 204 220 377~378

**레리르Rerir** 헬레보른 호수의 북쪽에 있는 산. 이 호수에서 겔리온강 상류의 두 지류 중 큰 강이 발원함. 190 205 207 251

**로바니온Rhovanion** 야생지대. 안개산맥 동쪽의 광활한 땅. 460

**루다우르Rhundaur** 에리아도르 동북 지역. 460

**리안Rían** 벨레군드(베렌의 부친 바라히르의 조카)의 딸. 후오르의 아내이며 투오르의 모친. 후오르의 사망 이후 그 슬픔으로 인해 하우드엔은 뎅긴에서 죽음. 244 255 263 321 384

**링길Ringil** 핑골핀의 검(劍). 252~253

**심판의 원Ring of Doom** 75 96~97 127 137 139 143 149 168 →마하낙사르Máhanaxar

**힘의 반지Rings of Power** 455~456 474 476 절대반지, 위대한 반지, 지배의 반지 425 446 455~457 462~463 465~467 471~472 475~478 요정의 세개의 반지 455~456 471~472 481 (불의 반지 나랴Narya, 금강석의 반지 네냐Nenya, 사파이어의 반지 빌랴Vilya 참조) 난쟁이들의 일곱 반지 456~457 472 477 인간들의 아홉 반지 426 456~457 472 477

**링귈Ringwil** 나르고스론드에서 나로그강으로 흘러 들어가는 강. 204

## S

부의 미스림 호수 주변의 회색 하늘과 안개 속에 살고 있었기 때문에 이 이름을 생각해 냈을지 모른다(→미스림Mithrim). 혹은 회색요정들이 (발리노르의 요정처럼) 빛에도 속하지 않고, (아바리처럼) 어둠에도 속하지 않는 황혼의 요정이었기 때문일 수도 있다(104). 하지만 엘웨가 그 모든 땅과 백성들의 대왕으로 인정받았기 때문에, 그의 이름 싱골(퀘냐로 신다콜로 혹은 싱골로, '회색망토'란 뜻)을 가리킨다는 주장도 있다. 신다르는 자신들을 에델(복수형은 에딜)로 불렀다. 63 75 104~105 158 162~164 178 191 196~197 199~200 202 211 214 216 227 236 256 258 381 451

**신다린Sindarin** 벨레리안드의 요정어. 요정들이 공통으로 사용하던 말에서 비롯되었지만 오랜 세월이 흐르면서 발리노르의 퀘냐와는 많이 달라짐. 벨레리안드에 들어온 놀도르 망명자들도 사용함(191 217 참조). 79 110 199 210 217 223 243 256 331 413 회색요정(들)의 언어, 벨레리안드 요정들의 언어 등으로도 불림. 110 191 243 269 416 신다르 요정들의 언어 또는 말 79 199 478

**싱골로Singollo** 회색망토. 99 102 104 108 298 377~378 →신다르Sindar, 싱골Thingol

**시리온Sirion** 북쪽에서 남쪽으로 흐르면서 벨레리안드를 동서로 갈라 놓는 큰 강. 특히 40 110 113 참조. 97 106~107 166 192 201~206 209 219 232 237 243 256 259 274 290 316 324~325 328~329 333~334 338 342~344 349 352 383~384 387 389 392~393 395~397 405 시리온계곡 194 시리온골짜기 101 181 199 210 시리온수문 205 시리온습지대 274 시리온 통로 194 201 249 262 290 312 315 343 350 시리온폭포 274 373 시리온하구 106 201 258 262 318 395~396 시리온 항구 397

**페아노르의 아들들Sons of Fëanor** 111 127 181~182 184~185 189~191 197 203 206~207 212 214 216 219 222~224 232 236 247 250~252 276 287 289 299 306~309 313~314 317 382 393~394 396 406~407 →마에드로스Maedhros, 마글로르Maglor, 켈레고름Celegorm, 카란시르Caranthir, 쿠루핀Curufin, 암로드Amrod, 암라스Amras. 종종 형제들

전체로 언급되며, 특히 부친의 사망 이후 그러함.

**소로누메Soronúmë** 별자리 이름. 92

**비운의 바위Stone of the Hapless** 테이글린 강변 카베드 나에라마르스 옆에 투린과 니에노르를 기념하기 위한 비석. 371~372

**직항로Straight Road, Straight Way** 바다를 건너 고대의 서녘 혹은 진정한 서녘으로 들어가는 길. 요정들의 배는 누메노르가 붕괴되고 세상의 대변동이 있은 뒤에도 여전히 이 길을 따라 항해함. 447~448 452

**센활Strongbow** 벨레그의 이름 쿠살리온의 번역어. 258 301 322 324 326 338

**술리모Súlimo** 만웨의 이름. 「발라퀜타」에는 '아르다의 호흡을 관장하는 이'(문자 그대로는 '숨을 불어넣는 자')로 되어 있음. 58 78 149

**백조항구Swanhaven** 151 403 →알콸론데Alqualondë

**어둑사람들Swarthy Men** 257 →동부인Easterlings

# T

**탈라스 디르넨Talath Dirnen** 나르고스론드 북부의 파수평원. 242 274 344

**탈라스 루넨Talath Rhúnen** 동쪽 골짜기. 사르겔리온의 초기 이름. 207

**타니퀘틸Taniquetil** 높고 흰 봉우리. 펠로리산맥에서 가장 높고, 아르다에서도 가장 높은 산. 그 정상에 만웨와 바르다의 저택인 일마린이 있음. 흰산, 거룩한 산, 만웨의 산으로도 불림. 59 75 78 91~92 96 113 132~133 135 139 146 150 187 399 442~443 →오이올롯세Oiolossë

**타르앙칼리몬Tar-Ancalimon** 누메노르 제14대 왕. 그의 재위 기간 동안 누메노르인들은 두 편으로 갈라짐. 423~424

**타라스Taras** 네브라스트곶 위의 산. 그 밑에 곤돌린으로 떠나기 전에 투르곤이 살던 비냐마르가 있음. 200 385

**타르아타나미르Tar-Atanamir** 누메노르 제13대 왕. 발라들의 사자가 그를 찾아옴. 423

**텔레리Teleri** 쿠이비에넨을 떠나 서쪽으로 장정에 오른 엘다르의 세 무리 중에서 세 번째이며 가장 큰 무리로, 엘웨(싱골)와 올웨의 인도를 받음. 그들이 스스로를 부르는 이름은 '가수'란 뜻의 린다르. '마지막으로 오는 자', '맨 뒤쪽'이란 뜻의 텔레리란 이름은 그들보다 앞서 장정에 오른 이들이 그들에게 붙여준 이름이었음. 텔레리 중에서 많은 이들이 가운데땅을 떠나지 않았고, 신다르와 난도르도 혈통으로는 텔레리 요정들임. 79 99~104 107~109 111~112 119 129~130 133 135 150~152 156 167 174 221 223 228 398 401 403 408 452

**텔페리온Telperion** '발리노르의 두 나무' 중에서 첫째나무. 76~77 92 110 132 169~171 328 419 461 백색성수로 불림. 110 461

**텔루멘딜Telumendil** 별자리 이름. 92

**살리온Thalion** 불굴의, 힘센. 338 342 369 373~374 →후린Húrin

**살로스Thalos** 옷시리안드 겔리온강의 둘째 지류. 206 232

**상고로드림Thangorodrim** 압제의 산. 앙반드 위에 모르고스가 세움. 제1시대 말 대전투에서 파괴됨. 142 165 182 184 186 195 198~199 247~248 251 290 297 309 312 320 336 404 414 451~452 464

**사르겔리온Thargelion** 겔리온강 너머의 땅. 레리르산과 아스카르강 사이의 카란시르가 살던 곳. 도르 카란시르, 탈라스 루넨이라고도 함. 207 220 236 240 251

**싱골Thingol** 회색망토(퀘냐로는 신다콜로, 싱골로). 벨레리안드에서 엘웨를 부르는 이름. 그는 동생 올웨와 함께 텔레리를 이끌고 쿠이비에넨을 떠났으며 나중에 도리아스의 왕이 됨. 은둔의 왕이라고도 함. 104~105 159~167 183 188~189 192~193 203~205 211~216 219~220 237~238 243~244 249 258 268~274 276 280 282 291 298~304 306~308 322~327 342~343 351~352 355 367 373~379 381~382 388 408 →엘웨 Elwë

**소론도르Thorondor** 독수리의 왕. 『반지의 제왕』 BOOK6 chapter 4 참조. '가운데땅의 생성 초기에 에워두른산맥의 범접하기 어려운 봉우리들에 둥지를 틀었던 늙은 소론도르'. 187 209 253~254 259~260 297 369

388 392 404 →크릿사에그림Crissaegrim

**천의 동굴Thousand Caves**  326 373 375 379 382 →메네그로스Menegroth

**스란두일Thranduil**  신다르 요정. 초록큰숲(어둠숲) 북부의 숲요정들의 왕. 반지 원정대의 일원인 레골라스의 부친. 472

**수링궤실Thuringwethil**  은밀한 어둠의 여인. 톨인가우르호스에서 나온 사우론의 전령으로 거대한 흡혈박쥐의 형체를 취함. 그 형체로 루시엔이 앙반드에 들어감. 291~292

**틸리온Tilion**  마이아. 달의 키잡이. 170~174

**틴탈레Tintallë**  불붙이는 이. 별을 만든 자로서 바르다가 얻은 이름. 『반지의 제왕』 BOOK2 chapter 8에서 로리엔의 갈라드리엘이 부르는 애가에도 그렇게 칭함. 엘베레스Elbereth, 엘렌타리Elentári 참조. 92

**티누비엘Tinúviel**  베렌이 루시엔에게 지어준 이름. '황혼의 딸'. 나이팅게일을 가리키는 시적인 말. 269 273 286 290~291 298 303 378 381 → 루시엔Lúthien

**티리온Tirion**  거대한 감시탑. 아만의 투나 언덕 위에 있는 요정들의 도시. 109 112~113 115 124~125 127~128 133~134 143 147~150 174 193~194 209 211 213 277 387 399 461

**톨 에렛세아Tol Eressëa**  외로운섬(간단하게는 에렛세아). 울모의 인도를 따라 바냐르와 놀도르, 그 다음에는 텔레리가 바다를 건너 이 섬에 들어왔고, 결국 섬은 아만 해안 근처 엘다마르만에 뿌리를 박았다. 텔레리는 알콸론데로 들어가기 전에 오랫동안 이 섬에 머물렀고, 제1시대가 끝난 뒤에 많은 놀도르와 신다르가 그곳에 살았다. 109~110 112 175 398 408 415 448

**톨 갈렌Tol Galen**  초록섬. 옷시리안드 아두란트강에 있는 섬으로 베렌과 루시엔이 돌아온 뒤에 거주한 곳. 206 306 379~380

**톨인가우르호스Tol-in-Gaurhoth**  늑대인간들의 섬. 사우론에 함락당한 이후의 톨 시리온의 이름. 256 280 283

**톨 모르웬Tol Morwen**  벨레리안드가 침몰하고 난 뒤 바다 위에 남은 섬. 이 섬 위에 투린과 니에노르, 모르웬을 추념하는 바위가 남아 있다.

## U

**울루무리Ulumúri** 마이아 살마르가 만든 울모의 커다란 뿔나팔. 59

**울와르스Ulwarth** '검은 울팡'의 아들. 니르나에스 아르노에디아드에서 보르의 아들들에게 살해당함. 258 313

**우마냐르Úmanyar** 쿠이비에넨을 떠나 서쪽으로 장정을 떠났으나 아만에 이르지 못한 요정들에게 주어진 이름. '아만에 속하지 않은 자들'. 참조, 아마냐르('아만에 속한 자들'). 100 105

**우마르스Úmarth** 불운(不運). 투린이 나르고스론드에서 자신의 부친 이름이라고 밝힌 거짓 이름. 340~341

**움바르Umbar** 벨팔라스만 남쪽에 있는 누메노르인들의 거대한 천연항이자 요새. 430

**불사의 땅Undying Lands** 아만과 에렛세아. 400 415 418 436~437 440 443 446

**웅골리안트Ungoliant** 큰거미. 멜코르와 함께 발리노르의 나무들을 파괴한 자. 『반지의 제왕』의 쉘로브는 '불행한 세상을 어지럽히는 웅골리안트의 마지막 후예'였다.(『반지의 제왕』 BOOK4 chapter 9). 130~132 134~136 139~142 155 165 173 203 220 268 399

**마에드로스 연합Union of Maedhros** 모르고스를 무찌르기 위해 마에드로스가 구축한 동맹. 니르나에스 아르노에디아드에서 종료됨. 307

**우르셀Urthel** 도르소니온에서 바라히르를 따르던 열두 명의 동료 중의 한 사람. 255

**우룰로키Urulóki** 용. '불뱀'이란 뜻의 퀘냐 단어. 196 344

**우툼노Utumno** 멜코르가 처음 세운 거대한 요새. 가운데땅 북부에 있었고, 발라들에 의해 파괴됨. 73~74 80 90 95~97 131 143 170 198

## V

**바이레Vairë** 베짜는 이. 발리에의 일원으로 나모 만도스의 배우자. 58 61

**발라키르카Valacirca** 발라의 낫. 별자리 중 큰곰자리를 가리킴. 92

**발란딜Valandil** 이실두르의 막내아들. 아르노르의 제3대 국왕. 467

**「발라퀜타」 Valaquenta**  발라들의 이야기. 엄격히 말해 『실마릴리온』과 구별하여 취급되는 짧은 작품. 55 57 67

**발라(들)Vala(r)**  힘을 가진 자. 권능. 시간의 시작에 에아에 들어와 아르다를 지키고 통치하는 일을 맡은 위대한 아이누들에게 부여된 이름. 다른 이름으로는 위대한 자, 아르다의 통치자, 서녘의 군주, 발리노르의 군주 등이 있음. 특히 51~53 80~81 131~133 참조. 아이누Ainu, 아라타르Aratar도 참조.

**발라라우카르Valaraukar**  힘의 악마들(단수형은 발라라우코). 신다린의 발로그에 해당하는 퀘냐 표기. 67

**발라로마Valaróma**  발라 오로메의 뿔나팔. 63 80 136 164

**발리에Valier**  발라 여왕들. 「발라퀜타」에만 쓰이는 말. 58 64

**발리마르Valimar**  62~63 75 128 304 399~401 →발마르Valmar

**발리노르Valinor**  펠로리산맥 너머 아만의 발라들의 땅. '보호받은 땅'이라고도 함. 특히 75~77 174~175 참조.

**발마르Valmar**  발리노르에 있는 발라들의 도시. 발리마르라고도 표기함. 로리엔의 갈라드리엘이 부르는 애가에는(『반지의 제왕』 BOOK2 chapter 8) 발리마르가 발리노르와 동등한 것으로 나온다. 75 95~96 103 112 118~119 126~127 129 132~135 147 174

**바나Vána**  발리에의 일원. 야반나의 동생이며 오로메의 배우자. '영원한 젊음'으로 불림. 58 63 65 170

**바냐르Vanyar**  쿠이비에넨을 떠나 서쪽으로 장정에 오른 최초의 엘다르 무리로 잉궤가 인도하였음. 이 이름(단수형은 바냐)은 '금발'이란 뜻으로, 바냐르의 금발 머리를 가리킨다. 78 99 101 106 109~111 113 117 119 133 135 143 168 170 174 217 227 403 408 →피나르핀Finarfin

**바르다Varda**  고상한 자, 고고한 자. '별들의 귀부인'이라고도 함. 최고의 발리에로 만웨의 배우자이며 그와 함께 타니퀘틸에 거주. 별들을 만든 이로서 바르다의 다른 이름은 엘베레스, 엘렌타리, 틴탈레 등이 있음. 특히 58~59 참조. 58~59 61 64~65 71 75 77 79 91~92 99 110 121~122 133 135 137 146 169 172 284 406 409

**바사Vása** 불태우는 이. 놀도르가 태양을 부르는 이름. 170

**빌랴Vilya** 요정의 세 반지 중의 하나로 공기의 반지. 길갈라드가 지니고 있다가 나중에는 엘론드가 소지하였음. 사파이어의 반지라고도 함. 456

**빙길롯Vingilot** (정식 퀘냐 표기로는 빙길로테). 거품꽃. 에아렌딜의 배 이름. 395 397~398 401~402 404 413 →로신질Rothinzil

**비냐마르Vinyamar** 타라스산 밑 네브라스트에 있는 투르곤의 집. '새로운 집'이란 뜻으로 짐작됨. 194 200 210 217 385~387

**보론웨Voronwë** 변함없는 보론웨. 곤돌린의 요정. 니르나에스 아르노에디아드 이후 서녘으로 파견된 일곱 척의 배에서 살아남은 유일한 선원. 비냐마르에서 투오르를 만나 곤돌린으로 인도함. 319 385

# W

**서쪽나라Westerness** 416 424 430 463 467 →아나두네Anadûnê, 누메노르Númenor

**백색회의White Council** 제3시대 말 사우론에 맞서기 위해 구성된 현자들의 회의. 474~477

**흰산White Mountain** 448 →타니퀘틸Taniquetil

**백색성수White Tree** 110 419 426 428 433~434 461 →텔페리온Telperion, 갈라실리온Galathilion, 님로스Nimloth(1). 미나스 이실과 미나스 아노르의 백색성수. 463 465~466 468~469 480

**숲속의 야생인Wildman of the Woods** 브레실의 인간들 사이에 처음 들어갔을 때 투린이 취한 이름. 350

**윌와린Wilwarin** 별자리 이름. 퀘냐로는 '나비'라는 뜻으로, 이 별자리는 카시오페아 자리로 짐작됨. 92

**마법사들Wizards** 473 →이스타리Istari

**삼림왕국 요정들Woodland Elves** →숲요정Silvan Elves

# Y

**야반나**Yavanna  열매를 주는 이. 아라타르에 포함되는 발리에의 일원으로 아울레의 배우자. 케멘타리라고도 함. 특히 61 참조. 58 61 63~64 71~72 75~76 78~80 86~91 103 110 132~133 137~140 142 158 169 171 177 415 419 461

**비탄의 해** Year of Lamentation  니르나에스 아르노에디아드가 벌어진 해. 211 322

# 부록: 퀘냐와 신다린 이름의 구성 요소

## ELEMENTS IN QUENYA AND
## SINDARIN NAMES

이 주석은 엘다르의 언어에 관심을 가진 이들을 위하여 수집한 것으로 『반지의 제왕』에서 광범위하게 실례를 찾았다. 자료는 불가피하게 매우 압축된 형태가 되었고, 확실한 결정판이라는 모양새를 보이지만 이론의 여지가 없지는 않다. 또한 매우 선별적으로 수집할 수밖에 없었는데, 너무 양이 많아서도 안 되고 또 편집자의 지식에도 한계가 있었기 때문이다.

표제어는 어근이나 퀘냐 혹은 신다린의 형태에 따라 체계적으로 정리한 것이 아니라 다소 자의적으로 배열하였는데, 이는 각 이름의 구성 요소를 가급적 쉽게 알아볼 수 있게 배열한 것이다.

# A

**아단adan** (복수형 에다인Edain) 아다네델Adanedhel, 아라단Aradan, 두네
다인Dúnedain. 이 말의 뜻과 내력에 대해서는 「찾아보기」의 아타니
Atani 참조.

**아엘린aelin** 호수, 연못. 아엘린우이알Aelin-Uial. 린lin(1) 참조.

**아글라르aglar** 영광, 광휘. 다고르 아글라레브, 아글라론드. 퀘냐 형 알
카르Alkar에서는 자음의 도치(倒置)가 발생하였다. 신다린 아글라레
브Aglareb에 상응하는 말은 알카링퀘Alkarinquë. 어근은 '빛나다'란
뜻의 칼-kal-.

**아이나aina** 거룩한. 아이누(들)Ainu(r), 아이눌린달레Ainulindalë.

**알다alda** 나무(퀘냐). 알다론Aldaron, 「알두데니에」Aldudenië, 말리날다
Malinalda. 신다린의 갈라드galadh에 상응함(신다린의 예는 로슬로리엔
의 카라스 갈라돈Caras Galadhon과 갈라드림Galadhrim).

**알콰alqua** 백조(신다린 알프alph). 알콸론데Alqualondë. 어근은 앙칼라곤
Ancalagon에도 나타나는 알락-alak-(돌진하는)이다.

**아마르스amarth** 운명. 아몬 아마르스Amon Amarth, 카베드 나에라마
르스Cabed Naeramarth, 우마르스Úmarth 및 투린의 신다린 이름 투
라마르스Turamarth(운명의 주인). 이 단어의 퀘냐 형태는 투람바르
Turambar에 나타남.

**아몬amon** 언덕. 많은 이름의 첫 머리말로 나오는 신다린 단어. 복수형
에뮌emyn. 에뮌 베라이드Emyn Beraid.

**앙카anca** 턱. 앙칼라곤Ancalagon(이 단어의 뒷부분에 대해서는 알콰alqua
참조).

**안(ㄷ)an(d)** 긴. 안드람Andram, 안두인Anduin. 곤도르의 안팔라스
Anfalas(긴해안), 안두인강의 섬 카이르 안드로스Cair Andros(긴 거품의

575

배), 앙게르사스Angerthas('긴 룬 문자').

**안두네andúnë** 일몰, 서쪽. 안두니에Andúnië. 신다린으로 안눈annûn이
이에 상응함. 안누미나스Annúminas, 이실리엔의 '일몰의 창' 헨네스
안눈Henneth Annûn 참조. 이 단어들의 옛 어근인 <ndu>는 '밑으로,
높은 곳에서'란 뜻이며, 퀘냐의 누멘númen(일몰의 길, 서쪽)과 신다린
둔dûn(서쪽)에도 나타남. 두네다인Dúnedain 참조. 아둔어로 아두나코
르Adûnakhor와 아나두네Anadûnê의 아둔adûn은 엘다린의 차용어.

**앙가anga** 쇠. 신다린으로 앙(ㄱ)ang. 앙가이노르Angainor, 앙반드
Angband, 앙하바르Anghabar, 앙글라켈Anglachel, 앙그리스트Angrist,
앙그로드Angrod, 앙구이렐Anguirel, 구르상Gurthang. 앙그렌angren
은 '쇠로 만든'이란 뜻이며, 앙그레노스트Angrenost에 나타남. 복수형
은 엥그린engrin. 에레드 엥그린Ered Engrin.

**안나anna** 선물. 안나타르Annatar, 멜리안Melian, 야반나Yavanna. 안도
르Andor(선물의 땅)와 동일한 어간.

**안논annon** 큰 문, 대문. 복수형 엔뇐ennyn. 안논인겔뤼드Annon-in-
Gelydh. 모르도르의 '암흑의 성문' 모란논Morannon, 모리아의 '정문
수로' 시란논Sirannon 참조.

**아르-ar-** 옆, 밖(퀘냐 아르ar(그리고) 및 신다린 아a의 기원). 아라만
Araman(아만 밖). (니르나에스Nirnaeth) 아르노에디아드Arnoediad '한
없는 (눈물)' 참조.

**아르(아)-ar(a)-** 높은, 고귀한, 왕의. 아라단Aradan, 아레델Aredhel, 아르
고나스Argonath, 아르노르Arnor 등 매우 많은 이름에 나옴. 확장형 아
라트-arat-는 아라타르Aratar와 아라토aráto(우승자, 뛰어난 사람)에 나
옴. 앙그로드Angrod는 앙가라토Angaráto에서, 핀로드Finrod는 핀다
라토Findaráto에서 유래. 아란aran(왕)은 아란루스Aranrúth에 나옴. 에
레이니온Ereinion('왕들의 후예', 길갈라드의 이름)에는 아란aran의 복수
형이 있음. 아르노르의 포르노스트 에라인Fornost Erain(제왕의 북성)
참조. 여기서 누메노르 왕들의 아둔어 이름에 나오는 접두어 아르-Ar-
가 유래함.

**아리엔arien** (태양의 마이아) 어근 아스-as-에서 파생하였으며, 퀘냐 아레 árë(햇빛)에도 나옴.

**아타르atar** 아버지. 아타나타리Atanatári(「찾아보기」의 아타니Atani 참조), 일루바타르Ilúvatar.

## B

**반드band** 감옥, 감금. 앙반드Angband. 원래는 <mbando>에서 비롯되었고, 이 말의 퀘냐형이 만도스Mandos에 나옴(신다린 앙반드Angband=퀘냐 앙가만도Angamando).

**바르bar** 집, 주거지. 바르엔단웨드Bar-en-Danwedh. 고대어 <mbár>(퀘냐 마르már, 신다린 바르bar)는 사람들이나 민족들의 '집'이란 뜻이었고, 그래서 브리솜바르Brithombar나 딤바르Dimbar(앞부분은 '슬픈, 우울한'이란 뜻), 엘다마르Eldamar, 발(리)마르Val(i)mar, 비냐마르Vinyamar, 마르누팔마르Mar-nu-Falmar 같은 많은 지명에 쓰인다. 곤도르 최초의 섭정인 마르딜Mardil의 이름은 '(왕들의) 가문에 충성하는'이란 뜻이다.

**바라드barad** 탑. 바랏두르Barad-dûr, 바라드 에이셀Barad Eithel, 바라드 님라스Barad Nimras. 에뮌 베라이드Emyn Beraid에는 복수형이 사용됨.

**벨레그beleg** 힘 센. 벨레그Beleg, 벨레가에르Belegaer, 벨레고스트Belegost, 「라에르 쿠 벨레그」Laer cú Beleg.

**브라골bragol** 갑작스러운. 다고르 브라골라크Dagor Bragollach.

**브레실brethil** 아마도 '은빛 자작나무'란 뜻. 아르베르니엔의 자작나무 님브레실Nimbrethil과 엔트부인들 중의 하나인 핌브레실Fimbrethil 참조.

**브리스brith** 자갈. 브리시아크Brithiach, 브리솜바르Brithombar, 브리손 Brithon.

# C

(C로 시작하는 많은 이름에 대해서는 K 항목 표제어들을 참조할 것)

**칼렌calen(갈렌galen)**　초록을 나타내는 평범한 신다린 단어. 아르드갈렌 Ard-galen, 톨 갈렌Tol Galen, 칼레나르돈Calenardhon. 또한 안두인강 옆의 파르스 갈렌Parth Galen(푸른 잔디), 곤도르의 핀나스 겔린Pinnath Gelin(푸른 등성이). 칼-kal- 참조.

**캄cam**　(←캄바kambā) 손. 다만 받거나 잡기 위한 자세로 오목하게 들고 있는 손을 가리킴. 캄로스트Camlost, 에르카미온Erchamion.

**카락-carak-**　이 어근은 퀘냐 카르카carca(엄니)에 나타나며, 신다린 형태 인 카르크carch가 카르카로스Carcharoth와 카르코스트Carchost(엄 니 요새, 모르도르 입구에 있는 이빨탑 중의 하나)에 나옴. 카라그두르 Caragdûr, 카라크 앙그렌Carach Angren(강철 턱, 모르도르의 우둔 입구를 지키는 누벽과 해자), 헬카락세Helcaraxë.

**카란caran**　붉은. 퀘냐로는 카르네carnë. 카란시르Caranthir, 카르닐 Carnil, 오로카르니Orocarni. 안개산맥의 '붉은 뿔' 카라드라스 Caradhras도 카란라스caran-rass의 변형이며, 나무수염의 노래에 나오 는 마가목 카르니미리에Carnimírië(붉은 보석을 단)도 동일한 어근. 본 문에서 카르카로스Carcaroth를 '붉은 목구멍'으로 번역한 것도 이 단 어와 관련이 있다. 카락-carak- 참조.

**켈레브celeb**　은(銀, 퀘냐 텔렙telep, 텔페telpë. 텔페리온Telperion). 켈레보 른Celeborn, 켈레브란트Celebrant, 켈레브로스Celebros. 켈레브림 보르Celebrimbor는 '은빛 주먹'이란 뜻으로, 형용사형인 켈레브린 celebrin('은으로 만든'이 아니라 '색이나 가치에 있어서 은과 같은'이란 뜻)과 파우르paur(퀘냐 콰레quárë, 주먹)에서 나왔으며, 후자는 종종 '손'이란 뜻으로 쓰인다. 이 말의 퀘냐형은 텔페링콰르Telperinquar. 켈레브린달 Celebrindal은 켈레브린celebrin과 탈tal, 달dal(발, 足)로 구성되어 있다.

**코론coron**　둔덕. 코롤라이레Corollairë(코론 오이올라이레Coron Oiolairë라 고도 하는데, 뒷말은 '영원한 여름'이란 뜻으로 보인다. 오이올롯세Oiolossë 참조). 케린 암로스Cerin Amroth, 로슬로리엔의 커다란 둔덕.

**쿠cú** 활. 쿠살리온Cúthalion, 도르 쿠아르솔Dor Cúarthol, 「라에르 쿠 벨레그」Laer cú Beleg.

**쿠이비에cuivië** 깨어남. 쿠이비에넨Cuiviénen(신다린으로 넨 에쿠이Nen Echui). 동일한 어근에서 비롯된 다른 파생어로는 도르 피른이구이나르Dor Firn-i-Guinar와 코이레coirë가 있다. 코이레는 봄의 시작을 뜻하는 말로 신다린으로 에쿠이르echuir라고 함. 『반지의 제왕』 해설 D 참조. 코이마스coimas(생명의 양식)는 렘바스lembas의 퀘냐 이름.

**쿨-cul-** 황금빛으로 붉은. 쿨루리엔Culúrien.

**쿠루curu** 기술. 쿠루핀(웨)Curufin(wë), 쿠루니르Curunír.

# D

**다에dae** 어둠. 도르 다에델로스Dor Daedeloth, 아마 다에론Daeron도 동일한 어원에서 비롯된 듯함.

**다고르dagor** 전투. 어근은 <ndak->. 하우드엔은뎅긴Haudh-en-Ndengin 참조. 다른 파생어로는 다그니르Dagnir(다그니르 글라우룽가Dagnir Glaurunga, 글라우룽의 재앙).

**델del** 공포. 델두와스Deldúwath. 도르 다에델로스Dor Daedeloth의 델로스deloth(혐오).

**딘dîn** 소리 없는. 도르 디넨Dor Dínen. 라스 디넨Rath Dínen, 미나스 티리스의 적막의 거리. 아몬 딘Amon Dîn, 곤도르의 봉화대 중의 하나.

**돌dol** 머리. 로린돌Lórindol. 종종 언덕이나 산에도 쓰임. 돌 굴두르 Dol Guldur, 돌메드Dolmed, 민돌루인Mindolluin, 곤도르의 봉화대 중의 하나인 나르돌Nardol, 모리아의 산들 중의 하나인 파누이돌 Fanuidhol.

**도르dôr** 땅(즉, 바다와 대비되는 마른 땅). 어원은 <ndor>이며, 도리아스 Doriath, 도르소니온Dorthonion, 에리아도르Eriador, 곤도르Gondor, 모르도르Mordor 등 신다린 여러 이름에 나타남. 퀘냐에서 이 어간은 '사람들'을 뜻하는 비교적 분명한 단어인 노레nórë와 섞이고 혼동되었다. 정확히 말하면 원래 발리노레Valinórë는 '발라 종족'이지만 발란도르Valandor는 '발라들의 땅'이었으며, 마찬가지로 누메노레Númen(n)órë는 '서부의 사람들'이고 누멘도르Númendor는 '서부의 땅'이었다. 퀘냐의 엔도르Endor(가운데땅)는 에네드ened(가운데)와 <ndor>에서 비롯되었고, 신다린에서는 이것이 엔노르Ennor가 되었다(노래 아 엘베레스 길소니엘A Elbereth Gilthoniel에 나오는 엔노라스ennorath[가운데땅] 참조).

**드라우그draug** 늑대. 드라우글루인Draugluin.

**두dú** 밤, 어둑함. 델두와스Deldúwath, 에펠 두아스Ephel Dúath. 초기의 dōmë에서 파생되었고, 또 여기서 퀘냐의 lómë가 만들어짐. 그리하여 신다린으로 둘린dúlin(나이팅게일)이 로멜린데lómelindë에 상응함.

**두인duin** (긴) 강. 안두인Anduin, 바란두인Baranduin, 에스갈두인Esgalduin, 말두인Malduin, 타우르임두이나스Taur-im-Duinath.

**두르dûr** 어두운. 바랏두르Barad-dûr, 카라그두르Caragdûr, 돌 굴두르Dol Guldur. 또한 두르상Durthang(모르도르의 성).

# E

**에아르ëar** 바다(퀘냐). 에아렌딜Eärendil, 에아라메Eärrámë 등 많은 이름에 쓰임. 신다린의 가에르gaer(벨레가에르Belegaer)도 원래 동일한 어간에서 파생된 것이 분명하다.

**에코르echor** 에코리아스Echoriath(에워두른산맥)와 오르팔크 에코르Orfalch Echor에 나옴. 람마스 에코르Rammas Echor(미나스 티리스의 펠렌노르 벌판 둘레의 '바깥쪽에 둥글게 세워진 거대한 성벽') 참조.

**에델edhel** 요정(신다린). 아다네델Adanedhel, 아레델Aredhel, 글로레델Glóredhel, 오스트인에딜Ost-in-Edhil. 또한 페레딜Peredhil(반요정).

**에이셀eithel** 샘. 에이셀 이브린Eithel Ivrin, 에이셀 시리온Eithel Sirion, 바라드 에이셀Barad Eithel. 또한 에리아도르의 흰샘강 미세이셀

Mitheithel(발원지에서 이름이 유래). 켈-kel- 참조.

**엘êl, 엘렌elen**  별. 요정들 사이에 전해 오는 이야기에 의하면 엘레ele는 요정들이 처음 별을 보았을 때 발했던 옛날의 감탄사 '보라!'였다고 한다. 이 어근에서 '별'을 뜻하는 고대어 엘êl과 엘렌elen이 나왔고, '별의'란 뜻의 형용사 엘다elda와 엘레나elena가 만들어졌다. 이들은 대단히 많은 이름에서 발견된다. 이후로 엘다르Eldar를 어떻게 사용하였는지는 「찾아보기」를 참조할 것. 엘다Elda의 신다린 등가어는 에델Edhel(복수형 에딜Edhil)이었지만, 엄밀히 말해 그에 상응하는 형태는 엘레드웬Eledhwen에 쓰이는 엘레드Eledh였다.

**에르er**  하나, 홀로. 아몬 에레브Amon Ereb (에레보르Erebor, 외로운산 참조), 에르카미온Erchamion, 에렛세아Eressëa, 에루Eru.

**에레그ereg**  가시, 호랑가시나무. 에레기온Eregion, 레기온Region.

**에스갈esgal**  눈가림, 숨김. 에스갈두인Esgalduin.


# F


**팔라스falas**  해안, 파도의 선(퀘냐 팔랏세falassë). 팔라스Falas, 벨팔라스Belfalas. 또한 곤도르의 안팔라스Anfalas. 팔라사르Falathar, 팔라스림Falathrim 참조. 이 어근에서 파생된 다른 말로는 퀘냐의 팔마falma(물마루를 이룬 파도)가 있고, 여기서 팔마리Falmari, 마르누팔마르Mar-nu-Falmar가 만들어졌다.

**파로스faroth**  이 단어는 '사냥, 추격'이란 뜻의 어근에서 비롯되었다. 「레이시안의 노래」에는 나르고스론드 위쪽의 타우르엔파로스가 '사냥꾼들의 언덕'으로 불린다.

**파우그-faug-**  입을 크게 벌림. 안파우글리르Anfauglir, 안파우글리스Anfauglith, 도르누파우글리스Dor-nu-Fauglith.

**페아fëa**  '영(靈)', 페아노르Fëanor, 페안투리Fëanturi.

**핀-fin-**  머리카락. 핀두일라스Finduilas, 핑곤Fingon, 핀로드Finrod, 글로르핀델Glorfindel

**포르멘formen**  북쪽(퀘냐). 포르메노스Formenos. 신다린으로 포르노스
트Fornost의 포른forn (포르for, 포로드forod도 마찬가지).

**푸인fuin**  '어둑어둑함, 어두움'(퀘냐 후이네huinë). 푸이누르Fuinur, 타우
르누푸인Taur-nu-Fuin.

# G

**가에르gaer**  바다. 벨레가에르Belegaer(가에뤼스Gaerys, 옷세를 가리키는 신
다린 이름). 이 말의 어간은 '공포, 외경'을 뜻하는 가야gaya이며, 엘다르
가 처음 바닷가에 이르렀을 때 그 거대하고 무시무시한 대해를 보고
지은 이름이었다고 한다.

**가우르gaur**  늑대인간(어근은 <ngwaw> '짖는 소리') 톨인가우르호스Tol-
in-Gaurhoth.

**길gil**  별. 다고르누인길리아스Dagor-nuin-Giliath, 오스길리아스
Osgiliath(길리아스giliath, 별들의 무리). 길에스텔Gil-Estel, 길갈라드Gil-
galad.

**기리스girith**  몸서리치는. 넨 기리스Nen Girith. 또한 기리스론Girithron,
신다린으로 한 해의 마지막 달(『반지의 제왕』 해설 D).

**글린glîn**  미광(특히 눈빛을 가리킴). 마에글린Maeglin.

**골로드golodh**  퀘냐 놀도Noldo의 신다린형. 굴gûl 참조. 복수형은 골로
드림Golodhrim과 겔뤼드Gelydh(안논인겔뤼드Annon-in-Gelydh).

**곤드gond**  돌(石). 곤돌린Gondolin, 곤도르Gondor, 곤히림Gonnhirrim,
아르고나스Argonath, 세레곤seregon. 투르곤 왕이 세운 은둔의 도시
의 이름은 본인이 퀘냐로 고안한 온돌린데Ondolindë(퀘냐 온도ondo=
신다린 곤드gond, 린데lindë 노래하기, 노래). 하지만 이 말은 전승에는
신다린 형인 곤돌린Gondolin으로 전해졌고, 이는 아마도 곤드돌렌
gond-dolen, 곧 숨은바위로 번역되었던 것 같다.

**고르gor**  공포, 두려움. 고르사우르Gorthaur, 고르솔Gorthol. 고로스
goroth도 같은 의미인데, 고르gor를 반복하여 고르고로스Gorgoroth,

에레드 고르고로스Ered Gorgoroth로 표기하였다.

**그로스(드)groth(grod)**  굴, 땅속 집. 메네그로스Menegroth, 노그로드 Nogrod(아마도 '흰 동굴의 숙녀' 님로델Nimrodel도 동일한 어간인 듯). 노 그로드Nogrod는 원래 노브로드Novrod, 곧 '텅 빈 굴'(그래서 대동 굴Hollowbold이란 번역이 나왔음)이란 말에서 비롯되었지만, 나우그 naug(난쟁이)의 영향을 받아 바뀌었다.

**굴gúl**  마법. 돌 굴두르Dol Guldur, 미나스 모르굴Minas Morgul. 이 말은 놀도르Noldor에 들어 있는 똑같은 고대어 어간인 <ngol->에서 파생 되었다. 퀘냐 놀레nólë(오랜 공부, 학식, 지식) 참조. 하지만 신다린 단어는 복합형인 모르굴morgul('마술[魔術]')로 자주 사용되면서 의미가 모호 해졌다.

**구르스gurth**  죽음. 구르상Gurthang(「찾아보기」의 멜코르Melkor 참조).

**과이스gwaith**  사람들. 과이스이미르다인Gwaith-i-Mirdain. 에네드와이 스Enedwaith(가운데 사람들), 회색강과 아이센강 사이의 땅.

**과스gwath, 와스wath**   어둠. 델두와스Deldúwath, 에펠 두아스Ephel Dúath. 또한 에리아도르의 회색강인 과슬로Gwathló. 에레드 웨스린 Ered Wethrin, 수링궤실Thuringwethil에 관련된 형태가 있음. (이 신다린 단어는 흐릿한 빛을 가리키는 말로서, 빛이 물체를 비출 때 생기는 그림자를 뜻 하는 것은 아니었다. 이런 것은 모르카인트morchaint(검은 형체)라고 했다.)

# H

**하도드hadhod**  하도드론드Hadhodrond(크하잣둠Khazad-dûm의 번역어) 에 나오는 이 말은 크하자드Khazad를 신다린으로 음역(音譯)한 것이었 다.

**하우드haudh**  둔덕. 하우드엔아르웬Haudh-en-Arwen, 하우드엔엘레스 Haudh-en-Elleth 등.

**헤루heru**  군주. 헤루모르Herumor, 헤루누멘Herunúmen. 신다린으로는 히르hîr. 곤히림Gonnhirrim, 로히림Rohirrim, 바라히르Barahir. 히릴로

른Hírilorn의 히릴híril(귀부인).

**힘him** 시원한. 힘라드Himlad(및 힘링Himring?).

**히니híni** 아이들. 에루히니Eruhíni(에루의 자손들). 나른 이 힌 후린Narn i Hîn Húrin.

**히스híth** 안개. 히사에글리르Hithaeglir, 히슬룸Hithlum(또한 넨 히소엘 Nen Hithoel, 안두인강의 호수). 히슬룸Hithlum은 신다린형으로, 놀도 르 망명자들이 부여한 퀘냐 이름 히실로메Hísilómë를 변형시킨 것이 다(퀘냐 히시에hísië[안개]. 히시메Hísimë[한 해의 열한 번째 달] 참조).

**호스hoth** 군대, 무리(대개 나쁜 뜻으로). 톨인가우르호스Tol-in-Gaurhoth. 또 한 롯소스Loss(h)oth(포로켈의 설인들, 『반지의 제왕』 해설 A (I)) 및 글람호 스Glamhoth(시끄러운 무리, 오르크들의 다른 이름).

**햐르멘hyarmen** 남쪽(퀘냐). 햐르멘티르Hyarmentir. 신다린으로는 하 르-har-, 하른harn, 하라드harad.

# I

**야iâ** 공허, 심연. 모리아Moria.

**얀트iant** 다리. 얀트 야우르Iant Iaur.

**야스iâth** 울타리. 도리아스Doriath.

**야우르iaur** 옛. 얀트 야우르Iant Iaur. 봄바딜의 요정어 이름 야르와인 Iarwain 참조.

**일름-ilm-** 이 어간은 다음에 나타남. 일멘Ilmen, 일마레Ilmarë 및 일마린 Ilmarin(창공의 저택, 오이올롯세 산정에 있는 만웨와 바르다의 거소).

**일루베ilúvë** 전체, 모두. 일루바타르Ilúvatar.

# K

**칼-kal- (갈-gal-)** '빛나다'란 뜻의 이 어근은 칼라키랴Calacirya, 칼라퀜 디Calaquendi, 타르칼리온Tar-calion 및 갈보른galvorn, 길갈라드Gil-galad, 갈라드리엘Galadriel에 나타난다. 마지막 두 이름의 경우는 신다린의 갈라드galadh(나무)와 아무 관계가 없다. 하지만 갈라드리엘의 경우에는 종종 그렇게 연관을 짓고 표기를 Galadhriel로 바꾸기도 하였다. 높은요정들의 언어로 그녀의 이름은 알(라)타리엘Al(a)táriel이었고, 이는 알라타alata(빛, 신다린 갈라드galad)와 리엘riel(화환을 쓴 여인, ←리그rig[꼬다, 장식하다])에서 파생된 이름이다. 전체의 뜻을 더하면 '빛나는 화환으로 머리 장식을 한 여인'이란 뜻이 되고 이는 그녀의 머리카락을 염두에 둔 표현이다. 칼렌calen(갈렌galen, 초록)은 어원상 '밝다'란 뜻으로 이 어근에서 비롯된다. 또한 아글라르aglar 참조.

**카노káno**  사령관. 이 퀘냐 단어에서 핑곤Fingon과 투르곤Turgon의 뒷부분이 비롯되었다.

**켈-kel-**  떠나가다, (물이) 흘러가다, 흘러 내려가다. 켈론Celon. 에트켈레et-kelé(물의 출구, 샘)에서 자음의 도치가 일어나면서 퀘냐의 에흐텔레ehtelë, 신다린의 에이셀eithel이 파생되었다.

**케멘kemen**  땅. 케멘타리Kementári. 메넬menel, 곧 하늘 아래에 있는 평평한 바닥으로서의 땅을 지칭하는 퀘냐 단어.

**켈렉-khelek-**  얼음. 헬카르Helcar, 헬카락세Helcaraxë(퀘냐 헬카helka, '얼음의, 얼음처럼 찬'). 하지만 헬레보른Helevorn에서 앞부분은 신다린 헬레드heledh(거울)로, 이는 크후즈둘의 크헬레드kheled(크헬레드자람, '거울호수' 참조)에서 비롯되었다. 헬레보른Helevorn은 '검은 거울'이란 뜻이다(갈보른galvorn 참조).

**킬-khil-**  따르다. 힐도르Hildor, 힐도리엔Hildórien, 엘루킬Eluchil.

**키르-kir-**  자르다, 쪼개다. 칼라키랴Calacirya, 키르스Cirth, 앙게르사스Angerthas, 키리스Cirith (닌니아크Ninniach, 소로나스Thoronath). '빨리 통과하다'란 뜻에서 퀘냐 키랴círya(뱃머리가 뾰족한 배, 영어의 cutter[외대박이 돛배─역자 주] 참조)가 나왔고, 이 뜻은 키르단Círdan, 타르키랴탄Tar-Ciryatan에도 나타나는데, 이실두르의 아들 키룐Círyon의 이름도 분명히 이와 관련이 있다.

# L

**라드lad** 들판, 강의 유역. 다고를라드Dagorlad, 힘라드Himlad. 임라드
imlad는 측면이 가파른 좁은 골짜기. 임라드리스Imladris(또한 에펠 두
아스의 임라드 모르굴Imlad Morgul 참조).

**라우레laurë** 금(金, 금속으로서의 금이 아니라 빛과 색의 측면을 뜻함). 라우렐
린Laurelin. 신다린 형태는 다음의 단어들이다. 글로레델Glóredhel, 글
로르핀델Glorfindel, 로에그 닝글로론Loeg Ningloron, 로린돌Lórindol,
라슬로리엘Rathlóriel.

**라크lhach** 솟아오르는 화염. 다고르 브라골라크Dagor Bragollach. 앙글
라켈Anglachel(에올이 유성에서 떨어진 쇠로 만든 칼)도 동일한 어근으로
추정됨.

**린lin(1)** 연못, 호수. 리나에웬Linaewen(아에우aew[작은 새, 퀘냐로 아이웨
aiwë] 포함), 테이글린Teiglin. 아엘린aelin 참조.

**린-lin-(2)** 이 어근은 '노래하다, 음악 소리를 내다'의 뜻으로 다음 단어
에 쓰임. 아이눌린달레Ainulindalë, 라우렐린Laurelin, 린다르Lindar,
린돈Lindon, 에레드 린돈Ered Lindon, 로멜린데lómelindë.

**리스lith** 재. 안파우글리스Anfauglith, 도르누파우글리스Dor-nu-
Fauglith. 모르도르의 북쪽 경계를 이루는 잿빛산맥 에레드 리수이
Ered Lithui, 에레드 리수이 기슭에 있는 리슬라드Lithlad(잿빛 평원).

**로크-lok-** 구부리다, 고리를 만들다. 우룰로키Urulóki(퀘냐 로케(h)
lókë[뱀], 신다린으로는 루그lhûg).

**롬lóm** 메아리. 도르로민Dor-lómin, 에레드 로민Ered Lómin. 관련어 람
모스Lammoth, 란트히르 라마스Lanthir Lamath.

**로메lómë** 어스름. 로미온Lómion, 로멜린데lómelindë. 두두 참조.

**론데londë** 땅에 둘러싸인 항구. 알콸론데Alqualondë. 신다린형은 미슬
론드Mithlond의 론드lond(lonn).

**로스los** 눈(雪). 오이올롯세Oiolossë(퀘냐 오이오oio[영원], 롯세lossë[눈, 눈처
럼 흰]). 신다린으로는 롯스loss. 아몬 우일로스Amon Uilos, 아에글로

스 Aeglos.

**로스loth** 꽃. 로슬로리엔Lothlórien, 님로스Nimloth. 퀘냐로는 로테lótë. 닝퀠로테Ninquelótë, 빙길로테Vingilótë.

**루인luin** 푸른. 에레드 루인Ered Luin, 헬루인Helluin, 루이닐Luinil, 민돌 루인Mindolluin.

# M

**마에그maeg** 날카로운, 꿰뚫는(퀘냐 마이카maika). 마에글린Maeglin.

**말-mal-** 금(金). 말두인Malduin, 말리날다Malinalda. 또한 말로른mallorn 및 코르말렌Cormallen 평원. 코르말렌은 '황금빛 동그라미'란 뜻으로 그곳에서 자라는 쿨루말다culumalda 나무에서 생겨난 이름(쿨-cul- 참조).

**만-mān-** 좋은, 축복받은, 훼손되지 않은. 아만Aman, 만웨Manwë. 아만Aman의 파생어로는 아만딜Amandil, 아라만Araman, 우마냐르Úmanyar.

**멜-mel-** 사랑. 멜리안Melian(←멜랸나Melyanna[귀한 선물]). 이 어간은 모리아 서문에 새겨진 신다린 멜론mellon(친구)에서도 발견된다.

**멘men** 길. 누멘Númen, 햐르멘Hyarmen, 로멘Rómen, 포르멘Formen.

**메넬menel** 하늘. 메넬딜Meneldil, 메넬마카르Menelmacar, 메넬타르마Meneltarma.

**메레스mereth** 축제. 메레스 아데르사드Mereth Aderthad. 또한 미나스 티리스의 연회장인 메레스론드Merethrond.

**미나스minas** 탑. 안누미나스Annúminas, 미나스 아노르Minas Anor, 미나스 티리스Minas Tirith 등. 이 어간은 외따로 돌출한 사물을 가리키는 다른 말에도 나타나는데, 민돌루인Mindolluin, 민돈Mindon이 그 예. '처음'을 뜻하는 퀘냐 미냐minya도 아마 관련이 있는 듯함(타르미냐투르Tar-Minyatur, 누메노르의 초대 왕 엘로스의 이름).

**미르mîr** 보석(퀘냐 미레mírë). 엘렘미레Elemmírë, 과이스이미르다인

Gwaith-i-Mírdain, 미리엘Míriel, 나우글라미르Nauglamír, 타르아타나미르Tar-Atanamir.

**미스mith** 회색. 미슬론드Mithlond, 미스란디르Mithrandir, 미스림Mithrim. 또한 에리아도르의 흰샘강인 미세이셀Mitheithel.

**모르mor** 검은. 모르도르Mordor, 모르고스Morgoth, 모리아Moria, 모리퀜디Moriquendi, 모르메길Mormegil, 모르웬Morwen 등.

**모스moth** 어둑어둑한. 난 엘모스Nan Elmoth.

# N

**난(ㄷ)nan(d)** 골짜기. 난 둥고르세브Nan Dungortheb, 난 엘모스Nan Elmoth, 난 타스렌Nan Tathren.

**나르nár** 불. 나르실Narsil, 나랴Narya. 또한 아에그노르Aegnor의 원형(아이카나로Aikanáro, '날카로운 화염' 혹은 '사나운 불')과 페아노르Fëanor의 원형(Fëanáro, '불의 영')에도 들어 있음. 신다린형은 오로드루인의 불의 방 삼마스 나우르Sammath Naur에 들어 있는 나우르naur였다. 동일한 고대어 어간에서 파생된 말로 '태양'을 가리키는 (아)나르(a)nar가 있었는데, 퀘냐에서는 아나르(또한 아나리온Anárion), 신다린에서는 아노르Anor(미나스 아노르Minas Anor, 아노리엔Anórien)가 됨.

**나우그naug** 난쟁이. 나우그림Naugrim. 표제어 그로스groth에 들어 있는 노그로드Nogrod도 참조할 것. 이와 관련된 또 다른 신다린 단어는 역시 '난쟁이'를 가리키는 노고스nogoth로, 그 복수형은 노에귀스noegyth(노에귀스 니빈Noegyth Nibin, '작은난쟁이') 및 노고스림nogothrim이다.

**-(ㄴ)딜-(n)dil** 개인 이름에 매우 흔한 종지부. 아만딜Amandil, 에아렌딜Eärendil(축약형 에아르닐Eärnil), 엘렌딜Elendil, 마르딜Mardil 등. 의미는 '헌신', '사심 없는 사랑'이란 뜻이다(표제어 바르bar에서 마르딜Mardil 참조).

**-(ㄴ)두르-(n)dur** 에아렌두르Eärendur(축약형 에아르누르Eärnur) 등의 이

름에서 -(ㄴ)딜-(n)dil과 동일한 의미.

**넬도르neldor** 너도밤나무. 넬도레스Neldoreth. 하지만 정확히 말하자면 이 이름은 몸통이 셋으로 이루어진 거대한 너도밤나무 히릴로른Hírilorn의 이름인 듯하다(넬데neldë[3], 오른orn).

**넨nen** 물. 호수, 연못, 작은 강에 대해 사용함. 넨 기리스Nen Girith, 넨 닝Nenning, 네누이알Nenuial, 네냐Nenya, 쿠이비에넨Cuiviénen, 우이넨Uinen. 또한 『반지의 제왕』에서 넨 히소엘Nen Hithoel, 브루이넨Bruinen, 에뮌 아르넨Emyn Arnen, 누르넨Núrnen 등의 많은 이름에 사용됨. 로에그 닝글로론Loeg Ningloron에서는 닌Nin(젖은). 닌달브Nindalf도 마찬가지.

**님nim** 흰(←이전의 님브nimf, 님프nimp). 님브레실Nimbrethil, 님로스Nimloth, 님펠로스Nimphelos, 니프레딜niphredil(니프레드niphred, 창백), 바라드 님라스Barad Nimras, 에레드 님라이스Ered Nimrais. 퀘냐형은 닝퀘ninquë이며, 그래서 닝퀠로테Ninquelótë=님로스Nimloth. 또한 타니퀘틸Taniquetil도 참조.

# O

**오른orn** 나무. 켈레보른Celeborn, 히릴로른Hírilorn. '나무수염' 팡고른Fangorn과 로슬로리엔의 나무 이름인 말로른mallorn(복수형 멜뤼른mellyrn)도 참조.

**오로드orod** 산. 오로드루인Orodruin, 상고로드림Thangorodrim, 오로카르니Orocarni, 오로멧Oromet. 복수형은 에레드ered. 에레드 엥그린Ered Engrin, 에레드 린돈Ered Lindon 등.

**오스(ㅌ)os(t)** 요새. 앙그레노스트Angrenost, 벨레고스트Belegost, 포르메노스Formenos, 포르노스트Fornost, 만도스Mandos, 나르고스론드Nargothrond(←나로그-오스트-론드Narog-ost-rond), 오스(ㅌ)길리아스Os(t)giliath, 오스트인에딜Ost-in-Edhil.

# P

**팔란palan** (퀘냐) 넓고 멀리. 팔란티르palantír, 타르팔란티르Tar-Palantir.

**펠pel-** 돌아가다, 에워싸다. 펠라르기르Pelargir, 펠로리Pelóri, 펠렌노르
Pelennor(미나스 티리스의 '울타리를 두른 땅'). 또한 에펠 브란디르Ephel
Brandir, 에펠 두아스Ephel Dúath(에펠ephel←에트펠et-pel '바깥 울타리').

# Q

**퀜-quen- (퀫-quet-)** 말하다. 퀜디Quendi(칼라퀜디Calaquendi, 라이퀜디
Laiquendi, 모리퀜디Moriquendi), 퀘냐Quenya, 발라퀜타Valaquenta, 퀜
타 실마릴리온Quenta Silmarillion. 신다린형은 <qu> 대신에 <p>(혹은
<b>)를 사용한다. 가령 모리아 서문에 새겨진 페도pedo(말하라)는 퀘
냐의 어간 퀫-(quet-)에 상응하며, 그 문 앞에서 간달프는 라스토 베스
람멘lasto beth lammen(내 혀가 하는 말을 들으라)이라고 말하는데, 여기
서 베스beth(말)는 퀘냐의 퀫타quetta에 해당한다.

# R

**람ram** 벽, 담(퀘냐 람바ramba). 안드람Andram, 람달Ramdal. 또한 람마스
에코르Rammas Echor(미나스 티리스의 펠렌노르평원 둘레의 성벽).

**란-ran-** 방랑하다, 빗나가다. 라나Rána(달), 미스란디르Mithrandir, 아에
란디르Aerandir. 또한 곤도르의 길라엔Gilraen강.

**란트rant** 수로. 아두란트Adurant(아두adu, 두 겹)와 켈레브란트
Celebrant(은물길강)의 강 이름에 사용.

**라스ras** 뿔. 바라드 님라스Barad Nimras, 또한 안개산맥의 카라드라스
Caradhras(붉은뿔)와 메세드라스Methedras(마지막 봉우리). 복수형은 에
레드 님라이스Ered Nimrais의 라이스rais.

**라우코rauko** 악마. 발라라우카르Valaraukar. 신다린으로는 발로그

Balrog의 라우그raug, 로그rog.

**릴ril** 광휘. 이드릴Idril, 실마릴Silmaril. 또한 안두릴Andúril(아라고른의 검)과 미스릴mithril(모리아의 은). 이드릴Idril의 이름은 퀘냐로 이타릴레 Itarillë(혹은 이타릴데Itarildë)이며, 이는 어간 이타-ita-(번쩍임)에서 만들어졌다.

**림rim** 많은 수, 무리(퀘냐로 림베rimbë). 대개 집합복수형을 나타낼 때 사용. 골로드림Golodhrim, 미스림Mithrim(「찾아보기」참조), 나우그림 Naugrim, 상고로드림Thangorodrim 등.

**링ring** 추운, 서늘한. 링길Ringil, 링귈Ringwil, 힘링Himring. 또한 링글로Ringló(곤도르의 강), 링가레Ringarë(한 해의 마지막 달을 가리키는 퀘냐 이름,『반지의 제왕』해설 D)

**리스ris** 찢다. 비슷한 뜻의 어간 크리스-kris-('찢다, 자르다'란 뜻의 어근 키르-kir-의 파생어)와 결합한 것으로 보임. 그리하여 앙그리스트 Angrist(또한 참나무방패 소린의 검 오르크리스트Orcrist, '오르크를 베는 것'), 크릿사에그림Crissaegrim, 임라드리스Imladris.

**로크roch** 말(馬, 퀘냐로는 록코rokko). 로칼로르Rochallor, 로한Rohan(←로칸드, '말들의 땅'), 로히림Rohirrim. 또한 '귀부인의 말' 로헤륀 Roheryn(헤루heru 참조). 이 말은 아라고른의 말로 아르웬에게서 받아 그런 이름이 주어졌다(『왕의 귀환』BOOK5 chapter 2).

**롬-rom-** 나팔이나 뿔나팔의 소리에 대해 사용하는 어간으로 오로메 Oromë와 발라로마Valaróma에 나타난다. 베마Béma(오로메의 별명―역자 주) 참조. 베마는 이 발라의 로한어 이름으로『반지의 제왕』해설 A(II)에는 앵글로색슨어로 번역된 형태로 나옴. 앵글로색슨어로 베메 bēme는 나팔.

**로멘rómen** 일어남, 일출, 동쪽(퀘냐). 로멘나Rómenna. 신다린으로 동쪽을 가리키는 룬rhûn(탈라스 루넨Talath Rhúnen)과 암룬amrûn은 동일한 어원에서 비롯되었다.

**론드rond** 둥근 아치형의 지붕 혹은 그렇게 지붕이 씌워진 큰 방이나 집회장을 뜻함. 나르고스론드Nargothrond(오스트ost 참조), 하도드론드

Hadhodrond, 아글라론드Aglarond. 이 말은 하늘에 대해 쓰일 수도 있었고, 그래서 엘론드Elrond(별 지붕)란 이름이 나왔다.

**로스ros** 거품, 물보라, 물안개. 켈레브로스Celebros, 엘로스Elros, 라우로스Rauros. 또한 카이르 안드로스Cair Andros(안두인강의 섬).

**루인ruin** 붉은 불꽃(퀘냐 루냐rúnya). 오로드루인Orodruin.

**루스rûth** 분노. 아란루스Aranrúth.

<h1 style="text-align:center">S</h1>

**사른sarn** (작은) 돌. 사른 아스라드Sarn Athrad(브랜디와인강의 사른 여울은 이를 절반만 번역한 것이다). 또한 안두인강의 급류 사른 게비르Sarn Gebir(돌 말뚝. 케베르ceber, 복수형 케비르cebir '말뚝'). 또 하나의 파생어가 곤도르의 강 이름 세르니Serni이다.

**세레그sereg** 피(퀘냐 세르케serkë). 세레곤seregon.

**실-sil-** (및 이형(異形) 실-thil-) (흰빛이나 은빛으로) 빛나다. 벨실Belthil, 갈라실리온Galathilion, 실피온Silpion. 퀘냐로 이실Isil과 신다린으로 이실Ithil은 달(月)을 가리킴(여기서 이실두르Isildur, 나르실Narsil, 미나스 이실Minas Ithil, 이실리엔Ithilien이 파생됨). 퀘냐 단어 실마릴Silmaril은 그 보석을 만든 물질에 페아노르가 붙인 실리마silima란 이름에서 파생하였음.

**시르sîr** 강. 어근은 시르-sir-(흐르다). 옷시리안드Ossiriand(앞부분은 숫자 7을 뜻하는 어간에서 만들어진 것으로, 퀘냐로는 오트소otso, 신다린으로는 오도odo이다), 시리온Sirion. 또한 시란논Sirannon(모리아의 '정문 수로') 및 곤도르의 강 이름 시리스Sirith('흐름'이란 뜻. 티르tir에서 '지켜봄'을 뜻하는 티리스tirith가 만들어진 것과 같은 변화). 단어의 중앙에서 <s>가 <h>로 바뀌어 민히리아스Minhiriath에 들어 있는데, 이 말은 '강 사이'란 뜻으로 브랜디와인강과 회색강 사이의 땅을 가리킨다. 난두히리온Nanduhirion, '어스레한 강의 골짜기'(어둔내골짜기. 난(ㄷ)nan(d)와 두dú 참조). 에시르 안두인Ethir Anduin, 안두인강 하구 혹은 삼각주(←에트시르et-sîr).

**술sûl** 바람. 아몬 술Amon Sûl, 술리모Súlimo. 한 해의 셋째 달을 가리키는 퀘냐 단어 술리메súlimë 참조(『반지의 제왕』 해설 D).

# T

**탈tal(달dal)** 발(足). 켈레브린달Celebrindal. 람달Ramdal에서는 '끝'이란 뜻.

**탈라스talath** 평평한 땅, 평원. 탈라스 디르넨Talath Dirnen, 탈라스 루넨Talath Rhúnen.

**타르-tar-** 높은(퀘냐 타라tára, '고상한'). 누메노르 왕들을 나타내는 퀘냐 이름의 접두어. 또한 안나타르Annatar. 여성형 타리tári는 '높은 여인, 여왕'이란 뜻. 엘렌타리Elentári, 케멘타리Kementári. 메넬타르마Meneltarma의 타르마tarma(기둥) 참조.

**타사르tathar** 버드나무. 형용사형은 난타스렌Nan-tathren의 타스렌tathren. 퀘냐로는 타사레tasarë. 타사리난Tasarinan, 난타사리온Nan-tasarion(『찾아보기』의 난타스렌Nan-tathren 참조).

**타우르taur** 숲, 삼림(퀘냐 타우레taurë). 타우론Tauron, 타우르임두이나스Taur-im-Duinath, 타우르누푸인Taur-nu-Fuin.

**텔-tel-** 끝, 최종, 마지막. 텔레리Teleri.

**샬리온thalion** 강한, 대담한. 쿠샬리온Cúthalion, 샬리온Thalion.

**상thang** 억압. 상고로드림Thangorodrim. 또한 두르상Durthang(모르도르의 성). 퀘냐 상가sanga는 '압박하다, 밀려들다'란 뜻으로, 여기서 곤도르인의 이름 상가햔도Sangahyando(많은 이를 베는 자)가 나왔다(『반지의 제왕』 해설 A (I)).

**사르-thar-** 거슬러서, 가로질러. 사른 아스라드Sarn Athrad, 사르겔리온Thargelion. 또한 사르바드Tharbad(←사라파타thara-pata, '십자로'), 아르노르와 곤도르에서 시작된 구도로가 회색강을 건너가는 지점.

**사우르thaur** 역겨운, 혐오스러운. 사우론Sauron(←사우론Thauron), 고르사

593

우르Gorthaur.

**신(ㄷ)thin(d)** 회색. 싱골Thingol. 퀘냐 신다sinda는 신다르Sindar, 싱골로 Singollo에 나타남(신다콜로Sindacollo: 콜로collo, '외투, 망토')

**솔thôl** 투구. 도르 쿠아르솔Dor Cúarthol, 고르솔Gorthol.

**손thôn** 소나무. 도르소니온Dorthonion.

**소론thoron** 독수리. 소론도르Thorondor(퀘냐 소론타르Sorontar), 키리스 소로나스Cirith Thoronath. 퀘냐형은 아마도 별자리 이름 소로누메 Soronúmë에 남아 있음.

**틸til** 점, 뿔. 타니퀘틸Taniquetil, 틸리온Tilion(뿔이 난 이). 또한 모리아의 산봉우리 중의 하나인 켈레브딜Celebdil(은빛첨봉).

**틴-tin-** 불꽃(퀘냐 틴타tinta '불꽃을 일으키다', 틴웨tinwë '불꽃'). 틴탈레 Tintallë. 또한 틴도메tindómë '별이 빛나는 황혼'(『반지의 제왕』 해설 D). 여기서 나이팅게일을 가리키는 시적인 이름인 '황혼의 딸' 틴도메렐 tindómerel(신다린으로 티누비엘Tinúviel)이 나왔다. 또한 신다린으로 '별 달'을 뜻하는 이실딘ithildin에도 나타나는데, 이것은 모리아 서문에 글자를 새겨 넣을 때 사용한 금속이다.

**티르tir** 감시, 감시하다. 미나스 티리스Minas Tirith, 팔란티르(리) palantír(i), 타르팔란티르Tar-Palantir, 티리온Tirion.

**톨tol** 작은 섬(바다나 강 속에서 가장자리가 날카롭게 솟아 있는). 톨 에렛세아 Tol Eressëa, 톨 갈렌Tol Galen 등.

**툼tum** 골짜기. 툼할라드Tumhalad, 툼라덴Tumladen. 퀘냐 툼보 tumbo(나무수염의 툼발레모르나tumbalemorna '검고 깊은 골짜기', 『두 개 의 탑』 BOOK3 chapter 4 참조). 우툼노Utumno, 신다린 우둔Udûn(간달 프는 모리아에서 발로그를 '우둔의 불꽃'으로 칭함) 참조. 이 이름은 나중에 모란논과 아이센마우스 사이에 있는 모르도르의 깊은 골짜기에도 사 용됨.

**투르tur** 힘, 지배. 투람바르Turambar, 투르곤Turgon, 투린Túrin, 페안투 리Fëanturi, 타르미냐투르Tar-Minyatur.

# U

**우이알uial** 황혼. 아엘린우이알Aelin-Uial, 네누이알Nenuial.

**우르-ur-** 열, 뜨겁다. 우롤로키Urulóki. 참조, 우리메Urimë와 우루이
Urui. 각각 한 해의 여덟째 달을 가리키는 퀘냐와 신다린 이름(『반지의
제왕』해설 D). 관련된 단어로 퀘냐의 아우레aurë, ('햇빛, 낮', 니르나에스
아르노에디아드 직전 핑곤의 외침 참조). 이 말은 신다린으로 아우르aur라
고 하며, 오르-Or-의 형태로 각 요일의 머리에 붙는 접두어가 되었다.

# V

**발-val-** 힘. 발라Vala, 발라키르카Valacirca, 발라퀜타Valaquenta, 발라라
우카르Valaraukar, 발(리)마르Val(i)mar, 발리노르Valinor. 원래의 어간
은 <bal->이었고, 이는 발라를 가리키는 신다린 발란Balan, 복수형 벨
라인Belain, 그리고 발로그Balrog에 남아 있음.

# W

**웬wen** 처녀. 에아르웬Eärwen, 모르웬Morwen처럼 자주 쓰이는 종결부.

**윙wing** 거품, 물보라. 엘윙Elwing, 빙길롯Vingilot(오직 이 두 이름뿐).

# Y

**야베yávë** 열매(퀘냐) 야반나Yavanna. 참조, 야반니에Yavannië, 한 해 중
아홉째 달의 퀘냐 이름. 야비에yávië('가을', 『반지의 제왕』해설 D).

## 옮긴이 소개

### 김보원

한국방송통신대학교 명예교수. 서울대학교 영문학과를 졸업하고 동 대학원에서 문학박사 학위를 받은 뒤 한국방송통신대학교 영문학과 교수로 재직하였다. 역서로 J.R.R. 톨킨의 『반지의 제왕』 『실마릴리온』 『끝나지 않은 이야기』 『후린의 아이들』 『곤돌린의 몰락』과 데이빗 데이의 연구서 『톨킨 백과사전』, 토머스 하디의 장편소설 『더버빌가의 테스』가 있고, 저서로 『번역 문장 만들기』 『영국소설의 이해』 『영어권 국가의 이해』 『영미단편소설』 등이 있다.

# 실마릴리온

1판 1쇄 발행  2022년 4월 20일
1판 7쇄 발행  2024년 10월 25일

지은이 | J.R.R. Tolkien
옮긴이 | 김보원
펴낸이 | 김영곤
펴낸곳 | (주)북이십일 아르테

책임편집 | 장현주 정민철
편집지원 | 김지혁 권구훈
교정교열 | 쟁이LAP
디자인 | (주)여백커뮤니케이션

문학팀 | 김지연 원보람 권구훈
해외기획실 | 최연순 소은선 홍희정
출판마케팅팀 | 한충희 남정한 나은경 최명열 한경화
영업팀 | 변유경 김영남 강경남 황성진 김도연 권채영 전연우 최유성
제작팀 | 이영민 권경민

출판등록 | 2000년 5월 6일 제406-2003-061호
주소 | (우10881) 경기도 파주시 회동길 201(문발동)
대표전화 | 031-955-2100  팩스 | 031-955-2151
이메일 | book21@book21.co.kr

ISBN 978-89-509-9992-6  04840
     978-89-509-9994-0 (실마릴리온+끝나지 않은 이야기 세트)

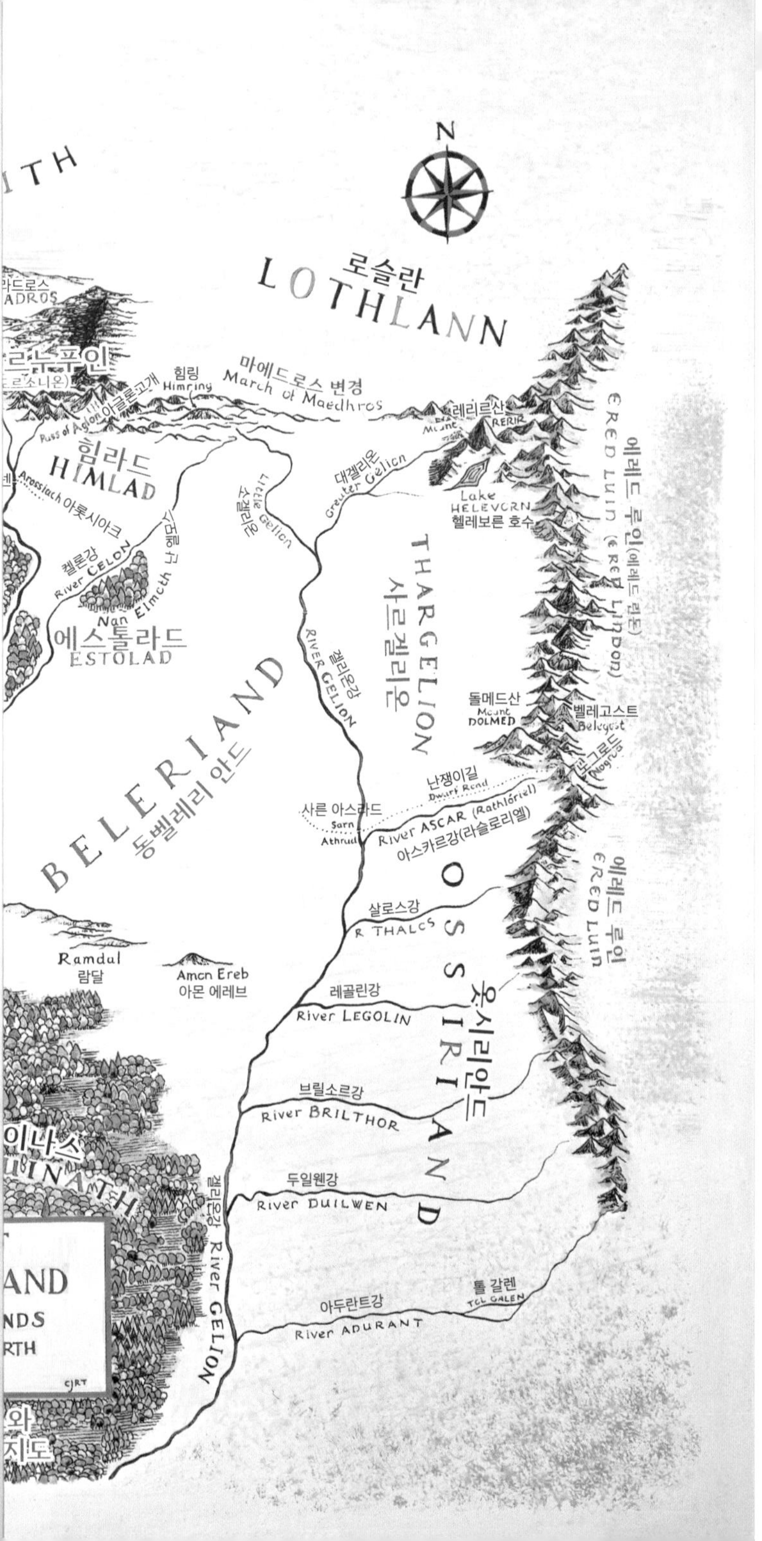

N
ITH
로슬란
LOTHLANN
ADROS
마에드로스 변경
March of Maedhros
힘링
Himring
Pass of Aglon
힘라드
HIMLAD
Arossiach 아롯시아크
레리르산
Mount RERIR
대겔리온
Greater Gelion
소겔리온
Little Gelion
Lake HELEVORN
헬레보른 호수
에레드 루인(에레드 린돈)
ERED LUIN (ERED LINDON)
켈론강
River CELON
Nan Elmoth
에스톨라드
ESTOLAD
THARGELION
사르겔리온
겔리온강
RIVER GELION
BELERIAND
동벨레리안드
돌메드산
Mount DOLMED
벨레고스트
Belegost
노그로드
Nogrod
난쟁이길
Dwarf Road
사른 아스라드
Sarn Athrad
River ASCAR (Rathlóriel)
아스카르강(라슬로리엘)
OSSIRIAND
옷시리안드
에레드 루인
ERED LUIN
살로스강
R THALOS
Ramdal
람달
Amon Ereb
아몬 에레브
레골린강
River LEGOLIN
브릴소르강
River BRILTHOR
이나스
INATH
두일웬강
River DUILWEN
겔리온강
River GELION
톨 갈렌
TOL GALEN
아두란트강
River ADURANT
AND
NDS
RTH
CJRT
와
지도